KNAUR

*Über die Autorin:*
Kimberley Wilkins hat erfolgreich sowohl Kinder- und Jugendbücher als auch Romane für Erwachsene publiziert. Ihre Werke wurden unter anderem mit dem »Romantic Book of the Year Award«, dem »Aurealis Award« und dem »Lynne Wilding Award« ausgezeichnet sowie für zahlreiche andere Preise nominiert. Kimberley Wilkins lebt mit ihrer Familie in Brisbane, sie ist Dozentin an der Universität von Queensland.

Kimberley Wilkins

# Der Wind der Erinnerung

Roman

Aus dem Englischen
von Susanne Goga-Klinkenberg

KNAUR

Die englische Originalausgabe erschien 2010
unter dem Titel »Wildflower Hill« bei Hachette Australia,
an imprint of Hachette Australia Pty Limited, Sydney.

**Besuchen Sie uns im Internet:**
**www.knaur.de**

**Wenn Ihnen dieser Roman gefallen hat und Sie auf der Suche sind nach ähnlichen Büchern, schreiben Sie unter Angabe des Titels »Der Wind der Erinnerung« an: frauen@droemer-knaur.de**

FSC
www.fsc.org
MIX
Papier aus verantwortungsvollen Quellen
FSC® C083411

Vollständige Taschenbuchausgabe 2013

Ein Unternehmen der Droemerschen Verlagsanstalt
Th. Knaur Nachf. GmbH & Co. KG, München

Redaktion: Sabine Thiele
Umschlaggestaltung: ZERO Werbeagentur, München
Umschlagabbildung: FinePic®, München
Satz: Adobe InDesign im Verlag
Druck und Bindung: CPI books GmbH, Leck
ISBN 978-3-426-51139-8

2 4 5 3 1

*Für Janine, die mir teuer ist*

# *Prolog*

***Sydney 1989***

Das Mädchen tanzte.

*Rechtes Bein, pas de chat. Rechtes Bein, petit jeté.*

»Emma, deine Großmutter hat dich etwas gefragt.«

»Hmm?« *Linkes Bein, pas de chat. Linkes Bein, petit jeté.* Weiter und immer weiter über den Parkettboden, von einem Sonnenstrahl zum nächsten. Sie liebte Großmutters Haus, vor allem das Musikzimmer, in dem die Sonne ein Muster durch die duftigen Vorhänge warf und es genügend Platz gab, um zu tanzen und zu tanzen.

»Emma, ich sagte …«

»Lass sie doch«, erwiderte Grandma mit ihrer leisen, musikalischen Stimme. »Es macht mir Freude, sie tanzen zu sehen.«

*Rechtes Bein, pas de chat …*

»Wenn sie an ihrem Benehmen so fleißig arbeiten würde wie an ihrem Tanz, wäre sie nicht schon von zwei Schulen verwiesen worden.«

*Rechtes Bein, petit jeté …*

Grandma lachte leise. »Sie ist erst elf. Da bleibt noch viel Zeit, um Benehmen zu lernen. Und du bestehst ja auch darauf, sie auf diese vornehmen Schulen zu schicken.«

*Linkes Bein, pas de chat …* »Nein, nein, nein!« Emma stampfte mit dem Fuß auf. *Tief durchatmen. Von vorn anfangen. Linkes Bein, pas de chat. Linkes Bein, petit jeté …* Auf einmal bemerkte sie die Stille im Raum und blickte auf, ob sie allein war, doch Grandma saß noch auf dem tiefen Sofa neben dem Flügel und beobachtete sie. Emma schüttelte sich, straffte den Rücken und erwiderte ihren Blick. Über Grandmas Kopf hing ein großes Gemälde, das einen Eukalyptusbaum bei Sonnenuntergang zeigte: Grandmas Lieblingsbild. Emma konnte nicht verstehen, was an einem Baum so interessant sein sollte, aber es gefiel ihr, weil es ihrer Großmutter gefiel.

»Ich dachte, du wärst gegangen«, sagte sie schließlich.

»Nein, ich habe dir zugesehen. Deine Mutter ist vor zehn Minuten gegangen. Ich glaube, sie ist bei Grandpa im Garten.« Grandma lächelte. »Das Tanzen bedeutet dir sehr viel, nicht wahr?«

Emma konnte nur nicken. Sie hatte noch kein Wort gefunden, mit dem sie beschreiben konnte, was ihr das Tanzen bedeutete. Liebe war es nicht; es war viel größer und gewichtiger.

Grandma klopfte neben sich auf das Sofa. »Setz dich ein Minütchen zu mir. Selbst eine Primaballerina sollte sich mal ausruhen.«

Emma musste sich eingestehen, dass ihre Oberschenkel weh taten, doch das war ihr egal. Sie sehnte sich nach schmerzenden Muskeln und blutenden Zehen. Man hatte ihr gesagt, sie würde immer besser. Doch es war sehr nett von Grandma gewesen, dass sie die ganze Zeit zugeschaut hatte. Also ging sie zu ihr und setzte sich. Irgendwo im Inneren des Hauses war Musik zu hören, ein altes Big-Band-Stück, das Grandpa liebte. Emma hatte Grandma tausendmal lieber als Grandpa. Er erzählte pausenlos, vor allem von seinem Garten. Emma wusste, dass ihre Grandma und ihr Grandpa wichtige Leute mit viel Geld waren, obwohl es sie nicht sonderlich interessierte, was sie machten oder früher einmal gemacht hatten. Grandma war lustig und Grandpa langweilig, fertig, aus.

»Erzähl mir etwas über dein Tanzen«, sagte Grandma und nahm Emmas zarte Hand in ihre weichen Finger. »Möchtest du Ballerina werden?«

Emma nickte. »Mum sagt, nur die wenigsten werden Ballerina, und ich solle vorsichtshalber noch etwas anderes lernen. Aber dann hätte ich nicht mehr genügend Zeit zum Tanzen.«

»Nun, ich kenne deine Mutter ihr ganzes Leben lang.« Grandma lächelte, wobei kleine Fältchen in ihren Augenwinkeln sichtbar wurden. »Sie hat nicht immer recht.«

Emma musste lachen und kam sich herrlich ungezogen vor.

»Du musst aber hart dafür arbeiten.«

Sie wurde wieder ernst und reckte das Kinn in die Höhe. »Das tue ich schon.«

»Ja, ja, nach allem, was ich höre, arbeitest du so hart am Ballett, dass dir keine Zeit mehr für etwas anderes bleibt. Zum Beispiel, Freunde zu finden.« Ein Ausdruck, den sie nicht verstand, trat auf Grandmas Gesicht. War es Sorge? Oder etwas anderes? Sie saßen eine Weile schweigend da. Die Herbstsonne fiel schräg durch die Äste, die im Wind schwankten. Hier drinnen aber war es ruhig und warm.

»Weißt du«, sagte Grandma und drückte noch einmal Emmas Hand, bevor sie sie losließ, »ich möchte dir etwas versprechen.«

»Was denn?«

»Es soll ein Anreiz für dich sein.«

Emma wartete ab, weil sie nicht genau wusste, was das Wort bedeutete.

»Wenn du eine Ballerina wirst, werde ich dir etwas schenken. Etwas sehr Kostbares.«

Emma wollte nicht unhöflich sein, verspürte aber

keine echte Begeisterung. Also lächelte sie artig und sagte: »Vielen Dank«, wie ihre Mutter es sich gewünscht hätte.

Grandma brach in Gelächter aus. »Das klingt nicht sonderlich aufregend, oder?«

Emma schüttelte den Kopf. »Weißt du, Grandma, wenn ich Ballerina werde, habe ich schon alles, was ich mir wünsche.«

Grandma nickte. »Dann geht dein Traum in Erfüllung.«

»Ja.«

»Ich werde mein Versprechen trotzdem halten. Denn du brauchst etwas für danach. Eine Ballerina kann nicht ewig tanzen.«

Doch Emma war in Gedanken bereits woanders. Die Vorstellung, ihren Traum zu verwirklichen, erfüllte ihre Nerven und Muskeln mit verzweifelter Energie. Sie musste sich bewegen. *Pas de chat. Petit jeté.*

»Emma«, sagte Grandma sanft, »denk bitte daran, dass Erfolg nicht alles ist.« Das klang traurig, weshalb Emma sich nicht zu ihr umdrehte.

Sie tanzte einfach weiter.

# Eins

***Beattie: Glasgow 1929***

Beattie Blaxland hatte Träume. Große Träume.

Nicht die verworrenen, unzusammenhängenden Fetzen, die einen im Schlaf heimsuchten. Nein, mit diesen Träumen tröstete sie sich vor dem Einschlafen, wenn sie in der eisigen Mietwohnung ihrer Eltern in dem Rollbett, das nach Bedarf herumgeschoben wurde, lag. Lebhafte, sehnsüchtige Träume. Ein Leben voller Mode und schöner Stoffe, in dem sie natürlich ein Vermögen verdiente. Ein Leben, in dem die trostlose Wahrheit über ihre trostlose Familie verblasste und schrumpfte und schließlich verschwand. Eins hatte sie sich jedoch nie vorgestellt: dass sie kurz vor ihrem neunzehnten Geburtstag von ihrem verheirateten Liebhaber schwanger werden könnte.

Den ganzen Februar hindurch hatte sie wie besessen die Wochen gezählt, sich das Hirn zermartert und versucht, den zeitlichen Ablauf nachzuvollziehen. Wenn sie Essen roch, drehte sich ihr Magen um, und ihre Brüste waren empfindlich. Am 1. März hatte Beattie endlich begriffen, dass in ihrem Körper ein Kind heranwuchs – das Kind von Henry MacConnell.

An diesem Abend war sie in den Club gegangen, als wäre nichts geschehen. Sie hatte über Teddy Wilders Witze gelacht, sich gegen Henrys warme Hand gelehnt, die sich weit unten an ihren Rücken schmiegte, und die ganze Zeit gegen das Würgen angekämpft, das der Zigarrenrauch in ihr hervorrief. Der erste Schluck des Gin-Cocktails schmeckte beißend und sauer. Dennoch lächelte sie weiter. Sie war es gewohnt, auf dem schmalen Grat zwischen äußerem Schein und ihren wahren Gefühlen zu balancieren.

Teddy klatschte zweimal in die Hände. Der Rauch stieg auf und hüllte die Männer ein, die mit ihren Cognacschwenkern um den runden Kartentisch saßen, der den ganzen Raum beherrschte. Teddy und sein Bruder Billy betrieben den nicht ganz legalen Spielsalon über dem durchaus legalen Restaurant ihres Vaters in der Dalhousie Lane. In diesem Restaurant hatte Beattie die Männer kennengelernt. Sie war damals Kellnerin gewesen, und ihre Eltern glaubten, das wäre sie noch immer. Teddy und Billy machten sie mit Henry bekannt und führten sie kurz darauf in den Club ein: in die dunkle, glitzernde Unterwelt von Glasgow, in der sich niemand dafür interessierte, wer sie war, solange sie hübsch aussah. Sie arbeitete die halbe Nacht und servierte Drinks, in den übrigen Stunden leistete sie Teddys Freundin Cora Gesellschaft.

Cora klopfte neben sich auf die Chaiselongue. Die anderen Frauen hatten sich am Kamin versammelt. Cora, deren kurze Locken von einem rosa Samtband über den Ohren gehalten wurden, war die anerkannte Königin des Clubs. Die anderen hielten sich von ihr fern, um unvorteilhafte Vergleiche zu vermeiden. Beattie hätte wohl das Gleiche getan, hätte Cora nicht beschlossen, sie zu ihrer Busenfreundin zu machen.

Nun ergriff sie Beatties Hand und drückte sie, das war die übliche Begrüßung. Beattie empfand große Ehrfurcht vor Cora, war aber auch zutiefst eifersüchtig auf deren stark geschminkte dunkle Augen und das platinblonde Haar, den lässigen Charme und den scheinbar nie versiegenden Strom fransenbesetzter Kleider aus Musselin oder Crêpe de Chine. Beattie tat ihr Bestes, um mitzuhalten. Sie kaufte Stoffe und nähte sich Kleider, die niemand von Pariser Modellen hätte unterscheiden können. Sie trug ihr dunkles Haar modisch kurz geschnitten, doch ihr offenes Gesicht und die großen blauen Augen machten jeden Hauch von Geheimnis und Verführungskraft zunichte. Cora war der selbstsichere Glamour angeboren, während Beattie darum kämpfen musste.

Cora stieß eine langgezogene Rauchwolke aus. »Und, wie weit bist du?«

Beatties Herz machte einen Sprung, sie blickte Cora scharf an. Ihre Freundin sah ungerührt geradeaus, die roten Lippen um die Zigarettenspitze geschlossen. Einen Moment lang glaubte Beattie, sie hätte sich die Frage nur eingebildet. Gewiss konnte man das schändliche Geheimnis, das sich tief in ihrem Inneren verbarg, nicht im grellen Licht des Clubs erkennen.

Dann aber drehte sich Cora zu ihr um und lächelte, während sich ihre schön geschwungenen Augenbrauen hoben. »Beattie, du bist ganz grün im Gesicht von dem Rauch, und du hast deinen Wein nicht angerührt. Letzte Woche habe ich noch gedacht, dir könnte einfach schlecht sein, aber jetzt … ich habe doch recht, oder?«

»Henry weiß es nicht«, stieß Beattie verzweifelt hervor.

Cora streichelte nachsichtig ihre Hand. »Ich werde nichts sagen, versprochen. Komm, Schätzchen, tief durchatmen, du siehst völlig verschreckt aus.«

Beattie gehorchte und zwang sich, entspannt und lässig dazusitzen, wie man es von ihr erwartete. Sie nahm eine Zigarette von Cora, obwohl sich ihr Magen zusammenzog. Niemand durfte etwas merken oder Fragen stellen. Vor allem nicht Billy Wilder mit seinen geröteten Wangen und dem grausamen Lachen; er würde es wahnsinnig komisch finden. Andererseits konnte sie es nicht ewig verbergen.

»Du hast meine Frage nicht beantwortet. Wie weit bist du?«, fragte Cora so beiläufig, als hätte sie sich erkundigt, was Beattie in der Mittagspause gegessen hatte.

»Ich habe seit sieben oder acht Wochen nicht geblutet«, murmelte Beattie. Sie kam sich unglaublich verletzlich vor, als hätte man sie gehäutet, und sie wollte nicht weiter darüber sprechen oder daran denken. Sie war nicht bereit, Mutter zu werden. Bei dem Gedanken wurde ihr eiskalt.

»Also noch am Anfang.« Cora nahm ihre Puderdose aus der Handtasche und klappte sie auf. Vom Kartentisch drang Gelächter herüber. »Es besteht noch die Chance, dass es vorbeigeht.«

Einen Moment lang hob sich der furchtbare Druck der Angst. »Stimmt das? Ich habe keine Ahnung. Ich weiß, ich bin dumm, aber ich ...« Sie hatte Henry geglaubt, als er versprach, sich rechtzeitig zurückzuziehen, damit genau dies nicht passierte. Er hatte sich geweigert, andere Maßnahmen zu ergreifen. »Pariser sind für Pariser«, hatte er gesagt. »Ich weiß, was ich tue.« Er war dreißig und hatte im Krieg gekämpft, also hatte Beattie ihm geglaubt.

»Hör mal«, sagte Cora leise. »Du kannst etwas dagegen unternehmen, Schätzchen. Jeden Tag heiß baden, Lebertran nehmen, umherrennen und dich völlig verausgaben.« Sie klappte die Puderdose zu und sprach wieder mit normaler Stimme. »Du bist noch am Anfang. Die Freundin meiner Cousine war im dritten Monat, als das Kleine einfach weggeblutet ist. Sie hat das winzige Ding mit ihren Händen aufgefangen, es war nicht größer als eine Maus. Trotzdem war sie am Boden zerstört. Hatte sich nach einem Baby gesehnt. War natürlich verheiratet.«

Verheiratet. Beattie war es nicht, Henry hingegen

schon. Mit Molly, dem irischen Wolfshund, wie er sie zu nennen pflegte. Er hatte Beattie versichert, dass es eine leblose Ehe sei, dass sie geheiratet hätten, weil sie glaubten, einander zu kennen, sich dann aber allmählich entfremdet hatten. Dennoch, Molly war seine Frau.

Sie paffte wenig elegant die halbe Zigarette und entschuldigte sich damit, arbeiten zu müssen. Als sie das Tablett mit den Getränken brachte, warf sie einen sehnsüchtigen Blick auf Henrys eckigen Kiefer und das rotgoldene Haar. Wie gern hätte sie ihn berührt, doch sie wollte ihn nicht in seiner Konzentration stören. Sie wagte nicht, ihm von dem Kind zu erzählen. Warum schlafende Hunde wecken, wenn Cora sagte, dass es möglicherweise noch zu einer Fehlgeburt kommen könnte? Vielleicht wäre es morgen oder nächste Woche schon vorbei. Ein paar lange heiße Bäder wären sicher hilfreich, aber schwierig zu bewerkstelligen, da sie ein Gemeinschaftsbad auf ihrer Etage hatten. Ganz frühmorgens vielleicht, vor allen anderen …

Henry blickte von den Karten auf und nickte ihr zu. So war Henry, keine großen Gesten, kein albernes Augenzwinkern oder Winken. Nur sein steter grauer Blick, der auf ihr ruhte. Sie musste sich abwenden. Er wandte sich wieder den Karten zu, während sie das Tablett zu der kleinen Theke in der Zimmerecke trug und die Gin- und Cognacflaschen auf den verspiegelten Regalen anordnete. Sie liebte Henrys seltsam blasse Augen. Sie sprachen zu ihr, wenn er nicht redete, und er redete selten. Einmal, ganz zu Anfang ihrer Beziehung, hatte sie ihm beim Pokerspiel zugesehen und bemerkt, wie stark sich die Pupillen von der Iris abhoben. Sie konnte in seinen Augen lesen, was er in der Hand hielt: Wenn er ein gutes Blatt hatte, weiteten sich seine Pupillen, bei einem schlechten verengten sie sich. So etwas bemerkte nur eine Frau, die einem Mann endlos in die Augen sah.

Daraufhin hatte sie die anderen Männer am Tisch beobachtet und versucht, deren Karten vorauszusagen. Es war nicht immer einfach, vor allem bei Billy Wilder, dessen Augen fast schwarz waren. Doch wenn es um einen hohen Einsatz ging und die Männer sich am meisten um eine ausdruckslose Miene bemühten, merkte Beattie fast immer, wenn sie blufften. Henry hielt das alles für Unsinn. Sie versuchte, es ihm zu beweisen, aber er hatte sie von seinem Schoß geschubst und weggeschickt. Er hatte das Spiel verloren, weil er nicht auf ihren Rat gehört hatte, und war tagelang furchtbar schlecht gelaunt gewesen. Seither blieb sie dem Kartentisch fern. Es war ja auch nicht so wichtig.

Cora winkte sie heran, vermutlich wollte sie klatschen. »Ist es zu fassen, was Ivy O'Hara da anhat?«

Beattie sah zu Ivy, die einen glitzernden, mit Perlen besetzten Netzschlauch über einem seidenen Unterkleid trug, dazu eine Seidenblume um den Hals und Schuhe mit hohen Louis-XV-Absätzen. Das schimmernde Kleid betonte ihre breiten Hüften, während die augenblickliche Mode ganz auf schmale Hüften ausgerichtet war. Ivy konnte natürlich nichts dafür. Eine gute Schneiderin hätte den Stoff so drapiert, dass sie darin göttlich und hochgewachsen ausgesehen hätte.

»Du liebes bisschen, sie sieht aus wie eine Kuh.«

»Es liegt am Kleid.«

Cora verdrehte die Augen. Beattie hatte an diesem Abend keine Lust auf die rasiermesserscharfen Analysen weiblicher Mängel. Sie hörte eine Weile niedergeschlagen zu und kehrte dann an die Theke zurück.

Der Abend zog sich hin – Gläser klirrten, Männer lachten, das Grammophon spielte laute Jazzmusik, und über allem hing der unvermeidliche Rauch –, und Beattie war hundemüde. Sie wollte ins Bett. Das konnte sie aber schlecht sagen, denn Teddy nannte sie gern »Beattie Morgenstund«, und sie war oft bei Camille im Atelier erschienen, nachdem sie nur ein oder zwei Stunden geschlafen hatte. Heute Abend stand Beattie nicht der Sinn nach Lärm und fröhlicher Stimmung. Sie war gefangen in einer Blase aus Elend und Sorge.

Schließlich stand Henry vom Tisch auf und raffte einen Haufen Fünf-Pfund-Noten zusammen. Es war ein guter Abend gewesen, und anders als seine Freunde wusste er, wann er aufhören musste. Als er durch den Raum ging, machten ihm die anderen Vorwürfe, die nicht nur scherzhaft gemeint waren. Er blieb an der Theke stehen und schien nicht zu hören, was seine Freunde sagten. Mit ernster Miene streckte er die Hand nach Beattie aus. Er strahlte eine schweigende Autorität aus, der sich niemand entziehen konnte. Beattie liebte ihn deswegen; andere Männer wirkten dagegen wie lärmende Tölpel. Ein einziger Blick auf seine Hand, das starke Gelenk und die sauberen, eckig geschnittenen Nägel, zeigte ihr, weshalb sie überhaupt in diesem Dilemma steckte. Ihre Haut wurde warm, wenn sie ihn nur anschaute.

Er legte die Hand auf ihre Hüfte und zog sie an sich. Sie wusste, was er wollte. Das kleine Hinterzimmer mit der Liege, die zwischen leeren Kisten und Fässern stand, wartete auf sie. Wie immer überlief sie ein Schauer, als sie den Club verließen, in dem ein warmes Feuer brannte. Henry lachte sanft, sie spürte seinen heißen Atem an ihrem Ohr. Er glaubte, sie erschauere vor Lust. Beattie aber erkannte, wie unklug sie gewesen war, und die Erkenntnis ließ ihre Lust versiegen.

Falls er ihr Zögern spürte, ließ er es sich nicht anmerken. Der letzte Lichtschein erstarb, als er die Tür schloss und sie umarmte.

Die rauhe Wärme seiner Kleidung, das Geräusch seines

Atems, der Schlag seines Herzens. Sie spürte ihn an sich, und ihre Knochen fühlten sich ganz weich an vor lauter Liebe. Wenn seine Freunde nicht dabei waren, wurde er zärtlich.

»Mein Schatz«, sagte er mit dem Mund in ihren Haaren, »du weißt, dass ich dich liebe.«

»Ich liebe dich auch.« Sie wollte es wieder und wieder sagen, mit immer größeren und leuchtenderen Worten.

Er bettete sie sanft auf die Liege und schob ihren Rocksaum hoch. Sie erstarrte; er drückte sich fester an sie, und sie erkannte, wie albern es wäre, sich jetzt zu widersetzen. Es war ohnehin zu spät. Das Kind war in den Brunnen gefallen, wie ihr Vater sagen würde.

*Ihr Vater.* Scham und schlechtes Gewissen schlugen wie eine Welle über ihr zusammen.

»Beattie?«, fragte Henry mit sanfter Stimme, während sich seine Hände wie Eisen um ihre Knie schlossen.

»Ja, ja«, flüsterte sie. »Natürlich.«

Beatties Haut war rosig vom heißen Wasser, als sie sich in dem muffigen Badezimmer anzog. Eine Woche war vergangen, doch die heißen Bäder brachten ihr nur misstrauische Blicke der Nachbarin Mrs. Peters ein. Als sie in die Wohnung zurückkehrte, saß ihr Vater schon am Küchentisch vor der Schreibmaschine. Trotz der kühlen Luft schimmerte Angstschweiß auf seinem Nasenrücken. Sie konnte sich nicht erinnern, wann Pa zuletzt entspannt gewirkt hatte. Jeden Tag zog er sich mehr in sich zurück wie eine Spinne, die ihre Beine einzieht, weil sie im Sterben liegt. An der Leine unter der Küchendecke hing Wäsche. Ma schlief noch hinter dem Vorhang, der den Wohn- vom Schlafbereich trennte.

»Frühaufsteher, was?«

Er blickte auf und lächelte. »Das Gleiche könnte ich zu

dir sagen«, erwiderte er mit seinem geschliffenen englischen Akzent. Mas Schottisch war dichter als der Nebel von Glasgow, und Beattie lag irgendwo zwischen den beiden. »Du bist spät aus dem Restaurant gekommen, und jetzt machst du dich schon wieder auf den Weg zur Arbeit.«

Beattie arbeitete seit drei Wochen in Camilles Modesalon in der Sauchiehall Street. Vorher war sie in der Kleiderabteilung des Poly gewesen, eines Kaufhauses, in dem die Kunden geringere Ansprüche stellten, die Kleider aber auch viel weniger schön waren. Bei Camille wurde die neueste Mode vom Kontinent angeboten, und nur die reichsten Frauen von Glasgow kauften dort ein: die Ehefrauen und Töchter der großen Reeder und Eisenbahnmagnaten. Beattie beobachtete immer wieder, wie sie, ohne mit der Wimper zu zucken, fünfzig Pfund oder mehr für ein Kleid ausgaben, während sie selbst mit vier Shilling pro Woche nach Hause ging.

»Du musst nicht mehr lange doppelt arbeiten«, sagte ihr Vater und rückte die Brille zurecht. »Ich bin sicher bald fertig.«

»Es macht mir nichts aus.« Sie verspürte ein schlechtes Gewissen. Pa wäre entsetzt, wenn er wüsste, dass sie im Club arbeitete und Trinkgelder von Männern bekam, die sie hübsch fanden. Oder dass Henry ihr nach einem guten Abend ein paar Pfund zusteckte. Er hielt sie für ein respektables Mädchen, das überdies noch Jungfrau war.

Er wandte sich wieder der Arbeit zu. *Klapper, klapper, klapper …* Es tat ihr in der Seele weh, wenn sie ihn so dasitzen sah, von seinem schlechten Gewissen geplagt. Vor einem Jahr war alles noch ganz anders gewesen. Pa war Professor für Naturgeschichte am Londoner Beckham College gewesen. Sie waren nicht wohlhabend, aber glücklich und zufrieden, und lebten in einer ordentlichen

Wohnung mit einem winzigen Garten, die dem College gehörte und in die nachmittags die Sonne schien. Für Beattie war das Leben in London aufregend gewesen, denn sie stammte aus der kleinen Grenzstadt Berwick-upon-Tweed. Pa war jedoch ein überzeugter Atheist, obwohl Ma dies als schottische Protestantin durchaus nicht gutheißen konnte, und hatte alsbald den Unmut des neuen katholischen Dekans erregt. Zwei Monate später hatte er seine Stelle und damit auch die Wohnung verloren.

Sie wollte gerade hinter den Vorhang treten, ihr Bett wegrollen und die Schuhe suchen, als Pa sagte: »Gib auf dich acht, Beattie, Liebes.«

Überrascht hielt sie inne. Ihr Vater zeigte selten echte Zuneigung, und dieses eine kleine Wort – *Liebes* – traf sie ins Herz. Sie kehrte an den Tisch zurück und setzte sich ihm gegenüber. Sie hatte sein dunkles Haar und die blauen Augen geerbt, zum Glück aber nicht die ausgeprägte Nase und den schmalen Mund. In diesem Moment war er für sie der Mann, der er immer gewesen war: ein Fremder an ihrer Seite, ein Mensch, den sie kannte und doch wieder überhaupt nicht. Wegen Geldmangels waren sie von London nach Glasgow gezogen, wo Beatties Großmutter mütterlicherseits sich in selbstgerechtem Mitleid ergangen hatte. Niemand hatte Pa eine neue Stelle als Dozent angeboten, doch er weigerte sich, eine andere Arbeit anzunehmen. Er hielt an der Vorstellung fest, dass sein Intellekt irgendwann triumphieren würde. Daher arbeitete er weiter an seinem Buch, davon überzeugt, dass ein Verleger es kaufen und eine Universität irgendwo in der Welt ihm daraufhin eine Stelle anbieten würde. Granny hielt das für Quatsch. Ma sagte nichts dazu.

Pa bemerkte ihren Blick und schaute verwirrt hoch. »Beattie?«

»Liebst du mich, Pa?« Woher waren diese Worte gekommen? Das hatte sie nicht beabsichtigt.

»Nun ... ich ...«, er nahm errötend die Brille ab und rieb sie energisch an seinem Hemd. »Ja, Beattie.«

»Was ich auch tue? Wirst du mich immer lieben?« Ihr Herz raste, getrieben von der primitiven Angst, er könne ihre Gedanken lesen.

»Wie ein Vater es tun sollte.«

Sie stand auf und wollte schon sein Handgelenk berühren, überlegte es sich aber anders. »Ich bin nicht müde. Es geht mir gut«, log sie.

Er blickte nicht auf. »Braves Mädchen. Ich muss arbeiten. Das Buch schreibt sich nicht von selbst.«

Das Klappern der Schreibmaschine folgte ihr ins Schlafzimmer, wo sie die Schuhe anzog. Ma schnarchte leise, und Beattie freute sich, dass ihr Gesicht so friedlich wirkte. Ma sah seit langem immer nur müde und besorgt aus. An der Wand hing ein Schnittmuster für ein Kleid, an dem Beattie gearbeitet hatte. Das braune Papier rollte sich schon ein, denn sie hatte nichts mehr daran getan, seit sie von der Schwangerschaft wusste. Wozu ein Kleid nähen, das ihr bald ohnehin nicht mehr passen würde?

Beattie setzte sich auf die Bettkante und drückte den Unterarm auf den Bauch. Welche Geheimnisse entfalteten sich in ihrem Inneren? Was für ein seltsames neues Leben wuchs dort heran? Bei dem Gedanken wurde ihr schwindlig vor Angst. Sie zog die Augenbrauen zusammen und wollte ihren Körper zwingen, das Kind herauszustoßen. Doch es passierte nicht. Es passierte nie.

# Zwei

Die Wochen vergingen, und das Ding krallte sich hartnäckig in ihrem Inneren fest. Sie verspürte Krämpfe, doch es war nur die Angst, die sie durchzuckte. Ihre Hüfthalter wurden enger, und weil sie immer schlank, beinahe knochig gewesen war, wurde eine erste leichte Schwellung sichtbar. Zum Glück trug sie lose Kleider und einen gewickelten Mantel, zum Glück liebte Henry sie vorzugsweise im Dunkeln, und zum Glück besaß sie genügend Geschick, um die Nähte ihrer Kleider auszulassen. Bald, ganz bald, würde die Blutung kommen, so wie sie es sich hundert oder tausend Mal vorgestellt hatte. Dann wäre der Alptraum vorbei, und das Leben könnte ganz normal weitergehen.

Es fiel ihr zunehmend schwerer, morgens aufzustehen, und an einem kühlen Aprilmorgen blieb sie in der grauen Dämmerung liegen, bis ihre Mutter sie sanft weckte.

»Beattie. Beattie. Du kommst zu spät zur Arbeit.«

Sie zwang sich, die Augen zu öffnen.

»Es tut mir leid«, sagte Ma. »Aber ich möchte nicht, dass deine Chefin wütend wird. Es sind schwere Zeiten. Du darfst deine Stelle nicht verlieren.«

»Danke, Ma.« Sie schlug die Decke zurück und rieb sich die Augen.

Ma hustete laut. Es schien sehr lange zu dauern, bis sie den Hustenanfall unter Kontrolle hatte. Unterdessen zog sich Beattie rasch an.

»Dein Husten klingt nicht gut.«

»Ach, das wird schon.«

»Das sagst du nun schon seit einer Woche. Vielleicht solltest du zum Arzt gehen.«

Ma sah sie traurig an. Ihre Augenlider hingen herab, als trügen sie die ganze Last ihrer Sorgen. »Kind, wir können uns keinen Arzt leisten und auch keinen Tag ohne Arbeit. Ich bin bald wieder auf der Höhe.«

Beattie behielt sie im Auge, als sie in den Wohnbereich ging, sich die Haare kämmte und sich vor einem kleinen, angelaufenen Spiegel, der auf einem Stapel Koffer stand, schminkte. Merkte Pa denn nicht, was Ma durchmachte? Dachte er nicht daran, sich eine ehrliche Arbeit zu besorgen? Nein, natürlich merkte er es nicht. Ma hatte ihn wegen seines brillanten Verstandes geheiratet, und nun war sie an ihn gekettet.

Camilles Modesalon, in dem Beattie vier Tage in der Woche arbeitete, gehörte Antonia Hanway, der Schwester des berühmten James Hanway, der in der Bath Lane eine Zuschneiderei besaß. Sie hoffte insgeheim, dass sie bei Antonia einen guten Eindruck hinterlassen würde und dadurch vielleicht eines Tages bei James arbeiten könnte: als Näherin oder Zuschneiderin, vielleicht sogar als Modeschöpferin. Sie trug immer einige zusammengefaltete Zeichnungen in der Handtasche, sollte er jemals in den Modesalon kommen. Doch das tat er nie.

Sie betrat gähnend das Geschäft, was ihr einen strengen Blick von Antonia eintrug. Antonia war ein schwieriger Mensch, obwohl es vermutlich keine böse Absicht war. Die Kundinnen mussten Termine vereinbaren, bevor sie in den Laden kamen, und dann mussten Beattie und die anderen Assistentinnen sie bedienen, als gehörten sie zur königlichen Familie. Manchmal war das tatsächlich der Fall, und vermutlich lebte Antonia in der ständigen Angst, etwas falsch zu machen, und war deshalb so unerträglich. Beattie störte es nicht, weil sie das Geschäft liebte. Die Stangen voller Kleider, den Boden mit dem Schachbrettmuster, die Anproberäume im Untergeschoss, die von Kronleuchtern erhellt wurden, und den gelben Kanarienvogel im schmiedeeisernen Käfig, der durch das Erkerfenster auf die Straße blickte. Er hieß Rex. Lorna, eine der Assistentinnen, hatte erzählt, dies sei schon der vierte gelbe Kanarienvogel namens Rex, den Antonia ins Fenster gesetzt hätte. »Wenn einer stirbt, kauft sie am nächsten Tag einen neuen. Sie mag es nicht, wenn ihre Kundinnen an den Tod erinnert werden, obwohl er natürlich jeden trifft. Hochnäsige Kühe.«

Einige Kundinnen mochte Beattie, andere hasste sie aus tiefster Seele. Die schlimmste war Lady Miriam Minchin, eine zaundürre Frau von Mitte vierzig, die mit freundlichen Worten geizte, für sich selbst aber das Geld mit vollen Händen ausgab. Beattie bediente an diesem Morgen ausgerechnet diese Kundin, als sie den ersten schmerzhaften Stich in der linken Seite spürte.

Zuerst ignorierte sie den Schmerz, holte ein Kleid nach dem anderen von den Stangen und eilte damit nach unten in die Anprobe. Ihr Herz nahm den Rhythmus der Stiche auf, Hoffnung durchflutete sie: Endlich war es so weit. Die heißen Bäder, der Lebertran und das innige Wünschen hatten endlich funktioniert. Gleichzeitig aber bekam sie Angst. Wenn es nun weh tat? Wenn es schmutzig war? Wie sollte sie bei der Arbeit diskret damit umgehen?

»Das Blaue steht Ihnen gut«, sagte Antonia zu Lady Miriam, während Beattie sich zur Ruhe zwang. »Was meinst du, Beattie?«

»Der Schnitt ist wunderbar. Und die Farbe schmeichelt

Ihrer Haut …« Ein Schmerz schoss tief in ihren Unterleib, so dass sie unwillkürlich keuchte und ihren Bauch umklammerte.

»Was ist los, Beattie?«, fragte Antonia in scharfem Ton.

»Ich habe … Schmerzen …« So sollte es nicht sein! Sie musste leise und rasch zu Hause bluten, wo ein Badezimmer in der Nähe war. Niemand durfte es erfahren.

Einen Moment lang wanderten Lady Miriams Augen von Beatties Gesicht zu ihrem Bauch und wieder zurück. Beattie zuckte zusammen. Lady Miriam wusste Bescheid.

»Ich muss nach Hause«, stieß Beattie hervor und lief zur Treppe.

»Warte, Mädchen!«, sagte Antonia panisch, weil sie fürchtete, Beattie könne einen schlechten Eindruck auf die Kunden machen.

»Lassen Sie sie«, sagte Lady Miriam.

Sie entkam. Die Treppe hinauf und aus dem Modesalon auf die verregnete Straße.

Eine Sekunde später war der Schmerz verschwunden. Sie holte tief Luft.

Nach Hause, sie musste nach Hause. Sie war schon drei Häuserblocks gegangen, als sie merkte, dass sie ihren Mantel vergessen hatte. Gänsehaut überzog ihre Arme. Die feuchte graue Straße erstreckte sich unter ihren Füßen, und ihr Atem war lauter als der Verkehrslärm.

Da war er wieder, der Schmerz. Hart und spitz, er schien sie zu zerreißen. Sie zwang sich, tief einzuatmen, so konnte sie nicht nach Hause gehen. Pa würde sie sehen, und außerdem brauchte sie einen Arzt.

Sie stellte sich unter eine Markise und versuchte, klar zu denken. Für einen Arzt hatten sie kein Geld, das hatte Ma heute Morgen betont. Dann fiel ihr ein, wie sich Henry und Billy Wilder einmal im Club geprügelt hatten, weil sie zu betrunken waren, um ihre Scherze als solche zu erkennen. Billy hatte ein Glas auf Henrys Kopf zerschlagen, und die Wunde hörte nicht auf zu bluten. Henry hatte ein Taschentuch dagegengedrückt und sich zusammen mit dem zerknirschten Billy um Mitternacht zu Dr. Mackenzie in die West George Lane begeben. Dieser hatte Henry vor dreißig Jahren auf die Welt geholt und war seither der Arzt der Familie. Wenn sie ihn um Hilfe bat, sich ihm auf Gedeih und Verderb auslieferte, ihm sagte, das Kind, das sie verlöre, sei von Henry …

Aber die Scham, die Schwierigkeiten, die Henry bekommen würde.

Der Schmerz war zu groß, sie brauchte Hilfe. Sie drehte sich um und lief in Richtung West George Lane. Die Wolken über ihrem Kopf wurden dunkel, und das Nieseln wurde stärker. Harte, kalte Tropfen, die in die Gosse strömten und aufspritzten, wenn Autos vorbeifuhren. Sie hielt sich dicht bei den Gebäuden, doch als sie vor der Praxis ankam, waren ihre Schuhe durchweicht. Sie war nicht in der Lage, die Tür aufzudrücken. Es gab keine Markise, und der Regen prasselte gleichgültig auf sie nieder, als wäre sie nicht wichtiger als die Müllkisten, die auf der anderen Seite der engen Gasse standen.

In diesem Augenblick kam sie sich vollkommen wertlos vor.

Tränen stiegen ihr in die Augen, und zum ersten Mal, seit sie von der Schwangerschaft wusste, erlaubte sie sich zu weinen. Um den Verlust ihrer Unschuld, ihres Stolzes, der letzten Selbstachtung, die ihr nach dem Abstieg ihrer Familie geblieben war. Doch sie weinte auch um das Kind, das nicht darum gebeten hatte, gezeugt zu werden, und das niemals die feuchte Luft von Glasgow atmen, die Berührung seiner Mutter spüren oder die sturmgrauen Augen seines Vaters sehen würde. Sie weinte in ihre

Hände, während der Regen auf sie niederprasselte. Dann, wie von Zauberhand, hörte er auf.

»Alles in Ordnung, Mädchen?«

Sie blickte auf. Um sie herum regnete es noch immer, doch neben ihr stand ein großer, breitschultriger Herr, der einen riesigen schwarzen Schirm über sie hielt.

Beattie fasste sich und wischte die Tränen ab. »Vielen Dank, Sie sind sehr freundlich. Ich … ich muss jetzt nach Hause.«

»Wollen Sie zum Arzt?« Er deutete auf die Praxistür.

Sie schaute von der Tür zu dem Herrn und schüttelte den Kopf. »Ich habe nicht genug Geld.«

»Ach, das wird schon. Kommen Sie herein. Ich kann Sie doch nicht im Regen stehenlassen.« Er holte einen Schlüsselbund heraus, öffnete die Tür und schob sie hinein. Erst jetzt wurde ihr klar, dass dieser Herr Dr. Mackenzie war. Er stellte seinen Schirm in einen Ständer neben der Tür und bat sie, im leeren Wartezimmer Platz zu nehmen. Der Empfang war verlassen. Er holte ihr ein kratziges weißes Handtuch.

»Normalerweise habe ich am Donnerstagnachmittag keine Sprechstunde. Sie haben Glück gehabt.«

Beattie rieb sich die Haare trocken. Im Zimmer roch es stark nach Zitronenpolitur und Salbe.

»Kommen Sie mit.« Er führte sie in ein Untersuchungszimmer mit einer schmalen Liege. An der Decke hing eine weiße Lampe von einer Kette. Er setzte sich an den Schreibtisch, doch sie blieb verlegen vor ihm stehen wie ein Schulmädchen.

»Nur zu, Mädchen, was ist denn los?«

»Ich bin schwanger, und …« Ihr Gesicht wurde rot und heiß, während sie immer noch am ganzen Körper zitterte. »Ich glaube, ich verliere das Baby. Ich habe furchtbare Schmerzen …«

Er runzelte nicht die Stirn und zeigte auch sonst keine Missbilligung, sondern stand auf und half ihr auf die Liege. »Lassen Sie mich sehen.« Er strich das feuchte Kleid über ihrem Bauch glatt und fuhr mit den Händen fest darüber. Sie beobachtete ihn mit angehaltenem Atem. Er hatte große Poren auf der Nase, und auf seinen Wangen wuchsen graue Haare.

»Wenn es Ihnen nichts ausmacht – ich muss Ihr Kleid beiseiteschieben.«

Sie nickte und schloss die Augen. Dann spürte sie seine kühlen Hände auf der nackten Haut. Er rollte ihren Hüfthalter herunter, drückte und tastete. Mit geschickten Händen bewegte er sich tiefer an Stellen, die bislang nur Henry berührt hatte. Doch bei ihm fühlte es sich anders an. Nicht heiß und wild, sondern kalt und steril.

»Sie bluten nicht. Haben Sie vorhin geblutet?«

»Nein.«

»Wie alt sind Sie?«

»Einundzwanzig«, log sie.

»Ist der Schmerz ähnlich wie die Krämpfe, die Sie bei Ihrer monatlichen Regel haben?«

Beattie wand sich vor Scham, weil sie mit einem Mann über so etwas sprechen sollte. »Nein, weiter unten, auf der linken Seite. Ich glaube …« Vor lauter Scham und Angst war es ihr gar nicht aufgefallen. »Ich glaube, sie haben aufgehört.«

Er nestelte an ihrer Kleidung, und sie merkte, dass sie wieder bedeckt war. Sie öffnete die Augen und setzte sich hin. Dr. Mackenzie hatte am Schreibtisch Platz genommen.

»In dieser Phase der Schwangerschaft ist ein solcher Schmerz recht häufig. Ihr Körper bereitet sich auf die Geburt vor. Die Bänder in Ihrem Becken dehnen sich. Da Sie sehr jung sind, ist es bei Ihnen etwas stärker. Vermutlich sind Sie gerade erst ausgewachsen.«

Geburt? Daran hatte sie noch gar nicht gedacht. Vor ihren Augen verschwamm alles.

»Also brauchen Sie sich keine Sorgen zu machen. Dem Baby geht es gut.«

Die Unausweichlichkeit ihrer Situation traf sie wie ein Schlag. »Nein!«, platzte es aus ihr heraus. Wieder musste sie mit den Tränen kämpfen.

Der Arzt zog die Augenbrauen hoch. »Verstehe.«

»Danke.« Sie tat, als wäre alles in Ordnung, und stieg von der Liege. »Ich möchte Sie nicht länger belästigen …« Doch dann wurde sie erneut von den Tränen überwältigt, und er setzte sie entschlossen auf einen Stuhl und reichte ihr sein Taschentuch.

»Sie sind nicht verheiratet, oder?«

»Nein.«

»Weiß der Vater Bescheid?«

Sie dachte an Henry und dass Dr. Mackenzie ihn schon als kleinen Jungen gekannt hatte. »Noch nicht.«

»Sie müssen es ihm sagen.« Seine Stimme wurde sanft. »Sie haben ein Baby im Bauch, Kleines. Er oder sie ist schon seit drei Monaten dort drinnen. Die Aussicht auf eine Fehlgeburt ist jetzt sehr gering. Verstehen Sie, was ich sage? Es gibt keinen anderen Weg. Sie müssen es ihm erzählen.«

Sie drückte ihre Zehen fest in die Schuhe. »Er ist verheiratet«, stieß sie hervor.

Er presste die Lippen zusammen, so dass sie hinter seinem Bart verschwanden. »Verstehe.«

»Soll ich es ihm trotzdem sagen?«

»Mädchen, ich glaube, Sie haben keine andere Wahl.«

Die Wolken hatten sich verzogen, der Regen war zu einem Nieseln geworden. Beattie kehrte zum Modesalon zurück, um sich bei Antonia zu entschuldigen und irgendwie ihre Stelle zu retten. In diesen Zeiten durfte man nicht arbeitslos werden. Alle redeten von der Krise; selbst die großen Schifffahrtsgesellschaften wollten niemanden mehr einstellen. Beattie wusste, dass sie betteln musste. Sie klingelte an der Tür und spähte durchs Erkerfenster. Antonia tauchte aus dem Keller auf. Als sie Beattie sah, verzog sie das Gesicht.

Sie öffnete die Tür nur einen Spaltbreit. »Was ist los?«

»Ich wollte mich entschuldigen, ich ...«

»Du siehst aus wie eine nasse Katze. Mädchen wie dich will ich in meinem Geschäft nicht haben, Beattie Blaxland. Ich habe einen Ruf zu wahren.«

»Ich gehe nach Hause, ziehe mich um und komme sofort zurück.« Sie merkte, dass sie hoffnungslos und verzweifelt klang.

»Umziehen? Damit änderst du aber nicht, was du bist. Lady Miriam hat mir die Augen geöffnet. Du erwartest ein Kind und bist nicht verheiratet. Und es heißt, dass du dich mit Henry MacConnell herumtreibst. Ist das sein Balg? Er hat schon eine Frau, falls du das nicht wusstest.«

»Bitte, Antonia«, flehte Beattie verzweifelt. »Ohne meinen Lohn kommen wir nicht zurecht. Meine Familie ist ...«

»Das hättest du dir früher überlegen sollen. Ein Dutzend Mädchen bettelt jeden Tag bei mir um eine Stelle, und keins von ihnen ist schwanger. Ich habe die freie Auswahl. Warum sollte ich ausgerechnet dich behalten?«

»Bitte ... bitte!«

»Lady Miriam hat erklärt, dass sie erst dann wieder ins Geschäft kommen wird, wenn du nicht mehr da bist. Ich muss an mein Unternehmen denken.«

Beattie schluckte schwer. Sie musste so niedergeschlagen ausgesehen haben, dass Antonia einen Moment lang weichwurde.

»Es tut mir leid, Kind.« Sie sprach leise und konnte Beattie dabei nicht in die Augen sehen. »Aber du wirst keinen Fuß mehr in meinen Laden setzen.« Mit diesen Worten schloss sie die Tür.

# *Drei*

*Einatmen, ausatmen.*

Beattie stand vor dem Club auf der Straße. Heute Abend würde sie es Henry sagen. Ihr Atem wogte als dünner Nebel vor ihrem Gesicht. Ihr Bauch juckte vor Aufregung. Sie versuchte zu verstehen, weshalb sie sich vor ihm fürchtete. Er liebte sie, jedenfalls sagte er das. Er würde zu ihr stehen. Er würde nicht wütend sein … oder doch? Sie hatte sich besondere Mühe mit ihrem Make-up gegeben, die Augen sanft und dunkel geschminkt, die Lippen rot und geschwungen. Wenn sie hübsch genug war, würde er nett zu ihr sein. Mitleid mit ihr haben.

Und doch, wie war es so weit gekommen, weshalb sehnte sie sich nach Mitleid? Sie war immer stolz auf ihre großen Träume gewesen, ihr lautes Lachen, ihre freche Lässigkeit. Als sie auf der Straße stand, umgeben von den Gerüchen nach gebratenem Fleisch und Zigarettenrauch, die aus dem Restaurant drangen, begriff sie entsetzt, dass all das nur Schau, nur kindliche Angeberei gewesen war. Natürlich war es einfacher, über große Pläne zu sprechen, als sie zu verwirklichen. Es war einfach, es mit Coras scharfem Witz und ihrem unverfrorenen Selbstbewusstsein aufzunehmen, wenn man eine Menge getrunken hatte. In Wirklichkeit aber war sie die unbeholfene, dünne und arme Tochter einer unerträglich schwachen Mutter und eines törichten, idealistischen Vaters. Die Erkenntnis traf sie mit solcher Wucht, dass sie beinahe weggelaufen wäre.

Aber das tat sie nicht. Denn es ging nicht mehr nur um sie selbst. Das Kind, dessen erste sanfte Bewegungen sie an diesem Morgen in ihrem Bauch gespürt hatte, brauchte einen Vater.

Die erste Treppe war am schwersten. Dann roch sie den vertrauten Zigarrenrauch, hörte das vertraute Gelächter – lauter als sonst – und strebte ihm entgegen. Ihr Herz schien zu groß für ihre Brust. Sie würde es Henry sagen, ganz offen mit ihm sein. Danach lag es nicht mehr in ihrer Hand.

Mit einer Party hatte sie allerdings nicht gerechnet.

Der Club platzte aus allen Nähten. Girlanden waren gespannt, manche davon gefährlich nahe am Kamin. Der Kartentisch war beiseitegeräumt worden und hatte einem langen Esstisch Platz gemacht, auf dem eine opulente Fülle an Essen aufgebaut war. Rasch schaute sie sich nach Henry um. Sie wollte mit niemand anderem sprechen. Ihre Lippen waren schon bereit für den einen Satz: »Henry, ich bin schwanger.« Aber er war nirgendwo zu sehen.

»Komm rein, komm rein, Beattie!« Es war Teddy Wilder in seiner weiten Hose und dem bunten Strickpullover. Seine roten Wangen glänzten. »Das ist eine Abschiedsparty. Wir brauchen dich sofort hinter der Theke.«

»Abschied?« Ihr Herz machte einen Sprung. Henry ging weg. Er lief mit dem irischen Wolfshund davon. »Wessen Abschied?«

»Keine Sorge, niemand, den du magst«, erwiderte Teddy lachend. »Mein Bruder Billy. Er macht sich davon. Fährt übermorgen mit einem Schiff nach Australien.«

Dann war Cora da, griff mit ihrer kühlen weißen Hand nach Beattie und zog sie zur Theke, wobei sie die laute Jazzmusik aus dem Grammophon überschrie. »Hast du gehört? Billy geht weg!« Sie konnte ihre Aufregung kaum bezähmen. Cora verachtete Billy. Genau wie die meisten anderen Leute. Er war unberechenbar, grob und eitel. Angeblich trieb er sich mit einer Straßengang herum, rauchte Opium und missbrauchte Prostituierte. Beattie wusste nicht, wie viel Wahrheit in diesen Geschichten steckte.

Teddy eilte davon und rief einem anderen Freund etwas zu, während sich Beattie an Cora klammerte. »Wo ist Henry? Ich muss mit ihm reden.«

»Er ist noch nicht hier. Zigarette?«

Beattie schüttelte den Kopf. Cora zündete sich eine an und hob das Kinn, damit ihr eleganter weißer Hals zur Geltung kam. »Gegen Billy wird ermittelt, er soll bei Proudmoore's die Zahlen frisiert haben.«

Beattie konzentrierte sich wieder auf die Gegenwart. Henry war nicht da. Der Mut verließ sie; hoffentlich fand sie ihn wieder, wenn er kam. »Frisiert …?«

»Aye, die Bücher gefälscht. Jetzt rennt er weg, bevor ihn die Polizei erwischt. Sein Vater hat ihm einen Job bei einem Freund in Tasmanien besorgt. Am Arsch der Welt. Da gehört er auch hin.« Sie schaute sich um, ob niemand sie belauschte. »Er war es, das ist so sicher wie das Amen in der Kirche. Er hat es Teddy erzählt. Zweihundert Pfund in die eigene Tasche gewirtschaftet.«

»Aber Henry hat nichts damit zu tun?« Billy war sein Vorgesetzter in der Buchhaltung der Schifffahrtsgesellschaft.

Cora schüttelte energisch den Kopf. »Nein, dazu ist Henry nicht fähig. Aber Billy ist ein übler Kerl. Ich bin froh, wenn er weg ist.«

Beattie zwang sich zu einem Lächeln. »Teddy wird ihn vermissen. Er wird einsam sein ohne ihn.«

»Teddy geht es gut«, schnurrte Cora und hob anzüglich die Augenbrauen. »Ich leiste ihm Gesellschaft.«

Beattie konnte ihr nicht in die Augen sehen. Warum war sie und nicht Cora schwanger geworden? Plötzlich konnte sie die Ungerechtigkeit nicht länger ertragen und wollte weg von Cora mit der modisch flachen Brust und dem flachen Bauch. Sie wandte sich ab, drängte sich mit gesenktem Kopf durch die Menge. Cora rief ihr etwas im Befehlston nach, da sie es nicht gewohnt war, von Beattie stehengelassen zu werden, doch diese beachtete sie nicht. Weder sie noch die anderen Stimmen, das Gelächter oder die wogende Menge.

Dann erwischte er sie.

»Beattie?«

»Henry!« Sie klang halb ängstlich, halb erleichtert.

»Was ist los? Du bist ganz blass.«

»Ich …« Sie riss sich zusammen. »Ich muss mit dir reden. Jetzt.«

»Du redest doch mit mir.«

»Ich meine über etwas Wichtiges.« Sie schaute sich gehetzt um. »Wo wir allein sein können.«

Er zog die Augenbrauen zusammen, ein vertrauter Ausdruck. Sie liebte sein ernsthaftes Gesicht und die intelligenten Augen. Sie liebte sie so sehr, dass es weh tat. Sie verspürte neue Hoffnung. Er würde wissen, was zu tun war. Er würde ihr helfen.

»Nun denn«, sagte Henry und ergriff sanft ihr Handgelenk. Er stieß die Tür zum Hinterzimmer auf, doch ein anderes, halb bekleidetes Paar vergnügte sich schon auf der Liege. Leise fluchend schloss er die Tür.

»Draußen.« Er ließ sie nicht los.

Sie gingen durch die Menge und die Treppe hinunter. Sein fester Händedruck war beruhigend. Ein friedliches Gefühl, eine Art Akzeptanz breitete sich auf einmal in ihr aus. Es war fast, als träumte sie. Die kalte Nachtluft war wie ein Schock, sie hatte ihren Mantel vergessen. Es roch nach Regen und den Abgasen der Busse auf der Douglas Street.

»Worum geht es denn?« Er schaute mit seinem ruhigen grauen Blick auf sie hinunter, und sie genoss den Moment. Sie liebte ihn wahnsinnig; die Liebe würde alle Probleme lösen. Dann kam eine frische Brise auf und erinnerte sie an ihre nackten Arme und das Kind in ihrem Bauch.

»Henry, ich bin schwanger.«

Er erstarrte zur Statue. Selbst im Dunkeln sah sie, wie sich seine Pupillen zusammenzogen. Zum ersten Mal, seit sie ihm begegnet war, wirkte er unsicher. Eine Sekunde verging, dann noch eine und noch eine, und ihre traumwandlerische Sicherheit verschwand. Er bewegte sich nicht, er sprach nicht. Tränen brannten in ihren Augen, dann flossen sie warm über ihre Wangen.

»Oh, Beattie«, sagte er so sanft und zärtlich, dass es ihr Angst machte.

»Es tut mir leid«, sagte sie. »Es tut mir so leid.« Als wäre es nur ihre Schuld, als wäre es ihr Fehler gewesen, dass sie schwanger geworden war. Als hätte er selbst überhaupt nichts damit zu tun.

»Nein, nein, mir tut es leid. Ich kann nicht …« Er ließ den Kopf hängen und kniff sich in den Nasenrücken. Dann fasste er sich und sah ihr in die Augen. »Mein Liebling, ich bin verheiratet. Das weißt du.«

Das Blut in ihren Adern wurde kalt. »Aber … was ist mit mir?«

»Molly ist meine Frau. So einfach ist es nicht …«

»Oh, Gott. Oh, Gott.« Beattie wandte sich schwankend ab, ihr Instinkt trieb sie zur Flucht.

Henry aber hielt sie fest, zog sie an sich und bedeckte ihr tränenüberströmtes Gesicht mit Küssen. »Ich liebe dich, ich liebe dich. Aber es ist die Wahrheit: Molly wird sich niemals scheiden lassen.«

»Was soll ich tun?«, schluchzte Beattie. »Ich habe schon meine Stelle verloren. Ich kann mich nicht um mich selbst kümmern, geschweige denn um ein Baby.«

»Ich helfe dir, wo ich kann. Du musst ruhig bleiben und leise sprechen. Sei ganz ruhig. Sag mal, weiß sonst noch jemand davon?«

»Cora«, gestand sie.

»Hat sie es Teddy erzählt?«

Beattie schüttelte den Kopf.

Henry holte tief Luft. »Wir machen es so. Wir gehen jetzt nach oben und holen deinen Mantel. Wir sagen allen, dass du dich nicht wohl fühlst und nach Hause gehst. Dann musst du dich eine Weile vom Club fernhalten.«

»Aber …«

»Ich brauche ein bisschen Zeit, um etwas zu organisieren. Du vertraust mir doch, oder?«

Eine gewaltige Leere tat sich in ihr auf. Sie vertraute ihm *nicht.* Natürlich nicht. Deshalb hatte sie auch so lange gezögert, es ihm zu sagen. Das wurde ihr jetzt qualvoll bewusst.

»Wirst du auf mich hören?«

Was blieb ihr anderes übrig? Sie nickte, brachte aber kein Ja über die Lippen.

Zwei Wochen vergingen, in denen sie nichts von Henry hörte. Jeden Tag versank sie tiefer in Hoffnungslosigkeit. Jeden Morgen zog sie sich an und verließ die Wohnung, damit ihre Eltern nichts merkten. Natürlich würden sie es irgendwann herausfinden, vielleicht wenn ihre Mutter in ihre Handtasche schaute und kein Geld darin fand. Sie lief jeden Tag so lange umher, bis ihre Füße geschwollen waren, und landete immer wieder im Glasgow Green Park. Überall entfaltete sich neues Leben. Die festen grünen Schösslinge der Birken und Linden, die Wildblumen, die ihre ganze Farbenpracht an den Ufern des Clyde zur Schau stellten, die stolzen Gänse mit ihren unbeholfenen Küken. Und auch in ihr wuchs Leben. Das Kind zwickte sanft in ihren Bauch, der unübersehbar runder wurde.

Doch sie sah nicht nur neues Leben, sondern auch andere Dinge: Dinge, die sie quälten und verfolgten. Zerlumpte Frauen ohne Obdach, schmutzige Kinder, die um Münzen oder Essen bettelten, eine schäbige Ansammlung alter Decken in einer Gasse, die auf ihren Bewohner wartete. Früher hatte sie in ihrer Phantasie von Kleidern und großem Erfolg geträumt, heute gaukelte sie ihr Bilder dieser Gassen vor. Sie sah sich selbst mit ihrem Kind, sah den Winter, der sich mit kalten Fingern wie ein böser Schatten näherte. Sie sah eine trostlose Zukunft voller Hunger.

Jeden Tag kam sie in der Abenddämmerung nach Hause. Pa saß noch an der Schreibmaschine, während Ma ihre Füße ausruhte, nachdem sie den ganzen Tag in der Wäscherei gearbeitet hatte. Sie sprach nicht mit Worten zu Pa, aber mit den Augen, und flehte ihn schweigend an, sich endlich eine richtige Arbeit zu suchen. Beattie zog sich zurück, ohne dass die beiden sie bemerkten.

Cora meldete sich nicht bei ihr, um sich nach ihr zu erkundigen. Beattie staunte selbst, wie traurig sie darüber war. War die Freundschaft mit Cora so oberflächlich gewesen? Cora hatte nicht ein einziges Mal nach ihrem Befinden gefragt, nachdem Beattie ihre Schwangerschaft eingestanden hatte, oder Hilfe angeboten. Es war, als hätte sie Beatties Notlage völlig vergessen. Und nun schien sie auch Beattie vergessen zu haben.

Sie wartete. Wartete auf Henry. Wartete darauf, dass ihre Eltern ihre Arbeitslosigkeit bemerkten. Sie wartete, dass ihr Bauch so dick würde, dass sie ihn nicht mehr unter den Kleidern verbergen konnte. Sie wartete auf die Folgen.

Und dann, eines Morgens, war es so weit.

Beattie stieg gerade aus der angeschlagenen Emaillewanne mit den rostigen Wasserhähnen, als ihre Mutter hereinkam.

Natürlich mit Absicht. Sie musste schon länger einen Verdacht gehegt haben und hatte Beattie im Bad abgepasst. Der Riegel an der Tür funktionierte seit Monaten nicht, doch alle Bewohner ließen die Pantoffeln vor der Tür stehen, damit die anderen Bescheid wussten.

Beattie keuchte auf und griff nach einem Handtuch. Nackt konnte sie ihren Zustand nicht verbergen. Ma trat die Tür hinter sich zu und riss das Handtuch weg. Dann ergriff sie Beatties Hände und zog sie auseinander.

»Ma …«

Ihre Augen wanderten von der Kehle bis zu den Oberschenkeln über Beatties Körper. Dann ließ sie die Hände fallen und sah ihrer Tochter endlich ins Gesicht.

»Es tut mir leid, Ma«, sagte Beattie, doch in den Augen ihrer Mutter las sie kein Mitleid, nur Panik.

»Du musst weg.«

»Nein! Du kannst mich nicht hinauswerfen, Ma.«

»Dein Vater darf es nie erfahren. Die Schande. Die *Schande.*« Ihre Mutter flatterte mit den Händen, als wären es gefangene Vögel. »Zieh dich an. Geh.«

Beattie wickelte sich in das Handtuch, ihr Herz schlug bis zum Hals. »Ich kann nirgendwo hin.«

»Ist mir egal!« Mas Stimme klang hysterisch. »Dein Vater würde vor Scham sterben. Er bekommt nie mehr eine anständige Stelle, wenn bekannt wird, dass seine Tochter eine … eine …« Ihr fehlten die Worte, dann überkam sie ein heftiger Hustenanfall.

»Aber ich …«

Ma erstickte Beatties Protest mit einer Ohrfeige. Diese blickte ihre Mutter an und sah die Panik in deren Augen.

»Ma?« Sie war den Tränen nahe. Wollte die Hände ihrer Mutter ergreifen, doch die stieß sie entschieden weg.

»Nein, lass mich. Es ist schwer genug.«

Plötzlich überfiel sie eine Erinnerung an Ma, wie sie ihr morgens vor der Schule die Haare kämmte, Schnee vor dem Fenster, Mas warme Hände, ihre zitternde Stimme, mit der sie ein altes schottisches Volkslied sang. Die Erinnerung stand in einem solchen Gegensatz zu diesem Augenblick, dass Beatties Magen sich verkrampfte. »Das kannst du nicht tun«, keuchte sie. »Ich bin deine Tochter.«

»Nein«, erwiderte Ma grimmig. »Das bist du nicht. Wir haben keine Tochter.«

***

Die Luft draußen war dick und ölig. Beattie hatte sich angezogen und trug die Handtasche bei sich, die ihre Mutter ihr im Treppenhaus hinterhergeworfen hatte. Ansonsten floh sie mit leeren Händen aus dem Mietshaus. Einige Straßen weiter blieb sie stehen, mit flatterndem Puls, unsicher, wohin sie sich wenden sollte. Zu Henry ins Büro gehen und ihn um Hilfe anflehen? Zu Granny nach Tannochside mit dem nassen Garten, in dem mehr Moos als Gras wuchs? Oder in die wärmste, trockenste Gasse, die sie finden konnte, um sich auf ihren endgültigen Untergang vorzubereiten? Lange, entsetzliche Minuten stand sie da, und es war, als könnte sie die Drehung der Erde spüren, als hielte sie sich nur mühsam auf ihr fest.

Nur ein Mensch konnte ihr jetzt noch helfen. Cora.

Beattie war noch nie bei ihr zu Hause gewesen, wusste aber, wo sie wohnte. Henry hatte ihr das Haus eines

Nachts auf dem Heimweg gezeigt. Ein honigfarbenes Stadthaus aus Sandstein in der Woodlands Terrace. Coras Vater war ein Schiffsmagnat, der auch ein Landhaus besaß. Beattie versuchte, nicht daran zu denken, wie es wäre, zwei Häuser statt einer winzigen, vollgestopften Wohnung zu besitzen. Einen Vater zu haben, der für sie sorgte.

Sie war außer Atem, als sie dort eintraf, und blieb vor der breiten Treppe stehen, um Luft zu holen. Sie hatte gar nicht gemerkt, dass sie gelaufen war. Die Morgensonne brach durch die Wolken und ließ die Pfützen verdunsten. Im Park stimmten die Vögel einen lauten Chor an. Beattie wartete, bis sich ihr Herz beruhigt hatte, wischte sich die Tränen aus dem Gesicht, stieg die Stufen hinauf und klingelte.

Die schwere Tür öffnete sich knarrend. Ein strenges Gesicht unter einem weißen Spitzenhäubchen spähte heraus.

»Ja, Kleines?«, fragte die alte Frau.

»Ich möchte zu Cora.«

Die Frau – vermutlich die Haushälterin – zog eine Augenbraue hoch. »Wer sind Sie?«

»Ich heiße Beattie. Ich bin mit ihr befreundet. Bitte. Ich möchte nur kurz mit ihr sprechen.«

»Warten Sie hier«, sagte die Haushälterin und schloss die Tür.

Die Zeit verging. Was ihr wie Stunden vorkam, waren in Wirklichkeit wohl nur zehn Minuten. In der Ferne hörte sie den Verkehrslärm; für alle anderen Leute begann ein ganz normaler Tag. Beattie glaubte schon, man habe sie vergessen, doch dann ging die Tür wieder auf, und Cora stand vor ihr.

»Du lieber Himmel, Beattie Blaxland. Es ist erst neun.«

»Es tut mir leid, hoffentlich habe ich dich nicht geweckt. Ich wusste nicht, zu wem ich sonst gehen sollte.«

»Egal. Du siehst schrecklich aus. Hast du etwas gegessen? Ich könnte dir Tee machen.«

»Ich …« Beattie holte so tief Luft, dass ein Schauer sie überlief. Sie wollte nicht weinen. »Tee wäre gut.«

»Komm herein. Vorsicht, Stufe. Du bist gar nicht geschminkt. Siehst aus wie der Tod. Soll ich dir einen Lippenstift holen?« Cora plapperte weiter, während sie Beattie durch eine große Eingangshalle in ein mit Parkett ausgelegtes Wohnzimmer führte. Die Fenster reichten bis zum Boden. »Setz dich. Ich hole dir Tee, und dann kannst du mir erzählen, worum es geht.«

Beattie wartete ungeduldig in dem stillen, sonnigen Zimmer und rang nervös die Hände. Es war, als betrachtete sie sich selbst von außen. Das alles konnte nicht real sein. Sie schaute auf ihre dünnen Handgelenke und kam sich ungeheuer jung vor. Es waren die Handgelenke eines Kindes. Als Cora zurückkam, rauchte sie eine Zigarette und hatte ein Tablett dabei, das sie geschickt abstellte und von dem sie Beattie starken schwarzen Tee eingoss.

Beattie trank einen Schluck und verbrühte sich die Zunge.

»Worum geht es? Ich dachte, du hättest genug von mir«, sagte Cora mit einem niedlichen Schmollen. »Wie du mich auf der Party stehengelassen hast. Du bist gar nicht mehr in den Club zurückgekommen.«

»Henry hat gesagt, ich soll wegbleiben.«

»Wieso?«

»Wegen des Babys.«

»Des …« Ihr Blick wanderte zu Beatties Bauch, dann machte sie große Augen. »Du lieber Himmel, Beattie, du bist doch nicht immer noch schwanger! Ich dachte, du wärst das Kleine längst losgeworden. Du hattest es gar nicht mehr erwähnt.«

Beattie konnte nur die Lippen zusammenpressen und den Kopf schütteln.

»Was ist denn passiert? Ist er zu dir gekommen? Kümmert er sich um dich?«

»Das hat er mir versprochen, aber ich habe nichts von ihm gehört. Seine Frau …«

»Eine ausgemergelte alte Kuh, die selbst keine Kinder bekommen kann. Die sollte ihn ziehenlassen.« Cora legte ihr schützend den Arm um die Schultern. »Wie kann ich dir helfen?«

»Ma hat mich rausgeworfen. Ich weiß nicht, wohin ich gehen soll. Zu Henry? Aber ich will ihm das Leben nicht schwermachen …«

»Warum nicht? Er macht es dir doch auch schwer.« Mit der freien Hand drückte Cora ihre halbgerauchte Zigarette aus. »Nein, geh nicht zu Henry. Er wird dich nicht gut behandeln.«

»Er ist nicht so übel. Er ist ein guter Mensch, er …«

Cora brachte sie mit einer Handbewegung zum Schweigen. »Es gibt zwei Arten von Frauen, Beattie. Die einen tun Dinge, und den anderen tut man Dinge an. Du solltest versuchen, zur ersten Gruppe zu gehören.« Sie lehnte sich zurück und sah Beattie in die Augen. »Ich kenne da etwas in Nordengland. Eine Freundin meiner Tante führt das Haus. Mädchen wie du bekommen dort ihr Baby und geben es zur Adoption frei. Du könntest Weihnachten zurück in Glasgow sein, als wäre nichts passiert. Ich kann es für dich organisieren.«

Beattie dachte fieberhaft nach. Cora bot ihr alles, was sie wollte: ein Dach über dem Kopf, Trost, eine Befreiung von der Verantwortung, Mutter zu werden. Doch Beattie hatte sich verändert. Im Laufe der Wochen, als ihr Schicksal unabänderlich wurde, war in ihr eine unerwartete Zuneigung zu dem Kind entstanden. Sie band sie wie eine seidene Schnur an das Baby. Sie gehörten zusammen, oder?

Cora runzelte die Stirn. »Du hast doch wohl hoffentlich nicht die alberne Vorstellung, das kleine Ding zu behalten?«

Sie war verzweifelt. Entweder befolgte sie Coras Rat oder stand vor dem Ruin. Sie zwang sich zu einem leichten Ton. »Natürlich nicht. Ich habe es nie gewollt.«

# Vier

Durch das reifüberzogene Fenster des Zimmers in Morecombe House blickte Beattie auf die Dächer, die die Sicht auf das Meer verbargen. An jedem Dienstagnachmittag wurden die vierzehn Mädchen, die hier wohnten, an den Strand geführt, immer spät, um möglichst wenige Menschen durch den Anblick so vieler unanständiger Schwangerschaften zu brüskieren. Dort sammelten sie Muscheln in ihren Handtaschen und standen bis zu den Knöcheln im beißenden Meerwasser. Sie nahmen tiefe Atemzüge, um bis zum nächsten Ausflug von ihnen zu zehren.

Beattie hätte gern das Fenster geöffnet, um etwas freier atmen zu können, doch es war zugenagelt. Auf dem Dach gegenüber ließ sich eine Möwe vom Wind, der an jedem Abend vom Meer herüberwehte, das Gefieder zerzausen. Sie legte die Hand auf ihren Bauch. Das Kind in ihr zappelte und trat.

Es war nicht mehr ihr Kind. Die Oberin hatte erklärt, dass man bereits eine Familie für das Baby gefunden habe, ein anständiges christliches Ehepaar aus Durham, das bereits zwei Töchter adoptiert hatte und nun auf einen Sohn hoffte. Die Oberin hatte ihr dies in strengem Ton mitgeteilt, es klang fast wie eine Warnung, die Leute bloß nicht mit einem Mädchen zu enttäuschen. Beattie versuchte, nicht darüber nachzudenken, ob das Baby ein Junge oder ein Mädchen war. Solche Gedanken ließen es zu wirklich erscheinen, es ging ihr zu nahe. Wenn sie das

Kind aufgeben musste, hatte es keinen Sinn, sich Einzelheiten auszumalen.

Was würde sie jetzt für den Trost ihrer Mutter geben. Für die Weisheit ihres Vaters. Sie war kurz davor, ein Kind zu gebären, und fühlte sich selbst immer noch als Kind. Jung und verängstigt, voller Sehnsucht nach Trost. Aber hier in Morecombe House gab es das nicht. Nur tägliche, in eiskaltem Ton vorgetragene Lektionen darüber, wie sehr sie sich schämen musste.

Beattie wandte sich vom Fenster ab und griff nach einem Buch. Etwas anderes als die Bibel und die Klassiker duldete die Oberin nicht. Erstere wollte Beattie nicht lesen, Zweitere langweilten sie zumeist, doch sie hatte einen Roman von Charles Dickens entdeckt, der sie fesselte. Sie legte sich aufs Bett und versuchte zu lesen.

Das Zimmer war klein und würde im Herbst, wenn ihr Baby geboren wurde, sehr kalt sein. Keine Teppiche auf dem Boden, keine Tapete oder Bilder, um die kahlen, steinernen Mauern aufzulockern. Zwischen ihnen wanderte sie gleichgültig von der Morgenarbeit zum Mittagessen, vom Werkunterricht zum Abendessen. Ihr Bett war ordentlich gemacht, während bei Delia ein Chaos aus Laken und Decken herrschte. Delia war seit drei Wochen ihre Zimmergenossin. Gestern um Mitternacht hatte man sie eilig aus dem Zimmer geholt. Sie stöhnte und schrie, stand kurz vor der Niederkunft. Im Halbschlaf hatte Beattie seltsame Träume von Blut und Tod und weinenden Kindern gehabt. Ihre Nerven waren aufs äußerste gespannt. Sie konnte sich nicht auf die Zeilen konzentrieren.

Dann flog die Tür auf, und Beattie erblickte Delia, die ein verwaschenes Kleid trug, dessen Gänseblümchenmuster ganz grau war.

»Du bist zurück?«

Delia lächelte schwach. Ein Lächeln, das sich über einen dunklen Abgrund spannte. »Alles erledigt.«

Beattie warf einen Blick auf ihren Bauch, der rund und reif gewesen war. Jetzt wölbte er sich nur noch sanft unter dem Kleid. »Du hast …«

»Es ist vorbei«, sagte sie düster. »In einer Woche bin ich hier raus.«

»Und das Baby?«

»Habe ich nicht gesehen. Sie hielten mir … eine Decke … vors Gesicht.« Delias Lächeln erstarb. »Ich weiß nicht mal, ob es ein Junge oder ein Mädchen war.« Sie setzte sich behutsam aufs Bett und legte sich hin.

Beattie verspürte einen Stich im Herzen. »Hast du es gehört?« Sie rutschte zu Delia hinüber und strich ihr das Haar aus dem Gesicht.

»Ein leises Geräusch, wie eine Katze.« Das Lächeln war wieder da. »Es ist vorbei, und ich fahre nächste Woche nach Hause, und das Leben geht weiter. Gott sei Dank.« Sie schob Beatties Hände weg und zog die Decke über sich.

»Hat es weh getan?«

»Höllisch.« Sie gähnte. »Ich bin müde, Beattie. Lässt du mich jetzt bitte schlafen?«

Beattie kehrte wieder ans Fenster zurück und lehnte die Stirn an das kühle Glas. Bei ihr würde es noch Monate dauern, doch die Angst war schon da. Delias Baby war weg. Das zappelnde Bündel Leben, das mit ihr verbunden gewesen war, befand sich nun in fremder Obhut, und ihr Bauch war leer. Bei dem Gedanken musste Beattie weinen, und sie ließ die Tränen still über ihr Gesicht rinnen und von ihrem Kinn tropfen. Eigentlich weinte sie gar nicht um Delia. Sie weinte um sich selbst.

Das graue Meer war aufgewühlt, und dicker Schaum lag in Streifen auf dem Sand, als die Mädchen ihren Spaziergang unternahmen. Beattie schaute zum bleiernen Himmel empor und hielt ihren Hut in dem stürmischen Wind fest. Bestimmt würde es regnen, was ihren Ausflug verkürzte. Man würde sie vorzeitig nach Morecombe House zurückschicken. Vielleicht bekamen sie für ihre Sünden zusätzliche Bibelstudien aufgebrummt.

»Genießt die frische Luft, Mädchen«, rief die Oberin, als sie über den Strand ausschwärmten. Diejenigen, die kurz vor der Geburt standen, schauten erschöpft und ängstlich auf die grauen Wellen. Wer sich noch am Anfang der Schwangerschaft befand, lief zum Wasser und tauchte die Zehen hinein. Die Mädchen dazwischen, so wie Beattie, wanderten am Strand entlang und suchten Muscheln oder bunte Glasscherben, die angespült worden waren. Beattie war entschlossen, die Zeit draußen zu nutzen, und schritt energisch über den feuchten Sand. Die Seeluft und ihr Herzschlag vertrieben die Spinnweben, die ihren Verstand verschleierten, solange sie in den mit Linoleum ausgelegten Zimmern saß, in denen es nach Kohl roch.

Dann entdeckte sie eine Gestalt in der Ferne. Sie achtete nicht auf sie, bis diese die Hand hob, als wolle sie ihr zaghaft winken. Sie ging langsamer. Sah genauer hin. Es war ein Mann im grauen Anzug, dessen Gesicht von seinem Hut verdeckt wurde. Er winkte, daran bestand kein Zweifel.

Sie drehte sich um. Die anderen Mädchen waren ein ganzes Stück entfernt, und keines von ihnen beachtete den Mann. Sie wandte sich wieder nach vorn, und ihr Herz begann zu tanzen. Es erkannte ihn früher als ihre Augen.

*Henry.*

Beattie erstarrte. Sie konnte nicht einfach zu ihm laufen; die Oberin würde es sehen. Aber sie konnte ihn auch nicht ignorieren.

In ebendiesem Moment teilten sich die Wolken, und es fing an zu regnen. Die Stimme der Oberin erhob sich laut über den Wind. »Kommt zurück, Mädchen. Wir müssen sofort ins Haus.«

Zurück ins Haus? Wie konnte sie? Da stand Henry, nur hundert Meter entfernt, im Regen.

»Jemand soll Beattie holen! Um der Liebe Gottes willen, Beattie, wir warten alle auf dich!«

Eine Hand schloss sich um ihren Arm. Es war eines der neuen Mädchen; Beattie hatte ihren Namen vergessen. »Komm schon«, sagte sie mit einem starken nordenglischen Akzent, »wir holen uns hier im Regen noch den Tod.« Beattie schüttelte ihre Hand ab und schaute wieder zu Henry.

Er war verschwunden.

»Komm jetzt«, sagte das Mädchen.

Die anderen eilten schon vom Strand, während die Oberin wütend mit ihren fleischigen Armen fuchtelte. Sie blickte noch einmal zurück, doch es war niemand zu sehen.

Und wenn es dann gar nicht Henry gewesen war? Wenn nur ihr verzweifeltes Herz sein Bild heraufbeschworen hatte?

Sie wischte ihre zornigen Tränen weg und stapfte zu den anderen hinüber. Sie holte sie ein, als sie gerade die Straße überquerten. Hinter dem Pavillon parkte ein schwarzer Austin, der genauso aussah wie der von Teddy Wilder.

Beattie schüttelte sich. Viele Männer fuhren einen schwarzen Austin. Dennoch verspürte sie neue Hoffnung. Der Regen war stärker geworden, und die Oberin hielt sich einen schwarzen Schirm über den Kopf. Niemand beobachtete sie. Nicht in diesem Moment …

Beattie löste sich von der Gruppe und eilte zurück zum Strand. Niemand rief ihr etwas nach. Sie rannte, so schnell es ihr unbeholfener Körper erlaubte, und wurde langsamer, als sie sich allein auf dem Sand wiederfand.

Graues Meer, grauer Himmel, niemand zu sehen. Kein Henry. Er kam nicht. Er würde niemals kommen.

Und dann, einen Herzschlag später, veränderte sich alles. Er rief ihren Namen.

»Beattie!«

Sie drehte sich um. Er stand am Hang und winkte sie zu sich. Sie eilte über den Sand und warf sich so heftig gegen ihn, dass sie fürchtete, er könne umfallen. Aber nein, er war stark und fest wie ein Fels.

»Ich dachte, du würdest nie kommen.«

»Du warst auf einmal verschwunden! Deine Eltern wussten von nichts. Schließlich hat Cora es mir gebeichtet. Das werde ich ihr nie verzeihen.«

Der Regen durchnässte sie, aber sie hielten einander fest umklammert. Schließlich trat er zurück. »Schnell, man wird uns sehen. Komm mit, ich bin mit Teddys Auto da.«

Sie sah sich um. Natürlich würde man ihr Fehlen bemerken. Die Oberin würde jemanden nach ihr schicken. Henry legte den Arm um sie und eilte mit ihr zum Auto.

Sie tropfte den Sitz voll, während der Regen aufs Dach trommelte. Henry wandte sich zu ihr und fixierte sie mit seinen grauen Augen. Ihr Puls dröhnte in ihren Ohren. Sie wagte nicht, etwas zu sagen.

»Geh mit mir weg«, sagte er. Bildete sie es sich nur ein, oder roch sein Atem nach Gin?

»Wie meinst du das?« Aber es war schon zu spät. Er hatte die Worte ausgesprochen, nach denen sie sich sehnte, die sie sich nicht auszumalen wagte.

»Ich habe Billy in Australien telegrafiert. Er besorgt mir eine Stelle.«

Schwindel überkam sie.

»Wir können zusammen sein.«

»Deine Frau …« Sie rang nach Luft.

»Ich liebe sie nicht. Ich liebe dich. Ich liebe unser Kind. Sie wird uns niemals finden. Ich habe eine Kabine auf einem Frachter organisiert, der in acht Tagen von London ablegt. Ich habe vierzig Pfund in der Tasche. Kommst du mit mir? Jetzt? Nach London?«

Der stürmische Regen ließ nach. Beattie blickte ihn an, während die Gedanken durch ihren Kopf wirbelten: Sie würde Cora im Stich lassen, nachdem sie ihr so sehr geholfen hatte. Sie würde weit weg von zu Hause sein. Sie würde ihre Eltern nie wiedersehen … Keiner dieser Gedanken schlug Wurzeln in ihr, denn sie wusste tief in ihrem Inneren, dass sie mit Henry weggehen wollte. Und diese Sehnsucht war stärker als alles andere.

»Ja, lass uns fahren.«

Der Abend zog vor den Fenstern des kleinen Hotelzimmers in Bayswater herauf. Beattie hielt nach Henry Ausschau; er kam zu spät. Und wann immer er zu spät kam, fragte sie sich, ob sie das Richtige tat. Sicher war es nicht gut, wenn sie an ihm zweifelte, sobald er einmal nicht an ihrer Seite war.

Im Nebenzimmer pfiff jemand »Bye Bye Blackbird«, sie konnte es durch die dünnen Wände hören. Die fröhliche Melodie stand im Gegensatz zur Kälte des Zimmers, der hereinbrechenden Dunkelheit, der düsteren Vorahnung, die ihr Herz erfüllte.

Morgen würden sie mit einem Frachter ablegen, der gerade genügend Platz für zwei Passagiere bot und auf dem sich kein Steward um sie kümmern würde. Henry musste Reinigungsarbeiten übernehmen, um für die Überfahrt zu bezahlen. Sie würden einen Zwischenstopp in Indien einlegen und erst in acht Wochen Hobart erreichen.

Acht Wochen auf See. Wenn sie nicht gerade müde und voller Zweifel war, erschien es ihr wie ein Abenteuer. In diesem Moment aber war es eine gewaltige Bedrohung.

Was Henry ihr alles versprochen hatte! Ewige Liebe. Ihren Sohn gemeinsam aufzuziehen (natürlich würde es ein Junge, ein kleiner Henry). Ein neues Leben in einer neuen Welt. Sie würden als Mann und Frau auftreten. Sie würde sich nicht mehr Beattie Blaxland, sondern Mrs. Henry MacConnell nennen. Sie würde Kinder bekommen, während er hart arbeitete und Geld nach Hause brachte. Sie würden ein kleines Häuschen haben und gemeinsam alt werden.

Doch in dieser Symphonie gab es zu viele falsche Töne. Er würde mit Billy Wilder zusammenarbeiten. Seine Frau würde sie aufspüren. Und er hatte sich bis jetzt nicht dazu durchringen können, während der Schwangerschaft mit ihr zu schlafen.

»Es hat nichts zu sagen«, murmelte er, wenn er ihre Annäherungsversuche sanft zurückwies. »Du siehst nur anders aus als sonst. Nicht wie meine Beattie. Wenn das Kind geboren ist, wird alles wie früher.«

Wäre Henry nicht zu ihr gekommen, würde sie genau wie all die anderen Mädchen in Morecombe House auf die Geburt warten und das Kind weggeben. Sie legte die Hände um ihren Bauch. Warum konnte sie diesem furchtbaren inneren Zwiespalt nicht entkommen? Gerade noch wollte sie Henry, das Baby, das neue Leben. Dann wieder nicht. Sie wollte am liebsten alles ungeschehen machen. Aber das war unmöglich.

Dann kam er lässigen Schrittes die Straße entlang. Er hatte die letzten Vorbereitungen für die Reise getroffen und bei einer Freundin von Teddy in Paddington eine Tüte voller weiter Kleider abgeholt. Beattie trug nichts am Leib außer den Sachen, die sie am Strand angehabt hatte, und die würden nicht mehr lange passen.

Er sah zum Fenster hoch, entdeckte sie und hob grüßend die Hand. Kein Lächeln. Das war nicht seine Art.

Sie durfte nicht mehr an sich zweifeln, nicht jetzt. Sie hatte ihre Entscheidung getroffen, besser gesagt, ihr Herz hatte für sie gewählt.

Morgen würde die Reise beginnen. Morgen gab es kein Zurück mehr.

# *Fünf*

***Emma: London 2009***

Ich war spät dran, ging aber davon aus, dass Josh sich inzwischen daran gewöhnt hatte. Die Probe war pünktlich zu Ende gewesen. Ich hatte mich angezogen und meine Handtasche aus dem Schließfach geholt. Mit den besten Vorsätzen hatte ich das Studio in der Shaftesbury Avenue verlassen – nirgendwo stehen bleiben, nichts anschauen, nichts kaufen –, doch in der Euston Road erkannte mich dann jemand.

»Entschuldigen Sie! Entschuldigen Sie!« Eine honigsüße Stimme hinter mir, die näher kam.

Ich blieb stehen und drehte mich um.

Eine Frau mittleren Alters eilte mit ihrer unbeholfen wirkenden Tochter auf mich zu.

»Hallo.«

»Sie sind doch Emma Blaxland-Hunter, oder?« Die Frau strich ihre Bluse glatt, als wolle sie sich auf eine besondere Begegnung vorbereiten.

»Ja, sehr erfreut.«

Die Frau schaute von ihrer Tochter zu mir. »Das ist meine Tochter Glenys. Sie tanzt für ihr Leben gern. Könnten Sie ihr einen Rat geben? Sie möchte genau wie Sie werden.«

»Mum!«, rief Glenys so peinlich berührt, wie es nur eine Zwölfjährige sein kann.

An diesem Punkt hätte ich höflich lächeln und mich

zurückziehen, mich mit einem dringenden Termin entschuldigen sollen, aber das konnte ich nicht. Gran hatte immer gesagt, ich solle die guten Zeiten mit anderen teilen, sie würden nicht ewig dauern. Als Kind war London die Stadt meiner Träume gewesen. Wenn man hier lebte und arbeitete und in seinem Beruf Erfolg hatte, war das eine besondere Ehre. Dass mir die Bewohner der Stadt mit solcher Begeisterung begegneten, überwältigte mich immer wieder. Eigentlich kam ich nicht gut mit anderen Menschen zurecht, vor allem nicht mit Kindern, aber es waren nur zwanzig Minuten meines Lebens. Während der Verkehr an uns vorbeibrauste und der lange Sommernachmittag verstrich, sprach ich mit Glenys, gab ihr ein paar Tipps und tanzte mit ihr auf dem Gehweg, während verwunderte Pendler in Richtung King's Cross oder St. Pancras eilten. Glenys verlor rasch ihre Befangenheit, und ihre Augen leuchteten vor Aufregung. Schließlich gab ich ihr ein Autogramm auf einem alten Briefumschlag und ermutigte sie, weiterzutanzen.

»Vielen, vielen Dank«, sagte das Mädchen und drückte den Umschlag an die Brust.

Die Mutter nickte anerkennend. »Es war uns eine große Freude, Sie kennenzulernen. Die Mode Ihrer Großmutter schätze ich schon lange. Die Frauen in Ihrer Familie haben irgendetwas im Blut. So viel Kreativität und Energie.«

Ich biss mir auf die Zunge, um nicht zu erwidern: »Da kennen Sie meine Mutter nicht.« Ich wandte mich ab und machte mich auf den Weg. Jetzt kam ich zu spät. Deutlich zu spät.

Trotzdem war ich vor Josh im Restaurant. Unser Tisch war reserviert, und ich setzte mich, wobei mich die scharfen Faltkanten der Stoffservietten und die elegante Stille einschüchterten.

Zehn Minuten vergingen. Er war immer noch nicht da. Das war ungewöhnlich. Ich lebte seit sechs Monaten mit ihm in einer geräumigen Mietwohnung in Chelsea und hatte festgestellt, dass sein Tag wie ein Uhrwerk ablief. Wenn der Wecker klingelte, stand er sofort auf, während ich wieder und wieder die Schlummertaste drückte. Ich klammerte mich an das letzte bisschen Schlaf, bis ich hörte, wie er die Schuhe anzog. Dann trieb mich das schlechte Gewissen aus dem Bett. Wenn er sagte, er werde um sechs nach Hause kommen, war er um sechs daheim: nicht früher, nicht später. Falls ihn etwas aufhielt, das sich seiner Kontrolle entzog – was selten vorkam –, rief er an und …

Mein Handy! Hatte ich es überhaupt eingeschaltet?

Ich wühlte in meiner Tasche. Ich hasste das verdammte Ding, aber Josh hatte darauf bestanden. Ich wusste kaum, wie es funktionierte, und vergaß in neunzig Prozent der Fälle, dass ich es besaß. Dutzende Anrufe sammelten sich jede Woche auf meiner Mailbox. Manchmal verzichtete ich sogar darauf, sie abzuhören; das alles hielt mich nur von den wirklich wichtigen Dingen ab.

Meine Hand schloss sich um das Telefon … vier Anrufe. Ich blätterte durch die Funktionen und versuchte mich zu erinnern, wie man die Mailbox abhörte, als sich die Tür des Restaurants öffnete. Eine Sekunde lang drang Verkehrslärm herein. Ich blickte auf, weil ich wusste, dass er es war.

Er lächelte. Oh, dieses Lächeln. Damit hatte alles angefangen. Ein Lächeln, das den Mann unter der polierten Oberfläche verriet, seine archaischen Triebe und Leidenschaften, kaum verdeckt durch tadellose Manieren. Mit Männern hatte ich immer Schwierigkeiten gehabt, bevor ich Josh begegnete. Natürlich hatte ich Freunde gehabt, aber ich suchte mir meist die mit den großen Träumen aus, die nie Wirklichkeit wurden: Möchtegernkünstler und aufstrebende Rockjournalisten. Josh hingegen war ehrgeizig und bissig, arbeitete bei einem Börsenmakler und stammte aus einer furchtbar reichen, alten Familie. Ich verliebte mich heftig in ihn.

Doch heute Abend wirkte sein Lächeln anders – irgendwie vorsichtig, als hielte er etwas zurück –, und ich war auf der Hut.

»Tut mir leid, dass ich zu spät komme.« Er setzte sich und gab dem Ober ein Zeichen.

»Kein Problem. Jetzt weiß ich, wie es sich anfühlt«, scherzte ich.

Er lachte nicht, schien mich gar nicht gehört zu haben. Er winkte den Ober heran und bestellte Wein. Mit dem Essen würde es noch etwas dauern, wie er sagte. Dann verschränkte er die Hände und schaute auf sie hinunter.

»Hattest du einen guten Tag?«

Er blickte auf. »Meine Mutter hat angerufen.«

»Ach ja?« Seine Familie war vor einem Jahr nach Spanien gezogen; ich war ihr nie begegnet. »Alles in Ordnung?«

»Ja, ja.« Wieder sah er sich um. Er war nervös, so viel war sicher. »Sie kommen alle für eine Woche nach Paris, Ende Oktober. Meine Mutter, mein Vater und meine Schwester. Sie möchten uns dort treffen.«

»Toll, ich …« Im Geiste ging ich meinen Terminkalender durch. Verdammt, wo war Adelaide, meine persönliche Assistentin, wenn ich sie brauchte? Was hatte ich im Oktober vor? Wäre *Giselle* schon gelaufen? Aber es ging um Josh, ich sollte seine Familie kennenlernen. Es war ein deutliches Zeichen, dass er an eine dauerhafte Beziehung dachte. Eine Woche in Paris mit ihm wäre herrlich. Wir waren noch nie zusammen verreist, weil ich immer so beschäftigt war. Dann dachte ich an das Casting für die Weihnachtssaison. Das durfte ich nicht verpassen.

»Muss es denn eine ganze Woche sein?«

Er wirkte verärgert. »Die meisten Menschen machen mal Urlaub, Emma. Das ist nicht undenkbar.«

»Aber kompliziert. Ich stehe unter Vertrag. Ich muss dafür sorgen, dass der nächste Vertrag unmittelbar folgt. In diesem Geschäft …«

»… kann man sich keine Pause leisten. Ja, das hast du mir schon öfter gesagt. Aber du *musst* mal eine Pause machen, und ich *muss* dich meiner Familie vorstellen.«

»Müssen? Wieso?«

»Weil es meine Familie ist.«

»Du kennst meine doch auch nicht.«

»Die lebt ja auch in Australien. Und ich kann dir garantieren, dass ich mir die Mühe machen und den Kanal überqueren würde, wenn sie nur eine Woche zu Besuch wären.«

»Sei nicht sauer, Josh. Ich spreche mit Adelaide; sie hat den Terminkalender. Wenn du mir die Daten nennst …«

Zu meiner Überraschung erhob sich Josh, die Hände zu Fäusten geballt. Die Leute an den Nachbartischen schauten herüber, und er setzte sich rasch wieder hin. Dann beugte er sich vor und sagte mit unterdrücktem Zorn: »So kann es nicht weitergehen.«

Inzwischen war ich auch verärgert. Er reagierte übertrieben. »Ich halte es für vernünftig, dass ich einen Blick in meinen Terminkalender werfe, bevor ich eine Verpflichtung eingehe.«

»Eine Verpflichtung mit *mir.*«

Ich schüttelte den Kopf. »Was willst du eigentlich von mir?« Mir war, als spielten wir ein Spiel, dessen Regeln ich nicht kannte. Es passte gar nicht zu Josh, so unvernünftig zu sein, und ich vermutete ein dunkleres Motiv dahinter. Es war beinahe, als suchte er förmlich nach Fehlern bei mir. »Was soll das alles?«

»Weißt du eigentlich, was ich mir vom Leben wünsche, Emma?«

»Natürlich. Du wünschst dir ... Erfolg bei der Arbeit und ...« Ich verstummte. Wusste ich denn *wirklich nicht,* was er sich vom Leben wünschte?

»Ehe? Familie?«

»Davon hast du aber nie gesprochen.«

Er atmete traurig aus. »Doch. Du hast nur nicht zugehört.« Er schaute mir in die Augen. »Wünschst du dir das auch?«

»Vielleicht. Eines Tages.«

»Du wirst bald zweiunddreißig.«

»Da bleibt noch eine Menge Zeit.« Woher kam die Beklemmung in meiner Brust? »Zuerst muss ich noch ganz viel tanzen.«

Josh fuhr sich mit den Fingern durchs Haar, holte tief Luft und sagte: »Es tut mir leid. Unsere Beziehung funktioniert nicht. Ich möchte sie beenden.«

Es traf mich wie ein elektrischer Schlag, die Welt wirkte plötzlich klar und scharf. Wir befanden uns in einem Vakuum, einem langen Schweigen. Ich wagte nicht zu sprechen, weil ich nichts Falsches sagen wollte. *Sie funktionierte nicht?* Aus meiner Sicht hatte sie wunderbar funktioniert. Also sagte ich nur: »Gut.«

Er neigte den Kopf, Zorn huschte über sein Gesicht. Er glaubte, es wäre mir egal. Aber das stimmte nicht. Ich war nur zu entsetzt, um mehr zu erwidern. Die Menschen verstanden mich immer falsch. Ich wusste einfach nicht, wie man das Richtige sagt.

Josh hatte sich wieder in der Gewalt, er wollte keinen langen, tränenreichen Abschied. Er griff nach seinen Schlüsseln und seinem Handy und stand auf. »Ich muss los. Ich nehme mir für heute Nacht ein Zimmer im Berkeley und hole morgen meine Sachen aus der Wohnung, während du im Studio bist.« Er streckte die Hand nach meinem Haar aus, doch ich zuckte zurück. »Es tut mir leid, Em«, sagte er in dem sanften, vertrauten Ton, den ich so liebte. »Wirklich. Aber du bist nicht die Richtige für mich.«

Am liebsten hätte ich geschrien. Den Tisch umgeworfen. Ihn so fest zwischen die Beine getreten, dass er blau anlief. Aber ich tat nichts davon. Ich war zu prominent: Emma Blaxland-Hunter, Primaballerina beim London Ballet. Enkelin des Blaxland-Wollimperiums. Ich trug den Ruf der Familie auf meinen schmalen Schultern.

Er ging. Ich wartete fünf Minuten und ging dann auch, ohne die neugierigen Blicke zu beachten, die mir folgten.

***

Ich weigerte mich zu glauben, dass Josh nicht zurückkäme. Sicher, am folgenden Tag holte er seine Kleider, Toilettenartikel und CDs, während ich bei der Probe war, aber er hatte beispielsweise nicht die Topfpflanzen von der Terrasse mitgenommen, die er so liebevoll gepflegt hatte. Ich war mir sicher, dass er zurückkommen würde, also rief ich ihn nicht an. Ich wollte, dass er mich anrief. Ich hatte eine Entschuldigung verdient. Eine große Entschuldigung.

Die Sommertage schleppten sich dahin, und ich sehnte mich nach der Dunkelheit des Winters. Doch die Tage verweilten, und ein helles Licht schien in mein verunsichertes Herz. Die Hitze verstärkte mein Elend noch. In Sydney waren die Häuser wenigstens für dieses Klima ausgelegt und ließen die Luft zirkulieren. Hier aber schienen sie wie dafür geschaffen, die stickige Wärme zu speichern.

Weil mich zu Hause nur eine leere, überhitzte Wohnung erwartete, blieb ich immer länger im Studio. Weil ich vergessen wollte, wie sehr ich auf Josh wartete, stürzte ich mich in die Arbeit. Die Proben für *Giselle* im September waren in vollem Gange, und solange ich mich im Studio aufhielt, dachte ich kaum an ihn. Doch die Traurigkeit ließ sich nicht vertreiben, sie wartete in meinen Straßenkleidern, wenn ich mich umzog, den festen Knoten löste und mir die langen Haare kämmte. Die Leere. Kein Josh, mit dem ich mich zum Essen treffen konnte. Kein Josh, der zu Hause auf mich wartete.

In den ersten beiden Wochen verbrachte ich jeden Abend damit, quer durch die Stadt zu laufen. Manchmal wurde mir der Verkehr zu viel, und ich suchte Zuflucht in Parks oder schaute teilnahmslos in die Schaufenster. Am zweiten Freitagabend entdeckte ich bei Selfridges eine Dekoration von Blaxland Wool und ging hinein, um sie mir näher anzuschauen. Die Firma hatte sich auf hochwertige Damenmode spezialisiert. Dieses Jahr waren es von den Vierzigerjahren inspirierte Kostüme mit sehr kurzen Röcken in leuchtenden Farben. Ich bezweifelte, dass sie Grandma gefallen hätten, und der Gedanke versetzte mir einen Stich. *Grandma.* Wenn sie noch gelebt hätte, hätte ich sie als Erste angerufen. »Gran, ich glaube, er hat mich verlassen. Ich glaube, er kommt nicht wieder.« Und Grandmas Stimme hätte mich durchs Telefon getröstet. *Sch, Emma, alles wird gut. Ich kenne dich, ich weiß, dass du es schaffst.* Grandma glaubte mehr an mich als ich selbst.

Ich befühlte die Manschetten eines Kostüms und bekam meine Panik wieder unter Kontrolle. Josh würde zurückkommen. *Immer positiv denken.*

»Kann ich Ihnen helfen?«

Ich drehte mich um und sah mich einer großen jungen Frau mit langen Fohlenbeinen und extralangen French Nails gegenüber. »Nein, schon gut.«

»Mensch, Sie sind doch Emma Blaxland-Hunter.«

»Sieht so aus.« Josh und ich hatten immer Witze über unsere Nachnamen gemacht. Er war auch ein Bindestrich-Kind: Joshua Hamer-Lyndon. Typisch moderne Eltern, die ihren Kindern auch den Mädchennamen der Mutter weitergeben wollten, hatte er sich beklagt. Unsere Kinder würden Bill und Ben Hamer-Lyndon-Blaxland-Hunter heißen und die arme Generation bedauern, die ihnen nachfolgen würde.

Natürlich hatte ich ihn nie ernst genommen. Kinder gehörten nicht zu meinem Programm – jedenfalls nicht in der näheren Zukunft –, und ich war davon ausgegangen, dass er es ähnlich sah.

»Dürfte ich meine Chefin holen? Sie würde Sie so gerne kennenlernen.«

Doch an diesem Abend war mir einfach nicht danach. Natürlich würde ich wie eine arrogante Kuh wirken, und sie würden wochenlang über mich herziehen. »Emma Blaxland-Hunter hat sich unsere Dekorationen angesehen, wollte aber nicht mit uns sprechen.«

»Es tut mir leid. Ich muss weg ...« Ich wich zurück und hätte beinahe eine Schaufensterpuppe umgestoßen, deren Beine genauso lang waren wie die der Verkäuferin. »Es tut mir wirklich leid.«

Ich floh ins Menschengetümmel auf der Straße. Mein Magen knurrte. Ich eilte in die U-Bahn-Station Bond Street und fuhr nach Hause.

Wann immer ich die Tür öffnete, hielt mein Herz den Atem an, weil es hoffte, Josh wäre zurück. Aber nein, die Wohnung war dunkel und verlassen. Ich hängte die Schlüssel an den Haken und schaltete das Licht ein. Das Lämpchen des Anrufbeantworters blinkte. Sicher wäre es diesmal Josh, dieses alberne Spielchen ging schon viel zu lange. Aber es war nicht er, sondern Adelaide, meine persönliche Assistentin.

»Ruf mich zurück. Es ist wichtig. Sehr wichtig. Nichts Berufliches, aber trotzdem. Du sollst es von mir erfahren.«

Stirnrunzelnd legte ich den Hörer auf. Ich wollte sie nicht anrufen. Sie klang durcheinander, als hätte sie schlechte Neuigkeiten.

Ich öffnete alle Fenster in der Wohnung, worauf ein schwacher warmer Wind, der nach Abgasen roch, zögernd hereinwehte. Ich goss mir ein Glas Wein ein. Dann sah ich in die Vorratskammer. Leer. Wann hatte ich zuletzt eingekauft? Ich schaute zum Telefon. *Sehr wichtig.* Ich wollte es nicht wissen; ich fürchtete mich vor dem, was sie mir zu sagen hatte.

Endlich gab ich mir einen Ruck und wählte ihre Nummer.

Adelaide meldete sich beim ersten Klingeln. »Emma?«

»Woher wusstest du das?« Mein Herz klopfte sanft in meiner Kehle.

»Anruferkennung. Sitzt du?«

Ich hockte mich auf die Sofalehne. »Jetzt schon.«

»Ich habe heute Abend Josh gesehen.«

»Josh? Meinen Josh? Kommt er …?« *Kommt er zurück?* Doch ihr Tonfall verriet mir, dass er nicht zurückkommen würde; sie hatte keine guten Neuigkeiten.

»Er war in Begleitung, Emma. Es tut mir so leid.«

Meine Hoffnung erstarb. Mit der freien Hand klammerte ich mich an die Sofalehne. »Du meinst …?«

»Eine Frau, ja. Aber nicht irgendeine Frau. Sarah. Seine Assistentin.«

Ich konnte mich nicht an sie erinnern und war überrascht, dass Adelaide sie kannte. Natürlich, sie hatten zusammen Termine organisiert, Josh und ich waren sehr beschäftigt.

Irgendwie konnte ich meine Stimme beherrschen. »Danke, dass du es mir gesagt hast.«

»Es tut mir so leid. Ich hätte dir lieber etwas Schöneres erzählt.«

»Nein, nein. Ich bin froh, dass ich es von dir erfahren habe.« Wirklich? Oder war das nur die übliche Plattitüde, die man brachte, wenn einem jemand das Herz herausgerissen und auf dem Boden zertreten hatte? »Wir sehen uns im Studio.«

Ich hängte ein und ließ mich mit geschlossenen Augen aufs Sofa rutschen. Josh und seine Assistentin. Was für ein furchtbares Klischee. Er hatte schnell reagiert, es waren keine zwei Wochen vergangen …

Moment mal. *Sarah.* Jetzt fiel es mir ein. Sie hatte ein hartes Gesicht und war überhaupt nicht hübsch. Er hatte sie öfter erwähnt, aber ich hatte nicht weiter darauf geachtet. Nun aber kam es mir vor, als hätte ich ein paar wichtige Tatsachen übersehen. Die langen Abende im Büro, mindestens eine Geschäftsreise im Monat, der BlackBerry, auf dem er wie ein Wilder Tag und Nacht mit zwei Fingern Nachrichten tippte. Hatte er die ganze Zeit schon eine Affäre gehabt? War sein Ultimatum nur eine Entscheidungshilfe für ihn gewesen?

Ich spürte, wie etwas in mir zerbrach, zu Sand zerrann. Ich wollte nicht allein sein, aber ich hatte so wenige Freundinnen. Zwei waren mit dem Ballett im Ausland. Eine alte Freundin aus Australien lebte jetzt in … wo doch gleich? Zum ersten Mal seit langer Zeit sehnte ich mich nach meiner Mum. Sehr sogar.

Ich griff wieder zum Telefon und wählte, bevor ich es mir anders überlegen konnte. Am anderen Ende, Tausende Kilometer entfernt, klingelte es. Und klingelte. Mir wurde klar, dass ich furchtbar enttäuscht wäre, wenn sich niemand meldete. Und dass ich unbedingt die Stimme meiner Mutter hören wollte, obwohl sie mich wieder drängen würde, nach Hause zu kommen.

Als ich gerade aufgeben wollte, meldete sie sich.

»Hallo?«, fragte sie atemlos.

»Mum?« Meine Stimme versagte schon.

»Oh, Em, was ist denn los? Du hörst dich …«

»Josh hat mich verlassen.« Tiefe Schluchzer quollen aus meiner Kehle, die ersten, die ich mir gestattete, seit Josh mich im Restaurant sitzengelassen hatte. »Er ist jetzt mit seiner Assistentin zusammen.«

»Es tut mir so leid«, sagte Mum. Während ich weinte, drangen mir ihre tröstenden Worte ins Ohr. Zum ersten Mal seit Jahren wünschte ich mir tatsächlich, ich wäre daheim in Sydney, damit ich meine Wange an ihren kühlen Hals legen und mich wie ein Kind trösten lassen konnte. Unsere Beziehung war angespannt, zwei Persönlichkeiten, die einfach nicht miteinander zurechtkamen. Aber sie war trotz allem meine Mutter, der Mensch, der mir Pflaster aufs zerschrammte Knie geklebt und mich zum Ballettunterricht gefahren hatte.

Endlich hatte ich meine Tränen unter Kontrolle. »Mein Gott, Mum, gerade eben habe ich noch gedacht, dass ich ein perfektes Leben führe, und im nächsten Augenblick fällt alles auseinander.«

»Du könntest nach Hause kommen.«

Ich verspürte den üblichen leisen Ärger. »Nein.«

»Nur zu Besuch. Du bist seit dem Tod deiner Großmutter nicht mehr hier gewesen.«

»Ich kann nicht. Ich probe gerade für ein Stück.«

»Danach.«

»Dann kommt das nächste Stück.«

Ein Seufzen. »Emma, du bist fast zweiunddreißig. Du kannst nicht ewig tanzen.«

Doch, das konnte ich, genau darum ging es ja. Mein Körper war noch immer in Hochform. Wenn nicht für immer, dann doch hoffentlich noch zehn Jahre. Vielleicht auch mehr. Ich hatte Aufnahmen von Maja Plissezkaja gesehen, die mit dreiundsechzig noch spitze getanzt hatte. Seit meiner Kindheit hatte ich nichts anderes gewollt als tanzen; aufzuhören war undenkbar. Ich wusste nicht, wie man aufhört.

»Mum«, sagte ich, »ich verspreche dir, ich werde nach Hause kommen, wenn ich mit dem Tanzen aufhöre. Im Augenblick aber ist es mein Leben.« In Wahrheit war es alles, was mir geblieben war.

Den Ausdruck »gebrochenes Herz« hatte ich wohl schon hundertmal gehört. Jetzt aber verstand ich mit jedem Muskel und Nerv meines Körpers, was es tatsächlich bedeutete. Mein Herz, dieses lebenswichtige Organ, das Blut durch meinen Körper pumpte und Liebe und Sehnsucht durch meine Adern, tat immer weh. Morgens erwachte ich mit dem Schmerz und ging abends mit ihm schlafen. Wenn ich mich für die Arbeit fertig machte, weinte ich am Waschbecken in meine Hände. Ich konnte nicht klar denken und kannte mich selbst nicht mehr.

Diese furchtbaren Gefühle konnte ich nur verdrängen, solange ich mich bewegte. Jeden Abend nach der Probe blieb ich noch im Ballettsaal und tanzte und tanzte und tanzte. Um sechs Uhr gab Adelaide auf und fuhr zu ihrer Familie nach Clapham. Ich genoss den schimmernden, leeren Raum mit den weißen Lampen und den hohen Spiegeln. Ich hatte allen Platz der Welt, um meinen Zorn und Schmerz auszudrücken. Je schlimmer meine Füße schmerzten, desto näher war ich daran, über ihn hinwegzukommen. Ich tanzte wie eine Verrückte, ich tanzte, als könnte mich nur das am Leben erhalten. Was es in gewisser Weise auch tat.

Thomas, der Hausmeister, polterte durch die Flure. Ich hörte den Staubsauger und das Wasser in den Waschräumen. Eines Abends kam er herein und putzte die Spiegel, wobei er sich von einer Seite des Raums zur anderen vorarbeitete. Er sah mich absichtlich nicht an, während ich meinen Körper quälte. Am zweiten Freitagnachmittag konnte Adelaide sich nicht länger beherrschen.

»Du machst das jetzt seit zwei Wochen. Und du *weißt*, dass es dir schadet.«

»Üben kann nie schaden.«

»Du kannst deinen Körper auch zu sehr strapazieren. Wenn Brian wüsste …«

»Wag nicht, es ihm zu sagen!« Brian Lidke war der künstlerische Leiter. Als er mich das letzte Mal besetzte, hatte er demonstrativ nach meinem Alter gefragt. »Ich muss das machen, Adelaide. Ich habe viel zu viel Zeit mit Josh verbracht, Proben versäumt, bin nicht mehr in Form.«

»Du hast keine einzige Probe versäumt, Em. Ich verwalte deinen Terminkalender und muss es wissen.«

»Ich hätte aber die Zusatzproben besuchen können.«

Sie schnaubte zynisch. »Geh nach Hause, Herrgott noch mal, um deiner selbst willen.«

Nach Hause. In die leere Wohnung, die ich mir nicht mehr lange leisten konnte. »Noch eine Stunde.«

Adelaide hängte sich die Tasche über die Schulter und stapfte davon. Ich verdrängte mein schlechtes Gewissen und ging zur Stange. Meine Waden taten weh. *Und hoch.*

An diesem Abend arbeitete ich besonders wütend an mir. Zuerst bemerkte ich nicht, dass der Staubsauger verstummte. Erst als ich fertig war und einige Abwärmübungen absolvierte, wurde mir klar, dass ich ganz allein im Theater war. Ich ging zur Tür und schaute in den Flur. Gewöhnlich wurden die Holztäfelung und die breiten Treppen von sanften Deckenstrahlern beleuchtet, doch heute war es stockdunkel. Entweder war Thomas nicht gekommen oder früh nach Hause gegangen und hatte mich vergessen. Vermutlich war ich eingeschlossen.

In meinem Inneren tobte ein Krieg: Sollte ich lachen oder weinen? Ich tat keins von beidem. Ich musste mir Kleidung aus dem Spind holen und ließ die Tür zum Studio offen, damit durch sie etwas Licht in die Umkleideräume fiel. Doch es war so dunkel, dass ich den Schlüssel niemals ins Schloss bekommen hätte. Also entschied ich, nach unten zu gehen und zu sehen, ob ich die Tür von innen öffnen könnte. Falls nicht, müsste ich mich wohl irgendwo auf dem Boden zusammenrollen und so die Nacht verbringen. Diese Vorstellung passte irgendwie zu meiner elenden, einsamen Stimmung. Ich dachte an mein Handy, das im Spind lag, aber es war ohnehin nicht aufgeladen. Ich hatte seit einer Woche keinen Blick darauf geworfen.

Ich ging den Flur entlang. Kurz vor der Treppe wurde es richtig dunkel, doch ich tastete mit der rechten Hand nach dem Geländer und suchte vorsichtig nach der nächsten Stufe. Und der nächsten. Und der nächsten.

Doch dann war da keine mehr. Jedenfalls konnte ich sie nicht mit meinen Zehen ertasten. Dann passierte etwas Seltsames in der Dunkelheit. Meine Muskeln, völlig übermüdet von einer Woche Strafübungen, versagten mir den Dienst. Sie reagierten nicht rechtzeitig. Mir fiel gerade noch ein, dass sich die Treppe genau hier nach links wandte, aber es war zu spät. Mein Körper stürzte.

Es ging furchtbar schnell, obwohl es mir in diesem Moment wie eine Ewigkeit vorkam und als beobachtete ich meinen Körper von außen. Ich schlitterte die Stufen hinunter und landete auf dem rauhen Teppich wie eine Puppe, die ein achtloses Kind fallen gelassen hat.

Der Schmerz kam nicht sofort. Also war es nicht so

schlimm. Warum aber schlug mein Herz so heftig, als wüsste es mehr als mein Gehirn? Ich wollte aufstehen.

Mein rechtes Knie gab unter mir nach, als wäre es gar nicht mehr vorhanden. Der Schmerz stürmte von allen Seiten auf mich ein und ließ mich aufschreien. Das Gelenk schwoll an wie ein Ballon, der sich mit Wasser füllt.

*Was habe ich getan? Was habe ich getan?* Das konnte nicht wahr sein. Mein Blut hämmerte in den Ohren, mir wurde übel. Ich brach zusammen, umklammerte mein Knie und rief in dem dunklen, verlassenen Theater um Hilfe.

# *Sechs*

Ich zog von einem Spezialisten zum nächsten, Tag für Tag, und jeder sah mich mit einer unerträglichen Mischung aus Mitgefühl und Ernst an. Am Ende der ersten Woche hatte ich die Geschichte hundertmal gehört, am Ende der zweiten Woche tausendmal. Durch den Sturz hatte ich mir die Bänder gerissen. Nicht einer dieser Bänderrisse, die sich mit Kühlpacks und Ruhe beheben ließen. Die Bänder waren völlig zerfetzt. Der Schmerz ließ sich nur mit schweren Medikamenten lindern. Die Spezialisten murmelten mit finsterer Stimme etwas von einer »gemischten« Prognose. Ein orthopädischer Chirurg öffnete mein Knie und schloss es wieder, worauf er mich an einen Kollegen verwies. Diesmal wurde operiert, aber das Ergebnis fiel nicht »wie erhofft« aus.

Es dauerte drei Wochen – wegen der Schmerzmittel, des Schocks und der dämlichen Euphemismen, mit denen mich die Chirurgen bedachten –, bevor ich begriff, dass mein Knie irreparabel geschädigt war. Ich würde gehen können, obwohl der Schmerz mit den Jahren so stark werden könnte, dass ich ein künstliches Kniegelenk brauchte. Was das Tanzen betraf … nun, das wäre nicht mehr möglich.

Meine Welt zerbrach.

Das Allerschlimmste war passiert, und ich war überrascht, dass das Leben trotzdem weiterging. Dass sich dieses Allerschlimmste in mein Leben einfügte, eben weil es weiterging. So wie der Verkehr, der vor meinem Fenster dahinströmte. So wie die Aufführungen von *Giselle,* die nun von einer jüngeren Tänzerin dargestellt wurde. Mein Herz hörte nicht auf zu schlagen, meine Lunge nicht auf zu atmen. In meiner Wohnung, in der die Vorhänge die sommerliche Helligkeit aussperrten, lebte ich weiter.

Ich sehnte mich nach dem Tanzen, sehnte mich so sehr danach, dass meine Brust schmerzte, manchmal sogar mehr als mein Knie. Ich war nicht bereit, mit dem Tanzen aufzuhören. Andererseits: Wäre ich jemals dazu bereit gewesen? Ich musste mir eingestehen, dass man mir zuletzt mit wachsender Vorsicht Rollen angeboten hatte, dass ich bei Probenbeginn eine kaum merkliche Steifheit in den Hüften spürte, dass ich entzündete Fußballen und Geschwüre zwischen den Zehen hatte, weil ich jahrelang solch unerbittliche Schuhe getragen hatte. Als ich letztes Jahr *Schwanensee* mit seinen endlosen *pas de bourrés* getanzt hatte, litt ich unter Krämpfen in den Beinen. Ich musste meine Füße kühlen, damit sie in die Schuhe passten. In Wahrheit wären mir vielleicht nur noch zwei oder drei Jahre als Profitänzerin geblieben. Manche tanzten ewig weiter, das wusste ich. Womöglich hätte ich nicht zu ihnen gehört. Doch wenn ich aufhörte, würde mir nichts bleiben. Nichts.

Wenn ich nachts nicht einschlafen konnte, weigerte ich mich, an diese Dinge zu denken. Stattdessen stellte ich mir vor, wie ich tanzte. Bislang konnte ich nur humpeln, hoffte aber, am Ende des Monats wieder gehen zu können. Und dann … warum sollte ich den Ärzten einfach glauben? Wenn ich gehen konnte, konnte ich laufen, wenn ich laufen konnte, konnte ich springen, wenn ich springen konnte, konnte ich tanzen. Vielleicht würde es ein oder zwei Jahre dauern oder …

Dann umklammerte ich in der Dunkelheit mein Kissen und fürchtete mich vor der Leere, die vor mir lag.

Mitte September packte ich Umzugskartons und verabschiedete mich von der Dachterrasse. Unter normalen Umständen wäre es schon schwer gewesen, allein die Miete zu bezahlen, aber im finanziellen Niemandsland zwischen meiner letzten Gehaltszahlung und dem Geld, das ich von der Versicherung erhalten würde, schien es unmöglich.

Zum Glück kam Adelaide, um mir zu helfen. Ich vermutete, dass sie ein schlechtes Gewissen wegen des Unfalls hatte. Hätte sie mich an jenem Abend gezwungen, nach Hause zu gehen, wäre ich nicht so lange geblieben und gestürzt. Aber ich gab ihr keine Schuld und auch nicht dem Hausmeister oder sonst jemandem. Mir war klar, was geschehen war: Ich hatte einfach furchtbares Pech gehabt und wartete nun angespannt wie eine sprungbereite Katze auf die nächste Katastrophe.

Denn die würde kommen. Ich hatte meinen Liebhaber verloren, meine Karriere, mein Zuhause. Was konnte noch schlimmer sein? Ich quälte mich mit der Angst vor Krebs, Autounfällen, Entführung, Terrorismus, Klimaerwärmung, der Gefahr einer neuen Eiszeit, der Auslöschung der menschlichen Spezies. Ich machte mir unablässig Sorgen. Damit beschäftigte ich mich in den langen Stunden, wenn die Wirkung der Schlaftabletten nachließ und es zu früh war, die nächste zu nehmen.

»Wo sind deine ganzen Bücher?«, fragte Adelaide. Sie hatte mir eine Einzimmerwohnung mit Hausmeisterservice in Holborn besorgt, wo ich wohnen sollte, bis ich etwas Neues fand. Erdgeschoss. Keine Treppe.

»Ich habe keine Bücher«, gestand ich und wickelte

eine Auszeichnung in Papier ein. »Ich lese sie und gebe sie dann Oxfam. Sie nehmen so viel Platz weg.«

Adelaide gab sich entsetzt. »Wenn du ein Buch gelesen hast, gehört ihr ein Leben lang zusammen. Wusstest du das nicht?«

»Auch die zerfledderten?«

»Auch die zerfledderten.« Adelaide sah sich um. »Du hast überhaupt wenig … Sachen. Ich hatte mich auf Schwerstarbeit und eine Menge Staub vorbereitet. Dabei gehören dir nicht mal die Möbel, du musst nur die Kleidung mitnehmen und …«

»Ich weiß. Und meine Tanzpreise. Josh hat das auch immer gesagt. Einmal hat er mir einen Bilderrahmen gekauft und ein Foto von uns beiden eingelegt. Ich habe es umgestoßen. Das Glas ist zerbrochen, und ich habe es einfach in meine Nachttischschublade gelegt. Da müsste es immer noch liegen.« Na bitte, ich hatte über Tanzen und Josh gesprochen, ohne zu weinen. Aber nein, ich weinte ja doch.

Adelaide drückte meine Schultern. »Es wird schon.«

»Nein.«

»Natürlich.«

Ich deutete auf die Kiste mit den Auszeichnungen, deren schöne Umrisse sich unter dem weichen Papier abzeichneten. Dort drinnen lag mein Leben. Eingewickelt und bereit, für immer weggepackt zu werden. »Es ist, als hätte ich meinen Anker verloren. Ich habe meinen Freund verloren. Jetzt verliere ich auch noch meine Wohnung …«

»Musst du denn wirklich umziehen? Könntest du nicht noch ein bisschen warten?«

»Mir geht bald das Geld aus.«

»Das verstehe ich nicht, Em. Vor ein paar Jahren ist deine Großmutter gestorben, die Millionärin war. Hat sie dir nichts hinterlassen?«

»Nein. Und ich habe auch nichts gewollt oder erwartet, daher ist es mir egal.« Als Grandma starb, hinterließ sie ihrer Familie gar nichts. Von Kindesbeinen an hatte ich gewusst, dass meine Großeltern wichtige Leute waren: Grandma wegen ihrer Firma, Grandpa wegen seiner Arbeit im Parlament. Allerdings hatten sie ihren Reichtum nie zur Schau gestellt oder vergessen, was sie der Gemeinschaft schuldeten. Grandmas Firma gehörte heute den Aktionären, und ihr persönliches Vermögen war an sechzig australische Wohltätigkeitsorganisationen gegangen. Es war einer der Gründe, aus denen ich ungern nach Australien zurückkehren wollte. Meine Mutter und mein Onkel waren ungeheuer verbittert, obwohl beide Aktionäre und daher recht wohlhabend waren. Es hatte juristische Untersuchungen und endlose, nervenaufreibende Auseinandersetzungen gegeben. Nichts konnte eine Familie so gründlich zerstören wie der Tod einer reichen Verwandten. »Außerdem schaffe ich im Moment die Treppen nicht. Es ist schon besser, wenn ich ausziehe.«

Da klingelte es an der Tür.

»Ich gehe hin. Du brauchst nicht aufzustehen.«

Ich rechnete damit, dass der Umzugswagen eine Stunde zu früh eingetroffen war. Was ich nicht erwartete, war die Stimme meiner Mutter, die sich unten im Flur mit Adelaide bekannt machte.

Mein Herz tat einen Sprung, und ich versuchte, zu rasch aufzustehen. Mein Knie protestierte, ich musste mich wieder setzen. Dann war meine Mutter da und kam anmutig und aufrecht auf mich zu. Ihr seidig schimmerndes, dunkles Haar hatte sie im Nacken zu einem langen Pferdeschwanz gebunden. Ich wusste, was es bedeutete, eine schöne Mutter zu haben. Als ich ein Teenager war und meine Mutter noch als professionelles Model arbeitete, klebte ich Fotos von ihr an den Frisierspiegel und staunte verblüfft und verzweifelt, wie unterschiedlich unser Teint, unsere Augen und unsere Münder waren. Dann riss ich die Fotos ab und übte eine Stunde lang, als müsste ich einen Dämon austreiben. Für eine Balletttänzerin zählte nur, dass sie durchtrainiert, fit und leicht genug war, um gehoben zu werden. Wäre ich so groß gewesen wie Louise Blaxland-Hunter, hätte das wohl kaum funktioniert.

»Mein Liebling«, sagte Mum und beugte sich vor, um mich zu umarmen. »Du siehst blass und müde aus.«

»Danke«, murmelte ich.

Mum kniete sich mühelos hin, das hätte ich nie geschafft. Die Verzweiflung schlug wie eine Welle über mir zusammen. »Lass mich dich ansehen.«

Ich warf einen Blick zu Adelaide, die nickte und leise das Zimmer verließ.

»War es deine oder Dads Idee?«

»Unsere. Aber ich habe es organisiert. Ich bin gekränkt ...« Sie schmollte wie ein kleines Mädchen und klimperte mit den Wimpern, was bei einer Achtundfünfzigjährigen unpassend, bei meiner Mutter aber irgendwie reizend wirkte. »Zuerst wollte ich zu dir kommen. Meinem Baby. Aber dann habe ich gedacht, du würdest von selbst nach Hause kommen.« Sie stand auf und strich ihren Rock glatt. »Aber das hast du nicht getan. Jetzt bin ich hier, um dich mit nach Hause zu nehmen.«

»Ich komme nicht nach Hause.«

»Wieso nicht?«

Ich wollte schon antworten, aber ihre Frage erwischte mich auf dem falschen Fuß. Warum eigentlich nicht? Ich hatte wochenlang im Bett gelegen und mich elend gefühlt. Außerdem aß ich nicht richtig und schluckte zu viele Schmerzmittel. Ich hatte mich im Spiegel gesehen und gemerkt, dass das Licht aus meinen Augen verschwunden war. London hatte mir nichts mehr zu bieten. Wäre es denn so schlimm, zu Hause bei meiner Familie zu sein?

Meine Mutter spürte mein Zögern und schlug unerbittlich zu. »In Sydney haben wir einige der besten Spezialisten der Welt«, erklärte sie voller Nationalstolz. »Sie werden sich gut um dich und dein Knie kümmern.« Dann folgten die Worte, die alles entschieden. »Dein Vater kennt eine Physiotherapeutin, die einem der Sydney Swans geholfen hat, der eine schwere Knieverletzung hatte. Sie ist ziemlich berühmt. Ich glaube, er kann heute wieder spielen.«

Mein Herz griff nach dem Strohhalm. Wollte sie damit sagen, dass mir diese Physiotherapeutin dabei helfen könnte, wieder zu tanzen? Denn wenn ich tanzen konnte, hatte ich eine Zukunft. Wenn nicht, bliebe ich ein menschliches Wrack.

Mum hielt den Atem an.

»Na gut, ich komme mit.«

⁂

Ich brauchte geschlagene sechs Minuten, in denen ich das Geländer eisern umklammerte, aber schließlich schaffte ich es schweißüberströmt die schmale Treppe zur Dachterrasse hinauf.

Es war ungewöhnlich kalt für die Jahreszeit, und der Nordostwind blies Regenböen vom grauen Meer herüber. Ich ging über die Holzbohlen, vorbei an den Töpfen mit Ringelblumen und Fleißigen Lieschen, lehnte mich ans Geländer und holte tief Luft.

Es war der Ausblick über die Themse zum Battersea Park, in den Josh und ich uns verliebt hatten. Die Melancholie umfing mich. Ich erinnerte mich an den Tag, an dem wir eingezogen waren. Ich hatte *Daphnis und Chloe* für eine Provinztournee geprobt, und Josh war gerade befördert worden. Wir ließen die Kartons stehen und gingen mit Essen vom China-Imbiss und einer Flasche Veuve Clicquot auf die Terrasse. Als der Himmel dunkler wurde und die Lichter Londons zum Leben erwachten, hatte Josh Decken geholt, und wir liebten uns unter freiem Himmel. Seine Küsse schmeckten nach Champagner und Sojasoße. Ich fror und lachte gleichzeitig. Wir waren sicher, dass von nun an alles nach Wunsch laufen würde.

Vielleicht war es das für Josh auch, das wusste ich nicht. Mir wurde klar, dass ich viel zu wenig über ihn wusste. Ich hatte ihn nie nach seiner Arbeit gefragt, weil ich sie langweilig fand, während er immer etwas über meine wissen wollte, was ich darüber dachte und wie ich sie empfand. War ich wirklich so selbstsüchtig gewesen? Anscheinend schon. Vielleicht wartete bei Frauen wie mir immer eine Assistentin in den Kulissen.

Mum würde mich in einer Stunde abholen. Sie hatte die Flüge schon vor ihrer Abreise gebucht. Business Class, damit ich die ganze Zeit über die Beine ausstrecken konnte. Dennoch fürchtete ich mich vor dem langen Flug. Ich würde meine letzten Schlaftabletten und Schmerzmittel brauchen, um ihn zu überstehen, hatte mich aber geweigert, mir neue verschreiben zu lassen. Sobald wir in Australien landeten, würde ich daran arbeiten, meine Fitness wiederzuerlangen. Meine Würde. Vielleicht sogar meine Fähigkeit zu tanzen.

Wie sehr wünschte ich mir doch, Mum würde nicht immer über »andere Berufe« sprechen. Tanzlehrerin beispielsweise. Unterrichten! Ich hatte schon Probleme mit Erwachsenen, wie sollte ich da mit Kindern zurechtkommen? Vermutlich würde ich sie brechen. Choreografin: Nein. Ich wäre nur eifersüchtig, wenn ich die Menschen mit ihren fließenden Bewegungen sähe und ihrem klopfenden Herzen nachspürte, während ich als Zuschauerin in den Kulissen stünde.

Seufzend ließ ich mich gegen das Geländer sinken. »Lebe wohl, lebe wohl«, sagte ich zum Londoner Himmel und dem Fluss und den Autos und den Menschen und dem Traum und war tief in meiner Trauer gefangen. »Ich fahre nach Hause.«

# Sieben

Ich muss Mum zugutehalten, dass sie eine Woche wartete, bis sie ihr eigentliches Motiv enthüllte – das reichte aus, um mich vom Jetlag und dem Absetzen der Schmerzmittel zu erholen. Vielleicht hätte sie auch noch länger gewartet, aber Onkel Mike kam überraschend vorbei und plauderte ebenso überraschend aus, was er für sich hätte behalten sollen.

In Sydney war Frühling, und alles war erfüllt vom Duft des Jasmins in Mums Garten. Ich hatte bei der Bekannten meines Vaters mit der Physiotherapie begonnen und marschierte auf ihre Empfehlung hin entschlossenen Schrittes durch die Diele, wobei ich der allzu freundlichen feuchten Nase von Tiger auswich, dem Deutschen Schäferhundwelpen, den Dad meiner Mutter zu Weihnachten geschenkt hatte. Ohne Schmerzmittel konnte ich das Gelenk deutlicher spüren. Die Physiotherapeutin hatte mir keine falschen Hoffnungen gemacht. Meine Verletzung sei außergewöhnliches Pech gewesen, vor allem für eine Tänzerin. Aber sie hatte mir einen guten Rat gegeben: sich nur auf den heutigen Tag zu konzentrieren. An morgen zu denken würde mich überwältigen und lähmen. Jetzt gehen. Die Beinmuskeln wieder aufbauen. In der Gegenwart leben, sich nicht von Gedanken an Vergangenheit oder Zukunft niederdrücken lassen.

Dad arbeitete in seinem Eisenwarengeschäft. Er und Mum hatten nie geheiratet; darum trug ich auch den

Doppelnamen meiner Mutter. Sie sprachen regelmäßig von einer »Besiegelung ihrer Liebe«, ein Gedanke, der mich verlegen machte und gleichzeitig rührte.

Auf und ab in der Diele.

Dann klopfte es.

»Onkel Mike!« Ich umarmte ihn zaghaft und betete im Inneren, er möge darauf verzichten, mich wie früher hochzuheben und im Kreis herumzuwirbeln. Er war ein Bär von einem Mann und berüchtigt für ulkige Begrüßungsrituale und Arschbomben im Schwimmbad.

»Em! Wie schön, dich zu sehen. Du siehst wunderbar aus. Die australische Sonne tut dir wirklich gut.«

Ich erwähnte nicht, dass ich das Haus nur mit Hut und Sonnenschutz verließ, da ich großen Wert auf meine Elfenbeinhaut legte. »Es ist schön, zu Hause zu sein«, sagte ich nur.

»Wie lange bleibst du?« Er schloss die Tür und ging, ohne auf eine Antwort zu warten, in die Küche. »Hat sich Hibberd schon bei dir gemeldet? Worum geht es eigentlich?«

Ich wusste nicht, wovon er sprach, aber bei Onkel Mike kam es öfter vor, dass nur er verstand, was er sagte. Ich folgte ihm langsam. Er holte sich gerade ein Bier aus dem Kühlschrank und stellte die Dose auf die marmorne Arbeitsplatte.

»Auch eins?«

»Mum!«, rief ich. Sie würde sicher wissen wollen, dass er hier war. Ob sie ihn sehen wollte, war eine andere Frage. »Besuch.«

Onkel Mike öffnete die Dose und lehnte sich gegen die Sitzbank. »Und, was hast du bekommen?«

»Bekommen?«

»Hibberd. Der Anwalt von Nana Beattie.«

»Nana Beattie. So habe ich sie nicht mehr genannt, seit

ich acht war.« Ich schüttelte den Kopf. »Ich habe keinen Schimmer, wovon du redest.«

»Himmel, du sprichst ja schon wie ein Tommy. Den Akzent müssen wir dir schnellstens austreiben.«

Ich hörte Schritte auf der mit Teppich ausgelegten Treppe. Mum eilte herbei, um mich zu retten. Als sie in die Küche kam, wirkte sie gelassener und glamouröser, als es beim Bügeln erlaubt sein sollte. Als sie Onkel Mike erblickte, spannte sie sich unwillkürlich an.

Da kam mir der Verdacht, dass sie mir nicht alles erzählt hatte.

»Mike«, sagte sie.

»Louise«, erwiderte er.

»Ich hatte dich doch gebeten, Emma ein bisschen Freiraum zu lassen.«

»Freiraum? Ich bin doch ihr Onkel. Ich wollte nur sehen, wie es ihr geht.«

»Lüg nicht. Ich weiß genau, warum du hier bist.«

»Jemand muss es ihr sagen. Du hast es offensichtlich nicht getan.«

»Du selbstsüchtiger Idiot. Meine Tochter hat zwei Operationen hinter sich, und man hat ihr gesagt, sie könne nie wieder tanzen. Alles andere kann jetzt warten.«

Onkel Mike schnaubte verächtlich. »Jetzt tu nicht, als wolltest du sie beschützen, Louise. Du willst es ebenso gerne wissen wie ich.«

Ich betrachtete den Wortwechsel mit wachsender Besorgnis. »Könnte mir jemand erklären, was los ist?«, fragte ich mit trockener Kehle.

Mum zwang sich zu lächeln. »Schon gut, wir können später darüber reden.«

»Ich begreife nicht, weshalb wir warten sollten«, sagte Onkel Mike. »Wir warten doch schon seit Jahren.«

»Jetzt bin ich aber neugierig. Ich will es wissen.«

Mum sah zu Onkel Mike. Ihre Nasenlöcher blähten sich, ein Zeichen dafür, dass sie sich nur mühsam beherrschte. »Wir trinken Tee im Garten. So etwas sollte man dann auch richtig machen.«

Natürlich vermutete ich, dass es etwas mit Grandmas Erbe zu tun hatte. Mum und Onkel Mike hatten sich nie ganz von dem Schock erholt, dass sie ihnen nichts hinterlassen hatte. War ich als Einzige bedacht worden? Es war kein Geheimnis, dass sie sehr an mir gehangen hatte. Zwischen uns hatte immer eine besondere Bindung bestanden. Manchmal hatte ich mich sogar gefragt, ob meine Mutter eifersüchtig gewesen war; ihre Beziehung zu Grandma war alles andere als einfach gewesen. Die Vorstellung, etwas zu erben, fand ich spannend, wenn auch nicht sonderlich aufregend. Eigentlich wollte ich nur wieder tanzen. Und vielleicht mit Josh zusammen sein, wenn auch nicht mit dem Josh, der mich betrogen hatte. Materielle Dinge hatten mir nie sonderlich viel bedeutet.

Es war später Nachmittag. In der Ferne brummte ein Rasenmäher, und die Luft war erfüllt vom Duft des frisch gemähten Grases. Als die Sonne sank und der blausamtene Himmel einen Vorgeschmack auf den Abend bot, spürte ich wieder den pulsierenden Schmerz im Knie. Ich wartete auf Mum und Onkel Mike, die vermutlich miteinander stritten, während Mum die Teekanne füllte und die Tassen aufs Tablett stellte. Sicher brauchten sie deshalb so lange. Ich lehnte mich auf meinem Stuhl zurück und streckte das verletzte Bein aus. Ein Vogelschwarm, kleine schwarze Punkte, schoss über mir dahin. Aus irgendeinem Grund fühlte ich mich, wenn es dunkel wurde, immer elend und hoffnungslos. Ich vermisste London, ich vermisste Josh, ich vermisste das Ballettstudio. Es war nicht schwer gewesen, die Schmerzmittel und Schlaftabletten abzusetzen, aber auf die anderen Dinge – jene Dinge, die mich so viele

Jahre lang glücklich gemacht hatten – konnte ich nicht verzichten. Die Traurigkeit in mir wuchs, doch ich konnte sie nicht verbalisieren. Ich hatte mich immer durch meinen Körper ausgedrückt. Mein ganzes Erwachsenenleben lang, vielleicht auch schon früher, hatte ich meine intensivsten Gefühle in meine Muskeln und Sehnen geleitet und sie im Tanz herausgelassen. Jetzt blieben mir nur die Tränen, und die langweilten mich bis zum Erbrechen.

Als ich aufblickte, sah ich Mum und Onkel Mike auf mich zukommen. Bildete ich mir das gierige Funkeln in ihren Augen nur ein? Sie waren verrückt. Kein Geld der Welt konnte mir mein Glück zurückkaufen; das hatte mir die Zahlung der Versicherung schon bewiesen.

Mit einer routinierten Höflichkeit, die ihre Anspannung kaum überdeckte, setzten sie sich an den schmiedeeisernen Tisch. Mum schenkte mir und sich selbst Tee ein, während Onkel Mike beim Bier blieb. Wir machten Smalltalk. Es war, als betrachtete ich alles von außen. Schließlich fragte ich: »Wie viel?«

Mum und Onkel Mike sahen einander an.

»Ich begreife nicht, warum ihr es mir erst jetzt sagt.«

»Wir wissen nicht, wie viel«, platzte Mum heraus. »Das ist es ja gerade. Mr. Hibberd meint …«

»Wir konnten es dir nicht sagen, weil deine Nana Beattie eine blöde Bedingung ins Testament aufgenommen hat.«

»Sie hat darauf bestanden, dass du nach Australien zurückkehren musst, bevor du irgendetwas bekommst. Oder auch nur von dem Erbe erfährst.« Mum rührte heftig in ihrer Tasse. »Es sollte ein Geschenk für deinen … Ruhestand sein.«

Erinnerungen tauchten auf. Ich saß mit Grandma im Musikzimmer ihres großen Hauses in Point Piper. *Eine Ballerina kann nicht ewig tanzen.* Alles in mir sträubte sich.

»Ich gehe nicht in den Ruhestand«, erwiderte ich heftig. »Ich will nichts von Grandma haben. Es ist ohnehin etwas Kleines. Sie hat ihr ganzes Geld für wohltätige Zwecke gegeben, damit müsst ihr einfach leben. Ich werde keine reiche Erbin sein. Ich werde mich erholen, und dann gehe ich zurück nach London und tanze weiter.«

Auf meine Tirade folgte tiefes Schweigen. Onkel Mike, der gerade die Dose an den Mund führen wollte, hielt in der Bewegung inne. Am liebsten wäre ich davongestürmt. So aber musste ich mich vorsichtig von meinem Stuhl erheben und davonhumpeln.

»Komm zurück, Em«, sagte Mum.

»Sie soll sich erst mal abregen, Louise.«

»Wir müssen wirklich darüber reden«, rief Mum.

Doch ich drehte mich nicht um und schaute nicht zurück. Denn dann hätten sie meine Tränen gesehen.

Ich schloss mich in meinem Zimmer ein. Wie damals mit vierzehn. Ich ging nicht hinunter, als ich Dads Auto in der Einfahrt hörte, und auch nicht, als es nach gebratenem Knoblauch roch, als Mum klopfte und durch die Tür fragte: »Isst du mit uns?«

Mein Schweigen vertrieb sie.

Als es Nacht wurde, setzte ich mich bei angelehntem Fenster aufs Bett, horchte auf das Zirpen der Grillen und den sanften Wind in den riesigen Kampferbäumen, die den Bach säumten, der parallel zur Straße floss. In der Ferne hörte ich die Autos auf der Schnellstraße. Es wurde dunkel und kühler. Ich schaltete nicht das Licht ein. Ich war wie gelähmt, als könnte ich nicht gleichzeitig nachdenken und mich bewegen. Doch eigentlich dachte ich gar nicht nach. Ich versuchte, gerade *nicht* zu denken.

Ich hörte den Fernseher. Ich hörte Dad die Treppe heraufkommen und das Gluckern der Rohre im Badezimmer, als er unter die Dusche ging. Ich hörte, wie Mum die Haustür abschloss und das Licht ausschaltete. Ich hörte sie ins Bett gehen, leise Stimmen in der Dunkelheit. Sicher redeten sie über mich. Dass ich den Bezug zur Realität verloren hätte, mein Erbe nicht wollte und glaubte, ich könne wieder tanzen.

Mitternacht, und noch immer saß ich da wie eine Statue. Schließlich erhob ich mich. Der Halbmond draußen spendete genügend Licht, um meinen Koffer zu finden. Ich hatte noch nicht ausgepackt. In einer satinüberzogenen Schachtel fand ich meine Schuhe. Neue russische Spitzenschuhe, genügend eingetragen, um bequem und flexibel zu sein, aber noch nicht abgenutzt. Die perfekten Tanzschuhe. Daneben lag das Diadem, das ich letztes Jahr in *Schwanensee* getragen hatte. Es war von einem tschechischen Schmuckdesigner eigens für mich entworfen worden, und obwohl die Edelsteine nicht echt waren, war das Stück von erlesener Schönheit. Ich setzte es auf und ließ mich auf den Boden nieder, zog den Rock bis zu den Hüften hoch, um die Schuhe zu schnüren. Die Bewegungen waren beruhigend vertraut, dabei hatte ich die Schuhe seit dem Unfall nicht mehr getragen. Dann stand ich mühsam auf. Ich hatte früher schon trotz Schmerzen getanzt.

Ich streckte vorsichtig jeden Fuß, dann … nach oben.

Einen mikroskopischen Moment lang – vielleicht das Milliardstel einer Sekunde – fühlte es sich normal an. Meine Muskeln taten, was sie tun sollten, riefen gehorsam die Erinnerungen ab. Doch der brennende Schmerz zerstörte jede Hoffnung. Ich schrie auf und fiel zu Boden. Schluchzte los. Vor Schmerz. Vor Enttäuschung. Weil ich das, was mir am meisten bedeutete, verloren hatte. Mein Verstand hatte es schon immer gewusst, aber jetzt hatte es auch mein Herz begriffen. Wenn mein Knie verheilt war – falls das überhaupt möglich sein sollte –, wäre ich zu alt. Es wäre zu riskant, mich zu besetzen. Und weil eine semi-professionelle Arbeit oder kleine Rollen unter meiner Würde waren – das immerhin gestand ich mir ein –, war meine Karriere definitiv vorbei.

Ein sanftes Klopfen.

»Geh weg.«

Aber es war Dad. Er kam herein. »Alles in Ordnung mit dir? Bist du gefallen, Em?« Er schaltete das Licht ein, das mir furchtbar grell erschien. Dann warf er einen Blick auf mich, sah das Diadem auf meinem Kopf und die Spitzenschuhe an meinen Füßen. Er eilte auf mich zu und hob mich auf. Ich weinte hemmungslos an seiner Brust. Er setzte mich vorsichtig aufs Bett. Für einen großen Mann – einen richtigen Kerl – war er immer unendlich sanft gewesen.

»Hast du dir weh getan? Soll ich einen Arzt rufen?«

»Ich bin nicht gestürzt«, erwiderte ich unter Schluckauf. »Ich weine, weil ich … weil mir klargeworden ist …« Ich konnte nicht weitersprechen.

Er schob mir das Haar aus dem heißen Gesicht. »Es tut mir so leid, mein Liebling. Ich würde alles tun, damit es besser wird. Aber das kann ich nicht.«

Natürlich konnte er es nicht. Niemand konnte das. Ich nahm das Diadem behutsam ab und gab es ihm. »Wirf es weg. Ich will es nie wiedersehen.«

Am folgenden Montag saß ich im Büro von Mr. Hibberd, der seit ewigen Zeiten der Anwalt unserer Familie war. Nie hatte ihn jemand anders als Mr. Hibberd genannt, obwohl er sicher auch einen Vornamen besaß. Er hatte etwas Altmodisches an sich mit seinen sorgfältig gebügelten Hemden und den Krawatten, die einen Tick zu breit waren. Es wäre unpassend gewesen, ihn mit Vornamen anzusprechen.

Natürlich war meine Mutter dabei. Zu ihrer Freude hatte ich darauf bestanden, dass Onkel Mike nicht mitkam. Mum wirkte unruhig und nervös. Ich selbst war gelassen, da ich, im Gegensatz zu Mum, nicht mit Geld rechnete. Grandma hatte mich gut genug gekannt, um mir kein Geld zu hinterlassen. Vielleicht wäre es ein Schmuckstück oder ein Buch, das ihr viel bedeutet hatte. Ich rechnete mit einem Andenken, das mir vielleicht etwas vermitteln sollte: vermutlich eine Lektion, auf die ich gerade überhaupt keine Lust hatte.

Mr. Hibberd schlug feierlich die Mappe auf, die vor ihm auf dem Schreibtisch lag. Er wusste bereits, was sich in der Mappe befand, und spielte seine Rolle wie der Moderator einer Quizsendung. »Der Gewinner ist …«

Mum knetete ihre eleganten Hände.

»Emma, Ihre Großmutter hat mir sehr genaue Anweisungen hinterlassen. Sie hat Ihnen etwas von großem sentimentalem Wert vererbt, aber es ist mit einigen Bedingungen verknüpft. Eine dieser Bedingungen besteht darin, dass Sie nach Australien zurückkehren müssen.« Er lächelte. »Willkommen zu Hause.«

Ich konnte ihm nicht in die Augen sehen. Er wusste nichts von meiner Verletzung, meinem Verlust. Doch mein Elend stand mir wohl ins Gesicht geschrieben, denn sein Lächeln verblasste.

»Jedenfalls«, fuhr er mit barscher Stimme fort, »besitzt das fragliche Objekt durchaus materiellen Wert, wenngleich Sie es erst sechs Monate nach der Übertragung verkaufen dürfen.«

»Was ist es denn?« Mum konnte nicht länger an sich halten.

Mr. Hibberd würdigte sie keines Blickes. Seit dem Erbschaftsstreit verstand er sich nicht mehr mit Mum und Onkel Mike. »Es ist ein Haus, Emma.«

»Ein Haus? Aber Sie haben Point Piper doch verkauft«, sagte Mum und sprang von ihrem Stuhl auf. »Das weiß ich genau. Das Geld ging an irgendein blödes Tierheim.«

Mr. Hibberd räusperte sich, schob die Papiere wieder in die Mappe und wartete, bis Mum sich gesetzt hatte. Ein Haus. Grandma hatte mir ein Haus hinterlassen. Sicher eine gute Sache. Warum empfand ich es als Belastung?

»Wie gesagt, das Haus besaß eine ungeheure Bedeutung für Beattie.« Er schob mir die Mappe zu. »Es liegt in Tasmanien.«

»Das alte Ding?«, meinte Mum. »Ich dachte, sie hätte es schon vor Jahren verkauft. Ist das alles? Sind Sie sicher?«

»Vielen Dank«, sagte ich zu Mr. Hibberd und klemmte mir die Mappe unter den Arm. »Aber ich weiß nicht, was ich damit machen soll. Kann man es in diesem Zustand verkaufen? Ich meine, ich muss doch nicht hinfahren, oder?«

Mr. Hibberd sagte mit sanfter Stimme: »Ihrer Großmutter lag sehr viel daran, dass Sie hinfahren, aber sie wusste auch, dass sie Sie nicht zwingen konnte. Wie gesagt, in sechs Monaten dürfen Sie es verkaufen, aber nicht vorher. Ich glaube, sie hat gehofft, dass Sie ein wenig Zeit dort verbringen.«

»In Tasmanien?«

»Ja. Es ist sehr hübsch. Es wird Ihnen gefallen.«

Natürlich wusste ich von Grandmas Schaffarm. Eine meiner frühesten Erinnerungen bestand darin, wie ich bei ihr übernachtet hatte und mitten in der Nacht verängstigt aufgewacht war. Ich hatte nach ihr gesucht und sie lesend im Musikzimmer gefunden. Sie hatte meinen Kopf auf ihren Schoß gebettet und gesagt, ich solle das Gemälde mit dem Eukalyptusbaum betrachten, das sie so liebte. Es sei ihre Lieblingsansicht des Hauses, und sie fühle sich immer ruhig und glücklich, wenn sie es betrachte. Ich schaute mir das Gemälde lange und gründlich an, während sie mir übers Haar streichelte. Irgendwann schlief ich wieder ein.

Ich war neugierig auf das Anwesen. Von London nach Sydney zu fliegen war eine Sache gewesen. Aber eine Insel voller Farmen am Ende der Welt zu besuchen …

»Verkauf es einfach«, riet Mum mir mit leiser Stimme. »In deinem Zustand kannst du nicht dorthin fahren. Ich muss mich um dich kümmern. Du könntest eine nette Summe dafür bekommen.«

Ich dachte an Mum und Onkel Mike, die mir beide sagen wollten, was ich zu tun hatte, und ängstlich darauf bedacht waren, das letzte bisschen von Grandmas Erbe an sich zu bringen. Und ich dachte an Grandma und was sie hatte sagen wollen, als sie mir dieses Haus hinterließ, das ihr so viel bedeutet hatte. Ich beschloss, lieber auf Grandma zu hören.

»Ich fahre hin.«

Zum Glück hielt Mum ausnahmsweise den Mund. Mr. Hibberd lächelte, und diesmal konnte ich sein Lächeln erwidern.

»Das freut mich sehr, Emma. Und Beattie hätte sich auch gefreut. Vielleicht können Sie dem alten Haus neues Leben einhauchen.«

»Ich will es mir nur anschauen, das ist alles.« Ich streckte die Hände aus. »Ich werde nicht lange bleiben.«

Er wollte etwas sagen, hielt aber inne. Rückte die Krawatte zurecht. »Es wurde nichts verkauft, das Haus ist also noch … voll. Jemand wird die ganzen Sachen durchsehen müssen.«

»Welche Sachen? Bücher? Kleinkram?«

»Es stehen sogar noch alle Möbel darin. Vermutlich unter Schutzhauben. Kisten voller … ich weiß auch nicht. Sie hat dort viele Dinge gelagert. Es könnte eine gewaltige Aufgabe werden, sie zu sortieren.«

»Soll ich mitkommen?«, fragte Mum.

»Nein«, erwiderte ich, vielleicht zu schnell, und strich ihr liebevoll über den Arm. »Nein, es geht schon. Eigentlich freue ich mich sogar darauf.«

# *Acht*

***Beattie: Hobart 1933***

Beattie hängte gerade Wäsche auf die Leine, die zwischen dem Giebel des Hauses und dem Zaun gespannt war, als sie den Briefträger auf der Straße pfeifen hörte. Das an sich harmlose Geräusch erfüllte sie seit kurzem mit Furcht, weil ihre Schulden stetig stiegen und die Briefe der aufgebrachten Gläubiger sie ständig daran erinnerten, wie viel sie ihnen schuldeten.

Sie befestigte Henrys Hemden mit Wäscheklammern und wischte sich die Hände an der Schürze ab. Sie waren rot und rissig, weil sie den ganzen Morgen lang die Wäsche über dem kupfernen Kessel geschrubbt und ausgewrungen hatte. Dann ging sie zitternd zum Briefkasten.

Es war ein schöner Morgen im März, frisch und kühl, doch der Himmel versprach Sonne. Doris Penny von nebenan klopfte einen Teppich vor der Haustür aus, so dass bei jedem Schlag Staubwolken aufstoben und in der Sonne tanzten. Beattie nahm einen einzelnen Umschlag aus dem Briefkasten und drehte ihn um. Kein Gläubiger, doch ihre Erleichterung war nur von kurzer Dauer. Dieser Name war viel schlimmer.

»Hallo!«, rief Doris hoffnungsvoll.

Beattie steckte den Brief in die Schürzentasche und kehrte mit gesenktem Kopf ins Haus zurück. Henry hatte ihr unmissverständlich erklärt, dass sie sich mit niemandem anfreunden und nicht zu lange mit den Nachbarn sprechen solle, damit keiner ihr Geheimnis herausfand. Doris hatte sich sehr bemüht, eine Freundschaft aufzubauen, doch Beattie begegnete ihr immer nur mit flüchtigen Entschuldigungen und einer Handbewegung, die ebenso gut Begrüßung wie Abwehr sein konnte. Auch durfte Beattie keinen Kontakt nach Hause unterhalten, hatte Billy aber heimlich zwei Briefe für Cora gegeben. Sie hatte nicht geantwortet. Beattie vermisste ihr Zuhause, ihre Freunde und Eltern. Sie sehnte sich danach, jemandem ihr Herz auszuschütten, doch auch das hatte Henry ihr verboten.

Sie schloss die Küchentür und setzte sich an den Tisch, bevor sie den Brief herauszog. Der Name der Absenderin lautete *Molly MacConnell.* Henrys Frau. Seine *richtige* Frau, während Beattie seit drei Jahren nur so tat, als wären sie verheiratet. Es juckte ihr in den Fingern, ihn zu öffnen, doch sie wagte es nicht. Henry wurde immer unberechenbarer, je größer ihre finanziellen Schwierigkeiten wurden. Und je größer ihre finanziellen Schwierigkeiten wurden, desto mehr trank er, um sie zu vergessen, und desto mehr spielte er, um sich aus diesem Elend zu befreien.

Vorsichtig stellte Beattie den Brief auf den Kaminsims. Sie würde warten müssen, bis Henry heimkam, ihn las und ihr sagte, was er zu bedeuten hatte. Denn nun hatte man sie entdeckt: Wenn sich Molly die Mühe gemacht hatte, nach ihm zu suchen, wollte sie ihn vielleicht zurück. Beattie verspürte eine leise Erregung; die Vorstellung, dass sich jemand anders mit Henrys Problemen herumschlagen musste, wäre eine Erleichterung. Andererseits liebte sie ihn noch immer. Und sie waren durch ein kompliziertes Netz miteinander verbunden.

Dann öffnete sich eine Tür. Ein schläfriges Kind spähte hervor.

»Mama?«

Beattie stand auf, nahm Lucy in die Arme und küsste ihre warme Wange. »Gut geschlafen, mein Schatz?«

Lucy nickte und rieb sich mit den weichen Fäusten die Augen. »Ich will Mittag essen.«

Beattie setzte ihre Tochter an den Küchentisch und bereitete ihr ein dünnes Sandwich zu. Sie schnitt es in vier Stücke und stellte es Lucy hin, die jedoch die Nase rümpfte. »Das mag ich nicht.«

»Du hast es ja noch gar nicht probiert. Das ist Käse mit Relish.«

Lucy schüttelte den Kopf, doch nun zeigten sich Grübchen in ihren Wangen.

»Das ist Daddys Lieblingsessen«, sagte Beattie wie jeden Tag.

Lucy rieb sich theatralisch den Bauch und machte ein schlürfendes Geräusch, bevor sie in das Sandwich biss. Zu behaupten, das Mädchen hänge sehr an seinem Vater, war eine grobe Untertreibung. Lucy und Henry waren aus dem gleichen Holz geschnitzt. Sie hatte sein rotes Haar und die grauen Augen. Nur wenn ihre Tochter lächelte, erkannte Beattie etwas von sich selbst in ihr. Vom Augenblick ihrer Geburt an hatte Henry sie vergöttert. Sie war ein unleidliches Kind gewesen, das sich von Beattie einfach nicht beruhigen ließ. Doch wenn Henry abends von der Arbeit kam, musste er sie nur auf den Arm nehmen und sanft auf sie einreden, schon hörte das Weinen auf. Sie kuschelte sich an seine Schulter und schlief ein. Beattie war vom Muttersein zu überwältigt und erschöpft, um Eifersucht zu verspüren.

Nun, da Lucy drei war, hatte sich die Liebe zwischen Vater und Tochter so sehr gefestigt, dass Beattie sich manchmal sehr weit weg vorkam, als würden die beiden ihre Stimme kaum noch hören und ihr Gesicht nur noch verschwommen wahrnehmen. Natürlich war sie es, die den ganzen Tag mit Lucy verbrachte, ihr Puppen aus Wäscheklammern bastelte und sie in den Schlaf sang. Doch die körperliche Nähe war nichts im Vergleich zu der emotionalen Bindung, die zwischen Henry und ihrer Tochter bestand. Selbst an jenen Tagen, an denen das Leben mit Henry am schwersten war – wenn er spät und betrunken nach Hause kam, wenn er sie schikanierte, weil sie den Bäcker angelächelt hatte, wenn er mit den Fäusten auf den Küchentisch hieb und ihr Herz heiß wurde, weil sie wusste, dass er am liebsten sie geschlagen hätte –, durfte sie nicht einmal davon träumen, ihn mit Lucy zu verlassen. Dieses Kind würde sich niemals von ihm trennen.

Während ihre Tochter aß, schaute Beattie wieder und wieder zu dem Umschlag. Vielleicht waren es ja gute Neuigkeiten. Vielleicht hatte Molly einen anderen Mann kennengelernt und wollte sich endlich scheiden lassen. Vielleicht hatte sie monatelang nach Henry gesucht, um ihn freizugeben. Doch Beattie konnte ihre Angst nicht unterdrücken.

Lucy schob den leeren Teller weg. »Können wir jetzt im Garten spielen?«

»Nein, wir müssen einkaufen. Wir haben nichts für Daddy zum Abendessen.« Und kein Geld, um es zu kaufen, aber sie hoffte, dass sie im Kolonialwarenladen noch ein letztes Mal anschreiben lassen könnte.

Lucy kletterte von ihrem Stuhl und lief los, um ihre Schuhe zu holen. Beattie warf einen letzten Blick auf den Brief. Nein, sie durfte nicht mehr daran denken, bis Henry nach Hause kam. Und beten, dass er diesmal zeitig zurückkehrte.

Beattie ging den Hügel hinunter in den Ort. Lucy lief vor ihr her, hob Steinchen auf oder streichelte streunende Katzen. Von hier oben aus konnte Beattie die Masten der

Schiffe im Hafen und den Uhrturm des Postamts sehen. Beim Anblick der Schiffe bekam sie immer Angst. Sie und Henry hatten zwei Monate auf einem stinkenden Frachter verbracht. An die ersten zehn Tage konnte sie sich kaum erinnern, weil sie furchtbar seekrank gewesen war. Die Zeit danach war ein klaustrophobischer Alptraum in einer schäbigen Kabine, in der sie nur darauf gewartet hatte, dass die Welt unter ihr endlich aufhörte zu schaukeln, damit sie Ruhe fand. Doch auch das Land brachte keine Freude. Denn es war nicht die Heimat, sondern ein fremdes Land mit weitem Himmel, in dem manche Leute noch mit Pferdekarren fuhren. Das Heimweh war kaum zu ertragen, und an manchen Tagen fragte sie sich, ob vielleicht nur die Furcht vor der langen Seereise sie von der Heimkehr abhielt. Sie hatte sich geschworen, nie wieder den Fuß auf ein Schiff zu setzen.

Henry hatte rasch Arbeit gefunden, und ein fester Tagesablauf bildete sich heraus. Von Billy Wilder mieteten sie ein kleines Backsteinhaus in einer von Weißdornhecken gesäumten Straße. Lucy wurde an einem Wochenende in den frühen Morgenstunden geboren, sie kam rasch und unter starken Schmerzen. Die Hebamme hatte es nicht mehr geschafft, und so musste Henry das zappelnde Baby aus ihrem Körper ziehen und in eine weiche Decke hüllen, bis Hilfe kam. Mit verschleiertem Blick hatte er Beattie gesagt, dass sie ein kleines Mädchen hätten, und dann hatten sie in heiliger Ehrfurcht eng beieinandergesessen und das Kind – die kleine Lucy mit den wilden Augen und dem roten Haar – gehalten, bis es dämmerte. Ihr Herz war von Glück erfüllt. Doch dieses Glück war nicht von Dauer gewesen.

Der Kolonialwarenladen gehörte zwei älteren Frauen, Jean und Lesley, die Beattie nur schwer auseinanderhalten konnte. Sie waren keine reizenden alten Damen, sondern eher von der strengen, selbstgerechten Sorte. Sie standen einander sehr nahe, waren aber keine Schwestern, und Beattie vermutete, sie könnten mehr als nur Freundinnen sein. Als sie dies Henry gegenüber erwähnte, hatte er sie wegen ihrer skandalösen Gedanken beschimpft. Das machte sie traurig. Durfte sie ihm nicht einfach erzählen, was ihr in den Sinn kam? Wie konnten sie einander nahestehen, wenn er so unbarmherzig über sie urteilte?

Andererseits – hatten sie einander je wirklich nahegestanden? Von den leidenschaftlichen Begegnungen im Club einmal abgesehen, hatten sie auf dem Schiff nach Hobart zum ersten Mal wirklich Zeit miteinander verbracht. Und festgestellt, dass sie sich nicht viel zu sagen hatten.

Das Geschäft von Jean und Lesley florierte, doch sie jammerten immer, sie hätten kein Geld. Aus diesem Grund schalteten sie tagsüber das Licht aus, so dass die fensterlose hintere Ecke immer im Halbdunkel lag. Dort hatten sie die Spielsachen untergebracht, hoch oben auf Eichenholzregalen, verlockend und außerhalb kindlicher Reichweite. Das war Lucys Lieblingsplatz. Sehnsüchtig schaute sie zu Madame Alexanders Puppen hinauf. Das dicke Baby im roten Schlafanzug mochte sie am liebsten, und Beattie war sich sicher, dass nur die Furcht vor den scharfen Stimmen der Ladenbesitzerinnen ihre Tochter davon abhielt, hinaufzuklettern. Beattie ließ sie vor dem Regal stehen und ging mit ihrem Korb durch den Laden, wobei sie nur das Nötigste auswählte. Dennoch war sie entsetzt, wie schnell er sich füllte.

Dann trat sie zögernd an die Theke, auf der Gläser mit Süßigkeiten und Drehständer mit Postkarten aufgereiht standen.

Jean – oder war es Lesley … nein, Jean war die mit

dem stahlgrauen Haar – lächelte gezwungen. »Guten Morgen, Mrs. MacConnell.«

»Guten Morgen. Ich … könnte mein Mann wohl später vorbeikommen und bezahlen?«

Jeans Lächeln blieb, doch ihre Augen wurden kalt. »Ich glaube, wir warten immer noch darauf, dass Ihr Mann die Lebensmittel vom letzten Donnerstag bezahlt.«

»Ich weiß. Er wird diese Woche alles begleichen.«

Freitag war Zahltag. Allerdings blieb nie viel übrig. Acht Monate nach Lucys Geburt hatte Billy Wilder eine eigene Firma gegründet und Henry eingestellt. Nach wenigen Wochen sagte er ihm, er könne ihn nur behalten – viele Männer waren arbeitslos –, wenn er sich mit einem geringeren Gehalt zufriedengäbe. Und von diesem Gehalt zog Billy jede Woche die Miete und die Spielschulden ab, bevor auch nur ein Penny in Henrys Tasche landete. Was übrig blieb, war oft weniger als die gefürchtete »susso« – die staatliche Hilfe. Mit einer Lebensmittelkarte wären sie bessergestellt. »Wir müssen etwas essen«, sagte sie leise.

Jean seufzte. »Manchen Leuten geht es so schlecht, dass sie Suppe aus Gras kochen, Mrs. MacConnell. Aber da Ihr Ehemann Arbeit hat, gebe ich Ihnen noch eine Chance.« Sie holte ein zerfleddertes Notizbuch aus einer Schublade, klatschte es auf die Theke und schlug es auf. »Ich räume Ihnen Kredit bis zum Ende des Monats ein. Sind die Schulden am 31. März nicht bezahlt, können Sie hier nicht mehr einkaufen. Verstanden?«

Beattie nickte nur. Als Jean die Preise für ihre Einkäufe in die Registrierkasse tippte und die Quittung in das Notizbuch heftete, musste sie ihre qualvolle Scham verbergen. Heute war sie etwas leichter zu ertragen, weil schlimmere Sorgen sie ablenkten. Der Brief, der auf Henry wartete und dessen Bedeutung sie nicht kannte.

Beattie hoffte, Henry werde zeitig heimkommen und sie von ihrer Ungewissheit erlösen. Sie räumte das Haus auf und bereitete das Abendessen vor. Dabei spielte sie mit dem Gedanken, den Brief über heißem Wasserdampf zu öffnen, ließ es aber sein. Es lohnte keinen Wutanfall. Als die Schatten länger wurden, ging sie mit Lucy in den Garten, wo das Mädchen mit ausgestreckten Armen umherlief und endlos Ringelreihen spielen wollte. Sie beerdigte ihre Familie aus Wäscheklammerpüppchen bei lebendigem Leib und grub sie wieder aus. Henry war immer noch nicht zu Hause, und als die Sonne unterging und Lucy nach Essen jammerte, wurde ihr klar, dass er länger bleiben würde, vermutlich um mit Billy zu trinken.

Sie brachte das Mädchen ins Haus und machte ihm Abendessen – Brot, Bratenfett und einen Rest Erbsensuppe –, hatte selbst aber keinen Appetit. Danach hatte sie viel zu tun: Lucy baden, sauber machen, Geschichten erzählen. Das Mädchen weinte ein wenig, weil Daddy nicht zu Hause war, doch Beattie versicherte ihr, je schneller sie einschlafe, desto früher sei es Morgen, und sie könne ihn wiedersehen.

Beattie setzte sich mit ihrem Nähzeug hin. Sie hatte ihre und Lucys Sachen alle selbst genäht und hielt oft Ausschau nach abgelegten Kleidern, die sie auftrennen und wiederverwerten konnte. Ihre kindlichen Träume von einem Leben als Modeschöpferin kamen ihr jetzt lächerlich vor, aber sie zeichnete immer noch gern Entwürfe, und viele der einheimischen Frauen hatten ihre schönen Sachen gelobt. Beattie hielt dann den Kopf gesenkt und nickte höflich, ließ sich aber nicht auf ein Gespräch ein. Allerdings hatte sie Henry vorgeschlagen, eine kleine Firma zu gründen und selbstgenähte Kinderkleider zu verkaufen.

Henry hatte die Idee abgetan. »Keiner hat Geld, und

Kinder wachsen so schnell, dass es albern wäre, Geld für neue Kleider auszugeben. Bleib einfach für dich.«

Während Beattie nähte, wurde es immer später. Sie hatte keinen Hunger, aß aber ein wenig und ließ den Rest für Henry stehen. Wieder und wieder schaute sie zu dem Brief, und als sich der Wind, der vom Meer herüberwehte, verstärkte und es kalt genug wurde, um das Kaminfeuer anzuzünden, wuchs ihre Furcht. Molly. Der Irische Wolfshund. Eine Frau, der sie nie begegnet und mit der sie doch untrennbar verbunden war. Beattie hatte ihr den Ehemann gestohlen. Na bitte, sie hatte es in Gedanken ausgesprochen. Und was passierte mit Frauen, die anderen den Ehemann stahlen? Das würde Beattie wohl bald erfahren.

Um zehn gab sie das Warten auf. Selbst wenn Henry jetzt noch nach Hause käme, wäre er nicht nüchtern genug für ein Gespräch. Sie zog ihr Nachthemd an und legte sich ins Bett. Windböen ließen die Fenster vibrieren, und sie schlief unruhig, von Träumen und Angstbildern gepeinigt.

In den frühen Morgenstunden, als die Welt der Sonne am fernsten schien, hörte sie Stimmen.

Sofort war sie hellwach und setzte sich auf. Hatte Henry den Brief schon gesehen? Sie stand auf und öffnete die Tür einen Spaltbreit. Im Wohnzimmer brannte Licht, das Kaminfeuer prasselte. Sie redeten irgendeinen Unsinn über einen reichen Kunden, machten schmutzige Witze und lachten dröhnend. Sie hörte Gläser klirren. Sie tranken. Hoffentlich hatte Billy den Alkohol gekauft, Henry hatte kein Geld dafür.

Beattie legte sich wieder ins Bett, ließ die Tür aber angelehnt. Sie konnte nur Teile des Gesprächs mithören. Es wurde laut gelacht, und kurz darauf öffnete sich Lucys Zimmertür. Sie hatten das Mädchen geweckt.

Als Beattie sich den Morgenmantel überzog, hörte sie die schläfrige Stimme im Flur.

»Daddy?«

»Meine Kleine!«, rief Henry mit betrunkener Stimme. »Komm her, Schätzchen. Sag Onkel Billy guten Tag.«

Beattie bekam eine Gänsehaut, als sie sich »Onkel Billy« in der Nähe ihrer Tochter vorstellte, und eilte ins Wohnzimmer.

»Komm her, Lucy. Geh wieder ins Bett.«

Henry funkelte sie an. »Ich habe sie den ganzen Tag nicht gesehen. Ich will ihr wenigstens hallo sagen, Frau.«

Beattie biss sich auf die Zunge, sonst hätte sie erwidert, er habe sie nur deshalb den ganzen Tag nicht gesehen, weil er trinken war. Und vermutlich auch gespielt hatte.

Lucy warf sich in seine Arme, und er drückte sie heftig an sich.

»Sie ist dein Ebenbild, Henry«, sagte Billy.

»Außer wenn sie lächelt. Dann ist sie ganz Beattie.«

Billy warf einen Blick auf Beattie, auf ihr Nachthemd. Sie zog den Bademantel am Hals enger zusammen. Er lächelte grausam – im Grunde hatte sie ihn nie anders lächeln sehen – und hielt ihr ein leeres Whiskyglas hin. »Was zu trinken?«

»Es ist ein Uhr morgens.«

»Der hilft dir beim Schlafen.«

Beattie antwortete nicht. Ihr Blick wanderte zum Kaminsims. Der Brief war ungeöffnet.

Henry setzte Lucy auf den Boden. »Sollen wir ein kleines Lied für Onkel Billy singen? Das mit dem Vögelchen, das du dir ausgedacht hast?« Er wandte sich an seinen Freund. »Sie ist ein kluges Mädchen, Billy, das glaubst du gar nicht.«

»Sie muss jetzt wirklich schlafen«, warf Beattie ein.

»Ich will mit Daddy aufbleiben.«

Henry gab nach. »Deine Mutter hat recht. Ich freue mich nur so, meine Kleine zu sehen.« Er strich ihr sanft übers Haar. »Ab ins Bett mit dir. Du kannst morgen für mich singen.«

Beattie brachte ihre Tochter wieder ins Bett. Inzwischen war sie hellwach und ruhelos, und Beattie bezweifelte, dass sie wieder einschlafen würde.

»Mach einfach die Augen zu. Ab ins Traumland. Wir treffen uns unter der großen Kastanie. Dann machen wir ein Picknick.«

Lucy lächelte. »Können wir auch Kuchen essen?«

»Ja, Kuchen mit Marmelade in der Mitte.«

Lucy tat, als äße sie ein Riesenstück, drehte sich um und kniff die Augen zu. Beattie schloss leise die Tür und blieb auf der Schwelle zum Wohnzimmer stehen. Henry wirkte jetzt ruhiger, doch Billy kreischte vor Lachen. Sie wartete, bis er sich beruhigt hatte und lächelte höflich. »Hast du etwas von deinem Bruder gehört, Billy? Hat Cora schon ihr Baby?«

»Ja, ja, Teddy ist stolzer Vater. Ein Junge, sie haben ihn Frank genannt. Und sie sind nach Edinburgh gezogen, in ein Haus mit Garten. Häusliches Glück.«

Beattie konnte ihre Eifersucht kaum beherrschen. »Richte ihnen meine Glückwünsche aus.« Dann blickte sie zu Henry. »Du hast einen Brief bekommen.« Sie deutete zum Kaminsims. »Könnte wichtig sein. Ich gehe schlafen.«

Mit klopfendem Herzen drehte sie sich um und kehrte ins Schlafzimmer zurück, ließ die Tür aber angelehnt und spähte hindurch. Langes Schweigen. Er las den Brief.

»Was ist los, MacConnell? Schlechte Neuigkeiten?«

»Es ist nichts«, sagte Henry rasch. Er ging zum Kamin. Er würde den Brief verbrennen. »Nur irgendwelcher Unsinn. Noch was zu trinken?«

Beattie legte sich ins Bett und schloss die Augen. Er verbrannte ihn. Also wollte er ihn nicht haben. Demnach war alles in Ordnung. Oder nicht? Sie konnte nicht schlafen. Nach einer halben Stunde polterte Billy zur Tür hinaus, und Henry glitt leise neben ihr ins Bett, um sie nicht zu wecken.

Sie drehte sich zu ihm. »Henry, der Brief …«

»Frag nicht.«

»Aber was wollte sie? Was …«

*»Ich habe gesagt, frag nicht!«,* brüllte er, und es hallte so laut in der Dunkelheit, dass sie heftig zusammenzuckte.

Sie wollte noch etwas sagen, suchte Gewissheit, doch er sollte nicht wieder brüllen. Er hatte ihn verbrannt. Er wollte ihn vergessen. Das musste reichen.

Manche Dinge nahm man besser selbst in die Hand, dachte Henry. Sooft er Beattie auch sagte, sie müsse mit den Frauen im Kolonialwarenladen verhandeln, bestand sie darauf, es sei nicht möglich, die beiden mit ihren harten Gesichtern würden ihnen keinen Penny Kredit mehr einräumen. Das konnte er keine Sekunde lang glauben. Beattie war ein bisschen faul und ein bisschen zu sehr darauf bedacht, was andere Leute von ihr hielten. Also hatte er den Hut aufgesetzt und war mit Lucy an der Hand zum Laden marschiert, um Jean und Lesley zur Vernunft zu bringen. Er konnte nicht bezahlen, noch nicht, obwohl er bald mit einem Geldsegen rechnete. Irgendwann musste sich sein Glück am Kartentisch wenden. Offen gesagt, schlimmer konnte es nicht werden.

»Daddy, du bist zu schnell.«

Henry wurde langsamer und drückte ihre weiche Hand. »Tut mir leid, Schätzchen.«

»Mummy lässt mich immer Steine sammeln.«

»Heute haben wir dafür keine Zeit.« Doch dass er im

Vergleich zu Beattie schlecht wegkam, wurmte ihn. »Ach, ich bin zu ungeduldig. Nur zu, Lucy. Such dir deine Steine.«

Ihre warmen Finger entglitten seiner Hand, und sie rannte an den Straßenrand. Grinsend sah er zu, machte sich für sie zum Narren. Wann immer er sie anschaute oder an sie dachte, schmolz er dahin. In der Nacht ihrer Geburt – einer Reihe höllischer Bilder voller Blut und körperlicher Zuckungen, die er nicht verdrängen konnte, wenn er Beattie ansah – war Lucy unmittelbar in seine Hände geglitten, als wollte sie sagen: »Ich gehöre dir, lass mich nie allein.«

Sie kamen am Fuß des Hügels an. Jetzt am späten Nachmittag war es ruhig im Laden. Lesley, die größere der Frauen, holte die Zeitungsaufsteller herein, während Jean drinnen die Kasse machte. Lucy rannte wieder in die Ecke mit den Puppen, und Henry trat an die Theke.

Jean blickte auf, ohne zu lächeln. »Mr. MacConnell? Ich hoffe, Sie wollen Ihre Rechnung bezahlen.«

Henry verstand sich nicht darauf, Leute mit Charme oder Lächeln zu umgarnen, sondern sagte schlicht und mit Würde: »Ich kann im Augenblick nicht bezahlen. Ich möchte unseren Kredit bis zum 30. April verlängern, dann werde ich die gesamten Schulden begleichen.« Na bitte, das war doch gar nicht so schwer. Warum stellte Beattie sich so an?

»Nein.«

Er zuckte zusammen. »Wie bitte?«

»Ich sagte nein. Es ist bei mir nicht üblich, unzuverlässigen Schuldnern den Kredit zu verlängern. Viele Leute haben finanzielle Schwierigkeiten, Mr. MacConnell. *Echte* Schwierigkeiten. Aber Sie sind die einzige Familie, die mehr verlangt, als wir ihr geben können.«

Er spürte, wie er zornig wurde. Was meinte sie mit

»echt«? Hatte Beattie etwa seine Spielschulden erwähnt? Konnte sie nicht den Mund halten? Dieses dumme junge Ding! Er ballte die Hände zu Fäusten und hätte am liebsten die Vitrine zerschlagen, auf denen sie ruhten, nur um das Splittern des Glases zu hören.

»Ich sehe, dass Ihnen das nicht gefällt, aber ich kann es nicht ändern. Außer natürlich, Sie zahlen jetzt einen Teil Ihrer Schulden.«

Henry fasste sich wieder. Er nickte und machte wortlos auf dem Absatz kehrt. Dann ging er in die Ecke, in der Lucy mit großen, runden Augen auf eine Sammlung kleiner Puppen hoch oben im Regal schaute.

»Daddy, das Baby«, sagte sie.

Er entdeckte eine winzige Babypuppe, kleiner als seine Hand, die rote Kleidung trug. Seine Tochter blickte ihn flehend an. Er verfluchte sich selbst. Hätte er nicht so viel Geld an Billy verloren – verdammter Billy, er war an allem schuld! –, dann hätte er seinem Kind das kleine Spielzeug kaufen können. Stattdessen …

Henry schaute sich um. Jean zählte das Geld, Lesley war immer noch draußen. In dieser Ecke war es dunkel.

Mit einer raschen Bewegung steckte er die Puppe ein. Dann schob er Lucy eilig aus dem Laden und erstickte ihr aufgeregtes Gelächter. Er nahm sie auf den Arm und eilte hinunter zum verlassenen Marktplatz, wo sie sich hinsetzten und er sie sämtliche Taschen durchsuchen ließ, bis sie die Puppe gefunden hatte.

Dann schlang sie ihre kleinen Arme um seinen Hals und quietschte vor Glück.

Während Lucy mit ihrem Püppchen spielte, die Platanen ihre Blätter auf sie regnen ließen und die Boote sanft im Hafenbecken schaukelten, legte sich Henrys Wut. Er schämte sich ein bisschen – Spielzeug für seine Tochter zu stehlen! Wie weit war es mit ihm gekommen. Früher hatte er gewusst, was er vom Leben wollte. Doch dann hatte er Beattie kennengelernt mit den großen blauen Augen und der zarten weißen Haut … eine Zeitlang schien sie seine große Liebe zu sein. Nun erschien sie ihm als sein größter Fehler.

Vor allem jetzt, da Molly ihn gefunden und ihm geschrieben hatte, dass ihr Vater in Irland gestorben sei und ihr ein kleines Vermögen hinterlassen habe. Sie wolle ihn noch immer zurück, trotz allem. So ein Mensch war Molly. Ein guter Mensch, mit einem Herzen, das von Engeln gemacht schien.

Er gab sich einen Ruck. Das war nicht mehr sein Leben. Sein Leben war hier. Lächelnd betrachtete er Lucy noch ein Weilchen. Das Kind machte ihn so glücklich, dass er seine Entscheidung nicht bereute. Er würde auch ohne Mollys Geld und Beatties Verehrung zurechtkommen. Für die Liebe seiner Tochter konnte er alles ertragen.

# Neun

Obwohl Henry es ausdrücklich verboten hatte, klopfte Beattie leise an die Tür ihrer Nachbarin. Sie war aus vielen Gründen verzweifelt, doch am dringendsten brauchte sie Geld. Sie besaß nur ein Paar Schuhe, das sie aus Glasgow mitgebracht hatte und in dem sie aus Morecombe House weggelaufen war, und das war nun unwiderruflich kaputt.

Allerdings hatte sie nicht vor, Doris um Geld zu bitten. Schon bei dem Gedanken schämte sie sich zu Tode. Aber sie wusste, dass die ältere Frau allein lebte und möglicherweise Hilfe brauchte. Beattie könnte gegen Geld Aufgaben übernehmen, wenn Henry unterwegs war. So würde er nichts merken.

Beattie kniete sich hin und strich den Saum von Lucys Kleid glatt. Sie musste ihn schon wieder auslassen. Das Kind wuchs einfach zu schnell.

»Was machen wir hier, Mummy?«

»Ich muss ganz kurz mit der alten Dame sprechen, die hier wohnt. Sie heißt Doris.« Fast hätte sie gesagt: »Daddy darf nichts davon wissen«, doch das wäre für das Mädchen geradezu eine Einladung gewesen, ihm davon zu erzählen. Vor Daddy durfte man keine Geheimnisse haben. Stattdessen würde sie darauf hoffen, dass die kleine Lucy noch leicht abzulenken war. Ein Nachmittag mit den Wäscheklammerpuppen in dem Boot, das sie aus einer Seifenkiste gebastelt hatte, und schon wäre alles vergessen.

Die Tür öffnete sich, und Doris blickte sie neugierig an. »Mrs. MacConnell?«

»Beattie.« Sie streckte die Hand aus.

Doris drückte sie kurz und lächelte. »Wie nett, dass Sie vorbeischauen. Darf ich Ihnen einen Tee anbieten?«

»Ich …« Beattie zögerte, entschied dann aber, dass es keine halben Freundschaften gab. »Natürlich, vielen Dank. Sehr gern.«

Sie schob Lucy ins Haus und setzte sie mit der kleinen Babypuppe ins Wohnzimmer. Die hatte Henry ihr gekauft, und Beattie hatte wohlweislich den Mund gehalten, obwohl sie viele Dinge dringender brauchten als eine Puppe. Das Mädchen spielte zufrieden, während Doris Tee holte und Beattie sich im Zimmer umsah. Alles sah makellos aus. Diese Frau brauchte offenkundig keine Haushaltshilfe. Auf jeder schimmernden Oberfläche standen kleine Glasfiguren, Kerzenleuchter aus Porzellan und silberne Schatullen. Über dem Kaminsims hing ein schweres, verziertes Kruzifix, unter dem ein Aquarell mit einem blonden, blauäugigen Jesus wie das Foto eines nahen Angehörigen lehnte.

»Ich muss schon sagen«, bemerkte Doris, als sie den Tee eingoss, »ich hätte nie erwartet, Sie mal in meinem Wohnzimmer zu haben.«

»Es tut mir sehr leid. Mein Mann und ich sind sehr für uns geblieben.« Was nicht ganz der Wahrheit entsprach. Henry war in den Kneipen der Stadt kein Unbekannter. Zweifellos hatte Molly ihn aufgespürt, weil er notorisch indiskret war.

»Sie brauchen mir nichts zu erklären«, sagte Doris und setzte sich neben Beattie auf das Sofa mit der hohen Lehne. »Ich freue mich, dass Sie gekommen sind. Seit mein Mann tot ist, bin ich sehr einsam.« Sie zwang sich zu einem Lächeln. »Ich hoffe, Sie kommen bald wieder.«

»Nun, das ist einer der Gründe, aus denen ich mit Ihnen sprechen wollte. Ich möchte mich nützlich machen: putzen, vielleicht, oder kochen. Ich kann gut nähen, falls Sie etwas ausgebessert haben müssen.«

Doris schüttelte den Kopf. »Oh, nein, das mache ich alles selbst. Es hält mich in Form. Und ich habe eigentlich auch kein Geld, um dafür zu bezahlen. Seit Tom gestorben ist, muss ich streng haushalten.«

Lucy ging jetzt langsam im Zimmer umher und bewunderte den Nippes auf den schimmernden Oberflächen. Beattie versuchte, ihre Enttäuschung zu verbergen.

»Zu schade, dass Sie nicht ein bisschen weiter nördlich wohnen. Meine Cousine Margaret in Lewinford ist Näherin und hat immer mehr Arbeit, als sie bewältigen kann. Sie beschäftigt oft junge Frauen wie Sie.«

»Lewinford? Wie weit ist das von hier?«

»Fünfzig Meilen, meine Liebe. Also zu weit. Vor allem mit der Kleinen.« Sie schaute lächelnd zu Lucy. »Sie ist ein hübsches Ding. Wunderschönes rotes Haar.«

»Sie kommt nach ihrem Vater. Er war schon immer ein gutaussehender Bursche.« Während sie das sagte, fragte sie sich, wo ihre Leidenschaft für Henry geblieben war. Die Zeit, in der sie Herzklopfen bekommen hatte, wenn er sie nur ansah, war lange vorbei.

Beattie trank ihren Tee so schnell sie konnte. Sie wollte rasch nach Hause, da Doris ihr nicht helfen konnte. Henry durfte nicht herausfinden, dass sie hier gewesen war. Leider hatte Doris zu einer langen Erzählung über ihren Ehemann angesetzt – wie sie sich kennengelernt, wie sie fünfunddreißig gute Jahre miteinander verbracht und sechs Kinder bekommen hatten, die heute über ganz Australien verstreut lebten. Schließlich bot sie an, eine weitere Kanne Tee aufzugießen.

»Nein, ich muss gehen. Zu Hause ist noch viel zu tun.«

»Sie müssen morgen wiederkommen. Oder übermorgen. Es war so schön, ein bisschen Gesellschaft zu haben.«

Beattie wand sich innerlich. »Vielen Dank für die Einladung. Ich komme sicher bald wieder.«

Doris brachte sie zur Tür und kniete sich vor Lucy, um sich zu verabschieden. Beattie sah neugierig zu, wie die ältere Frau ihre Tochter umarmte und ihr Kleid abtastete. Als sie gerade protestieren wollte, holte Doris eine kleine gläserne Maus hervor. »Ich glaube, die gehört dir nicht, Kleines«, sagte sie freundlich und erhob sich.

Beatties Gesicht brannte vor Scham. »Lucy! Du hast sie gestohlen! Wie konntest du nur?«

Das Mädchen wirkte verwirrt. »Sie hat mir gefallen.«

»Es tut mir so leid, ich ...«

»Ach, das macht doch nichts. Ich habe gesehen, wie sie sie unter dem Kleid versteckt hat, und dachte, ich gebe ihr die Gelegenheit, sie selbst zurückzustellen.« Doris sah Lucy freundlich an. »Du darfst nichts wegnehmen, was anderen Leuten gehört. Jesus sieht dich immer.«

»Wer ist Jesus?«

Beattie drehte Lucy zu sich um. »Wir müssen gehen ...«

»Wenn Sie jemanden brauchen, der auf die Kleine aufpasst, bringen Sie sie zu mir. Ich würde mich freuen.«

Beattie brachte Lucy nach Hause. Hätte sie doch nur auf Henry gehört und nicht versucht, Kontakt zur Außenwelt aufzunehmen.

Sie schafften es durch den Winter, indem sie Müll im Kamin verbrannten, den Tee immer dünner aufgossen und Billy anflehten, die Miete für einen Monat auszusetzen, obwohl es ihre Schulden noch vergrößerte. Billy räumte ihnen bereitwillig Kredit ein. Beattie wusste nicht, ob er nicht ahnte, wie verzweifelt ihre Lage war, oder ob er auf die zusätzlichen Zinsen aus war. Ansonsten war er immer noch Henrys bester Freund. Manchmal konnten sie sich nur Hafermehl, Brot, Milch und Honig leisten. Ihre Kleider saßen zunehmend loser um die Taille, doch Lucy bekam immer genug zu essen. Weil Henry Arbeit hatte, gab es keine staatliche Unterstützung. Leider war das Geld verschwunden, sobald er es in Händen hielt, und er konnte oder wollte die nahende Katastrophe nicht sehen.

Anderen ging es ja viel schlechter. Einmal war sie mit Lucy von einem Spaziergang nach Hause gekommen. Die Familie von gegenüber – eine hagere, graugesichtige Frau mit weinenden Babys und ein Mann mit verzweifelter Miene – saß auf einer schmutzigen Matratze auf der Straße. Ausgewiesen. Der Mann schaute sie an und rief mit brechender Stimme: »Können Sie uns irgendetwas geben? Meine Kinder haben heute noch nichts gegessen, und wir haben keinen Platz zum Schlafen.« Beattie war mit gesenktem Kopf weitergegangen. Wie gern hätte sie ihnen etwas gegeben, doch sie hatte selbst seit vier Tagen keine Münze mehr in der Hand gehalten.

»Wir haben nichts«, hatte er ihr nachgerufen. »Weniger als nichts.«

Beattie hatte Lucy ins Haus geschoben und mit klopfendem Herzen die Tür geschlossen.

»Was haben die Leute da gemacht? Was tun sie, wenn es regnet?«

Beattie hatte nicht geantwortet, sondern die Kleine mit einem Spiel abgelenkt und versucht zu vergessen, was sie gesehen und gehört hatte. Am nächsten Morgen waren sie weg.

Zum Glück schwand die Winterkälte. Beattie wagte lange nicht, ernsthaft mit Henry zu reden, weil er immer weniger Geduld mit ihr hatte und aus geringstem

Anlass wütend wurde. Er musste endlich mit dem Trinken und dem Spielen aufhören. Kurz vor Lucys viertem Geburtstag befürchtete Beattie jedoch, dass sie kein Geld für ein Geschenk und nicht einmal Zucker und Eier für einen Kuchen hatten. Da konnte sie nicht länger schweigen.

Es war ein regnerischer Abend, und das Prasseln auf dem Dach machte ihr Angst. Die Decke in Lucys Zimmer war nicht dicht, und das stete Tropfen in den Eimer hielt sie manchmal stundenlang wach. Beattie wollte aber sicher sein, dass ihre Tochter schlief, bevor sie mit Henry sprach, weil sie einen Streit befürchtete. Sie arbeitete zerstreut an einem Rock von Lucy, der neu gesäumt werden musste, und Henry las. Gewöhnlich saßen sie stundenlang schweigend da, weil sie einander nichts mehr zu sagen hatten.

Beattie stand auf und spähte in Lucys Zimmer. Das Kind atmete tief und regelmäßig. Sie schloss die Tür und kehrte ins Wohnzimmer zurück, wo sie sich vor Henry aufbaute.

Endlich schaute er hoch. »Was ist?«

»Liebst du deine Tochter?« Eigentlich sollte es nicht so herausfordernd klingen, aber ihre Wut hatte sich lange aufgestaut.

»Natürlich.«

»Hat sie keine neuen Schuhe verdient? Hat sie keinen vollen Magen verdient? Öfter als alle zwei Wochen ein Stück Fleisch?«

Henrys Augen wurden schmal, seine Pupillen schrumpften zu Stecknadelköpfen. Er stand auf, und Beattie rutschte das Herz in die Hose. »Was willst du damit andeuten?«

»Du hast es gut. Du bekommst ein Gehalt. Und doch wirfst du alles für Gin und Kartenspiele weg. Wir sind *arm*, Henry.«

»Alle sind arm«, sagte er und wandte sich ab.

Beattie holte tief Luft. »Wenn du deine Tochter liebtest, würdest du nicht mehr trinken und spielen.«

Seine Reaktion kam unglaublich schnell und schmerzhaft: ein Schlag mit der flachen Hand ins Gesicht.

»Du hast mir nichts zu befehlen, Frau«, zischte er, drehte sich um und stapfte davon, während sich Tränen der Hilflosigkeit in ihren Augen sammelten. Sie brachte es nicht über sich, ihn zu rufen. Er hatte ihr die Stimme genommen.

Als der zweite Brief eintraf, konnte sie ihn nicht ignorieren.

Diesmal erkannte sie die Handschrift sofort und spürte ein Brennen in der Brust.

Beattie setzte Lucy mit einem alten Holzpuzzle an den Küchentisch und stellte den Kessel auf den Herd. Sie zögerte, weil das Gas einen Penny kostete, doch das war es wert. Als das Wasser kochte, überzeugte sie sich, dass Lucy beschäftigt war, und hielt den Umschlag vorsichtig über den Dampf. Sie schob behutsam den Fingernagel unter die Lasche, während ihr Puls am Hals pochte. Wenn Henry es herausfände …

Die Lasche gab nach, und Beattie schaltete rasch das Gas aus. Mit zitternden Fingern entfaltete sie das Blatt und las.

*Lieber Henry, ich kann dir gar nicht sagen, wie sehr ich mich über deinen Brief gefreut habe …*

Beattie ließ die Seite einen Moment lang sinken, gefangen zwischen Ungläubigkeit und Zorn. Hatte er Molly geschrieben? Ihr selbst hatte er verboten, Verbindung zu ihren eigenen Eltern aufzunehmen, fand es aber statthaft, seiner Frau zu schreiben? Sie atmete flach, ihr Herz hämmerte heftig.

»Was ist los, Mummy?«, fragte Lucy und schaute sie unverwandt aus ihren grauen Augen an.

Beattie zwang sich zu einem flüchtigen Lächeln. »Nichts. Bist du mit dem Puzzle fertig?«

»Der Kopf vom Kätzchen fehlt.«

»Ach herrje.« Beattie unterdrückte das Zittern, ergriff Lucys Hand und zog sie sanft von ihrem Stuhl. »Geh mal in mein Zimmer. Da kannst du dir etwas zum Verkleiden suchen.«

»Ja! Darf ich auch die Perlenkette anziehen?«

»Ausnahmsweise.«

Lucy hüpfte davon, und Beattie wandte ihre Aufmerksamkeit wieder dem Brief zu. Sie schluckte heftig, bevor sie ihn entfaltete.

*Ich habe nie aufgehört, an dich zu denken und mich zu fragen, ob es dir gutgeht und ob du glücklich bist. Du bist immer noch mein Mann und wirst es immer bleiben, auch wenn du solche törichten Entscheidungen getroffen hast. Ich muss gestehen, dass es mir furchtbar weh getan hat, als ich von deinem Kind hörte, denn es war, wie du weißt, mein sehnlichster Wunsch, Kinder zu haben. Aber es war mir nicht vergönnt. Wenn du mir ein Foto der Kleinen schicken könntest, wäre es mir eine große Freude und Erleichterung.*

Die Tigerin in Beattie knurrte. Diese Frau wollte ein Bild von Lucy haben? Warum um alles in der Welt? Sie hatte kein Anrecht auf das Kind und würde es nie haben. Eher würde Beattie einen Mord begehen.

Dann erwachte ihr Argwohn. Was war los mit Molly? Weshalb verhielt sie sich so freundlich? Henry hatte sie verlassen, sich am anderen Ende der Welt ein neues

Leben aufgebaut, eine andere Frau genommen. Wo war ihr Zorn? Wo der boshafte Hass? Verbarg sie ihn, oder empfand sie tatsächlich nicht so?

In den nächsten beiden Absätzen ging es um Glasgow, das Wetter, den Verkehr, ihre alte Tante. Der letzte Absatz traf Beattie ins Herz.

*Aus dem Tonfall deines Briefes schließe ich, dass du der Vorstellung, ich könnte wieder eine Rolle in deinem Leben spielen, nicht gänzlich abgeneigt bist. Vielleicht ist es töricht von mir (ich bin keine junge, hübsche Närrin wie Beattie, mein dreiunddreißigster Geburtstag steht kurz bevor), doch als ich deinen Antrag angenommen habe, war es für mich eine lebenslange Verpflichtung. Daran hat sich nichts geändert. Wenn du möchtest, dass ich dir das Geld für die Rückfahrt nach Glasgow schicke, werde ich das nur zu gerne tun.*
*Deine Ehefrau Molly*

Wie konnte sie es wagen? Wie konnte sie es wagen, Henry von ihr wegzulocken …

Dann begriff sie, dass Molly nur das tat, was sie selbst zuvor getan hatte. Beattie hatte Henry weggelockt. Sie hatte gewusst, dass er verheiratet war; sie hatte sich seine Geschichten über Molly angehört, wie langweilig sie war, dass sie nie mit ihm schlafen wollte, wie altmodisch sie sich kleidete. Und sie hatte keinen weiteren Gedanken an Molly verschwendet.

Am liebsten hätte sie den Brief in Fetzen gerissen, doch sie schob ihn behutsam in den Umschlag, drückte die Lasche an, bis sie klebte, und stellte den Brief auf den Kaminsims. Würde Henry sie verlassen? Sicherlich nicht. Er würde sich nicht von Lucy trennen. Mit diesem Gedanken tröstete sie sich und ging zu ihrer Tochter ins Schlafzimmer, wo sie ein wildes Verkleidungsspiel begannen.

Lucy, die in Beatties Kleid förmlich ertrank, hatte einen Hut aufgesetzt und sich in eine anspruchsvolle Kundin verwandelt. Beattie spielte die Rolle von Jean in ihrem Kolonialwarenladen. Sie hatten viel Spaß, bis Beattie einen Blick auf Lucy im Spiegel erhaschte. Das schimmernde rote Haar, die enge Bindung von Vater und Tochter. Da begriff sie, ihr Blut gefror in den Adern.

Vielleicht glaubte Henry, er könne Lucy mitnehmen.

Auf einmal geriet sie in Panik. Was sollte sie tun, wenn Henry es sich in den Kopf setzte, ihre Tochter mit nach Glasgow zu schleppen?

Sie eilte hinaus, obwohl Lucy lautstark protestierte, schnappte sich den Brief und verbrannte ihn im Kamin. Sie beobachtete, wie er sich kräuselte und schwarz wurde. Mollys Einladung zerfiel zu Asche.

»Was machst du da, Mummy?«

Das Mädchen stand, noch immer verkleidet, auf der Schwelle.

»Nichts.« Beattie kniete sich vor Lucy hin und legte ihr die Hände auf die Schultern. »Du bist so kostbar, mein Schatz.«

Lucy, die nie viel Geduld mit Beattie hatte, schüttelte sie ab. »Na los, ich muss Honig und Schinken kaufen.«

Beattie folgte ihr mit klopfendem Herzen und der Gewissheit, das Richtige getan zu haben.

Für Henry gab es nur zwei Möglichkeiten, um sein schlechtes Gewissen wegen Lucys viertem Geburtstag zu beschwichtigen. Entweder lieh er sich Geld bei Billy, um ein Geschenk und eine Torte zu kaufen, oder aber er ertränkte es in Alkohol. Wie jeden Tag zog sich sein Magen bei der Vorstellung zusammen, und doch konnte der Vorgeschmack der brennenden Flüssigkeit auf seiner Zunge sein Herzflattern vertreiben.

Also entschied er sich für beide Möglichkeiten.

Der kleine Schreibtisch, an dem er arbeitete, stand vor dem Fenster des Büros. Vom zweiten Stock aus konnte er auf den dunkel schimmernden Derwent River hinunterblicken. Allerdings schaute er selten hin, denn Billy lud ihm viel Arbeit auf und drohte schweigend mit dem Geld, das er ihm schuldete, und dem guten Willen, den er Henry schon bezeugt hatte. Die Schulden lasteten wie Blei auf ihm.

Dennoch stand er auf und ging zu Billys Büro. Die Tür war immer offen. Billy arbeitete fleißig, da konnten die Leute reden, was sie wollten, und war ein anständiger Arbeitgeber. Zu anständig.

Henry klopfte. Billy blickte auf und winkte ihn herein.

»Was gibt es?«

Henry fackelte nicht lange. »Lucy hat heute Geburtstag, und ich bekomme erst am Freitag Geld.«

»Willst du einen Vorschuss?«

»Ja.« Henry warf einen Blick auf die Brandykaraffe, die auf dem Schreibtisch stand.

Billy nickte. »Nur zu. Für mich auch einen.«

Henry gehorchte.

»Großzügig bemessen für diese Tageszeit«, meinte Billy lachend und hob sein Glas.

Henry kippte den Brandy hinunter. Schloss kurz die Augen, als sich die Wärme in seiner Brust ausbreitete.

»Wie viel brauchst du?«

»Fünf Shilling?«

Billy holte die Münzen aus der Tasche und reihte sie auf dem Tisch auf. »Da hast du sie.«

Henry sammelte sie ein. »Nimm das Geld einfach von …«

»Ehrlich gesagt, Henry, sollte ich es lieber nicht von

deinem Wochenlohn abziehen, dann bleibt nämlich nichts übrig.«

Henry leckte sich über die Lippen. Das Schweigen dehnte sich aus.

Billy goss ihm noch einen Brandy ein. »Ich fühle mich für dich verantwortlich, Mann. In Glasgow hast du immer gewonnen. Und wusstest, wann du aufhören musst. Ich weiß nicht, was passiert ist, aber das Pech hat angefangen, als du deine Frau für das junge Ding verlassen hast. Molly hat dich im Zaum gehalten. Seit Beattie hast du jede Beherrschung verloren.«

Die Münzen wurden warm in Henrys Hand. Er konnte sie nicht zurückgeben, jetzt nicht mehr. Sein kleines Mädchen hatte Geburtstag. Er hatte ihr seit Wochen ein Geschenk versprochen. Wie sollte er heute Abend ihr enttäuschtes Gesicht ertragen? Lieber wäre er blind.

»Nimm einfach das Geld, Henry«, sagte Billy.

»Zieh es von meinem nächsten Gewinn beim Kartenspiel ab.«

Billy lächelte bitter. »Du gewinnst nicht oft genug, als dass ich mich darauf verlassen könnte, Mann. Egal, nimm es. Betrachte es als Geburtstagsprämie.«

Henry bedankte sich überschwenglich und hasste sich, weil er so unterwürfig klang. So unmännlich.

Nach der Arbeit ging er in die Stadt. Im Kolonialwarenladen konnte er kein Geschenk kaufen, weil er dort Schulden hatte. Die würde er erst bezahlen müssen. Beim Gehen bekam er einen klaren Kopf. Die Stadtmitte sah heutzutage deprimierend aus, lauter freudlose, verzweifelte Menschen, die um Arbeit oder Geld bettelten oder einfach die Nähe anderer freudloser, verzweifelter Menschen suchten, um sich nicht ganz so elend zu fühlen. Henry war stolz darauf, dass er eine richtige Stelle hatte. Beattie beschwerte sich ständig, hatte aber keine Ahnung, um wie viel besser es ihnen ging als diesen armen Menschen, deren hohle Augen ihm folgten, als er vorüberging. In den Geschäften gab er das ganze Geld aus, kaufte eine Puppe mit Porzellangliedern und echtem Haar und einen klebrigen Kuchen, leistete sich von dem übrigen Geld noch rasch einen Drink und machte sich auf den Heimweg. Das Tor kratzte über die Pflastersteine, als er es öffnete, und eine Sekunde später stand Lucy an der Tür. Sie trug ein Baumwollkleidchen, das ihre Mutter aus einem alten Hemd von Henry genäht hatte. Ein anderes Geschenk konnte sie ihr nicht geben.

»Daddy, Daddy!«, rief sie und umklammerte sein Bein. »Hast du mir mein Geschenk mitgebracht?«

»Drinnen, mein Schatz. Lass mich doch erst mal Atem holen.«

Beattie stand am Herd und rührte in einer dünnen Suppe. Sie beachtete ihn kaum. Sie war wütend auf ihn. Sie war immer wütend auf ihn.

»Nun denn.« Er setzte Lucy auf seinen Schoß. »Warst du auch ein braves Mädchen?«

»Ja.«

»Ich werde deine Mutter fragen. Ist sie heute ein braves Mädchen gewesen?«

Beattie zwang sich zu einem Lächeln und strich dem Kind übers Haar. »Das bravste von allen.«

Henry deutete auf die Päckchen auf dem Tisch. »Welches zuerst?«

Lucy zeigte auf die kleine Schachtel, wobei ihre Finger vor Aufregung flatterten. Henry wickelte sie aus und öffnete den Deckel. »Kuchen!«, quiekte Lucy. »Kuchen, Mummy!«

Beattie schaute ihn mit großen Augen an. »Wie viel hat er gekostet?«

Henry antwortete nicht. Er gab Lucy das andere Päckchen und sah voller Freude zu, wie sie die Kordel löste, das braune Papier entfaltete und darin die Puppe fand. Plötzlich wurde sie ganz still.

»Gefällt sie dir?«

Ehrfürchtig berührte sie das seidige Haar der Puppe. »Ich werde sie ewig lieben.«

»Henry …«, sagte Beattie besorgt.

Henry brachte sie mit einer ärgerlichen Geste zum Schweigen. »Du wolltest, dass das Kind einen Kuchen und Geschenke bekommt. Also beschwer dich nicht.«

»Aber …«

Henry schob rasch den Stuhl zurück. Er konnte Beatties vorwurfsvolles Gesicht nicht ertragen. »Ruf uns, wenn das Essen fertig ist.«

»Können wir Kuchen essen?«

»Nein«, sagte Beattie, bevor Henry ihr zuvorkommen konnte. »Zuerst Abendessen, dann Kuchen.«

Henry ergriff die freie Hand des kleinen Mädchens. Mit der anderen hielt sie besitzergreifend die Puppe. Im Wohnzimmer vertiefte sie sich ins Spiel, während Henry im Sessel saß und ihr zuschaute. Sie plauderte mit ihrem Spielzeug und ließ Gesprächspausen, in denen die Puppe antworten konnte.

»Wie willst du sie nennen?«

»Wie heißt du noch mal? Wenn du nicht Daddy bist?«

»Henry.«

»Dann nenne ich sie Henry.«

»Das ist aber ein Jungenname. Wie wäre es mit Henrietta?«

»O ja. Das gefällt mir. Gefällt dir das auch, Henrietta?« Schweigen. »Gut, dann heißt du jetzt so.«

Behutsam legte Lucy ihre Puppe auf dem verschlissenen Sofa schlafen und hielt den Finger an die Lippen. »Pst, Daddy, sie muss jetzt schlafen.«

»Ich werde leise sein«, flüsterte er.

Sie kletterte auf seinen Schoß und schlang die Arme um seinen Hals. Ihr Gesicht war ganz nah an seinem, ihr Atem roch süß nach Milch. »Ich hab dich lieb, Daddy.«

»Ich hab dich auch lieb, meine Kleine.«

»Mummy hab ich auch lieb.«

Er schwieg.

»Aber dich habe ich lieber.«

Er versuchte, nicht zu lächeln. »Deine Mutter ist ein guter Mensch.«

»Manchmal ist sie traurig.«

»Ehrlich?«

»Gestern war sie traurig. Da ist ein Brief gekommen, und sie wurde ganz traurig. Sie hat nicht geweint, aber ich konnte es merken. Und dann hat sie mit mir Verkleiden gespielt, aber danach hat sie den Brief im Kamin verbrannt. Obwohl kein Winter mehr ist.«

Henrys Körper spannte sich an. Sie hatte einen Brief verbrannt? Wieso? Welchen Brief? Was wollte sie vor ihm verbergen? Dann fiel ihm das Schreiben ein, das er Molly vor Wochen im betrunkenen Zustand geschickt hatte. Hatte sie etwa geantwortet?

»Daddy?« Lucy sah ihn aus klaren grauen Augen an. Merkte sie eigentlich, wie viel sie ihm bedeutete?

»Mein Schätzchen«, sagte er und küsste sie sanft auf die Wangen. »Mach dir keine Sorgen wegen Mummy. Wenn du heute Abend im Bett bist, rede ich mit ihr und muntere sie auf.«

Beattie kam aus Lucys Kinderzimmer. Die Kleine war so aufgeregt gewesen wegen des Kuchens und der Puppe – sie hielt Henrietta fest im Arm, als sie im Bett lag –, dass Beattie ein Dutzend Lieder singen musste, bis sie einschlafen konnte. Zwar war sie erleichtert, dass ihre Tochter einen so schönen Geburtstag erlebt hatte, doch die Sorgen ließen sich nicht vertreiben. Von welchem Geld hatte Henry die Geschenke gekauft? Und wann mussten sie das alles zurückzahlen?

Sie traute ihm nicht mehr, fürchtete, er könne sie wieder schlagen. Dennoch musste sie erfahren, woher das Geld stammte und wie hoch ihre Schulden inzwischen waren. Sie schloss Lucys Zimmertür und ging ins Wohnzimmer. Henry saß nicht im Sessel, sondern lehnte am Kaminsims, den Kopf auf die Unterarme gelegt. Er starrte in den Kamin, in dem kein Feuer brannte.

Sie wartete lange, ob er sie bemerkte. Unendlich lange.

Dann blickte er hoch. »Welchen Brief hast du verbrannt?«

Die Frage kam unerwartet und erschreckte sie. Das Adrenalin ließ ihr Herz schneller schlagen. Ihre Augen wanderten zum Kamin. Wie hatte er davon erfahren?

Er las ihre Gedanken. »Lucy hat es mir erzählt. Immerhin streitest du es nicht ab. Vielleicht bist du nicht clever genug, um zu lügen.« Seine Worte waren beißend. Er richtete sich auf und kam näher. Sie stand wie angewurzelt da. Jetzt war er so nah, dass sie seinen leicht säuerlichen Schweiß riechen konnte, den Brandy in seinem Atem. Sein Gesicht war gerötet, die Bartstoppeln schimmerten im Licht der Lampe. Hatte sie ihn jemals begehrenswert gefunden? Was war aus ihrer verrückten Liebe geworden? Sie hielt still und wappnete sich gegen den Schlag, der gleich kommen würde.

»Von wem war der Brief?«, flüsterte er drohend.

War sie diesmal clever genug, um zu lügen? Nein. Denn wenn Molly noch einmal schrieb und sich erkundigte, weshalb er nicht geantwortet habe, wäre sie ohnehin entlarvt. »Molly«, stieß sie hervor.

Seine Augen wurden schmal. »Hast du ihn gelesen?«

»Ja.«

»Was hat sie geschrieben?«

Beattie presste die Lippen aufeinander und schüttelte den Kopf. Sie war sich bewusst, dass er die Hände zu Fäusten geballt hatte. Ihr Atem ging schneller, alle Muskeln und Nerven in ihrem Körper waren angespannt.

Dann brüllte er los. »Was hat sie gesagt?« Speicheltröpfchen spritzten ihr entgegen.

Beattie wich zurück und hob die Hände vors Gesicht. »Nicht schlagen!«, schluchzte sie.

Henry machte große Augen. War er überrascht? Sie konnte seinen Ausdruck nicht deuten. Dann sah sie, wie er seinen Körper gewaltsam unter Kontrolle bekam, die Hände entspannte und sich von ihr entfernte. Er hatte sie schlagen wollen, so viel war klar. Doch aus irgendeinem Grund hatte er sich anders entschieden. Sie fand das erschreckender als jeden Hieb.

Seine Stimme klang eisig. »Du willst mir also nicht sagen, was in dem Brief stand?«

Wieder schüttelte sie den Kopf.

Henry stapfte davon.

»Wo willst du hin?«

Er antwortete nicht, sondern griff nach Hut und Mantel und schlug die Haustür hinter sich zu.

In dieser Nacht tat Beattie kein Auge zu. Sie lag in einem Dämmerzustand, angespannt, schreckte immer wieder hoch, verspürte heiße Panik im ganzen Körper. Wann immer sie zusammenfuhr, tastete sie neben sich. Das Bett war leer. Sie horchte auf Geräusche im Haus. Nichts. Er war nicht heimgekommen. Sie zog die dünne Decke über sich und versuchte zu schlafen, doch ihre Gedanken kreisten unablässig.

Er würde Molly wieder schreiben, ganz sicher würde er

das. Vielleicht auch telegrafieren. Und sobald er herausgefunden hatte, was sie ihm anbot, würde er nach Glasgow fahren und Lucy mitnehmen wollen. Solange sie auch nachdachte, gelangte sie doch immer zum selben Schluss. Welchen Grund hatte er denn noch, hierzubleiben? Offenbar liebte er sie nicht mehr. Er hatte kein Geld. Er hasste seine Arbeit. Sein Leben musste furchtbar elend sein. Wenn ihr jemand anböte, nach Glasgow zurückzukehren und sich finanziell um sie zu kümmern, würde sie die Gelegenheit sofort ergreifen. Vielleicht war sie auch verrückt und konnte nicht klar denken, doch schien es ihr zu riskant, das alles nicht in Betracht zu ziehen. Was würde aus ihr werden, wenn er wegging?

Allmählich keimte eine Idee in ihr, die sie sich ungern eingestehen wollte. Henry war nicht da. Vermutlich schlief er bei Billy auf dem Sofa und würde von dort aus zur Arbeit gehen. Es dauerte ewig, bis er zurückkäme. Sie hätte genügend Zeit, um zu verschwinden.

Denn sosehr er seine Tochter angeblich liebte, war er doch auch grausam zu ihr. Er gab sein Geld aus, bevor er es verdient hatte. Lucy musste täglich auf das Nötigste verzichten und bekam dann lauter lächerliche Geschenke auf einmal. Wie lange würde es dauern, bis sie ihn so sehr reizte, dass er auch sie schlug? Wenn er getrunken hatte, verlor er die Beherrschung. Beattie steigerte sich in eine selbstgerechte Entrüstung hinein. Ihre Tochter vom Vater zu trennen wäre das Beste, was sie für sie tun konnte, egal, wie sehr sie ihn vergötterte.

Beattie wusste, dass ihr Plan nahezu unmöglich war. Aber auch nur *nahezu*. Sie erinnerte sich an den Rat, den Cora ihr vor vielen Jahren gegeben hatte, als sie Glasgow verließ: *Es gibt zwei Arten von Frauen, Beattie. Die einen tun Dinge, und den anderen tut man Dinge an.* Hatte sie ihn befolgt? Nein. Cora hatte sie vor Henry warnen wollen, doch sie war fest entschlossen gewesen, zur falschen Art Frau zu gehören. Sie hatte sich entschieden, sich Dinge antun zu lassen.

Jetzt wartete sie auf die Morgendämmerung, glitt immer wieder in wirre Träume. Wartete auf das Tageslicht, damit sie zu Doris gehen und sie nach ihrer Cousine, der Näherin, fragen konnte. Vielleicht wäre das die Chance, ein neues Leben zu beginnen, dort, wo Henry sie nicht fand.

Beim Frühstück war Lucy quengelig, wollte lieber Kuchen als dünnen Haferbrei. Beattie gab ihr Kuchen, weil sie zu müde und zerstreut war, um zu streiten. Lucy vermisste ihren Vater, als ahnte sie, dass er die ganze Nacht nicht zu Hause gewesen war. Sie kam sich verlassen vor. Die Flucht würde schwierig.

Als Beattie den Tisch abräumte, hörte sie von draußen ein rhythmisches Klopfen. Doris schlug ihre Teppiche auf der Veranda aus. Sie ließ das Besteck klappernd ins Spülbecken fallen, wischte sich die Hände an der Schürze ab und eilte zur Tür.

»Doris?« Sie hatte den ersten Schritt getan.

Die Nachbarin blickte neugierig hoch. Seit Lucy versucht hatte, die Maus zu stehlen, hatten sie keinen Kontakt mehr gehabt. »Ja, meine Liebe?«

Beattie räusperte sich und versuchte, mit ruhiger Stimme zu sprechen. »Würden Sie … auf eine Tasse Tee herüberkommen?«

Doris lächelte. »Das würde ich gern, aber ich muss noch einiges …«

»Kommen Sie bitte jetzt«, sagte Beattie. »Es tut mir leid, ich kann nicht länger warten.«

Die ältere Frau nickte, hängte den Teppich über das hölzerne Geländer und kam herüber. Beatties Herz hämmerte, als sie Doris hereinließ. Sie zwang sich, ruhig zu atmen. Dies war nur der erste Schritt. Heute musste sie noch viel mehr durchstehen.

»Kommen Sie doch in die Küche. Leider habe ich das Frühstücksgeschirr noch nicht weggeräumt.« Sie hob Lucy von ihrem Stuhl und schickte sie mit Henrietta spielen. Als sie allein waren, warf Beattie einen Penny in den Gaszähler und setzte den Wasserkessel auf den Herd.

»Alles in Ordnung, meine Liebe?«, fragte Doris, die argwöhnisch stehen geblieben war.

»Setzen Sie sich bitte. Leider kann ich heute Morgen nicht klar denken.«

Doris nahm Platz und sah sich um. Beattie versuchte, die Küche aus ihrer Perspektive zu betrachten. Die schäbigen Wände, die umgedrehten Obstkisten, die als zusätzliche Sitzgelegenheiten dienten, den ganzen kahlen Raum. Doris' Küche war grün gestrichen, auf dem Schrank standen Porzellandosen mit Zucker, Mehl, Gewürzen, Reis, sogar Keksen. Sie fragte sich, ob Doris geahnt hatte, wie arm sie waren.

Beattie bereitete mechanisch den Tee zu, als schaute sie sich selbst dabei zu. Dann setzte sie sich zu Doris und lächelte schwach. »Können Sie mir helfen? Ich bin in Schwierigkeiten.«

»Geld kann ich Ihnen nicht geben«, sagte Doris rasch.

Beattie schüttelte den Kopf. »Darum geht es nicht. Ich möchte etwas über Ihre Cousine, die Näherin, wissen.«

»Margaret?« Doris' Gesicht wurde weich. »Sie wohnt weit weg.«

»Ich möchte weit weg sein.«

»Verstehe. Weiß Ihr Mann davon?«

Beattie schluckte schwer und zwang sich, die Worte auszusprechen, die ihr noch nie über die Lippen gekommen waren. »Er trinkt und spielt. Er ist jähzornig. Er hat mir verboten, mich mit Leuten anzufreunden und sogar meinen eigenen Eltern zu schreiben. Ich habe Angst, dass er mir und meinem Kind weh tun könnte.«

Doris nickte. »Dann werde ich Ihnen helfen. Margaret nimmt Sie bei sich auf, dann können Sie für die Unterkunft arbeiten.«

»Wird sie das wirklich tun? Mich und mein Mädchen?«

»Margaret ist eine gute Christin, und sie hat im Augenblick niemanden, der ihr hilft. Sie könnte Unterstützung gebrauchen, hat aber nicht viel Geld. Sie wird freundlich zu Ihnen sein.«

Aus irgendeinem Grund brach Beattie beim Wort »freundlich« in Tränen aus. Unfreundlichkeit war zu lange ihr täglicher Begleiter gewesen.

»Schon gut«, sagte Doris und tätschelte ihre Hand. »Das wird schon, Kind. Sie treffen die richtige Entscheidung. Wenn er sieht, dass Sie weg sind und das Mädchen mitgenommen haben, wird er seine Fehler erkennen und ins Licht des Herrn treten. Dann können Sie wiedervereint werden.«

Beattie schwieg. Sie wollte Henry nicht zurück, niemals. »Sie sagen ihm doch nicht, wo ich bin?«

»Mein Ehrenwort. Ich werde keinem gewalttätigen Trinker helfen.« Sie rieb Beatties Arm. »Na los, packen Sie. Ich gebe Ihnen drei Pence für den Bus.«

Binnen einer Stunde war Beattie bereit, um in die Stadt zur Bushaltestelle zu gehen. Sie trug ihre jämmerlichen Habseligkeiten in einem Pappkarton bei sich; die Koffer, die sie aus Schottland mitgebracht hatte, waren längst verkauft. Sie hatte auch ein Foto von Henry, Lucy und sich selbst eingepackt, fragte sich aber, ob Lucy ihren Vater nicht besser vergäße. Beattie wusste nicht mehr, wie sie mit vier Jahren gelebt hatte; womöglich war es gnädiger, wenn sie die Kleine nicht an ihren Vater erinnerte. Lucy, die ihre neue Puppe unter dem Arm trug, fragte wiederholt, wohin sie gingen und was sie vorhätten. Beattie brachte sie zum Schweigen, indem sie von einem Abenteuer sprach und meinte, dass sie ihr alles erklären würde, wenn sie am Ziel aus dem Bus stiegen.

Doris wartete an der Tür und blickte sie eindringlich an. *Du tust das Richtige.* Beattie versuchte, ihren Körper zu stählen, ihn härter zu machen. Sie griff nach Lucys Hand und schloss die Tür des Häuschens, ohne noch einmal zurückzublicken.

# Zehn

Der Bus rollte knatternd am schwarzen Wasser entlang und weiter bergauf durch Kleinstädte und Ackerland. Das Grün war hier anders als in Schottland: stumpfer und heller. Doch die Sonne schien strahlender, und Beattie ließ sich davon ein bisschen aufmuntern. Doris hatte ihr eine Wegbeschreibung mitgegeben. Sie musste in New Norfolk aussteigen und einen anderen Bus nehmen, der sie nach Nordwesten brachte. In einer winzigen Ortschaft namens Bligh würde sie auf die altmodische Pferdekutsche nach Lewinford warten.

Das erste Umsteigen klappte problemlos, doch um die Mittagszeit erbrach sich Lucy über ihre Kleidung, weil sie so lange gefahren waren. Beattie säuberte sie notdürftig mit einem sauberen Hemd aus ihrem Karton, doch der Geruch war hartnäckig, und ihr wurde selbst allmählich flau.

Als sie in Bligh eintrafen, suchten sie nach der Haltestelle der Kutsche und warteten. Beattie hatte Sandwiches mit Honig mitgebracht, die sie sich am Straßenrand teilten.

Sie war dankbar für die Pause, auch wenn sie nur von kurzer Dauer war. Der Schlafmangel hatte alle Ereignisse des Tages in alptraumhafte, irreale Farben getaucht. Im Kopf wiederholte sie wieder und wieder den Satz: »Ich habe Henry verlassen, ich habe Henry verlassen«, doch sie konnte es immer noch nicht ganz glauben.

Für welches unsichere Leben hatte sie sich entschieden? Obwohl Doris ihr Mut zugesprochen hatte, wusste sie nicht, ob Margaret sie wirklich aufnehmen würde. Ob sie überhaupt zu Hause war. Wenn sie nun Verwandte besuchte? Oder verreist war?

»Mummy?« Lucys Stimme riss sie aus ihrer Grübelei.

»Ja, mein Schatz?«

Das Mädchen lehnte sich an sie. »Wo ist Daddy?«

»Bei der Arbeit.«

»Er hat heute nicht gefrühstückt.«

»Nein. Daddy ... Wir werden ihn eine Zeitlang nicht sehen.«

Lucy schaute zu ihr auf. Die Sonne schimmerte auf ihrem roten Haar. »Wieso nicht?« Schon hatte sie Tränen in den Augen.

Beattie dachte darüber nach. Wie sollte sie einer Vierjährigen die Situation erklären? »Daddy ist krank. Die Krankheit kann uns auch schaden.«

»Aber ich habe Daddy lieb.« Wie zum Beweis hielt sie Beattie ihre Henrietta hin.

»Daddy hat dich auch lieb. Aber er kann sich jetzt nicht um uns kümmern. Also müssen wir weggehen und für uns selbst sorgen.«

Nun weinte Lucy wirklich. »Er wird uns vermissen.«

Beattie kniete sich hin und umarmte das kleine Mädchen. »Er vermisst dich. Das weiß ich.«

Irgendwann wurde Lucy das Weinen leid und setzte sich ins Gras. Beattie lief auf und ab und hielt Ausschau nach der Kutsche. Eigentlich hätte sie schon vor einer Stunde kommen müssen. Wieder und wieder las sie Doris' Zettel. Ja, sie war an der richtigen Stelle, unter dem Ortsschild, Richtung Nordwesten, hundert Meter vom Pub entfernt. Sie spielte mit dem Gedanken, drinnen nach der Kutsche zu fragen, hatte aber Angst, dass sie in diesem Augenblick ankommen könnte. Es war warm und stickig. Sie hatte dafür gesorgt, dass Lucy im Schatten saß. In der Ferne hörte sie einen Bach über Felsen plätschern. Wie gern wäre sie hingegangen und hätte etwas getrunken, aber das war nicht möglich. Sie wartete und wartete, bis gewiss eine weitere Stunde vergangen war und sie sicher sein konnte, dass die Kutsche nicht mehr kam. Ihr wurde angst und bange. Was sollte sie jetzt machen?

»Komm, Lucy.« Sie hob das Mädchen hoch, das niedergeschlagen im Gras hockte. »Ich muss in dem Pub da drüben nach der Kutsche fragen.«

Lucy rappelte sich auf und nahm ihre Hand. Sie gingen zusammen in das kühle Pub, wobei sich Beattie wiederholt umsah. An der Theke saßen fünf oder sechs Männer, die neugierig die Frau mit dem kleinen Mädchen anschauten. Es roch, als hätte das Bier die Dielenbretter durchtränkt.

»Keine Damen erlaubt, meine Liebe«, sagte der Barkeeper freundlich.

»Ich wüsste nur gern … was mit der Kutsche nach Lewinford ist.«

»Ach, der alte Frank. Elender Mistkerl. Der fährt nicht an stürmischen Tagen; er hat Angst, der Donner könnte die Pferde erschrecken.«

»Stürmisch?« Das Wetter war heiß und klar.

»Wir haben ein Zimmer, falls Sie über Nacht bleiben müssen.«

»Nein, ich …« Sie hatte kein Geld, nur den Penny für die Kutsche. Aber die Kutsche kam nicht. »Ist es weit zu laufen?«

Er kniff die Augen zusammen und überlegte. »Hm, vielleicht drei Stunden. Mit der Kleinen sind Sie langsamer. Kann ich Ihnen ein Glas Wasser anbieten?«

Dankbar nahm Beattie das Wasser entgegen und teilte es sich mit Lucy. Sie hörte zu, als er ihr den Weg nach

Lewinford beschrieb, und machte sich schicksalsergeben auf den Weg.

Nach einer halben Stunde bemerkte sie die ersten dunklen Wolken am Horizont. Eine weitere halbe Stunde später – Lucy jammerte schon, sie könne keinen Schritt mehr laufen – erklang das erste Donnergrollen.

Ihr Herz hatte an diesem Tag schon so viel erduldet – Furcht, Hoffnung, Ungewissheit –, dass es unter dieser neuen Angst beinahe aussetzte. Sie liefen eine Landstraße mitten im Nirgendwo entlang, und nun drohte auch noch ein Gewitter. Sie blieb kurz stehen, und Lucy ließ sich dankbar am Straßenrand nieder. Der Schweiß lief ihr unter der Bluse am Körper hinab.

Schutz. Das war jetzt am wichtigsten. Es war nicht sicher, sich bei Gewitter unter einen Baum zu stellen, also musste sie ein Haus, einen Schuppen, *irgendetwas* mit einem Dach finden. Sie drehte sich langsam im Kreis. Nach Osten sah man meilenweit nur dichtes Gebüsch, doch im Westen breiteten sich Felder aus, die mit niedrigem Stacheldraht umzäunt waren, und hohe Pappeln, zwischen deren Ästen Stare umhersegelten. Ackerland. Wo Ackerland war, gab es auch Häuser.

»Mummy? Ich bin müde.«

»Ich weiß.« Beattie schaute zum Himmel empor. Die Gewitterfront bewegte sich schnell, doch noch gab es keinen Regen oder Wind. »Wir gehen über das Feld dort drüben und suchen uns eine Stelle, an der wir ausruhen können.«

Lucy nickte und rappelte sich auf.

»Braves Mädchen«, sagte Beattie und führte sie zum Zaun. »Jetzt musst du dich auf den Bauch legen und darunter durchkriechen. Gut aufpassen.« Beattie hielt den Stacheldraht hoch, damit sich Lucy nicht in den Stacheln verfing. »Wie eine Schlange. Gut so.«

Beattie schob den Pappkarton hinterher, wohl wissend, dass sie selbst nie hindurchpassen würde. Also versuchte sie, die mittleren Stränge auseinanderzudrücken, um hindurchzusteigen. Dabei zerkratzte sie sich den Unterschenkel. Es brannte.

»Mummy, du blutest ja.«

Sie drückte den Rock gegen die Wunde, die bald aufhörte zu bluten. »Das ist nicht schlimm. Na los, gleich kommt ein Gewitter.« In diesem Augenblick kam Wind auf.

Sie gingen einen Hügel hinauf, von wo aus Beattie meilenweit nur Ackerland sehen konnte. Grüne, sanft geschwungene Hügel, markiert mit einzelnen flachen Steinen. Hier und da ein einsamer Eukalyptusbaum, lebendig oder weiß und abgestorben, der Krähen eine Heimstatt bot. Aber es war kein Haus zu sehen. Sie sah auch keine Kühe oder Schafe. Vermutlich war die Farm größer, als sie erwartet hatte, oder nicht mehr in Betrieb. In der Ferne entdeckte sie jedoch ein kleines weißes Gebäude. Ein Schuppen. Das Donnergrollen kam näher, und kühle Dunkelheit legte sich über das Land.

Sie nahm Lucy auf den Arm und eilte hügelabwärts. Als sie das Feld überquerten, spürten sie die ersten Regentropfen. *Bloß nicht nass werden.* Als sie sich dem Schuppen näherten, sah sie, dass das halbe Dach fehlte. Eine Tür gab es auch nicht. Sie verlor den Mut.

Ein gezackter Blitz zuckte über den Himmel. Der Schuppen war ihre einzige Hoffnung.

Als sie ihn erreichten, brach der Regen richtig los. Die Bodenbretter waren fleckig und verzogen, aber wenn sie sich in die hinterste Ecke setzten, würden sie trocken bleiben. Beattie nahm Lucy auf den Schoß und zwang sich, die Muskeln zu entspannen. Das Kind roch immer noch leicht nach Erbrochenem. Das Gewitter zog über sie hinweg, der feuchte Wind ließ den Schweiß auf ihren Körpern eiskalt werden. Blitz und Donner folgten rasch aufeinander, dann öffnete der Himmel seine Schleusen. Lucy begann leise zu weinen und nach Henry zu rufen. Beattie weinte mit ihr. Sie weinte auch um Henry, um den Mann, den sie in ihm gesehen hatte, der er aber nicht gewesen war. Sie weinte wegen ihrer Einsamkeit, der Trennung von ihrer Familie und dem Leben, wie sie es früher gekannt hatte. Und sie weinte um ihre Tochter, ihre wunderschöne Tochter, die alles erdenklich Gute im Leben verdiente und in Armut und Ungewissheit lebte, die weit entfernt von zu Hause zitternd ein Gewitter durchstehen musste.

Der Regen hörte nicht auf. Eine Stunde oder noch länger strömte es herab, bis der Boden des Schuppens überflutet war und sie aufstehen mussten. Das Wasser lief ihnen in die Schuhe. Lucy klammerte sich an Beatties Rock, während diese überlegte, was sie als Nächstes tun sollte. Sie konnten hier nicht die Nacht verbringen, es war viel zu nass. Und Lewinford war noch immer mehrere Stunden entfernt. Wenn sie nicht im Dunkeln laufen wollten, mussten sie jetzt aufbrechen.

Doch wie sollte sie ihrem kleinen, erschöpften Mädchen erklären, dass es im Regen gehen musste? Und so stand sie da wie angefroren und wartete auf ein Zeichen. Doch das gab es nicht, nur die grausame Realität, diesen schweren Moment.

»Lucy«, sagte sie, »es tut mir leid, aber wir müssen wieder auf die Straße und weitergehen.«

»Wieso?«

»Weil starke Leute weitermachen, auch wenn alles ganz schlimm aussieht.«

Lucy stellte sich entschlossen neben sie und streckte die Hand aus. »In Ordnung, Mummy.«

Beattie nahm die kleine Kinderhand, und sie gingen in den Regen hinaus.

Sie liefen Meile um Meile, während der Regen zwar weniger wurde, jedoch nicht aufhörte. Der Pappkarton unter ihrem Arm war durchnässt und fiel allmählich in sich zusammen. Tapfer setzte Lucy einen Fuß vor den anderen, und Beattie sah den ersten Hoffnungsschimmer. Sie würden es nach Lewinford schaffen, weit konnte es nicht mehr sein, und Margaret würde sie aufnehmen. Dort würden sie ein neues, einfaches Leben ohne Angst beginnen. Allmählich wurde der Regen leichter und hörte schließlich ganz auf. Tief unten am Horizont kämpfte sich ein Sonnenstrahl durch die Wolken.

Sie bogen um eine Kurve, gewiss konnte es nur noch eine halbe Stunde sein. Dann sah sie es.

Die Straße war durchschnitten, der Damm, der über den Bach führte, überflutet. Der Bach selbst war zu einem reißenden braunen Strom geworden. Beattie blieb stehen, und Lucy stoppte hinter ihr.

Sie konnte keinen klaren Gedanken fassen. Was sollte sie jetzt tun? Umzukehren und eine andere Überquerung zu suchen war unmöglich. Sie kannte den Weg nicht, und Lucy war erschöpft. Sie konnte nicht warten, bis das Wasser abfloss. Vielleicht regnete es weiter, dann würden sie noch nasser als zuvor. Außerdem wurde es nun immer kälter. Sie würden sich den Tod holen, wenn sie nicht ins Warme und Trockene gelangten. Sie wollte nur noch weinen. Sich hinsetzen, den Kopf auf die Knie legen und schluchzen.

»Warte hier«, sagte sie zu Lucy und stellte den Karton auf den Boden.

Sie näherte sich dem Damm und bemerkte, dass sich Äste und Unrat am Rand gesammelt hatten. Also konnte das Wasser nicht allzu tief sein. Ganz vorsichtig stellte sie einen Fuß auf den Damm. Das Wasser umtoste ihre Knöchel. Noch ein Schritt. Auch nicht tiefer. Ganz langsam ging sie vorwärts und maß so die gesamte Überquerung ab. Das Wasser floss schnell, war aber nicht tief. Wenn sie Lucy hinübertrug …

In diesem Augenblick drehte sie sich um und sah, dass ihre Tochter nicht auf sie gewartet hatte. Sie kämpfte sich durch das Wasser, das ihr bis zu den Waden reichte, vorwärts.

»Nein, Lucy!« Sie watete zurück, doch ihre schlammigen Schuhe und das reißende Wasser verlangsamten ihren Schritt.

Dann bewegte sich der Unrat am Rand des Damms. Zuerst rutschte er zur Seite, riss sich dann mit einer gewaltigen Bewegung los und zog Lucy den Boden unter den Füßen weg. Sie stürzte und wurde vom Damm gespült. Ein Stück weiter klammerte sie sich an einen niedrigen Ast.

»Lucy! Lucy!«, schrie Beattie. Sie rannte zurück ans Ufer, streckte sich flach auf dem Boden aus und angelte nach Lucys Arm.

»Daddy! Daddy!«, heulte das kleine Mädchen.

»Nimm meine Hand!«

Lucy griff danach … doch es fehlte ein winziges Stück.

»Ich will zu Daddy!«

Beattie schob sich weiter vor, wohl wissend, dass sie beide verloren wären, wenn auch sie in den angeschwollenen Bach fiel. »Bitte, versuch es noch einmal.«

Wieder streckte Lucy den Arm aus, verlor aber den Halt am Ast. Beattie spürte noch ihre Finger, dann war sie im Wasser verschwunden.

»NEIN!«

Plötzlich ertönte ein lautes Klatschen. Ein Mann sprang vom anderen Ufer des Baches ins Wasser. Sie hatte keine

Ahnung, woher er gekommen war, sie sah nur einen glatten, nackten Rücken, der die Farbe von Milchkaffee hatte, im Wasser verschwinden. Kurz darauf tauchte er wieder auf und hielt Lucy in den Armen.

»Lucy!«, schrie sie.

»Mummy«, stöhnte das Mädchen ängstlich und wand sich in den Armen des Fremden.

Wenigstens atmete sie. »Halt dich an ihm fest! Ganz fest!«

Der Mann kletterte aus dem Wasser und legte Lucy vorsichtig auf das mit Gestrüpp bewachsene Ufer. Dann richtete er sich auf und lächelte strahlend. »Ich komme rüber und hole Sie.«

Tränen brannten in ihren Augen. »Danke. Vielen, vielen Dank.«

Sie lief los, um ihren Karton zu holen. Der Mann war schon auf ihrer Seite des Damms. Er hielt sie am Oberarm fest und führte sie durchs Wasser. Sie rannte zu Lucy, die sich dankbar und verzweifelt an sie schmiegte. Sie schluchzte, und Beattie wiegte sie hin und her, während ihr eigener Herzschlag wieder ruhiger wurde.

Dann wandte sie sich dem Mann zu. Er hatte das Hemd wieder angezogen, aber noch nicht zugeknöpft.

»Wie soll ich Ihnen jemals genug danken?«

Er zuckte mit den Schultern. »Was sollte ich denn sonst tun, Missus? Das kleine Mädchen ertrinken lassen?«

Sie lächelte und streckte ihm die Hand entgegen. »Ich heiße Beattie. Und das ist Lucy.«

Er drückte ihre Hand und ließ sie wieder los. Seine Haut war sehr warm.

Lucy blickte hoch, an ihren Wimpern hingen noch Wassertropfen. »Wie heißt du?«

»Charlie.«

»Sie haben ihr das Leben gerettet.«

»Ich habe Sie aus einiger Entfernung beobachtet«, sagte er. »Ich wollte Sie warnen, als ich sah, dass die Kleine Ihnen folgte.«

Beattie drückte Lucy fest an sich. »Ich hätte wissen müssen, dass sie nicht auf mich hört.« Dann betrachtete sie Charlie im Licht des späten Nachmittags. Er hatte dunkles, lockiges Haar und fast schwarze Augen. Allmählich wurde ihr klar, dass er ein Aborigine sein musste. Sie hatte noch nie einen gesehen. Sein Alter war schwer einzuschätzen, vielleicht ein paar Jahre jünger als sie. Er hatte etwas Jungenhaftes mit den ungezähmten Locken, den langen Wimpern und dem glattrasierten Kinn. Als sie bemerkte, dass sie ihn anstarrte, schaute sie weg.

»Wohin wollen Sie?«, fragte er und knöpfte sein Hemd zu.

»Nach Lewinford. Wir sind den ganzen Weg von Bligh gelaufen. Die Kutsche ist nicht gekommen.«

»Er fährt nie bei Gewitter.« Charlie setzte den Hut wieder auf. »Ich komme gerade aus Lewinford«, bemerkte er argwöhnisch. »Haben Sie Freunde dort?«

»Ja und nein. Wir wollen zu Margaret Day. Ihre Cousine hat gesagt, sie könnte uns vielleicht aufnehmen.«

»Sicher, Mrs. Day wird Sie aufnehmen. Keine Sorge.«

»Ist sie … nett?«

Charlie zuckte mit den Schultern. »Nicht zu mir.« Er lachte. »Aber sie ist nett. Soll ich Sie hinbringen? Auf Sie achtgeben?«

Eigentlich wäre ihr das sehr lieb gewesen. »Ich möchte Ihnen nicht zu viel Mühe machen.«

Er schüttelte den Kopf. »Missus, Sie sind durchnässt, und Ihre Kleine friert und hat Angst. Wenn Sie nichts gegen einen schwarzen Kerl haben, helfe ich Ihnen.«

»Einen schwarzen … Nein, natürlich habe ich nichts gegen Sie. Sie haben ihr das Leben gerettet.« Beattie lächelte zaghaft. »Es wäre mir eine Ehre, wenn Sie uns mitnähmen.«

Charlie beugte sich vor und lächelte Lucy an. »Soll ich dich huckepack tragen?«

Sie schmollte und schüttelte den Kopf, doch Charlie hob sie auf und setzte sie auf seinen Rücken. »Na los.«

Dankbar legte Lucy die Arme um seinen Hals. Beattie griff nach ihrem Pappkarton mit den durchnässten Kleidern, und sie gingen los. Der Schlamm schwappte in ihren Schuhen.

»Ich muss schon sagen, Sie haben da einen schicken Akzent, Missus.«

»Nennen Sie mich bitte Beattie. Ich bin halb schottisch.«

»Schottland, das ist weit weg. Da sind Sie noch weiter von zu Hause weg als ich.«

»Woher kommen Sie?« Er ging sehr schnell, sie konnte nur mühsam Schritt halten.

»Ich? Ich komme vom Golf. Oben in Australien. Habe mich bis unten durchgearbeitet. Ziehe als Nächstes vielleicht nach Westen. Oder ich bleibe eine Weile. Mir gefällt das sanfte Licht hier unten.«

»Sind Sie ein Aborigine?« Sie wusste nicht, ob die Frage unhöflich war, da sie noch nie jemanden gesehen hatte, der nicht weiß war.

»Ja. Meine Mum war jedenfalls eine. Mein Dad war irgendein weißer Kerl, ist durchgebrannt. Alte Geschichte.«

»Haben Sie ihn nie kennengelernt?«

Er schwieg einen Moment. »Alte Geschichte. Ich denke nie darüber nach. Ich habe keine Eltern. Bin ganz allein auf der Welt und passe auf mich auf.« Dann aber huschte ein trauriger Ausdruck über sein Gesicht, und sie erkannte plötzlich, dass er älter war als sie. Bestimmt zehn Jahre älter.

Schließlich gelangten sie zu einem weißen Schild, auf dem *Lewinford* stand. Zum ersten Mal an diesem Tag war Beattie erleichtert. Endlich hatten sie es geschafft.

Hinter dem Schild bog die Straße nach links ab, und Beattie konnte Reihen von Häusern, Markisen von Läden, Autos und Karren auf der ungepflasterten Straße sehen.

»Sie müssen da entlang«, sagte Charlie und deutete auf die Stadt. »Mrs. Day wohnt in der ersten Straße links. In dem Haus mit den Rosenbüschen davor.« Er bückte sich und setzte Lucy behutsam ab.

»Könnten Sie uns hinbringen?«, fragte das Mädchen. »Ich kann nicht mehr laufen.«

Charlie schüttelte den Kopf. »Tut mir leid, Kleines.« Er stand auf und nickte Beattie zu. »Tut mir leid, Missus. Ich bin in Lewinford nicht mehr willkommen. Wollte eigentlich für immer weg. Ich muss jetzt mein Bündel am Bach abholen und mich in Bligh nach Arbeit umsehen.«

»Nicht willkommen? Was ist denn passiert?«

»Das werden Sie sicher bald erfahren.« Er lächelte. »Passen Sie gut auf die Kleine auf.« Er fuhr Lucy über den Kopf. »Und du passt auf deine Mum auf.«

»Das werde ich. Und auf meinen Daddy. Wenn es ihm bessergeht.«

Charlie wandte sich ab. »Das ist lieb von dir.«

»Auf Wiedersehen. Und vielen Dank«, rief Beattie ihm nach.

Er hob die Hand zum Gruß, drehte sich aber nicht um.

Henry entschied, dass er einen Drink brauchte, bevor er nach Hause gehen konnte. Aus einem wurden zwei oder drei, und es war dunkel, als er schließlich heimkehrte – vierundzwanzig Stunden nachdem er aufgebrochen war. Hoffentlich war Lucy noch wach, er vermisste sie schrecklich. Sie war der einzige Grund, aus dem er überhaupt noch nach Hause ging. Auf Beattie mit ihrem vorwurfsvollen Blick, dem leidenden Gesichtsausdruck und der Unfähigkeit, sparsam zu haushalten, hätte er gern verzichtet.

Er bemerkte sofort, dass kein Licht brannte. Entweder schliefen beide, oder Beattie wollte Geld sparen. Ein Anflug von schlechtem Gewissen, diese Woche blieb so wenig Geld in der Lohntüte. Vielleicht hatte man ihnen den Strom abgestellt.

Betrunken fummelte er im Dunkeln mit dem Schlüssel herum. Dann endlich war die Tür offen, und er drückte den Schalter. Die nackte Glühbirne über ihm leuchtete auf.

»Beattie?« Er wusste, dass er nicht laut sein und Lucy aufwecken durfte, aber sie war so schön, wenn sie aufwachte. Warm und verschlafen. Die Schlafzimmertür stand offen. Im Licht, das aus dem Flur hereinfiel, sah er das leere Bett. Dann ging er neugierig in die Küche. Keine Spur von seiner Frau.

Natürlich, sie war neben Lucy eingeschlafen. Er öffnete die Tür des Kinderzimmers. Leer.

»Lucy!«, schrie er. Hörte die Angst in seiner Stimme. Wo war sie? Hatte jemand sie mitgenommen? Warum war Beattie nicht hier gewesen, um sie zu beschützen? Er stolperte von einem Zimmer ins andere, ließ überall Licht brennen. Keine Spur von den beiden. Er rannte in den Garten, wo noch seine Hemden auf der Leine hingen, geisterhafte Umrisse in der Dunkelheit.

»Lucy? Beattie?«

»Sie sind weg.«

Als er die Stimme hörte, drehte er sich um. Die alte Frau von nebenan stand in ihrer Hintertür, er hatte sie wohl geweckt. Ihren Namen wusste er nicht.

»Was soll das heißen?«

»Sie hat Sie verlassen und das Kind mitgenommen.« Ihre Finger klammerten sich an den Türrahmen. Sie hatte Angst vor ihm.

Sein Zorn war so groß, dass er sich beinahe erbrochen hätte. Er würgte ihn nieder. Seine Hände fühlten sich schwer an, in seinen Ohren rauschte es. »Wo ist sie hin?«

»Wenn sie wollte, dass Sie es erfahren, hätte sie Ihnen wohl eine Nachricht hinterlassen.« Das Gesicht der Frau wirkte streng. Wie das eines Raubvogels. Dennoch wich sie vor seiner donnernden Stimme zurück. »Ich habe sie heute Morgen an der Bushaltestelle gesehen. Sie hat mir alles über Sie erzählt.«

»Sie weiß gar nichts über mich«, murmelte er und stapfte davon.

»Der Herr gibt Ihnen eine Chance«, rief sie ihm nun, da er in sicherer Entfernung war, hinterher. »Er will Ihnen damit sagen, Sie sollen mit dem Trinken und Spielen aufhören.«

Henry knallte die Tür hinter sich zu und sank auf einen Stuhl am verlassenen Küchentisch. Das Schweigen lastete schwer auf ihm. Ein kleines Stöhnen entrang sich seinen Lippen. Dann legte er den Kopf auf den Tisch und horchte auf den dumpfen Schlag seines Herzens.

# Elf

Beattie hob Lucy mit einer Hand auf ihre Hüfte. Unter dem anderen Arm trug sie noch immer den durchweichten Pappkarton. Sie ging los, die von Schlaglöchern übersäte Straße entlang, vorbei am Pub, das aus großen, rohbehauenen Ziegelsteinen errichtet und mit einem roten Wellblechdach versehen war. Vorbei an einem Lebensmittelgeschäft, einem Postamt, einem gemauerten Torbogen. Vorbei an einer Bäckerei, einer Bank, einem Laden für gebrauchte Möbel und einigen Häusern. Manche waren aus Holz gebaut, andere aus Stein, alle hatten schräg abfallende Dächer aus Blech. Sie bog in die erste Straße auf der linken Seite, wie Charlie es ihr erklärt hatte, und fand Margarets Haus sofort. Blassgelbes Holz, ein gepflasterter Weg durch den Vorgarten, üppige Rosenbüsche. Was, wenn Margaret sie nun doch nicht aufnahm? Es begann wieder zu nieseln. Sie marschierte zur Haustür, die im Schutz der Veranda lag, und klopfte entschlossen an.

Kurz darauf öffnete eine rundliche Frau. Sie war viel jünger, als Beattie vermutet hatte – höchstens Ende dreißig –, und hatte ein hübsches Gesicht.

»Oh! Sie sind ja pudelnass!«, sagte Margaret und machte die Tür weiter auf. »Das Kind auch. Kann ich Ihnen helfen?«

»Ich komme aus Hobart. Ich war eine Nachbarin von Doris Penny. Sie hat gesagt …«

»Kommen Sie rein, kommen Sie rein. Haben Sie etwas

Trockenes zum Anziehen? Sonst kann ich Ihnen etwas leihen. Soll ich für das Mädchen ein warmes Bad einlassen? Was ist denn passiert?«

Beattie war sprachlos. Margarets Freundlichkeit war einfach zu viel für sie. Als sie über die Schwelle trat, brach endgültig der Boden aus dem Karton, und ein Haufen nasser Kleider fiel auf den Boden. Sie unterdrückte ein Schluchzen. »Es tut mir leid. Aber es war ein langer Tag.«

»Kommen Sie herein, ruhen Sie sich aus.« Margaret bückte sich und half ihr, die Sachen aufzusammeln. »Ich werde Ihnen helfen.«

Margarets Haus war, genau wie das von Doris, sauber und überfüllt. Weiche Polstermöbel, Nippes, Gemälde, sogar eine Nähmaschine. An der Wand hingen ein Kreuz, Bilder von Jesus und Maria, Bibelverse waren mit Kreuzstich auf Kissenhüllen gestickt. Während Margaret geschäftig hin und her lief, folgte Beattie ihr von einem Zimmer ins nächste und berichtete von ihrer Reise und dem Gewitter. Lucy war still, die Erschöpfung hatte sie übermannt. Margaret nahm beide mit ins Badezimmer und ließ warmes Wasser in die Wanne.

»Ich nehme an, Sie können auch ein Bad vertragen.«

»Wir sollten lieber über …«

»Vor allem müssen wir Sie jetzt erst mal beide sauber, trocken und satt bekommen. Wir unterhalten uns, wenn das Kind schläft. Heute Abend werden Sie dieses Haus jedenfalls nicht mehr verlassen. Ich habe ein Gästezimmer.«

Margaret ließ sie allein, und Beattie stieg dankbar zusammen mit Lucy ins warme Badewasser. Die Hitze löste die Verspannungen in ihren Muskeln. Sie drückte das Mädchen mit dem Rücken an ihre Brust. Die Wirbelsäule der Kleinen trat hervor; sie hatte gar nicht gemerkt, wie dünn sie geworden war. Ein wunderbares Gefühl der

Erleichterung, der Gewissheit, das Richtige getan zu haben, durchflutete sie. Sie küsste Lucys nasse Haare.

»Ich hab dich lieb, mein Mädchen.«

»Wann sehen wir Daddy wieder?«

»Zuerst müssen wir uns hier einleben. Du musst ein bisschen Geduld haben.«

Lucy ließ sich gegen sie fallen, zu müde, um zu weinen. Beattie fragte sich, wie lange die Kleine brauchen würde, bis das Bild ihres Vaters verblasste oder sie wenigstens vergaß, wie wahnsinnig sie ihn liebte.

Später saß Beattie sauber, trocken, in Kleidern von Margaret, die ihr viel zu groß waren, und mit einem Teller Hammeleintopf im Bauch auf dem Sofa. Margaret hatte gegenüber in einem Ohrensessel Platz genommen. Lucy lag auf Beatties Schoß, und sie strich ihr das Haar aus der weichen weißen Stirn, während das Mädchen allmählich eindämmerte. Auch sie selbst war erschöpft und konnte kaum noch die Augen offen halten. Margaret hatte ihr aber noch nicht das Zimmer gezeigt, und außerdem hatten sie wichtige Dinge zu besprechen.

»Und wie geht es Doris? Ist sie wohlauf?« Margaret griff zu Stickrahmen und Nadel.

»Ja.« Beattie juckte es in den Fingern, sie hätte auch gern Handarbeiten gemacht. Es beruhigte die Nerven. »Haben Sie noch einen?«

Margaret lächelte und schob ihr einen Korb voller Stoffstücke und Garn hinüber. Beattie wählte ein Stückchen aus, dazu roten Faden und eine Nadel, und begann zu sticken. Lucy atmete leise in ihrem Schoß. »Doris hat gesagt, Sie hätten vielleicht Arbeit für mich, damit ich mir meine Unterkunft verdienen kann.«

»Ich habe immer Arbeit. Ich nähe und stopfe Kleider. Es gibt viel zu tun. Wenn Sie mir helfen, können Sie gern hier wohnen. Aber Sie müssen etwas zur Verpflegung beitragen, vor allem, da Sie die Kleine bei sich haben. Sie können die staatliche Hilfe beantragen, allerdings müssen Sie dafür zwanzig Meilen in die nächste Stadt fahren.«

»Gibt es hier denn keine andere Arbeit?«, fragte sie mutlos.

»Kann schon sein. Ich gebe Ihnen ein bisschen Zeit, bis Sie sich eingelebt haben.« Sie lächelte. »Schauen Sie nicht so besorgt. Sie sind hier sicher.«

Beattie senkte den Blick und sah zu Lucy. Jetzt weinte sie wirklich. »Vielen Dank«, flüsterte sie, war sich aber nicht sicher, ob Margaret es gehört hatte. Dann fasste sie sich und blickte auf. »Der Mann, der uns geholfen und Lucy gerettet hat, sagte, er sei in Lewinford nicht willkommen. Er müsse die Stadt verlassen.«

Margaret sah sie prüfend an. »Wie hieß er denn?«

»Charlie.«

»Charlie Harris?«

»Nach seinem Familiennamen habe ich nicht gefragt.«

»Er macht Schwierigkeiten. Diese Mischlinge stehen mit einem Fuß in unserer und mit dem anderen in ihrer Welt. Das bringt sie durcheinander. Die müsste man alle irgendwo zusammenpacken, weit weg von den Weißen.«

»Was für Schwierigkeiten?« Beattie musste daran denken, wie sanft er mit Lucy umgegangen war. Sie wollte Margaret, die ihr so freundlich begegnet war, nicht verurteilen, aber auch Charlie hatte das nicht verdient.

»Er war Verwalter auf Wildflower Hill, einer Schaffarm am anderen Ende der Stadt. Aber er hat die ganze Zeit seinen Boss bestohlen. Nun mag Raph Blanchard selbst ein Schurke sein, aber ein Weißer sollte sich nicht von einem Schwarzen bestehlen lassen müssen. Schluss, aus.«

»Ich muss sagen, dass Charlie mir sehr nett vorkam«, wagte sich Beattie vor.

Margaret tat das Thema mit einem Schnauben ab. »Selbst eine kaputte Uhr zeigt zweimal am Tag die richtige Zeit.« Sie legte den Stickrahmen weg und schaute Beattie eindringlich an. »Muss ich damit rechnen, dass Ihr Mann herkommt und Sie zurückhaben will?«

Beattie entschloss sich, ehrlich zu sein. »Er ist nicht mein Mann. Er ist der Mann einer anderen Frau.«

Margarets Mund wirkte plötzlich streng, ihr Gesicht gar nicht mehr so hübsch. »Das Kind wurde also unehelich geboren?«

»Ja. Ich war sehr jung und dumm.«

»Ist sie getauft?«

Beattie schüttelte den Kopf.

»Das müssen Sie noch erledigen. In der Maud Street gibt es eine kleine Kirche. Ich halte dort die Sonntagsschule ab. Sie kann mit mir hingehen.«

Beattie wusste nicht recht, was sie sagen sollte.

»Gut, das wäre also entschieden.«

Einen Moment lang war Beattie überrumpelt. Was genau war entschieden worden? Dann aber dachte sie sich, dass Sonntagsschule und eine richtige Taufe nicht schaden konnten. Sie saßen noch eine Weile schweigend da, bis Beattie schließlich sagte: »Es tut mir so leid, Margaret, aber mir fallen die Augen zu.«

Die andere Frau lächelte, sie wirkte wieder hübsch und freundlich. »Sie Ärmste, Sie müssen völlig erschöpft sein. Lassen Sie das Kind kurz hier, dann zeige ich Ihnen das Zimmer.«

Sie gingen durch den schmalen Flur in die Waschküche, von wo aus eine Treppe auf den Dachboden führte. Es roch staubig und ein wenig feucht. Margaret schaltete das Licht ein. Das Dach war niedrig und schräg, in den Ecken sammelten sich Spinnweben. Der Boden war mit alten Zeitungen bedeckt. Es gab einen Kleiderschrank und ein schmales Bett mit einer dünnen Matratze.

»Es ist nicht viel, aber Sie haben ein Dach über dem Kopf.«

Beattie zwang sich zu einem Lächeln. »Ich bin Ihnen sehr dankbar.«

»Ich hole Bettwäsche.«

Beattie munterte sich mit dem Gedanken auf, dass sie die Spinnweben entfernen und für einen Teppich sparen würde. Margarets Bettwäsche war weich und hübsch, und sie war glücklich, als sie Lucy hineinlegen, sich an sie schmiegen und endlich schlafen konnte.

In den ersten Wochen hatten sie viel zu tun und aßen gut. Margaret brachte ihr bei, wie die Nähmaschine funktionierte, und Beattie übernahm alle Ausbesserungsarbeiten. Es gab zwei Körbe voll, und jeden Tag traf mehr ein. Niemand hatte Geld für neue Kleider, die alten mussten lange halten. Nachdem sie morgens genäht hatte, blieb nachmittags Zeit für Lucy. Sie sammelten die alten Zeitungen auf, schrubbten den Boden, entfernten die Spinnweben, und Lucy überredete Margaret sogar, ihnen ein kleines Bild zu schenken, das sie an die Wand hängen konnten. Es zeigte ein Boot auf einem Fluss, und Lucy hatte großen Gefallen daran gefunden. Einmal in der Woche nahm Margaret das Mädchen mit zur Sonntagsschule, und Beattie genoss es, den Morgen für sich zu haben. Sie benutzte die Nähmaschine, um ihre eigenen Kleider auszubessern. Wie gern hätte sie ein Stück Stoff für ein neues Kleid gekauft, doch sie hatte keinen Penny in der Tasche. Margaret drängte sie freundlich, mit dem Bus in die nächste Stadt zu fahren und die staatliche Hilfe zu beantragen, doch Beattie blieb standhaft. Sie war fest entschlossen, für ihr Geld zu arbeiten; nie wieder wollte sie von anderen abhängig sein. Also erkundigte sie sich in allen Geschäften nach Arbeit und hoffte, dass sich bald etwas ergeben würde.

In der vierten Woche war es so weit.

Beattie saß gerade auf dem Sofa und stopfte Socken. Lucy spielte zu ihren Füßen ganz vertieft mit Wäscheklammerpuppen; es war der erste Tag, an dem sie nicht nach ihrem Vater gejammert hatte. Margaret hatte unbewusst geholfen, das Kind zu beruhigen, indem sie den Fragen mit einem strengen Blick begegnete und sagte: »Wenn Gott deinem Vater geholfen hat, gesund zu werden, wird er ihm auch helfen, dich zu finden.« Die Vorstellung von Gott begeisterte und ängstigte Lucy; Beattie hingegen hatte einfach furchtbare Angst, dass Henry sie aufspüren könnte.

Margaret trat das Pedal ihrer Nähmaschine und hörte nicht, als es an die Tür klopfte. Also stand Beattie auf und öffnete.

Draußen stand eine Frau in mittleren Jahren mit enorm ausladender Brust. Sie trug eine Brille und hatte das Haar zu einem straffen Knoten auf dem Kopf aufgetürmt. »Ich suche Beattie Blaxland.«

»Das bin ich.« Das Herz klopfte ihr bis zum Hals. Was war geschehen? Hatte Henry sie geschickt?

»Ich bin Alice, die Haushälterin auf Wildflower Hill. Wir haben heute Morgen ein Hausmädchen verloren, und ich hörte, du suchst Arbeit.«

»Das stimmt!« Beattie zwang sich, nicht zu aufgeregt zu klingen. Noch hatte sie die Stelle nicht sicher. »Möchten Sie hereinkommen?«

Alice rümpfte die Nase. »Lieber nicht. Wann kannst du anfangen?«

»Morgen Nachmittag? Vormittags arbeite ich für Margaret.«

»Geht es auch um zehn? Du musst mir beim Mittagessen helfen.«

Beattie zögerte, beschloss dann aber, früher aufzustehen und die Arbeit für Margaret vorher zu erledigen. »Ja, natürlich. Dann bin ich um zehn Uhr da.«

»Nein, nein. Ich schicke den Wagen. Es ist ein langer Weg, du wärst erschöpft, bevor du überhaupt angefangen hast.« Alice drehte sich um und marschierte rasch die Stufen hinunter zu einem wartenden Auto.

Beattie ging wieder hinein und erklärte Margaret, die sie die ganze Zeit über argwöhnisch anschaute, die Situation.

»Ich gebe nicht viel auf Klatsch, aber ich muss Sie trotzdem vor Wildflower Hill warnen.«

»Warnen?«

»Es ist ein Ort voller Sünder.«

Beattie musste ein ungeduldiges Seufzen unterdrücken. Margarets ständiges Gerede von Gott und Sünde ging ihr auf die Nerven. Sie war sich nicht sicher, ob sie an Gott glaubte; der Atheismus ihres Vaters hatte sie zur Skeptikerin gemacht. Doch wenn es Gott wirklich gab, wäre er gewiss freundlicher als der, an den Margaret glaubte.

»Alice ist also eine Sünderin?«, erkundigte sich Beattie bemüht freundlich.

»Wer vor solchen Dingen die Augen verschließt, ist eine Sünderin, ganz gewiss. Das sollten Sie nicht vergessen.« Margaret berührte lächelnd ihre Hand. »Ich möchte Ihnen keine Angst machen, meine Liebe, aber Raphael Blanchard, der Besitzer von Wildflower Hill, ist ein schlechter Mensch. Sie sollten sich so weit wie möglich von ihm fernhalten.«

»Danke für den Rat«, sagte Beattie pflichtschuldig. »Könnte ich Lucy bei Ihnen lassen, während ich arbeite?«

»Natürlich. Wir werden es uns schön machen, nicht wahr, Lucy?«

Das Mädchen sprang auf und umarmte Margaret. Beattie war erleichtert und verwirrt zugleich, durfte sich aber nicht beschweren. Sie hatte ein Zuhause, zu essen, Hilfe mit ihrem Kind und jetzt auch noch eine Arbeit. Wenn sie ein bisschen eigenes Geld verdiente, könnte sie einen Teppich für den Dachboden oder neue Schuhe für Lucy kaufen. Sie glaubte keine Sekunde lang, dass Wildflower Hill voller Sünder war; es gab andere Dinge, vor denen sie sich mehr fürchtete.

Pünktlich um zehn bog der Wagen in die Straße ein. Beattie wartete nervös am Gartentor, während Lucy von der Veranda aus zuschaute.

»Da ist er, Mummy!«, rief sie.

»Geh wieder rein. Und sei für Margaret ein braves Mädchen.«

»Ich bin ein braves Mädchen für Jesus«, erwiderte Lucy feierlich.

Beattie warf ihr eine Kusshand zu und stieg ins Auto, in dem es nach Öl und Leder roch. »Guten Morgen«, begrüßte sie den Fahrer, einen großen Mann mit einem Kopf, der wie in Stein gemeißelt wirkte. Er antwortete nicht. Eingeschüchtert lehnte sie sich zurück und sah aus dem Fenster. Die Stadt schoss an ihr vorbei. Die schmale Landstraße schlängelte sich bergauf und gab zu beiden Seiten den Blick auf sonnenbeschienene Felder frei. Sie fuhren besorgniserregend schnell durch schlammige Pfützen und bogen nach etwa zwanzig Minuten zwischen hohen, steinernen Torpfosten in eine lange Auffahrt. Zu ihrer Linken sah sie eine Ansammlung von Schuppen, Stallungen und ein Häuschen aus Eukalyptusholz. Vor ihnen tauchte das Wohnhaus auf: ein stolzes Gebäude aus Sandstein mit riesigen Spitzbogenfenstern, die an eine Kathedrale erinnerten, und hohen Schornsteinen, die aus dem mit Schindeln gedeckten Dach wuchsen. Eine Meile dahinter ragte ein Eukalyptuswald auf, dessen graugrünes Laub im Morgensonnenschein wogte, doch der Garten, der das Haus umgab, war ganz nach englischem Vorbild mit Rosen und Pappeln bepflanzt. Der Wagen hielt vor der Eingangstür, und Alice eilte ihnen entgegen.

»Vielen Dank«, sagte Beattie zum Fahrer, als sie ausstieg.

»Du brauchst dir keine Mühe mit Mikhail zu geben, er spricht höchstens zehn Worte Englisch. Na los, wir haben viel zu tun. Mr. Blanchard hat Gäste zu Mittag.«

Beattie wurde durch die Haustür geschoben, dann blieb Alice kurz in der Eingangshalle stehen und deutete in drei Richtungen. »Da, da, da … darfst du nicht hin.« Dann nickte sie nach links. »Du kommst rein und gehst geradewegs in die Küche. Du wirst dort und in der Wäscherei arbeiten. Um den Rest kümmere ich mich.«

»Ja, Alice.«

»Du arbeitest jeden Tag von zehn bis sechs außer sonntags. Mikhail holt dich ab und bringt dich nach Hause. Während der Schafschur musst du länger bleiben, aber die ist erst im Frühjahr. Im Augenblick wohnen hier nur Mr. Blanchard und drei Dienstboten – ich, Mikhail und Terry, der Verwalter –, aber Mr. Blanchard hat meistens Gäste, sowohl tagsüber als auch abends.« Sie verzog das Gesicht. »Du wirst sie nicht sehen. Du hältst den Kopf gesenkt und bleibst hier drinnen.«

»Hier« war eine langgestreckte Küche mit Blumentapete und flachen Holzbänken. Es gab hellblau gestrichene Einbauschränke und einen großen Kerosin-Kühlschrank, der monoton vor sich hin rumorte. Ein großes Fenster ließ weißliches Sonnenlicht herein. Beattie schaute zwischen den Pappeln hindurch bis zum Tor, hinter dem grüne Felder und Hügel lagen, die mit schmutzig weißen Schafen übersät waren.

Alice öffnete eine Tür und deutete eine Treppe hinunter. »Die Waschküche ist da unten. Ich bringe alles runter, das gewaschen werden muss, vor allem Handtücher und Bettwäsche für die Gäste. Kannst du nähen?«

Beattie nickte.

»Falls du siehst, dass etwas ausgebessert werden muss, legst du es beiseite, bis du Ruhe hast. Zwischen drei und fünf ist es meistens still. Du bekommst zwanzig Shilling die Woche, hast aber keine Kündigungsfrist. Wenn du mich hängenlässt, bist du weg und bekommst keinen Lohn für die Woche.«

Zwanzig Shilling! Beattie wusste, dass es nicht viel war, aber da sie seit Wochen kein Geld in der Hand gehabt hatte, kam es ihr vor wie ein Vermögen. Die Sonne schien warm auf ihren Körper, und die Wärme drang bis in ihr Herz.

Lucy betete gern. Sie hatte immer vor dem Schlafengehen gebetet, wenn Mummy zuhörte, aber Margaret hatte ihr eine neue Art gezeigt, bei der man die Worte nicht laut aussprach. Da blieb alles zwischen ihr und Gott. Daher ging sie manchmal in ihr Zimmer, kniete sich neben das Bett, legte den Kopf auf die gefalteten Hände und betete so sehr, dass ihre Rippen weh taten. Sie betete, dass Daddy schnell gesund werden und zurückkommen möge.

Aber das tat er nicht.

Eines Tages, als Mummy bei der Arbeit war, fand Margaret sie so und fragte, was sie da tue. Erst jetzt merkte Lucy, dass sie geweint hatte und Margaret sie gehört haben musste. Sie kümmerte sich gut um sie, übertrug ihr kleine Aufgaben und zeigte ihr Wörter in Büchern. Wenn sie traurig war, drückte sie sie an sich. Mummy war oft nicht zu Hause. Es war, als würde Mummy in ihrer Einbildung schrumpfen und Margaret größer werden. Am größten war Daddy, aber sie hatte angefangen, sein Gesicht zu vergessen, wie bei einem Puzzle, in dem Teile fehlten.

»Ich habe gebetet«, sagte Lucy, »aber Gott gibt mir nicht, was ich haben möchte.«

»Was willst du denn haben? Ein dummes Weihnachtsgeschenk?«

Beim Gedanken an Weihnachten ohne Daddy musste Lucy noch mehr weinen. »Ich will meinen Daddy.«

Margaret hob sie auf, setzte sich mit ihr aufs Bett und legte einen Arm um ihre Taille. Sie hatte ein hübsches Gesicht, etwa so, wie sich Lucy die Jungfrau Maria vorstellte.

»Eigentlich möchte ich dir das nicht sagen«, sagte sie, »aber du musst es erfahren. Du bist unschuldig, noch heilig in Gottes Augen. Aber deine Eltern haben schlimme Dinge getan. Es ist Verschwendung, für sie zu beten. Du musst dich um deine eigene Seele sorgen, nicht um ihre.«

»Was für schlimme Dinge haben sie gemacht?«, keuchte Lucy. Dunkle Schatten sammelten sich in ihrem Kopf. Sie dachte an Jesus, der am Kreuz für ihre Sünden gestorben war. Und sie waren so undankbar. Sie hatte Mummy kein einziges Mal beten sehen!

»Du wirst es verstehen, wenn du erwachsen bist. Aber du darfst deiner Mutter jetzt nichts sagen. Das würde Gott nicht wollen.«

Lucy nickte. »Wenn ich also nicht beten kann, dass Daddy zurückkommt …«

»Du solltest lieber um die Kraft beten, ihn nicht mehr zu lieben, dann tut es nämlich nicht mehr weh.«

*Daddy nicht mehr lieben?* Lucy wusste, dass Gott das nicht von ihr verlangen würde. Sie beschloss, trotzdem weiterzubeten. Sie würde nur schlau sein und nicht mehr dabei weinen.

In den nächsten Wochen entwickelte Beattie einen festen Tagesablauf. Von fünf Uhr morgens bis zehn nähte sie für Margaret, gab Lucy einen Abschiedskuss und stieg zu Mikhail in den Wagen. Sonntags ging sie mit ihr nach der Sonntagsschule in den Kolonialwarenladen, um ein Eis zu essen. Danach spazierten sie zum Bach hinunter, der nur noch ein harmloses Rinnsal war, und suchten nach Schildkröten. Ihrem neuen Arbeitgeber Raphael Blanchard war sie noch nicht begegnet, kannte aber seine Kleidung, edle Hemden und seidene Morgenmäntel. Es war seltsam, die Unterwäsche eines Mannes in der Hand zu halten, dem sie noch nie begegnet war. Sie gehorchte und wagte sich nie weiter als in Küche und Waschküche. Sie genoss die Vorzüge einer sicheren Stelle, eines Hauses und dass sie genügend Geld für Essen und Schuhe hatte. Es war nicht das Leben, das sie sich erträumt hatte, aber trotzdem ein gutes Leben. Mit jeder Woche, in der sie nichts von Henry hörte, wuchs die Gewissheit, dass sie ihm endgültig entkommen war.

Sobald sie genügend Geld für eine Briefmarke und einen Umschlag gespart hatte, schrieb Beattie an ihre Eltern in Glasgow. Sie wusste nicht, ob sie noch Kontakt zu ihr wollten. An jenem schrecklichen letzten Tag hatte ihre Mutter sich von ihr losgesagt, doch sie hoffte, dass genügend Zeit vergangen war und die beiden ihr vergeben hatten. Nachdem sie den Brief abgeschickt hatte, fragte sie sich, ob sie irgendwann nach Hause zurückkehren sollte, doch waren Schottland und England eigentlich nicht mehr ihr Zuhause. Lucy war hier geboren, der Sonnenschein und der weite Himmel waren ihr ans Herz gewachsen. Es wäre nicht richtig, sie in eine elende Wohnung in einer stinkenden Stadt zu stecken.

Die Antwort traf überraschend schnell ein, doch der Absender waren nicht ihre Eltern. Der Brief kam von Mrs. Peters aus der Wohnung nebenan.

Beatties Haut kribbelte, als sie mit zitternden Fingern den Umschlag öffnete. Lucy lief im Vorgarten umher und spielte Schmetterling, während Margaret die Veranda kehrte und dabei ein Kirchenlied summte. Mikhail konnte jeden Augenblick mit dem Wagen kommen, doch Beattie wünschte sich, die Zeit möge stillstehen, alle Bewegungen und Geräusche verstummen, damit sie sich ganz auf den Inhalt des Briefes konzentrieren konnte. So nahm sie nur Bruchstücke auf.

*… Die neuen Leute in der Wohnung deiner Eltern haben mir den Brief gegeben … bedauere sehr, dass ich keine guten Neuigkeiten habe … deine Mutter hat Fieber bekommen, es ging sehr schnell … musste zum Glück nicht leiden … dein Vater ist tagelang wie ein Geist umhergelaufen … Sturz auf der Treppe … Rettung kam zu spät … haben bestimmt oft und liebevoll an dich gedacht …*

Ihre Tränen ließen die Worte auf dem Blatt verschwimmen. Beattie schluchzte einmal auf, verbarg dann aber rasch den Brief unter ihrem Kopfkissen. Sie wollte Lucy nicht beunruhigen. Draußen hörte sie den Wagen vorfahren, das energische Hupen. Das Leben ging weiter, es musste weitergehen. Tiefes Bedauern erfüllte sie, und sie erinnerte sich an Charlie Harris, der vor langer Zeit beide Eltern verloren hatte. *Bin ganz allein auf der Welt und passe auf mich auf.* Sie wischte die Tränen mit der Hand weg und eilte nach draußen. Heute Abend nach der Arbeit, wenn sie mit Lucy im Bett lag, konnte sie immer noch weinen.

# Zwölf

Beattie arbeitete schon sechs Monate auf Wildflower Hill, als sie Raphael Blanchard kennenlernte. Bei ihrer Ankunft hatte sie einen kurzen Blick auf ihn erhascht, als sie zum obersten Stock hinaufschaute. Sie hatte ihn im Profil am Fenster gesehen, er dagegen hatte sie nicht bemerkt. Ein kurzer Eindruck von dunklem Haar, hellen Augen und Jugend, mehr nicht. Allerdings kam Alice jeden Tag nach dem Mittagessen in die Küche, um sich am Herd zu wärmen, und erzählte dabei das eine oder andere über Raphael.

Er war der fünfte Sohn eines unbedeutenden englischen Earls und damit beauftragt worden, dessen geschäftliche Interessen im Empire zu vertreten, doch war Raphael weder an Geschäften noch an Schafen sonderlich interessiert. Er hatte einen Verwalter eingestellt und widmete sich lieber dem gesellschaftlichen Leben. Mikhail war sein Mädchen für alles und fuhr drei- oder viermal täglich durch die Gegend, um Leute abzuholen oder nach Hause zu bringen.

Es war ein schöner Wintermorgen. Die Sonne war spät aufgegangen, schien nun aber golden auf die Bäume und Felder. Als Beattie zur Arbeit kam, saß Alice am Küchentisch, den Kopf in die Hände gestützt.

»Was ist los?« Sie hängte ihren Mantel auf und band die Schürze um.

Alice blickte auf. Ihr Gesicht war gerötet, und sie hielt ein zerknülltes Taschentuch in der Hand. »Ich bin krank«, krächzte sie und erlitt wie zum Beweis einen Hustenanfall, der gar nicht mehr aufhören wollte.

Beattie stellte ihr ein Glas Wasser hin.

Alice brachte den Husten unter Kontrolle und trank einen Schluck, bevor sie sich lautstark schneuzte. »Beattie, du musst heute das Mittagessen servieren. Ich kann nicht aufs Essen husten.«

»Natürlich. Du musst mir nur sagen, was ich machen soll.«

Alice schaute sie mit verschwommenem Blick an. »Es gibt eine einzige Regel. Keinen Augenkontakt mit Mr. Blanchard.«

»Mag er das nicht?«

»Nicht um seinetwillen, Beattie, um deinetwillen.« Alice schüttelte den Kopf. »Immer nach unten schauen. Er hat nur einen Gast: seinen Anwalt Mr. Sampson. Warte ab, bis sie ins Gespräch vertieft sind, dann machst du dich unsichtbar. Du stellst ihnen das Essen hin und verlässt das Zimmer. Zwei Gänge: Suppe und Braten. Der Braten ist schon im Ofen.«

An diesem Morgen arbeiteten sie zusammen in der Küche. Alice' Warnung ging Beattie nicht aus dem Kopf. *Immer nach unten schauen.* Er musste ein Tyrann sein, ein furchtbarer Mensch. Wie konnte Alice das nur ertragen? Sie wurde zunehmend nervöser. Sie hatte gehofft, nie wieder einem herrschsüchtigen Mann wie Henry zu begegnen.

Schließlich war es Zeit, die Suppe aufzutragen. Alice beschrieb ihr den Weg zum Esszimmer, und nachdem sich das Zittern ihrer Hände gelegt hatte, bekam Beattie etwas mehr vom Wohnhaus zu sehen.

Gegenüber der Küche befand sich ein Lagerraum, dessen Tür geschlossen war. Eine Treppe führte nach oben zu den Schlafzimmern. Die dunkle Holztäfelung schluckte das Licht. Hinter der Treppe befanden sich ein Wohnzimmer und ein großes Esszimmer, aus dem Männerstimmen zu hören waren. Der perfekte Zeitpunkt. Sie balancierte das Tablett auf der Hüfte, öffnete die Tür und glitt leise hinein.

Augen nach unten. Sie roch Eau de Cologne, das einen weniger angenehmen, moschusartigen Geruch überdeckte. Auch hier gab es die Kathedralenfenster, und hinter einer zweiflügeligen Falttür lag eine feuchte, mit Flechten bewachsene Terrasse. Sie sah nicht zu den Männern, die weitersprachen, als wäre sie gar nicht da. Sie stellte jedem eine Suppentasse hin – den Tisch hatte Alice bereits am Morgen gedeckt – und ging wieder zur Tür.

Bevor sie hinausschlüpfen konnte, wurde das Gespräch abrupt unterbrochen, und eine herrische Stimme sagte: »Du bist nicht Alice.«

Beattie drehte sich um, das Tablett unter dem Arm. Sollte sie immer noch nach unten sehen? Es kam ihr unhöflich vor, sie wollte nicht dafür gescholten werden. Also hob sie den Blick und lächelte höflich. »Ich bin Beattie, Sir.«

Als Frau wäre Raphael Blanchard sehr hübsch gewesen. Er hatte dichtes, dunkles Haar, das ihm lockig in die Stirn fiel, und runde hellblaue Augen mit langen Wimpern. Sein blasses Gesicht hatte einen Bartschatten, die Hände waren lang und schlaff. Seine Arme und Beine wirkten nahezu ausgemergelt, doch um die Hüften war sein Körper dicklich. Beattie musste unwillkürlich an die Puppe denken, die sie einmal mit Lucy gebastelt hatte. Eine ausgestopfte Socke hatte als Körper, und Stöckchen hatten als Arme gedient. Sie warf einen flüchtigen Blick auf seinen Gast, einen älteren Herrn mit graumeliertem Bart, der sie freundlich anlächelte.

Raphael hingegen lächelte nicht. »Wer bist du, Beattie, und weshalb bringst du mir meine Suppe?«

»Ich bin Ihr Hausmädchen, und Alice ist krank.«

»Bist du neu hier?«

»Nein, Sir. Ich arbeite seit fast sechs Monaten im Haus.«

»Sechs Monate! Und ich bin dir nie begegnet!« Er riss erstaunt die Augen auf. »Alice hat dich versteckt, was?«

»Nein, Sir. Ich arbeite in der Küche und in der Waschküche. Es gab bisher keinen Grund, nach oben zu kommen.« Allmählich erkannte Beattie, dass er gar nicht wütend auf sie war. Daher entspannte sie sich ein wenig. »Ich werde jetzt gehen. Der Hauptgang ist Roastbeef.«

»Ich freue mich schon, dich wiederzusehen.« Sein hungriger Blick wanderte über ihr Gesicht und ihren Körper, und Beattie verspürte einen leisen Ekel.

Zurück in der Küche erzählte sie Alice, was geschehen war. »Er hat mich angesehen, aber er war sehr nett.«

»Natürlich war er das«, murmelte Alice. »Er sollte nur nicht *zu* nett werden, wenn du verstehst, was ich meine. So haben wir nämlich unser letztes Mädchen verloren.«

Beattie setzte den Kessel auf den Herd. Zwischen den Gängen blieb immer Zeit für eine Tasse Tee. »Erzähl es mir lieber.«

»Sie war eine junge Närrin. Als er ihr seine Liebe gestand, hat sie ihm geglaubt, obwohl ich ihr sagte, ich hätte das alles schon öfter erlebt. Er würde doch niemals ein Hausmädchen heiraten! Er wollte nur das eine, und nachdem er es bekommen hatte, wurde sie gefeuert.«

Entsetzt sah Beattie sie an. Dann fiel ihr Margarets Warnung ein, dass Wildflower Hill ein Ort der Sünde sei. »Das ist nicht dein Ernst!«

»Und ob. Keine Sorge, morgen bist du wieder hier unten und in der Waschküche, dann wird er dich schnell vergessen. Er hat genügend hübsche junge Dinger, die ihm Gesellschaft leisten. Mikhail bringt sie immer abends her. Lass uns Tee trinken, den kann ich jetzt gebrauchen.«

Beattie bereitete den Tee zu, schön heiß und stark. Dann setzte sie sich zu Alice, blickte aus dem Fenster auf die gewellten Felder und den blassen Himmel und dachte an Henry, an die Mädchen in Morecombe House und die Beziehungen zwischen Männern und Frauen. Henry zu verlassen hatte viel Kraft gekostet, und sie war stolz auf sich gewesen, doch hatte das ihre Verletzlichkeit, das tief verwurzelte Gefühl, ein Opfer zu sein, nicht ganz tilgen können. Sie dachte an den hungrigen Blick, mit dem Raphael sie taxiert hatte; vielleicht lag es ja an ihr, dass er sich so etwas herausnahm. Wenn sie das nächste Mal hineinging, würde sie nicht nett lächeln, sondern das Kinn heben und ihm zeigen, dass sie nicht irgendein dummes Spielzeug war.

Als sie ins Esszimmer zurückkehrte, schaute sie nicht nach unten, sondern ging aufrecht und mit geraden Schultern.

Raphael, der auf ihre Rückkehr gewartet hatte, unterbrach das Gespräch mitten im Satz. »Da bist du ja wieder. Leo, kannst du dir vorstellen, dass Alice sie die ganze Zeit unten versteckt hat? Eine Schönheit, nicht wahr?«

Es war lange her, dass jemand Beattie schön genannt hatte. Sie hatte sich kaum verändert, war immer noch klein und dünn, mit ungezähmtem dunklem Haar, doch strahlte sie nun eine müde Wachsamkeit aus, die Männer gewöhnlich abschreckte.

Der andere Herr besaß genügend Anstand, um peinlich berührt zu wirken. »Jede Frau ist schön, wenn sie Anmut und Mitgefühl besitzt«, murmelte er.

»Beattie, das ist Leo Sampson, mein Anwalt.«

Beattie nickte dem Anwalt zu und lächelte dankbar.

»Warum setzt du dich nicht zu uns, Mädchen? Übers

Geschäft können wir auch noch nach dem Essen reden. Erzähl uns was von dir. Ich höre da doch einen schottischen Akzent.«

Beattie räumte die Suppentassen ab und erwiderte, ohne ihm in die Augen zu sehen: »Vielen Dank für das freundliche Angebot, aber Alice hat mich gebeten, gleich in die Küche zurückzukommen.«

»Alice! Sie ist meine Angestellte, genau wie du.« Auf einmal klang seine Stimme kalt und scharf. »Vergiss nicht, wer dich bezahlt.«

»Das tue ich nicht, Sir, und ich bin Ihnen sehr dankbar.« Sie bemühte sich, mit starker Stimme zu sprechen; sie stellte sich vor, was Margaret unter solchen Umständen getan hätte. »Doch da Gott so gut gewesen ist und mir diese Arbeit geschickt hat, sollte ich meine Dankbarkeit zeigen, indem ich sie erledige.« Jetzt klang sie zu fromm, um verführt zu werden.

Raphael verstummte, wenngleich sie seinen Zorn spürte, und sie schlüpfte rasch aus dem Zimmer. Ihr Herz klopfte, und sie war froh, dass sie wieder in die Küche zurückkehren konnte und ihn nie wiedersehen musste.

Am folgenden Tag, einem Samstag, kam Mikhail sie nicht um zehn Uhr abholen. Beattie wartete eine halbe Stunde, während Lucy um sie herumsprang und wiederholt fragte, ob sie heute denn nicht zur Arbeit gehe.

»Ich weiß nicht. Eigentlich schon.«

Es war zu kalt, um draußen zu warten, also zog sie Lucy ins Haus. Sie würde ja hören, wenn Mikhail hupte.

Margaret blickte auf, als sie hereinkamen. »Kein Wagen?«

»Kein Wagen.« Ihr Herz klopfte. Bestimmt hatte sie ihre Arbeit verloren. Raphael Blanchard war wütend geworden, weil sie nicht mit ihm am Tisch sitzen wollte.

Während sie sich stark und unangreifbar geben wollte, hatte sie auf ihn herablassend und unhöflich gewirkt. Sie ließ sich aufs Sofa fallen.

»Keine Sorge, es ist besser, wenn du nicht mehr dort hingehst.«

Beattie spielte mit dem Gedanken, Alice vom Postamt aus anzurufen, wollte aber kein Geld dafür ausgeben. Sie hatte ein bisschen gespart, das wollte sie nicht antasten. Außerdem hatte sie die Hoffnung noch nicht aufgegeben. Vielleicht war Mikhail aufgehalten worden oder hatte Probleme mit dem Auto. Doch es wurde Mittag, und als der Nachmittag kühl wurde und der Sonnenuntergang den Himmel färbte, musste sie sich eingestehen, dass sie tatsächlich ihre Stelle verloren hatte. Sie saß angespannt im Sessel, während Lucy versuchte, sie aufzumuntern. Doch sie hatte nicht einmal ein Lächeln für das Mädchen übrig.

Margaret überlegte gerade, den Kamin anzuzünden, als draußen eine Hupe ertönte. Beattie eilte zur Tür. Da stand der Wagen. Doch es war schon fünf, normalerweise hatte sie um diese Zeit Feierabend. Neugierig ging sie hin und öffnete die Beifahrertür.

»Was ist los?«

»Du kommst«, sagte Mikhail.

»Warum so spät?«

Er schüttelte den Kopf. Entweder wusste er die Antwort nicht oder verstand sie nicht. Sie warf einen Blick zu Margaret und Lucy, die auf der Veranda warteten. »Er sagt, ich muss jetzt arbeiten.«

»Aber es gibt gleich Abendessen, Mummy«, widersprach Lucy.

Margarets Mund war hart. »Pass auf dich auf.«

Beattie rannte zurück und gab Lucy einen Gutenachtkuss, dann wandte sie sich an Margaret. »Danke, dass du dich um sie kümmerst.«

»Und wer kümmert sich um dich?«

»Vielleicht gibt er heute ein großes Abendessen, und sie brauchen zusätzliches Personal.«

»Ich weiß, was abends dort passiert.«

Beattie schluckte. »Was denn?«

»Ich nehme an, du wirst es herausfinden.«

»Ich bleibe in der Küche.«

»Das will ich hoffen.«

Lucy war blass, ihre Augen voller Angst. »Was passiert jetzt, Mummy?«

»Schon gut, Lucy, ich gehe nur zur Arbeit.«

Margaret hob Lucy hoch. »Na komm schon, mein Schatz. Du kannst mir beim Kartoffelstampfen helfen.«

Beattie stieg in den Wagen. »Vielen Dank, Mikhail.«

Er fuhr knurrend los.

Unterwegs malte sich Beattie dekadente Szenen aus, doch dann musste sie über sich selbst lachen. Margarets Vorstellung von Sünde und ihre eigene passten nicht so ganz zusammen. Sie beschloss, erst zu urteilen, nachdem sie mit Alice gesprochen hatte. Im Augenblick war sie dankbar, dass sie überhaupt arbeiten konnte.

Alice holte sie am Auto ab und entschuldigte sich, noch bevor sie die Tür geöffnet hatte. »Tut mir leid, tut mir leid. Mr. Blanchard hat deine Arbeitszeit geändert. Für den Morgen und die Wäsche hat er ein neues Mädchen eingestellt. Du brauchst keine Kleider mehr zu schrubben.« Sie lächelte schwach, während sie Beattie ins Haus führte. »Leider kannst du dich auch nicht mehr in der Küche verstecken.«

Beattie rutschte das Herz in die Hose. »O nein.« Durch die Tür des Wohnzimmers hörte sie gedämpfte Musik und Stimmen.

»Er möchte, dass du vier Abende die Woche von fünf bis Mitternacht arbeitest, und zwar für das gleiche Geld.«

»Ehrlich? Weniger Stunden für den gleichen Lohn?«

Alice nickte. Beattie jubelte innerlich. Natürlich wäre die Abendarbeit anstrengend, aber so hätte sie viel mehr Zeit für Lucy. »Und was muss ich machen?«

»Wir tragen zusammen das Abendessen auf. Von Donnerstag bis Sonntag hat er meistens Übernachtungsgäste. Du bleibst dann, um mit den Getränken zu helfen. Im Wohnzimmer gibt es eine Bar. Sie ... spielen Karten.« Alice sah sie bedeutungsvoll an.

»Glücksspiel?« Also doch nur gewöhnliche Sünder.

»Kannst du damit leben?« Sie hatte Alice ein bisschen über Henry und ihre Abneigung gegen Trinken und Glücksspiel erzählt.

Beinahe hätte sie gelacht. Schon vor fünf Jahren hatte sie bei illegalen Pokerpartys Getränke serviert. »Ich tue mein Bestes.«

***

Margaret wartete einen Monat ab, bevor sie ihr Missfallen über Beatties neue Arbeit ausdrückte. Die drei waren auf dem Weg zum Einkaufen. Lucy war vorgelaufen, um über die lange Steinmauer vor dem Haus der Garretts zu balancieren. Es war ein schöner, kalter Morgen, und Beatties Atem bildete eine Wolke vor ihrem Gesicht.

»Wie läuft es denn auf Wildflower Hill?«

»Danke, gut.« Beattie betrachtete Lucy, die einen neuen Wintermantel und neue Schuhe trug. Sie hatte festgestellt, dass Raphael Blanchards Gäste ihr nur zu gern ein paar Shilling zusteckten, wenn sie nett lächelte. Auch fand sie Raphaels hungrigen Blick durchaus erträglich, solange er anständige Kleider für ihr Kind bedeutete. Er hatte nicht mehr direkt mit ihr gesprochen, nur den einen oder anderen Befehl gebrüllt. Und er hatte vor allem nicht versucht, sie zu Vertraulichkeiten zu ermuntern, wofür sie sehr dankbar war.

Margaret räusperte sich.

»Es ist nicht so schlimm, wie du glaubst. Sie trinken ein bisschen und spielen Karten.«

»Und die Frauen?«

»Dort gibt es keine Frauen. Es ist ein Herrenclub.« Das entsprach nicht ganz der Wahrheit. Gestern Abend hatte Mikhail zwei Mädchen geholt, aber Beattie hatte sie ignoriert.

Erneutes Räuspern. »Was hast du dabei zu tun?«

Lucy sang gerade ein Lied, drehte sich auf dem Absatz um und ging über die Mauer zurück. Die Morgensonne wärmte die Blätter der mit Reif bedeckten Hecken. Mrs. Garrett, die in einer Tweedhose, die Beattie letzte Woche neu gesäumt hatte, im Garten arbeitete, rief ihnen einen Gruß zu.

Beattie senkte die Stimme. »Ich bringe nur Essen und Getränke und mache sauber.«

»In den Kleidern, in denen du dort hingehst?«

Alice hatte Beattie erklärt, sie müsse für den Abenddienst etwas Angemessenes anziehen. Daher hatte Beattie von ihren Ersparnissen Stoff gekauft und zwei hübsche geblümte Kleider mit weich gerafften Ärmeln genäht. »Du solltest sehen, wie sich die Männer kleiden. Mit Stehkragen und Weste. Sie sind viel eleganter als ich.«

Lucy war des Balancierens müde, sprang hinunter und lief ihnen nach. Sie bogen in die Hauptstraße.

»Ich habe gehört, es gibt Arbeit in der Bäckerei«, sagte Margaret. »Lizzie Flower ist schwanger und fühlt sich ständig schlecht. Daher brauchen sie eine Aushilfe für den Laden. Warum gehst du nicht vorbei und fragst? Es ist besser, als wenn du nach Hause kommst und nach Zigaretten und Gin riechst.«

»Ich will aber nicht in der Bäckerei arbeiten. Ich habe eine gute Stelle.«

Ein letztes Räuspern, dann verstummte Margaret. Beattie wusste allerdings, dass sie in Margarets Augen nun auch eine Sünderin war. Wie lange würde es dauern, bis sie sie und ihre Tochter auf die Straße setzte? Alice hatte erwähnt, sie könne während der Schafschur im September im Haus wohnen, weil es dann viel zusätzliche Arbeit gab. Hoffentlich würde Margaret sie bis dahin bei sich behalten. Tränen der Wut brannten in ihren Augen, doch sie drängte sie zurück. Sie weigerte sich zu glauben, dass sie das Falsche tat. Sie kümmerte sich um ihr Kind, so gut es nur ging.

Lucy wachte auf. Etwas hatte sie im Schlaf gepikst. Sie hatte geträumt, konnte sich aber nicht daran erinnern. Sie drehte sich im Bett um, um zu sehen, ob Mummy schon von der Arbeit nach Hause gekommen war, doch sie war allein. Sie streckte sich aus, schloss die Augen und betete im Kopf, wie Margaret es ihr beigebracht hatte. »Hol Mummy bitte von den Sündern weg, hol Mummy bitte von den Sündern weg …«

Wieder ein Piksen. Doch es war nicht echt, es war nur in ihrem Kopf. Sie begriff, dass sie Stimmen gehört hatte, die irgendwie wichtig waren. Sie stieg aus dem Bett und ging zur Tür des Dachbodens, öffnete sie ein Stückchen und horchte.

Margarets Stimme. Sie murmelte leise. Lucy verstand nur Satzfetzen. Bedeutungslose Wörter wie »lange Zeit« und »konnte nicht verstehen«. Dann eine Männerstimme. Daher kam das Piksen. Warum war ein Mann im Haus? Auch er sprach leise, aber sie hörte, wie er den Namen ihrer Mutter sagte. Sie öffnete die Tür ein bisschen weiter und beugte sich hinaus. Das Scharnier quietschte, worauf die Stimmen sofort verstummten. Schritte näherten sich.

Lucy rannte zurück ins Bett und kniff die Augen zu.

»Lucy?« Es war Margaret.

Sie machte die Augen nicht auf.

Margaret setzte sich aufs Bett. »Ich weiß, dass du wach bist. Du hast die Tür offen gelassen.«

Sie öffnete die Augen. »Tut mir leid.«

»Schon gut. Am besten kommst du mit ins Wohnzimmer. Jemand möchte dich sehen.«

»Mich sehen? Weiß Mummy das? Ist sie hier?«

»Nein, deine Mutter ist bei der Arbeit, und sie sollte das am besten auch nicht erfahren. Kannst du ein Geheimnis für dich behalten? Nur eine Zeitlang? Wir versuchen gerade, etwas vorzubereiten, und es soll eine schöne Überraschung für Mummy werden. Einverstanden?«

Lucy war so neugierig, dass sie zustimmte. Sie ergriff Margarets Hand und stieg wieder aus dem Bett, ging mit ihr die Treppe hinunter und durch den Flur. Margaret schob sie sanft ins Wohnzimmer, wo ein gutaussehender Herr wartete.

Aus dem Piksen wurde ein Summen. Die Gesichtszüge des Herrn verschwammen und verwandelten sich in eine Gestalt, die gleichzeitig fremd und schmerzhaft vertraut war.

»Lucy«, sagte er atemlos.

Sie stürzte auf ihn zu. »Daddy!«

# Dreizehn

Es kam selten vor, dass Raphael an Beatties Abenden keine Gäste hatte. Bei solchen Gelegenheiten trug Alice ihm das Essen auf, und Beattie blieb in der Küche, wo sie putzte, Kleidung ausbesserte oder die Lebensmittelbestellung für die kommende Woche überprüfte.

An einem Donnerstagabend, zwei Monate nachdem sie die Abendschicht übernommen hatte, stellte sie bei ihrer Ankunft fest, dass Alice den Abend freigenommen hatte. Sie wollte ihre Schwester in einer zehn Meilen entfernten Stadt besuchen und hatte Beattie Anweisungen hinterlassen, was sie für Mr. Blanchard, der allein essen würde, kochen und wann sie es servieren sollte. Beattie verspürte ein wachsendes Unbehagen, während sie das Essen zubereitete. Zum ersten Mal wäre sie mit ihrem Arbeitgeber allein, und obwohl er bisher Distanz gewahrt hatte, war das Begehren in seinen Augen unübersehbar. Sie spielte mit dem Gedanken, zum Schererhäuschen zu gehen und Mikhail um Schutz zu bitten, doch er würde sie kaum verstehen. Außerdem würde es Raphael gewiss erzürnen.

Sie holte unter der Sitzbank ein Tablett hervor und stellte die Teller darauf. Gefüllte Hähnchenbrust mit Speck und Sahne, junge Karotten in Honig, eine Kanne Tee. Sie merkte, dass sie zu langsam arbeitete, und beeilte sich. Wollte es hinter sich bringen. Schnell rein und wieder hinaus.

Wenn Raphael allein aß, setzte er sich an den runden

Holztisch im Wohnzimmer, an dem gewöhnlich Karten gespielt wurde. Sie klopfte leise an und trat ein. Er stand an der Tür zur Terrasse und blickte in die Dunkelheit. Ohne lärmende Männer wirkte das Wohnzimmer ungeheuer groß. In den Vorhängen hing noch der Zigarettendunst.

Sie stellte das Tablett leise auf den Tisch und hoffte, unbemerkt den Raum verlassen zu können. Doch er hatte sie schon wahrgenommen, obwohl er sich weder umdrehte noch zu ihr sah.

»Einsamer Abend, Beattie.«

»Ja, Sir. Sehr still.«

Er drehte sich um und lächelte. »Nenn mich Raph.«

Beattie wusste nur zu gut, dass sogar Alice ihn Mr. Blanchard nannte. »Das wäre mir nicht recht, Sir.«

»Wäre es dir denn recht, dich zu mir zu setzen, während ich esse?«

»Nein, Sir.«

Er zuckte mit den Schultern. »Ich bezahle dich. Eine kleine Unannehmlichkeit wird dir nicht schaden. Hinsetzen.«

Beattie zögerte. Sie hatte keine andere Wahl, und so nahm sie ihm gegenüber Platz. Er begann geräuschvoll zu essen, den Kopf tief über den Teller gebeugt. Sie sah sich im Zimmer um, rückte im Geiste das Gemälde über dem Kamin zurecht und bewegte unter dem Tisch unruhig die Knie.

»So«, sagte er mit vollem Mund, »aus welcher Ecke Schottlands kommst du?«

»Ich bin Engländerin, Sir. Meine Mutter war Schottin. Ich habe eine Weile in Glasgow gelebt.«

»Alice sagte mir, du hättest ein kleines Mädchen. Und keinen Ehemann?«

»Nein, Sir.«

»Wer war denn der Vater?«

Beattie schwieg, fürchtete sich aber vor seiner Reaktion.

Er blickte auf und leckte sich die Lippen. »Na los, erzähle es mir. Sicher ein ganz toller, schneidiger Kerl. Hatte seinen Spaß mit dir und hat dich danach sitzenlassen.«

Beattie erhob sich. So etwas durfte er sich nicht herausnehmen. »Wenn Sie mich entschuldigen …«

»Nein, ich werde dich nicht entschuldigen. Setz dich. Ich werde nicht mehr nach deiner anrüchigen Vergangenheit fragen.« Er zeigte mit der Gabel auf sie. »Na los, setz dich.«

Sie gehorchte.

Er wandte sich wieder seiner Mahlzeit zu. »Gut, suchen wir uns ein Gesprächsthema, das dich nicht so aufregt. Du wohnst also bei Margaret Day?«

»Ja, das stimmt.«

»Ist sie wirklich so nervtötend und lästig, wie sie auf den ersten Blick erscheint?«

Beattie musste ein Lachen unterdrücken, und Raphael lächelte begierig. »Aha, es stimmt also. Ich dachte, du rückst nie damit heraus. Bist du auch so fromm wie sie?«

»Margaret ist ein gutes Vorbild, Sir.« Sie musste ihn irgendwie abschrecken. »Ich bin eine gute Christin.«

»Von dem unehelichen Kind einmal abgesehen.«

»Ich tue mein Bestes.«

»Was für Margaret womöglich nicht gut genug ist. Ich sage dir etwas.« Er schob die halbgegessene Mahlzeit beiseite und wischte sich den Mund an der Serviette ab. »Ich habe dich in den letzten Monaten beobachtet und finde dich sehr hübsch. Es würde mir gefallen, wenn wir nach oben gingen und ein bisschen Spaß im Bett hätten. Aber ich befürchte, du wirst nein sagen.«

Beattie erstarrte.

»Also werde ich dich nicht so direkt fragen. Mein Anwalt Leo Sampson hat mir sehr deutlich erklärt, dass ich dir kein Geld anbieten oder mit der Kündigung drohen darf. Normalerweise verlasse ich mich auf seinen Rat. Nun befinde ich mich jedoch in einem gewissen Dilemma. Wie soll ich dich bekommen? Ich will dich nämlich haben.«

»Sie können mich nicht haben«, erwiderte sie heftig. »Das sollten Sie vergessen.«

Er schüttelte den Kopf. »Das kann ich nicht. Ich habe es versucht. Du bist nicht wie die anderen. Sie fallen bei der kleinsten Aufforderung um.«

Beattie stand auf und war schon auf halbem Weg zur Tür, als er sie am Handgelenk packte.

»Lauf nicht weg, Mädchen.« Seine Pupillen waren Stecknadelköpfe in den hellblauen Augen.

»Ich laufe nicht weg. Ich gehe. Zwanzig Shilling pro Woche sind nicht genug, um mich beleidigen zu lassen. Lassen Sie mich jetzt gehen, oder ich erzähle Mr. Sampson, was Sie gesagt haben.« Ihr Herz klopfte, solche Prinzipien konnte sie sich eigentlich nicht leisten. Sie brauchte die Stelle.

Raphael zog die Augenbrauen zusammen, so dass er wie ein wütendes Kind aussah. Doch er ließ sie gehen. Sie eilte zurück in die Küche und blieb erst stehen, als sie den warmen Herd erreicht hatte. Sie stützte den Kopf in die Hände, weinte aber nicht. Sie konnte sich nicht erlauben, noch einmal mit ihm allein zu sein. Sie würde Alice anflehen, sie nicht erneut in diese Lage zu bringen.

Schließlich hatte sie sich wieder in der Gewalt, beschäftigte sich mit kleinen Aufgaben und horchte auf seine Schritte, doch er kam nicht. Um zehn Uhr öffnete sie mit zitternder Hand die Tür zum Wohnzimmer. Er war weg. Sie räumte die Teller ab und kehrte rasch in die Küche zurück. Jetzt konnte sie nur noch bis Mitternacht warten, wenn Mikhail mit verschlafenen Augen auftauchen würde, um sie nach Hause zu bringen. Beattie legte den Kopf auf den Tisch. Sie war zu müde zum Arbeiten und zu misstrauisch, um zu schlafen.

Seit kurzem verhielt sich Margaret Beattie gegenüber seltsam: Sie sah ihr nicht in die Augen, begann keine Gespräche mehr, ging nicht mehr mit ihr einkaufen. Mit Lucy hingegen war sie immer noch vertraut, und manchmal war Beattie eifersüchtig, weil sich die beiden so gut verstanden. Aber sie hatte damit gerechnet, dass ihr Verhältnis abkühlen würde, da Margaret sehr deutlich gesagt hatte, dass sie ihre Arbeit nicht guthieß. Also dachte sie nicht weiter darüber nach.

Eines Morgens jedoch schien Margaret erregter als sonst.

Es war sonntags nach der Kirche, und Margaret wollte sich nicht hinsetzen, um zu nähen oder Lucy vorzulesen. Stattdessen lief sie zwischen Wohnzimmer und Veranda hin und her und summte leise vor sich hin.

»Erwartest du jemanden?«, erkundigte sich Beattie.

»Vielleicht«, erwiderte Margaret mit einem Blick auf Lucy. Das Mädchen schaute sie lächelnd an, und Beattie beschlich der Verdacht, dass die beiden ihr etwas verheimlichten. Ihr ganzer Körper kribbelte. Allerdings war sie müde, weil es gestern Abend spät geworden war, und ließ sich leicht ablenken. Sie saß gerade mit Lucy am Tisch und legte ein Puzzle, bei dem sie die blauen Teile suchen musste.

Da hörten sie ein Auto vor der Tür. Beattie stand auf. »Ist das Mikhail? Er ist aber früh dran.«

»Nein, nein.« Margaret drückte sie wieder auf ihren Stuhl. »Das ist bestimmt nicht dein Fahrer. Ich sehe mal nach.«

Margaret verschwand nach vorn. Beattie bemerkte, wie Lucy sie anstarrte.

»Was ist los?«

»Ich hab dich lieb, Mummy.«

»Ich dich auch.« Sie strich Lucy über das Haar. »Warum siehst du so verängstigt aus?«

»Aber ich habe ihn auch lieb.«

Einen Moment lang glaubte sie, Lucy spräche von Gott oder Jesus. Dann aber hörte sie die Stimme von draußen, und ihr Blut verwandelte sich in Eiswasser.

Henry!

Sie sprang auf und rannte zur Tür. Sie musste ihn aufhalten, bevor Lucy ihn sah. Margaret kam lächelnd mit ihm zusammen den Weg entlang. *Lächelnd!* Wie konnte sie es wagen? Wie konnte sie ohne ihr Wissen dieses Treffen arrangieren? Sie hätte ihr nie vertrauen dürfen, wo ihre Cousine doch gleich neben Henry wohnte. Schon vor Monaten hätte sie Margarets Haus verlassen sollen. All diese Gedanken wirbelten durch ihren Kopf, als sie hinauseilte und den beiden in den Weg trat.

»Nein!«, schrie sie. »Dass du mir nicht in die Nähe meiner Tochter kommst.«

Henry lächelte freundlich. »Sie ist unsere Tochter, Beattie.«

Sie wandte sich an Margaret. »Warum musstest du dich einmischen? Du weißt doch, was für ein Mann er ist.«

»Ich weiß, was für ein Mann er *war*«, sagte Margaret mit einem frommen Nicken. »Aber ich habe von Doris erfahren, was für ein Mann er in den letzten Monaten *geworden ist.* Du hast nichts zu befürchten.«

Beattie war so wütend, dass sie Margarets Worte gar nicht erfasste. Sie stand wie angewurzelt da, die Arme ausgestreckt, um Henry den Zutritt zum Haus zu verwehren.

Er sagte mit sanfter Stimme: »Beattie, ich werde heute nicht zu Lucy gehen, wenn du es nicht willst. Ich wollte ohnehin mit dir sprechen. Gehst du ein Stück mit mir? Weg vom Haus? Wirst du dir meine Geschichte anhören?«

Lucy. Lucy *wusste Bescheid.* Das hatte sie vorhin gemeint. »Du hast sie schon gesehen, oder?« Sie ließ resigniert die Arme sinken.

»Ich war dreimal zu Besuch.«

Beattie warf Margaret einen kalten Blick zu, doch diese zuckte nur mit den Schultern.

»Ich gehe ins Haus und kümmere mich um das Kind. Ihr beide könnt in Ruhe miteinander reden.«

Henry ergriff sanft Beatties Arm und führte sie zum Tor hinaus. Auf der Straße parkte ein glänzender neuer Ford, der nur ihm gehören konnte.

»Wie kannst du dir ein Auto leisten?«

»Bei mir hat sich einiges verändert.« Er ging mit ihr am Wagen vorbei. »Ich arbeite jetzt für die Regierung. Im Verkehrswesen. Ich bekomme jede Woche ein gutes Gehalt und gehe vernünftig damit um.«

Es war ein kühler Morgen, von Westen her blies ein frischer Wind Wolken herbei. Beattie hatte ihre Jacke vergessen und spürte die Gänsehaut unter den Ärmeln ihrer Bluse. Sie musste gezittert haben, denn Henry zog sofort das Jackett aus und hängte es ihr um die Schultern.

Sie war verblüfft und auch ein bisschen ängstlich.

»Wo entlang?«

Sie führte ihn zur Hauptstraße. »Du arbeitest also nicht mehr für Billy?«

»Nein. Und ich schulde ihm kein Geld mehr und wohne nicht mehr zur Miete in seinem Häuschen. Doris und ich sind allerdings befreundet geblieben. Der erste

Schritt war, den Bann zu brechen, den er über mich ausübte, und dieses Leben für immer hinter mir zu lassen.«

Beattie warf ihm verstohlene Blicke zu. Er schien die Wahrheit zu sagen: Haut und Augen wirkten gesund, er war gut genährt und kräftig. Auch die Kleidung sah gepflegt aus. Sie gingen eine Weile schweigend nebeneinanderher.

»Wohin wollen wir gehen?«

»Zum Bach hinunter. Dort gibt es einen großen, flachen Felsen, auf dem ich manchmal mit Lucy sitze. Dann erzählen wir uns Geschichten.«

Er folgte ihr gehorsam. Beattie überdachte die Situation. Was wollte er von ihr? Er war sauber, nüchtern und wohlhabend zurückgekommen: Wollte er sie und Lucy holen? Wäre das so furchtbar schlimm?

Schließlich gelangten sie zum Bach und dem Damm, an dem sie Lucy beinahe verloren hatte. Der Bach floss gurgelnd vorbei, die Wolken wurden dunkler.

»An dem Tag, an dem ich dich verlassen habe, gab es ein Gewitter. Lucy und ich sind meilenweit im Regen gelaufen. Dann kamen wir zu diesem Damm, und er war überflutet. Wir wollten hinüber, doch Lucy wurde fortgerissen. Ohne einen hilfsbereiten Mann, der gerade vorbeikam, wäre sie sicher ertrunken.«

Henry wurde blass. »Und es wäre alles meine Schuld gewesen.«

Beattie nickte. »Ja, vielleicht.«

»Ich habe mich dir gegenüber furchtbar verhalten. Vor allem auch Lucy gegenüber. Einerseits habe ich ihr gesagt, wie sehr ich sie liebe, aber ich habe ihr alle Sicherheit geraubt. Statt Essen für sie zu kaufen, habe ich gespielt und getrunken. Das habe ich erst erkannt, nachdem du mich verlassen hattest. Jetzt aber habe ich mich geändert und bin mit Gottes Hilfe seit sechs Monaten nüchtern und schuldenfrei. So soll es auch bleiben.«

»Und jetzt willst du uns zurück?«

Henry blinzelte und wandte sich rasch ab. »Ich ... nein, Beattie. Nicht euch beide.«

»Oh.« Sie verschluckte ihre Verlegenheit.

»Ich ... nun ja ... Molly ist gekommen, meine Frau.« Er lächelte. »Molly hat mich auf den rechten Weg geführt und wird das auch weiterhin tun. Ich verdanke ihr mein Leben.«

Und obwohl ihre Liebe zu ihm seit langem erkaltet war, drang ein Stich der Eifersucht in ihr Herz. Sie liebte ihn nicht mehr; sie wollte ihn nicht mehr. Dennoch hatte sie gehofft, dass er sie vermisst und sein Tun bedauert hätte. »Nun, du kannst Lucy nicht haben. Sie ist meine Tochter, ich habe ihr ganzes Leben lang für sie gesorgt, auch als du es nicht konntest. Du kannst nicht einfach hier auftauchen und erwarten, dass ich sie dir gebe.«

»Natürlich erwarte ich nicht, dass du sie aufgibst. Ich möchte dich fragen, ob du dir vorstellen kannst, regelmäßige Besuche zu erlauben. Vielleicht eine Woche im Monat.« Er sah, dass sie sich schon weigern wollte, und sprach rasch weiter. »Wir würden sie abholen und zurückbringen, uns liebevoll um sie kümmern ...« Ihm fehlten die Worte. »Ich liebe sie so sehr, Beattie, das kannst du dir gar nicht vorstellen.«

Die Liebe zwischen Henry und Lucy, die sie in den ersten Jahren so gequält hatte, war wieder da, und sie musste damit zurechtkommen. Wenn sie nein sagte, würde Lucy toben, weglaufen wollen, monatelang nicht mit ihr sprechen. Sie verfluchte Henry und Margaret, die sich diesen Plan zurechtgelegt hatten. Sie wussten genau, dass sie nicht ablehnen konnte, nachdem Lucy ihren Vater einmal gesehen hatte.

»Du hast das völlig falsch angefangen«, sagte Beattie mit Tränen der Hilflosigkeit in den Augen. »Du hättest Lucy nicht ohne mein Wissen besuchen dürfen.«

»Es tut mir leid, aber das war Margarets Idee. Sie hat sich in den Kopf gesetzt, dass du in schlechte Gesellschaft geraten bist, und ...«

»Ich arbeite, weil ich muss. Dafür schäme ich mich nicht. Ich arbeite, um meine Tochter zu ernähren und dafür zu sorgen, dass sie neue Schuhe bekommt. Mein Arbeitgeber mag kein anständiger Mann sein, aber ich leiste anständige Arbeit, und wenn ich sie nicht hätte, wäre ich eine schlechte Mutter: mit Moral, aber ohne Geld. Kinder können Moral nicht essen.«

Henry wirkte einsichtig und hielt seine Antwort zurück. Stattdessen nickte er. »Ich verstehe.«

»Wirst du dir einen Anwalt nehmen? Das Geld deiner reichen Frau dafür ausgeben, mir Lucy wegzunehmen, wenn ich nein sage?«

»Ich hoffe, dass es nicht so weit kommen muss, Beattie. Du bist eine vernünftige Frau, und ich habe eine vernünftige Bitte. Du sprichst von Dingen, die Lucy braucht, und ich bin mir sicher, sie braucht einen Vater.«

Sie wollte schon erwidern, sie brauche aber keine neue Mutter, doch das hätte eifersüchtig geklungen. Zugegeben, sie war eifersüchtig. Die Vorstellung, dass Molly sich jeden Monat eine Woche lang um ihre Tochter kümmern würde, bohrte sich wie ein Messer in ihr Herz. Sie holte tief Luft, um klar zu denken. »Es ist ein Schock.«

»Ich kann dir Bedenkzeit geben. Einen Tag? Eine Woche?«

»Zuerst muss ich mit Molly sprechen.«

»Ich bringe sie mit, wenn wir Lucy das erste Mal abholen. Sie wird dir gefallen.«

»Sie wird mich hassen.«

Henry schüttelte den Kopf. »Sie ist demütig und besitzt die Kraft zur Vergebung. Sie ist eine wirklich bemerkenswerte Frau. Und sie sehnt sich danach, mein kleines Mädchen kennenzulernen.«

Beattie stützte den Kopf in die Hände. Der Bach sang sein Lied, der Wind fuhr durch die Zweige der Eukalyptusbäume. Eine Krähe krächzte tief und einsam. Ihr Herz hätte am liebsten »Nein!« gerufen, doch ihr Verstand sagte etwas anderes. Welches Mädchen wäre nicht gern ab und an mit seinem geliebten Daddy zusammen, vor allem mit einem guten, christlichen Daddy, der ein glänzendes Auto und eine Frau mit rosigen Wangen hatte, die immer zu Hause war?

Sie hob den Kopf. »Ich brauche keine Bedenkzeit.« Schon stauten sich Angst und Bedauern in ihrer Brust. »Die Antwort ist ja.«

Als Mikhail sie an diesem Abend abholte, hustete er und spuckte in sein Taschentuch.

»Bist du krank?« Eigentlich erwartete sie keine Antwort.

Er steckte das Taschentuch weg und fuhr los. Unterwegs hustete und nieste er und sah sehr elend aus. Beattie war meist in ihre eigenen Gedanken vertieft – am nächsten Sonntag würde Henry Lucy zum ersten Mal abholen –, empfand aber trotzdem Mitleid mit Mikhail. Es war schlimm, wenn man krank war, vor allem, wenn man allein lebte so wie er.

Er setzte sie an der Tür ab. Sie stieg aus und lehnte sich zum Beifahrerfenster hinein. »Kann ich dir etwas bringen?«

Er sah sie ausdruckslos an. Sie tätschelte seinen Arm. »Egal. Ruh dich aus.«

Sie war eine Weile beschäftigt. Raphael dinierte mit

seinem Anwalt und zwei anderen Herren, die sie nicht kannte. Nach dem Hauptgang machte sie eine Pause, und Alice übernahm das Servieren. Wie üblich bereitete sie sich selbst eine kleine Mahlzeit zu und wollte sich gerade hinsetzen, als ihr Mikhail einfiel.

Vor ihr standen Rindfleischsuppe und warmer Toast mit Butter. Das perfekte Essen für einen Kranken.

»Alice, ich bringe das zu Mikhail. Er ist krank.«

»Die Mühe würde ich mir sparen. Er wird sich nicht bei dir bedanken.«

Beattie war schon aufgestanden und holte ein Tablett. »Jeder, der krank ist, freut sich, wenn man sich um ihn kümmert.« Sie stellte das Essen auf das Tablett, ging die Treppe hinunter durch die Waschküche und über die taunasse Koppel zum Schererhäuschen.

Im Augenblick wohnte Mikhail allein in dem alten Holzhaus – Alice hatte ein Zimmer im Wohnhaus –, doch in etwa sechs Wochen würde hier ein halbes Dutzend Scherer aus ganz Tasmanien unterkommen, die während der Schafschur von einem Anwesen zum nächsten zogen.

Beattie öffnete den Riegel und trat ein. Sie ging durch das große Wohnzimmer, vorbei an der kleinen Kochecke, und sah, dass unter einer Tür Licht hindurchschimmerte. Sie klopfte an.

Einen Moment später stand Mikhail verschlafen vor ihr.

»Ich habe dir Essen gebracht. Suppe und Toast.«

Sein Gesicht wurde weicher. Er öffnete die Tür und ließ sie eintreten. In seinem Zimmer standen ein schmales Bett und ein Tisch mit einem einzigen Stuhl. Es war ein großer Raum, der drei oder vier Schlafsäcken Platz geboten hätte, und ihre Schritte hallten von den kahlen Wänden wider. Sie stellte das Tablett auf den Tisch und wollte schon gehen, als Mikhail sagte: »Warte einen Moment.«

Sie starrte ihn an. Noch nie hatte Mikhail mehr als ein einziges Wort gesprochen.

Er holte den Stuhl und bot ihn ihr an, während er sich mit dem Tablett aufs Bett setzte.

Sie nahm Platz und wartete.

»Vielen Dank, du bist sehr freundlich.«

»Ich wusste nicht, dass du Englisch sprichst.«

»Ich bin nicht dumm. Wohne jetzt hier fünf Jahre. Ich höre alles. Aber ist leichter, wenn Mr. Blanchard denkt, ich nicht verstehe.«

»Weiß Alice Bescheid?«

Er nickte.

Beattie lächelte. »Mich hast du jedenfalls zum Narren gehalten.«

Er lächelte zurück. Es war das erste Mal, und es verwandelte sein ganzes Gesicht. Es sah nicht mehr aus wie aus Stein gemeißelt. »Ja, ich halte dich zum Narren.« Er deutete auf die Suppe. »Hast gutes Herz.«

Beattie sah auf das Essen, und ihr fiel ein, dass sie selbst noch gar nichts zu sich genommen hatte. Mikhail schien ihre Gedanken zu lesen und bot ihr ein Stück Brot an. Sie nahm es dankbar entgegen.

»Warum findest du es leichter, wenn Mr. Blanchard glaubt, du könntest kein Englisch?«

»Sonst erwartet zu viel. Er will reden und hört nicht auf. Wird mir etwas anhängen. Macht er mit allen Leuten.«

Beattie musste an ihre eigenen Probleme mit Raphael denken. »Alice scheint ganz gut mit ihm zurechtzukommen.«

»Da ist sie aber auch die Einzige. Alle anderen werden im ersten Jahr gefeuert. Ich spreche nicht mit ihm, er spricht nicht mit mir, ich habe noch Arbeit. Arbeit finden ist schwer. Will sie behalten.«

»Ich verstehe.« Sie musste an Charlie denken, der Lucy

vor so vielen Monaten gerettet hatte. »Ich bin einem Mann namens Charlie begegnet, es war an meinem ersten Tag in Lewinford. Er wollte gerade die Stadt verlassen …«

»Charlie Harris. Guter Mann.«

»Ich hörte, er habe Raphael bestohlen.«

Mikhail schüttelte den Kopf und schlürfte die Suppe vom Löffel. »Charlie war kein Dieb. Sie sagen, hat Manschettenknöpfe gestohlen! Was soll Charlie mit Manschettenknöpfen? Nein. Wurde gefeuert, weil er Mr. Blanchard gesagt hat, wie schlimm Geschäft ist.«

»Wie bitte?« Es fiel ihr nicht ganz leicht, Mikhails Englisch zu verstehen.

»Nun, Charlie ist Einziger, der je gesagt hat, dass Geschäft schlimm ist.«

»Die Farm ist ein schlimmes Geschäft?«

Mikhails Lachen verwandelte sich in einen Hustenanfall. Beattie wartete geduldig, bis er sich beruhigt hatte. »Mr. Blanchard interessiert nicht für Schafe. Du weißt das. Er verliert Geld jedes Jahr. Kann Leute nicht halten. Hat zweitausend Schafe. Bringen vielleicht fünfundzwanzig Ballen Wolle im Jahr. Nicht genug. Geschäft ist wenig wert. Ich glaube, Mr. Blanchard wird bald von Vater nach England gerufen. Ganzes Geld dann weg.« Er zuckte mit den Schultern. »Dann haben alle keine Arbeit.«

Beatties Herz setzte einen Moment lang aus. Wenn sie keine Arbeit und kein Geld hätte, würde Henry ihr Lucy vielleicht für immer wegnehmen. »Wirklich? Meinst du, das passiert tatsächlich?«

Er schlürfte seine Suppe und wischte sich das Gesicht an der Serviette ab. »Wer weiß? Vielleicht diese Schur, vielleicht nächste. Wir alle machen weiter und hoffen.«

Beattie wurde bewusst, dass sie schon zu lange hier gewesen war. Alice würde auf sie warten. »Ich gehe jetzt wieder.« Sie aß das Brot auf und wischte sich die Hände an der Schürze ab. »Vielen Dank, Mikhail.«

»Du nicht sagst Mr. Blanchard, ich habe geredet?«

»Natürlich nicht.«

Sie eilte zurück über die Koppel. *Wir alle machen weiter und hoffen.* Mikhail hatte recht, man durfte sich nicht das Schlimmste ausmalen. Noch nicht.

Der Samstagmorgen war bedeckt, und es drohte zu regnen, doch Lucy strahlte wie der Sonnenschein. Sie plauderte fröhlich, als Beattie ihr das rotgoldene Haar zu Zöpfen flocht, und konnte nicht still halten. Margaret machte den Morgentee für die Gäste, die bald erwartet wurden, und summte leise vor sich hin. Es duftete nach Tee und gerösteten Rosinenbrötchen. Das gute Porzellan mit den grünen Blumen klirrte, als sie den Tisch deckte. Dennoch spürte Beattie eine wachsende Angst.

Heute würden sie ihr kleines Mädchen holen.

Sie wusste, dass es keinen Grund zur Sorge gab. Henry liebte Lucy und würde gut zu ihr sein. Dennoch machte die Angst sie ganz nervös, so dass sie zu schnell redete und ihre Finger ungeschickt wurden.

»Aua, du ziehst mir an den Haaren«, protestierte Lucy.

»Tut mir leid, mein Schatz.« Beattie band eine Schleife in jeden Zopf und trat zurück. »Du siehst wunderbar aus.«

Lucy wirbelte kokett herum. »Daddy findet mich bestimmt ganz erwachsen.«

Wieder erwachte der Schmerz in ihrer Brust. »Ganz sicher.« Dann hörte sie ein Auto, und ihr Herzschlag dröhnte in den Ohren.

»Das müssen sie sein«, sagte Margaret, als sie die Butterdose auf den Tisch stellte. »Lucy, würdest du ...«

Bevor sie zu Ende gesprochen hatte, schoss das Mädchen schon zur Tür. »Daddy, Daddy!«

Beattie sah Margaret mit einem gequälten Lächeln an. Diese nickte mitfühlend, hatte vielleicht ein schlechtes Gewissen.

»Alles wird gut, du wirst schon sehen.«

»Aber mir geht es nicht gut.«

Margaret tat ihren Einwand ab. »Kinder gehören uns nicht ein Leben lang. Alle Eltern müssen irgendwann loslassen.«

Beattie verkniff sich zu sagen, dass Margaret selber keine Kinder habe und daher nicht wisse, wie es sich anfühle. Stattdessen ging sie Lucy hinterher.

Die Tür stand weit offen, und das Mädchen hatte sich dem Vater schon am Gartentor in die Arme geworfen. Beattie verspürte einen Stich der Eifersucht, freute sich aber auch über Lucys Glück.

Henry ließ Lucy los und schob sie vor sich her. Sein Blick begegnete Beatties, und einen Moment lang erkannte sie den alten Henry, in den sie sich verliebt hatte. Dann war das Bild verschwunden, zurück blieb nur die Reue.

Margaret war neben sie getreten und begrüßte die Gäste. »Sie kommen genau richtig. Lucy hat mir den ganzen Morgen geholfen.«

Das entsprach nicht unbedingt der Wahrheit. Lucy hatte helfen wollen, aber nur geplappert und in der Küche getanzt, während Margaret arbeitete. Dennoch strahlte die Kleine vor Stolz.

Die Frau trug einen langen, maßgeschneiderten Mantel, grau wie der kalte Himmel, dazu Hut und Handschuhe. Sie ging ein Stück hinter Henry, den Kopf gesenkt. Auf der Veranda blieb er stehen und schob sie nach vorn. »Ich möchte euch meine Frau Molly vorstellen.«

Das war nicht Molly, der irische Wolfshund, wie er sie einmal genannt hatte. Beattie hätte über diesen Irrtum lachen können, doch an dieser Frau war nichts, das zum Spott einlud. Sie hatte freundliche braune Augen und ein schüchternes Lächeln.

»Hallo, freut mich sehr, Sie kennenzulernen«, sagte Molly mit einem melodischen irischen Akzent.

Lucy blickte sie argwöhnisch an und schwieg. Margaret begrüßte sie überschwenglich, doch Beattie wusste nicht, wie sie sich einer Frau gegenüber benehmen sollte, der sie den Mann gestohlen hatte. Also lächelte sie verhalten und eilte ins Haus.

Beattie servierte den Tee, während Margaret den Gästen Hut und Mantel abnahm und sie ins Esszimmer führte. Die ganze Zeit hatte sie sich Sorgen um Lucy gemacht, ob Molly auch nett zu ihr sein oder ihre Abneigung gegen Beattie an ihr auslassen würde. Nun aber richtete sich die Sorge auf sie selbst. Wenn Lucy Molly liebgewänne? Wenn sie sie ihrer eigenen Mutter vorzöge?

Sie trug das Teetablett zum Tisch, und Margaret holte die gerösteten Brötchen.

»Lucy, wir haben dir ein hübsches Zimmer eingerichtet«, sagte Molly scheu, während Tee eingegossen und Butter geschmolzen wurde. »Mit einem Spielzeugpony, auf dem du reiten kannst.«

Lucy machte große Augen. »Ein Spielzeugpony? Wie groß ist es?«

Molly deutete es mit der Hand an. »Du kannst darauf schaukeln.«

Lucy sah Beattie ehrfürchtig an. »Bist du böse, wenn du nicht auf dem Pony reiten kannst, Mummy?«

Beattie schüttelte lachend den Kopf. »Nein. Vielleicht kannst du mir ein Bild davon malen und es mir zeigen, wenn du zurückkommst.« Bei diesen Worten wurde ihre

Kehle eng, und sie trank rasch einen Schluck von ihrem heißen, starken Tee.

Henry spürte ihr Unbehagen und kehrte zum Smalltalk zurück. Beattie war in ihre eigenen Gedanken vertieft und beteiligte sich nicht am Gespräch. Ihr Instinkt riet ihr, Lucy bei sich zu behalten, so viel Trost aus ihrem kleinen Körper zu schöpfen, wie es in der kurzen Zeit, die ihnen blieb, möglich war, doch Lucy war schon auf Henrys Schoß geklettert und rührte sich nicht vom Fleck. Als Margaret aufstand, um den Tisch abzuräumen, erhob sich auch Beattie.

Molly fasste sie sanft am Handgelenk und sah sie mit ihren dunklen Augen an. »Dürfte ich allein mit Ihnen sprechen?«

»Ich muss wirklich helfen ...«

»Es geht schon«, sagte Margaret. »Ab mit dir.«

Beattie schaute sich um. »Wir können ins Wohnzimmer gehen.«

Molly nickte. Die Frauen schlossen die Tür hinter sich. Gewöhnlich fiel die Morgensonne wunderbar durch die großen Fenster, doch an diesem Tag blickte man nur auf die Hecke, von deren Blättern der Regen tropfte. Beattie kniete sich vor den Kamin, um ein Feuer anzuzünden. Als sie sich umdrehte, hatte Molly auf dem Sofa gegenüber Platz genommen.

Beattie setzte sich neben sie. »Woran denken Sie gerade?« Eigentlich wollte sie es gar nicht wissen, denn sie rechnete mit Vorwürfen.

Molly aber lächelte freundlich. »Sie haben Angst.«

»Natürlich.«

»Ich hasse Sie nicht.«

»Wieso nicht?«

»Weil das alles vor langer Zeit geschehen ist und zum Teil auch meine Schuld war. Ich war keine gute Ehefrau. Ich habe Henrys ... Bedürfnisse nicht erfüllt.«

Beattie schwieg.

»Jedenfalls hat sich alles zum Guten gewendet. Henry und ich sind jetzt sehr glücklich. Ich selbst kann keine Kinder haben. Darum verspreche ich Ihnen, dass Lucy mir sehr wichtig ist und ich freundlich zu ihr sein und sie wie meine eigene Tochter behandeln werde.«

»Sie ist aber nicht Ihre Tochter.«

Molly sah sie verblüfft an. »Natürlich nicht. Aber sie ist Henrys Tochter. Und ich bin seine Frau.« Sie fasste sich. »Ich will Sie doch nur beruhigen.«

Beattie seufzte. »Ich weiß, es tut mir leid. Aber das ist alles nicht einfach für mich. Seit ihrer Geburt habe ich keine Nacht ohne Lucy verbracht. Und ich muss mich erst mit der Tatsache abfinden, dass Henry nüchtern und finanziell abgesichert ist.«

»Ich kann bezeugen, dass es so ist, und ich schwöre, ich werde dafür sorgen, dass es so bleibt. Als er mich verließ, habe ich gelernt, was ich tun muss, um ihn zu halten. Da kann ich Sie beruhigen.«

In diesem Augenblick platzte Lucy herein, unter einem Arm die Puppe Henrietta, unter dem anderen ein Baumwollnachthemd. »Ich bin fertig. Es ist Zeit zu fahren, Mummy.«

Henry stand lächelnd hinter ihr. »Nicht so schnell, Kleines.«

»Ich will mein Pony sehen«, erwiderte sie sachlich.

»Ich leihe dir einen Koffer für die Sachen«, sagte Margaret und nahm sie ihr ab. »Ich packe für dich.«

Molly stand auf. »Lucy, du holst dir jetzt Mütze und Mantel, und dann machen wir uns auf den Weg.«

Am Tor zeigte Lucy das erste und einzige Zeichen der Angst vor der Trennung. Beattie kniete sich hin, um sie zu umarmen, worauf sich Lucy fest an sie drückte. »Kommst du ohne mich zurecht, Mummy?«

Beattie kämpfte mit den Tränen. »Natürlich. Margaret leistet mir Gesellschaft, und ich muss ja auch arbeiten gehen.«

Lucy küsste sie auf den Mund. »Ich male dir ein Bild.«

»Unbedingt.«

Dann halfen Henry und Molly ihr ins Auto und verabschiedeten sich ebenfalls. Kurz darauf bog der Wagen in die Hauptstraße und war verschwunden.

Beattie stand schweigend da und vermisste Lucy schon jetzt. Sie sehnte sich danach, sie im Arm zu halten.

Margaret berührte sie an der Schulter. »Keine Sorge, sie kommt ja wieder.«

Sicher, sie käme wieder. Aber ein Teil von ihr würde immer Henry gehören, und der käme nie zurück.

# Vierzehn

Zuerst glaubte Beattie, sie könnte sich nie daran gewöhnen, Lucy jeden Monat für eine Woche herzugeben, doch nach zwei Trennungen gelang es ihr besser. Noch immer musste sie mit den Tränen kämpfen, und bei der Rückkehr hüpfte ihr Herz vor Freude. Beim dritten Mal aber tat es nicht mehr ganz so weh, sie fürchtete keine schrecklichen Szenen und versuchte nicht mehr, sich Lucys Gesicht einzuprägen, als sähen sie einander zum allerletzten Mal.

Mit Molly tauschte sie nie mehr als Höflichkeiten aus, und doch wuchs sie ihr zunehmend ans Herz. Ihre sanfte Freundlichkeit war aufrichtig. Beattie litt noch immer unter Eifersucht und der Sorge, Lucy könne Molly lieberhaben als sie, doch konnte sie unmöglich einen Groll gegen diese Frau hegen.

Am schlimmsten war, dass Lucy jedes Mal weinte, wenn Henry sie nach Hause brachte, und fragte, ob sie nicht noch ein bisschen länger bei ihm bleiben könne. Doch nach wenigen Stunden hatte sie sich wieder eingewöhnt und wurde sehr anhänglich. Allerdings hörte sie nie auf, von Henry zu erzählen, von ihrem Zimmer im Haus in Hobart und den Spielsachen, die sie dort hatte.

Dann kam der September, die Schafschur stand bevor. Auf Wildflower Hill würde es vor Helfern wimmeln, und es fiel zusätzliche Arbeit an. Alice bat sie, für diese Zeit ganz auf der Farm zu bleiben, damit Mikhail nicht ständig hin und her fahren musste. Dafür würde sie den doppelten Lohn erhalten.

Also stand Beattie vor der Frage, was sie mit Lucy machen sollte. Sie konnte nicht von Margaret verlangen, dass sie sich die ganze Zeit um ihre Tochter kümmerte, und da Beattie auf einer Matratze bei Alice im Zimmer schlafen würde, konnte das Mädchen auch nicht bei ihr bleiben. Die Antwort war naheliegend: Lucy würde so lange bei Henry wohnen. Das nutzte er aus, um die geplanten zwei Wochen auf einen ganzen Monat auszudehnen, und Beattie blieb nichts anderes übrig, als zuzustimmen.

Sie schob den Gedanken an die Trennung hinaus, doch dann war der Abend vor dem Abschied gekommen. In jener Nacht konnte sie nicht schlafen, lag neben Lucy im Bett und hatte die Hand auf den Rücken des kleinen Mädchens gelegt, um dessen warmen Körper zu spüren. Sie fand es furchtbar ungerecht: Sie musste sich nur deshalb von Lucy trennen, weil sie arbeiten musste. Hätte Henry von Beginn an richtig gehandelt … Aber nein, sie liebte ihn schon lange nicht mehr, und egal, wie reich oder moralisch unbedenklich er geworden sein mochte, war sie ohne ihn besser dran.

Als Henry am nächsten Morgen kam, um Lucy abzuholen, war Beattie sehr erschöpft. Er kam ohne Molly, so dass Lucy neben ihm auf dem Beifahrersitz fahren durfte. Sie war so aufgeregt, dass sie sich gar nicht von ihrer Mutter verabschiedete. Beattie schaute dem Wagen hinterher und ging hinein, um den Karton für ihren Aufenthalt auf der Farm zu packen.

Margaret beobachtete sie von der Tür des Dachbodens aus. Sie wirkte erregt, doch Beattie wusste nicht den Grund. Ihre Beziehung war längst abgekühlt, und sie ging ihr meist aus dem Weg.

Schließlich konnte sie es nicht länger aushalten. »Was ist los, Margaret?«

Margaret verschränkte die Arme vor der Brust. »Du willst dort bleiben?«

»Ja, wir haben doch darüber gesprochen. Ich zahle weiterhin die Miete. Dann kannst du die Ruhe im Haus genießen.«

»Weißt du eigentlich, worauf du dich einlässt?«

»Ich werde wohl viel zu kochen und zu waschen haben. Wieso?«

Margaret holte tief Luft. »Wann immer du von dort kommst, trägst du die Fußabdrücke der Sünde in mein Haus.«

»Also ehrlich, Margaret. Ich habe nichts getan, was …«

»Du musst gar nichts *tun.* Es geht um das, was du *nicht* tust. Wer blind ist gegenüber der Verderbnis der anderen, ist in Gottes Augen genauso schlecht.«

»Gott würde wollen, dass ich mich um das Wohl meiner Tochter kümmere. Ich muss arbeiten.«

Margaret senkte den Kopf und sagte so leise, dass Beattie es fast überhörte: »Ich glaube, du solltest nicht zurückkommen.«

»Du willst mich hinauswerfen?« Sie war erleichtert und entsetzt zugleich.

»Wenn ich mich blind stelle, bin ich nicht besser als du.«

»Und besser zu sein als ich ist wichtig, nicht wahr?« Beattie hob den Karton vom Bett und stellte ihn auf den Boden. »Na schön, ich packe die restlichen Sachen und nehme sie mit.« Ihr Herz schlug sehr schnell. Konnte sie nach der Schafschur auf Wildflower Hill bleiben? Für sie und Lucy wäre genügend Platz im Schererhäuschen, obwohl es nicht so gemütlich war wie bei Margaret. Lucy würde den ganzen Tag bei Beattie in der Küche bleiben müssen. Und was sollte sie mit dem Kind anfangen, wenn sie abends bei Raphaels Festen bediente? Vielleicht konnte Alice ihr helfen ... Sie musste an Henry schreiben, damit er Lucy auf der Farm ablieferte. Was würde er zu alldem sagen?

Sie sah Margaret an. Immerhin hatte sie ihr ein Heim gegeben, als sie es am nötigsten brauchte. Aber sie durfte nicht an die Wärme denken, die anfangs zwischen ihnen geherrscht hatte, sonst könnte sie die Kälte nicht ertragen. Es erinnerte sie an ihre Mutter, die sie hinausgeworfen, und an Cora, die keinen ihrer Briefe beantwortet hatte. »Es tut mir leid, dass ich dir zur Last gefallen bin. Aber ich danke dir, dass du mir eine Chance gegeben hast, als ich neu in der Stadt war.«

Margaret wich ihrem Blick aus, nickte knapp und verließ das Zimmer.

Beattie war ungeheuer müde. Nun begann der Kampf von neuem. Wieder standen sie und Lucy vor einer ungewissen Zukunft.

In den nächsten beiden Wochen hatte sie keine Zeit, um über ihre Lage nachzudenken. Im Morgengrauen stand sie auf, um das Frühstück vorzubereiten, arbeitete den ganzen Tag, legte dann die Schürze ab und kämmte sich das Haar, bevor sie abends noch Raphael und seine Gäste bediente, wenn sie pokerten und tranken.

Raphael schien kaum zu bemerken, dass die Schafschur im Gange war. Alles wurde vom Verwalter Terry geleitet, ein umgänglicher Mann mit rotem Gesicht, der immer nach Schweiß und Pferden roch. Raphael selbst setzte keinen Fuß in den Scherschuppen. Nur ein einziges Mal erwähnte er die hektische Aktivität auf seinem Anwesen, als er abends Beatties Hand ergriff und sagte: »Deine Haut ist ganz rot und rauh. Du hast für diese undankbaren Scherer viel zu schwer gearbeitet.«

Sie machte sich los und ging wieder an die Arbeit. Je mehr sie zu tun hatte, desto weniger musste sie nachdenken. Jeden Abend gegen Mitternacht fiel sie erschöpft ins Bett. Sechs Stunden später ging alles von neuem los.

Dann war es vorbei. Die Scherer packten ihre Habseligkeiten und zogen weiter zur nächsten Farm. Auf Wildflower Hill kehrte wieder Stille ein. Beattie hatte noch keine neue Unterkunft gefunden. Als sie mit Alice ins Schererhäuschen ging, um dort sauber zu machen, beschloss sie, das Thema anzusprechen.

»Alice, ich habe kein Zuhause mehr. Margaret hat mich rausgeworfen.«

Die Haushälterin fackelte nicht lange. »Du kannst hier im Häuschen wohnen.«

»Muss ich Mr. Blanchard fragen?«

»Ich werde es ihm sagen. Es ist einfacher für uns, wenn du hier bist. Das Zimmer am Ende des Flures gegenüber Mikhails ist am schönsten.«

»Es gibt wohl keine Möglichkeit, im Haus zu wohnen, oder? So wie du?«

»Nicht mit der Kleinen. Mr. Blanchard mag keine Kinder.« Sie richtete sich auf und warf den Mopp in den Eimer. »Du wirst fünf Shilling weniger die Woche erhalten, mit dem Kind sechs.«

»Das ist in Ordnung.«

»Und du musst dir Möbel kaufen. Ein eigenes Bett.«

Beattie nickte. In der Stadt gab es einen Laden, der Gebrauchtmöbel verkaufte. Dort hatte sie einen Teppich und ein Bett gesehen, die sie sich leisten konnte. Als Stühle müssten vorläufig Obstkisten dienen. Alice nahm alle Mahlzeiten in der Küche ein, und Beattie ging davon aus, dass sie und Lucy das auch könnten. Vielleicht wäre alles gar nicht so schlimm.

Am späten Nachmittag schickte sie sich an, ihr neues Heim herzurichten. Bis ihr Bett kam, würde sie einen Schlafsack benutzen, der bei der letzten Schafschur liegengeblieben war. Sie breitete ihn auf dem Boden aus. Er roch ein bisschen muffig nach dem Mann, dem er einmal gehört hatte, obwohl sie ihn bereits gewaschen hatte. Alice überließ ihr ein klappriges Bücherregal aus dem Lagerraum, in das sie Lucys Lieblingsbücher stellte. Die Sonne verschwand von den Feldern und färbte den Himmel rosa. Da es kein Feuer gab, wagte sie nicht, das Zimmer zu lüften. Es roch ein wenig nach Schweiß und Desinfektionsmittel. Draußen vor dem Häuschen pflückte sie einen kleinen Blumenstrauß und stellte ihn in eine Tasse, deren Henkel abgebrochen war. Dann setzte sie sich auf den Schlafsack und weinte. Dieses Zimmer konnte man nicht wohnlich herrichten, nicht so, dass es einem kleinen Mädchen gefiel. Lucy würde aus Hobart, wo sie ein Spielzeugpony und bestickte Bettwäsche hatte, in dieses kahle Zimmer heimkehren. Da traf sie die furchtbare Erkenntnis: Sie hatte sich so sehr bemüht und konnte ihrer Tochter dennoch nichts Besseres bieten.

Es klopfte leise. Sie wischte sich die Tränen ab und öffnete die Tür.

»Mikhail?«

Er schaute sie forschend an, bemerkte auch die Tränen, sagte aber nichts. »Du spielst Karten.«

»Wie bitte?«

Er griff in die Tasche seiner fadenscheinigen Jacke und holte ein Kartenspiel heraus.

»Oh, nein, ich … ich habe noch nie gespielt.« Wohl aber Hunderte von Partien angesehen.

»Ist einfach. Abend ist lang und einsam. Du spielst Karten mit mir. Ich bringe bei.«

Also ließ sie ihn herein. Sie setzten sich auf die umgedrehten Obstkisten und spielten auf dem Bücherregal. Geduldig brachte er ihr die Regeln bei, und sie verwendeten Streichhölzer statt Geld als Einsatz. Es wurde Abend, und Beattie war dankbar für seine Gesellschaft, für diese ganz normale menschliche Wärme angesichts einer kalten Zukunft.

Am nächsten Abend stopfte sie gerade im flackernden Kerzenlicht eine ihrer Unterhosen, als es wieder klopfte. Sie rechnete schon mit Mikhail und seinem Kartenspiel, doch diesmal war es Raphael. Und er war betrunken.

»Beattie!«, rief er und wollte sie umarmen. Sie trat beiseite, und er stolperte, richtete sich wieder auf und schlurfte ins Zimmer. »Ich bin so froh, dass du zu uns gezogen bist.«

Sie hätte gern gesagt, dass ihr keine Wahl blieb und sie ihre Tochter am liebsten eine Million Meilen von ihm entfernt gewusst hätte, doch so sagte sie nur zähneknirschend: »Ich bin Ihnen sehr dankbar, Mr. Blanchard.«

Er setzte sich auf ihren Schlafsack, wobei er fast das Gleichgewicht verlor. Dann klopfte er auf die Decke neben sich, aber sie wich zurück und drückte sich an die Wand neben dem Fenster. Er war noch nie in die Nähe des Schererhäuschens gekommen, und sie hoffte, dass dies sein erster und einziger Besuch bleiben werde. Immerhin war Mikhail genau gegenüber und konnte ihr notfalls helfen, ihn loszuwerden.

»Wann nennst du mich endlich Raphael?«, fragte er schmollend.

Alice hatte ihr gesagt, dass er sein gesamtes Personal diesem Test unterzog. Sowie jemand auf das förmliche »Mr. Blanchard« oder »Sir« verzichtete, wurde er gefeuert.

»Es ist unpassend, Sir.«

Er blickte sich um. »Ziemlich kahl hier drinnen.«

Hoffentlich erkannte er das Bücherregal nicht wieder. »Diese Woche besorge ich Möbel.«

»Wenn du mit mir schläfst, kaufe ich dir ein ganzes Zimmer voll.«

Beatties Haut kribbelte. »Danke, nein, Sir.«

Seufzend legte er sich auf ihr Kopfkissen. »Du bist ein stures Ding. Ich bin fest entschlossen, dich zu bekommen, bevor ich weggehe.«

»Sie gehen weg?«

»Möglicherweise muss ich das. Mein Vater ist wütend auf mich.« Einen Moment lang wirkte er so verletzlich und jungenhaft, dass er Beattie beinahe leidtat. »Ist dein Vater jemals sauer auf dich, Beattie?«

»Mein Vater ist tot, Sir.« Plötzlich wurde ihr klar, dass er über das Geschäft sprach, das er laut Mikhail zugrunde gerichtet hatte. Würde sie damit auch ihre Stelle verlieren? Ihr neues Zuhause? Hier in der Gegend gab es keine Arbeit. Was sollte sie tun, wenn sie diese verlor?

»Warum ist Ihr Vater wütend auf Sie?«

Sein Gesicht wurde wieder grausam und hart, und das Dämmerlicht warf dunkle Schatten auf seine Stirn. »Weil er ein pingeliger alter Scheißkerl ist. Weil er aus Eis und Stein besteht. Weil er dieses Anwesen gekauft hat, damit ich keine Schwierigkeiten mache, und es hat mir nur noch mehr Schwierigkeiten gebracht. Ich habe mich nicht um das Geschäft gekümmert und viel Geld verloren. Schafe! Wer interessiert sich schon für Schafe? Ich jedenfalls nicht. Bis heute nicht. Und es spricht alles für einen ziemlich enttäuschenden Wollertrag.«

Angesichts dieser Undankbarkeit zog sich Beatties Magen zusammen. Er war so reich, während andere Leute arm waren, ihm gehörten ein Unternehmen und ein großes, schönes Haus. Doch das brachte er mit Trinken und

Spielen durch. Wie viele Menschen würden für eine solche Gelegenheit sterben? *Sie* auf jeden Fall. Und er warf alles einfach weg.

»Was wird aus uns, wenn Sie weggehen?«

Er schloss die Augen, und einen furchtbaren Moment lang fragte sie sich, ob er eingeschlafen war. Wie sollte sie ihn aus dem Zimmer schaffen? Musste sie ihn wecken? Doch er öffnete seine hübschen blauen Augen und setzte sich auf. »Beattie Blaxland, ich würde alles tun, um dich zu bekommen.«

»Sie haben meine Frage nicht beantwortet. Was soll aus uns allen werden? Aus Alice, Mikhail, Terry und mir?«

Er zuckte mit den Schultern. »Es gibt noch andere Farmen. Dort kannst du Arbeit finden.«

»Jeder vierte Mann ist arbeitslos. Für Frauen ist es so gut wie unmöglich, eine Stelle zu bekommen.«

Er erhob sich unsicher und blieb neben ihr stehen. Dann griff er nach ihrer Hand, sie konnte sich ihm nicht entziehen. Seine Finger waren eiskalt. »Bevor ich gehe, zahle ich dir noch eine Prämie«, sagte er lachend und drückte ihre Hand in seinen Schritt.

»Mikhail!«, rief sie.

Raphael ließ die Hand fallen und trat zurück. Er sah sie prüfend an. »Ich würde ja damit drohen, dich zu feuern, aber es wäre ein Wunder, wenn du am Ende des Jahres überhaupt noch hier arbeitest.« Er drehte sich um und verließ das Zimmer, als Mikhail gerade in der Tür erschien.

»Schon gut, Mikhail«, sagte Raphael, »ihre Ehre ist unversehrt.« Mit diesen Worten schlurfte er davon.

Mikhail wartete, bis er außer Hörweite war. »Geht gut?«

»Danke, ja.«

»Du solltest Riegel machen an Tür.«

»Mikhail, er sagt, er müsse bald nach Hause fahren, sein Geschäft sei am Ende.«

Er nickte. »Ich höre im Auto, wie er redet mit Mr. Sampson. Wird Anfang November wissen.«

Noch zwei Monate. Sollte sie sich eine andere Stelle suchen? Nach Hobart ziehen und hoffen, dort etwas Besseres zu finden? Immerhin hatte sie hier eine gute, regelmäßig bezahlte Arbeit. Besser als Arbeitslosenunterstützung.

»Ich sehe, was du denkst, und denke genauso. Terry redet von Weggehen. Hat bald keinen Verwalter mehr. Alice hört sich um. Ich werde auch tun. Vielleicht nicht so schlimm. Habe noch Zeit. Vielleicht passiert nicht. Vielleicht noch ein Jahr.«

Allerdings hatten Mikhail, Alice und Terry auch keine kleinen Kinder, um die sie sich kümmern mussten. Sie konnten dort hinziehen, wo es Arbeit gab. Lucy hingegen brauchte einen festen Rahmen.

»Hoffentlich hast du recht, Mikhail. Noch ein Jahr.«

Er klopfte auf seine Tasche. »Karten?«

Sie nickte lächelnd. »Na los, ich bin entschlossen, dich wenigstens einmal zu schlagen.«

***

Beattie war erleichtert, dass Lucy ihr neues Zuhause, das sie anfänglich verachtet hatte, bald sehr aufregend fand. Es gab Hunde und Pferde, Kaninchen und Kängurus, weite Wiesen, auf denen sie umhertollen konnte, und die große, hallende Küche, in der sie mit den neuen Stiften malen durfte, die Henry ihr geschenkt hatte. Teppiche und Bett trafen in der ersten Woche ein, und sie gewöhnte sich bald wieder an das Leben mit ihrer Mutter.

Zuerst hatte Lucy Angst vor Mikhail, doch das legte sich rasch. Er kam jeden Abend zu Besuch, und Lucy schlief ein, während er und ihre Mutter um Streichhölzer pokerten. Beattie stellte fest, dass sie ein Händchen für das Spiel hatte: Sie hatte jahrelang den Männern dabei zugesehen und gelernt, die Hand des Gegners aus minimalen körperlichen Reaktionen herauszulesen. Bald schlug sie Mikhail fast in jeder Runde. Er nannte sie die Zarin mit den Streichhölzern, und Lucy beschwerte sich, ihre Mutter würde nicht »Sarin« heißen und er solle es endlich richtig lernen.

Zwei Tage bevor Henry seine Tochter wieder abholen sollte, kam Alice zu Beattie in die Waschküche. Lucy saß auf einer umgedrehten Obstkiste und zwängte mühsam eine Wäscheklammerpuppe in ein winziges Kleid, das sie selbst genäht hatte. Beattie zog Raphaels Bettlaken durch die Mangel, während der Waschkessel neben ihr abkühlte. Ihre Arme taten weh, und ihre Stirn war schweißnass.

»Beattie, Telefon für dich«, sagte Alice.

Sie wischte sich die Hände an der Schürze ab. »Ein Anruf? Ist er wirklich für mich?«

»Es ist eine Molly MacConnell.«

Lucy strahlte. »Mama Molly! Darf ich mit ihr telefonieren?«

*Mama Molly?* Beatties Herz verkrampfte sich.

Alice schüttelte den Kopf. »Sie will mit deiner Mutter sprechen, nicht mit dir.«

Lucy schmollte. Beattie strich ihr die Haare aus dem Gesicht. »Ich bestelle ihr schöne Grüße von dir.« Sie folgte Alice in die Eingangshalle, wo das Telefon auf einem polierten Tischchen stand, atmete tief durch und nahm den Hörer. »Hallo?« Sie bemühte sich, nicht nervös zu klingen.

»Beattie, hier spricht Molly.« Ihre Stimme klang leise und weit entfernt.

Beattie lehnte sich an die Wand und wickelte die Schnur um den Finger. Das Morgenlicht fiel durch die Sprossenfenster und malte ein Muster auf dem Boden. Das Haus war dämmrig und still. »Was kann ich für Sie tun?«

»Hoffentlich macht es Ihnen nichts aus, dass ich anrufe. Ich muss etwas mit Ihnen besprechen, solange Henry nicht dabei ist.«

»Oh?«

»Es geht um Lucy.«

*Mama Molly.* Wie lange nannte Lucy sie schon so?

»Beattie, ich weiß, dass Sie Ihr kleines Mädchen lieben und Ihr Bestes tun, um für sie zu sorgen, aber … Als wir sie das letzte Mal nach Hause gebracht haben, war ich ehrlich gesagt entsetzt. Ein kahles Zimmer ohne Bett …«

»Wir haben jetzt ein Bett. Und Teppiche. Lucy liebt die Farm.«

»Trotzdem, sie ist fast fünf. Nächstes Jahr kommt sie in die Schule. Hier in Hobart gibt es viele Schulen. Und die Kirche.« Mollys Stimme wurde drängend. »Und ein richtiges Haus mit einem eigenen Zimmer und eigenen Bett. Spielzeug, Bücher, alles, was sie braucht.«

Beattie wusste, worauf Molly hinauswollte. »Verstehe. Sie glauben also, sie hätte es bei Ihnen besser? Mit Mama Molly statt Mama Beattie?«

Molly sagte nichts.

»*Ich* bin ihre Mutter.«

»Und Henry ist ihr Vater. Er hat das gleiche Recht wie Sie.« Molly sprach jetzt ruhiger. »Beattie, ich will nicht mit Ihnen streiten. Aber Sie sind doch vernünftig. Wenn wir das Arrangement umkehren und Lucy jeden Monat eine Woche bei Ihnen verbringt, wird sie immer noch die Farm besuchen können.«

Beattie kämpfte mit den Tränen. Tief im Inneren wusste sie, dass Mollys Vorschlag vernünftig war, doch das konnte sie sich unmöglich eingestehen. »Warum rufen Sie an, wenn Henry nicht dabei ist? Will er Lucy nicht haben?«

»Ganz im Gegenteil. Er will sie ständig um sich haben. Er hat schon davon gesprochen, einen Anwalt zu nehmen und vor Gericht zu gehen. Ich dachte, wir könnten es vielleicht gütlich regeln, damit Sie auch glücklich sind.«

Wie bitte? Wie konnte sie glücklich sein, wenn sie ihr das kleine Mädchen wegnahmen? Doch wie konnte sie angesichts dieser Bedrohung an Lucy festhalten? Ihre Stelle war in Gefahr, die Unterkunft unzureichend und Lucy jeden Tag lange Zeit sich selbst überlassen.

»Beattie?«, fragte Molly sanft.

»Warum müssen Sie so freundlich sein?«, sagte Beattie unter Tränen. »Warum können Sie nicht wenigstens grausam sein, so dass ich Sie hassen kann?«

»Freundlichkeit ist alles, was wir anderen geben können. Sie sind Lucys Mutter und werden immer zu unserem Leben gehören. Ist es nicht besser so, als wenn man sich gegenseitig hasst?«

Nun fühlte sich Beattie wie ein törichtes, ungezogenes Mädchen. »Ich nehme an, mir bleibt keine andere Wahl. Wenn ich nein sage, kann Henry einen Anwalt bezahlen und ich nicht.«

Molly schwieg, doch Beattie wusste genau, was sie dachte. *Du wirst nicht nein sagen.*

Die Sekunden vergingen in der kühlen, dämmrigen Eingangshalle.

»Schön. Sie haben gewonnen.«

»Dies ist kein Wettbewerb. Es geht nur darum, was Lucy braucht.«

Einen Moment lang schwankte Beattie: Lucy brauchte ihre Mutter. Aber mehr als alles andere? Eine solche Idealistin war sie dann auch wieder nicht. »Sie haben natürlich recht. Ich werde ihr erklären, was wir entschieden haben.«

Beattie wartete damit bis zu dem Morgen, an dem Lucy abgeholt wurde. Sie wollte ihre letzte gemeinsame Nacht nicht verderben und kuschelte sich im schmalen Bett an ihre Tochter. Lucy war aufgeregt, weil sie am Morgen ihren Vater wiedersehen würde. Sie verlangte, dass Beattie ihr Zöpfe flocht, und ihre blasse Haut war gerötet vor Glück.

Als Beattie mit Lucy zwischen den Knien auf dem Bett saß und ihr seidiges rotgoldenes Haar in gleichmäßige Strähnen teilte, sprach sie es schließlich aus. »Lucy, ich muss dir etwas Wichtiges sagen.«

»Hmm?«, fragte Lucy geistesabwesend.

»Ich habe mit Molly gesprochen, und wir alle halten es für das Beste, wenn du die meiste Zeit bei ihr und Daddy wohnst und mich nur einmal im Monat besuchen kommst.« Eigentlich wollte sie nicht weinen, aber nun brach ihre Stimme, und die Tränen flossen.

Lucy zog die Haare aus ihren Händen und drehte sich um. »Mummy, warum ist es am besten, wenn ich bei Daddy und Molly wohne?«

»Weil du dort dein eigenes Zimmer hast und in die Schule und zur Kirche gehen kannst. Außerdem weiß ich, wie sehr du deinen Daddy liebst.«

»Ich liebe *dich* aber auch sehr.«

Durch ihre eigenen Tränen sah Beattie, dass Lucys kleiner Mund bebte. Damit hatte sie nicht gerechnet. Sie war davon ausgegangen, dass sich ihre Tochter über das neue Arrangement freuen würde. Sie legte ihre Hände sanft an Lucys heiße Wangen. »Nicht weinen.«

»Willst du mich nicht mehr bei dir haben?«

»Natürlich will ich das. Ich will dich am liebsten die ganze Zeit bei mir haben.« Sie drückte Lucy fest an sich. »Aber mein Leben ist so ungewiss, und Daddy und Molly können dir Dinge bieten, die ich mir nicht leisten kann.«

»Ich werde dich vermissen«, sagte Lucy gedämpft an ihrer Schulter.

»Ich vermisse dich auch. Aber du kommst einmal im Monat für eine Woche zu mir.« Noch während sie das sagte, wurde ihr klar, dass es auf Dauer nicht funktionieren würde. Denn nächstes Jahr käme Lucy in die Schule.

Und sie wusste nicht, ob sie dann überhaupt noch eine Stelle hatte.

Und während Lucy an ihrer Schulter weinte und ihr Herz sich verkrampfte und sie die ganze Last ihres unsicheren Lebens spürte, wurde Beattie plötzlich wütend. Als sie Henry verlassen hatte, wollte sie ihr Leben selbst in die Hand nehmen. Eine Frau sein, die Dinge tat. Und doch musste sie ihre Tochter aufgeben, weil sie fürchtete, dass man ihr wieder Dinge antun würde. Sie war des Kämpfens müde, so müde, dass ihre Knochen schmerzten. Sie wollte doch nur einen anständigen, sicheren und gutbezahlten Job, aber es gab Tausende, die das Gleiche wollten. Sie war nur eine von vielen, die auf der Stelle traten; wie sollte sie Henry und Molly je beweisen, dass sie sich angemessen um ihre Tochter kümmern konnte?

Gab es irgendetwas, das sie tun konnte, um sich von den anderen abzuheben, gab es eine Idee, der sie noch nicht nachgegangen war, oder eine besondere Begabung oder ein Talent, das sie einsetzen konnte? Schneidern konnten viele, aber sie hatte jahrelang Männer um sich gehabt, die listig wie Ratten waren. Was hatte sie daraus gelernt?

Eine Idee formte sich in ihr. Ihr wurde schwindlig vor Angst. Dennoch beschloss sie zu tun, was sie tun musste.

⁂

Es war spät, Raphael und sein Anwalt Leo Sampson hatten bereits gegessen. Nun musste Beattie ihnen nur noch den Brandy bringen. Sie stand im Flur, brachte es aber nicht über sich, die Tür zu öffnen und einzutreten. Ihre Nerven ließen sie im Stich. Am liebsten hätte sie selbst einen großen Schluck von dem Schnaps genommen, um sich zu stärken.

*Tu es, Beattie, tu es.* Ein besserer Zeitpunkt würde nicht kommen. Leo musste dabei sein, denn in einem Monat könnte Raphael schon weg sein. Also trat sie entschlossen vor und öffnete die Tür.

Diesmal zuckte sie nicht zusammen, wollte sich nicht unsichtbar machen. Sie ging zum Esstisch, stellte das Tablett ab und wartete hoch aufgerichtet, bis man sie zur Kenntnis nahm.

»Beattie?«, fragte Raphael und ließ wie immer die Augen über ihren Körper wandern. »Du wirst allmählich lästig. Wir haben zu reden.«

Leo Sampson lächelte schwach, Raphaels Verhalten schien ihm peinlich zu sein. »Stimmt etwas nicht?«

»Darf ich mich kurz dazusetzen?«

Raphael zog die Augenbrauen hoch und wedelte lässig mit der Hand. »Wenn es sein muss. Nimm dir auch etwas zu trinken.«

Beattie setzte sich und schenkte allen ein. Sie kippte den Brandy rasch hinunter und zwang sich zur Ruhe. Sie durfte sich ihre Furcht nicht anmerken lassen.

»Nun, worum geht es?«

»Soll ich euch allein lassen?«, erkundigte sich Leo.

»Nein, nein, Mr. Sampson. Ich brauche Sie dringend hierbei.« Sie lächelte und wandte sich wieder zu Raphael. »Mr. Blanchard, vor einigen Wochen sind Sie zu mir ins Schererhäuschen gekommen und haben gesagt, Sie würden alles dafür geben, wenn Sie mit mir schlafen könnten.«

Leos buschige Augenbrauen schossen in die Höhe. »Ganz ruhig«, sagte er, doch Beattie wusste nicht, an wen sich die Warnung richtete.

»Hast du dich endlich entschieden nachzugeben?« Raphael beugte sich lachend vor. »War es die Aussicht auf neue Möbel?«

»Ich will keine neuen Möbel. Ich will Ihnen lediglich die Chance geben, mit mir zu schlafen. Vorausgesetzt, Sie geben mir die Chance, etwas zu bekommen, das *ich* wirklich haben will.«

Raphael runzelte die Stirn und schob die Unterlippe vor. Im Kamin knackte ein Scheit und zerfiel zu Asche.

Leo war rot vor Verlegenheit und Zorn geworden. »Ich halte es für unklug, wenn Arbeitgeber und Angestellte über solche Dinge diskutieren. Es ist unsäglich, es …«

»Mr. Blanchard hat das Thema bei vielen Gelegenheiten angeschnitten. Ich versuche nur, es ein für alle Mal zu klären.«

»Was willst du?«, platzte Raphael heraus. »Egal was.«

»Dieses Haus. Und auch das Vieh und das Land.«

»Du bist verrückt. Ich werde nicht …«

»Es ist kein Geschenk, sondern ein Einsatz. Und ich setze meinen Körper dagegen.«

Es war ein grausames, übermütiges Gelächter. Beattie wusste, dass sie die erste Runde gewonnen hatte. Er würde ja sagen.

»Oh, meine Liebe, herrlich. Geht es hier um Poker?«

Beattie nickte.

»Eine Nacht der Freude mit dir, wenn ich das Haus einsetze? Guter Gott, was würde passieren, wenn ich verlöre? Mein Vater würde an einem Wutanfall sterben. Mit einem bisschen Glück.« Er krümmte sich vor Lachen. »Das ist wunderbar.«

»Und? Werden Sie es tun?«

»*Natürlich* werde ich es tun!«

Beattie wandte sich an Leo. »Werden Sie es bezeugen und für die Eigentumsübertragung sorgen, falls ich gewinne?«

Leo saß in verblüfftem Schweigen da.

»Werden Sie es machen?«

»Ich tue, was mir mein Mandant aufträgt«, knurrte er.

»Also beauftrage ich dich damit, alle nötigen Papiere aufzusetzen, damit Beattie sieht, dass ich ihre Wette ernst nehme.« Er beäugte sie. »Obwohl es kaum möglich sein dürfte, Beatties Einsatz zu bezeugen. Du wirst ihr einfach glauben müssen, dass sie die Abmachung einhält.«

Beattie unterdrückte einen Schauder. »Ich werde sie einhalten.«

»Nur damit wir uns klar verstehen. Du musst *alles* tun, was ich von dir verlange.«

Sie nickte, und er klatschte in die Hände wie ein begeistertes Kind. »Mal überlegen, mal überlegen. Wie machen wir es am besten? Das beste Spiel von dreien? Ich weiß, wir spielen um Knöpfe – mehr kannst du dir ohnehin nicht leisten. Knöpfe aus der Waschküche. Wir machen drei Spiele, und wer danach die meisten Knöpfe hat, gewinnt.«

»Wenn Sie so spielen möchten.«

»Mädchen, hast du überhaupt schon mal gepokert?«

»Nein, obwohl ich oft zugesehen habe«, log sie.

Er lachte, bis er husten musste. Als er sich wieder beruhigt hatte, sagte er: »Heute in einer Woche. Leo, du wirst bis dahin die Papiere vorbereiten. Ich möchte, dass du beim Spiel anwesend bist. Es geht schnell, und danach bist du zum Abendessen eingeladen.« Er blickte zu Beattie. »Ab mit dir. Mach dich hübsch für mich. Und vielen Dank, dass du mich so gut unterhalten hast.«

Beattie stand auf, drückte die Knie durch, damit sie nicht zitterten, und ging zur Tür. Als sie auf der Schwelle war, ergriff Leo Sampson sie sanft am Handgelenk. »Sie müssen das nicht tun«, sagte er leise.

»Lass sie, Leo«, rief Raphael ihm hinterher.

Sie sah Leo an und lächelte traurig. »Doch, das muss ich.«

»Meinen Sie wirklich, Sie können gewinnen?«

Sie zuckte mit den Schultern, worauf er sie losließ. »Ich bin das Kämpfen leid.«

»Ich sorge dafür, dass alles korrekt abläuft. Soweit das bei einer solchen Transaktion überhaupt möglich ist.«

»Vielen Dank«, sagte sie. »Das ist sehr beruhigend.«

Dann stand sie wieder im Flur. Nachdem sie die Tür geschlossen hatte, verwandelten sich ihre Knie in Pudding, und sie musste nach Luft ringen. Sie gestattete sich einen Moment der Schwäche, bevor sie sich wieder aufrichtete. Sie und Mikhail hatten immer nur um Streichhölzer gespielt, denn nach ihren Erfahrungen mit Henry hatte sie das Glücksspiel hassen gelernt. Doch wenn sie einmal in ihrem Leben um etwas spielte, dann um einen hohen Einsatz.

Um einen sehr hohen Einsatz.

# Fünfzehn

Es dauerte nur einen Tag, bis alle auf Wildflower Hill von dem geplanten Spiel wussten. Alice sagte, Beattie sei das dümmste Mädchen, das ihr je begegnet sei, und wollte nicht mehr mit ihr sprechen. Terry lachte sie aus, als sie ihm das Abendessen brachte. »Ich weiß nicht, ob du verrückt oder verdorben bist«, sagte er und grinste über sein ganzes sonnengerötetes Gesicht. »Aber ich hoffe, du gibst mir eine Stelle, wenn du gewinnst.«

Am ersten Abend schlich Mikhail zu ihr.

»Komm, wir üben. Du gewinnst.«

»Ich danke dir, Mikhail.«

Was ein netter Zeitvertreib gewesen war, wurde nun zu einem ernsthaften Unternehmen. Sie saßen auf den Obstkisten und pokerten. Mikhail teilte eine Hand nach der anderen aus. In dieser Woche übten sie in jeder freien Minute, und die Streichhölzer wanderten zwischen ihnen hin und her. Die kleinen Holzstücke waren unwichtig; die Knöpfe am Sonntagabend hingegen wären Gold wert.

Obwohl Beattie eine kluge Spielerin war, merkte sie bald, wie sehr alles vom Glück abhing. Sie wusste, wann sie den Einsatz erhöhen musste, um den Verlust zu begrenzen. Was sie aber nie kontrollieren konnte, waren die Karten, die sie bekam. Manche Spiele waren einfach nicht zu gewinnen.

Am Abend vor dem Spiel, der letzten Gelegenheit, bei der sie üben konnte, fragte Mikhail geradeheraus: »Behältst du mich hier, wenn du gewinnst?«

Beattie war verblüfft. Sie hatte noch gar nicht darüber nachgedacht, was sie mit dem Personal anfangen würde. Sie hatte kein Geld, um die Leute zu bezahlen, und würde, so wie es aussah, auch nicht das Auto bekommen, das Mikhail fuhr. »Ich weiß es nicht«, sagte sie schuldbewusst. Wenn sie gewann, verlöre er seine Arbeit. »Ich glaube, es geht nicht.«

»Ach, macht nichts«, knurrte er und gab wieder.

»Du kannst so lange bleiben, bis du eine neue Stelle gefunden hast. Alice auch, aber sie will wohl gehen.«

»Immer geht alles mal zu Ende. Dir gehört vielleicht schlechtes Geschäft.«

Beattie wurde von Angst und Selbstzweifeln geplagt. Das alles war doch verrückt. Hätte sie ein bisschen Verstand gehabt, wäre sie nach Hobart gegangen und hätte dort Arbeit gesucht oder vor dem Arbeitsamt angestanden ... In diesem Augenblick war sie sicher, dass sie sich eine Nacht lang Raphaels lasterhaften Wünschen hingeben musste wie irgendeine Prostituierte. Und am nächsten Morgen stünde sie ohne Arbeit da. In diesem Fall hätte sie es auch nicht verdient, Lucy zu behalten. Sie wäre mit einer Mutter wie Molly besser dran.

Mikhail griff über den Tisch und wischte ihr mit den Handknöcheln eine Träne von der Wange. Beattie hatte gar nicht gemerkt, dass sie weinte. »Manchmal gewinnen, manchmal verlieren. Egal. Machen weiter.«

Sie zwang sich zu lächeln. »Danke, Mikhail.«

»Noch eine Runde?«

»Noch eine Runde.«

*Es gibt zwei Arten von Frauen, Beattie. Die einen tun Dinge, und den anderen tut man Dinge an.*

Beattie erbebte innerlich. Ihr Mund war trocken, das Herz schlug gegen die Rippen.

*Zwei Arten von Frauen …*

Sie zwang sich, die Hände still zu halten, und öffnete die Wohnzimmertür. Raphael saß am blankpolierten Pokertisch und mischte die Karten. Er hatte sie noch nicht gesehen, doch Leo Sampson blickte vom Sofa auf und lächelte ihr ermutigend zu.

*Die einen tun Dinge, und den anderen tut man Dinge an …*

Tief Luft holen. Sie ging mit steifen Beinen zum Tisch und setzte sich Raphael gegenüber.

Er schaute noch immer nicht hoch. »Nur damit du es weißt, Beattie. Leo hat sich die Karten angesehen und meine Ärmel auf versteckte Asse überprüft.« Er stieß ein wildes Lachen aus und sah ihr in die Augen. Seine Pupillen waren vor Lust geweitet. »Du siehst heute Abend wunderschön aus. Ich werde es genießen. Hast du die Knöpfe mitgebracht?«

»Nein, ich …« Sie wollte aufstehen, doch Raphael war schon auf die Füße gesprungen.

»Ich hole sie. Sonst läufst du mir noch weg. Du siehst aus, als wäre dir schlecht vor Angst.« Er eilte aus dem Zimmer, und sie war allein mit Leo Sampson und ihrem hämmernden Herzschlag.

»Beattie«, sagte er leise, als Raphael außer Hörweite war, »ich habe hier die Verträge, er hat sie bereits unterschrieben. Wenn Sie verlieren, werde ich sie zerreißen, doch wenn Sie gewinnen, gehört Ihnen das Anwesen. Alles ist absolut legal.«

Sie versuchte, sich auf seine Worte zu konzentrieren. »Verstehe.«

»Er überträgt Ihnen allerdings nur das Haus, das Land und das Vieh. Wenn er verliert, nimmt er die Möbel, das Auto und alles Übrige mit. Beattie, wenn Sie gewinnen, sollten Sie am besten alles verkaufen und das Geld klug anlegen. Ein Häuschen in der Stadt erwerben.«

Doch dann hätte sie kein Geld für Essen. »Ist es eine gute Farm?«

»Sie läuft schlecht, aber nur weil sie schlecht geführt wurde. Sie könnte durchaus ertragreich sein. Sie könnten sieben- bis achttausend Schafe darauf weiden lassen. Wenn sie gut geführt wird, werden Sie damit reich.«

Beattie nickte. Es würde also noch eine Weile dauern, bis sie Henry davon überzeugen konnte, ihr Lucy zurückzugeben. Zuerst stand harte Arbeit an. »Wenn ich gewinne, werde ich sie behalten.« Sie hörten Raphaels Schritte.

»Ich wünsche Ihnen Glück, meine Liebe. Und falls es nicht so läuft, wie Sie hoffen, wünsche ich Ihnen viel Kraft.«

Tränen brannten in ihren Augen. *Tief durchatmen. Hände ruhig.* Nun würde sie herausfinden, was für eine Frau sie war.

Die Welt drehte sich langsamer. Raphael schüttete die Knöpfe auf den Tisch und teilte sie gleichmäßig zwischen ihnen auf. Sie hatten verschiedene Formen und Größen. Beattie entdeckte einen roten, schleifenförmigen Knopf, der zu einem Kleid von Lucy gehörte. Sie schob drei Knöpfe nach vorn, er tat es ihr nach.

Dann gab er. Sie nahm die Karten auf und schloss die Augen, bevor sie sie ansah. Stellte sich vor, sie sei alleine mit Mikhail in ihrem Zimmer und spiele zum Zeitvertreib. Dann öffnete sie die Augen.

Eine Dame, eine Vier, eine Sechs und eine Zwei.

Selbstsicher warf Raphael eine Karte auf den Tisch und nahm eine neue. Schob einen weiteren Knopf in die Mitte. Lehnte sich zurück und sah sie an.

Er hatte vier von irgendetwas. War es eine Straße? Oder ein Vierling? Hoffte er auf ein Full House?

Sie warf ihre nutzlosen Karten hin und nahm drei

neue. Genauso nutzlos. Am Anfang konnte sie noch etwas riskieren und ging mit.

Sie hatte zwei Damen. Er vier Könige.

Sie verlor die erste Runde, und er hatte acht Knöpfe mehr als sie.

Raphael lachte, während er die Knöpfe einsammelte. Seine blassen Augen behielten sie ständig im Blick. Sie wollte ihre Enttäuschung verbergen, doch sie stand ihr ins Gesicht geschrieben. Zum ersten Mal erlaubte sie sich den Gedanken an eine Nacht mit ihm. Seine kalten Finger, seine feuchten Lippen, sein weicher Bauch …

»Noch eine Runde, Beattie?«, fragte er munter.

Sie nickte und schluckte schwer. Wie dumm sie gewesen war. »Noch eine Runde.« Sie setzte drei Knöpfe, nur so konnte sie ihren Verlust ausgleichen.

Er gab die Karten. Sie nahm sie rasch auf, wollte es hinter sich bringen. Diesmal hatte sie zwei Asse, zwei Vieren und eine Sechs. Ihr Herz schlug ihr bis zum Hals. Wenn sie mit Mikhail spielte, wäre es ganz einfach. Die Sechs weglegen und auf eine weitere Vier oder ein Full House hoffen. Hoher Einsatz.

Und da war sie. Die Vier. Sie hatte ein Full House. Sie nahm allen Mut zusammen und schob sieben Knöpfe in die Mitte.

Raphael ging mit und erhöhte um weitere sieben Knöpfe. Ihr Mut ließ sie im Stich. Sie ging mit und zeigte ihm ihre Karten. Er schaute sie an und warf seine missmutig dazu.

Erleichterung durchflutete sie. Sie nahm sich die Knöpfe, führte jetzt mit sechsundzwanzig.

Jetzt hing alles vom letzten Spiel ab.

Noch nie in ihrem ganzen Leben war Beattie so nervös gewesen. Ihr Magen kribbelte, das Blut schien von innen an den Adern zu reiben. Der Hauch einer Möglichkeit, dass sie nicht nur Raphaels Intimitäten vermeiden, sondern auch das Haus gewinnen könnte. In ihrem Kopf wurde es gleißend hell, und sie musste sich zwingen, sich aufs Spiel zu konzentrieren.

Wieder klebten seine Augen an ihr, zornig und lustvoll zugleich. Er schob drei Knöpfe in die Mitte, sie tat es ihm nach. Die Karten landeten vor ihr. Sie nahm sie auf.

Ein Alptraum. Zwei Zweien, Pik-Vier und -Fünf und ein König. Sie hatte keine Ahnung, was sie damit machen sollte. Raphael erhöhte um zehn Knöpfe und nahm zwei neue Karten. Hatte er einen Dreier? Wenn ja, wäre sie ruiniert. Sie zögerte, noch immer unschlüssig. Dann ging sie mit und beschloss, die Pik-Karten wegzulegen und auf einen weiteren König oder eine Zwei zu hoffen.

Und da war er, der König. Das Blut rauschte in ihren Ohren.

Raphael setzte weitere zehn Knöpfe. Er war sich seiner Sache sicher. Sie überschlug rasch im Kopf. Wenn er gewann, würde er sie um zwanzig Knöpfe übertrumpfen. Wenn sie ausstieg, wäre Gleichstand, und sie müssten ein Entscheidungsspiel machen.

Er nahm eine weitere Karte und gab ein zufriedenes Geräusch von sich. Sie verlor den Mut. Er schaute sie an, ein Lächeln kräuselte seine Lippen.

Dann sah sie es. Eine winzige Bewegung der Pupillen, sie zogen sich zusammen. Sie erinnerte sich daran, wie sie Henry in Glasgow beim Spiel beobachtet hatte und was es bedeutete, wenn sich seine Pupillen, die sich so dunkel von der Iris abhoben, derart zusammenzogen. Raphael bluffte. Er wollte, dass sie ausstieg, damit er sie zu einem weiteren Spiel zwingen konnte.

Sie schob zehn Knöpfe nach vorn und dann noch fünf. Ihr ganzer Körper bebte, von Zweifeln geplagt.

Er machte ein langes Gesicht.

»Na los, lassen Sie mich sehen«, sagte sie.

Er deckte seine Karten auf. Es war ein Sammelsurium, offenbar hatte er auf einen Flush gehofft.

»Nein!« Er sprang auf wie ein verwöhntes Kind, wischte die Karten vom Tisch, dass sie wild durch die Luft flogen. »Nein! Nein! Nein!« Bei jedem Wort schlug er mit der Faust auf den Tisch. Leo kam dazu und wollte ihn beruhigen, doch das alles schien in unendlicher Ferne zu passieren. Beattie saß still und wie unter Schock da. Sie hatte es geschafft. Sie hatte *etwas getan.*

Von nun an würde man ihr nie wieder Dinge antun.

Beattie stand auf einer Hügelkuppe, zehn Minuten vom Wohnhaus entfernt. Grüne Felder erstreckten sich wellenförmig in alle Richtungen, begrenzt vom dunkleren Grün der Eukalyptuswälder. Grüne Hügel, manche im Sonnenlicht, andere im trägen Schatten. Stille. Meilenweit Stille.

Und das alles gehörte ihr.

# Sechzehn

***Emma: Tasmanien 2009***

Der Fahrer des Wagens, den ich bestellt hatte, hörte einfach nicht auf zu reden. Ich wollte endlich hier raus und meine Beine bewegen. Vor einer Stunde waren wir am Flughafen losgefahren, und mein verletztes Knie fühlte sich völlig verkrampft an. Ich hatte versucht, es auf der Rückbank auszustrecken, saß aber so verdreht da, dass mir Rücken und Hüften weh taten.

Also nickte ich, gab ab und zu »hm« von mir und hoffte, dass die Fahrt bald vorbei war. Ich wollte mich irgendwo ausruhen. Schließlich bogen wir in den letzten Feldweg, fuhren zwischen steinernen Torpfosten hindurch und die Einfahrt hinauf.

Vor uns lag das Wohnhaus. Ich hatte es nur auf Fotos gesehen und nie damit gerechnet, es einmal zu besitzen. Der gealterte Sandstein, die Spitzbogenfenster, der überwucherte Garten. Sowie der Fahrer anhielt, platzte ich heraus: »Vielen Dank. Bitte«, und streckte ihm das Trinkgeld hin.

Er verstaute es, während ich die Tür öffnete und endlich die Beine ausstrecken konnte. Das tat gut. Ich stieg aus, holte tief Luft und atmete die frische Landluft ein. Vom Motorgeräusch abgesehen, war es vollkommen still. Der Fahrer holte mein Gepäck aus dem Kofferraum und schleppte es zur Haustür. Auf den grauen Steinplatten des Weges wuchsen Flechten.

Er deutete auf einen Baum, der an der Südseite des Hauses stand. »Opossums«, sagte er.

»Opossums?«

»Sie bringen ihn um.«

Ich besah mir den Baum, unter dem grau-weiße Zweige verstreut lagen. Überall wuchsen stachlige Lomandra.

»Die Opossums bringen ihn um?«

»Sie fressen die frischen Schösslinge. Sehen Sie, eine Seite stirbt ab. Sie müssen einen Baumexperten holen, der ihm einen Kragen anlegt.«

»Dem Opossum?«

»Dem Baum.«

»Ach so, verstehe.« Natürlich verstand ich es nicht. Eigentlich war es mir auch egal. Ich suchte in meiner Handtasche nach dem Schlüsselbund, den Mr. Hibberd mir gegeben hatte. *Ich habe Strom, Gas und Telefon wieder angemeldet. Aber es war niemand dort, seit Beattie gestorben ist,* hatte er gesagt. *Es dürfte ziemlich verstaubt sein. Brauchen Sie Hilfe beim Saubermachen?*

Ich hatte abgelehnt. Ich wollte niemanden kennenlernen oder mich anfreunden; es war zu kompliziert. Also würde ich mir die Zeit mit Putzen vertreiben. Mein Rückflug ging in drei Wochen.

Nachdem der Wagen davongefahren und ich allein mit Sonnenlicht und Wind zurückgeblieben war, probierte ich die Schlüssel aus und öffnete behutsam die Haustür.

Vor mir sah ich den Holzboden eines langen Flures. Staubkörner tanzten im Licht. Im Hausinneren war es dämmrig und stickig. Meine Lungen zogen sich zusammen. Ich ließ die Tür hinter mir offen und die Koffer auf der Treppe stehen. Mit den klirrenden Schlüsseln in der Hand trat ich ein.

Vor mir befand sich eine Treppe, die ich mir später ansehen würde. Dann schloss ich eine Tür nach der anderen auf. Ein kleines Zimmer voller Kartons. Ein Esszimmer, in dem eine weiße Abdeckung vor langer Zeit auf den Boden gerutscht war. Ich fuhr mit den Fingern über den Esstisch. Die Staubschicht war dick. Meine Nase juckte. Im Esszimmer waren weitere Kartons fein säuberlich neben dem Kamin aufgereiht. Ich öffnete die Vorhänge und blickte auf Einfahrt und Tor. Das Fenster war so lange geschlossen gewesen, dass es sich nur unter lautem Quietschen öffnen ließ. Der Wind wehte herein und wirbelte Staub auf. Ich musste heftig niesen und ging ins Zimmer gegenüber.

Vielleicht war es einmal ein Wohnzimmer gewesen, dort standen ein Sofa und ein Klavier. Doch auch hier war alles mit Kartons vollgepackt, die im Laufe der Jahre eingesunken und aufgeplatzt waren. Daneben standen Plastikkisten aus jüngerer Zeit. Ich öffnete aufs Geratewohl einen Deckel. Papiere, Bücher, Geburtstagskarten … Mein Herz machte einen Sprung. Diese Karte hatte ich meiner Grandma als Kind geschickt. Vorn waren Iris abgebildet, auf der Rückseite meine kindliche Handschrift: *Liebe Nana Beattie, alles Gute zum Geburtstag, ich liebe dich, Emma.*

Tränen. Woher waren sie gekommen? Ich legte die Karte zurück in die Kiste und wischte sie weg. Es war ein furchtbarer Schock gewesen, als Mum angerufen und mir gesagt hatte, dass Grandma gestorben war. Obwohl sie schon über neunzig gewesen war, hatte ich meine Großmutter als unverwüstlich empfunden. Als unsterblich. Sie war so stark. Ich hatte fest geglaubt, sie noch einmal wiederzusehen.

Tränen und Staub brachten mich zum Niesen. Ich öffnete weitere Fenster und die Türen zum Hof, ging in die Küche, um auch dort Licht und Luft hereinzulassen.

Dann wappnete ich mich für die nächste Aufgabe: Das

Treppensteigen fiel mir allmählich leichter, machte mich aber immer noch nervös. Ich setzte einen Fuß vor den anderen und hielt mich am staubigen Geländer fest. Als ich es geschafft hatte, blieb ich stehen, um dem Gelenk ein bisschen Ruhe zu gönnen. Ich spürte ein dumpfes Pochen im Knie. Der Teppichboden ließ das Haus hier oben noch stickiger erscheinen. Ich ging von einem Zimmer ins nächste, öffnete Vorhänge und Fenster, ließ Luft herein und staunte, wie viele Kartons mit Dingen Beattie besessen hatte. Eigentlich hatte sie vor ihrem Tod jahrzehntelang nicht mehr auf Wildflower Hill gelebt, offenbar aber alles dort gelagert, was sie nicht mehr brauchte. Vielleicht wollte sie eines Tages zurückkehren und die Sachen aussortieren. Oder sie hatte gedacht: aus den Augen, aus dem Sinn.

Der letzte Raum war das große Schlafzimmer. Der Teppich war verschlissen, die gemusterte Tapete verblichen, doch er wirkte geräumig und sonnig. Durchs Fenster sah man die Äste des großen Baums, um den sich der Fahrer so gesorgt hatte. Hinter der Koppel standen ein hölzernes Häuschen, ein alter offener Schuppen und die zerfallenen Überreste eines Stalls. Dahinter lagen Felder, die sich wellig in die Ferne erstreckten. Es war vollkommen still, nur das Laub raschelte leise im Wind. Als dieser sich legte, hörte ich nur noch den Schlag meines Herzens. Schon vor langer Zeit hatte Beattie das ganze Land, bis auf fünf Morgen, wie auch den gesamten Viehbestand verkauft. Früher waren es zweitausend Morgen gewesen, eine blühende Farm. Ich konnte mir diese Fläche gar nicht vorstellen, geschweige denn die Arbeit, die damit verbunden war. Grandma hatte auf mich immer wie eine elegante Dame gewirkt, die mehr an Entwürfen und Stoffen interessiert war als am Leben auf einer Farm.

Ich zog die Abdeckungen von den Möbeln. Ein eisernes Bettgestell, ein Eichenschrank mit angelaufenem Spiegel, Nachttische, ein Regal mit alten Taschenbüchern, eine Wäschetruhe aus Kampferholz. Ich öffnete den Schrank, der Geruch nach Mottenkugeln war überwältigend.

Ich schloss die Zimmertür hinter mir und nahm mir fest vor, diesen Raum nicht zu benutzen. Das sähe sonst aus, als würde ich mich für längere Zeit einrichten. Es wäre einfacher, eines der kleinen Zimmer zu reinigen und drei Wochen lang aus dem Koffer zu leben. Ich entschied mich für eins auf der Westseite des Hauses, dann hätte ich es morgens kühl und dunkel. Als ich die Fenster öffnete und die Abdeckungen ausschüttelte, erschien mir die Aufgabe geradezu überwältigend. Putzen. Aussortieren. Das hatte ich mir anders vorgestellt. Ich hatte damit gerechnet, einige Kisten auszupacken und den Inhalt größtenteils auf den Müll zu werfen. Dann würde ich alles ein bisschen auf Vordermann bringen und das Haus den Maklern übergeben. Kein Problem. Doch das alles hier würde weder einfach noch schnell über die Bühne gehen. Wenn ich körperlich fitter wäre … nun, dann wäre ich überhaupt nicht hier.

Ein lautes Klopfen und ein freundlicher Ruf von der Haustür rissen mich rechtzeitig aus meinem Selbstmitleid. Besucher? Jetzt schon? Ich hatte Geschichten über die Leute vom Land gehört und gehofft, dass sie nicht stimmten. Ich wollte nicht ständig Besuch haben. Im Umgang mit Menschen war ich nicht gut; Smalltalk lag mir nicht. Ich sagte stets das Falsche, verstand Dinge nicht richtig oder wirkte wie eine verwöhnte Prinzessin.

Ich verließ das Schlafzimmer und ging zum Treppenabsatz, wo ich abrupt stehen blieb. Ich versuchte, unnötiges Treppensteigen nach Möglichkeit zu vermeiden.

»Wer ist da?«

»Mr. Hibberd hat mich geschickt«, antwortete eine Frauenstimme. »Die Tür steht offen, kann ich hereinkommen? Ich weiß, Sie haben ein kaputtes Knie.«

Mr. Hibberd. Ich hatte ihm ausdrücklich gesagt, dass ich keine Hilfe brauchte. Doch bevor ich antworten konnte, stand sie schon im Haus, in jeder Hand einen meiner Koffer. Sie war jung – Anfang zwanzig – und hatte das blonde Haar zu einem Pferdeschwanz gebunden. Sie trug Jeans und ein blaues T-Shirt.

»Hi«, sagte sie, »ich bin Monica Taylor.«

»Emma.«

»Wer *Sie* sind, weiß ich natürlich. Hier im Ort wissen alle, wer Sie sind.«

»Kommen die auch alle unangekündigt vorbei?« Dann bereute ich meine unfreundlichen Worte. Wann war ich zu einer zänkischen alten Frau geworden?

Monica schüttelte den Kopf. »Hören Sie, Mr. Hibberd hat mich dafür bezahlt, dass ich heute Nachmittag vorbeischaue. Mein Vater hat sich in seiner Jugend um den Garten gekümmert, es gibt also eine gewisse Familientradition. Ich habe ein paar Sachen für Sie im Auto. Saubere Wäsche, Lebensmittel, sogar Blumen. Ich will mich nicht einmischen oder Ihre beste Freundin werden. Ich lasse die Sachen einfach hier und fahre wieder.«

Ich seufzte. »Es tut mir leid. Das Problem ist die Treppe. Ich habe Angst davor. Ich weiß, ich muss mich daran gewöhnen, und es ist auch nicht mehr so schlimm wie am Anfang …« Ich versuchte zu lächeln. »Ich bin Ihnen wirklich dankbar. Geben Sie mir ein bisschen Zeit, ich komme gleich runter.«

»Nicht nötig. Ich stelle das Zeug einfach in die Küche.« Sie war schon wieder verschwunden, als ich langsam losging. Das Hinuntersteigen tat immer mehr weh. Wir trafen uns in der Küche, wo sie darauf bestand, dass ich mich setzte – »Ich muss mir mein Geld auch verdienen« –, während sie den Kühlschrank einschaltete, einen neuen elektrischen Wasserkocher auspackte, Teller und Tassen spülte und die Lebensmittel verstaute. Dabei redete sie die ganze Zeit. Sie habe Beattie nie kennengelernt, aber alle in der Stadt seien sehr stolz auf ihre Unabhängigkeit und ihren Unternehmergeist gewesen und dass sie darauf bestanden habe, für ihre edle Mode tasmanische Wolle zu verwenden. Ich hörte zu und schaute sehnsüchtig auf den Wasserkocher. Eine Tasse Tee wäre jetzt genau richtig.

Monica schien meine Gedanken zu lesen. »Wie wäre es, wenn ich Ihnen einen Tee mache und Sie danach in Ruhe lasse?«

»Wir trinken einen zusammen.« Ich wollte mein schlechtes Benehmen von vorhin wiedergutmachen.

Das strahlende Lächeln verwandelte Monicas blasses, kleines Gesicht. »Das wäre toll.«

Also tranken wir zusammen Tee. Sie erzählte, dass sie einen Job in Hobart gehabt habe, das Stadtleben aber bald leid geworden sei. Ich musste ein Lachen unterdrücken, weil Hobart so klein war. Sie sei nach Lewinford zurückgekehrt und wohne mit ihrem Bruder zusammen, der als Englischlehrer an der örtlichen Highschool arbeite. Sie übernehme Aushilfsjobs und arbeite ein paar Stunden in der Woche in der Apotheke. Während sie erzählte, dachte ich an die gewaltige Aufgabe, die mir bevorstand. Wenn ich in drei Wochen abreisen wollte, brauchte ich Hilfe.

»Monica, falls Sie Arbeit suchen, könnten Sie mir ein paar Tage in der Woche helfen, alles auszusortieren. Ich werde das Haus verkaufen, muss es aber zuerst leer räumen. Hier stehen Hunderte von Kartons, und alles muss gründlich gereinigt werden.«

»Das wäre super!«, quiekte sie. »Das würde mir so viel Spaß machen. Ich hatte mich schon gefragt, wie Sie das mit Ihrem Knie schaffen wollen. Wann soll ich anfangen? Sofort? Ich kann die Küche ausmisten, während Sie sich ein bisschen ausruhen.«

Obwohl ich mir dabei wie eine Großmutter vorkam, war die Vorstellung, ein Nickerchen auf sauberen Laken zu halten, während jemand anders meine Küche in Ordnung brachte, durchaus verlockend.

»Na schön«, sagte ich, »legen Sie los.«

Gegen drei Uhr morgens erwachte ich vom Geräusch des Regens. Mir fiel ein, dass ich alle Fenster offen gelassen hatte, um das Haus zu lüften. Zuerst lag ich nur im Bett und horchte. Es regnete nicht stark, ich musste nicht befürchten, dass sich in den Zimmern Pfützen bilden würden. Dann aber wurde der Regen stärker, der Wind frischte auf, und mir blieb nichts anderes übrig, als aufzustehen. Und mich der Treppe zu stellen.

Ich schaltete alle Lampen an, denn die Erinnerung an den Sturz verfolgte mich. Als ich unten ankam, überfiel mich ein alberner Stolz. Ich ging von einem Zimmer ins nächste, schloss die Fenster und sperrte den Staub wieder ein. Dann stieg ich die Treppe hoch und ging ins Bett.

Allerdings war ich hellwach und konnte nicht mehr einschlafen.

Ich starrte lange an die Decke, horchte auf den Regen, überlegte, wie spät es jetzt in London war und was Josh wohl gerade machte, wer im Ballettstudio probte, ob die Eiche vor unserer Wohnung schon das ganze Laub verloren hatte. Weil das zu sehr schmerzte, versuchte ich, eine Zeitlang an gar nichts zu denken. Mir wurde bewusst, dass es kühler wurde, und plötzlich war es nicht mehr gemütlich. Ich brauchte eine Decke.

Also stand ich wieder auf und ging zur Wäschetruhe im großen Schlafzimmer.

Ich öffnete den Deckel. Ein intensiver Geruch schlug mir entgegen. Ich holte gefaltete Bettlaken heraus und schüttelte sie aus. Sie waren alt und vergilbt. Eigentlich hatte es keinen Sinn, sie zu behalten. Das ganze Ding samt Inhalt konnte am Ende der Woche auf den Müll. Monica hatte gesagt, ihr Bruder Patrick könne kommen und bei den großen und schweren Sachen helfen.

Ich fand weitere Bettlaken, aber keine Decke. Ganz unten entdeckte ich ein graues Exemplar, das so stark nach Mottenkugeln roch, dass mir die Augen tränten. Vielleicht sollte ich mir lieber eine zweite Schicht Kleidung anziehen. Ich wollte die Decke gerade zurücklegen, als mir ein altes Schulheft auffiel, das ganz unten in der Kiste lag. Ich blätterte es durch. Die Seiten waren leer. Als ich es gerade wieder hineinwerfen wollte, rutschte ein Foto heraus und landete auf den Bettlaken.

Ich hob es auf. Es war schwarzweiß und hatte an der linken unteren Ecke einen Wasserfleck. Das Paar auf dem Foto war bescheiden, aber sauber gekleidet. Er trug einen Anzug, sie ein Kleid mit Hut und Handschuhen. Beide standen auf der Straße, und die Frau hielt ein Baby mit einem rüschenbesetzten Mützchen auf dem Arm.

Ich musste zweimal hinsehen, bis ich sie erkannte. Die Frau war Grandma, kein Zweifel. Die runden Augen, die breiten Wangenknochen und das Lächeln, das ich von ihr geerbt hatte und das bei ihr toll, bei mir aber irgendwie blöd aussah.

Doch wer war der Mann neben ihr? Jedenfalls nicht Grandpa, der viel größer und dünner gewesen war. Und was war mit dem Kind? Mum und Onkel Mike waren beide in den Fünfzigerjahren geboren, doch dieses Foto musste viel früher entstanden sein.

Der Geruch der Mottenkugeln stach in der Nase. Ich legte die Wäsche zurück in die Kiste. Dann ging ich ins Badezimmer, um mir die Hände zu waschen, holte das Foto und nahm es mit ins Bett. Im Lampenlicht betrachtete ich es genauer. Der Mann hatte den Arm um Grandmas Taille gelegt, sie schienen ein Paar zu sein. Ein Paar mit Kind. Aber das musste ein Irrtum sein. Vielleicht war der Mann ein Cousin oder enger Freund der Familie. Wir wussten wenig über Grandmas Familie in Großbritannien. Ich schob das Foto in die Nachttischschublade und schaltete das Licht aus, um auf den Morgen zu warten.

Irgendwann döste ich ein und träumte, ich wäre wieder in London, und die Wohnung war voller Vögel. Sie machten einen ohrenbetäubenden Lärm. Erstaunt wachte ich auf und stellte fest, dass das Kreischen und Zwitschern echt war. Noch nie hatte ich so viele Vogelstimmen gleichzeitig gehört. Ich stand auf, öffnete das Fenster und hörte verwundert zu, während die Luft von ihren morgendlichen Rufen, die aus den Bäumen hinter dem Haus erschollen, förmlich vibrierte. Wie war das mit dem ruhigen Landleben? Das hier war lauter als jeder Straßenverkehr.

Der Traum von London hatte mich melancholisch gestimmt. Ich legte mich wieder ins Bett, kniff die Augen zu und versuchte, nicht an Josh zu denken. Ich fragte mich, ob er überhaupt von meiner Abreise wusste und dass meine Karriere in Scherben lag.

Ich setzte mich auf. Natürlich wusste er es nicht. Die Zeitungen hatten zwar von meiner Verletzung berichtet, aber er hatte immer nur den Wirtschaftsteil gelesen. *Josh wusste es nicht.* Und wenn er es wüsste, hätte er vielleicht Mitleid mit mir und …

Autsch. War ich wirklich so verzweifelt, dass ich auf sein Mitleid spekulierte?

Ich schaute auf die Uhr. In London war es acht Uhr abends. Josh konnte ich nicht anrufen, wohl aber Adelaide. Sie arbeitete nicht mehr für mich, würde mir aber sicher helfen.

Zuerst aber musste ich die Treppe schaffen. Als ich oben stand, flatterte mein Herz. Würde ich dieses Gefühl jemals überwinden? Da mich niemand sehen konnte, setzte ich mich auf die oberste Stufe, streckte die Beine aus und rutschte auf dem Po bis ganz nach unten. Wie ein Kleinkind. Immerhin wurde mir nicht schwindlig.

Es gab nur ein Telefon, das mit einer Steckdose im Flur verbunden war. Eigentlich brauchte ich ein schnurloses Telefon oder mein verhasstes Handy, aber ich wollte ja nicht lange bleiben. Es würde schon irgendwie gehen. Ich wählte Adelaides vertraute Nummer und wartete.

»Hallo?« Sie war außer Atem, als wäre sie gelaufen.

»Hi, Adelaide. Hier ist Emma.«

Überraschung. »Oh, Emma! Ich hatte jemand anderen erwartet. Neuer Chef.«

»Für wen arbeitest du?«

»Alberto Moretti«, seufzte sie.

»Nein! Den fliegenden Faschisten? Um Himmels willen, wie bist du denn an den Job gekommen?«

»Seine letzte Assistentin hat in der Woche, in der du nach Australien geflogen bist, gekündigt. Und ja, er ist genauso schlimm, wie die Leute behaupten. Er ruft einen Tag und Nacht an und will alles gestern erledigt haben.« Sie lachte. »Es ist *so schön*, von dir zu hören. Erinnert mich an die gute alte Zeit, als ich für einen normalen Menschen gearbeitet habe.«

»War ich normal? Ich habe immer geglaubt, ich würde nur um mich selbst kreisen.«

»Ja, aber auf eine nette Art. Wie ist es in Sydney?«

»Ich bin nicht in Sydney. Ich bin in Tasmanien, sechs hinternzerschmetternde Kilometer Landstraße außerhalb einer Kleinstadt namens Lewinford. Meine Großmutter hat mir ein Haus hinterlassen, und ich bringe es in Ordnung, weil ich es verkaufen will.« Ich erzählte ihr die ganze Geschichte, sogar von dem geheimnisvollen Foto, das ich letzte Nacht gefunden hatte. Ich wusste, dass ich zu viel redete, aber ich schämte mich, den eigentlichen Grund meines Anrufs zu erwähnen.

Nach einigen Minuten sagte sie: »Tut mir leid, Emma, aber ich muss jetzt Schluss machen. Alberto wird sicher gleich anrufen und ist sauer, wenn er mich nicht erreicht.«

»Einen Moment noch. Ich wollte nur … hast du … irgendetwas von Josh gesehen oder gehört?«

Sie dachte kurz nach. »Von Josh? Nein.«

»Adelaide, du hältst mich sicher für einen Idioten, aber … ich weiß nicht, ob er überhaupt von meinem Unfall erfahren hat und …«

»Er weiß es«, sagte sie rasch. »Er hat mich angerufen, als du nach einer Operation im Krankenhaus warst. Er hatte es in der Zeitung gelesen.«

Etwas in mir gab nach. »Wirklich? Warum hast du es mir nicht erzählt?«

»Er hatte mich darum gebeten. Er wollte nicht … Ach, keine Ahnung.«

»Dass ich mir Hoffnungen mache?«

»Ja«, gestand sie. »Genau das hat er gesagt.«

Das tat weh. Ich musste tief Luft holen.

»Ich muss jetzt wirklich Schluss machen.«

»Falls du ihn siehst, sag ihm, dass ich in Australien bin. Gib ihm die Nummer meiner Mutter. In ein paar Wochen bin ich wieder in Sydney.«

»Warum rufst du ihn nicht selbst an?«, fragte sie sanft.

»Ihr wart lange zusammen. Er würde sich sicher freuen, von dir zu hören.«

Ich unterdrückte ein bitteres Lachen. »Er soll nicht denken, dass ich mir Hoffnungen mache.« Ich gab ihr die Telefonnummern und beendete das Gespräch. Dann trat ich nach draußen in den kühlen, frischen Morgen. Die Vögel sangen noch, die Sonne schien flach über die feuchten Felder, und der Himmel war traumhaft blau. Es war wie ein Foto aus einem aufwendigen Bildband, und der Frieden und die Schönheit hätten mich eigentlich überwältigen müssen. Doch ich fühlte mich nur leer und verloren.

Nach dem Frühstück kam Monica. Während mir die Aufgabe schier unmöglich erschien, ging sie ganz praktisch und planvoll an die Sache heran.

»Soll ich Ihnen das große Schlafzimmer herrichten?«, fragte sie, als sie ein Dutzend Eier und ein Päckchen Speck, um den ich nicht gebeten hatte, in den Kühlschrank räumte.

»Nein, ich werde in dem schlafen, das dem Badezimmer am nächsten ist.«

»Das große Schlafzimmer ist aber so schön und sonnig.«

»Wissen Sie was? Sie könnten ausprobieren, ob einer dieser Schlüssel zu dem Häuschen hinter der Koppel passt.«

»Das alte Schererhäuschen. Ich sehe mal nach. Und ich richte Ihnen Schlafzimmer und Bad her. Dann sind die Räume, die Sie am häufigsten benutzen, wenigstens sauber.«

Ich überließ sie ihrer Arbeit und ging ins Wohnzimmer, um mich den Kartons zu widmen.

Mir wurde klar, dass Grandma nichts weggeworfen

hatte, und auch mir fiel es schwer. Sie hatte jeden Brief und jede Karte, die sie jemals erhalten hatte, aufgehoben. Manche waren säuberlich in Ordnern abgeheftet, darunter alte Stromrechnungen, die gar nicht an diese Adresse gerichtet waren. Die konnte ich ohne weiteres entsorgen. Aber den Briefwechsel zwischen ihr und meinem Großvater konnte ich nur mit Mühe auf den Stapel für den Abfall legen. Ich ließ mich ständig ablenken, las ein paar Zeilen und ermahnte mich dann, dass ich dafür keine Zeit hatte. Auf dem Klavier stapelten sich allmählich die Sachen, die ich vielleicht behalten wollte.

Keiner der Schlüssel am Bund passte zum Häuschen. Ich schaute durch die schmutzigen Fenster, doch die Sicht wurde durch alte Baumwollvorhänge verdeckt. Ich rief Mr. Hibberd an, aber er konnte mir auch nicht helfen. »Ich habe Ihnen alle Schlüssel gegeben, die ich hatte. Rufen Sie doch einen Schlosser.«

Die Mühe machte ich mir nicht. Vermutlich war es sowieso leer.

Am Ende der Woche hatten wir zwölf Kartons mit Abfall, der zur Mülldeponie gebracht werden musste, neben der Tür aufgestapelt. Für Samstag hatte Monica ihren Bruder bestellt, und es wunderte mich daher nicht, als ich am Morgen unter dem kranken Baum einen Mann stehen sah, der zu meinem Fenster heraufblickte. Da er mich nicht bemerkte, ging ich hinunter.

»Hallo, Sie müssen Patrick sein.«

Er wandte sich zu mir um. »Das stimmt, hallo. Ich habe mir gerade Ihren Baum angesehen.«

Ich wusste nicht, wie ich mir Monicas Bruder vorgestellt hatte, vielleicht als stämmigen Bauernburschen in blauer Weste, sonnengebräunt wie ein Arbeiter. Patrick aber war ein großgewachsener Mann mit glattem blondem Haar, das ihm fast bis zum Kragen reichte, blasser

Haut und grauen Augen mit schweren Lidern. Auch war er älter, als ich erwartet hatte. Ich wusste, dass Monica erst einundzwanzig war, schätzte Patrick aber auf über dreißig. Sein Gesicht war eher interessant als hübsch. Auf den ersten Blick hatte er etwas Osteuropäisches an sich, wie einer der großen Komponisten. Gefühlsstark, ein bisschen nachlässig gekleidet. Ich verglich ihn unwillkürlich mit Josh, der so gepflegt und adrett wirkte.

»Ach so, der Baum. Vermutlich Opossums, wie man mir sagte. Ich weiß nicht einmal, was für ein Baum das ist.« Warum nur waren alle so wild auf diesen Baum? Im Wald gab es doch Tausende davon.

»Das ist ein Eucalyptus amplifolia. Wenn er Äste abwirft, sollten Sie nicht darunter hindurchgehen.«

»Wo ist Monica?«

»Sie macht mir gerade einen Kaffee. Ich hoffe, das ist in Ordnung.«

»Natürlich. Und Sie helfen uns, den Müll wegzubringen?«

»Ja, ein Freund hat mir seinen Wagen geliehen.« Er deutete auf einen Kleinlaster, der in der Einfahrt stand. Dann sah ich wieder zu ihm, worauf er den Blick abwandte.

»Nun, Zeit für den Kaffee«, sagte ich.

Ich ging mit ihm in die Küche. Als Monica drauflos plapperte, schien er sich zu entspannen und lächelte sogar. Auf einmal sah er gar nicht mehr so ernst aus, und die Ähnlichkeit mit seiner Schwester wurde sichtbar. Ich ließ die beiden allein und ging ins Wohnzimmer, wo ich mich erbarmungslos meinem »Vielleicht behalten«-Stapel widmen wollte. Ich setzte mich auf den Klavierhocker und griff nach den Briefen.

Der Morgen verging still, während ich die Briefe noch einmal las, wohl wissend, dass drei Wochen nur dann ausreichen würden, wenn ich mich gnadenlos von Dingen trennte. Ich versuchte mir einzureden, dass die Sachen jahrelang hier gelegen hatten, ohne dass sich jemand darum kümmerte. Warum also sollte es mich stören, wenn ich sie jetzt wegwarf?

Andererseits war es die wunderbare Geschichte meiner Großeltern. Die Briefe waren nicht geordnet, also tauchte ich an den unterschiedlichsten Stellen in ihr Leben ein. Grandpa war Parlamentsabgeordneter gewesen und zwischen Canberra und Sydney gependelt, wo Grandma mit den Kindern wohnte und ihre Firma leitete. Damals gab es noch keine E-Mails oder günstige Ferngespräche, so dass sie einander Briefe geschrieben hatten. Schöne altmodische Briefe, gefühlvoll und detailliert.

Ich hörte, wie Monica und Patrick zurückkamen, und sah auf die Uhr. Fast Mittag. Ich müsste ihnen eigentlich etwas zu essen anbieten, vor allem da Patrick mir umsonst half, aber ich hatte die Lebensmittel fast aufgebraucht. Vielleicht würden sie nach Hause fahren, wenn ich mich hier drinnen still verhielt.

Doch kurz darauf klopfte es an der Tür. Ich sah hoch. Es war Patrick.

»Wir fahren jetzt.«

»Vielen, vielen Dank. Hoffentlich macht es Ihnen nichts aus, wenn ich sitzen bleibe. Mein Knie …«

Er sah mich eindringlich an. »Wenn Sie nichts dagegen haben, möchte ich Sie etwas fragen.«

Ich erstarrte. Er wollte mit mir ausgehen. Unmöglich. Ich schwieg, in der Hoffnung, ihn abzuschrecken, doch vergeblich.

»Ich spiele Klavier für eine Kindertanzgruppe in Hobart, die ein Freund von mir leitet. Diese Kinder sind wirklich etwas Besonderes. Sie hätten nicht zufällig Lust, mal vorbeizukommen und ihnen ein paar Tipps zu geben? Sie würden sich freuen, eine echte Ballerina kennenzulernen.«

Erleichtert und vielleicht auch ein bisschen enttäuscht fiel mir keine Antwort ein. »Moment, Sie spielen dort Klavier? Ich dachte, Sie wären Englischlehrer.«

»Bin ich auch. Na ja, weil ich muss. Für Englischlehrer gibt es mehr Stellen als für Musiklehrer, und ich wollte unbedingt hier in der Nähe arbeiten.« Er räusperte sich. »Und? Würden Sie mal mit nach Hobart kommen und sich mit den Kindern treffen?«

Ich wusste nicht, was ich sagen sollte. Ich war mir sicher, dass ich Kindern keinen Tanzunterricht geben wollte, und beschloss, es auf die Mitleidstour zu versuchen. »Es ist eine weite Fahrt. Ich habe noch Probleme mit dem Knie.«

»Wenn es besser wird, könnten Sie …«

»Ich bin nur drei Wochen hier. Tut mir leid.«

Er nickte und lächelte. »Das verstehe ich vollkommen. Sagen Sie mir Bescheid, wenn Sie Ihre Meinung ändern sollten.«

Dann war er weg, und ich hatte ein furchtbar schlechtes Gewissen. Warum konnte ich Kindern nicht einfach etwas über das Ballett erzählen?

Dann aber erinnerte ich mich daran, dass ich nicht lange genug hier sein würde, um Freunde zu finden oder Leuten zu helfen oder überhaupt etwas anderes zu tun, als dieses Haus auf Vordermann zu bringen. Und es wäre nicht richtig, den Leuten falsche Hoffnungen zu machen.

# Siebzehn

Ich hatte das Foto nicht vergessen, auch wenn ich es mir seit der Nacht, in der ich es gefunden hatte, nicht mehr angesehen hatte. In meiner Erinnerung hatte es sich verändert: Der Mann und Grandma hatten sich voneinander entfernt, Grandma hielt das Kind jetzt gelassener, nicht mehr vor lauter Mutterliebe fest umklammert. Doch als ich es wieder hervorholte, erkannte ich meinen Irrtum.

Der Mann hatte den Arm besitzergreifend um ihre Taille gelegt. *Sie gehört mir.* Genau das drückten auch die Arme des Kindes um ihren Hals aus. Man sah auf den ersten Blick, dass sie eine Familie waren.

Ich sah mir das Foto lange an und gelangte zu dem Schluss, dass die Frau überhaupt nicht Grandma war. Sie war eine Cousine, die ihr sehr ähnlich sah. Fast hätte ich selbst daran geglaubt. Aber nur fast.

Denn dies hier *war* Grandma, und sie schien noch eine weitere Familie zu haben.

Ich stellte mir vor, was meine Mutter sagen würde, wenn sie das Foto sähe, und beschloss, ihr noch nichts davon zu erzählen. Ich würde es mitnehmen und ihr persönlich zeigen. Bis dahin tauchte vielleicht noch ein anderes Foto auf, mit dem sich alles aufklärte. Oder ein Brief von einem Cousin, der schrieb: »Weißt du noch, wie wir damals Hand in Hand die Straße in Hobart entlanggegangen sind und alle uns für ein Paar gehalten haben?«

Diesmal nahm ich es mit nach unten und stellte es auf den Tisch im Flur, unmittelbar neben das Telefon.

Monica sagte um kurz nach elf ab.

»Wohl irgendein Magen-Darm-Infekt«, erklärte sie mit schwacher Stimme. »Ich war den ganzen Morgen auf der Toilette.«

Ich bedankte mich für ihre Offenheit und wünschte ihr gute Besserung. Ich hatte mir geschworen, heute mit dem kleinen Zimmer neben der Haustür anzufangen, in dem sich die Kartons stapelten. Doch ohne Monica wäre das schwierig. Als ich die Tür öffnete und hineinschaute, wäre ich fast verzweifelt.

Sicher, ich könnte die Kartons auch so, wie sie waren, zur Müllkippe fahren. Sie waren seit Jahrzehnten nicht geöffnet worden; daher machte es auch nichts, wenn ihr Inhalt nie wieder das Tageslicht erblickte. Doch dann erinnerte ich mich an das Foto und fragte mich, was sonst noch alles in ihnen verborgen sein mochte.

Das Zimmer selbst war klein und dunkel, weshalb ich die ersten beiden Kartons in den Flur zog, mich mit ausgestrecktem Bein hinsetzte, einen Deckel abhob und loslegte.

Die Stunden vergingen, und ich fragte mich, ob Grandma vorgehabt hatte, das alles irgendwann selbst durchzusehen. Es gab kein irgendwie geartetes System. Der erste Karton war mit alten Schallplatten, Kochbüchern und Geburtstagskarten gefüllt. Im zweiten fand ich ein halbes Dutzend Taschenbücher, Geschäftsbriefe aus den Fünfzigerjahren und zahllose Umschläge mit Fotos, die nicht gut genug für ein Album gewesen waren. Meine Mum als Teenager, ganz verschwommen, Onkel Mike, der aber nur halb zu sehen war und einen mageren Arm nach dem Basketballkorb ausstreckte. Dass Onkel Mike einmal mager gewesen sein sollte, verblüffte mich, und ich betrachtete das Foto lange. Dann die anderen, die meine Mutter und meinen Onkel als Jugendliche zeigten. Die Zeit verging. Ich dachte daran, wie ich als Teenager gewesen war, es schien gar nicht so lange her zu sein. Mit siebzehn hatte meine Karriere begonnen, mit zweiunddreißig war sie zu Ende gegangen, und die Jahre waren nur so dahingeflogen.

*Was nun, Emma, was nun?*

Diese verdammte Monica. Warum musste sie ausgerechnet heute krank werden? Allein brachte ich nichts zustande, verlor mich immer wieder in Gedanken. Ich hätte gern ein Radio gehabt, wünschte, ich hätte meinen iPod mitgebracht. Etwas, womit ich mich ablenken konnte. Doch ich hatte ihn mit Absicht zurückgelassen. Drei Wochen. Ich war ja nur für drei Wochen hier.

Ich warf einen Blick in das Zimmer hinter mir. Selbst wenn ich nur für kurze Zeit hier war, konnte ich es mir bequem machen. Ein Radio kaufen, ein schnurloses Telefon, einen anständigen Staubsauger statt des primitiven Dings, das Monica so tapfer benutzte.

Oder ging das schon zu weit? Ich saß in der Falle. Dies war nicht London. Dies war nicht mein Leben.

Als ich mir die Tränen abwischte, wurde mir bewusst, dass ich schon lange nicht mehr geweint hatte. Fügte ich mich allmählich in meine Situation? Den Gedanken konnte ich nicht ertragen.

Dennoch, ein paar Annehmlichkeiten wären schon ganz praktisch. Ich rappelte mich auf und beschloss, in die Stadt zu gehen und das Nötigste zu kaufen. Das wäre ein gutes Training für mein Knie.

Der Tag war sonniger als erwartet, und mein Schatten eilte mir die ganze Zeit voraus. Mein Knie schmerzte zwar, aber ich ging weiter und konzentrierte mich auf die Muskeln, die das Gelenk umgaben.

Auf dem Weg vom Flughafen nach Wildflower Hill waren wir durch Lewinford gefahren, doch seither war ich nicht mehr in dem Ort gewesen. Die Hauptstraße wurde von altmodischen Geschäften gesäumt, doch um die Ecke befanden sich ein Supermarkt mit Parkplatz und ein Einkaufszentrum. Einige Ladenlokale standen leer, eins hatte der örtliche Parlamentsabgeordnete angemietet, dann gab es noch ein Bastelgeschäft, einen Blumenladen, ein Elektronikgeschäft, einen Tierarzt, ein Café, einen Zeitungsladen und eine Apotheke.

Im Elektronikgeschäft kaufte ich einen winzigen Staubsauger, einen CD-Spieler und ein schnurloses Telefon, das einzige, staubbedeckte Exemplar, das es im Laden gab. Ich bat darum, mir die Sachen nach Hause zu liefern, und ging nach nebenan in den Blumenladen. Ich liebte frische Blumen, und die, die Monica mitgebracht hatte, waren mittlerweile verwelkt.

Die Floristin war eine alte Frau mit knotigen Händen. Ich nahm zwei Sträuße: einen aus weißen Lilien, weil ich den Geruch liebte, und einen bunten für die Küche. Ich versuchte, Spaß am Nestbau zu finden, auch wenn es nur im kleinen Rahmen geschah.

»Sonst noch etwas, meine Liebe?«, fragte die alte Dame.

Ich schüttelte den Kopf und gab ihr meine Kreditkarte. Dann kam mir der Gedanke, dass sie womöglich ihr ganzes Leben in der Stadt verbracht hatte; vielleicht hatte sie Grandma gekannt. Und vielleicht konnte sie mir etwas über das Foto erzählen.

»Doch, da wäre noch eine Sache. Meine Großmutter hat in den Dreißigerjahren oben auf Wildflower Hill gewohnt. Sie haben sie wohl nicht zufällig gekannt?«

»Beattie Blaxland? Sind Sie etwa ihre Enkelin?« Sie sah vorsichtshalber noch einmal auf meine Kreditkarte und strahlte übers ganze Gesicht. »Das freut mich sehr. Sind Sie die Ballerina?«

»Ja, die bin ich.« Ich spürte einen Stich in der Brust. »Allerdings habe ich mich verletzt. Ich kann nicht mehr tanzen.«

Sie schnalzte mit der Zunge. »Das ist aber schade. Lewinford ist stolz auf Sie, und wir waren auch stolz auf Ihre Grandma. Allerdings habe ich sie nie gesehen. Ich glaube, sie ist in den letzten sechzig Jahren nur ein- oder zweimal hergekommen.«

»Sie haben sie also nicht gekannt?«

»Nein, meine Liebe. Ich bin oben im Norden aufgewachsen und erst nach meiner Hochzeit hergezogen.«

»Hat Ihr Mann sie vielleicht gekannt?«

Sie schüttelte traurig den Kopf. »Er ist schon lange tot. Ich habe ihn nie danach gefragt.«

»Gibt es sonst noch jemanden, der sie gekannt haben könnte?«

»Den einen oder anderen schon. Sie sollten mal Penelope Sykes fragen, die den Heimatverein leitet. Sie hat viele alte Geschichten aufgezeichnet und schreibt sie nacheinander ab. Ich gebe Ihnen mal ihre Nummer.«

Ich blieb vor dem Café stehen, in der einen Hand die Telefonnummer von Penelope Sykes, in der anderen zwei Blumensträuße. Der Kaffee roch gut, aber selbst schlechter Kaffee tut das. Ich war verwöhnt von den Cafés in London und Sydney.

Während ich noch unschlüssig dastand, rief jemand meinen Namen. Ich drehte mich um und sah Patrick vom Parkplatz herübergehen.

»Ach, hallo«, sagte ich lächelnd.

»Wie sind Sie denn in die Stadt gekommen?«, wollte er wissen. Er trug Jeans und ein weißes T-Shirt. Vermutlich kam er gerade von der Arbeit. Ich hatte auf der Highschool keine Lehrer gehabt, die sich so lässig kleideten, aber meine Mutter hatte mich auch auf teure Privatschulen geschickt.

»Ich bin gelaufen. Ich musste ein paar Sachen besorgen.«

Er deutete auf die offene Tür des Cafés. »Möchten Sie einen Kaffee?«

»Ich … kann mich nicht entscheiden.« Ich lächelte schwach. »Bin ein bisschen durcheinander.«

»Die machen tollen Kaffee. Ich komme jeden Nachmittag her.«

Ich wusste nicht, ob ich ihm vertrauen sollte, und das merkte er wohl. Es schien ihm allerdings nichts auszumachen.

»Na los, ich gebe einen aus. Danach kann ich Sie nach Hause bringen, wenn Sie möchten.«

»Ehrlich? Das wäre nett. Das mit dem Fahren, meine ich. Und mit dem Kaffee auch. Beides wäre nett.« Mir wurde bewusst, dass ich Unsinn redete. Also folgte ich ihm einfach ins Café.

Er kaufte zwei Caffè Latte zum Mitnehmen und hatte verdammt recht. Der Kaffee war exzellent. Er öffnete die Tür seines kleinen Mazda und sagte, ich solle warten, während er die elektrischen Geräte holte und die Lieferung stornierte.

Ich setzte mich dankbar ins Auto und streckte das Bein aus der offenen Tür. Auf dem Boden lag ein Stapel schwarzweißer Flyer, der von einem Gummi zusammengehalten wurde. Mir fiel das Wort »Tanz« ins Auge, und ich nahm mir einen.

Ich erkannte sofort, dass es sich um die Tanzgruppe handelte, für die Patrick Klavier spielte. Sie nannte sich »The Hollyhocks«, und beim Blick auf das Foto bemerkte ich, dass er mir nicht alles über die »ganz besonderen«

Kinder gesagt hatte. Die meisten von ihnen hatten das Down-Syndrom. Ich kam mir sehr schäbig vor und hatte ein wahnsinnig schlechtes Gewissen. Und wurde wütend, weil er mich in diese Lage gebracht hatte.

Da kam Patrick zurück und lud meine Sachen in den Kofferraum. Ich zog das Bein herein und machte es mir bequem. Er setzte sich ans Steuer und fuhr vom Parkplatz.

»Hatte ich recht mit dem Kaffee?«

»Warum haben Sie mir nicht gesagt, dass die Kinder behindert sind?«

Er schaute zu mir und wieder auf die Straße. »Sie sind wütend.«

»Ich komme mir wie ein Idiot vor.«

»Hören Sie, Emma, ich weiß, dass Sie verletzt sind. Ich wollte Ihnen nicht weh tun. Ich habe gedacht, wenn ich Ihnen alles über die Hollyhocks erzähle, fühlen Sie sich verpflichtet zu kommen. Es ist eine lange Fahrt bis nach Hobart, vor allem für jemanden mit einem verletzten Knie, der diese Entfernungen nicht gewohnt ist.« Er lächelte mir zu. »Es muss Ihnen nicht leidtun, dass Sie nein gesagt haben.«

Es tat mir aber leid. Ich kam mir vor wie eine egoistische Diva. Es kostete mich nur ein paar Schmerzen im Knie, wenn ich nach Hobart fuhr, mich mit den Kindern traf und ihnen etwas über das Tanzen erzählte. »Ich werde kommen.«

Er schüttelte den Kopf. »Nein, ganz sicher nicht. Sie haben gesagt, Sie könnten nicht lange fahren.«

»Wenn wir unterwegs ein paarmal anhalten, geht es.«

»Ich will nichts davon hören, Emma. Ich käme mir aufdringlich vor. Sie sind nur kurze Zeit hier, und Monica kann die nächsten Tage nicht helfen. Dabei gibt es so viel zu tun.«

»Trotzdem, ich komme. Wann ist die nächste Probe?«

Er kämpfte mit sich und sagte dann: »Jeden Samstagmorgen von zehn bis zwölf. Das ist ein Flyer für die Vorstellung, die sie in ein paar Monaten geben wollen.«

»Wann holen Sie mich ab?«

Er zögerte, wollte aber auch, dass ich ihn begleitete. »Wenn Sie darauf bestehen …«

»Das tue ich.«

»Dann gegen acht. So haben wir genügend Zeit, um unterwegs Pausen einzulegen und in Hobart einen Kaffee zu trinken.«

»Wunderbar. Prima.«

Er wartete kurz. »Sind Sie sicher?«

»Ja«, antwortete ich rasch und fragte mich, worauf ich mich da eingelassen hatte. »Ich bin mir sicher.«

Da ich keine CDs hatte, verlegte ich mich aufs Radiohören. Ich hatte einen klassischen Sender gefunden, der abends Jazz spielte. Ich goss mir ein Glas Wein ein und machte es mir mit einem Karton gemütlich. Er war sehr alt, die Pappe fiel förmlich auseinander. Darin befanden sich uralte Geschäftsbücher der Farm. Dünne Schulhefte mit vergilbten Seiten, alle fein säuberlich mit Tinte beschrieben. Ich bemühte mich, die Transaktionen nachzuvollziehen, war mir aber nicht sicher, was sie zu bedeuten hatten. Ich erkannte in den Spalten Beatties Handschrift, aber auch noch eine andere. Nicht so ordentlich wie ihre, vermutlich eine Männerhandschrift. Aber von wem?

Ich gab mir einen Ruck. Meine Phantasie ging mit mir durch. Sie hatte schließlich nicht die ganze Farm alleine geführt, sicher hatte sie Angestellte gehabt.

Ich dachte an die Frau vom Heimatverein. Ob sie etwas damit anfangen könnte? Möglicherweise verstand sie mehr davon. Es wäre schade, die Hefte einfach wegzuwerfen, andererseits wollte ich mich nicht unbedingt mit diesem Verein einlassen. Ich wollte keine Besucher haben.

Dann entdeckte ich eine Mappe, die mit einem roten Band verschnürt war. Darin befanden sich Dutzende Kaufverträge. Gegenstände wie Möbel und Schafe waren gekauft und verkauft worden. Auch ein Stück Land, das Beattie 1934 veräußert hatte. Und ganz unten befand sich der Vertrag für Wildflower Hill selbst.

November 1934: Übertragung durch Raphael William James Blanchard auf Beatrice Alison Blaxland. Für die Summe von null Pfund.

Ich betrachtete das Dokument lange. Jemand namens Raphael William James Blanchard hatte Grandma Wildflower Hill *geschenkt*. Aber das konnte nicht stimmen. Mum hatte mir etwas anderes erzählt. Die Farm war heruntergewirtschaftet gewesen und hatte während der Depression Verlust gemacht. Beattie hatte eine kleine Summe von einem alten Onkel geerbt und sich das restliche Geld von der Bank geliehen. In den ersten Jahren hatte sie furchtbar mit den Rückzahlungen zu kämpfen gehabt.

Es drängte mich, Mum anzurufen und sie nach Raphael Blanchard zu fragen. Aber ich dachte an das Foto und wusste, ich musste vorsichtig sein. Mum wurde von Dramen angezogen wie Ameisen von Honig. Außerdem gab es andere Möglichkeiten, um herauszufinden, wer er gewesen war.

Ich wartete ab, bis es in London Frühstückszeit war. Mittlerweile war ich davon überzeugt, dass Raphael Blanchard der Mann auf dem Foto war, dass sie ein uneheliches Kind gehabt hatten und er Beattie die Farm geschenkt hatte, um sich ihr Schweigen zu sichern … Das alles passte natürlich gar nicht zu dem, was ich über

Grandma wusste, aber je mehr Wein ich trank, desto logischer kam es mir vor.

Ich rief Adelaide an.

»Habe ich dich geweckt?«

»Nein.« Sie gähnte. »Hm … doch, schon. Jetzt, wo du nicht mehr mein Boss bist, muss ich nicht mehr lügen, oder?«

»Tut mir leid. Ich brauche deine Hilfe. Ich suche Informationen über einen Mann namens Raphael Blanchard, habe aber keinen Internetanschluss. Kannst du ihn mal für mich googeln?«

»Ist er ein Tänzer?« Sie gähnte erneut.

»Nein. Warum bist du so müde?«

»Der fliegende Faschist hat gestern Abend eine Party gegeben.«

»Und du warst eingeladen?«

»Ich habe die Häppchen gereicht. Sekunde, ich setze mich gerade an den Computer. Wie heißt der Mann?«

Ich buchstabierte den Namen und hörte das Klicken der Tasten.

»In Ordnung. Welchen meinst du?«

»Welchen?«

»Raphael Blanchard den Ersten, den Zweiten oder den Dritten? Niederer Adel.«

Adel? »Aus England?«

»Ja.«

»Ich suche den, der in den Dreißigerjahren in Australien gewesen sein könnte.«

Sie tippte und gähnte.

»Das ist der Erste. Er lebte von 1930 bis 1934 in Australien, in Tasmanien, wie es aussieht. Recherchiere ich etwa von London aus Lokalgeschichte für dich? Ich hoffe, du weißt die Ironie zu schätzen.«

»Gibt es ein Foto von ihm?«

»Klar doch. Es ist klein … Warte mal. Hier ist ein größeres.«

Ich ging zum Tisch im Flur und nahm das Foto meiner Großmutter mit dem fremden Mann. »Beschreib ihn mal. Ist er stämmig, mit eckigem Kinn?«

»Überhaupt nicht. Eher ein bisschen unförmig mit welligem, dunklem Haar und Mädchenaugen.«

Ich betrachtete den Mann auf dem Foto. Die Beschreibung passte nun wirklich nicht auf ihn. Dennoch wollte ich nicht so einfach von meiner Idee lassen.

»Soll ich dir das zufaxen?«

»Ich habe kein Fax.«

»Mit der Post schicken?«

Das würde zu lange dauern. »Ich habe eine Idee. Könntest du die Faxnummer der örtlichen Highschool heraussuchen und es dorthin schicken? Es ist die Lewinford Highschool. Schick es zu Händen von Patrick Taylor und schreib dazu, dass es für mich ist.« Ich bekam ein schlechtes Gewissen. »Tut mir leid, Adelaide. Ich weiß, ich bin nicht mehr deine Chefin, aber …«

»Schon gut, Em. Ich schicke es nachher los. Aber du solltest dir einen Internetanschluss zulegen.«

»So lange bleibe ich nicht.« Mein Gott, ich war es allmählich leid, das zu sagen.

Monica hatte sich von ihrem Virus erholt und kam am Donnerstag mit dem Fax zu mir.

»Und, wer ist er?«, fragte sie und überreichte mir das gefaltete Foto.

Ich klappte es behutsam auseinander. Und war enttäuscht. »Nicht der, für den ich ihn gehalten habe. Noch ein Geheimnis. Dieser Mann hat meiner Großmutter 1934 die Farm anscheinend geschenkt, aber ich weiß nicht, wieso.«

»Sie sollten damit zu Penelope Sykes gehen.«

»Ja, das hat die Floristin auch gesagt.« Dennoch zögerte ich, diesen Weg einzuschlagen, neue Bekanntschaften zu machen, mich fester an den Ort zu binden. Vielleicht würde ich auch hier im Haus alles Nötige finden.

Am Freitagmorgen saß ich mit Toast und Kaffee am Küchentisch, als es klopfte. Monica konnte es nicht sein, sie hatte einen Schlüssel. Ich stand widerwillig auf – ich mochte es nicht, wenn Leute mich beim Essen störten oder unangemeldet zu Besuch kamen – und ging zur Tür. Eine kleine Frau mit schwarzen Löckchen stand im Freien. Sie musste über fünfzig sein, doch das Grau in ihren Haaren war gründlich überfärbt.

»Kann ich Ihnen helfen?« Ich dachte an meinen Kaffee, der auf dem Tisch abkühlte.

Sie streckte mir die Hand entgegen. »Ich bin Penelope Sykes. Wie ich hörte, haben Sie sich nach mir erkundigt.«

»Das entspricht nicht ganz der Wahrheit, man hat mir von Ihnen erzählt. Ich hatte nicht mit Ihrem Besuch gerechnet.«

»Ich kam zufällig vorbei. Ich fahre übers Wochenende zu meiner Schwester nach Launceston. Hätten Sie einen Moment Zeit für mich?«

»Kommen Sie herein. Ich frühstücke gerade.«

Als wir in die Küche gingen, nahm Penelope begierig alle Details des Hauses in sich auf.

»Waren Sie noch nie auf Wildflower Hill?«, fragte ich und gelangte zu dem Schluss, dass es unhöflich wäre, weiter Kaffee zu trinken, ohne ihr einen anzubieten.

»Nein, es ist seit ewigen Zeiten verschlossen. Es steckt voller Geschichten.«

»Kaffee?«

Sie schüttelte den Kopf und wurde mir gleich sympathischer.

Ich setzte mich wieder an mein Frühstück. »Ja, hier gibt es eine Menge Geschichten. Ich habe Bücher, die ich Ihnen überlassen möchte, alte Unterlagen der Farm.«

»Das wäre toll.«

Ich zuckte mit den Schultern. »Ich würde sie sonst wegwerfen.«

»Das dürfen Sie nicht tun. Ich nehme alles. Ich werde eines Tages ein Buch über Tasmanien während der Depression schreiben.« Sie setzte sich mir gegenüber. »Meine Mutter kannte Ihre Großmutter.«

»Tatsächlich?«

»Nicht gut. Aber sie kam in den Ferien manchmal zum Spielen nach Wildflower Hill. Sie wohnten zwei Jahre lang auf der Nachbarfarm. Mum erzählte mir von einem kleinen Mädchen, das immer in den Ferien kam und mit dem sie den ganzen Tag gespielt hat. Aber ich kann mich nicht an den Namen erinnern.«

»Könnte Ihre Mutter ihn wissen?«

»Sie ist vor vier Jahren gestorben.«

»Das tut mir leid. Wissen Sie sonst noch etwas über das kleine Mädchen? Ich habe nämlich selbst ein Geheimnis entdeckt.« Ich erzählte ihr von dem Foto, und sie bat mich, es zu holen.

»Es dürfte 1929 oder 1930 aufgenommen worden sein. Das erkenne ich an der Kleidung, aber auch an der Straße. Sie befindet sich in Hobart. Es gab damals Straßenfotografen, die Bilder von Passanten machten und sie sehr günstig verkauften. Aber dieser Laden hier ...« Sie deutete auf ein Firmenschild, das mir gar nicht aufgefallen war. »MacWilliam Landhandel. Der hat 1931, während der Depression, Bankrott gemacht.«

»Und das Kind ...?«

»Es dürfte etwa ein Jahr alt sein, etwa der Jahrgang meiner Mutter. Ich frage mich, ob es das Mädchen ist, mit dem sie gespielt hat. Es hatte rotes Haar. Meine Mum hat erzählt, sie hätten immer wild umhergetobt und wären vollkommen unbeaufsichtigt gewesen.«

»Meinen Sie, sie war Beatties Tochter?«

Penelope schüttelte den Kopf. »Nein. Von Mum weiß ich, dass sie am Ende der Ferien von einem Mann und einer Frau mit einem Auto abgeholt wurde. Mum hat immer angenommen, dass es ihre Eltern waren.«

Ich war ein bisschen enttäuscht. »Verstehe.«

»Ich nehme an, Beattie war ihre Tante.«

»Sie hatte keine Geschwister.«

»Dann vielleicht eine enge Freundin der Familie ... Sind Sie fertig mit Frühstücken? Ich würde mir die Geschäftsbücher gerne ansehen.«

Ich trank meinen Kaffee aus und ging mit ihr ins Wohnzimmer, wo ich ihr dankbar den Bücherstapel vom Klavier in die Hand drückte. Sie blickte sehnsüchtig auf einige Briefe, aber sie waren zu privat, um sie ihr zu überlassen. Sie versprach mir, zu Hause ihre Unterlagen durchzusehen, ob sie vielleicht darin etwas über Beattie fand. Sie verabschiedete sich, als Monica gerade eintraf.

Ich stellte das Foto wieder auf den Tisch im Flur und fühlte mich seltsam enttäuscht.

# Achtzehn

Am Samstagmorgen war der Himmel bedeckt, und es sah nach Regen aus. Als ich aufwachte, spürte ich ein Kratzen im Hals, und ich hatte Kopfschmerzen. Ich spielte mit dem Gedanken, die Fahrt nach Hobart abzusagen und einfach im Bett zu bleiben. Aber dann hätte ich ein schlechtes Gewissen gehabt. Nach einer heißen Dusche war mein Kopf klarer, und ich zog statt meiner üblichen Jeans das einzige Kleid an, das ich eingepackt hatte. Dann kämmte ich mir die Haare, ließ sie offen und hoffte, dass ich nett aussah, auch wenn ich nicht genau wusste, warum. Anfangs hatte ich gedacht, Patrick fände mich attraktiv, doch es gab eigentlich keine Beweise dafür. Er war anders als die meisten Männer, die ich kannte. Nicht so geschliffen und selbstsicher wie Josh, aber auch nicht rauh und kumpelhaft wie mein Vater. Er war still, aber nicht schüchtern. Sanft, aber nicht schwach. Nicht dass ich in ihn verliebt gewesen wäre; ich liebte immer noch Josh. Er faszinierte mich nur.

Patrick kam pünktlich, sagte nichts über mein Kleid oder meine Frisur, und als wir losfuhren, begann es zu regnen. Er schien damit zufrieden, sich nicht zu unterhalten. Man hörte nur das rhythmische Geräusch der Scheibenwischer, und ich schaute hinaus auf die Landschaft, die rasch am Fenster vorbeizog. Die Schafe standen still und traurig unter den abgestorbenen, knorrigen Bäumen.

»Mistwetter«, sagte er schließlich.

»Ich mag Regen.«

»Ist aber nicht gut beim Autofahren.« Dann schwieg er wieder.

Ich rutschte auf meinem Sitz herum und warf einen verstohlenen Blick auf ihn. Er hatte ein ernstes Gesicht, mit strengen Augenbrauen und einer geraden Nase. Dann wandte ich meine Augen zur Windschutzscheibe. Der Regen strömte nur so, und Patrick fuhr langsamer.

»Tut mir leid, ich wollte eigentlich in einer kleinen Stadt ein Stück weiter eine Kaffeepause machen. Aber bei diesem Wetter dürften wir etwas länger brauchen.«

In diesem Augenblick begriff ich, dass er nervös und deshalb so still war. Er hielt das Lenkrad fest umklammert, sein ganzer Körper wirkte angespannt.

»Alles in Ordnung mit Ihnen? Fahren Sie nicht gern bei Regen?«, fragte ich beiläufig.

Er lächelte nicht. »Kann man so sagen.« Pause. »Unsere Eltern ... Wir hatten einen Unfall ... Monica war sieben. Ich war siebzehn. Wir saßen mit im Auto. Dad verlor bei Regen die Kontrolle über den Wagen. Er und meine Mum sind beide gestorben.«

Einen Moment lang konnte ich vor Verlegenheit nichts sagen und stellte mir vor, was Patrick in jenen Augenblicken durchgemacht haben musste. »Es tut mir leid«, stieß ich schließlich hervor. Im Nachhinein fiel mir auf, dass Monica nie von ihren Eltern gesprochen hatte. »Lassen Sie sich Zeit. Meinem Knie geht es gut.« Dann wurde ich neugierig. »Was ist danach passiert? Wer hat sich um Sie und Monica gekümmert?«

»Wir selbst. Besser gesagt, ich. Ich war im letzten Jahr auf der Highschool, und es hieß, Monica solle zu unserem Onkel nach Melbourne ziehen, aber wir wollten zusammenbleiben. Wir hatten das Haus unserer Eltern geerbt, das war also kein Problem. Ich suchte mir einen

Teilzeitjob, und wir kamen gerade so über die Runden. Es war ganz schön hart. Ich arbeitete, wann immer ich konnte, und die Nachbarn holten Monica von der Schule ab, wenn ich an der Uni war. Ich hatte ein schlechtes Gewissen, dass sie auf diese Weise aufwachsen musste, aber sie hatte schon ihre Eltern verloren, schlimmer konnte es wohl nicht werden. Es war ja nicht meine Schuld.«

»Natürlich nicht. Sie haben das ganz wunderbar gemacht. Monica ist eine reizende junge Frau.«

»Ich habe den Job an der Lewinford District High angenommen, als Monica noch dort zur Schule ging. Das machte es einfacher.« Er zuckte mit den Schultern. »Ich habe mein Bestes getan.«

Ich versuchte mir vorzustellen, wie es für ihn gewesen sein musste. Keine Eskapaden als Teenager, keine Sauftouren mit Freunden. Er hatte gearbeitet und sich um seine kleine Schwester gekümmert. Das erklärte auch, weshalb er so ernst war.

Ich versuchte, mich daran zu erinnern, was ich in meinem letzten Schuljahr getan hatte. Ich hatte die Highschool nicht geschafft, weil ich nicht aufpasste und mich allen überlegen fühlte. Ich war bereits an zwei Tanzschulen in den Vereinigten Staaten angenommen worden und wartete noch auf einen Bescheid aus London. Mum hatte gewollt, dass ich in Australien studierte, und wir gerieten immer wieder aneinander. Sie war zu dominant und ich zu eigensinnig. Es hatte einen Riesenstreit gegeben, vielleicht den schlimmsten meines Lebens. Ich hatte gesagt, dass ich sie hasste. Ich war ein Kind, das sich für eine Erwachsene hielt. Patrick hingegen hatte die Verantwortung eines Erwachsenen tragen müssen, obwohl er kaum mehr als ein Kind gewesen war. Eigentlich war es mein Prinzip, mich nicht für die Vergangenheit zu schämen, aber nun zuckte ich innerlich zusammen, weil ich so ein verwöhntes Gör gewesen war.

»Und wie sind Sie an die Hollyhocks gekommen?«

»Marlon. Sie werden ihn gleich kennenlernen. Er war kurze Zeit Theaterlehrer an der Schule. Eigentlich ist es sein Projekt, und er hatte eine alte Schreckschraube, die für ihn Klavier spielte.« Er lächelte. »Verzeihung, aber sie war wirklich eine Schreckschraube. Brüllte die Kinder an. Er fragte, ob ich für ein paar Monate einspringen könnte, während er jemand Neues suchte. Das war vor zweieinhalb Jahren.«

Patrick erzählte noch ein bisschen von den Kindern. Es hatte als Projekt von vier Müttern begonnen, deren Kinder das Down-Syndrom hatten, und war dann gewachsen. Einige Kinder waren autistisch, andere blind, eines war gehörlos, spürte aber den Rhythmus der Musik in den Füßen. Sie kamen aus dem ganzen südlichen Tasmanien. Er erzählte mir von der Vorstellung, die sie im letzten Jahr gegeben hatten, und dass der Premierminister zufällig in Hobart gewesen und in letzter Minute dazugekommen sei. Patrick hatte erlebt, wie der Tanz den Kindern Selbstvertrauen und Körperbeherrschung verlieh und dass sie intensive Freundschaften geschlossen hatten. Allmählich bekam ich Angst, da er so zwanglos mit ihrem Anderssein umging. Ich würde mich sicher blamieren und das Falsche sagen.

Als wir die erste Pause machten, ließ der Regen nach. Wir kauften Kaffee zum Mitnehmen, und ich ging ein paar Minuten umher. Da der Schmerz nicht sonderlich schlimm war, drängte ich Patrick, weiterzufahren, solange es trocken war. Um Viertel nach neun kamen wir in Hobart an.

Die Hollyhocks probten im Theater einer Privatschule am Ufer des Derwent. Patrick führte mich durch eine große Flügeltür in ein weiträumiges Foyer, hinter dem sich ein kleines Theater befand. Die Sitze waren in Rängen gestaffelt, die Bühne befand sich auf Bodenhöhe. Ein großer, dunkelhaariger Mann in sehr engen Leggings kam auf uns zu.

»Oh, es ist wunderschön, dass Sie mitgekommen sind!«, rief er begeistert und schüttelte mir überschwenglich die Hand. »Sie sehen wunderbar aus! Das Kleid sieht einfach *göttlich* an Ihnen aus! Ich kenne Sie nur von Fotos, aber in Wirklichkeit sind Sie doppelt so schön.«

»Vielen Dank«, sagte ich angesichts dieser enthusiastischen Begrüßung. »Und danke, dass ich heute dabei sein darf.«

Er legte auf jeden seiner Sätze eine dramatische Betonung. »Nein, nein, ich habe *Ihnen* zu danken. Die Kinder wissen noch gar nicht, dass Sie hier sind, aber sie werden *hingerissen* sein, wenn sie eine echte, lebendige Ballerina kennenlernen! Mein Gott! Sie werden sterben vor Begeisterung! Vor allem Mina. Stimmt's, Patrick?«

Patricks sanfte Stimme bildete einen starken Kontrast zu Marlons. »Mina Ballerina. Sie liebt das Ballett.«

»Sie ist ein *Star!*«, quiekte Marlon. »Sie werden sie lieben.«

Ich setzte mich in die erste Reihe, während die beiden den Raum herrichteten. Patrick holte ein elektrisches Klavier hinter der Bühne hervor und spielte einige Stücke. Marlon stolzierte umher und improvisierte unanständige Texte, bis die ersten Kinder mit ihren Eltern eintrafen. Dann wurde er plötzlich so würdevoll und umsichtig, dass ich mich schon fragte, ob ich mir seinen Auftritt von vorhin nur eingebildet hatte. Allmählich füllten sich die Reihen mit Eltern, während die Kinder, bei denen alle Altersstufen vertreten waren, sich bei Marlon aufstellten und bunte Armbänder erhielten. Rosa stand für links, blau für rechts. Zehn der achtzehn hatten die mandelförmigen Augen und rundlichen Gesichter des Down-Syndroms, aber davon abgesehen waren sie ganz unterschiedlich. Ich verfolgte, wie sie sich bereit machten. Manche wirkten aufgeweckt, andere waren in Träumen versunken. Die einen waren sehr konzentriert, die anderen laut oder ängstlich oder klammerten sich an ihre Eltern. Doch als Patrick die ersten Töne eines alten Liebesliedes aus einem Musical anstimmte, dessen Titel mir nicht mehr einfiel, wurden sie plötzlich aufmerksam und gingen auf ihre Positionen. Marlon rief: »Rosa bewegen! Blau bewegen! Umdrehen! Arme hoch und … langsam.«

Ich gebe zu, ich hätte nicht geglaubt, dass es ein hübscher Anblick sein könnte. Ich hatte mir die Kinder unbeholfen, ungeschickt und unfähig vorgestellt, den Anweisungen zu folgen. Doch die Tänzer besaßen eine kindliche Anmut, eine tiefe Begeisterung, die sich in allen Bewegungen und in ihren Gesichtern widerspiegelte. Es war wunderschön. Noch nie hatte ich mich so menschlich gefühlt. Ich kämpfte mit den Tränen, damit niemand dachte, ich wäre traurig oder hätte Mitleid mit ihnen, und ließ mich von der langsamen, melancholischen Musik durchdringen.

Als sie fertig waren, gab es lauten Applaus von den Eltern und mir. Marlon drehte sich um und verbeugte sich theatralisch. »Und nun, unser besonderer Gast. Leute, dieses göttliche Geschöpf in der ersten Reihe ist eine berühmte Ballerina, Emma Blaxland-Hunter.«

Ich war mir nicht sicher, was ich machen sollte, also lächelte und winkte ich. Sekunden später war ich von Kindern umringt, die Autogramme haben und Fragen stellen wollten. Ich wusste nicht, wen ich zuerst ansehen oder wem ich antworten sollte, doch dann setzte sich ein älteres, dunkelhaariges Mädchen mit Down-Syndrom neben mich und nahm meine Hand. Ich schaute sie an.

»Ich bin Mina«, sagte sie.

»Freut mich, dich kennenzulernen.« Ich lächelte.

»Mina Ballerina.«

»Ich habe von dir gehört.«

»Kannst du mir Ballett beibringen?«

Sie sprach schwerfällig, aber ich konnte sie besser verstehen als die meisten anderen. »Ich ... ich kann dir ein paar Schritte zeigen.«

»Ich kenne schon alle Positionen. Ich zeige sie dir.« Sie zog mich vom Stuhl hoch.

Dann stand ich auf einmal mitten auf der Bühne, umgeben von Kindern. Mina stellte sich vor mich und absolvierte die Positionen. Bei der vierten Position korrigierte ich die Haltung der Arme, und bei der fünften die der Füße, obwohl sie die letzte körperlich gar nicht bewältigen konnte.

»Zeigst du mir noch was anderes?«

Ich schaute zu Marlon, der lächelnd mit den Schultern zuckte. Ich hatte keine Ahnung, wie viel ich Mina zutrauen sollte.

»Wie wäre es mit der Arabesque?«

»Ist das mehr als Stillstehen? Ich möchte lieber einen Tanz lernen. Ich mag *Schwanensee.*«

»Die Tänze aus *Schwanensee* sind sehr schwierig. Da muss ich erst mal nachdenken. Ich bin nicht ...«

»Kannst du für uns tanzen?«

»Ich ... nein, das kann ich nicht. Ich habe mir das Knie verletzt. Es funktioniert nicht mehr richtig.«

Mina nickte ehrfürchtig. »Das ist meiner Freundin auch passiert. Sie hatte einen Autounfall und sitzt jetzt im Rollstuhl.«

Marlon unterbrach sie. »Na schön, Mina. Jetzt dürfen die anderen auch mal mit Emma sprechen. Wer möchte ein Autogramm?«

»Ich!«, erscholl es aus vielen Kehlen, und während ich die Autogramme schrieb, überlegte ich, welchen Tanz ich Mina beibringen könnte. Mir war, als hätte ich sie enttäuscht. Körperlich konnte sie keine der großen Choreografien bewältigen. Die Bewegungen der Arme klappten ganz gut, aber es mangelte ihren Beinen einfach an Flexibilität. Doch sie war begeistert und ganz verrückt nach Ballett. Und beim ersten Tanz hatte ich gesehen, dass sie den anderen etwas voraushatte.

Nachdenklich schaute ich mir den Rest der Probe an. Marlon ging wunderbar mit den Kindern um, war streng und doch liebevoll und machte manchmal freche Witze, um sie zum Lachen zu bringen. Patrick spielte herrlich Klavier und blieb ruhig und geduldig.

Als die Probe vorbei war und die Kinder fröhlich plappernd hinausgingen, kam Mina noch einmal zu mir.

»Kommst du nächste Woche wieder?«

»Das weiß ich nicht. Ich werde es versuchen. Patrick muss mich fahren, ich muss ihn erst fragen.«

»Bringst du mir Ballett bei?«

»Mina, ich bin nur für kurze Zeit in Tasmanien.«

Patrick hatte seinen Namen gehört und kam zu uns herüber. »Na los, Mina, draußen wartet dein Dad.« Er führte sie weg.

Ich hängte mir die Tasche über die Schulter.

Dann war Patrick wieder da. »Sie lebt allein mit ihrem Vater.«

»Er muss sehr stolz auf sie sein.«

»Er kommt nie herein.«

»Ehrlich?«

»Er setzt sie ab und holt sie wieder. Ich sehe ihn immer

nur durch die Windschutzscheibe. Sie ist die Älteste, gerade siebzehn geworden.«

»Sie wirkt sehr engagiert.«

»Ja, sie ist ganz erstaunlich. Aber manchmal auch traurig. Wir tanzen immer nur zu alten Musicalmelodien oder Popballaden. Ich glaube, sie möchte mal richtiges Ballett tanzen.«

Ich wollte schon meine Hilfe anbieten, überlegte es mir aber anders. Bald wäre ich wieder weg. Also lieber keine falschen Hoffnungen wecken.

Monica und ich machten Fortschritte. Allmählich fiel es mir leichter, mich von Dingen zu trennen. Ich musste nicht jede Geburtstagskarte behalten, die Grandma bekommen hatte, und nicht jede Kindergartenzeichnung von Onkel Mike. Es war nur noch eine Woche bis zu meinem Abflug, und wenn ich rund um die Uhr arbeitete, würde ich es womöglich schaffen. Monica blieb abends länger. Ich sortierte bis in die frühen Morgenstunden Kartons aus und träumte von weiteren Kartons, die mit zahllosen bunt zusammengewürfelten, undefinierbaren Dingen gefüllt waren.

Dann fand Monica den Schlüssel. Sie machte gerade im Esszimmer sauber und holte nacheinander die Schubladen aus dem eichenen Sideboard. Der Schlüssel war nicht versteckt, er war nur hinten in eine Schublade gerutscht und hatte sich verklemmt.

»Sieh mal«, sagte sie von der Küchentür aus. Ich sortierte gerade Geschäftsbriefe, die ich auf dem Tisch ausgebreitet hatte.

Ich blickte auf. Sie reichte ihn mir und erklärte, wo sie ihn gefunden hatte.

»Der kann doch nur für das Schererhäuschen sein, oder?«

»Es ist die einzige Tür, die wir nicht aufschließen konnten«, sagte sie.

»Kannst du mal nachsehen?«

Sie nickte und ging durch die Waschküche nach draußen. Ich überflog gerade einen alten Brief, den ein Wollklassierer an Grandma geschrieben hatte. Ich verstand kaum, worum es ging, und wusste nicht, ob er wichtig war. Er stammte von 1938, vielleicht wollte Penelope Sykes ihn haben. Ich seufzte und begann mit einem neuen Stapel. Ich spielte mit dem Gedanken an eine Kaffeepause.

Dann polterte Monica die Treppe hoch. »Emma!«

Sie blieb keuchend vor mir stehen.

»Oh, mein Gott. Es ist voll.«

»Voll?«

»Komm und sieh selbst.«

Ich stand mühsam auf. Wenn ich lange gesessen hatte, war das Aufstehen furchtbar. Ich folgte Monica vorsichtig die Treppe hinunter und durch die Waschküche nach draußen.

Die Sonne schien, aber es war noch kühl. Die hohen Eukalyptusbäume am Rand des Grundstücks wiegten sich in der sanften Morgenbrise. Zwei Kaninchen hoppelten davon. Wir gingen durchs Tor und über das zugewucherte Feld zum Schererhäuschen, das aus faserigem Eukalyptusholz gebaut war. Die Tür stand offen. Überall hingen Spinnweben. Und da waren Kisten. Noch mehr Kisten. Kisten in jedem Zimmer.

»Himmel«, sagte ich.

»Wann geht der Flug?«

»Am Sonntag um eins.« Sie lächelte, und obwohl mich der Gedanke an weitere Kisten schier überwältigte, musste ich lachen. »Ich fliege nicht nach Hause, oder?«

Sie zuckte mit den Schultern. »Du könntest natürlich alles zur Müllkippe bringen.«

Aber das konnte ich nicht. Denn mir wurde klar, dass ich etwas in diesen Kisten suchte. Ich suchte nach der Geschichte meiner Großmutter, die eine Schaffarm geschenkt bekommen hatte, nach dem kleinen Mädchen auf dem Foto, nach dem, was Grandma gemacht hatte, bevor meine Mutter und Onkel Mike geboren wurden und sie sich als Geschäftsfrau und Ehefrau eines Abgeordneten niedergelassen hatte. Ich durfte nichts übersehen.

Ich öffnete den Deckel der erstbesten Kiste und sah hinein. Bücher. Vielleicht würde es doch nicht so lange dauern. »Ich rufe bei der Fluglinie an und storniere den Flug. Ich kann einen neuen buchen, wenn ich wirklich fertig bin.« Das tat gut, das Rennen gegen die Uhr wäre vorbei. »Ich muss das Haus für den Verkauf richtig herrichten, selbst wenn es noch einen ganzen Monat dauert.«

»Soll ich bleiben?«

»Natürlich. Ohne dich schaffe ich das nicht.«

»Soll ich nicht doch das große Schlafzimmer in Ordnung bringen?«

»Nein«, sagte ich rasch. Ich war abergläubisch. Wenn ich in Grandmas altes Zimmer zöge, würde ich für immer bleiben. »Es gefällt mir, wo ich bin.«

Am besten gefielen mir die Küche und das Wohnzimmer. Im Schlafzimmer schlief ich nur und ging erst nach oben, wenn ich die Augen nicht mehr aufhalten konnte. Tagsüber war ich in der Küche, weil die Sonne hereinschien, und abends lockte mich der Kamin im Wohnzimmer. Eigentlich war es zu warm für ein Feuer, aber ich liebte das Knistern und den Schein der Flammen. In London hatte ich immer nur Zentralheizung gehabt. Abends hörte ich Radio, trank ein oder zwei Gläser Wein und las alte Briefe.

Ich saß mit dem zweiten Glas Rotwein auf der Couch und studierte gerade einen Brief, den Grandpa seiner Frau von einer offiziellen Reise nach Hongkong geschrieben hatte, als im Radio der Blumenwalzer aus der *Nussknackersuite* ertönte.

Ich musste einfach zuhören, obwohl es weh tat. Meine erste Solorolle war der Tautropfen in Balanchines Version des Stoffes und dies mein Auftritt gewesen. Es war eine Qual, dass ich nun, am Ende meiner Karriere, so unbarmherzig an ihren Beginn erinnert wurde. An meine Hoffnungen. Meine Träume. Meine Muskeln und Sehnen zuckten, spürten den Bewegungen nach, doch ich saß reglos wie ein Stein da.

Als das Stück zu Ende war, fasste ich mich wieder und trank den Wein aus. Ich dachte an diese erste Inszenierung. In Balanchines Choreografie sollten Kinder die Rollen der Clara und des Nussknackers spielen, und er hatte sie deshalb vereinfacht. Ich war keine große Choreografin, kannte den Tanz des Tautropfens aber in- und auswendig. Konnte ich ihn irgendwie vereinfachen? Nicht für ein Kind, sondern für ein junges Mädchen mit Down-Syndrom?

Ich stand auf, schaltete das Radio aus, stellte mich mitten ins Wohnzimmer und belastete vorsichtig mein Knie. Genau wie ich konnte auch Mina keine komplizierten Beinbewegungen vollziehen. Ich summte die Melodie und dachte an die Bewegungen, die Marlon den Kindern beigebracht hatte. Es wurde viel gestampft und getrampelt. Ich versuchte, die Bewegungen ein bisschen eleganter zu gestalten, so dass Mina sie für Ballett halten würde. Dann probierte ich die Armpositionen und baute sie aus, so dass sie die Geschichte übernahmen, die meine Füße nicht erzählen konnten. Ein Bild blitzte in mir auf: Mina, ganz in hellen Farbtönen, die mitten auf der Bühne tanzte. Die anderen Kinder wären weiß gekleidet und bildeten ein Echo ihrer Bewegungen. Es wäre kein richtiges Ballett, aber es würde sich so *anfühlen*, vor allem für Mina, die sich nach dieser Musik sehnte.

Ich setzte mich wieder. Wollte ich mich wirklich darauf einlassen? Wie lange würde ich hierbleiben? Vielleicht enthielten die Kisten im Schererhäuschen nur Bücher und Kleinkram. Das meiste hätte ich bis zum Ende der Woche weggeworfen und würde einen Tag später im Flugzeug nach Sydney sitzen.

Aber eigentlich wollte ich auch nicht nach Sydney. Ich wollte zurück in das Leben, das ich vor sechs Monaten geführt hatte. Ich biss mir auf die Lippen, fest entschlossen, nicht zu weinen und kein Selbstmitleid zuzulassen. Fest entschlossen, die große Leere in mir zu verdrängen.

In den nächsten Tagen arbeitete ich den Tanz für Mina um und fragte mich die ganze Zeit, ob ich mich zum Idioten machte. Ich wusste eigentlich gar nichts über sie und ihre Fähigkeiten. Doch ich hatte dieses Bild von ihr im Kopf: die blasse Haut, das Scheinwerferlicht, wie sie sich mit kindlicher Anmut zu der herrlichen Musik bewegte. Ich war mir fast sicher, dass ich es einfach genug, aber dennoch schön und elegant gestaltet hatte für ein Mädchen, das *Schwanensee* liebte.

Schließlich beschloss ich, mit Patrick zu sprechen und ihm zu zeigen, was ich entwickelt hatte. Vielleicht würde er sagen, dass es nicht funktionierte; dann wäre ich enttäuscht, hätte dem Mädchen aber keine falschen Hoffnungen gemacht.

Ich sagte Monica nicht, wohin ich ging, das würde sie schon von ihrem Bruder erfahren. Sie bot mir an, mich in die Stadt zu bringen, aber dann wäre sie dabei, wenn ich

Patrick meine Idee vortrug. Wäre mir das peinlich? Vielleicht. Oder hoffte ich, mit ihm allein zu sein?

Vielleicht auch das.

Sie kehrte gerade im Schererhäuschen, und ich erzählte ihr etwas von einem langen Spaziergang. Sie sang zu einer CD, die sie mitgebracht hatte, und wirkte glücklich. Sie wirkte immer glücklich. Ich konnte kaum glauben, dass sie in so jungen Jahren ihre Eltern verloren hatte. Patrick hatte sie wunderbar stabilisiert, noch etwas, das ich an ihm bewunderte.

Ich war nicht dabei, mich in ihn zu verlieben. Vor dem Schlafengehen dachte ich immer an Josh. Dann erinnerte ich mich an unsere erste Begegnung oder den Abend, an dem wir in die Wohnung gezogen waren, oder an die anderen wunderbaren, herrlichen Momente unseres wunderbaren, herrlichen Lebens. Manchmal erinnerten meine Träume an die Phantasien eines Teenagers. Ich verfasste aufwendige Drehbücher, in denen er mich anflehte, zu ihm zurückzukehren. Ich malte mir aus, wie es sich anfühlen würde, wenn er mich am Flughafen in die Arme schloss und weinte, weil er mir so weh getan hatte. Irgendwann wurde es mir peinlich, und ich begann selbst zu weinen.

Dennoch war ich von Patrick fasziniert. Es tat gut, in seiner Nähe zu sein. Um kurz nach drei tauchte ich in der Schule auf, und die Sekretärin schickte mich ins Lehrerzimmer.

Als Patrick mich entdeckte, lächelte er verlegen. »Emma, was machen Sie denn hier?«

»Hi. Überraschung.« Ich hörte mich an wie ein Idiot. »Ich wollte Ihnen etwas zeigen.«

»Sekunde.« Er fuhr den Computer herunter, zog einen grauen Kapuzenpullover über und stand auf. »Was ist denn?«

Ich erklärte ihm, woran ich gearbeitet hatte. Er nickte, wirkte aber nicht sonderlich aufgeregt. Mich verließ der Mut.

»Der Blumenwalzer? Klingt ein bisschen kompliziert für sie.«

»Ich muss es Ihnen zeigen. Wenn Sie meinen, es ist zu schwierig, kein Problem. Aber ich könnte mir vorstellen, dass sie es wunderbar macht.«

Er hängte sich lächelnd den Rucksack über die Schulter. »Gut, gehen wir in den Musikraum, dann können Sie es mir vorführen.«

Die Schule leerte sich allmählich. Er hatte gesagt, es sei eine Highschool, aber ich sah Kinder aller Altersgruppen. Patrick war sehr groß und hielt sich kerzengerade, schien aber die bewundernden Blicke der älteren Mädchen überhaupt nicht zu bemerken. In einer Ecke des Musikraums war eine niedrige Bühne aufgebaut, auf der Kisten mit Instrumenten standen.

Patrick holte einen CD-Spieler aus dem Schrank. »Ich bin mir ziemlich sicher, dass wir die CD haben«, sagte er und suchte weiter.

Allmählich kam ich mir dämlich vor. Er würde eine CD einlegen und ich dazu tanzen. Aber nicht so, wie ich es eigentlich konnte, wie ich es früher getan hatte, auf dem Höhepunkt meiner Karriere. Zum ersten Mal in meinem Leben kam mir mein eigener Körper unbeholfen vor.

Er legte die CD ein. Ich nahm allen Mut zusammen und dachte an Mina. Vollzog die Bewegungen. Jetzt strahlte er übers ganze Gesicht und nickte.

»Ja, ja. Weiter. Es ist wunderbar.«

Am liebsten hätte ich gesagt: »Sie sollten sehen, was ich früher konnte.« Ich wollte, dass er mich tanzen sah, die ganzen Fähigkeiten meines Körpers erlebte, die Anmut und Schönheit, die ich aus dem Nichts heraufbeschwören konnte. Ich blieb stolpernd stehen und sah ihm nicht in die Augen. »Und so geht es weiter. Es könnten auch noch sechs andere Kinder mitmachen. Würde es sich lohnen, noch einmal zur Probe zu kommen?«

Patrick schaltete den CD-Spieler aus, legte die Hände an die Lippen und dachte nach.

»Das liegt ganz bei Ihnen«, sagte er schließlich.

»Bei mir?«

»Mina würde es wollen. Ihr Vater würde es erlauben. Aber es könnte eine Weile dauern, bis sie es gelernt hat.«

»Oh. Muss ich es ihr beibringen? Kann ich es nicht einfach Marlon zeigen?«

Er überlegte. »Ich glaube nicht. Sie müssten es schon selbst machen.«

»Okay, also … ich bleibe noch etwa drei Wochen.«

»Vielleicht auch sechs?«

Er bat mich zu bleiben. Wollte ich das? Im Grunde zog mich nichts nach Sydney.

»Gut, vielleicht auch sechs Wochen. Vor März kann ich das Haus ohnehin nicht verkaufen.«

»Wenn Sie uns durch die Weihnachtsvorstellung begleiten würden …«

Ich wollte nein sagen. Ich wollte mich nicht verpflichten. Zu gar nichts. Andererseits, wieso nicht? Glaubte ich denn, mein Knie würde plötzlich heilen? Ich könnte nach London zurückkehren und meine Karriere fortsetzen? Tränen brannten in meinen Augen.

Patrick trat vor und berührte sanft mein Handgelenk. »Es tut mir so leid, Emma. Ich verlange zu viel von Ihnen.«

»Nein, nein, es geht schon. Ich überlege nur.« Die Tränen waren mir peinlich, die Wärme seiner Hand überraschte mich.

»Mina schafft das schon. Sie braucht keinen besonderen Tanz zu lernen.«

»O doch«, erwiderte ich leidenschaftlich. »Ich weiß, was es bedeutet, jung und vom Ballett besessen zu sein.« Ich holte tief Luft und kämpfte die letzten Tränen nieder. »Tut mir leid, ich wollte nicht weinen.«

»Tränen kommen, wenn sie kommen müssen.« Er zog seine Hand zurück. »Soll ich Sie nach Hause bringen? Ich kann Monica dann mitnehmen.«

»Ich bleibe. Ich meine, ich bleibe hier in Tassie. Bis zur Weihnachtsvorstellung. Ich möchte Ihnen gerne helfen.«

»Das …« Er sah aus, als müsste er ein Grinsen unterdrücken. »Das ist toll, Emma. Einfach super.«

Am nächsten Morgen wurde ich früh vom Telefon geweckt. Früh? Es war acht Uhr. Ich hatte verschlafen. Das lag am Wein.

Ich tastete nach dem Hörer. »Hallo?«

»Hier ist Penelope Sykes. Ich habe etwas für Sie und wollte fragen, ob ich es heute Morgen kurz vorbeibringen kann.«

Immerhin hatten die Leute inzwischen begriffen, dass ich keine unangekündigten Besuche schätzte. »Sicher, was ist es denn?«

»Ein Brief. Ich habe ihn in alten Geschäftsbüchern gefunden. Es ist ein *sehr* persönlicher Brief.« Sie lachte leise. »Den möchten Sie vermutlich behalten.«

Meine Neugier war geweckt, und ich setzte mich auf. »Ich wäre sehr dankbar, wenn Sie ihn vorbeibringen könnten.«

»Gut, ich fahre jetzt los. In zwanzig Minuten bin ich da.«

Ich duschte schnell, zog mich an und versuchte, das Katergefühl abzuschütteln. Ich wusste, dass es nicht gut war, wenn man alleine viel trank, doch gestern Abend war ich so tief in Selbstmitleid versunken, dass ich nicht mehr herausfand. Heute würde es anders laufen, nahm ich mir vor.

Penelope stand pünktlich vor der Tür.

»Möchten Sie einen Tee?«, fragte ich, als sie mir den Brief überreichte.

»Nein, ich muss weiter. Ich will Sie nicht aufhalten.«

Beim letzten Besuch musste ich wohl wirklich unfreundlich, wenn nicht gar feindselig gewirkt haben. »Es macht mir keine Mühe.« Jetzt lächelte ich übertrieben und kam mir schon wieder wie ein Idiot vor. »Ich habe Ihnen noch einige Sachen herausgesucht.«

»Rufen Sie mich nächste Woche an, wenn es Ihnen passt.« Sie tippte auf den Brief. »Es gibt keinen Empfänger und kein Datum. Er lag in einem Wirtschaftsbuch aus dem Jahr 1939. Den Unterlagen habe ich entnommen, dass es die Handschrift Ihrer Großmutter ist.« Sie wandte sich um und ging zum Wagen.

Ich öffnete den Brief, während ich noch auf der Schwelle stand. Eine Brise zupfte an einer Ecke des Papiers. Penelope hatte recht, es war die Handschrift meiner Großmutter. Der Brief fing mitten im Satz an, war also nicht vollständig.

*… aber Liebe hat nichts mit Befehlen zu tun, und ich bin keine Frau, der man befiehlt. Ich liebe dich, und was immer die anderen sagen, wird niemals etwas an dieser unumstößlichen Tatsache ändern. Mir ist, als hätte ich dich immer geliebt, als wärst du schon bei meiner Geburt ein Stern am Himmel gewesen und hättest geduldig auf mich gewartet. Wenn ich dich anschaue, tun meine Rippen weh. Meine Haut brennt. Ich denke an dich, und schon wird mir ganz warm. Gibt es etwas Schöneres und Natürlicheres als eine solche Re-*

*aktion? Wenn wir unseren Verstand ausschalten, unser Herz, werden unsere Körper immer noch voneinander angezogen. Es ist primitiv. Wenn es einen Gott gibt, würde er sich genau das für uns wünschen. Wenn du in mir bist, vollenden wir einen Kreis, der nie unterbrochen werden sollte. Es ist egal, was sie in der Stadt reden; es sind kleingeistige Narren, die nicht unter die Oberfläche blicken können. Ich versichere dir, mein Liebling, dass du mein bist und ich dein. Sie können uns nicht weh tun.*

Einen Moment lang blieb mir die Luft weg. Die Leidenschaft lag nicht nur in den Worten, sondern auch in der Kraft, mit der man die Tinte aufs Papier gebracht hatte. Ich wusste, es war die Handschrift meiner Großmutter, dieselbe Handschrift, mit der sie Geburtstagskarten und den Brief an meinen Großvater geschrieben hatte, in dem sie berichtete, dass er die ersten Schritte seines Sohnes Mike verpasst habe, und doch konnte sie ihn unmöglich geschrieben haben. Wenn er in einem Buch von 1939 gelegen hatte, musste der Brief geschrieben worden sein, lange bevor sie Grandpa kennenlernte.

Außer natürlich, er war doch an ihn gerichtet und nur zufällig in dem alten Buch gelandet.

Doch noch während ich logisch darüber nachdachte, musste ich es mir eingestehen. Der Brief war nicht für Grandpa. Keiner ihrer Briefe hatte jemals so leidenschaftlich geklungen. In ihnen fanden sich Sätze wie »Danke, dass du so vernünftig bist« und »Es war sehr lieb von dir, mir ein so reizendes Geschenk zu schicken« und »Wenn du nach Hause kommst, sollten wir den Weihnachtsurlaub planen.«

*Wenn du in mir bist …*

»Himmel, Grandma«, murmelte ich, »du steckst wirklich voller Überraschungen.«

# Neunzehn

**Beattie**

Zweitausend Schafe, ein leeres Haus und ein Geschäft, das vor dem Ruin stand.

Mikhail hatte ein Kaninchen gefangen, und Beattie legte das sehnige Fleisch gerade auf zwei Teller. Dazu gab es Kartoffeln aus dem Gemüsegarten. Einen Esstisch gab es nicht. Beattie hatte die Räume, in denen keine Möbel standen, verschlossen. Das Echo darin machte sie wahnsinnig. Mikhail hatte sein Bett in Alice' altes Zimmer geschoben und Beattie dabei geholfen, das ihre nach oben ins große Schlafzimmer zu schaffen. Für die Küche hatte sie einen Tisch gekauft. Alle anderen Zimmer waren leer.

In den zwei Monaten, in denen ihr Wildflower Hill gehörte, hatte sie ihr Bestes getan. Doch wie sollte sie Mikhail sagen, dass ihr Bestes nicht gut genug war? Dass sie den Besitz verkaufen müsste? Wohin sollte er dann gehen?

Mit dem Haus und den Schafen hatte sie auch die Schulden übernommen. Der Wollertrag hatte nicht gereicht, um sie abzuzahlen. Beatties Nachbar, der listige Jimmy Farquhar, hatte rasch angeboten, einen Teil ihres Landes zu kaufen. Auf Anraten von Leo Sampson hatte sie ihm dreihundert Morgen verkauft und den größten Teil zur Abzahlung ihrer Schulden verwendet. Auch hatte sie ihre Angestellten ausbezahlt – Alice war sofort gegangen, doch Terry und Mikhail waren geblieben. Den

Rest hatte sie beiseitegelegt. Mehr würde sie bis zur nächsten Schafschur nicht einnehmen. Es musste reichen; sie konnte nicht alles für Möbel und Essen ausgeben. Sie war gezwungen, aus nichts etwas zu zaubern.

Wenn Lucy zu Besuch kam, musste sie Fleisch, Hafermehl und Honig kaufen; dennoch würde ihre Tochter in Beatties Bett schlafen. Henry würde sie für eine Närrin halten, weil sie das Haus behielt. Leo Sampson hielt sie schon jetzt dafür. Und sie glaubte es allmählich selbst.

Mikhail hatte sie nicht im Stich gelassen. Er tat, was immer sie von ihm verlangte, ging in die Stadt, half Terry beim Zaunflicken, putzte die Küche oder hörte einfach zu, wenn sich Beattie über das furchtbare Chaos beschwerte, das in den Geschäftspapieren herrschte. Jeden Tag verbrachte sie Stunden damit, sie auszusortieren. Aber sie kamen irgendwie zurecht.

Heute aber war Terry bei ihr gewesen.

»Es tut mir leid«, hatte er gesagt, und seine hellblauen Augen blickten aufrichtig, »aber Farquhar nebenan hat mir einen Job angeboten. Ich muss ihn annehmen.«

»Warum musst du das?«, hatte sie wütend entgegnet.

»Weil dir vor der nächsten Schur das Geld ausgehen wird und du mich ohnehin entlassen musst. Ich kann mir die Gelegenheit nicht entgehen lassen.«

Sie konnte es ihm nicht verdenken. Er war für sie da gewesen, doch sie konnte sich nicht auf seinen guten Willen verlassen. Sie wusste, was finanzielle Unsicherheit bedeutete, und hätte alles getan, um sie zu vermeiden. Doch seine Kündigung war der letzte Schlag für Beattie. Ohne Verwalter konnte sie die Farm nicht halten. Ohne Geld konnte sie keinen neuen Verwalter herlocken. Es war Zeit, ihren törichten Traum aufzugeben. Es war Zeit, Wildflower Hill zu verkaufen und sich ein Häuschen in Hobart zuzulegen, um in Lucys Nähe zu sein. Dort könnte sie sich nach einer anderen Arbeit umsehen. Sich in ein bescheidenes Leben fügen, statt von Reichtum und Macht zu träumen.

Sie trug die beiden Teller zum Tisch und ging nach unten, um Mikhail zu rufen. Er kniete neben dem Gemüsebeet und reparierte die Drahtabdeckung. Er wirkte steif, als er sich erhob; er war erst Mitte fünfzig, doch die schwere körperliche Arbeit hatte ihn ausgelaugt. Es würde ihm schwerfallen, eine neue Stelle zu finden. Beattie verdrängte ihr schlechtes Gewissen. *Sag es ihm schnell, dann hast du es hinter dir.*

»Ich komme gleich. Noch eine Minute.«

Beattie ging nach oben in die Küche und wartete auf ihn. Die Soße auf ihrem Teller kühlte ab. Endlich setzte er sich ihr gegenüber.

»Opossums sind einfach zu schlau. Finden Weg in Gemüsegarten.« Er griff nach seiner Gabel.

»Mikhail, ich habe schlechte Neuigkeiten.«

Er hob die Augenbrauen. »So? Was denn?«

»Terry hat gekündigt.«

»Ah.« Er begann zu essen. »Farquhar hat geschafft.«

»Du wusstest, dass er ihm eine Stelle angeboten hat?«

»Terry hat erwähnt letzte Woche. Farquhar will unbedingt, dass du pleitegehst.«

Beattie überlegte. Jimmy Farquhar war immer sehr nett zu ihr gewesen, dennoch zweifelte sie nicht an Mikhails Worten. Als sie Wildflower Hill übernahm, hatte sie sich viele Feinde gemacht. Nicht dass Raphael sonderlich beliebt gewesen wäre, aber die Vorstellung, dass ein armes Dienstmädchen ein so großes Anwesen besitzen sollte, gefiel den Leuten nicht. Die Einzelheiten der Transaktion waren geheim geblieben, und es kam zu unerfreulichen Gerüchten. Beattie hatte eine aufwendige Geschichte über eine Erbschaft erfunden, aber bisher keine Gelegenheit gehabt, sie jemandem zu erzählen. Jetzt schien es ohnehin egal zu sein.

»Ich glaube, ich kann nicht weitermachen, Mikhail«, sagte sie. »Alle sagen, ich soll verkaufen: Farquhar, Leo, Terry … vielleicht haben sie recht. Es tut mir leid. Ich weiß, dass du keinen Ort hast, an den du gehen kannst.«

Er aß schweigend weiter. Schließlich legte er Messer und Gabel nieder und betrachtete sie im abendlichen Dämmerlicht. Strom war ein Luxus, den sie sich nicht leisten konnte. »Du gibst also auf?«

Sie lächelte knapp. »Ja, Mikhail, ich gebe auf.«

»Das solltest du nicht tun.«

»Ich sehe keine andere Möglichkeit.«

»Kannst guten Verwalter einstellen, macht weiter. Du bist Boss. Dann arbeitest du nie wieder für anderen Mann. Ist das gut?«

»Ich kann es mir nicht leisten, einen neuen Verwalter einzustellen. Mir geht noch vor der Schur das Geld aus.«

»Verkauf mehr Land. Farquhar wird kaufen.«

»Woher soll ich wissen, ob ich einem neuen Verwalter trauen kann? Ich will dieses Risiko nicht eingehen und dafür Land verkaufen. Terry kennt die Farm in- und auswendig.«

Mikhail dachte nach und schob dabei die Unterlippe vor, was ziemlich lächerlich aussah. Er erinnerte an ein schmollendes Kind. Beinahe hätte Beattie gelacht. Dann sagte er: »Charlie Harris.«

Sie brauchte einen Augenblick, um sich an ihn zu erinnern, doch dann war der Tag, an dem sie Henry verlassen hatte, wieder da. Der Tag, an dem Charlie Lucy das Leben gerettet hatte.

»Niemand kennt Wildflower Hill wie er. Ist kluger Mann. Weiß, was gut ist für Geschäft. Mr. Blanchard mochte nicht, weil er klug ist. Wirst ihn mögen.«

»Wie soll ich ihn überhaupt finden?«

»Ist nach Bligh gegangen.«

»Das ist aber Jahre her.«

»Vielleicht ist noch da. Brief schreiben. Postamt findet ihn, wenn noch in der Stadt ist.«

Beattie überlegte. Die Vorstellung, einen brillanten Verwalter zu haben, der die Farm wieder zum Laufen brachte, war verlockend. Wenn sie den Besitz verkaufte, käme sie kurzfristig zu Geld. Doch wenn die Farm erfolgreich arbeitete, hätte sie eine Sicherheit fürs Leben.

»Na gut. Ich werde ihm schreiben, aber wenn ich in zwei Wochen nichts gehört habe, bitte ich Leo, einen Käufer zu suchen.«

Mikhail nickte und wandte sich wieder seiner Mahlzeit zu. Falls er sich Sorgen um die Zukunft machte, verbarg er sie geschickt.

Eine Woche verging. Nichts. Dann kam Leo Sampson eines Morgens zu Besuch, als Beattie gerade ihr Bett für Lucys ersten Besuch frisch bezog. Eigentlich sollte sie erst kommen, wenn auf der Farm alles hergerichtet war, doch Beattie hatte inzwischen begriffen, dass dies viel zu lange dauern würde.

»In der Stadt erzählt man sich, Sie wollten die Farm verkaufen«, sagte Leo.

»Ich denke darüber nach«, erwiderte sie argwöhnisch. »Wieso?«

»Jemand hat mir ein Angebot unterbreitet.«

Beatties Herz schlug schneller. »Tatsächlich? Wer denn?«

»Er will nicht genannt werden.«

»Es ist Jimmy Farquhar, oder?«

»Wissen Sie, wie viel er bietet?«

»Nur zu.«

Leo nannte den Betrag. Es war eine Menge Geld, aber nicht einmal annähernd das, was der Besitz wirklich wert war.

»Das ist eine Beleidigung«, sagte sie. »Es kann nur Farquhar sein.«

Leo schwieg.

»Er hat es auf mich abgesehen, weil die Zeiten schlecht sind. Er hat mir schon den Verwalter abgeworben.«

»Ich finde, Sie sollten das Angebot annehmen. Damit wäre Ihre Zukunft gesichert.«

»Ich würde meine Zukunft *verkaufen*«, sagte Beattie. »Und die meiner Tochter.«

»Es ist mehr, als Sie sich vor einem Jahr hätten träumen lassen, Beattie.«

»Aber seither habe ich mir sehr viel mehr erträumt.« Sie seufzte. »Ich bin keine Närrin, ich denke darüber nach.«

Keine Stunde nachdem sie sich verabschiedet hatte, klopfte es erneut. Da sie selten Besuch erhielt, ging sie neugierig zur Tür.

Vor ihr stand ein großer, dunkelhäutiger Mann in weißem Hemd und dunkler Hose. Das lockige Haar quoll unter seinem Hut hervor und fiel ihm fast bis auf die Schultern. Beattie brauchte einen Augenblick, bis sie Charlie Harris wiedererkannt hatte.

Sie musste unwillkürlich lächeln. »Sie sind also gekommen.«

Er lüftete grinsend den Hut. »Habe Ihren Brief bekommen, Missus. Kann ich reinkommen und mit Ihnen darüber reden?«

Zwei schwarz-weiße Hunde begleiteten ihn, blieben aber respektvoll sitzen, als sie die Tür weiter öffnete. Andere Frauen wären sehr viel vorsichtiger gewesen, wenn ein Aborigine sie aufsuchte, während sie allein im Haus waren. Dieser Mann aber hatte sein Leben aufs Spiel gesetzt, um ihre Tochter aus den Fluten zu retten.

Außerdem war sie anders als andere Frauen.

Beattie führte Charlie in die Küche und setzte den Wasserkessel auf den Herd. Er brachte seinen Hunden eine Schale Wasser nach draußen, kam zurück und ließ sich auf einem Stuhl nieder. Sein großer, schlanker Körper wirkte lässig und geschmeidig.

»Ich hoffe, ich habe Ihnen keine Mühe gemacht«, sagte Beattie und gab Teeblätter in die Kanne. Sie konnte kaum die Augen von seinen langen Beinen wenden.

»Ganz und gar nicht. Ich liebe Wildflower Hill und bin ganz versessen darauf, zurückzukommen. Sonst wäre ich nicht den ganzen Weg von Bligh zu Fuß gelaufen.«

»Ich muss Ihnen allerdings einige Dinge erklären.«

»In der Tat. Als ich Sie das letzte Mal gesehen habe, hatten Sie nur einen nassen Karton und ein kleines rothaariges Mädchen bei sich. Jetzt haben Sie mehr als einen nassen Karton.«

»Raphael Blanchard hat seinen Besitz zugrunde gerichtet. Er musste verkaufen. Mein Onkel in Schottland war gerade gestorben und hatte mir etwas hinterlassen.« Na bitte, das Lügen war doch gar nicht so schwer.

»Verstehe. Und das kleine rothaarige Mädchen?«

»Sie lebt im Moment bei ihrem Vater. Aber sie kommt am Ende der Woche zu Besuch.«

Beattie bereitete den Tee zu, stellte das Tablett auf den Tisch und sah zu, wie Charlie drei Löffel Zucker in seine Tasse gab. Er trank hastig wie ein Mann, der vor Durst umkommt, schien sich dann aber an seine Manieren zu erinnern, lehnte sich zurück und nippte höflich an seiner Tasse.

»Lassen Sie mich ehrlich zu Ihnen sein, Mr. Harris. Ich habe kein Geld. Ich habe dreihundert Morgen verkauft, um die Schulden abzuzahlen, und jetzt geht mir das Geld aus. Ich stehe kurz davor, alles zu verkaufen. Wenn Sie bereit sind, für mich zu arbeiten, werde ich genügend Land veräußern, um Ihren Lohn zu zahlen und noch ein bisschen länger durchzuhalten.«

»Verkaufen Sie nichts«, sagte er kopfschüttelnd. »Das ist ein feiner Besitz, Missus. Sie sollten ihn an niemanden verkaufen.«

»Nennen Sie mich Beattie. Aber ich habe leider nicht genügend Geld, um Sie vor der nächsten Schur zu bezahlen.«

»Wie bezahlen Sie denn Mikhail?«

»Gar nicht. Wir essen, was wir selber ziehen.«

Er zuckte mit den Schultern. »Das kann ich auch.«

»Das ist aber nicht richtig, Mr. Harris.«

»Nennen Sie mich Charlie.« Er lächelte, und sie bemerkte ein tiefes Grübchen in seiner linken Wange, das ihn jungenhaft aussehen ließ.

Sie lächelte gegen ihren Willen. »Es ist nicht richtig, jemanden einzustellen, wenn man ihn nicht bezahlen kann.«

Er beugte sich vor und stellte die Tasse ab, schien nach Worten zu suchen. »Ich habe zugesehen, wie Raphael Blanchard die Farm zugrunde gerichtet hat. Er war ein Idiot. Sie können hier viel mehr Schafe weiden lassen. Sie sollten zur Bank gehen und sich genügend Geld leihen, um mindestens zweitausend weitere Tiere zu kaufen. Diese Farm ernährt mühelos siebentausend Stück. Sie könnten hundert Ballen Wolle im Jahr erzielen. Dann können wir darüber nachdenken, was Sie mir bezahlen.«

Beattie wusste, sie hätte nein sagen müssen. Doch der letzte Wollertrag hatte bei dreiundzwanzig Ballen gelegen. Sie hatten eine nette Summe gebracht, waren aber von Raphaels Schulden aufgefressen worden, bevor sie auch nur einen Penny davon gesehen hatte. Fünfzig Ballen würden die Farm mehr als ein Jahr am Laufen halten, und sie könnte außerdem Möbel kaufen. Hundert würden sie sogar reich machen, so dass sie Lucy für immer zurückholen könnte.

»Aber ich brauche Hilfe. Allein schaffe ich es nicht«, sagte er.

»Ich kann mir keine weiteren Leute leisten und auch nicht erwarten, dass alle kostenlos für mich arbeiten.«

»Mikhail wird helfen. Können Sie reiten? Dann können Sie auch mitarbeiten.«

»Nein, ich habe noch nie ein Pferd aus der Nähe gesehen.«

»Ich bringe es Ihnen bei. Wir drei und die Hunde werden diese Farm zu dem machen, was sie eigentlich sein sollte. Ist es nicht das, was Sie wollten, als Sie Ihr Erbe investiert haben? Sie wollen das Geld doch nicht verschwenden. Sie haben sie doch nicht gekauft, um bei den ersten Schwierigkeiten aufzugeben.«

Beattie hatte plötzlich ein schlechtes Gewissen wegen ihrer Lüge. »Natürlich nicht.«

»Gut, wenn wir alle in die Hände spucken, können wir Wildflower Hill zu einer blühenden Farm machen. Es wird schwer, ist aber nicht unmöglich.«

Vor schwerer Arbeit fürchtete sie sich nicht. Sie hatte viel mehr Angst davor, ihre neugewonnene Macht zu verlieren. Also holte sie tief Luft und schüttelte ihm fest die Hand. »Sie sind eingestellt, Charlie Harris.«

An dem Morgen, an dem sie Lucy erwartete, war Beattie außer sich vor Nervosität. Es war der erste Besuch ihrer Tochter, seit ihr Wildflower Hill gehörte. Wenn ihr das Haus nun nicht gefiel? Früher war Lucy einfach ein Teil ihres täglichen Lebens gewesen, und mit viel Fleiß und der Hilfe von Charlie Harris wollte sie ihre Tochter zurückbekommen. Mit Fleiß und Opfern. Sie musste tief Luft holen, wann immer sie an das letzte Darlehen dachte, das sie aufgenommen hatte. Der Bankdirektor hatte ihr eine Liste der vierteljährlichen Rückzahlungen samt Fälligkeitstermin vorgelegt. Sie war furchteinflößend. Im Grunde reichte ihr Geld für die letzte Zahlung gar nicht aus, doch sie hoffte, dass der Wollertrag hoch genug wäre, um die Bank einen Monat zu vertrösten. Doch selbst so musste sie sparsamer denn je sein. Sie und ihre beiden Mitarbeiter aßen zum Frühstück nur noch Brot und Bratfett, Marmelade konnten sie sich nicht mehr leisten. Zum Glück hatte Mikhail einen grünen Daumen, und überall im Garten spross seine Saat.

Henrys neuer blauer Chevrolet brummte viel später als erwartet, nämlich kurz vor dem Mittagessen, die Einfahrt herauf. Hoffentlich erwarteten Henry und Molly nicht, dass sie sie zum Essen einlud. Es gab nicht genügend Stühle, von Lebensmitteln ganz zu schweigen. Beattie hatte das Nötige für Lucys Besuch aufgespart; sie wollte nicht gleich am ersten Tag alles an Henry und Molly verschwenden. Vor allem, da sie ohnehin so viel besaßen.

Sie wartete an der Haustür. Der Motor wurde ausgeschaltet, man hörte nur noch das Rascheln der Blätter im Wind. Lucy stieg aus, ihr rotes Haar schimmerte in der Sonne. Beattie breitete die Arme aus und rechnete mit einer stürmischen Begrüßung, doch Lucy war vorsichtig. Sie kam unbeholfen und argwöhnisch näher. Die Trennung war lang gewesen.

Beattie kniete sich hin und legte die Arme um Lucy, ohne deren Zurückhaltung zu beachten. »Mein Liebling, ich habe dich so vermisst.«

Lucy schmolz dahin und klammerte sich fest an Beattie. Ihr kleines Herz klopfte heftig. Beattie sah Henry und

Molly auf sich zukommen. Er trug keinen Hut, sein Haar wurde allmählich schütter. Sie stand auf und setzte sich Lucy auf die Hüfte, obwohl sie inzwischen zu groß dafür war. Dann lächelte sie zur Begrüßung.

»Willkommen auf Wildflower Hill.«

»Wir waren schon mal hier«, erwiderte Henry mürrisch.

Beattie erkannte, dass er eifersüchtig war. Vielleicht wünschte er sich sogar, er wäre noch mit ihr zusammen; möglicherweise hätte es ihm auch gefallen, Besitzer einer so großen Farm zu werden. »Aber jetzt gehört es mir. Kommt herein.«

Drinnen sah es natürlich weniger eindrucksvoll aus. Sie ließ Lucy durchs ganze Haus laufen und in die leeren Zimmer schauen.

»Erzähl mir von diesem Onkel, der gestorben ist und dir das Geld hinterlassen hat«, sagte Henry, während er sich umschaute.

»Großonkel. Mütterlicherseits.«

»Du hast ihn nie erwähnt. Ich wusste gar nicht, dass du noch Kontakt zu deiner Mutter hast.«

Zum Glück unterbrach Molly sie an dieser Stelle. »Wo soll sie schlafen?«, rief sie von oben, nachdem sie die Zimmer inspiziert hatte.

»Zuerst mal bei mir. Ich kann mir im Moment kein neues Bett leisten.«

Lucy galoppierte die Treppe herunter und legte die Arme um Beatties Taille, doch Henry verzog missbilligend das Gesicht. »Sie ist kein Kleinkind mehr, Beattie. Sie braucht ein eigenes Zimmer.«

»Es ist mir egal«, sagte Lucy.

»Natürlich ist es dir egal. Du hast ein gutes Herz«, erwiderte Molly.

»Der Onkel?«, hakte Henry nach.

»Onkel Montgomery. Er lebte in Inverness. Ich bin ihm nur einmal begegnet.« Hoffentlich wurde sie nicht rot.

»Wohnst du ganz allein hier?«, fragte Henry, als Molly wieder zur Treppe ging.

»Nein, Mikhail hilft mir im Haus und im Garten, und Charlie ist mein Verwalter.«

»Die wohnen hier?« Molly schien entsetzt.

»Mikhail hat sein Zimmer unten, und Charlie wohnt im Schererhäuschen.« Er hatte darauf beharrt, dass es nicht richtig sei, in ihrem Haus zu wohnen, und dass alle anderen Leute das ebenso sehen würden.

»Du kannst dir zwei Angestellte leisten, aber keine Möbel?«

»Erst nach der nächsten Schur.«

»Und die wäre?«

Sie standen wieder an der Haustür. Sie würde Henry nicht verraten, dass sie erst in einem Jahr wieder Geld einnehmen würde. Dass sie in Wirklichkeit versuchte, für einige Pennys Wildkaninchen zu verkaufen, um sich Kerosin leisten zu können. Der Winter war noch Monate entfernt, aber sie hatte jetzt schon Angst davor.

»Bald«, sagte sie zu Henry. »Lucy hat es gut bei mir, ich sorge für sie. Ich habe viele Jahre für sie gesorgt. Du brauchst nicht an mir zu zweifeln.«

Henry wirkte ernüchtert, als sie ihn an seine lasterhafte Vergangenheit erinnerte, und ging mit gesenktem Kopf zum Auto. Molly aber blieb hartnäckig.

»Lucy, willst du deinem Daddy nicht sechs Küsschen geben und dich verabschieden?«

Das Mädchen rannte davon, und Molly blickte Beattie an. »Ich muss dir etwas sagen, bevor du es von Lucy erfährst und wütend wirst.«

»Was ist los?« Sie bemühte sich, Wärme in ihre Stimme zu legen.

»Sie nennt mich nicht mehr Mama Molly, nur noch Mama.«

Beattie wollte protestieren, doch Molly sprach weiter.

»Ich weiß, dass du ihre Mutter bist, und will dich auch nicht verdrängen. Wirklich nicht. Aber sie kommt nächstes Jahr in die Schule, und es ist einfach zu kompliziert, den Lehrern, Nachbarn und Freunden die Situation zu erklären.«

»Kompliziert? Oder peinlich?«

Sie wurde rot. »Beides, das gebe ich zu. Das Kind wurde unehelich geboren. Sie wird in Hobart, wo wir wohnen, zur Schule gehen. Ich bin die Person, die als ihre Mutter auftritt. Warum sollten wir dem Kind ein Schandmal aufdrücken? Warum sollte sie anders sein als ihre Freundinnen? Sie kann nichts dafür, dass ihre Herkunft … zweifelhaft ist.«

Beattie wollte etwas erwidern, beherrschte sich aber. Immerhin hatte sie gewusst, dass Henry verheiratet war, als sie die Affäre mit ihm begann. Es schien eine Ewigkeit her zu sein.

»Jedenfalls bin ich Mama, und du bist Mummy, und das Kind kann es auseinanderhalten.« Sie zog sich die Handschuhe an.

»Beeil dich!«, rief Henry vom Auto.

»Er ist sehr schlecht gelaunt. Wir sehen uns in einer Woche. Ruf an, wenn wir früher kommen sollen.«

Beattie verschwieg, dass am Ende der Woche das Telefon abgestellt wurde. »Bis dann.«

Lucy kam angelaufen. Beatties Herz schlug heftig vor Empörung. Wie konnte Molly es wagen, ihr Handeln so sachlich zu erklären? Beattie wusste genau, dass Molly sich nach einem eigenen Kind sehnte und dass die Tatsache, Mama genannt zu werden, ihren eigenen Wünschen ebenso entsprach wie denen des Mädchens.

»Geht es dir gut, Mummy? Du siehst so böse aus«, sagte Lucy.

Beattie beugte sich vor und küsste sie auf den Kopf, während der Wagen davonfuhr. »Nicht auf dich, mein Schatz. Komm, wir gehen in unser neues Haus.«

Lucy wachte früh auf. Zu früh. Mummy schlief noch neben ihr, auf der Seite zusammengerollt, einen Arm quer über Lucys Bauch. Sie wollte wieder einschlafen, doch das Bett war fremd, die Vögel waren laut, und sie musste Pipi machen.

Sie stand auf und zog den rosa Morgenmantel an, den Molly ihr gestrickt hatte. Molly konnte nicht so hübsche Sachen machen wie Mummy, er war ziemlich schief ausgefallen. Sie schlich auf Zehenspitzen aus dem Zimmer, weil sie sich daran erinnerte, was Daddy und Molly immer sagten: »Wenn du früh aufwachst, mach dir selbst Frühstück. Lass uns schlafen.«

Im Flur war es kalt, und sie zog den Morgenmantel enger um sich. Sie machte einen Abstecher auf die Toilette und ging dann nach unten. Mummys neues Haus war wunderbar, so viele leere Zimmer. Sie fragte sich, ob sie in einem wohl ein Zelt aufschlagen und eine Nacht auf Decken darin schlafen durfte.

Lucy fand die Küche und schnitt sich ein schiefes Stück Brot ab, strich mit einem Löffel Honig darauf und ging zum Fenster. Unten auf der Koppel sattelte ein Mann gerade ein Pferd. Er hatte dunkle Haut, aber nicht annähernd so dunkle wie das Hausmädchen von Mrs. Bainbridge, die bei ihnen gegenüber wohnte. Die war so dunkel wie Lakritz.

Lucy schaute eine Weile hinaus. Zu Hause hatte sie ein Spielzeugpony, hätte aber gern mal ein echtes angefasst. Beim letzten Besuch hatte ein Mann sie ausgeschimpft, weil sie sich den Pferden genähert hatte, doch der dunkelhäutige Mann sah freundlich aus. Außerdem gehörte Mummy jetzt die Farm, also würde er vermutlich tun, was Lucy sagte. Sie öffnete die Tür zur Waschküche, ging die Treppe hinunter und nach draußen auf die Koppel.

Das Gras war noch nass vom Tau, und die Sonne verlieh den Wolken einen goldenen Rand. Der Himmel sah aus wie ein Milchshake mit Erdbeeren. Der Mann wollte gerade auf das Pferd steigen und wegreiten, also rief sie: »Hallo! Warten Sie!«

Der dunkelhäutige Mann drehte sich um und lächelte.

Ihre Bettsocken waren schon nass vom Tau. Aus der Nähe sah der Mann gut aus, mit großen, freundlichen dunklen Augen. »Die Farm gehört meiner Mummy. Ich möchte das Pferd streicheln.«

»Natürlich. Aber du musst vorsichtig sein.«

Das Pferd senkte den Kopf, und Lucy rieb ihm behutsam die Nase. Es zuckte mit den Ohren.

»Na bitte, er mag dich.«

»Ich heiße Lucy.«

»Ich heiße Charlie. Wir sind uns schon einmal begegnet, vor ein paar Jahren.«

Lucy schaute ihn an. »Ich glaube nicht. Ich habe ein sehr gutes Gedächtnis.«

»Du warst noch sehr klein. Deine Mum wollte mit dir einen reißenden Bach überqueren. Du bist ins Wasser gefallen, und ich musste reinspringen und dich rausziehen.«

Sie dachte angestrengt nach, aber die Erinnerung wollte nicht kommen. Nur ein verschwommenes Bild, wie sie im Wasser war und Angst hatte, aber es war nicht genau zu erkennen. »Ehrlich? Das war aber nett von Ihnen, sonst wäre ich ertrunken.« Sie streichelte die Mähne des

Pferdes und sah ihn wieder an. »Warum haben Sie so dunkle Haut?«

»Warum hast du so rotes Haar?«

Sie zuckten beide mit den Schultern. Lucy musste lachen.

»Geh lieber zurück ins Warme.« Er setzte den Hut auf und stieg aufs Pferd. »Deine Mutter wird sich Sorgen machen.«

»Nein, macht sie nicht.«

Charlie lachte. »Vielleicht doch.« Er stieß einen Pfiff aus, worauf zwei Hunde aus dem Stall geschossen kamen und auf ihn zurannten. Dann galoppierte er davon und ließ Lucy im feuchten Gras stehen.

Hatte er sie wirklich aus einem Bach gezogen, als sie klein gewesen war? Daran müsste sie sich doch erinnern. Vielleicht hatte er gelogen. Molly sagte, man könne Mrs. Bainbridges Hausmädchen nicht trauen, weil sie schwarz sei; vielleicht galt das auch für Charlie. Andererseits war er sehr nett zu ihr gewesen. Molly sagte manchmal Dinge über andere Leute, die nicht ganz richtig waren. Einmal hatte sie mit Daddy gestritten, das einzige Mal überhaupt, und Molly hatte ein Wort für Mummy benutzt. Lucy konnte sich nicht daran erinnern, aber es war kein nettes Wort gewesen.

»Lucy!«

Sie blickte nach oben und sah Mummy, die aus dem Schlafzimmerfenster winkte.

»Komm hoch! Es ist noch zu kalt.«

Die Sonne ließ den Tau im Gras schimmern. Lucy lief wieder hinein und tat dabei, als wäre sie ein Pferd.

Beattie kniff sich in den Nasenrücken und legte den Stift nieder. Ihr Nacken schmerzte vor Anspannung, ihre Kopfhaut schien zu eng für den Schädel. Wieder schaute sie auf die Zahlen, konnte sie aber nicht richtig zusammenrechnen.

Die Zinsen für das Darlehen würden ihr den Hals brechen.

Charlie hatte am Freitag zweitausend Merinoschafe erster Güte von der Farm gekauft, auf der er zuletzt gearbeitet hatte. Jetzt war es zu spät für Reue; sie hatte schon die Papiere unterzeichnet.

Trotzdem, es war ein schöner Nachmittag. Die Sonne schien hell durchs Fenster des Arbeitszimmers – einem winzigen Raum mit einer Kiste als Stuhl und einem Schreibtisch, den Mikhail provisorisch zusammengehämmert hatte –, und die Wildblumen blühten auf den Hügeln hinter dem Haus. Vielleicht sollte sie hinausgehen und frische Luft schnappen, damit sie einen klaren Kopf bekam.

Dann klopfte es. Charlie stand in der Tür.

»Hey, Missus«, sagte er. Er bestand darauf, sie so zu nennen, auch wenn sie ihn mehrmals gebeten hatte, Beattie zu sagen. Inzwischen hatte sie es aufgegeben.

»Charlie. Was gibt es?«

»Es ist jetzt zwei Wochen her, und Sie sind immer noch nicht auf das verdammte Pferd gestiegen.«

»Sie haben selbst gesagt, dass Sie mich noch nicht brauchen.«

»Ich brauche Sie aber, bevor der Sommer vorbei ist. Die Hunde und ich schaffen es nicht allein.«

Beattie wollte nicht zugeben, dass sie Angst vor dem Reiten hatte. Pferde erschienen ihr so groß und unberechenbar. »Es ist noch genügend Zeit, um es zu lernen.«

»Aber nicht, um es gut zu lernen. Hören Sie, Missus, Sie können keine Schaffarm führen, ohne zu reiten. So hat es Raphael Blanchard gehalten, und Sie wissen ja, was aus ihm geworden ist. Die Schafe müssen viel bewegt werden. Diese Woche kommen zweitausend Tiere dazu. Sie müssen mir helfen oder jemanden einstellen.«

Beattie sah auf die Zahlenkolonnen und spürte den vertrauten Stich im Herzen.

Charlie kniete sich hin, stützte die Arme auf den Schreibtisch und das Kinn auf die Arme. »Missus? Haben Sie Angst?« Er lächelte breit – er hatte ein sehr ansteckendes Lächeln.

Beattie musste lachen. »Keine Angst, aber mir ist nicht wohl dabei.«

»Das ist am Anfang immer so. Aber Abby ist ziemlich ruhig. Sie wird nett zu Ihnen sein.« Er stand auf und deutete auf ihren Rock. »Ziehen Sie sich um, dann treffen wir uns im Stall.«

Er marschierte davon. Beattie klappte das Buch zu und sah ihm nach. Er bewegte sich mit einer lässigen Anmut, fühlte sich zutiefst wohl in seinem Körper. Sie wusste genau, dass sie unbeholfen und lächerlich wirken würde, wenn sie zu reiten versuchte. Es war ihr jetzt schon peinlich.

Sie zog eine Hose an, die sie gewöhnlich bei der Gartenarbeit trug, nahm den Hut vom Türhaken, ging zwischen den gackernden Hühnern hindurch in den Garten, wo Mikhail gerade Kräuter pflanzte, und zum Stall.

Abby, die große kastanienbraune Stute, wartete schon. Charlie stand gegen das Pferd gelehnt und sprach ihm leise ins Ohr. Sein eigenes Tier, der graue Hengst Birch, war noch angebunden. Beattie musste schlucken.

»Ich bin bereit.«

Charlie klopfte auf Abbys Flanke. »Man hält sich immer auf der linken Seite des Pferdes, daran ist es gewöhnt. Jetzt werden wir sie satteln.«

Langsam, mit viel Geduld und Humor erklärte er Beattie die einzelnen Schritte. Wie man die Gebissstange ins

Maul des Pferdes schob, den Kehlriemen befestigte, die Satteldecke glatt strich und den Sattelgurt festzurrte. Er zeigte ihr, wie man leise auf das Pferd einreden konnte, um es zu beruhigen, und half ihr beim Aufsitzen. Es kam ihr sehr hoch vor. Am liebsten hätte sie sich vorgebeugt und an der Mähne festgeklammert.

»Nein, nein«, sagte Charlie. »Sie müssen sich entspannen, Missus. Hände tief, Fersen tief. Füße nach vorn. Sie müssen Ihre Zehen sehen können. Nicht wackeln. Entspannen. Tief Luft holen.«

Das war leichter gesagt als getan. Abby wurde allmählich unruhig, und Beattie zwang sich, still zu sitzen. Wieder beruhigte Charlie das Pferd. Beattie holte tief Luft.

»Und jetzt ganz sanft mit den Fersen anstoßen. Ganz, ganz sanft.«

Worauf sich das Pferd in Bewegung setzte.

»Geh weiter, Abby«, er rieb dem Pferd die Nase, »geh weiter.«

»Und wie sage ich ihr, wohin ich will?«, fragte Beattie panisch.

»Natürlich mit den Zügeln.« Mit einer fließenden Bewegung stieg Charlie auf sein Pferd und trabte neben sie. »Wir fangen ganz langsam an. Nur über die Koppel.«

Beattie fürchtete schon, sie werde sich nie an diese Höhe gewöhnen, doch Charlie war sehr geduldig mit ihr und zwang sie zu nichts. Sie ritten zweimal um die Koppel und kehrten dann in den Stall zurück.

»War das alles?«

»Das und eine Menge Übung.« Charlie saß ab und legte die Hände um ihre Hüften, um ihr zu helfen. Er war sehr stark. Sie kam sich unbeholfen vor und fiel beinahe zu Boden. Abby wieherte leise.

»Nicht lachen«, sagte sie zu dem Pferd.

»Jeden Tag, Missus«, erklärte Charlie. »Zweimal um

die Koppel, dann dreimal, dann viermal. Und wenn Sie sich daran gewöhnt haben, schneller und weiter. Im Herbst müssen Sie mit mir die Schafe zusammentreiben. Werden Sie das schaffen?«

Beattie schnaubte. »Mir bleibt wohl nichts anderes übrig.«

Seine dunklen Augen blickten ernst. »Ja, Missus, das glaube ich auch.«

# Zwanzig

Sie übte jeden Tag und gewöhnte sich allmählich an das Reiten. Die Tage waren lang, die neuen Schafe lebten sich ein und sammelten sich, wenn es nachmittags am heißesten war, im Schatten der Bäume. Am letzten Februartag ritt sie mit Charlie zum ersten Mal los, um die Tiere von einer Weide auf die andere zu treiben. In Wahrheit waren die Hunde nützlicher als sie selbst, doch Charlie beschwerte sich nicht. Abends taten ihre Beine weh, und die Handgelenke waren rosa verbrannt, wo sich die Sonne zwischen Handschuhe und Ärmel gestohlen hatte. Dennoch hatte sie schon lange nicht mehr so gut geschlafen.

Charlie und Mikhail waren ihre Felsen in der Brandung. Mikhail kümmerte sich um das Haus, Charlie verwaltete die Farm, und Beattie versuchte sich an der Büroarbeit. Sie gaben fast nichts aus, sondern ernährten sich aus dem Garten und zwangen sich, die Eier statt der Hühner zu essen. Einmal alle vierzehn Tage ging sie zu Fuß in die Stadt, um Haferschrot, Honig, Milch, Seife und Mehl zu kaufen. Sie genoss den Spaziergang, weil sie Zeit zum Nachdenken und Entspannen hatte. Die tägliche Arbeit nahm sie so sehr in Anspruch, dass sie oft gar nicht mehr in Ruhe überlegen konnte.

Der Kolonialwarenladen hatte neue Besitzer, was Beattie hoffnungsvoll stimmte. Sie hörte nie auf den Klatsch in der Stadt, obwohl sie vermutete, dass er sich gleichmäßig zwischen der Tatsache, dass sie Wildflower

Hill gekauft hatte, und den düsteren und doch begeisterten Spekulationen über einen Krieg in Europa aufteilte. Dann aber hörte sie zwei ältere Frauen, die ihre Missbilligung über die junge Frau ausdrückten, die den Laden betrieb.

»Zu jung und zu ehrgeizig«, sagte die eine.

»Kommandiert ihren Mann herum«, erwiderte die andere.

Beattie träumte von einer Verbündeten. Hinter dem langen Glasschrank, der als Theke diente, stand eine kleine, rundliche Frau mit blonden Locken. Sie lächelte, als Beattie hereinkam. Beattie erwiderte die Begrüßung. Zum ersten Mal seit langer Zeit hatte jemand aus der Stadt ihr zugelächelt.

»Hallo, ich bin Tilly. Herzlich willkommen.«

»Ich bin Beattie Blaxland von Wildflower Hill.«

»Sie sind Schottin. Dieser Akzent …«

»Ja.«

»Meine Mutter war auch Schottin. Ich bin aber bei meinen Tanten in Südafrika aufgewachsen.«

»Und was hat Sie hierher verschlagen?«

Tilly lachte. »Das Gleiche könnte ich Sie fragen. Ich habe einen Australier geheiratet.«

Sie plauderten kurz miteinander, während Beattie ihre Einkäufe auswählte und die Pennys abzählte, als wären es Diamanten. Tilly stellte ein paar Fragen über die Farm, wie weit entfernt und wie groß sie sei, und bedauerte Beattie, weil sie arbeiten und sich um den Haushalt kümmern musste.

»Ich glaube, unsere Ehemänner erwarten zu viel von uns«, lachte Tilly, als sie eine Dose Milchpulver einpackte.

»Eigentlich bin ich jetzt allein.«

»Das tut mir leid. Ist Ihr Mann gestorben?«

»Er … es hat nicht funktioniert.« Sie wurde rot.

Tilly lächelte nicht mehr ganz so herzlich. »Das ist Pech. Es muss schwer für Sie sein so allein. Da bedauere ich Sie.«

Beattie griff nach diesem Bröckchen Mitgefühl, dem einzigen, das man ihr in der Stadt je entgegengebracht hatte. »Es ist sehr, sehr schwer. Vielen Dank für Ihre Freundlichkeit.«

Plötzlich glitt ein rotgesichtiger Mann mit öligem Haar, der Mitte dreißig sein mochte, aus dem Lagerraum wie eine Eidechse, die hinter einem Felsen hervorschießt. Er musterte Beattie mit kaltem Blick.

»Da ist er ja«, sagte Tilly lachend. »Frank, das ist Beattie.«

Er nickte knapp. Beattie bemerkte, dass Tilly ängstlich geworden war; die Vorstellung, sie kommandiere ihren Mann herum, war absolut lächerlich. Es war nur der eifersüchtige Tratsch älterer, gelangweilter Frauen.

»Es war mir ein Vergnügen«, sagte Beattie und griff nach ihren Paketen. »Ich muss jetzt los.«

Sie stieß die Tür auf und prallte dabei fast mit Margaret Day zusammen, die gerade hereinkam. Sie hatte Margaret nicht mehr gesehen, seit diese sie vor Monaten aus dem Haus gewiesen hatte.

»Hallo, Margaret«, sagte sie, ermutigt durch das nette Gespräch mit Tilly.

Diese blickte sie jedoch nur eisig an und stürmte an ihr vorbei. Die Ladentür fiel zu, und Beattie blieb desillusioniert vor dem Geschäft stehen. Sie warf einen Blick über die Schulter und sah durchs Fenster, wie sich Margaret über die Theke lehnte und mit Tilly sprach. Diese blickte auf, entdeckte Beattie am Fenster und wandte sich ab. Diesmal lächelte sie nicht.

Am liebsten wäre Beattie hineingelaufen und hätte gerufen: »Hör nicht auf sie! Sie ist eine frömmelnde Närrin!« Aber das tat sie nicht. Sie hob das Kinn und machte sich auf den Heimweg. Sie brauchte keine Verbündeten, sie kam allein zurecht.

In den langen Wochen, in denen Lucy nicht da war, war sie nur nachts traurig, wenn sie allein im Bett lag und viel Zeit hatte, über ihre Einsamkeit nachzudenken. Tagsüber hatte sie viel zu tun, war müde und dennoch zufrieden. Erst mit dem Abend kam die Sehnsucht.

Im März wurden die Hinterteile der Schafe geschoren, damit die Wolle dort nicht verschmutzte. Charlie brachte Mikhail bei, wie man die Schere benutzte, so dass er ihnen helfen konnte. Es war eine arbeitsreiche Zeit. Sie stand früh auf, wenn der Himmel noch mit dunklen Regenwolken bedeckt war und die schwarzen Umrisse abgestorbener Bäume in Nebel gehüllt waren. Es folgten endlose Tage des Auftriebs, bei denen sie die Tiere in die Schuppen hinein- und wieder hinausbugsieren mussten. Beattie fiel jeden Abend erschöpft ins Bett. Doch es war den Aufwand wert, da sie die geschorene Wolle an einen Händler in Launceston verkaufte, der ihr einen unerwartet hohen Preis zahlte. So kam sie zu einem zusätzlichen Profit. Sie ging in die Stadt und kaufte bei Tilly Harrow ein Stück schwere rosa Baumwolle. Die Ladenbesitzerin war nicht mehr so freundlich, aber wie alle anderen in der Stadt nur zu gern bereit, ihr Geld anzunehmen.

Aus dem Stoff nähte sie ein Kleid für Lucy. Sie hatte vergessen, wie sehr sie Stoffe und das Nähen liebte, wenn sie die sauberen Säume und Falten unter ihrer Nadel wachsen sah, und fragte sich, was mit der Wolle geschah, die sie verkaufte. Wenn sie ein bisschen davon spinnen und zu Tuch weben lassen könnte, trüge sie ihre eigene Farm am Körper. Es war eine wunderbare Vorstellung, die ihr ein Gefühl der Unabhängigkeit und Stärke verlich. An diesem Abend nahm sie sich zum ersten Mal seit vielen Monaten ein Stück Papier und entwarf eine Jacke, die sich in Wolle wunderbar machen würde. Aus den Modezeitschriften, die sie im Kolonialwarenladen gesehen hatte, kannte sie die schmalen Linien und breiten Schärpen der aktuellen Mode. Stundenlang vertiefte sie sich in ihre Zeichnungen.

Dann kam Ostern, doch Henry wollte Lucy erst nach dem Gottesdienst am Ostersonntag bringen. Beattie schaffte es nie in die Kirche; sie hatte viel zu tun, und außerdem fühlte sie sich auf Wildflower Hill mit seiner tiefen Stille und den erdigen Gerüchen Gott viel näher als in der feuchten, kleinen Kirche. Wenn sie in der Abenddämmerung hinausging, wenn die fernen Berge sich blau färbten, der Bach einen silbernen Spiegel bildete und die kühlen Schatten aus den Mulden aufstiegen und Gras und Bäume umhüllten, konnte sie sich nicht vorstellen, dass sie jemals in einer überfüllten, muffigen Stadt glücklich gewesen sein sollte.

Am Sonntagnachmittag kam ihr kleines Mädchen endlich zu ihr zurück.

Charlie kämpfte gerade neben der Einfahrt mit einem Zaundraht – sie hatten kein Geld für neue Zäune, und er war sehr geschickt darin geworden, sie mit alten Stücken zu flicken –, als Henrys Wagen um die Ecke bog.

Beatties Herz machte einen Sprung. Die langen Monate des Wartens waren vorbei. Jetzt würde sich Lucys kleiner Körper zwei Wochen lang jede Nacht an sie kuscheln, und sie würde mit dem warmen Geruch ihrer Haare in der Nase einschlafen.

Die Hupe ertönte. Das war sicher nicht Henrys Idee, vermutlich hatten Lucy und Molly ihn dazu gedrängt.

Die Tür ging auf, und Lucy stieg aus. Diesmal wartete Beattie nicht auf sie, sondern umarmte sie ganz fest. Als sie zurücktrat, um sie anzuschauen, war Lucys Gesicht tränenüberströmt.

»Ich habe dich vermisst, Mummy.«

»Ich dich auch. Mehr als du dir vorstellen kannst.«

Molly und Henry stiegen aus. Sie war wie immer elegant gekleidet mit Hut und Handschuhen. Als sie Charlie erblickte, erstarrte sie.

Henry trat zu Beattie und überreichte ihr zwei Bücher. »Sie soll lesen üben«, knurrte er. »In der Schule läuft es nicht gut.«

Lucy wurde rot.

»Ja, Lucy, du musst besser lesen lernen, damit deine Mutter dir Briefe schreiben kann«, sagte Molly sanft und schaute nervös zu Charlie hinüber.

Beattie legte den Arm um Lucy. »Molly, ich glaube, du kennst Charlie noch nicht. Er ist mein Verwalter.«

»Charlie!«, rief Lucy, die ihn erst jetzt entdeckte, und stürmte auf ihn zu.

Dieser erfasste die Lage und wich zurück, damit das Mädchen ihn nicht umarmen konnte. Er hielt Draht und Zange warnend vor sich ausgestreckt. »Vorsicht, kleines rothaariges Mädchen, ich habe hier scharfe Sachen.«

»*Das* ist Charlie?«, flüsterte Molly. »Sie hat ständig von ihm geredet. Ich hatte keine Ahnung, dass er schwarz ist.«

»Er ist doch kaum schwarz«, bemerkte Henry achselzuckend, ohne die Stimme zu senken. »Außerdem ist es sowieso egal.«

Beattie war hin- und hergerissen. Einerseits war es ihr unangenehm, dass sie so offen über ihn redeten, andererseits fand sie es amüsant, dass Henry Mollys Unbehagen nicht zu teilen schien.

Lucy blieb bei Charlie stehen und unterhielt sich angeregt mit ihm über Pferde, Schule und Ostereier. Henry brachte Molly zum Wagen, und sie fuhren los. Beattie war überrascht: Molly schien in ihrem frommen Herzen keinen Platz für Menschen anderer Hautfarbe zu haben. Es war eine selektive Freundlichkeit, keine aufrichtige. Es kam nicht oft vor, dass sie sich Molly moralisch überlegen fühlte, und sie genoss das Gefühl.

»Na los«, rief sie Lucy zu, »ich habe ein kleines Geschenk für dich.«

Lucy schoss auf sie zu und schlang die Arme um ihre Taille. »Was denn, was denn?«

»Ich habe dir ein Kleid genäht. Rosa. Deine Lieblingsfarbe. Komm rein.«

Beattie führte Lucy nach oben ins Schlafzimmer. Das kleine rosa Kleid lag auf dem Bett. Lucy zog sofort Rock und Bluse aus. Sie hatte ihren Babyspeck verloren, sah auf einmal anders aus, größer, konnte selbst die Knöpfe öffnen. Eher ein Kind als ein großes Baby. Als sie das Kleid überstreifte, erkannte Beattie, dass es nicht passte.

»Oh«, sagte Lucy.

»Lucy, du musst gewaltig gewachsen sein!«

Lucy grinste stolz. »Mama sagt immer, ich esse wie ein Pferd.«

*Mama.* Auf einmal war es, als hätte sie etwas Kostbares verloren. Ihre Tochter wuchs fern von ihr auf. Bei einer anderen Mutter. Seit Beattie sie zuletzt gesehen und im Arm gehalten hatte, hatte sie sich so sehr verändert. Sie würde sich immer weiter verändern, wie die Meeresoberfläche. Und eines Tages würde Beattie sie vielleicht nicht wiedererkennen. Jedenfalls nicht, wie eine Mutter ihr Kind erkannte.

»Mummy? Bist du traurig, weil das Kleid nicht passt?«

Sie ergriff ihre Hände. »Nein, ich kann es größer machen. Ich bin traurig, weil du ohne mich aufwächst.«

Lucy schaute sie nur an.

»Bist du glücklich mit Daddy und Molly?«

»Ja. Aber es war schöner, als ich dich öfter gesehen habe.«

»Das fand ich auch schöner.«

»Ich mag die Schule nicht.«

»Aber Molly hat recht. Wenn du erst lesen und schreiben kannst, schreiben wir einander Briefe. Dann können wir uns nahe sein.«

»Na gut. Ich strenge mich mehr an.«

»Braves Mädchen.«

Als der Winter mit kalten Fingern über die Felder streifte, erhöhte der Bankdirektor die Zinsen für Beatties Darlehen. In den letzten Jahren hatte sie häufig gefürchtet, dass ihr das Geld ausgehen könnte, doch noch nie hatte sie unter solchem Druck gestanden, es aufzubringen. Sie saß stundenlang über den Büchern, stellte Haushaltspläne auf, suchte in alten Unterlagen nach den Wollerträgen früherer Jahre und schätzte den Ertrag dieses Jahres, der in vier Monaten feststehen würde. Die kalte Jahreszeit eignete sich nicht zum Sparen, und sie hatte besonderes Mitleid mit Mikhail und Charlie, die sehr viel mehr Essen benötigten als sie. Sie hatte selbst tagelang Schafe zusammengetrieben und gegen Fußfäule behandelt und wusste, dass man am Ende eines langen Tages hungrig wie ein Wolf war. Es erschien ihr grausam, ihnen an solchen Abenden nur Gemüsesuppe, Brot und Bratfett vorzusetzen.

Doch sie beklagten sich nie. Und so wurden die drei eine Familie, verbunden durch Not, Opfer und das Gefühl, gemeinsam etwas zu schaffen. Beattie wusste um ihre privilegierte Stellung; sie war es, die am meisten von ihrer harten Arbeit profitierte. Sie schwor sich, es wiedergutzumachen und niemals so viel für sich zu beanspruchen, dass sich eine Kluft zwischen ihnen auftun und ihren Bund zerbrechen würde. Sie waren nach Lucy die wichtigsten Menschen in ihrem Leben.

Sie entschied, dass es Zeit war, das Wohnzimmer in Gebrauch zu nehmen, obwohl sie keine Stühle besaß. Doch darin gab es den großen Kamin, und sie hatte aus Stoffresten Sitzkissen für den Boden genäht. In der Stadt hatte sie einen gebrauchten Teppich gekauft. Während sie auf der Fensterbank saß, um die letzten Sonnenstrahlen auszunützen, und die Bücher durchging, reinigte Mikhail den Kamin. Daneben hatte er fein säuberlich das Brennholz aufgestapelt, das er an diesem Tag gehackt hatte. Beattie freute sich sehr auf die Wärme und das Licht des Kaminfeuers und hoffte, dass Charlie sich zu ihnen gesellen würde. Sie verstand nicht, weshalb er nicht mehr Zeit im Haus verbringen wollte. Sie hatte selbst im Schererhäuschen gewohnt und wusste, wie kalt und ungemütlich es dort war. Er arbeitete so schwer und hätte ein bisschen Bequemlichkeit verdient.

Außerdem würde auch sie gerne mehr Zeit mit ihm verbringen.

Dieses Gefühl war allmählich gewachsen. Wenn sie draußen zusammenarbeiteten, blieb keine Zeit für Unterhaltungen. Sie waren oft an den entgegengesetzten Enden einer Weide oder den Ufern eines schlammigen Grabens beschäftigt und riefen einander Anweisungen über das Hundegebell und das Blöken der Schafe hinweg zu. Seine Anwesenheit aber war tröstlich. Je vertrauter sie miteinander wurden, desto mehr sehnte sie sich danach, ihn besser zu kennen und zu erfahren, was in seinem Kopf und in seinem Herzen vorging, ihn irgendwie näher an sich zu ziehen. Er war geduldig und freundlich, fleißig und stark … Er hatte so viele bewundernswerte Eigenschaften. Vielleicht bewunderte sie ihn ein bisschen zu sehr.

»Na bitte. Bin fertig«, sagte Mikhail und stand mit Eimer und Bürste in der Hand auf. Gesicht und Hände waren rußverschmiert.

»Können wir heute Abend ein Feuer anzünden?«

Er zuckte mit den Schultern. »Hoffentlich. Wenn Rauch im Zimmer ist, müssen wir noch mal versuchen.«

Beattie lachte. »Mach dich sauber. Und vielen Dank.«

Er neigte den Kopf zur Seite und zuckte zusammen. »Habe sehr steifen Hals. Bin zu alt für solche Sachen«, scherzte er. Er hinkte aus dem Zimmer, wie er es tat, seit er sich vor einer Woche ein Stück alten Zaundraht in den Fuß gebohrt hatte.

Beattie betrachtete den Kamin. Es war erst Nachmittag, noch nicht kalt genug für ein Feuer. Andererseits musste sie den Rauchfang ausprobieren … Lächelnd stapelte sie das Feuerholz, legte Kienspäne dazu und zündete es an. In der nächsten Viertelstunde stocherte sie im Feuer und sorgte dafür, dass das Haus nicht eingeräuchert wurde. Dann legte sie ein Kissen auf den Boden, setzte sich darauf und schaute in die Flammen.

Ihr Herz beruhigte sich ein wenig. Ja, über den Winter würde das Geld knapp werden, doch dann folgte die Schafschur. Sie hatte so geschickt gehaushaltet, dass es ihnen bestens gehen würde, sowie das Geld hereinkam. Dann könnte sie Mikhail und Charlie bezahlen, ihre Zinsen abtragen und sogar einige Möbel kaufen. Sie schloss die Augen und versuchte sich vorzustellen, wie dieses Zimmer im nächsten Jahr aussehen würde. Mit einem Sofa, einem Beistelltisch, einer Lampe … Sie könnte auch Telefon und Strom wieder anschließen lassen; Raphael hatte so viel Geld für die Verlegung der Leitungen ausgegeben, die jetzt nicht benutzt wurden. Oben würde es ein Zimmer für Lucy geben. Sie würde das Mädchen in ihrem Bett vermissen, aber sie war viel zu groß, um noch bei ihr zu schlafen. Beattie hatte es nicht eilig mit der Renovierung der Zimmer. Sie richtete lieber nur die ein, die sie wirklich brauchte. Im Winter hätte sie Zeit zum Nähen, hier am Kamin. Ja, wenn das Geld hereinkäme, könnte sie sogar eine elektrische Nähmaschine kaufen.

Sie wärmte sich an ihren Phantasien, während der Nachmittag dunkler wurde. Draußen hörte sie Charlie, der in den Stall ging und seine Hunde rief, und dachte ans Abendessen. Sie ging in den Flur und klopfte leise an Mikhails Tür.

»Komm rein!«

Sie öffnete die Tür. Er lag steif auf der Bettdecke und schien Schmerzen zu haben.

»Ich wollte Essen machen.«

»Für mich nicht. Geht nicht gut.«

Sie sah ihn besorgt an. »Wieso nicht gut? Ist es dein steifer Hals?«

Er schüttelte den Kopf. »Ich weiß nicht. Ich glaube, habe Fieber.«

Sie legte ihm die Hand auf die Stirn. Sie war warm, aber nicht heiß. »Dann ruh dich aus. Charlie und ich essen allein.«

Doch Charlie sagte, es lohne sich nicht, für zwei Leute richtig zu kochen. Er aß nur Brot und Honig und kehrte ins Schererhäuschen zurück. Beattie setzte sich wieder ans Feuer und nutzte das Licht für eine Kreuzsticharbeit. Sie blieb noch stundenlang auf, obwohl ihre Hände und Augen vor Anstrengung schmerzten, und genoss die Wärme, während der Wind ums Haus fegte.

Irgendwann konnte sie die Augen nicht mehr offen halten und legte die Handarbeit beiseite. Sie zündete eine Kerze an und ließ das Feuer verlöschen. Als sie den Fuß auf die erste Treppenstufe setzte, erinnerte sie sich wieder an Mikhail. Vermutlich war er eingeschlafen. Sie ging zu seinem Zimmer und horchte an seiner Tür.

Ein Stöhnen. Hatte er ihre Schritte gehört? Sie lehnte sich noch näher heran. Er atmete schwer. Sie wollte nicht unaufgefordert eintreten, sorgte sich aber, dass er krank sein könnte.

»Mikhail?«

Wieder das Stöhnen; er versuchte, sie zu rufen. Ihr Puls ging schneller, als sie die Tür öffnete.

Im flackernden Kerzenlicht bot sich ein schrecklicher Anblick. Mikhail lag da, wo sie ihn zurückgelassen hatte, doch sein ganzer Körper war erstarrt. Seine Fäuste waren geballt, der Rücken war wie der Bogen einer Violine gekrümmt. Er schaute sie flehentlich an. Sein Kiefer war zusammengepresst, und er rang mühsam nach Luft.

»O Gott!«, rief sie und erinnerte sich an die Steifheit im Nacken und das Gefühl, Fieber zu haben. »O Gott! Charlie! Charlie!«

Sie rannte in die Küche und rief nach ihm, obwohl er sie über die Entfernung nicht hören konnte. Auf einmal wurde ihr bewusst, wie isoliert die Farm lag, wie weit entfernt von jeglicher Hilfe. Sie hatten nicht mal Telefon, um einen Arzt zu rufen. Eisiges Mondlicht lag über dem taunassen Gras, sie drohte auszurutschen. Kurz darauf hämmerte sie an die Tür des Schererhäuschens.

»Charlie, komm schnell! Es geht um Mikhail.«

Er öffnete verschlafen und mit nacktem Oberkörper die Tür. »Was ist los?«

»Das weiß ich auch nicht.«

Er tastete auf dem Boden nach einem Hemd und zog es über, ohne es zuzuknöpfen. Dann rannte er schon vor ihr durch die Dunkelheit zum Haus. Der Wind hatte aufgefrischt und scheuchte die Wolken über das Angesicht des Mondes. Sie eilte Charlie mit hämmerndem

Herzen nach, ihr Atem ein weißer Nebel in der kalten Nachtluft.

Sie wartete vor der Schlafzimmertür. Sie wollte ihn nicht sehen, seine Körperhaltung hatte ihr Angst gemacht. Charlie ging mit der Kerze hinein und sprach in leisem Ton mit dem älteren Mann, der durch seinen starren Mund stöhnte, aber keine Worte bilden konnte. Dann kam Charlie wieder heraus, schloss die Tür und sah sie ernst an.

»Es geht ihm schlecht. Er hat Wundstarrkrampf.«

Beatties Herz zog sich zusammen. Sie hatte das Wort schon einmal gehört, mit dunklen Untertönen. »Was können wir tun?«

»Er braucht ärztliche Hilfe.«

»Kannst du zu Farquhar reiten und von dort telefonieren?«

»Die Stadt ist kaum weiter entfernt. Vielleicht wird Farquhar uns nicht helfen, er mag Sie nicht.«

Dies war nicht die Zeit, um beleidigt zu sein. »Woher weißt du das?«

»Warum sollte er Sie mögen? Ihre Farm läuft besser als seine, das weiß er genau. Sein Land ist der reinste Sumpf.« Charlie brachte ein Lächeln zustande. »Die Stadt ist besser. Dr. Malcolm. Es wird Abby nicht gefallen, im Dunkeln zu laufen, aber wir haben immerhin Mondlicht.«

»Nimmst du nicht Birch?«

»Nicht ich reite in die Stadt, Missus, sondern Sie.«

»Ich? Wieso ich? Du wärst schneller.« Und er ritt besser als sie.

»In der Stadt halten mich alle für einen Dieb. Sie werden mir nicht helfen.«

»Bestimmt nicht. Niemand hat Raphael gemocht.« Doch noch während sie es aussprach, fiel ihr ein, was Margaret vor einigen Jahren über Charlie gesagt hatte.

*Ein Weißer sollte sich nicht von einem Schwarzen bestehlen lassen müssen.* »Muss ich wirklich im Dunkeln in die Stadt reiten?«

»Abby ist ein braves Mädchen, Sie können ihr vertrauen. Sie hört und riecht Dinge, die wir nicht bemerken.«

Beattie warf einen Blick auf Mikhails Tür und fragte ganz leise: »Wird er sterben?«

Charlies dunkle Augen waren unergründlich. »Das weiß ich nicht, Missus. Ich habe einen Schwarzen am Starrkrampf sterben sehen, zwei andere haben sich davon erholt. Während Sie weg sind, reinige ich die Wunde an seinem Fuß und beruhige ihn.«

Beattie nickte.

»In meinem Zimmer im Häuschen liegt eine Taschenlampe. Die Batterie ist schwach, aber sie wird Ihnen helfen, Abby im Dunkeln zu satteln. Nehmen Sie sie mit. Für alle Fälle.«

***

Abby musste sich an die Dunkelheit gewöhnen. Sie schnaubte und scheute vor den Schatten, und Beattie musste sich zwingen, die Nerven zu behalten und beruhigend auf das Pferd einzureden.

Ein heftiger Wind heulte durch die Baumwipfel. Der Mond verschwand hinter den Wolken und tauchte wieder auf. Irre Schatten zuckten über die Straße; es war, als würde sich die Nacht selbst bewegen und schütteln.

Beattie klammerte sich verzweifelt fest und trieb Abby voran. Ihre Hände an den Zügeln brannten vor Kälte, Nase und Augen tränten. Ihr ganzer Körper zitterte vor Angst um Mikhail und Sorge um sich selbst. Sie durfte nicht stürzen und sich auch noch verletzen. Die Straße glitt unter ihr dahin, Abby fand ihren Rhythmus, und dann galoppierten sie über den festgetretenen Lehm in Richtung Stadt.

Die kleinen Häuser waren in tiefe Dunkelheit getaucht. Es musste schon nach Mitternacht sein. Sie fand den Weg zu Dr. Malcolms Haus und band Abby am Zaun fest. Ihre Nase und Wangen waren eisig, die Ohren schmerzten.

Es dauerte fast fünf Minuten, bis sich jemand auf ihr Klopfen meldete. Das Licht auf der Veranda wurde angeschaltet, die Tür öffnete sich. Dr. Malcolm stand im Bademantel da, seine Frau blickte ihm über die Schulter.

»Was ist los?«, fragte er unwillig.

»Einer meiner Männer auf Wildflower Hill hat Wundstarrkrampf.«

Dr. Malcolm schien mit sich zu kämpfen und seufzte. »Ich kann nicht kommen.«

»Aber er könnte sterben.«

»Wundstarrkrampf, sagen Sie?« Er rieb sich das Kinn und sagte zögernd: »Ich gebe Ihnen ein Antitoxin mit. Und ein Beruhigungsmittel gegen die Krämpfe. Wenn es ihm morgen nicht bessergeht, komme ich.«

Sie war zu müde, durchgefroren und verzweifelt, um höflich zu sein. »Wir haben kein Telefon«, fauchte sie. »Darum bin ich auch den ganzen Weg im Dunkeln geritten. Sie sind Arzt. Sie müssen uns helfen.«

Er überlegte. Beattie glaubte schon, er werde seine Meinung ändern, als seine Frau ihm die Hand auf die Schulter legte und keifte: »Es ist ein Uhr morgens. Er kommt jetzt nicht. Welcher Ihrer Männer ist es denn? Der Abo oder der Rote?«

Beattie bezwang ihren Zorn. »Mikhail ist kein Roter.«

»Er spricht nur Russisch.«

»Er spricht durchaus Englisch.«

»Ich gebe Ihnen die Medizin«, sagte Dr. Malcolm und schob seine Frau beiseite. »Morgen früh komme ich sofort und sehe nach ihm. Du gehst wieder ins Bett. Es dauert nur ein paar Minuten.«

Seine Frau warf Beattie einen Blick zu – drückte er Überlegenheit aus? Mitleid? Oder keins von beiden. Jedenfalls musste Beattie sich abwenden, sonst wäre ihr Zorn übergekocht.

Der Arzt gab ihr zwei kleine Glasflaschen, eine Spritze und die entsprechenden Anweisungen. Dann schob er sie in die Kälte hinaus, ohne ihr dabei in die Augen sehen zu können, und kehrte zurück in sein warmes Bett. Beattie band Abby los und machte sich auf den eisigen Ritt nach Hause.

Beattie ließ das gesattelte Pferd im Stall stehen und rannte ins Haus. Sie fürchtete sich vor dem, was sie dort erwartete. Sie rechnete schon damit, dass Charlie sagen würde, Mikhail sei gestorben, und machte sich auf das Schlimmste gefasst.

Charlie hörte sie und trat in den Flur. Er rührte gerade eine klebrige, stark riechende Substanz in einer Holzschale an.

»Es sieht nicht gut aus«, stieß er hervor. »Er hatte gerade einen Anfall, konnte nicht atmen. Kommt der Arzt?«

Beattie schüttelte den Kopf und zeigte ihm die beiden Flaschen. »Er braucht zwei davon und eine Spritze. Du musst mir helfen, Charlie. Ich kann es nicht allein. Ich weiß nicht, ob er überhaupt schlucken kann.«

Charlie schaute sie an und nickte. Er nahm die Flaschen, wobei seine warmen Finger die ihren flüchtig berührten. Dann gingen sie gemeinsam in Mikhails Zimmer.

Charlie stellte die Holzschale neben das Bett auf den Boden. Beattie konnte nicht hinsehen, als er seinen

Freund zwang, die Tabletten zu schlucken. Sie konzentrierte sich stattdessen darauf, das Antitoxin um die Wunde herum zu spritzen. Als sie fertig war, rannte sie aus dem Zimmer und wartete im Flur, das Gesicht in den Händen vergraben. Sie war den Tränen nahe, riss sich aber zusammen. Mikhail war so gut zu ihr gewesen, so loyal und fleißig. Sie könnte es nicht ertragen, wenn er stürbe. Das Bild seines verkrümmten, überdehnten Körpers verfolgte sie.

Als ein leises Singen ertönte, hob sie den Kopf. Sie blickte in das dämmrige Zimmer, wo sich Charlie über Mikhails Füße beugte und die scharf riechende, ockerfarbene Salbe um die Wunde herum auftrug. Die Melodie, die er sang, war einfach und eindringlich zugleich, und Beatties Herz zog sich zusammen. Es war, als werde sie Zeugin eines magischen Vorgangs, eines heiligen und tiefgründigen Rituals. Während Charlie weitersang, setzte sie sich auf den Boden, lehnte den Rücken an die Wand und legte den Kopf auf die Knie. So wartete sie auf ihn.

Etwa eine halbe Stunde später tauchte Charlie wieder auf, den Halter mit der niedergebrannten Kerze in der Hand, und setzte sich neben sie.

»Charlie? Was für ein schönes Lied war das gerade?«

»Meine Mutter hat es gesungen, wenn ich krank war. Ocker und Teebaum ist eines ihrer alten Heilmittel gegen Entzündungen. Er hat sich beruhigt. Ich glaube, die Pillen helfen. Sein Körper ist ein bisschen weicher geworden.« Er zog die langen Beine an und schlang die Arme um die Knie. »Warum wollte der Arzt nicht kommen?«

»Er hat gesagt, er kommt morgen früh.« Wieder kämpfte sie mit den Tränen. »Seine Frau hat Mikhail als Roten bezeichnet.«

»Ah. Ihr Pech. Mikhail ist ein guter Mensch.«

»Der beste.«

Pause. »Und was hat sie über mich gesagt?«

»Nichts«, log Beattie.

Charlies Lippen zuckten, als wollte er lachen. »Sicher doch. Sie ist ja auch so zurückhaltend.«

Nun musste sie lachen, wurde aber rasch wieder ernst. »Charlie, bist du es niemals leid, dass die Leute so schlecht über dich denken?«

»Solange Sie nicht schlecht über mich denken«, erwiderte er schlicht.

»Nein.« Ihre Kehle wurde eng. Es war, als hätte sie etwas gesagt, das sie nicht sagen sollte. »Nein, das tue ich nicht. Ganz im Gegenteil.«

»Ich habe schlimmere Probleme als die Meinung von Doc Malcolms Frau.« Er nickte ihr zu. »Genau wie Sie.«

Beattie lehnte den Kopf an die Wand. »Das ist wohl wahr.« Sie sah ihn unauffällig an und dachte an seine sanfte, melodische Stimme und die ruhigen, geschickten Hände. »Ich weiß nichts über dein Leben, Charlie.«

»Da gibt es nicht viel zu wissen, Missus.«

»Wirst du mich denn niemals Beattie nennen?«

Er spreizte die Hände. »Das wäre nicht recht.«

»Es würde mir aber gefallen.«

»Sie würden es bereuen. Wenn jemand in der Stadt es hörte, würden Sie es ganz bestimmt bereuen.«

»Das würde ich nicht. Ich schäme mich nicht, dich als meinen Freund zu bezeichnen. Ohne dich und Mikhail hätte ich niemals so lange durchgehalten. Und ich wäre stolz, es den Leuten zu sagen.« Sie hatte so heftig gesprochen, dass sie verlegen wurde.

Charlie sah ihr beim Kerzenschein in die Augen. Es war, als wollte er etwas sagen, doch dann wandte er sich ab. Etwas regte sich in ihr, das sie seit vielen Jahren nicht gespürt hatte, nicht seit sie ein alberner Teenager gewesen war und sich in Henry verliebt hatte. Entsetzt erkannte sie, dass es Begehren war. Sein langer, schlanker Körper, so nah neben ihrem, seine hellbraune Haut, die dunklen Locken und schwarzen Augen … Sie mahnte sich, redete sich ein, dass sie müde und voller Sorge war und ihre Gefühle sie zum Narren hielten.

Dann riss er sie aus ihren Gedanken. »Gehen Sie jetzt schlafen?«

»Du denn?«

»Ich bleibe hier.«

»Dann bleibe ich auch.«

Er stand auf. »Ich gehe die arme Abby absatteln. Sie passen auf, was drinnen vorgeht.«

Beattie wartete und versuchte, sich zu sammeln. Das Aufkeimen der Lust hatte sie beunruhigt. Sie dachte schon lange nicht mehr an Männer und war davon ausgegangen, dass niemand eine beschädigte Ware wie sie haben wollte. Die Sorge um Lucy und der Kampf gegen die Armut hatten sie so sehr in Anspruch genommen, dass die Lust in den Hintergrund getreten war. Sie hatte nicht damit gerechnet, dass Charlie sie erregen würde. Sie durfte ihren Gefühlen nicht nachgeben, da sie ohnehin keine Zukunft hatten.

Er kehrte zurück, ging kurz ins Schlafzimmer und kam leise wieder heraus. »Er schläft. Das Fieber scheint zu sinken.«

»Sein Körper?«

»Ein bisschen entspannter.« Er lächelte. »Ich glaube, er schafft es.«

Beatties Herz wurde weit vor Erleichterung. »Hoffentlich hast du recht.« Sie wurde müde, der Kopf lag schwer auf ihren Knien, doch sie war entschlossen, für Mikhail Wache zu halten. Sie stand auf und entzündete eine neue Kerze. Der Wind ließ die Fensterscheiben erbeben, doch hier drinnen war es sicher. »Halt mich wach«, sagte sie zu

Charlie und setzte sich neben ihn auf den Boden. Das Kerzenwachs roch warm in der Dunkelheit. »Du hast gesagt, es gebe nichts über dich zu wissen, aber ich möchte wetten, dass das nicht stimmt.«

Charlie nickte. »Sicher, Missus, wenn Sie es wirklich hören wollen.«

Und so erzählte er es ihr. Er berichtete von Erinnerungsfetzen an seine Kindheit, weit oben im Norden, wo es warm und feucht war, das Meer grün und der Himmel so blau, dass seine Augen schmerzten. Er hatte früh begriffen, dass er nicht die gleiche Hautfarbe wie seine geliebte Mutter hatte und die anderen Leute deswegen misstrauisch waren. Er erzählte, dass weiße Männer ihn in eine besondere Schule für Kinder wie ihn gebracht hätten, dass seine Mutter geweint und gesagt habe, es sei zu seinem Besten; dass er durcheinander und orientierungslos gewesen sei und schon geahnt habe, dass er sie nicht wiedersehen werde.

»Sie können sich nicht vorstellen, Missus, wie das ist, wenn die Leute um Sie herum sagen, dass etwas gut für Sie ist. Aber tief drinnen haben Sie ein ganz schlechtes Gefühl ...« Seine Stimme verstummte unter dem Ansturm der Gefühle.

Sie griff nach seinen Fingern, doch er zuckte zusammen, und sie zog die Hand wieder weg. Nun kam der dunkelste Teil der Nacht, in dem die Geheimnisse an die Oberfläche dringen. Jeder Nerv in ihrem Körper sehnte sich danach, ihn zu berühren, doch sie bezwang sich. Es war nicht richtig, sie durfte nicht vergessen, dass er ihr Angestellter war. Als seine Geschichte zu Ende war, erkundigte er sich nach ihrem Leben, und sie berichtete von den kindischen Träumen, Kleider zu nähen, von ihrer Liebe zu Stoffen und Entwürfen, von ihren Phantasievorstellungen, etwas aus der Wolle herzustellen, die sie hier auf Wildflower Hill erzeugten. Ermutigt durch sein Interesse entschlüpften ihr noch einige andere Wahrheiten: über Henry, über Lucy und sogar über Raphael und wie sie in den Besitz der Farm gelangt war. Darüber musste er geschlagene zehn Minuten lachen.

Irgendwann inmitten der Worte und Geschichten kam die Dämmerung. Und mit ihr schwand auch Mikhails Fieber. Kurz darauf traf Dr. Malcolm ein, worauf Charlie in sein Häuschen zurückkehrte. Der Bann der Nacht war vorüber, der Alltag meldete sich zurück. In etwa einer Woche wäre Mikhail wieder gesund.

Doch Beattie fürchtete, ihr Herz könnte nicht mehr das alte sein.

# Einundzwanzig

Hätte Beattie nicht Charlie an ihrer Seite gehabt, wäre die Schafschur eine Katastrophe geworden.

Fünf Scherer zogen ins Häuschen und verlangten gewaltige Portionen zum Frühstück und Abendessen. Beattie stand vor der Wahl, ihr letztes Geld für sie oder die Zinsen aufzuwenden, und entschied sich für die Männer. Sie schrieb an die Bank, sie könne ihre Zinszahlungen erst nach der Schafschur begleichen, und hoffte das Beste.

Da kein Geld für zusätzliche Helfer vorhanden war, mussten auch Beattie und Mikhail mithelfen. Sie trieb morgens die Schafe zusammen und kochte am Nachmittag; Mikhail kümmerte sich um die Tore und schleuste die Schafe in die Pferche. Die Hunde arbeiteten so schwer, dass sie nachmittags umfielen und wie tot schliefen. Charlie hatte die Oberaufsicht. Er wusste immer, wo jeder war, rief die Anweisungen mit seiner langsamen, sanften Stimme, bewegte die Schafherden von einem Ende des Anwesens zum anderen und sorgte dafür, dass jeder Scherer achtzig Tiere am Tag schaffte.

Da im Schererhäuschen wenig Platz war, zog er ins Haus und breitete seinen Schlafsack in einem der Zimmer im ersten Stock aus. Wenn Beattie abends schlafen ging, spürte sie seine Nähe. Er war nur zwei Türen weiter, zwischen ihnen nur der dunkle Flur … Sie dachte an seinen ausgestreckten Körper, die warme Haut … Dann aber verdrängte sie den Gedanken oder schlief vor Erschöpfung ein. Am nächsten Tag versuchte sie, ganz normal mit Charlie umzugehen. Er ließ sich nicht anmerken, ob er in ähnlicher Weise an sie dachte.

Am vierten Abend der Schafschur ging Beattie gerade müde nach oben, als Charlie mit nassem Haar aus dem Badezimmer auftauchte. Er trug Jeans und ein weites Hemd.

»Gute Nacht, Charlie«, rief sie, als er zu seinem Zimmer ging.

»Gute Nacht, Beattie«, erwiderte er und schloss die Tür.

*Beattie.* Nicht Missus. Ihren Namen aus seinem Mund zu hören bereitete ihr ein sanftes und unerwartetes Vergnügen. Ihr wurde warm ums Herz, und sie musste lächeln.

Dann endlich kam Geld herein.

Der Wollklassierer hatte die Vliese als sehr fein eingestuft, dennoch besaßen sie ein gutes Gewicht. Der Ertrag war größer, als Beattie erwartet hatte. Sie konnte ihr Darlehen ablösen, nachdem sie bereits zunehmend unfreundliche Mahnungen erhalten hatte. Wichtiger noch aber war, dass sie Mikhail und Charlie endlich bezahlen und ihren Lohn mit einer großzügigen Prämie aufstocken konnte.

»Das kann ich nicht annehmen, Beattie«, sagte Charlie. »Das Geschäft gehört dir, du trägst das volle Risiko, also solltest du auch die Belohnung dafür erhalten.«

»Du hast auch viele Risiken auf dich genommen«, konterte sie. »Du hast monatelang ohne richtige Bezahlung für mich gearbeitet.«

Er drückte ihr den Umschlag wieder in die Hand. »Gib mir das, was mir zusteht, und keinen Penny mehr. Kauf lieber Schafe. Wofür soll ich das Geld denn ausgeben? Kauf Schafe, und mach dein Geschäft noch stärker, damit ich nächstes und übernächstes Jahr auch noch Arbeit habe. So kannst du mich am besten belohnen.«

Beattie befolgte seinen Rat und kaufte weitere fünfzehnhundert Schafe, die im November eintreffen würden.

Und sie hatte endlich Geld für Möbel. Sie öffnete das Esszimmer und stellte einen Tisch für sechs Personen hinein; zwei Sofas kamen ins Wohnzimmer. Sie kaufte ein Bett für Lucy und brachte es in das Zimmer neben ihrem. Es blieb sogar Geld für Teppiche und Vorhangstoffe, für Strom und Telefon. Wildflower Hill verwandelte sich in nur einem Monat in ein richtiges Zuhause. Zu Beginn der Weihnachtsferien kam Lucy, und zum ersten Mal, seit sie Henry vor so vielen Jahren verlassen hatte, konnte Beattie ihrer Tochter alles bieten, was sie brauchte.

Sie hatte es genau durchdacht. Sie würde eine Gouvernante einstellen, die Lucy unterrichtete, und auch eine Küchen- und Haushaltshilfe. Lucy würde etwas über die Farm lernen, das Reiten und Zusammentreiben und all die unzähligen Aufgaben, die Beattie und Charlie gemeinsam erledigten. Wenn sie eine junge Frau war, könnte sie mit ihrer Mutter zusammen die Geschäfte führen und die Farm irgendwann erben. Beattie wusste, dass sie ihrer Tochter mehr bieten konnte als Henry und Molly, mehr als ein Leben, in dem sie eingezwängt war zwischen Stadt, Schule und Kirche. Sie konnte mehr sein als ein guterzogenes Mädchen, aus dem eine guterzogene Frau wurde.

Doch Beattie hütete sich, Henry und Molly direkt anzusprechen. Stattdessen rief sie Leo Sampson an und bat ihn zu einem Gespräch.

Sie hatte ihn nicht mehr gesehen, seit er ihr vor über einem Jahr Schlüssel und Papiere für die Farm überreicht hatte, und auch nicht mehr mit ihm telefoniert, seit sie sich geweigert hatte, einen weiteren Teil ihres Besitzes an Jimmy Farquhar zu verkaufen. Er war freundlich und hilfsbereit wie immer.

»Also, Beattie«, sagte er und stellte seine abgeschabte lederne Aktentasche auf den Esstisch, »Sie haben aus diesem Besitz wirklich etwas gemacht. Ich hätte nicht gedacht, dass Sie es schaffen.«

»Charlie Harris hat mir sehr geholfen.« Sie setzte sich ihm gegenüber. »Er war wunderbar.«

Leo runzelte die Stirn.

In ihrem eigenen Heim würde sie keine kleinlichen Vorurteile dulden. »Sie auch, Leo? Sie glauben doch nicht diesen Unsinn, dass er Raphael bestohlen hat. Gerade Sie sollten wissen, was für ein Mann Raphael Blanchard war.«

»Das tue ich, und ich weiß auch, dass Charlie Harris ein guter Mensch ist. Aber in der Stadt wird schlecht über ihn geredet, und einige sagen …« Er suchte nach Worten. »… dass Sie ihn nicht hierhaben sollten.«

»Ohne ihn wäre ich schon vor einem Jahr untergegangen.«

»Ja. Aber Sie dürfen nicht den Neid der Menschen unterschätzen. Sie waren ein Hausmädchen. Und jetzt ist Ihre Farm eine der erfolgreichsten, fast so erfolgreich wie die von Farquhar. Dass Sie einen Schwarzen beschäftigen, der als Dieb gilt …« Er verstummte. »Hören Sie, Beattie, ich weiß, wie hart Sie hier gearbeitet haben. Aber Sie müssen auch etwas für Ihre Beziehung zu den Leuten in der Stadt tun. Man ist Ihnen dort nicht wohlgesinnt. Sie sind ein Teil der Gemeinde, ob es Ihnen gefällt oder nicht. Ihr Geschäft hängt nicht nur von guten Verkäufen, sondern auch vom guten Willen anderer Leute ab.«

Die Türen zum Hof standen offen, und der Sommerwind trug den Geruch von Erde und Wildblumen herein. Beattie seufzte tief. »Danke für Ihre Sorge, Leo, aber eigentlich wollte ich mit Ihnen nicht übers Geschäft sprechen.«

Er nahm Füllfederhalter und Notizblock heraus und rückte die Brille zurecht. »Bitte.«

»Ich will meine Tochter zurück. Ich weiß, dass Henry und seine Frau einen Anwalt engagieren werden, und deshalb wollte ich mich zuerst mit Ihnen beraten.«

Er notierte sich etwas und schaute sie an. »Die beiden wollen wegen des Sorgerechts vor Gericht gehen?«

»Dessen bin ich mir sicher.«

Er räusperte sich und ließ sich viel Zeit für die Antwort. Beattie verließ schon der Mut.

»Los, sagen Sie es mir.«

»Wenn ich … es richtig verstehe.« Er räusperte sich erneut. »Henry war mit Molly verheiratet, als Sie mit Lucy schwanger wurden?«

»Ja.«

Er malte einen Strich auf seinen Block.

»Und Sie sind mit Henry in ein anderes Land geflohen, um seiner Frau zu entkommen?«

»Ja.«

Der nächste Strich. Mit jeder Frage wurden es mehr. Sie hatte Henrys Tochter ohne sein Wissen mitgenommen. Sie hatte bei Raphaels Trink- und Spielgelagen bedient. Sie hatte ihren Körper beim Pokern eingesetzt, um die Farm zu gewinnen.

»Ja, ja, ja«, sagte Beattie gereizt. »Aber das weiß kaum jemand.«

»Es wird herauskommen. Wenn Henry einen Anwalt darauf ansetzt, wird er es herausfinden. Er wird Margaret Day fragen, mit Terry drüben bei Farquhar sprechen und Alice auftreiben, die ihnen nur zu gern die Einzelheiten auftischen wird.«

»Aber Henry war genauso schlimm. Ich musste ihn verlassen, weil er getrunken und gespielt und uns hat hungern lassen.«

»Sehen Sie nicht, wie viele Striche ich auf dieses Blatt gemacht habe?« Er griff wieder zu seinem Füller und zog einen Strich, der länger und dicker war als die anderen. »Beattie, Sie wissen wohl nicht, was man in der Stadt über Sie redet«, sagte er sanft.

»Sie sollten es mir besser sagen.«

Er konnte ihr nicht in die Augen sehen. »Man erzählt sich, Sie und Charlie seien ein Liebespaar.«

Ihr ganzer Körper wurde warm. Aus Verlegenheit wurde Lust. »Wer sagt das?«

»Ein Scherer hat wohl erwähnt, dass Charlie im Haus schläft.«

»Terry hat auch im Haus geschlafen, als Raphael noch hier wohnte.«

»Raphael war keine alleinstehende Frau von fragwürdigem Ruf.«

Jetzt schnürte es ihr die Kehle zu.

»Die Aussicht, Lucy unter diesen Umständen zurückzubekommen ... Sie sollten Charlie entlassen.«

»Ich werde ihn nicht entlassen«, sagte sie zähneknirschend. »Wenn ich Charlie aufgebe, wird die Farm nichts mehr wert sein, und ich kann sie nicht an meine Tochter vererben. Wir sind kein Liebespaar. Er ist mein Angestellter.«

»Das bezweifle ich nicht.«

Plötzlich fiel ihr etwas ein, und die Worte sprudelten nur so aus ihr heraus. »Sie dürfen mit niemandem darüber reden. Wenn Charlie auf die Idee kommt, er falle mir in irgendeiner Weise zur Last, ist er sofort verschwunden.«

Leo spreizte die Finger. »Die Besprechung ist absolut vertraulich.«

Beattie schwieg. Gedanken und Gefühle rasten durch ihren Körper.

»Sie sollten sich nur dessen bewusst sein, dass es vor Gericht schwer werden wird. Sie sollten Henry und Molly lieber freundlich darum bitten, dass Sie mehr Zeit mit Ihrer Tochter verbringen können. Kaufen Sie sich ein Auto, dann können Sie am Wochenende nach Hobart fahren. Regeln Sie es gütlich.«

Sie hatte schon mit dem Gedanken gespielt, einen Wagen zu kaufen, stattdessen aber weitere Schafe erworben. Es fiel ihr sehr schwer, Lucys Gegenwart und Zukunft gegeneinander abzuwägen.

Dann wurde sie ärgerlich. Weshalb sollte sie jemanden nett darum bitten – vor allem eine Frau, die nicht einmal mit Lucy verwandt war –, ob sie mehr Zeit mit ihrer eigenen Tochter verbringen durfte? Das war einfach ungerecht.

»Ich will sie zurück, Leo.« Ihr versagte die Stimme.

»Dann befolgen Sie meinen Rat. Warten Sie sechs Monate, bis sich alles gefestigt hat, und hoffen Sie, dass die Gerüchte verschwinden.«

»Für ein Kind sind sechs Monate eine lange Zeit.«

»Sie wird auch in sechs Monaten oder einem Jahr noch ein Kind sein. Bedenken Sie: noch eine gute Saison, und Sie sind reich. Wer reich ist, hat mehr Macht.«

*Sechs Monate oder ein Jahr.* Ihr Herz wollte nicht auf Leos Ratschlag hören, doch ihr Kopf hatte schon zugestimmt. Noch ein Jahr. Noch eine Schafschur. Dann wäre sie in einer besseren Verhandlungsposition.

»Gehen Sie behutsam vor.« Er steckte sein Notizbuch wieder ein. »Und suchen Sie sich um Himmels willen ein paar Freunde in der Stadt.«

Als die neuen Schafe kamen, wurde ihnen klar, dass Beattie Charlie nicht länger helfen konnte. Er brauchte einen gut ausgebildeten Mann, der ihn unterstützte. Also heuerte sie einen Viehtreiber namens Peter an, der dazukam, wenn besonders viel zu tun war, und verbrachte mehr Zeit über den Büchern und mit ihrer neuen Nähmaschine. Sie musste sich erst daran gewöhnen, nicht mehr so oft mit Charlie zusammen zu sein, doch am Abend dankte es ihr Körper, weil sie keinen Sonnenbrand oder die Schwielen an ihren Händen behandeln musste.

Der Herbst vergoldete die Blätter der Pappeln am Rand der Einfahrt. In diesem Jahr fürchtete sie sich nicht vor dem Winter, sie bemerkte kaum den Wechsel der Jahreszeiten. Der Regen hatte die Weiden und Hügel aufgeweicht, aber sie fühlte sich behaglich in ihrem Haus. Lucy schlief oben in ihrem warmen Bett und würde in zwei Tagen nach Hobart zurückkehren.

Beattie saß gerade an der Nähmaschine, die im Wohnzimmer vor dem Fenster stand, und ließ die Säume von Lucys Schuluniform aus. Das Mädchen wuchs unaufhaltsam. Beattie und Henry hatten eine Übereinkunft getroffen: Er würde sich um die Schuhe kümmern, sie um die Uniformen. Sie summte beim Nähen vor sich hin, und das Pedal der Maschine quietschte in einem tröstlichen Rhythmus. Im Radio sprach jemand über Deutschland. Im Augenblick redeten alle über Deutschland. Sie war froh, so weit von Europa entfernt zu leben. Dann spürte sie eine Bewegung hinter sich und drehte sich um.

Charlie stand grinsend auf der Schwelle.

Sie lächelte. Sie freute sich immer, ihn zu sehen. »Was ist los?«

»Ich habe etwas für dich.« Er deutete auf ein Sofa. »Setz dich, und mach die Augen zu.«

»Was ist es denn?«

»Na los.«

Beattie schaltete das Radio aus und setzte sich aufs Sofa.

»Ich habe schon seit Wochen danach gesucht. Vielleicht wirst du einige Anrufe nach Launceston auf der Telefonrechnung finden. Aber es wird dir gefallen.«

Ihr Körper kribbelte vor Neugier. Dann fiel etwas Großes, Schweres in ihren Schoß. Sie öffnete die Augen. Es war ein Ballen schwarzen Tuches.

»Wolle.« Sie strich mit den Fingern darüber. »Edle Wolle.«

»Deine Wolle.«

»Du meinst …«

»Ich habe mit dem Verkaufsagenten gesprochen, und er hat mir den Weber genannt, der fast deinen gesamten Ertrag gekauft hat. Die Wolle wird versteigert und immer weiter verkauft … Wir wissen nicht, ob es alles deine ist, aber es ist jedenfalls tasmanische Wolle aus dieser Region. Da könnte auch ein bisschen Wildflower Hill drin sein.«

Beattie wickelte ein Stück ab und rieb es zwischen den Fingern. Sie spürte eine Verheißung, wie sie sie seit ihrer Teenagerzeit nicht empfunden hatte.

»Sie hatten leider nur Schwarz.«

Beattie bemerkte, dass sie noch gar nichts zu dem Geschenk gesagt hatte. »Vielen Dank«, sagte sie atemlos. »Es bedeutet mir sehr viel.«

»Ich weiß. Mir ist eingefallen, was du mir in der Nacht erzählt hast, in der Mikhail krank war.«

Sie sah ihn an, und einen Moment lang bohrten sich ihre Blicke ineinander. Dann wandte er den Blick ab. Das Herz schlug ihr bis zum Hals. Er hatte sich so viel Mühe gegeben … Wieso? Konnte es etwas anderes sein als ein Zeichen seiner Zuneigung? Vielleicht auch seines Begehrens?

»Also gut.« Er schlenderte zur Tür.

»Ich nähe dir etwas.«

»Nein, kümmere dich nicht um mich. Behalte es für dich selbst.«

Dann war er verschwunden. Beattie wickelte noch ein Stück Stoff ab und hielt es an ihr Gesicht. Sie hatte eine tolle Idee. Im Geiste entwarf sie schon ein Schnittmuster.

Sie arbeitete den ganzen April und Mai hindurch und nähte kein einziges Stück für sich selbst oder Lucy. Stattdessen entwarf sie zwei Röcke und stellte von jedem Modell zehn Stück in verschiedenen Größen her. Dann bestickte sie zwanzig Etiketten mit den Worten *Blaxland Wool* und nähte sie in die Säume. Sie war unsagbar stolz auf diese Etiketten. Liebevoll faltete sie jeden Rock zwischen Seidenpapier und stapelte sie auf dem Sofa auf.

Leo Sampsons Worte ließen ihr keine Ruhe: *Sie sind ein Teil der Gemeinde, ob es Ihnen gefällt oder nicht.* Er hatte recht, sie war auf den guten Willen der Leute angewiesen. Vor allem auf den von Tilly Harrow, weil sie wollte, dass diese ihre Kleidung im Kolonialwarenladen anbot.

An einem schönen, klaren Freitagmorgen machte sie sich auf den Weg in die Stadt, um mit Tilly zu sprechen.

Nachdem diese den Klatsch von Margaret Day gehört hatte, war sie Beattie fortan kühl begegnet. Beattie hatte auch nicht mehr versucht, sich mit ihr anzufreunden, nicht einmal gelächelt. So konnte sie die Ablehnung leichter ertragen. Heute aber setzte sie ein Lächeln auf, während sie vor der Theke wartete.

»Morgen«, sagte Tilly unverbindlich, ohne ihr in die Augen zu sehen.

»Tilly, ich möchte Sie um einen großen Gefallen bitten.«

Ihre Mundwinkel rutschten nach unten.

Beattie redete einfach drauflos: »Die hier habe ich genäht ... Ist gute Arbeit, aus einheimischer Wolle.« Sie holte jeweils einen Rock hervor: einen langen, schlankgeschnittenen und einen glockigen. »Ich möchte sie irgendwo verkaufen und habe mich gefragt, ob ich sie Ihnen auf Kommission hierlassen kann.«

Diesmal bewegten sich Tillys Mundwinkel in die andere Richtung. Sie schien Beatties Anfrage amüsant zu finden. »Das meinen Sie doch nicht ernst? Es gibt nicht einen Menschen in der Stadt, der etwas kaufen würde, das Sie genäht haben.«

Beattie faltete die Röcke wieder in Seidenpapier, bemüht, ihre Würde zu wahren. Plötzlich wurde ihr klar, dass sie niemals hätte herkommen dürfen. Sie hätte mit dem Bus nach Hobart fahren und ein größeres Geschäft aufsuchen sollen, in dem sich Frauen mehr für die Mode als für die dunkle Vergangenheit der Modeschöpferin interessierten. Sie wollte schon gehen, doch der Ärger gewann die Oberhand. »Was habe ich Ihnen oder sonst jemandem hier eigentlich getan, dass man mich so schäbig behandelt?«

Tilly wirkte verblüfft, überdachte die Frage vielleicht zum ersten Mal. Ein Herdentier, das plötzlich am Tun der anderen zweifelt. Dann wurde ihr Gesicht wieder hart. »Es gibt viele ehrliche, fleißige Leute. Es ist ihr Recht, jemanden wie Sie nicht zu mögen.«

»Ich bin ehrlich. Ich bin fleißig.«

»Da habe ich etwas anderes gehört.«

Am liebsten hätte Beattie gebrüllt und mit den Füßen gestampft, die Gläser mit Süßigkeiten und die Postkartenständer von der Theke gefegt. Sie holte tief Luft. »Sie wissen gar nichts von mir.« Mit diesen Worten verließ sie den Laden.

Vom nächsten Ertrag würde sie sich ein Auto kaufen

und ihre Einkäufe in Bligh oder Bothwell erledigen. Bis dahin musste Mikhail das übernehmen, denn Beattie würde mit keinem Menschen in dieser Stadt je wieder auch nur ein Wort wechseln.

Schließlich war es Molly, die ihr half, ihre Kleidungsstücke zu verkaufen. Als sie und Henry Lucy in den Winterferien brachten, fand Molly den Stapel hinter dem Sofa.

»Was ist das denn?« Sie entfaltete einen Rock. »Und warum hast du so viele davon?«

Beattie erklärte, dass sie sie selbst entworfen und genäht hatte – was Molly sehr überraschte –, in den örtlichen Geschäften aber kein Glück gehabt hatte.

»In meiner Kirchengemeinde habe ich eine Freundin, die bei FitzGerald's in Hobart arbeitet. Ich kann sie mitnehmen, wenn du möchtest.« Dann schloss sie rasch den Mund, als könnte sie ihr Angebot bereuen.

Beattie war so verzweifelt, dass sie die unausgesprochenen Spannungen ignorierte. »Das würdest du tun?«

»Ich ... Ja, natürlich.« Mollys Blick wanderte flüchtig zu Henry, der entnervt den Kopf schüttelte. »Ich frage für dich.«

»Danke. Ich weiß nicht, was sie wert sind. Deine Freundin soll einen Preis vorschlagen. Und sie kann mich gerne anrufen.« Sie reichte Molly den Stapel. »Behalte einen für dich selbst.«

Sie winkte ihnen fröhlich nach, den Arm um Lucys Schultern gelegt.

»Warum lächelst du so, Mummy?«

Beattie drückte sie an sich. »Ehrliche Arbeit, Lucy. Die belohnt sich immer selbst.«

Beattie hatte ein Stück Stoff zurückbehalten, weil sie etwas Besonderes damit vorhatte: Sie wollte Charlie einen

Mantel nähen. Der alte graue Mantel, den er trug, wenn er die Schafe zusammentrieb, fiel an den Schulternähten auseinander. Sie hatte ihn schon drei- oder viermal ausgebessert. Doch sie stellte sich vor, wie er in dem selbstgenähten Mantel mit den Raglanärmeln und dem Futter aus Schaffell aussähe, das ihn im Winter wärmen würde. Doch es sollte eine Überraschung sein, und sie hatte ihn in den letzten Monaten mit den Augen vermessen. Als er an diesem Abend in die Küche kam, eingehüllt in einen leichten Geruch nach Pferd und Schweiß, schätzte sie die Breite seiner Schultern und die Länge seiner starken Arme.

Während sie ihn gründlich musterte, war der Schmerz in ihrem Inneren kaum zu ertragen. Was machte es schon? In der Stadt dachten ohnehin alle schlecht von ihr. Sie konnte niemanden mehr vor den Kopf stoßen. Was machte es schon, wenn sie ihn begehrte? Als er sich so viel Mühe gegeben hatte, um ihr den Stoff zu besorgen, hatte er ihr sicher zeigen wollen, dass sie etwas Besonderes für ihn war. Während die Wochen vergingen, hatte sie jedes seiner Worte, jeden Gesichtsausdruck nach Beweisen dafür abgesucht. Und manchmal blitzte es einen Moment lang auf, wenn er sich unbeobachtet glaubte.

Der Mantel wurde viel mehr für sie als ein Kleidungsstück; er wurde ein mächtiges Symbol ihrer Leidenschaft. Wenn Charlie abends ins Bett gegangen war, blieb sie noch auf und arbeitete daran, nähte das Futter und alle Taschen von Hand. Unterdessen malte sie sich aus, wie sie Charlie mit dem Mantel überraschen würde. In jeden Stich legte sie das Wissen, dass sie sich in ihn verliebt hatte. Und nähte diese Liebe in den Mantel.

Als der Winter seinen Höhepunkt erreichte und das Tageslicht wie im Flug vorbeizuhuschen schien, war er fertig. Sie schickte sich an, ihm das Geschenk zu überreichen.

Sie erwischte ihn am Fuß der Treppe, als er entschlossenen Schrittes in Richtung Küche ging. Nach draußen in seinem fadenscheinigen grauen Mantel.

»Charlie?« Sie hatte nicht geahnt, dass ihre Stimme so sanft klingen konnte.

Er drehte sich um, neigte leicht den Kopf und schenkte ihr sein übliches freundliches Lächeln. »Guten Morgen, Beattie.«

Sie eilte zu ihm hin und breitete den Mantel aus.

Er nahm ihn, musterte ihn, und ein Ausdruck huschte über sein Gesicht, den sie nicht beschreiben konnte. Es mochte Traurigkeit sein. Doch sie wusste nicht, womit sie ihn traurig gemacht hatte.

»Gefällt er dir nicht?«

Sein Lächeln kehrte zurück. »Er ist prachtvoll, Beattie. Vielen Dank.« Er zog den grauen Mantel aus, hängte ihn übers Geländer und schlüpfte in den neuen.

Er passte wie angegossen. Sie war unglaublich stolz auf ihre Handarbeit, die sich an seine hochgewachsene Gestalt schmiegte, als hätte sie ihn mit einem Maßband statt mit ihren hungrigen Blicken vermessen.

»Verdammt prachtvoll«, murmelte er und breitete die Arme aus, um die Ärmel zu bewundern. »Das ist das Schönste, was ich je besessen habe.« Er schaute sie an. »Danke.«

»Nichts zu danken.« Sie wollte ihn berühren, das Material an seiner Schulter glatt streichen. Es juckte ihr in den Fingern. Doch das Schweigen zwischen ihnen war gewaltig. »Charlie, ich …«

»Beattie, du solltest mir keine hübschen Dinge nähen. Ich bin nicht … ich bin kein Mann, um den man Umstände macht.«

In ihren Phantasien hatte Charlie in diesem Moment etwas völlig anderes gesagt. Sie musste schlucken. Wollte er sie zurückweisen? Sie konnte die Ungewissheit nicht länger ertragen und nahm allen Mut zusammen. »Aber du bist es wert, dass man Umstände macht. Du bist einer der besten Menschen, die ich je kennengelernt habe.« *Nicht einer der besten. Der beste.*

Wieder dieser traurige Ausdruck. Beatties Phantasie löste sich auf. Der Mantel sollte sie doch zusammenbringen, keine Kluft zwischen ihnen aufreißen.

»Ich bin nur dein Verwalter. Dein Angestellter.«

»Ohne dich gäbe es keine Farm.«

»So besonders bin ich nicht.« Er sah sie durchdringend an. »So besonders sollte ich nicht sein.«

Kein Zweifel, er wies sie zurück. Sie kam sich töricht vor. Er hatte sie durchschaut, als wäre sie aus Glas. Hatte die alberne Leidenschaft gesehen, die sie für ihn hegte, und wollte sie vertreiben, bevor es für sie beide peinlich wurde. Beattie kämpfte mit den Tränen und zwang sich zu lächeln. »Na gut, ich kann nicht den ganzen Tag reden. Ich kümmere mich jetzt um die Bücher.«

Er setzte den Hut auf, nickte und ging. Herrlich in seinem neuen Mantel, für immer unerreichbar.

Am 1. August erhielt Beattie einen Anruf der Damenabteilung bei FitzGerald's in Hobart. Sie hätten alle Röcke verkauft und wollten mehr. Außerdem lägen achtundvierzig Pfund für sie bereit.

Mehr Arbeit schien eine gute Möglichkeit zu sein, um die Gedanken an Charlie zu verdrängen.

# Zweiundzwanzig

***1938***

Weihnachten wäre nicht mehr das Gleiche ohne Mikhail.

Das Zimmer vibrierte vor Musik und Gelächter, Peter und sein Bruder Matt, die beiden Viehtreiber, sangen ein betrunkenes Abschiedslied. Lucy hüpfte neben dem Weihnachtsbaum auf und ab und fragte, was denn das »große Geschenk« sei. Und Mikhail stand neben dem leeren Kamin, den Arm um seine Verlobte gelegt, und grinste übers ganze Gesicht, wie er es in den letzten sechs Monaten getan hatte, seit er sie kannte. Mikhail heiratete Catherine, eine Witwe mit zwei erwachsenen Kindern, und sie würden nach Launceston ziehen, wo ihre alten Eltern wohnten. Beattie musste lernen, ohne ihn zurechtzukommen.

»Na los«, sagte sie und klappte den Deckel des Klaviers auf. »Rosella, spielst du uns ein Lied, damit die Männer mit ihrem schrecklichen Gesang aufhören?«

Rosella war ihre neue Nachbarin. Sie und ihr Mann hatten zu Beginn des Jahres Jimmy Farquhars Farm gepachtet und waren gute Freunde geworden. Ihre Tochter Lizzie war so alt wie Lucy, und die beiden verbrachten in den Ferien jede Minute zusammen, tobten über die Weiden, bauten sich Höhlen und buken Matschkuchen.

Als sich Rosella ans Klavier setzte, »Jingle Bells« anstimmte und alle einfielen, legte Beattie den Arm um

Lucy und schaute von einem Gesicht ins andere. Ihr ganzes Weihnachtsglück. Zwei erfolgreiche Jahre bei der Schur und ein wachsendes Zusatzgeschäft mit Damenkleidung hatten ihr die finanzielle Sicherheit gebracht, von der sie so lange geträumt hatte. Das Klavier, der kleine Lastwagen, die gläsernen Weihnachtsdekorationen. Damit hatte sie sich sogar Henrys widerwilligen Respekt erkauft und ebenso die Erlaubnis, dass Lucy ein halbes Jahr bei ihr verbringen und von einer Gouvernante unterrichtet werden durfte. Allerdings hatte das Leben auf der Farm sie so sehr abgelenkt, dass sie nur wenig lernte, und das war Molly nicht entgangen.

»Aber im Januar muss sie wieder richtig zur Schule gehen«, hatte Molly besorgt gesagt. Molly wusste, dass sie Lucy allmählich verlor, doch Beattie hatte kein Mitleid mit ihr. Es würde furchtbar sein, ihre Tochter nach so langer Zeit wieder herzugeben, aber sie wusste, dass sie langsam und unwiderruflich dabei war zu gewinnen.

Eines jedoch hatte sie sich mit dem finanziellen Erfolg nicht erkaufen können: ein zufriedenes Herz. Charlie arbeitete noch immer für sie, war aber wieder ins Schererhäuschen gezogen. Sicher, er hatte erlaubt, dass sie ihm ein richtiges Bett, einen kleinen Schreibtisch und einen Schrank kaufte, doch er blieb nach wie vor distanziert. Im Grunde bestand wenig Bedarf, einander zu begegnen. Er kümmerte sich um seine Seite des Geschäfts und sie um ihre. Seit er ihr den Ballen Stoff geschenkt hatte, hatte es keine weiteren Gesten der Zuneigung gegeben. Er lebte nur jenseits der Koppel, hätte aber auch eine Million Meilen entfernt sein können. Sie versuchte, sich nichts daraus zu machen. Meist konnte sie ihre Gefühle im Zaum halten. Und doch war sie keinem Mann begegnet, der es mit ihm aufnehmen konnte.

Charlie sah, wie ihre Augen durchs Zimmer wanderten, und lächelte ihr zu. Nur ein freundliches Lächeln ohne Hintersinn, und doch verlieh diese kleine Geste der Zuneigung, so zurückhaltend sie auch sein mochte, der Weihnachtsmusik einen Hauch von Melancholie, als hätte jemand eine andere, traurigere Melodie angestimmt.

Das Lied war zu Ende, und Beattie bat um Ruhe, damit sie einige Worte sprechen konnte. »Mikhail, als ich nichts hatte, warst du für mich da. Du hast mir in der schlimmsten Zeit meines Lebens zur Seite gestanden, und deswegen fühle ich mich auf immer in deiner Schuld.«

Mikhail tat den Dank mit einer verlegenen Handbewegung ab. Catherine stellte sich auf Zehenspitzen, um ihn auf die wettergegerbte Wange zu küssen. Alle applaudierten, jemand rief nach mehr Brandy, und Beattie wurde auf einmal klar, dass Lucy schon viel zu lange aufgeblieben war.

»Gute Nacht, kleines rothaariges Mädchen«, sagte Charlie liebevoll, als sie sich von der Schwelle aus verabschiedete.

Beattie brachte sie nach oben ins Bett. »Es ist fast elf«, sagte sie lachend. »Das darfst du nicht Molly erzählen.«

»Mummy ist ungezogen«, kicherte Lucy.

Beattie setzte sich aufs Bett und genoss die kühle Dunkelheit des Raums, eine wohltuende Abwechslung vom hell erleuchteten, überhitzten Wohnzimmer. »Vermisst du Molly?«

Lucy nickte. »Am meisten vermisse ich Daddy. Aber wenn ich bei ihm bin, vermisse ich dich. Das ist nicht gerecht. Wo immer ich bin, vermisse ich jemanden.«

Beattie strich ihr das rotgoldene Haar aus der Stirn. »Das tut mir leid, mein Schatz.«

»Manchmal denke ich mir eine Geschichte aus. Und darin stirbt Molly, und du und Daddy merken, dass ihr euch noch immer liebhabt. Dann wären wir alle zusammen.«

Beattie musste ein Lachen unterdrücken. »Du solltest dir nicht wünschen, dass Molly tot ist.«

»Das wünsche ich mir auch nicht, gar nicht!«, rief Lucy. »Ich denke es mir nur manchmal so. Und ich weiß, es wäre traurig und ich würde Molly vermissen, aber wenn du und Daddy und ich zusammen sein könnten, wäre es vielleicht nicht ganz so schlimm.«

Beattie lächelte in der Dunkelheit. »Es tut mir leid, Lucy, aber das ist nur eine Geschichte. Daddy und ich werden nie wieder so zusammenleben.«

Lucy nickte traurig. »Ich weiß.« Dann überlegte sie kurz. »Aber du hast ihn mal geliebt, oder?«

»Ja, natürlich.« Sie versuchte, sich zu erinnern, wie es sich angefühlt hatte.

»Ich habe ihn nämlich das Gleiche gefragt, und er hat gesagt, er hätte dich auch sehr geliebt. Früher. Und dass mein Lächeln genauso aussieht wie deines.«

Aus irgendeinem Grund machte sie das sehr traurig. Ja, sie hatten einander geliebt. Eine törichte Liebe. Und sie hatten dieses wunderbare Kind gezeugt und immer nur darum gekämpft.

»Aber Molly hat es gehört«, fuhr Lucy fort. »Und dann ist sie sehr wütend geworden. So wütend habe ich sie noch nie gesehen.«

Beattie war sich nicht sicher, wie sie ihrer Tochter die Situation erklären sollte, also sagte sie lieber nichts. Das Mädchen war erst neun. Wenn sie zwölf war, würde sie ihr vielleicht die ganze Geschichte erzählen. Und hoffen, dass Lucy nicht zu hart über sie urteilte.

»Zeit zum Schlafen.«

»Eine Sache noch, Mummy. Daddy hat jetzt Molly, aber du hast keinen.«

»Ich brauche niemanden. Ich komme allein zurecht.«

»Das ist gut.« Lucy drehte sich auf die Seite. »Ich will nämlich keinen anderen Daddy.«

Beattie tätschelte ihre Schulter und stand auf. Sie schloss die Vorhänge, damit die Sterne nicht zu hell hereinschienen, und ging wieder nach unten.

Matt, Pete und Charlie waren ins Schererhäuschen zurückgekehrt, Rosella und ihre Familie waren ebenfalls im Aufbruch begriffen. Mikhail und Catherine würden bei ihnen übernachten, da der Bus nach Launceston hinter ihrem Gartenzaun abfuhr. Als sie Mikhails Taschen neben der Tür stehen sah, kamen Beattie die Tränen. Sie drängte sie zurück. Sie fand ihn inmitten des Durcheinanders.

»Leb wohl, alter Freund.« Sie drückte seine Hand. »Du wirst mir fehlen.«

»Ach, wirst mich ganz schnell vergessen.«

»Niemals. Niemals.« Sie drückte seine Hand noch fester.

Er beugte sich vor und küsste sie sanft auf die Knöchel. »Du bist der beste Boss, den ich je hatte.«

»Komm schon, Mikhail«, rief Catherine. »Sie fahren jetzt.«

»Ich komme, ich komme«, knurrte er. Dann beugte er sich vor, damit niemand ihn hören konnte: »Verliebt sein ist größtes Glück.«

»Ich freue mich sehr für dich.«

»Ich wünsche dir auch solches Glück.«

Beattie lächelte unsicher. »Nun, ich …«

»Ich soll nicht sagen. Er sagt einmal zu mir, vielleicht zwei Jahre her, dass ich nicht erwähnen darf. Aber ich immer gehofft, dass du und Charlie verliebt.«

Beatties Gesicht wurde warm. »Charlie hat gesagt, du sollst es nicht erwähnen?«

Mikhail blickte ernst. »Charlie sehr besorgt um deinen Ruf.« Er lachte schnaubend. »Ich sage, Beattie schert sich nicht um Ruf. Brauchst du nicht. Hast Verstand und Geld. Und bist immer sehr schön.« Er trat zurück und lächelte zu Catherine hinüber. »Wenn auch nicht so schön wie meine künftige Frau.«

Catherine machte eine drängende Geste. Rosellas Tochter Lizzie quengelte vor Müdigkeit. »Zeit zu gehen, Zeit zu gehen.«

»Leb wohl«, sagte Mikhail.

»Nicht für immer«, sagte Beattie.

Der Lärm verklang, die Tür schloss sich.

Sie kehrte ins Wohnzimmer zurück, sammelte Gläser und Teller ein und wischte Zigarettenasche vom Tisch. Langsam und sorgfältig räumte sie das Zimmer auf und schüttelte die Kissen. Sie schaltete das Radio ein. Weihnachtslieder. Eine schöne Abwechslung vom ständigen Gerede über Hitler und Churchill.

Was hatte Charlie zu Mikhail gesagt? Empfand er doch etwas für sie und hatte seine Gefühle unterdrückt, um sie vor dem Klatsch zu schützen? Sie war verwirrt, hatte sich so lange eingeredet, dass ihre Gefühle nur die törichte Laune einer einsamen Frau seien. Was sollte sie jetzt machen?

Doch Charlie hatte sich ihr entfremdet. In jener Nacht, in der Mikhail so krank gewesen war, waren sie einander sehr nahe gewesen. Hatten Seite an Seite gesessen. Jene lange Nacht der Geschichten und Geheimnisse lag aber schon Jahre zurück. Seither hatten sich ihre Rollen auf der Farm verfestigt, sie hatten sich voneinander entfernt. Er wohnte mit den Jungs drüben im Schererhäuschen, sie blieb mit ihren Büchern und der Nähmaschine im Haus. Wie sollte man diese Kluft jetzt noch überbrücken? Sie verfluchte ihn, weil er sich von ihr entfernt hatte, weil er glaubte, dass die Klatschtanten in Lewinford mehr zählten als ihre Gefühle für ihn.

Nun war es zu spät.

Bevor er ging, hatte Mikhail Beattie beigebracht, den kleinen Lastwagen mit dem knatternden Motor und den breiten Reifen zu steuern. Daher konnte sie Lucy Mitte Januar selbst nach Hobart zurückbringen. Das Mädchen weinte, als sie ankamen, doch Beattie war sich nicht sicher, ob die Tränen dem Abschied von ihr galten oder dem Wiedersehen mit Henry. Henry drückte sie eng an sich. Kein Zweifel, er hing sehr an ihr.

»Danke, dass du sie sicher zurückgebracht hast«, sagte Molly und berührte Lucy leicht an der Schulter. »Wir haben sie so vermisst.«

»Und nun werde ich sie vermissen. Kommst du kurz mit?«

Lucy und Henry gingen ins Haus, und Molly ging mit ihr zum Tor. Sie und Beattie schlenderten gemeinsam zum großen Eukalyptusbaum am Ende der Straße. Seit Tagen wehte ein heißer Wind aus Westen, der Beatties Haut trocken und rissig machte.

»Ich möchte Lucy öfter bei mir haben. Ein halbes Jahr«, erklärte sie schlicht. »Mit der Gouvernante klappt es gut.«

Molly schüttelte den Kopf. »Das ist eine zu große Umstellung für das Kind. Sie muss sich in der Schule eingewöhnen. Wenn sie bei dir ist, geht sie nicht in die Kirche. Sie lebt vollkommen ungeregelt.«

»Das stimmt nicht.« Doch Lucy genoss zweifellos sehr viele Freiheiten auf Wildflower Hill. »Sie lernt etwas über die Arbeit auf der Farm. Sie kann sehr gut reiten und hilft mit den Hühnern und dem Garten.«

»Das ist aber kein Leben für ein junges Mädchen. Sie

braucht Grenzen. Sie muss Manieren lernen und sich anpassen können. Außerdem hat sie jede Menge Sommersprossen.« Molly blickte stirnrunzelnd zur Sonne empor, die an diesem Tag erbarmungslos herniederbrannte. »Henry will nichts davon hören, das kann ich dir gleich sagen. Während sie weg war, hatte er immer nur schlechte Laune. Er war unerträglich. Er liebt das Kind mehr, als du glaubst.«

Beattie drängte nicht weiter. Der Abschied von Lucy war schlimm genug, ohne dass sie den alten Zwist wieder aufrührte.

Beattie stattete zwei Modesalons einen Besuch ab, für die sie Kleider genäht hatte, um ihr Geld und neue Bestellungen abzuholen. Als ihr klarwurde, dass sie die Nachfrage nicht erfüllen konnte, hatte sie die Zusammenarbeit mit FitzGerald's eingestellt. Sie war ja ein Eine-Frau-Unternehmen. Daher konzentrierte sie sich auf wenige Modelle in wenigen Größen, verlangte viermal so viel und nahm auch Sonderbestellungen entgegen. Sie stellte fest, dass Wolle sich am besten für praktische Kleidung eignete, nicht für die ausgefallenen Modelle, die sie als Teenager entworfen hatte. Allmählich lernte sie die Schönheit einfacher Linien zu schätzen. Sie hatte aber auch Dutzende anderer Entwürfe im Kopf und zeichnete sie manchmal aus Spaß. Ohne ein Team von Näherinnen konnte sie diese jedoch nicht verwirklichen und konzentrierte sich ganz darauf, das Geschäft am Laufen zu halten.

Die Straße flimmerte in der Hitze, als sie mit offenem Fenster nach Hause fuhr. Der Wagen wirkte furchtbar leer ohne Lucys Geplapper. Sie empfand die Abwesenheit des Mädchens immer wie einen tiefen Schmerz, der nicht verschwinden wollte. Es war beinahe zehn Jahre her, dass sie ihre Schwangerschaft bemerkt hatte. Zehn Jahre, die wie im Flug vergangen waren. Warum wartete sie ab, warum hoffte sie auf das Entgegenkommen von Henry und Molly? Inzwischen war sie doch reich und mächtig genug, um sich gegen jeden Vorwurf zu verteidigen.

Sie fuhr über Hügel und durch Täler, die gelb und ausgedörrt in der Sonne lagen. Der Asphalt ging in eine ungepflasterte Straße über. Sie fuhr langsamer. Gleich käme sie nach Lewinford. Sie beschloss, dort anzuhalten. Diesmal würde sie es sich von Leo nicht ausreden lassen. Wenn sie Lucy nicht mit ihr teilen wollten, würde sie das Mädchen eben für immer zu sich holen.

Inzwischen galt Beattie in Lewinford geradezu als Kuriosität. Normalerweise fuhr sie zum Einkaufen eine Stunde weit in eine Stadt im Norden, in der sich niemand dafür interessierte, wem Wildflower Hill gehörte und wieso. Als sie ihren staubbedeckten Lastwagen vor dem Postamt abstellte, gegenüber von Leos kleinem Steinhäuschen, blieben ein oder zwei neugierige Bewohner stehen, um zu sehen, wem er gehörte. Sie stieg stolz aus, streifte die Handschuhe ab und steckte sie in die Handtasche. Tilly Harrows Ehemann Frank fegte gerade den Weg vor dem Laden und starrte sie böse an. Sie tat es mit einem Achselzucken ab. Beattie war gut gekleidet, lauter eigene Entwürfe, und trug das dunkle Haar perfekt nach hinten frisiert. Sie wusste, dass sie gut aussah: durchtrainiert und gesund von harter Arbeit und gutem Leben. Sollten sie doch alle grün vor Neid werden, weil sie nun eine reiche Frau war.

Ein heißer Wind zerrte an ihrem Hut, und sie hielt ihn mit der Hand fest. Dann überquerte sie die Straße und klingelte. Leo öffnete und schob sie in den kühlen Flur.

»Beattie, was für eine Freude! Sie sehen wunderbar aus. Kommen Sie doch herein.«

Er führte sie in ein enges Arbeitszimmer mit polierten Dielen und einem Eichenschreibtisch, der kaum ins Zimmer passte. Er stand gegen das Fenster gedrängt, von dem man auf das wuchernde Gebüsch des Gartens blickte. Leos Bart war inzwischen fast ergraut, und seine Finger waren gelb vom Nikotin. Im Arbeitszimmer roch es stark nach Tabak.

Nachdem sie sich eine Zeitlang unterhalten hatten, erkundigte sich Leo nach Lucy, und Beattie kam zur Sache.

»Wegen ihr bin ich hier. Ich will das alleinige Sorgerecht. Notfalls gehe ich vor Gericht.«

Leo nickte. »Das könnte teuer werden.«

»Ich kann es mir leisten.«

»Sie könnten auch verlieren. Möglicherweise wird man Ihr Umgangsrecht einschränken. Die Gerichte werden Sie nicht günstig beurteilen. Henry ist verheiratet, Sie sind es nicht.«

»Ein Mädchen sollte bei seiner Mutter sein.«

Leo wollte etwas sagen, verkniff es sich aber. »Meine Warnungen vom letzten Mal gelten noch immer.«

»Ich weiß. Aber ich will es dennoch versuchen. Ich habe eine Vergangenheit, auf die ich nicht stolz bin. Aber die hat Henry auch. Ich könnte notfalls Zeugen benennen. Billy Wilder, Doris Penny, die Frauen, denen das Geschäft gehörte, in dem er hohe Schulden angehäuft hatte. Wenn es sein muss, auch Zeugen aus Glasgow. Ich war damals erst achtzehn und er schon dreißig!«

Leo lehnte sich zurück und blickte sie nachdenklich an. Schließlich sagte er: »Schreiben Sie das alles in einem Brief nieder. Lassen Sie sich Zeit dabei. Schreiben Sie langsam und sorgfältig, und listen Sie die Namen der Leute auf, die Sie unterstützen würden. Sobald ich den Brief erhalte, werde ich die Sache in die Wege leiten.«

Sie stand auf und gab ihm die Hand. »Vielen Dank. Ich bin froh, Sie auf meiner Seite zu wissen.«

Spät in der Nacht wachte Beattie auf. Es war so heiß, dass sie das Fenster offen gelassen hatte. Im Schlaf hatte sie sich freigestrampelt. Doch wovon war sie aufgewacht? Von der Hitze?

Nein, es war etwas anderes. Dann bemerkte sie den Brandgeruch.

Sie sprang aus dem Bett, beugte sich aus dem Fenster und schnupperte. Der Wind wehte heiß und kräftig und trug den Geruch herbei.

Sie zog ihren Morgenmantel über und eilte nach unten, öffnete die Hintertür und lief auf die Koppel. Jetzt konnte sie die Felder im Norden sehen, den Hügelkamm dahinter. Der in Rauchwolken gehüllte Himmel erglühte wie Bernstein. Der Eukalyptuswald stand in Flammen.

Beattie erstarrte und horchte, wie das Laub der Bäume hinter dem Haus laut raschelte. Der Wind wehte aus Nordost. Von dort würde das Feuer kommen.

Schreiend rannte sie zum Schererhäuschen. »Charlie! Charlie!« Der Wind riss ihr die Worte von den Lippen. Es war ein furchteinflößendes Geräusch, wie vorbeidonnernde Züge. War es der Lärm des Feuers? Abby und Birch waren verängstigt, traten gegen die Stallwände, aufgeschreckt vom Brandgeruch. »Ganz ruhig!«, rief sie ihnen zu. Ihr Herz hämmerte. Charlie würde sicher wissen, was zu tun war.

Er kam ihr an der Tür entgegen, das Gesicht weich und verschlafen. Als er nach dem Grund für die nächtliche Störung fragen wollte, erkannte er die Lage schon selbst.

»Himmel, Beattie!« Er rannte los, gefolgt von den Hunden. »Du musst Abby schnell satteln und so viele Tore wie möglich öffnen. Nimm die Hunde mit, aber du brauchst die Schafe nicht zu treiben, die merken es von selbst.«

»Fahren wir nicht mit dem Auto weg?«

Er wandte sich um. Seine Augen funkelten in der Dunkelheit. »Willst du alles verlieren?«

Sie schüttelte den Kopf.

»Dann bleiben wir.«

Beatties Herz hämmerte gegen die Rippen. Sie eilte in den Stall und sattelte mit zitternden Händen das nervöse Tier. Birch stürmte los, sowie die Tür offen stand, und galoppierte nach Süden. Beattie schaffte es kaum aufzusteigen, weil Abby den Kopf hin und her warf und auf der Stelle tänzelte. Sie sprach beruhigend auf sie ein, obwohl sie selbst am liebsten vor Angst geschrien hätte. Was um Himmels willen sollte sie tun, wenn sie alles verlor? Das Haus? Sie könnte es nie wiederaufbauen. Die Schafe? Selbst wenn sie neue Tiere kaufte, fänden sie auf den abgebrannten Weiden nichts zu fressen.

»Oh, bitte, bitte, Gott«, sagte sie und kniff die Augen zu. Sie trieb Abby voran, pfiff die Hunde zu sich und ritt in der feuerhellen Nacht über den unebenen Boden, öffnete Tore, die Augen in den Wind gerichtet. Ihr Morgenmantel verfing sich im Stacheldraht und zerriss. Große, dünne Aschefetzen flatterten um sie herum. Erst ein oder zwei, dann Dutzende. Es regnete Asche. Hinter ihr raste eine Kängurufamilie donnernd quer über die Farm, immer nach Süden, weg vom Feuer. Die Tiere sprangen über die Zäune, als wären diese gar nicht vorhanden.

Abby hatte genug. Sie zuckte mit dem gesenkten Kopf, die Nüstern weit geöffnet, und schnaubte vor Angst. Sie scheute vor jedem Schatten und wich einem peitschenden Ast aus. Als ungeübte Reiterin hatte Beattie große Mühe, sich im Sattel zu halten.

»Hey, hey, Mädchen«, sagte sie, spürte aber, wie sie

wegrutschte. Sie sprang schnell ab, worauf Abby den Kopf hochriss, so dass ihr die Zügel entglitten. In der nächsten Sekunde galoppierte sie davon.

Beattie drehte sich um. Die Angst schnürte ihr die Kehle zu. Die Flammen rasten brüllend über die Hügelflanke. Sie wusste nicht, was sie tun sollte.

Charlie. Er war allein im Haus.

»Los!«, befahl sie den Hunden und deutete in die Richtung, die Abby genommen hatte. »Lauft los!«

Die Tiere schauten sie unsicher an.

»Los jetzt, lauft weg!« Sie rannte zurück zu Charlie. Es war ihr egal, wenn jedes verdammte Schaf verbrannte, ihn würde sie nicht im Stich lassen.

Die Asche, die herabregnete, glühte noch und hauchte auf dem Boden zischend ihr Leben aus. Sie rannte schneller als je zuvor, bis ihre Oberschenkel vor Schmerz brannten und ihr Herz gegen die Rippen hämmerte. In der Ferne sah sie die brennenden Stallungen. Funken mussten unters Dach gedrungen sein. Vor dem roten Himmel zeichnete sich Charlies Silhouette auf dem Dach ab. Sie holte alles aus sich heraus.

Plötzlich legte sich der Wind, und es wurde unheimlich still.

»Charlie!«, schrie sie. »Der Wind hat sich gelegt.«

Er drehte sich um und sah sie auf sich zulaufen. »Er dreht sich. Pass auf!«

Wenige Augenblicke später erzitterten die Bäume wieder. Dünne Zweige wurden umhergepeitscht und rissen ab. Ein frischer Ascheregen ging auf sie nieder.

Sie war jetzt an der Waschküche und konnte sehen, dass Charlie den Schlauch aufs Dach gehievt hatte, um die Funken zu löschen.

»Er dreht nach Osten«, rief Beattie erleichtert, obwohl sie vom Rauch würgen musste. »Er streift uns nur.«

Charlie fluchte.

»Was ist los?«

»Die Pumpe geht nicht mehr.«

»Ich hole Wasser.«

»Vergiss die Eimer. Sieh nach der Pumpe!«

Beattie schaute sie ratlos an. Sie hatte keine Ahnung, was sie damit machen sollte. Funken tanzten um sie herum.

»Sieh nach, wo der Schlauch befestigt ist«, rief er.

Sie konnte kaum einen klaren Gedanken fassen. Der Schlauch war verdreht, so dass nichts hindurchfließen konnte. Mit zitternden Händen nahm sie ihn vom Haken, worauf das Wasser sie von oben bis unten nass spritzte. Der Schlauch hatte sich vollkommen gelöst.

»Beeil dich, Beattie, Herrgott noch mal!«

Sie fingerte am Schlauch herum, befestigte ihn wieder an der Pumpe und drückte die Befestigungsklammer, so fest sie konnte.

Von oben hörte man Wasser rauschen. »Es läuft! Es läuft!«

Als sie seine Silhouette dort oben vor den Flammen sah, zog sich ihr Herz zusammen. Wenn er nun ausrutschte und stürzte? Oder die Flammen ihn erfassten? Ohne Charlie wäre ihr ganzes Haus nichts wert. Mit plötzlicher Klarheit begriff sie, dass sie ihn liebte. Dass alle Sorgen, was andere Leute denken könnten, lächerlich und klein waren. Warum sollten sie sich von den Meinungen anderer ihr Leben diktieren lassen?

»Sei vorsichtig, Charlie«, rief sie. »Sei bitte, bitte vorsichtig.«

Er antwortete nicht. Das Feuer kam nicht näher, und sie erlaubte sich den ersten Funken Hoffnung. Sie zog den Kragen ihres Morgenmantels enger um den Hals. Der Ascheregen ließ allmählich nach. Der Wind trieb das

Feuer eindeutig in eine andere Richtung. Doch wenn er nun aufs Neue drehte?

Augenblicke vergingen. Der Wind legte sich. Die Asche fiel zu Boden und wurde nicht mehr aufgewirbelt.

»Ich glaube, du kannst das Wasser jetzt abdrehen, Beattie. Aber ich bleibe noch oben.«

»Dann komme ich auch rauf.«

»Das wirst du nicht.«

Doch sie hörte nicht auf ihn. Sie drehte das Wasser ab und rannte ins Haus. Von Lucys Zimmer aus führte eine Leiter auf den Dachboden, über den man hinaus auf die Dachbrüstung gelangte. Von dort konnte sie auf die Schindeln klettern. Vor ihr saß Charlie, den Schlauch neben sich. Er hatte die Arme um die Knie gelegt, sein Gesicht war mit Ruß verschmiert.

»Du solltest doch nicht raufkommen.«

Sie wollte sich an der Regenrinne hochziehen, doch er stand auf und machte eine warnende Handbewegung. »Ich komme runter. Wir können das Feuer auch so im Blick behalten.«

Er rutschte vom Dach und stellte sich neben sie auf die Brüstung. Von hier aus konnten sie über die Felder und bis zu den Bäumen sehen, die orange vor dem dunklen Rauch erglühten.

»Werden wir verschont?«

»Sieht so aus. Außer der Wind dreht noch einmal.«

Sie blickten lange schweigend hinüber. Der Stall brannte und sank mit einem schweren Seufzer zu einem Haufen Asche und Glut zusammen. Allmählich wurde das Brüllen des Feuers in der Ferne leiser. Beattie bemerkte, dass sie noch immer die Fäuste geballt hatte, und öffnete sie langsam.

Charlie stand neben ihr, so nah, dass sie die Wärme seines Körpers spürte. Sie warf ihm einen verstohlenen

Blick zu, und ihr wurde schwindlig, als fiele sie aus ihrer eigenen Haut.

Er bemerkte ihren Blick und drehte sich halb, als fürchtete er, ihr in die Augen zu sehen.

»Danke«, sagte sie.

Er zuckte mit den Schultern. »Das ist mein Job.«

»Zum zweiten Mal hast du etwas Kostbares für mich gerettet.«

Er antwortete nicht, sah ihr aber diesmal genau in die Augen. Adrenalin schoss durch ihren Körper.

»Charlie …«, begann sie.

Langes Schweigen. Ihr Magen zog sich zusammen. Ihr ganzer Körper sehnte sich danach, sich an ihn zu drücken. Sie warf einen flüchtigen Blick auf seine Lippen und wandte sich ab. Doch der Gedanke, diese Lippen zu berühren, ließ ihre Haut erglühen.

»Beattie«, sagte er so vernünftig und geduldig, dass es wie eine Warnung klang, »du solltest ins Bett gehen. Ich bleibe hier oben und passe auf.«

»Ich bleibe bei dir.«

»Auf gar keinen Fall.«

Am liebsten hätte sie vor Enttäuschung und Erschöpfung geweint.

»Es hat keinen Sinn, wenn wir morgen beide müde sind. Es gibt so viel zu tun. Du gehst schlafen. Ich lasse dich wissen, wenn der Wind sich wieder dreht. Du kannst mir vertrauen.«

»Das weiß ich doch«, sagte sie und meinte es auch so.

Vier Stunden später erwachte sie in einer trüben Dämmerung. Die Hügelflanke war nur noch eine schwarze, stinkende Masse. Beattie schaute lange aus dem Fenster und betrachtete entsetzt die rauchenden Leichen der Bäume. Bei Tageslicht erkannte sie, wie nah das Feuer der Farm gekommen war. Besorgt fragte sie sich, was aus ihren Nachbarn geworden sein mochte.

Sie blickte hinunter und sah Charlie vor dem Fenster sitzen. Seine Hunde waren zurückgekehrt und lagen erschöpft neben ihm.

Beattie zog den zerrissenen, rußgeschwärzten Morgenmantel an und eilte hinunter.

»Charlie?«

Er drehte sich zu ihr und sah so müde aus, dass es ihr selbst weh tat. Liebster Charlie.

»Hey, Beattie«, sagte er mit einem schwachen Lächeln. »Das Feuer ist nach Osten gezogen. Hat ein ganz schönes Chaos angerichtet, aber wir haben nicht viel verloren. Nur die Ställe und die schöne Aussicht.«

Angst, Erschöpfung … viele unbenennbare Gefühle. Sie war so nahe daran gewesen, alles zu verlieren. Sie schluchzte. Er stand da, zuerst unbeholfen, streckte die Hand aus, zog sie wieder zurück.

Also ließ sie sich gegen ihn fallen, und er fing sie auf. Sie spürte seinen Körper fest und stark an ihrem. Seine Arme legten sich zaghaft um sie und streichelten ihren Rücken. »Schon gut, ist ja alles gut.«

Sie hob den Kopf und sah ihm in die Augen. Was er dort erblickte, musste ihm Angst gemacht haben, denn er wich zurück.

»Beattie, ich …«

Sie legte die Hand an seine Lippen. »Ich glaube, ich sterbe, wenn du mich nicht küsst.«

Der Augenblick dehnte sich ins Unendliche, ihr Körper wartete angespannt auf seine Reaktion. Dann nahm er ihre Hand von seinem Mund und zog sie wieder an sich. Mit einem sanften Stöhnen sank sie in seine Arme. Er strich ihr das Haar zurück und ließ seinen heißen Mund über ihre Kehle wandern, ihre Ohren und schließlich zu ihren Lippen. Die ganze Welt glitt davon, und sie lebte nur in diesem Augenblick, lebte nur für die brennende Leidenschaft zwischen ihnen. Seine Hände tasteten sich zu ihrem Morgenmantel und schoben ihn langsam von ihrer linken Schulter. Dann spürte sie seine Lippen auf der Haut: warm, ehrfürchtig. Wie im Fieber drückte sie sich an ihn.

»Komm mit mir nach oben, Charlie«, murmelte sie.

»Ich bin voller Ruß und Asche.« Er machte sich lachend von ihr los. Dann aber wurde er wieder ernst. »Beattie, bist du dir wirklich sicher?«

»Ja, das bin ich.«

Danach lagen sie lange im Sonnenschein, der durch die offenen Vorhänge hereinfiel, ein Gewirr aus Gliedmaßen und abgelegten Kleidungsstücken. Durch das Fenster drang die warme Morgenluft herein, vermischt mit dem beißenden Geruch von Rauch und zerdrücktem Eukalyptus. Charlies Finger malten Muster auf ihre linke Schulter, während sie auf seinen Herzschlag horchte.

»Ich muss dir etwas sagen, Beattie.« Seine Stimme klang rauh von Rauch und Müdigkeit.

»Na los.«

»Ich liebe dich schon lange.«

Sie lächelte, obwohl er ihr Gesicht nicht sehen konnte.

»Was machen wir jetzt?«

»Die Welt vergessen und einander lieben.«

Er schwieg, und als sie das nächste Mal zu ihm sah, war er eingeschlafen.

# Dreiundzwanzig

Henry saß bei laufendem Motor im Wagen und fragte sich, warum zum Teufel Molly so lange brauchte. Sie hatten Lucy zu Beattie gebracht und auf dem Rückweg in Lewinford angehalten, weil Molly unbedingt etwas zu essen für unterwegs kaufen wollte.

In letzter Zeit hörte sie gar nicht mehr auf zu essen, ihre Kleider wurden allmählich zu eng. Henry hatte die Vorstellung verdrängt, wie schlank und durchtrainiert Beattie dagegen aussah.

Nicht dass er sie zurückhaben wollte. Seine Gefühle waren vor langer Zeit erkaltet.

Warum musste Molly nur so trödeln? Sie wusste doch, dass er immer schlechter Stimmung war, wenn er sich von seinem kleinen Mädchen verabschiedet hatte. Das Kind war das Einzige auf der Welt, das ihn glücklich machte: Alles andere – Geld, eine gute Stelle, eine treue Ehefrau – war nichts dagegen. Nur Lucy erfüllte sein Herz wirklich mit Glück.

Henry schaltete den Motor aus, überquerte die Straße und betrat den Kolonialwarenladen. Molly stand mit fasziniertem Gesichtsausdruck am Tresen. Die junge Frau und der schmierige Mann dahinter sprachen abwechselnd mit leiser Stimme auf sie ein.

»Molly? Bist du so weit?«

Sie drehte sich um. Ihr Gesicht war ganz blass.

»Was ist denn los?«, fragte er ungeduldig. Sie regte sich immer über alles so auf.

»Ich habe gerade etwas ganz Fürchterliches über Beattie erfahren.«

Henrys Rücken kribbelte gereizt. Er liebte sie nicht mehr, doch sie war Lucys Mutter, und alles, was Beattie herabsetzte, setzte auch Lucy herab.

»Komm jetzt, Molly«, sagte er.

Sie nahm ihre Einkäufe und eilte aus dem Laden. Dann funkelte er das Paar hinter der Theke wütend an und ging hinaus in den Sonnenschein.

Molly wartete im Wagen, in der Hand eine Schachtel Pralinen.

»Ich wünschte, du würdest nicht auf diesen Klatsch hören, Molly.« Er ließ den Motor an und fuhr auf die Straße. »Das ist unter deiner Würde.«

»Wir sollten doch wohl wissen, welcher Frau wir unser Kind anvertrauen, Henry. Wenn wir es nicht tun, sind wir schlechte Eltern.«

*Unser Kind.* Henry zuckte zusammen. »Lucy ist ebenso sehr Beatties Tochter wie meine.«

»Ja, aber du hast eine gute, fromme Frau geheiratet, und ich bin Lucy eine gute Mutter. Der Mann, den Beattie für sie als Vater ausersehen hat, ist hingegen entsetzlich.«

Er verspürte einen leisen Stich der Eifersucht. Woher kam der nur? Er wollte Beattie nicht mehr, ganz sicher nicht. »Wie meinst du das?«

»Es heißt, sie hätte sich einen Liebhaber genommen.«

Henry schaute zu Molly hinüber, die sich die Finger ableckte.

»Weiter.«

Sie legte eine dramatische Pause ein. »Charlie. Den Schwarzen.«

Henry starrte auf die Straße, die unter dem Wagen verschwand, und schwieg lange. In Wirklichkeit war es ihm egal, ob Menschen schwarz, weiß oder grün waren. Charlie schien ein einfacher Kerl zu sein, aber anständig. Dennoch verstörte ihn die Neuigkeit. Lag es daran, dass er sich ausmalte, wie der Bursche Beattie so berührte, wie er es früher getan hatte? Oder lag es an Mollys Hinweis, sie könnten schlechte Eltern sein?

»Ich sehe, du denkst genau wie ich«, sagte Molly. »Wir müssen etwas unternehmen.«

»Beattie kann sich aussuchen, wen sie liebt«, sagte Henry, doch seine Stimme klang gepresst.

»Ich finde es abscheulich«, fuhr sie fort, als hätte er nichts gesagt; und bald zweifelte er selbst an seinen Worten. »Stell dir nur vor, wie er unserem kleinen Mädchen einen Gutenachtkuss gibt.«

Sein ganzer Körper spannte sich an.

»Ich weiß, einige dieser farbigen Kerle sind ganz in Ordnung«, gab sie zu. »Aber ich habe sie lieber nicht in der Nähe eines Menschen, der mir so viel bedeutet.« Ihre Stimme senkte sich zu einem Flüstern, fast hätte er sie wegen des Motorgeräuschs nicht verstanden. »Es heißt, er sei ein Dieb.«

»Sei still«, befahl Henry, der selbst nicht verstand, wieso Angst und Zorn in ihm tobten. »Ich wünschte, du hättest es nie erwähnt.«

Den Rest der Fahrt saß Molly schweigend da.

Charlie war schließlich ins Haus gezogen, bestand aber auf einem separaten Zimmer. Lucys Zimmer lag zwischen Beatties und Charlies. Wenn ihre Tochter zu Besuch war, würden sie eben getrennt schlafen.

Und genau das erwies sich als unmöglich.

Sie hatte sich daran gewöhnt, die Nähe seiner warmen Haut zu spüren, die leidenschaftliche Berührung seiner Finger. Spätnachts, wenn sie sicher war, dass das Mädchen schlief, schlich Beattie durch den Flur und klopfte leise an seine Tür.

Er öffnete misstrauisch, die Augen schwarz im Dämmerlicht. »Willst du das wirklich, Beattie?«

Er trat zurück, um sie hereinzulassen, und schloss die Tür hinter ihnen. Sie fiel in seine Arme, gab sich seinen Lippen und seiner Zunge hin. Das schmale Bett wartete auf sie. Durchs Fenster leuchteten sanft die ewigen Sterne. Charlie hatte rasch gelernt, wie er ihre Bedürfnisse am besten befriedigte. Henry war im Vergleich dazu sehr unbeholfen gewesen. Wenn sie mit Charlie zusammen war, fühlte sie sich danach angenehm erschöpft, ihre Ohren rauschten, und er zog sie fest an seine harte Brust und murmelte ihr Koseworte ins Ohr.

Doch es war mehr als nur körperliche Anziehungskraft. Manchmal war es, als würden ihre Seelen magnetisch voneinander angezogen. Sie waren aus demselben Holz geschnitzt. Er war der sichere Hafen, nach dem sie sich so lange gesehnt hatte.

»Wir sollten heiraten«, sagte Beattie kurz vor Mitternacht.

»Ich weiß nicht. Das würde den Leuten in der Stadt nicht gefallen.«

»Aber so können wir auch nicht weitermachen«, seufzte sie. »Als wäre es ein Geheimnis. Als hätten wir Angst vor ihrer Meinung.«

»Wenn es nach deinem Anwalt geht, sollten wir auch Angst vor ihnen haben.«

»Na gut, aber sobald ich das Sorgerecht für Lucy habe, werden wir es nicht länger geheim halten.« Sie hatte mehrere Wochen an dem Brief für Leo Sampson geschrieben und ihn so präzise wie möglich formuliert. Sie hatte ein schlechtes Gewissen, als sie Henrys diverse Fehler aufzählte, mahnte sich aber, dass nichts davon ausgedacht war: er war *tatsächlich* seiner Frau davongelaufen, er hatte *tatsächlich* getrunken und gespielt und ihre Sicherheit riskiert, er hatte *tatsächlich* Molly zurückgenommen, nachdem sie Geld geerbt hatte. In Wirklichkeit hielt sie ihn gar nicht für einen schlechten Vater, niemand konnte Lucy mehr lieben als er. Doch sie musste das alles sagen, um dem Gericht zu beweisen, dass Lucy bei ihrer Mutter besser aufgehoben wäre. Bei ihrer *wirklichen* Mutter und nicht bei Henrys verdrießlicher, kinderloser Ehefrau. Inzwischen lag Leo der Brief vor, alle Papiere waren unterzeichnet und konnten eingereicht werden, sobald Lucy wieder in der Schule war. Leo hatte gesagt, es würde Monate dauern, bis das Gericht etwas entschied.

»Stell dir vor, Charlie«, sagte Beattie, »wir beide könnten heiraten, und Lucy würde bei uns leben. Wildflower Hill würde uns allen gehören.«

Charlie lachte. »Du weißt, dass mir an Besitz nichts liegt.«

»Das sollte es aber. Denk nur, ich könnte morgen sterben, und dann würde jemand anders die Farm übernehmen. Du hast so viel dafür getan und bekommst immer nur einen geringen Lohn.«

»Ich bin glücklich mit dem, was ich habe. Große Träume zahlen sich nicht aus. Vor allem nicht für einen Schwarzen.«

Beattie setzte sich auf und sah auf ihn hinunter. Seine dunklen Haare waren auf dem Kissen ausgebreitet, seine starken Schultern entblößt. »Mit mir kannst du große Träume träumen, Charlie.«

»Ich möchte trotzdem lieber vorsichtig sein, wenn es dir nichts ausmacht.«

Sie beugte sich vor und küsste ihn auf die Stirn. Der Duft seiner Haut stieg ihr in die Nase. »Alles wird gut. Du wirst schon sehen.«

Beattie brauchte lange, um das Gefühl zu erkennen, das auf der Fahrt nach Hobart an ihr nagte. Es war ein schlechtes Gewissen.

Sie brachte Lucy nach Hause, doch diesmal war alles anders. Gestern hatte Leo Sampson die Papiere an den Anwalt von Henry und Molly geschickt. Irgendwann in dieser Woche würden sie erfahren, dass Beattie den Kampf um das Sorgerecht aufnehmen wollte. Dass Beattie ihre Fehler als Eltern schwarz auf weiß niedergeschrieben hatte.

Heute jedoch wussten sie es noch nicht. Heute kam Molly winkend ans Tor, als sie das Auto hörte. Heute würden sie einander das letzte Mal höflich begegnen.

»Mein liebes Mädchen«, seufzte Molly und schloss Lucy in die Arme.

»Hallo, Mama. Ich habe einen Schnabeligel gestreichelt!«

Molly blickte Beattie über ihren Kopf hinweg an. »Henry musste zur Arbeit.«

»Bestell ihm Grüße von mir.«

Molly lächelte angespannt, und Beattie fürchtete schon, die andere Frau könne ihre Gedanken lesen. »Wie geht es dir?«

»Gut. Wir rechnen mit einem anständigen Ertrag, und der Modesalon verkauft meine Modelle schneller, als ich sie liefern kann.« Sie zwang sich, ruhiger zu sprechen.

»Und wie geht es Charlie?«

Sie brachte kein Wort über die Lippen.

Dann warf Lucy ein: »Charlie hat mir fünf verschiedene Knoten gezeigt!«

»Wie nett«, sagte Molly, »aber du solltest einem schwarzen Mann nicht zu nahe kommen. Sie sind nicht so wie wir.«

Beattie spürte heißen Zorn in sich aufsteigen, verzichtete aber auf eine übereilte Reaktion. »Lucy beurteilt Menschen nach ihrem Wesen, nicht nach ihrem Aussehen.«

»Weil sie ein Kind ist«, erwiderte Molly glatt. »Sie wird es schon noch lernen.«

Beattie kniete sich hin, um ihre Tochter zu umarmen. Sie sah verwirrt und gekränkt aus.

»Charlie ist doch kein böser Mann, oder?«

»Charlie ist ein sehr guter Mann, und du bist ein gutes Mädchen«, erwiderte Beattie leise. »Wir sehen uns in drei Monaten.«

»Dreizehn Wochen.«

»Genau.« Beattie verdrängte die ungeheure Traurigkeit, die sie beim Abschied immer empfand. Ab Juli würde Lucy vielleicht für immer bei ihr bleiben. »Leb wohl, mein Liebling.«

»Leb wohl, Mummy«, sagte Lucy und wartete mit Molly am Tor, bis sie ins Auto gestiegen und weggefahren war.

Peter und Matt kamen im April, als das erste Grün auf dem verbrannten Hügel erschien und die Hinterteile der Schafe wieder geschoren werden mussten. Charlie gefiel es gar nicht, andere Leute auf der Farm zu haben.

»Keine Sorge«, beruhigte ihn Beattie, als er sie eines Abends in der Küche sanft von sich schob, »sie sind drüben im Häuschen. Sie essen nicht mal bei uns im Haus. Sie werden es nie erfahren.«

»Als sie das letzte Mal hier waren, habe ich im Häuschen geschlafen. Sie werden merken, dass ich nicht mehr dort bin.«

»Und sich nichts dabei denken. Mikhail hat jahrelang im Haus gewohnt, und niemand hat je ein Wort darüber verloren.«

Er ergriff ihre Hände und führte sie an die Lippen. »Ich

mache mir nur Sorgen um dich. Darüber, was die Leute denken.«

»Mir ist egal, was die Leute denken.«

Er suchte nach Worten. »Das kannst du nur sagen, weil du nie wirklichen Hass gespürt hast.«

»Doch, das habe ich. Die meisten Leute in Lewinford halten mich für ein liederliches Frauenzimmer.«

»Ja, aber du bist wenigstens nicht schwarz.«

Beattie schwieg. Charlie ließ ihre Hände los. »Lass uns aufpassen. Bis es dunkel wird.«

»Und dann können wir uns nahe sein?«

Er lächelte. »So nah, wie du möchtest.«

Der Winter kam, und sie waren wieder allein. Lange Nächte am Kamin, in denen sie sich in den Armen des anderen verloren.

Er sagte ihr wieder und wieder, dass er sie liebte, sagte es zu ihrer Haut und ihren Haaren. Ihr Herz war so eng mit seinem verflochten, dass es sie erschreckte, sie eine namenlose Angst bekam: die Angst eines jeden Menschen, der zu sehr liebt. Sie konnte sie nur vertreiben, indem sie sich ganz auf Charlie konzentrierte und den Rest der Welt vergaß.

Henry meldete sich an dem Tag, an dem er den Brief von seinem Anwalt erhielt, und spuckte Gift und Galle. Es war ihr egal. Leo Sampson erklärte, die Anhörung wegen des Sorgerechts werde erst im August stattfinden. Es war ihr egal. Die neue Posthalterin in Lewinford weigerte sich, sie zu bedienen, als sie ein Paket mit Kleidern an den Modesalon in Hobart schicken wollte. Auch das war ihr egal. Dann fuhr sie eben in die nächste Stadt. Sie war verliebt, wahnsinnig verliebt, blind vor Liebe. Sie sah es nicht kommen.

Es traf sie völlig unvorbereitet.

Als Lucy aus der Kirche kam, zog sie in ihrem Zimmer die Schuhe aus und stellte sie in den Kleiderschrank. Sie ließ sich aufs Bett fallen, wo Häschen und Pferd schon warteten. Sie blätterte in einem Buch und schaute sich die Bilder an. Dann klopfte es an die Tür, und Molly rief: »Lucy?«

Lucy legte das Buch weg. Sie wollte Molly nicht hereinlassen. Molly benahm sich seltsam. Als hätte sie vor etwas Angst. Als hätte sie Angst vor Lucy.

Aber Molly kam trotzdem herein. Lucy drängte sich in eine Ecke des Bettes und wickelte Häschens Ohren um den Finger.

Molly lächelte sie an, und einen Augenblick lang schien alles normal. Aber es war nicht normal. Molly und Daddy hatten in letzter Zeit oft mit leiser, angespannter Stimme gesprochen. Wann immer Lucy ins Zimmer kam, verstummten sie plötzlich. Etwas ging vor, und sie wusste, dass es mit ihr zu tun hatte.

»Kann ich mit dir reden?« Molly setzte sich aufs Bett und strich die Decke glatt. »Es ist wichtig.«

Lucy nickte, obwohl sie eigentlich nein sagen wollte. »Wo ist Daddy?«

»Im Wohnzimmer. Er sagt, ich soll mit dir reden, weil wir beide Mädchen sind.« Sie lächelte wieder, und Lucy dachte, dass sie gar nicht wie ein Mädchen aussah.

Sie zuckte mit den Schultern. »Was ist denn?«

»Es geht um Beattie, deine Mutter.«

Lucy wartete ab, konnte kaum atmen. Sie wollte nicht hören, dass Mummy krank oder tot sei.

»Sie hat etwas Schlimmes getan. Sie hat einen ganz schlimmen Brief geschrieben, und jetzt ist Daddy böse.«

»Hat sie ihn an Daddy geschrieben?«

»Nein, an Daddys Anwalt, aber darum geht es nicht. Sie hat darin Dinge geschrieben, die nicht wahr sind. Wie nennen wir einen Menschen, der Dinge sagt, die nicht wahr sind?«

»Einen Lügner«, sagte Lucy leise.

»Das stimmt. Deine Mutter ... Sie hat Dinge getan, über die viele Leute unglücklich sind. Dinge, die Gott nicht gefallen würden.«

Was Gott anging, war sich Lucy nicht so sicher. Sie hatte immer noch Angst vor ihm, aber nur zu Hause in Hobart. Auf der Farm machte sie sich nicht so große Gedanken darüber, was er von ihr denken könnte. »Was für Dinge?«

»Das verstehen nur Erwachsene.«

Lucy hörte nicht zum ersten Mal Anschuldigungen gegen ihre Mutter und stellte sie daher auch nicht in Frage.

»Aber sie steht diesem schwarzen Mann viel zu nah.«

»Charlie? Der ist nett.«

Mollys Mundwinkel wanderten nach unten. »Er *scheint* nur nett zu sein. In Wahrheit ist er ein Dieb. In Lewinford wissen alle, dass er etwas von einem reichen weißen Mann gestohlen hat.« Sie ergriff Lucys Hand. »Liebling, du musst mir sagen, ob du auf der Farm etwas beobachtet hast. Etwas ... Schlimmes. Wenn ja, musst du es mir und Daddy sagen. Das wird unserem Anwalt helfen.«

»Nein.« Sie schüttelte entschieden den Kopf.

»Sag mir, was sie macht. Mit wem sie spricht.«

Lucy schüttelte weiter den Kopf.

»Wo schläft sie nachts?«

»In ihrem Zimmer. Neben meinem.«

»Und wann steht sie morgens auf?«

Lucy fürchtete sich vor Mollys strengem Blick. »Meine Mummy tut nichts Böses. Sie steht auf und frühstückt mit mir und Charlie und ...«

»Charlie? Er ist beim Frühstück dabei?«

Lucy wurde ganz still. Ihr Herz klopfte bis zum Hals.

Molly machte große Augen. »Lucy? Schläft Charlie bei euch im Haus?«

Lucy nickte. Was sollte so schlimm daran sein?

Molly wurde rot und wandte den Blick ab. »Es tut mir leid, dir das zu sagen, aber deine Mutter hat gesündigt.«

»Sie ist keine Sünderin.«

»Geht sie in die Kirche?«

Das konnte Lucy nicht beantworten.

»Henry!«, rief Molly. »Komm her, Henry.«

Lucy saß mit klopfendem Herzen auf ihrem Bett und wünschte sich, sie hätte nicht mit Molly geredet. Hätte sie doch nur den Mund gehalten. Dann war Daddy da, dem konnte sie vertrauen. Sie sprang vom Bett und vergrub ihr Gesicht an seiner Brust.

»Was ist los?«, fragte er unwirsch, und Lucy hörte die Worte in seiner Brust rumoren. Sie weigerte sich, aufzublicken.

»Lucy sagt, Charlie schlafe im Haus. Er frühstückt morgens mit ihnen. Den Rest kannst du dir vermutlich denken.«

Pause. Daddys Hände lagen noch auf ihrem Rücken.

»Und? Willst du, dass deine Tochter einen Schwarzen und eine Hure als Eltern hat?«

»Molly …«

»Genau das wird passieren, wenn wir den Prozess verlieren. Dann wird sie diesen Mann zum Vater haben, nicht dich.«

Entsetzt blickte Lucy auf. »Ich will, dass du mein Daddy bist. Niemand sonst.«

»Sag es ihr. Ihre Mutter ist durch und durch sündig.«

»Molly …« Er brachte den Satz nicht zu Ende.

»Wir müssen sie von dieser Farm fernhalten.«

Lucy sah ihren Vater unverwandt an. Was immer er sagte, war richtig. Molly war wütend und benahm sich komisch, aber Daddy würde dafür sorgen, dass ihr nichts passierte.

Er lächelte sie ein bisschen schief an. »Wie wäre es mit einer Reise, mein Mädchen?«

⁂

Am Tag, an dem sie Lucy in Hobart abholen sollte, zog sich Beattie ein Fieber zu. Sie wollte Lucy anrufen und ihr sagen, dass sie sich verspäten würde. Hoffentlich ging nicht Henry oder Molly ans Telefon. Doch es meldete sich niemand. Sie konnte kaum stehen, geschweige denn Auto fahren, und legte sich ins Bett. Vielleicht ginge es ihr morgen besser.

Am nächsten Morgen konnte sie noch immer niemanden erreichen. Vielleicht funktionierte das Telefon nicht. Lucy würde denken, sie hätte sie vergessen.

Als sie den Mantel anzog und zum Lastwagen ging, verlor sie das Gleichgewicht und taumelte gegen die Wand. Charlie eilte herbei, um sie zu stützen.

»Du bist immer noch krank.«

»Mein Ohr tut so weh. Ich kann das Gleichgewicht nicht halten.«

»Du kannst nicht fahren. Du bist nicht nur krank, es ist auch noch neblig.«

»Ich kann nicht hierbleiben. Lucy rechnet schon seit gestern mit mir.«

»Sie wird warten.«

»Das verstehst du nicht. Sie wird glauben, ich hätte sie vergessen oder würde sie nicht mehr lieben. Das darf sie nicht denken, nicht mal eine Stunde lang. Schon gar nicht einen ganzen Tag.«

Charlie hielt ihren Arm fest umklammert.

»Du könntest mich fahren.«

Er lächelte bitter. »Beattie, ich habe gesehen, wie Molly mich anschaut.«

»Molly ist mir egal.«

»Das könntest du noch bereuen.«

»Du bist mein Angestellter. Es ist doch nicht ungewöhnlich, wenn du mich irgendwohin fährst.« Sie berührte sanft seine Hand. »Bitte. Mein kleines Mädchen wartet auf mich.«

»Kannst du sie nicht anrufen?«

»Mit dem Telefon stimmt etwas nicht.«

Seufzend griff er nach seinem Hut. »Na schön, aber ich warte im Auto.«

Es war das erste Mal, dass sie gemeinsam irgendwohin fuhren. Jenseits der Farm hob sich der Nebel und enthüllte das Gras, das von silbrigem Eis überzogen war. Selbst Beatties pochendes Ohr und der ständige Schwindel hinderten sie nicht daran, die Fahrt zu genießen, vorbei an kahlen Winterbäumen und brachliegenden Feldern, zusammen mit dem Mann, den sie liebte. Es war ungerecht. Andere Frauen konnten diese einfachen Freuden immer genießen. Molly konnte mit Henry im Auto fahren, Tilly Harrow mit ihrem Frank … dabei war ihre eigene Liebe viel ehrlicher und stärker als die der anderen. Wenn die Sache mit dem Sorgerecht endlich geregelt war, würde sie Charlie heiraten und den Leuten ins missbilligende Gesicht lachen.

Um kurz vor elf erreichten sie Henrys Haus. Beattie stieg aus und wartete, bis sich der Schwindel gelegt hatte. Dann ging sie den Weg entlang zur Tür. Die Luft vibrierte vor Kälte. Sie klopfte.

Keine Antwort.

Plötzlich überkam sie eine furchtbare Angst. Niemand am Telefon, niemand an der Tür. Sie klopfte lauter. Ging ums Haus herum. Die Autotür schlug zu, Charlie folgte ihr. Sie bemerkte es kaum. Ihr verschwamm alles vor den Augen. Etwas stimmte nicht, das spürte sie wie einen scharfen Stich.

Sie klopfte an die Hintertür, auch nichts. Neben der Tür stand Mollys Putzeimer. Beattie drehte ihn um und stellte ihn unter das Fenster von Lucys Zimmer. Charlie kam gerade rechtzeitig, um sie zu stützen. Die Scheibe beschlug unter ihrem Atem.

»Kannst du was sehen?«

Der Vorhang war nur einen Spalt geöffnet, aber es reichte aus. Sie blickte in ein leeres Zimmer.

Kein Bett. Kein Spielzeug. Kein Kleiderschrank. Alles verschwunden.

Ihr Herz blieb stehen. Und dann fiel sie, fiel in Charlies Arme.

»Es ist leer!«, schrie sie.

»Sch, alles wird gut.«

Er half ihr, um das Haus herumzugehen. Nebenan hängte die Nachbarin Wäsche auf.

»Können Sie uns helfen?«, rief Charlie.

Die Frau blickte auf und runzelte die Stirn, als sie sah, dass er Beatties Taille umfasst hielt. »Was ist los?«

»Haben Sie gesehen, wie sie weggefahren sind?«, fragte Beattie verzweifelt. »Der Mann und das kleine rothaarige Mädchen?«

»Das war vor etwa drei Wochen«, knurrte sie. »Wieso?«

Vor drei Wochen? Wieso hatte sie das nicht erfahren? »Ich bin die Mutter des Mädchens.« Das Blut rauschte in ihren Ohren. »Ich muss wissen, wohin sie gefahren sind.«

»Er sagte, er wolle nach Norden. Das ist alles.« Sie hob den Wäschekorb auf und kehrte ihnen den Rücken.

»Bitte!«

»Mehr weiß ich nicht.« Mit diesen Worten schloss sie die Tür hinter sich.

Beattie verlor den Boden unter den Füßen. Ein Schluchzen stieg in ihrer Kehle auf.

Charlie schloss sie in die Arme.

»Wo ist mein kleines Mädchen, Charlie?«, schluchzte sie. »Wo haben sie mein kleines Mädchen hingebracht?«

# Vierundzwanzig

Beattie erwachte im körnigen Licht der Morgendämmerung und fragte sich einen Moment lang, wo sie war. Dann fiel es ihr ein: die fadenscheinigen Laken, der Geruch nach abgestandenem Tabakrauch, der in Vorhängen und Teppichen hing … Sie war im einzigen Hotel in Hobart, in dem eine weiße Frau mit einem schwarzen Mann übernachten konnte. Und sie war immer noch im Alptraum von Lucys Verschwinden gefangen.

Sie rollte sich herum und sah, dass Charlie schon wach war. Er betrachtete sie mit seinen sanften Augen.

»Wie lange bist du schon wach?«

»Etwa eine Stunde. Ich wollte da sein, wenn du aufwachst. Wenn es dir wieder einfällt.«

Sie lächelte schwach. Der Vortag war ein verschwommenes Durcheinander, sie waren überall herumgelaufen, hatten die Nachbarn gefragt, den Pastor der Kirche, die Henry und Molly besuchten, Henrys Mitarbeiter und Mollys Freundin, die bei FitzGerald's arbeitete. Sie und Charlie waren durch ganz Hobart gefahren, hatten Fragen gestellt und keine Antworten erhalten. Die meisten Leute wussten nichts; Pastor Gibbins hatte lediglich erklärt, sie seien auf einmal nicht mehr in die Kirche gekommen. Manche Leute wussten ein bisschen, aber immer nur das Gleiche. Sie hatten davon gesprochen, nach Norden zu gehen. Niemandem war bekannt, wie weit oder wohin. Doch sie waren sehr überrascht, dass Beattie Lucys Mutter war. Mehr noch, einige schienen ihr nicht zu glauben.

Schließlich versuchte Charlie, sie zur Heimkehr zu bewegen, doch sie weigerte sich, die Stadt ohne ihre Tochter zu verlassen. Das war natürlich dumm. Ihre Tochter war vermutlich gar nicht mehr in Hobart. Als der kalte Abend hereinbrach, hatten sie nach einem Hotel gesucht und waren erschöpft eingeschlafen.

Nun stand sie vor der Entscheidung, was sie als Nächstes tun sollten.

»Am besten fahren wir nach Hause«, sagte Charlie, stieg aus dem Bett und zog seine Hose an. »Wir haben hier getan, was wir konnten.«

»Es ist alles meine Schuld.« Sie legte sich auf den Rücken, den Arm über den Augen. Ihr Herz hämmerte gegen die Rippen. »Hätte ich nur in Ruhe mit ihnen über das Sorgerecht gesprochen, statt direkt vor Gericht zu gehen …«

Charlie streifte sein Hemd über, setzte sich aufs Bett und knöpfte es energisch zu. »Du hast selbst gesagt, dass Henry sich einen Anwalt nehmen wollte.«

»Ich will nur wissen, ob es ihr gutgeht.«

»Natürlich geht es ihr gut. Sie vergöttern Lucy, sie werden ihr nicht weh tun.«

Das tröstete sie ein wenig, aber sie konnte Charlie dennoch nicht erklären, wie verloren sie sich vorkam. Es war schrecklich, nicht zu wissen, wo ihre Tochter war. Nicht zu wissen, ob sie sie jemals wieder im Arm halten würde. Sie wollte nicht weinen, konnte aber nicht anders.

»Na, komm schon«, sagte Charlie mit weicher Stimme und wischte ihr mit dem gekrümmten Finger eine Träne von der Wange, »wenn der Anwalt die Sache eingeleitet hat, kann er sie vielleicht auch stoppen. Lass uns nach Hause fahren, dann kannst du unterwegs bei Leo Sampson vorbeischauen.«

Beattie nickte und riss sich zusammen. »Du hast recht.

Sie können nicht einfach verschwunden sein. Leo wird mir helfen, sie zu finden.«

Für Beattie war es eine Qual, die Strecke zurückzufahren, die sie gestern voller Hoffnung genommen hatten. Sie lehnte den Kopf ans Fenster und sah die Landschaft vorbeigleiten, sah, wie sie sich Meile um Meile von Lucy entfernte. Als Charlie vor Leos Kanzlei anhielt, hatte sich die Angst in ihr festgesetzt, sie könnte ihre Tochter nie wiedersehen.

Wie üblich reckten die Leute auf der Straße den Hals, als sie auf der Beifahrerseite ausstieg, und wollten sehen, wer am Steuer saß, doch Charlie behielt den Hut auf und das Fenster geschlossen.

»Komm mit herein«, bat sie und lehnte sich zur Tür hinein.

»Nein, Beattie. Es würde dir nur schaden, wenn ich vor den Augen der Leute neben dir einherstolziere.« Er hielt das Lenkrad fest umklammert.

Sie schloss die Tür und sammelte sich. Trotz der bitteren Kälte fühlte sich ihr Gesicht heiß an, und sie erkannte, dass sie immer noch nicht gesund war. Ihr linkes Ohr tat weh und klingelte leise.

*Tief durchatmen.* Dann stieß sie die Tür auf.

Leo heftete gerade Akten ab; seine Pfeife wartete auf dem Schreibtisch. Er drehte sich um, sah sie, lächelte … dann wurde sein Lächeln zu einem Stirnrunzeln.

»Was ist passiert?«

»Sie haben sie mitgenommen.« Sie brach wieder in Schluchzen aus.

Mit einem großzügigen Brandy in der Hand erzählte sie ihm die ganze Geschichte. Leo machte sich Notizen und nickte mitfühlend.

»Ich werde mich sofort mit ihrem Anwalt in Verbindung setzen«, sagte er. »Möglicherweise weiß er, wo sie sich aufhalten. Beattie, Sie müssen nach Hause fahren und sich ausruhen. Sie sehen gar nicht gut aus.«

»Ich muss wissen, wo Lucy ist.«

»Ich glaube, Sie müssen akzeptieren, dass es eine Weile dauern kann, bevor wir das erfahren. Ruhen Sie sich aus. Gibt es … jemanden auf der Farm, der sich um Sie kümmern kann?«, fragte er mit ruhiger Stimme.

»Charlie ist da.«

Er lächelte traurig. »Da bin ich froh.« Er tippte auf die Notizen, die vor ihm lagen. »Ich rufe Sie an, sowie ich etwas höre.«

In der eisigen Luft draußen musste sie husten. Sie blieb stehen und rang nach Luft. Dann merkte sie nur noch, wie sie nach vorne kippte.

Der kalte, grasbewachsene Weg war hart, doch die Hände, die sich um ihre Taille legten und sie hochzogen, waren sanft.

»Beattie? Was ist los?«

»Charlie, mir geht es nicht gut.«

»Hände weg von ihr, du schwarzer Bastard.«

Beattie sah Frank Harrow mit den zusammengekniffenen Augen, der nur wenige Meter entfernt stand.

»Ich helfe ihr doch nur.«

»Du solltest eine weiße Frau nicht so anfassen.« Er stieß Charlie beiseite und ergriff Beattie am Ellbogen.

Sie stand noch ganz unter dem Eindruck ihres Verlustes und konnte seine grobe Art nicht ertragen. »Loslassen!«, kreischte sie und stieß Frank gewaltsam weg. »Wie können Sie es wagen, so mit Charlie zu sprechen?«

Die Leute wurden von ihrer lauten Stimme angezogen. Zwei kamen vom Kolonialwarenladen herüber, einer kam aus dem Postamt, dazu drei Nachbarn von Leo.

»So lassen Sie sich von ihm anfassen? Als wenn Sie ihm gehörten?«, knurrte Frank.

»Kommen Sie, Missus«, murmelte Charlie. »Wir fahren zurück auf die Farm.«

*Missus.* Den Begriff empfand sie als Beleidigung, als Symbol einer Zeit, in der sie einander noch nicht geliebt hatten. Sie würde nicht in jene Zeit zurückkehren, sie ließ sich nicht von Frank und seiner bigotten Gefolgschaft dazu zwingen.

»Ich gehöre ihm«, erwiderte sie kühn. »Ihm gehört mein Herz. Und seins gehört mir.«

Leises Murren. Charlie saß schon im Auto, schlug die Tür zu und ließ den Motor an.

»Wagen Sie es nicht, ein Wort gegen ihn zu sagen. Er ist ein besserer Mensch als Sie alle.« Sie schaute sich um, ihre Stimme wurde lauter. »Er ist ein besserer Mensch als Sie alle.«

Sie stützte sich am Wagen ab, tastete nach dem Türgriff und ließ sich dankbar auf den Sitz fallen.

»Das hättest du nicht tun sollen«, sagte Charlie eisig.

»Bist du etwa wütend auf mich?«

Er fuhr los, ohne zu antworten.

»Sag doch etwas.«

»Du möchtest sicher nicht hören, was ich zu sagen habe«, erwiderte er. »Du legst dich zu Hause ins Bett, und ich hole den Arzt aus Bothwell. Für Lucy können wir im Augenblick nichts tun, aber ich werde verdammt noch mal dafür sorgen, dass sie noch eine Mutter hat, zu der sie zurückkehren kann.«

Beattie schaute wieder aus dem Fenster, heiße Tränen liefen ihr übers Gesicht.

Beattie war neun Tage lang krank. Sie musste die ganze Zeit liegen, die Entzündung im Ohr hatte ein hohes Fieber hervorgerufen. Sie schlief viel und träumte lebhaft von Lucy und Henry. Charlie kochte ihr Suppe, die sie nicht aß, und bezog ihr Bett, wenn sie es durchgeschwitzt hatte. Außerdem sorgte er dafür, dass der Arzt kam.

Am neunten Tag ging es ihr besser, sie konnte sich aufsetzen und zum ersten Mal wieder richtig essen. Charlie saß am Fußende und beobachtete sie. Er war still, war die ganze Zeit über still gewesen. Sie nahm an, er sei noch wütend wegen dem, was sie zu Frank Harrow gesagt hatte. Doch warum hätte sie es nicht sagen sollen? Die Meinung der anderen war ihr egal.

Sie brach ein Stück Brot ab und tunkte es in die Suppe. »Ich habe darüber nachgedacht, dass Henry seiner Nachbarin gesagt hat, er wolle nach Norden ziehen. Ein alter Freund von ihm, Billy Wilder, ist nach Launceston gegangen. Vielleicht sollte ich mich bei ihm melden.«

Charlies Mundwinkel zuckte. »Beattie …«

»Mit Norden könnte er natürlich auch das Festland gemeint haben, aber es passt nicht zu Henry, irgendwohin zu gehen, wo er keinen kennt und keine Arbeit hat. Im Grunde ist er ein Feigling, also …«

»Beattie«, sagte er nun heftiger. »Vor zwei Tagen hat Leo Sampson angerufen.«

Sie erstarrte, das Brot noch in der Hand. »Warum hast du mir das nicht gesagt?«

»Ich wollte warten, bis es dir bessergeht.«

Ihr Magen zog sich vor Angst zusammen. »Du hast schlechte Nachrichten, was?«

Er spreizte die Finger. »Leo hat mit Henrys Anwalt gesprochen. Er, Molly und Lucy sind nach Schottland gegangen.«

*Schottland.* Die schiere Entfernung lähmte sie. Lucy war in Schottland … oder noch auf dem Weg dorthin. Ihr Bauch zuckte zusammen, als hätte man die Nabelschnur niemals durchtrennt, als würde die Trennung ihr die Eingeweide herausreißen. Sie legte die Hände auf den Bauch.

»Es tut mir leid, Beattie.«

»Ich muss sie finden«, erwiderte sie, schob die Suppe beiseite und warf die Decke zurück.

Charlie hielt sie fest und strich die Decke wieder glatt. »Nicht so schnell. Das musst du dir gut überlegen.«

»Meine Tochter ist am anderen Ende der Welt. Ich muss sie suchen.« Ihre Stimme klang angespannt und schrill. Das hatte sie nicht beabsichtigt.

»Ganz ruhig, hör mir zu. Henry hat gesagt, er wolle dir die Adresse schicken, sobald sie sich irgendwo niedergelassen haben. Du musst Geduld haben.«

»Warum sollte ich das?«

»Wenn du Hals über Kopf nach Schottland aufbrichst, wirst du sie nicht finden.«

»Er muss irgendwo in Glasgow sein. Ich könnte zu seiner Mutter gehen …« Noch während sie das sagte, begriff sie, wie verzweifelt und töricht es klang. Niemand konnte sicher sagen, dass Henry sich an seine Mutter wenden würde, möglicherweise würde sie in Glasgow stehen und keinen einzigen Anhaltspunkt haben. »Aber es ist nicht gerecht«, schluchzte sie. »Er darf sie nicht einfach mitnehmen. Er kann nicht die Regeln diktieren. Sie wird mich vermissen. Sie wird sich fragen, was los ist. Sie wird durcheinander sein.«

»Lucy ist fast zehn. Sie wird es verstehen.«

»Aber was haben sie ihr über mich erzählt?«

Charlie schwieg.

»Charlie?« Sie schaute ihn prüfend an. Er blickte düster drein. »Bist du wütend auf mich?«

»Ich wusste, dass nichts Gutes dabei herauskommt, wenn wir zusammen sind.«

»Es ist nicht unsere Schuld.« Oder hatte er recht? Beattie ließ sich in die Kissen fallen. Charlie legte sich neben sie, die Wange auf ihrem Kopfkissen.

»Es tut mir leid, Beattie.« Er vergrub die Hand in ihrem Haar.

»Ich spüre das Gewicht aller Städte und Ozeane, die zwischen uns liegen.« Sie berührte ihre Brust. »Es drückt auf mein Herz.«

Zuerst dachte Beattie, die Krankheit habe sie noch im Griff. Jeden Tag wachte sie mit bleiernen Gliedmaßen und müdem Kopf auf. Irgendwann aber begriff sie, dass sie nicht körperlich krank, sondern krank im Herzen war.

Das Schlimme war, dass das Leben normal weiterging. Sie war an die Trennung von ihrer Tochter gewöhnt, also war es kaum anders als sonst. Sie trauerte nicht im leeren Zimmer, vermisste nicht das kindliche Gelächter. In vieler Hinsicht schien das Leben genau wie zuvor. Die Wochen vergingen, aber das Gefühl der Schwere blieb. Charlie war ihr einziger Trost, doch er musste die Schafschur vorbereiten. Und sie selbst musste Kleider entwerfen und nähen, dabei konnte sie kaum den Kopf heben.

Ihre Phantasie gaukelte ihr schreckliche Dinge vor. Würde sie Lucy nun, da sie in Schottland war, jemals zurückbekommen? Ihre Gedanken kreisten unablässig um dieses Problem. Was hatten Molly und Henry ihr über sie erzählt? Wie konnte sie Lucy von dem Vater wegholen, den sie so vergötterte? Wie konnte sie sich so lange von Charlie trennen, um Lucy zu holen? Was würden die Leute über eine weiße Frau und einen schwarzen Mann denken, die gemeinsam reisten? Was würde aus der Farm, während sie beide weg waren?

Allmählich begriff sie, dass sie sich in einer ausweglosen Lage befand. Der Zorn kehrte sich nach innen, sie gab sich selbst die Schuld. Hätte sie nicht vor Gericht das Sorgerecht verlangt, wären sie nicht geflohen …

Dann schließlich traf ein Brief ein.

Charlie brachte ihn zum Mittagessen mit. Es war einer der ersten Frühlingstage, und er hatte mit den Hunden die Schafe zusammengetrieben. Peter und Matt würden erst in zwei Wochen eintreffen, eine Woche danach die Scherer. Da Beattie so sehr mit sich selbst beschäftigt war, musste Charlie sich um alles kümmern.

Er überreichte ihr den Brief feierlich in der Küche, wo sie gerade das Essen zubereitete. Sie riss den Umschlag mit zitternden Händen auf und entfaltete das Blatt Papier. Charlie blickte ihr über die Schulter.

Es war Henrys Handschrift.

*Liebe Beattie,*
*wir haben ein Haus in Glasgow gekauft und uns gut eingelebt. Lucy ist glücklich in ihrer neuen Schule und Kirche, aber es wäre leichter für sie, wenn du noch einen Monat abwarten würdest, bevor du ihr schreibst. Dann kann sie erst neue Freunde gewinnen.*

Beattie musste sich abwenden und tief Luft holen, bevor sie weiterlas.

*Ich hoffe, du verstehst, weshalb wir diese drastischen Maßnahmen ergreifen mussten. Vor die Wahl gestellt, unsere Tochter Gott näherzubringen oder der Sünde preiszugeben, haben wir getan, was alle liebenden Eltern getan hätten.*

Diesen Satz hatte zweifellos Molly diktiert. Beattie spürte einen gewaltigen Zorn und erkannte entsetzt, dass sie Molly in diesem Augenblick mit Freuden getötet hätte.

*Unsere Anschrift findest du auf dem Umschlag, aber ich werde Lucy die Briefe erst weiterleiten, wenn ich mir sicher bin, dass sie sie nicht zu sehr erschüttern.*

Beattie zerknüllte den Brief und warf ihn auf den Boden.

»Ganz ruhig, den brauchst du noch«, sagte Charlie und hob ihn auf. »Da steht doch die Adresse drauf.«

»Ich werde Lucy nicht schreiben.«

Er schaute sie wortlos an.

»Ich reise nach Schottland. Ich werde vor ihrer Tür erscheinen und mein Kind zurückverlangen.«

Er nickte. »Wann?«

»Morgen. Diese Woche. Sobald ich kann.«

»In drei Wochen beginnt die Schur.«

»Das schafft ihr auch ohne mich.«

Er presste die Lippen zusammen.

»Schafe sind nicht wichtig. Mir ist nur wichtig, dass ich meine Tochter zurückbekomme.«

»Und wenn du sie nicht zurückbekommst? Wenn sie sie nicht gehen lassen?«

»Dann werde ich sie dazu zwingen.«

An diesem Abend sortierte Beattie ihre Papiere auf dem Boden des Wohnzimmers. Das Feuer brannte warm, das Radio knisterte, und Charlie stellte Pläne für die Schafschur auf. Beattie hatte entschlossen ihren Pass hervorgeholt und bei einer Schifffahrtsgesellschaft angerufen. Man bot ihr eine Überfahrt auf einem Schiff an, das in zwei Tagen nach London ablegte. Vorher musste sie noch wichtige Büroarbeiten erledigen. Von London aus würde sie nach Glasgow fahren und unangekündigt bei Henry auftauchen. Wie konnte er es wagen? Wie konnte er es wagen, ihr das Kind wegzunehmen und darüber zu bestimmen, wann und wie Beattie Kontakt mit ihm aufnehmen durfte?

Das Musikstück im Radio war zu Ende. Die geschmeidige, samtene Stimme des Nachrichtensprechers ertönte, der mit einem anderen Mann redete, doch sie hörte nur mit einem Ohr zu. Seit einem Monat sprach man von der zunehmenden Aggression der Deutschen, doch das alles schien so weit weg, so weit entfernt von ihrem einfachen Leben hier unten am Ende der Welt.

Dann bemerkte sie, dass Charlie das Radio lauter gestellt hatte.

»Was ist los?«

»Hast du das gehört?«

Sie schüttelte den Kopf.

Wieder erklang Musik aus dem Radio. »Wir haben die Nachrichten verpasst. Deutschland ist in Polen einmarschiert.«

Beattie verschwieg, dass sie nicht einmal genau wusste, wo Polen lag. »Ach ja?«

Charlie schüttelte den Kopf. »Du verstehst das nicht. England hatte ein Abkommen mit Polen.«

Beatties Herz wurde heiß.

»Wir sind im Krieg.«

Er flehte sie an, nicht zu fahren. In der Nacht vor der Abreise hielt er sie die ganze Zeit fest an seinen warmen Körper gedrückt. Sie schlief kaum, wurde immer und immer wieder von einem Schmerz in ihrem Inneren wach. Sich so lange von ihm zu trennen … Aber sie blieb bei ihrem Entschluss. Sie würde Lucy finden und zurückholen, und dann würden sie als Familie zusammenleben.

Im Grunde wusste sie, dass es eine Traumvorstellung war, doch das wollte sie nicht sehen. Um Kraft für die Reise zu sammeln, durfte sie ihr Ziel keinen Moment lang aus den Augen verlieren.

Er brachte sie um kurz nach Mittag zum Hafen.

Sie wandte sich um und schaute ihn eindringlich an. »Leb wohl, mein Liebling.«

Er versuchte zu lächeln. »Du bist bald wieder da. Ich werde mir die Zeit mit Arbeit vertreiben.«

Sie nickte. Tränen brannten in ihren Augen. Sie drückte sich an ihn, und ihr letzter Kuss war von brennender Leidenschaft. »Ich liebe dich.«

»Ich liebe dich auch. Für immer.«

Sie nahm ihren Koffer und winkte, bis der Wagen um die Ecke gebogen war. Am Ende der langen Gangway wartete das schwarz-rot gestrichene Schiff. Über ihr flatterten Möwen. Der saure Geruch des Hafens stieg aus dem muschelübersäten Holz auf. An der Seite gab es einen Schuppen mit einem winzigen Büro. Dort sollte sie den Schiffsagenten treffen und die Überfahrt bezahlen. Beim Gedanken an das Schiff, die lange Reise und die weite Entfernung zwischen ihr und Charlie wurde ihr ganz schwindlig. Es war, als würde er schon jetzt in weiter Ferne verschwinden. Und auch Lucy war so weit weg. Beide in entgegengesetzten Richtungen und sie allein in der Mitte der Welt.

Beattie öffnete die Tür des Büros. Es war leer. Sie sah sich um, konnte aber niemanden entdecken. Eine Wolke zog vor die Sonne. An der Wand standen zwei hölzerne Stühle. Sie setzte sich, nahm Notizblock und Stift und begann einen Brief an Charlie, an dem sie sich in den kommenden Wochen festhalten konnte. Wie im Wahn vertraute sie ihre Gefühle dem Papier an. Sie würden heiraten, egal, was die anderen dachten, denn ihre Liebe war größer als deren engstirnige Bedenken.

»Miss Blaxland?«

Sie blickte hoch und steckte den Brief rasch in das Notizbuch. »Ja?«

Ein Mann stand in der Tür. Von den dunklen Augenbrauen abgesehen wirkte sein Gesicht sehr zierlich. »Ich bin Alan Jephson. Wir haben miteinander telefoniert.«

Sie stand auf und gab ihm die Hand. »Wann geht es

los?« Sie bemühte sich, tapfer zu klingen. »Ich möchte gern in meine Kabine.«

Er sah ihr nicht in die Augen. »Es tut mir leid, Miss, aber wir können Sie nun doch nicht mit nach London nehmen. Wir sind heute Morgen alle ein bisschen durcheinander und …«

»Sie können mich nicht mitnehmen? Aber ich habe doch gebucht.«

»Seither haben sich die Dinge geändert. Heute Morgen haben wir erfahren, dass die Deutschen vor der schottischen Küste die *Athenia,* ein unbewaffnetes britisches Linienschiff, torpediert haben. Mit über tausend Zivilisten an Bord.« Er presste die Lippen zusammen, und Beattie fragte sich, ob er Angst oder Traurigkeit empfand. »Wir wissen nicht, was wir tun sollen. Wir müssen auf weitere Anweisungen warten.«

»Aber … Sie müssen fahren. Ich muss nach Schottland. Wann werden Sie es wissen? Und wer entscheidet darüber?«

Er wirkte schockiert. »Miss, verstehen Sie denn nicht? Wir fahren ins Kriegsgebiet. Wir wissen nicht, wozu die Deutschen fähig sind. Sie würden Ihr Leben aufs Spiel setzen. Hundert Menschen sind gestorben, darunter ein kleines Mädchen.«

Ein kleines Mädchen. Wie Lucy. Sie begann zu weinen.

»Na, na«, er reichte ihr ein großes weißes Taschentuch. »Dieser dumme Krieg hat uns alle durcheinandergebracht. Warten Sie nur, bis Weihnachten ist er vorbei. Ein Sturm im Wasserglas. Schieben Sie Ihre Reise bis dahin auf.«

Beattie bedankte sich für das Taschentuch und verließ das Büro. Dann trug sie ihre Koffer zurück zur Straße. Sie blickte sich um. Hinter der Stadt erhob sich der Mount Wellington, gestreift von Sonne und Schatten. Was sollte sie jetzt tun?

Beattie schleppte ihren Koffer in sämtliche Schifffahrtsbüros, die sie kannte, sogar in das, in dem Henry früher gearbeitet hatte. Und überall hörte sie dieselbe Geschichte: abwarten.

Doch sie wollte nicht abwarten. Sie wollte handeln, jetzt, sofort, solange sie noch mutig und zornig genug war. Ihre Enttäuschung wurde immer größer, bis sie die Mitarbeiter, die nur in gefährlichen Zeiten das Leben ihrer Mannschaften schützen wollten, wütend ankeifte.

Nachdem sie die letzte Absage erhalten hatte, war es zu spät, um mit dem Bus nach Lewinford zurückzukehren. Außerdem könnte sie vielleicht jemanden bezahlen, der sie am Morgen bis vor die Haustür brachte. Sie versuchte, Charlie anzurufen, doch er meldete sich nicht. Vermutlich trieb er immer noch die Schafe auf den Weiden zusammen, um sie auf die Schur vorzubereiten. Beim Gedanken an Charlie musste sie lächeln. Dann schlief sie die ganze Nacht tief und fest.

Charlie pfiff die Hunde herbei, gab Birch Wasser und Futter und kehrte ins Haus zurück.

Es war ein seltsames Gefühl, allein im leeren Haus zu sein. Obwohl Beattie klein von Gestalt war, erfüllte sie alles mit ihrer Wärme. Ohne sie war es irgendwie kalt im Haus.

Die Dämmerung war in Dunkelheit übergegangen, und er holte gerade die Reste aus dem Kühlschrank, als es klopfte.

Neugierig ging er zur Tür.

Sechs Gesichter starrten ihn an, keines davon freundlich. Er erkannte Frank Harrow, seine Frau Tilly, zwei alte Käuze aus dem Pub und zwei weitere Männer, deren Gesichter ihm nur vage bekannt vorkamen. Sein Herz schlug schneller.

»Was ist los?«

»Ist die Dame des Hauses nicht da?«, fragte Harrow.

Charlie schüttelte den Kopf.

»Wir haben gesehen, wie du mit ihr die Stadt verlassen hast und ohne sie zurückgekommen bist. Da haben wir uns gefragt, was du mit ihr angestellt hast.«

»Sie ist für eine Weile verreist.«

»Wohin? Für wie lange?«, wollte Tilly wissen.

»Das geht nur sie etwas an.«

»Es geht uns etwas an, weil wir glauben, dass du ihr was angetan hast«, sagte einer der alten Burschen, der offenkundig betrunken war. Plötzlich wurde er sich der Gefahr bewusst, in der er schwebte, und wollte die Tür schließen.

»Nein, nein, Moment mal«, sagte Harrow und stieß die Tür mit dem Fuß wieder auf. »Wo willst du hin, du schwarzer Kerl?«

Charlie wusste, dass es völlig egal war, was er sagte, also schwieg er lieber.

»Die Dame ist verschwunden, und du hast die ganze Farm für dich allein. Hast du wirklich nichts getan, was du nicht tun solltest?«, wollte Harrow wissen.

»Wir alle wissen, dass er was getan hat, was er nicht tun sollte«, sagte einer der unbekannten Männer. »Eine weiße Frau zu besteigen.«

»Kein schmutziges Gerede«, sagte Harrow. »Meine Frau ist dabei.«

»Was wollen Sie von mir?«, fragte Charlie.

»Ganz einfach. Du gehst weg von hier, und wir tun dir nicht weh.«

Charlie nickte. Was machte es schon? Er würde sich morgen von Norden her zurückschleichen. Und nächstes Mal die Tür abschließen. Wenn er die Farm am Laufen halten wollte, während Beattie verreist war, musste er künftig vorsichtiger sein. »In Ordnung.«

Harrow wirkte verblüfft. Vielleicht hatte er auf einen Kampf gehofft. Charlie schloss die Tür hinter sich, drängte sich zwischen ihnen hindurch und ging den Weg hinunter. Sie verhöhnten ihn, auch die Frau. Er hätte nie gedacht, dass eine Frau sich einer solchen Meute anschließen könnte, und dachte an Beattie, ihre Sanftheit und Anmut.

Da traf ihn etwas Hartes im Nacken. Die Beine gaben unter ihm nach, in seinen Ohren rauschte es. Er verlor kurz das Bewusstsein, kam dann wieder zu sich. Hörte Stimmen in der Ferne und eine ganz in der Nähe.

»In den Dreck, wo du hingehörst«, sagte Harrow.

Charlie trat ihm so fest er konnte zwischen die Beine, und schon kniete Harrow neben ihm und spie Bosheiten und Flüche aus.

Charlie spürte die Klinge, ohne sie zu sehen. Ein brennender Schmerz. Harrow taumelte fluchend davon. Charlie tastete nach seinem Bauch. Presste die Hand gegen den schneidenden Schmerz. Seine Finger waren voller Blut.

Er konnte nicht aufstehen, war noch immer orientierungslos. Er lag auf dem Rücken und starrte zu den Sternen hinauf. In der Ferne erklang ein Motor. Sie fuhren weg. Er musste es zu Beatties Wagen schaffen und zum Arzt fahren. Aber die Kraft strömte aus seinem Körper, er konnte seine Gliedmaßen nicht bewegen.

Wieder der Motor, diesmal näher. Sie kamen zurück. Scheinwerfer strichen über ihn hinweg. Die Gestalt eines Mannes näherte sich.

»Sie müssen mir helfen.«

Der Mann beugte sich über ihn. Nicht Harrow. Leo Sampson.

»Charlie? Oh, Gott!« Beim Anblick des Blutes zuckte er zusammen.

»Sie müssen mir helfen«, wiederholte Charlie. Seine Stimme schien von sehr weit her zu kommen.

»Haben die Ihnen das angetan? Ich habe sie im Pub über Sie reden hören. Sie sind alle zusammen weggefahren, ich bin ihnen gefolgt.« Seine Stimme überschlug sich vor Panik.

»Holen Sie einen Arzt, Leo.«

Leo wollte ihm aufhelfen, doch der Schmerz war unerträglich. Er keuchte.

»Lassen Sie mich einfach hier. Holen Sie jemanden, so schnell es geht.« Jeder Pulsschlag schien schwächer als der letzte zu sein.

»Das werde ich«, sagte Leo und erhob sich.

»Leo, wenn ich sterbe …«

»Sie sterben nicht.«

»Wenn ich sterbe«, stieß Charlie hervor, »dann sagen Sie Beattie nicht, wie es passiert ist. Sie würde sich die Schuld geben.«

»Aber die Polizei muss es erfahren. Diese Leute müssen zur Rechenschaft gezogen werden.«

Charlie schüttelte ungeduldig den Kopf. »Für Männer wie mich gibt es keine Gerechtigkeit. Das wissen Sie doch.«

»Aber Sie haben Gerechtigkeit verdient, Charlie. Sie sind ein guter Mensch. Einer der besten.«

»Versprechen Sie es mir. Sagen Sie es nicht Beattie. Sagen Sie es niemandem. Diesen Schmerz will ich ihr um jeden Preis ersparen.«

Leo nickte. »Ja, ja. Versprochen.« Er berührte Charlie an der Schulter, drehte sich um und lief zum Wagen.

Die Sterne blickten geduldig herab, und Charlie schaute zu ihnen empor. Sie hatten seine Geburt miterlebt und seine größte Liebe. Es war nur richtig, dass sie auch jetzt bei ihm waren.

Der Wagen setzte Beattie an der Einfahrt ab, und sie schleppte den Koffer den Weg entlang. Auf der Rückfahrt von Hobart hatte sie die ganze Zeit still auf dem Rücksitz gesessen und geweint und gehofft, dass sie mit ihrer Entscheidung leben konnte. Nach dem Krieg würde sie Lucy besuchen. Bis dahin würde sie sich an Henrys Spielregeln halten, ihr Briefe schreiben, Geschenke schicken und sie anrufen, sobald das Telefon angeschlossen war. Dann, wenn die Deutschen besiegt und Reisen nicht mehr so gefährlich waren, würde sie nach Schottland fahren – vielleicht sogar fliegen, wenn der Wollertrag gut ausfiel – und vernünftig mit ihnen verhandeln.

Leo Sampsons Auto parkte in der Einfahrt. Sie runzelte die Stirn. Mit ihm hatte sie nicht gerechnet.

Beattie eilte hin und stieß die Tür auf.

»Charlie?«

Leo tauchte aus dem Wohnzimmer auf. Er sah aus, als wäre er die ganze Nacht nicht im Bett gewesen.

»Beattie, ich wusste nicht, wo Sie waren.«

»Hat Charlie es Ihnen nicht gesagt?«

Er trat näher und nahm ihre Hand. »Setzen Sie sich ins Wohnzimmer.«

Sie zog die Hand weg. Eisige Angst überkam sie. »Nein. Was ist los? Warum sind Sie hier? Wo ist Charlie?«

Leo leckte sich über die Lippen.

»Leo?« Die Angst schnürte ihr die Kehle zu. »Sagen Sie es mir!«

»Es hat einen Unfall gegeben.«

»Nein.« Sie sank in sich zusammen, ihre Brust hob und senkte sich heftig. »Nein, nein, nein. Nicht mein Charlie.«

»Beattie, ich ...«

»Was ist passiert?«

»Ich bin nicht ... ich bin mir nicht sicher. Ich wollte zu

Ihnen, und da stand Birch, fertig gesattelt, mit hängenden Zügeln. Er führte mich zu … vielleicht hat eine Schlange das Pferd erschreckt. Charlie war …«

Sie starrte ihn an. Stumm. Wollte verhindern, dass er die nächsten Worte aussprach.

»Es tut mir leid, Beattie. Charlie ist tot.«

»Wo ist er?«, keuchte sie. »Kann ich ihn sehen? Ist er …?«

»Seine Leiche ist bei Dr. Malcolm. Sie sollten ihn lieber nicht ansehen, Beattie. Behalten Sie ihn in Erinnerung, wie er gewesen ist.« Leo schüttelte den Kopf und presste die Finger auf den Nasenrücken. »Ich kann dafür sorgen, dass er hier auf der Koppel am Haus begraben wird, wenn Sie es möchten.«

Begraben? Begraben? Charlie in der Erde. Ihre Hände tasteten nach ihrem Gesicht, sie schluchzte so laut, dass sie selbst erschrak.

»Es tut mir so leid«, sagte Leo und versuchte, sie in den Arm zu nehmen.

Doch sie wollte nicht von jemandem umarmt werden, der nicht Charlie war.

Leo wich zurück. Sie brach am Fuß der Treppe zusammen, streckte sich aus und schlug mit dem Kopf auf die Kante der Stufe. Ein Schrei war in ihr gefangen. Die Zeit dehnte sich aus. Minuten. Stunden. Leere. Leere. Lauter leere Jahre, die auf sie warteten.

# *Fünfundzwanzig*

**Emma**

Ein warmer Wind bewegte die Büsche draußen vor der Aula, und in der Ferne konnte ich die Masten der Boote im Hafen sehen, an denen bunte Wimpel flatterten. Ich wartete auf einer langen Holzbank, während Patrick und Marlon drinnen alles vorbereiteten. Es war schön, dass der Sommer kam. Blauer Himmel, die warme Sonne auf dem Gras und dem Wasser. Nacheinander wurden die Kinder gebracht. Ein oder zwei umarmten mich, und ich war verblüfft angesichts ihrer zwanglosen Zuneigung. Als Letzte kam Mina im weißen Lexus ihres Vaters. Sie stieg aus, schloss die Tür, und er fuhr weg. Ich ging zum Parkplatz, um sie zu begrüßen. Sie hatte ihr dunkles Haar zu einem Pferdeschwanz gebunden, und die Wangen in ihrem blassen Gesicht waren gerötet.

»Hallo, Mina«, sagte ich.

»Sie sind zurückgekommen?«

»Ja. Ich werde dir ein bisschen Ballett beibringen.«

Ein breites Lächeln erschien auf ihrem Gesicht. »Ehrlich?« Sie nahm meine Finger in ihre warme, weiche Hand und drückte sie fest. *»Schwanensee?«*

»*Der Nussknacker.* Ist das auch in Ordnung?«

Sie nickte, ohne meine Hand loszulassen, und wir gingen hinein.

Marlon absolvierte das übliche Aufwärmprogramm, dann zogen Mina und ich uns mit Stereoanlage und CD in ein Nebenzimmer zurück. Es dauerte eine Weile, bis sie verstanden hatte, dass sie allein ausgesucht worden war, dass ich weder Becky noch Zack oder andere ihrer Freunde einladen würde. Doch als sie die Situation erfasst hatte, widmete sie sich ihrer Aufgabe mit großem Eifer. Beschämt musste ich mir eingestehen, dass ich ihr Lernbedürfnis unterschätzt hatte und mehr noch, wie gut sie die Bewegungen nachahmte. Ich erkannte echte Anmut in ihr. Nach etwa einer halben Stunde ließ ihre Leistung jedoch nach.

»Ich lerne später weiter«, sagte sie und hielt abrupt in der Bewegung inne.

Ich brauchte eine Sekunde, um mich zu bremsen, fast hätte ich gesagt: »Du wirst es nie lernen, wenn du so schnell aufgibst.« Immerhin war sie keine Ballerina, sondern ein Mädchen mit Down-Syndrom. Und sie hatte es hervorragend gemacht.

»Sehr gut«, sagte ich. »Ein toller Anfang. Du wirst der schönste Tautropfen, den es je gegeben hat.«

Sie schüttelte mir feierlich die Hand. »Kann ich jetzt wieder zu den anderen?«

Den Rest der Probe verfolgte ich von den Rängen. Eigentlich betrachtete ich eher Patricks Rücken als die tanzenden Kinder. Er hatte einen sehr geraden Rücken und schöne, eckige Schultern. Ein bisschen mager, aber nicht knochig. Josh hatte im Studio trainiert und besaß die Muskeln eines Hafenarbeiters, obwohl er den ganzen Tag im Büro verbrachte und nichts Schwereres als seinen BlackBerry stemmte. Zum ersten Mal fand ich das komisch.

Als die Probe zu Ende war, mussten Patrick und ich noch zwanzig Minuten mit Mina warten, weil ihr Vater sich verspätet hatte. Wir übten die Schritte noch einmal im Gras, aber es fiel ihr schwer, sich ohne die Musik zu konzentrieren. Schließlich fuhr der Lexus vor. Er hupte, und Mina ging nach einem schnellen »Wiedersehen« zum Parkplatz.

»Und er schaut sich die Proben nie an?«, fragte ich Patrick leise.

»Nie.«

»Auftritte?«

»Nie.«

Die Tür schlug zu, und der Wagen fuhr davon.

»Arschloch«, sagte ich.

Patrick seufzte. »Wir wissen nicht, was in anderen Familien vorgeht. Wir sollten nicht einfach urteilen.«

»Hat sie eine Mutter? Geschwister?«

»Ihre Mutter ist gestorben, als sie noch klein war. Und sie hat keine Geschwister.«

Ich überlegte eine Weile. Dann fragte Patrick: »Haben Sie Hunger?«

»Nein«, sagte ich, bevor mir die Konsequenz seiner Frage klarwurde: Gemeinsamer Hunger bedeutete eine Verabredung zum Essen. »Ich meine, ja. Ein bisschen. Sollen wir irgendwo hingehen?«

»Wenn Sie möchten.«

»Klar. Warum nicht?« Ich fragte mich, ob ich cool und lässig klang.

Wir landeten in einem Café in Sandy Bay. Der Kaffee war eine Enttäuschung, aber es war nett, Patrick zur Abwechslung von vorn zu betrachten. Ich konnte kaum glauben, dass ich ihn einmal eher interessant als gutaussehend gefunden hatte. Sein Gesicht war sogar sehr anziehend. Die Augen waren von einem ungewöhnlichen Grün und die äußeren Augenwinkel nach oben gezogen, was ein bisschen exotisch wirkte.

»Wie war es denn mit Mina?«

»Sie hat es toll gemacht. Sehr konzentriert. Das hatte ich ihr gar nicht zugetraut.«

»Die Kinder sind alle unterschiedlich. Sie haben ganz verschiedene Fähigkeiten. Mich überrascht gar nichts mehr.« Er lächelte. »Der Tanz gefällt ihr also?«

Ich nickte. »Richtiges Ballett.«

»Was Sie mir gezeigt haben, sah toll aus.«

Ich zuckte zusammen. »Es war stark vereinfacht. Der Tautropfen war meine erste Rolle. In Wirklichkeit ist sie ziemlich anspruchsvoll.« Ich merkte, dass ich prahlte, konnte aber nicht anders. Er sollte begreifen, dass ich eine wirklich große Tänzerin gewesen war. Doch mein verzweifelter Versuch, ihn zu beeindrucken, machte mich traurig, und ich verstummte.

Er gab mir einen Augenblick Zeit, bevor er sagte: »Emma, ich habe Sie tanzen sehen.«

Ich schaute ihn an. »Ehrlich?«

»Monica hat eine DVD. Sie waren ihre Heldin, als sie ein Teenager war. Alle wussten, dass Ihre Großmutter mal in der Stadt gelebt hatte, und im Zeitungsladen gab es einige dieser DVDs. Ich glaube, ich habe Ihre Giselle an die hundertmal gesehen.«

Ich strahlte vor Stolz. »Ich hatte keine Ahnung, dass Monica ein Fan von mir war.«

»Ich musste ihr schwören, es Ihnen nicht zu sagen, damit Sie sie nicht für eine Idiotin halten.«

Ich musste lachen. »Sie wollte auch tanzen?«

»Als Kind hat sie es eine Zeitlang versucht, aber es lag ihr wohl nicht. Sie ist zu groß und schlaksig, genau wie ich.« Er rührte in seinem Kaffee, ohne mich anzusehen. »Sie tanzen wunderschön.«

»Ich habe getanzt. Vergangenheit.« Ich dachte an meinen veränderten Körper. Meine Muskeln wurden allmählich weicher, eine sanfte Fettschicht umhüllte sie.

»Es tut mir leid. Ich wollte Sie nicht traurig machen.«

Dann kam das Mittagessen, und wir wechselten das

Thema, was gut und gleichzeitig auch enttäuschend war. Ich hätte gern von ihm gehört, wie schön ich getanzt hatte, aber der Gedanke deprimierte mich furchtbar und erinnerte mich an Dinge, die ich verloren hatte und nie wiederfinden würde.

Gegen halb vier setzte Patrick mich zu Hause ab, und ich blieb allein und niedergeschlagen zurück. Ich spürte eine Sehnsucht in der Brust, wusste aber nicht, wonach ich mich sehnte.

Meine Großmutter hatte alle Zeichnungen und Schnittmuster aufbewahrt, die sie jemals angefertigt hatte. Sie lagerten in einem riesigen Regal in der Zentrale von Blaxland Wool in Sydney. Meist war ein Teil davon in der Eingangshalle in Vitrinen ausgestellt und angestrahlt. Daher hatte ich nicht damit gerechnet, in den Kisten Pauspapier zu finden.

Ich hätte das Blatt fast zerrissen, als ich energisch eine Kiste ausleerte, in der ich nur von Schaben befleckte Romane von Georgette Heyer vermutete. Es war Sonntag, noch früh am Morgen. Ein Traum hatte mich geweckt, als die Vögel zu singen begannen. Meine Mutter kam darin vor, aber sie war nicht meine Mutter; eine große Flutwelle drohte, und ich musste ein Foto in einer Kiste finden, um zu beweisen, wer sie war. Ich war aufgewacht, als die herannahende Wasserwand den Himmel verdunkelte.

Sehr beunruhigend.

Ich würde den Entwurf der Sammlung in Sydney hinzufügen, wollte ihn mir aber kurz anschauen. Da erkannte ich, dass es ein Kleid für ein Kind war. Ein kleines Mädchen.

Neugierig suchte ich weiter. Ganz unten in der Kiste fand ich elf ähnliche Muster. Alle für Kinderkleider. Kleine Blusen, Röcke und Schürzen.

Meine Großmutter hatte niemals Kinderkleidung entworfen. Sie war berühmt für ihre Berufskleidung für Frauen. Ich breitete alle Muster aus und betrachtete sie lange. Natürlich könnte sie sie für eine Nachbarin oder Freundin entworfen haben … Dann aber fiel mir das kleine Mädchen auf dem Foto ein. Waren die Kleider für sie gewesen? Und wer war sie überhaupt?

Warum rief ich nicht einfach meine Mutter an? Sie könnte es in Sekundenschnelle klären.

Oder auch nicht. Falls Grandma früher schon eine Familie gehabt und diese geheim gehalten hatte, wäre es ein gewaltiger Schock für Mum. Dann würde sie sicher nicht herkommen wollen.

Vorsichtig faltete ich die Muster wieder zusammen und legte sie aufs Klavier.

Ich musste mir eingestehen, dass ich die Kisten nicht nur ausräumte, um Grandmas Geschichte zu erfahren. Ich suchte nach Beweisen.

Ich ging jetzt langsamer vor, überprüfte jedes Notizbuch, jeden Brief und jedes Geschäftspapier. Ich untersuchte alte Rechnungen über Schafkäufe und Wollverkäufe. Sie ergaben keine Hinweise, aber ich hielt weiter Ausschau.

Dank ihrer üblichen, geradezu übernatürlichen Voraussicht rief meine Mutter an diesem Abend an und fragte, wie es mir gehe.

»Ach, gut«, sagte ich vage, während ich auf der untersten Treppenstufe saß und mein Knie streckte. »Es ist noch eine Menge zu tun.«

»Ich hatte heute mit dir gerechnet.«

»Du bist aber nicht zum Flughafen gefahren, oder?«

»Nein. Aber ich habe dein Bett frisch bezogen.«

Ich bekam ein schlechtes Gewissen, doch das war nicht

ungewöhnlich, wenn ich mit Louise Blaxland-Hunter zu tun hatte. »Es dauert noch ein paar Wochen. Sechs vielleicht.«

»Ist es so viel Arbeit?«, fragte sie entsetzt.

»Es geht langsamer, als ich dachte, und eigentlich gefällt es mir hier ganz gut. Ich habe sogar Freunde gefunden. Sei bitte nicht schockiert.«

Mum lachte.

»Weihnachten bin ich aber definitiv zu Hause.«

»Das wird schön. Unser erstes gemeinsames Weihnachten seit langem.«

»Mum, könntest du mir bitte meine Sachen schicken? Die ich aus London mitgebracht habe?« Ich konnte meinen Laptop gut gebrauchen, vielleicht auch mein Handy. Und andere Kleidung außer Jeans und T-Shirts.

Wir unterhielten uns noch eine Weile, und dann beging ich den Fehler, eine Frage zu stellen.

»Mum, wie viel weißt du eigentlich über Grandmas Leben hier unten?«

»Sie hat die Schaffarm geleitet, die Buchhaltung erledigt, aber auch die Tiere mit zusammengetrieben. Das habe ich ihr nicht geglaubt, bis ich sie bei Freunden einmal reiten sah. Da muss sie schon fünfzig gewesen sein, saß aber sehr fest im Sattel.«

»Das kann ich mir gar nicht vorstellen.«

»Sie war sehr anmutig.« In Mums Stimme schwang ein Lächeln mit.

»Sonst noch etwas? Hatte sie Freundinnen? Einen Freund?«

»Das bezweifle ich, Schatz. Dazu blieb ihr gar keine Zeit. Außerdem war Granddad ihre erste Liebe.«

»Ehrlich? Sie war doch schon über dreißig, als sie ihn kennenlernte.«

Es folgte die kleine Denkpause, die für meine Mutter

typisch ist. Ein kurzes Schweigen, das irgendwie berechnend wirkte. »Warum fragst du?«

»Einfach so«, erwiderte ich wenig überzeugend. Jetzt hatte sie Witterung aufgenommen.

»Em, wenn du etwas weißt, das ich nicht …«

»Keine Ahnung, wovon du sprichst.«

»Warum erkundigst du dich nach Grandmas Vergangenheit?«

»Weil ich hier in ihrem großen, alten Haus sitze und mich frage, ob sie allein darin gewohnt hat. Und ob sie einsam war.«

»Bist du einsam? Soll ich kommen? Dir beim Aussortieren helfen? Also wirklich, du solltest nicht mehr lange dortbleiben. Du gehörst zu uns nach Sydney. Zusammen sind wir schneller. Ich kann morgen fliegen und deine Sachen gleich mitbringen.«

Ich war ihre Überredungsversuche gewohnt, hatte sie in London tausendmal erlebt.

»Nein, Mum, es geht mir gut. Schick mir einfach meine Sachen. Ich bin gern allein. Ich brauche Zeit zum Nachdenken. Komm bitte nicht.« *Bitte, bitte, komm nicht.*

Doch sie hatte Lunte gerochen, und ich wünschte, ich hätte es nicht erwähnt. Gleichzeitig fragte ich mich, ob ich von Onkel Mike mehr erfahren würde, wenn ich es richtig anstellte.

Am Donnerstag trafen meine Sachen ein.

»Was hast du denn da?«, fragte Monica neugierig, als der Kurierfahrer in der Einfahrt zurücksetzte.

»Meine Sachen. Kleidung und anderen Kram, den ich aus London mitgebracht habe.« Ich kniete mich vorsichtig hin und öffnete das Klebeband am ersten Karton.

»Du lässt dich also hier nieder?«

»Nicht so richtig. Na ja, für eine Weile schon.« Ich holte

die Kleider heraus und legte sie auf den Boden in der Diele.

»Lass mich doch das große Schlafzimmer herrichten. Es ist schöner.«

Ich schüttelte den Kopf. »Alle Zimmer sind schön. Es gefällt mir, wo ich bin. Hier, mein Laptop.« Ich stellte ihn auf den Boden. »Ich dachte, ich könnte mir einen Internetanschluss besorgen.«

»Ich rufe die Telefongesellschaft an«, erbot sie sich. »Du brauchst ein Modem.«

»Das wäre toll.« Ich holte mein Handy hervor. Tot. Ich suchte nach dem Ladegerät, konnte es aber nicht entdecken. Hatte ich es überhaupt aus England mitgebracht? Vermutlich war es noch in der Steckdose.

Monica nahm das Handy. »Ich kümmere mich darum.«

Ich musste lächeln, als mir einfiel, dass sie mich als Teenager verehrt hatte. »Du bist wunderbar, Monica, aber ich sollte wirklich lernen, wie man das macht. Ich hatte immer eine persönliche Assistentin und musste mich nie um solche Dinge kümmern. Ich habe einfach nur getanzt.«

»Aber das ist doch gut.«

»In mancher Hinsicht schon. Es bedeutet aber auch, dass ich mich aus dieser Welt ausklinken konnte. Dadurch hatte ich es nach dem Unfall viel schwerer.« In der Küche hörte ich den Wasserkessel pfeifen. Monica hatte ihn aufgesetzt, bevor der Kurierdienst kam.

»Ich mache das schon. Tee oder Kaffee?«

»Kaffee. Stark.« Die Haustür stand noch offen, und ein breiter Streifen Sonnenlicht fiel auf meinen Schoß, als ich den Karton auspackte. Ein Schwarm Kakadus flog kreischend vorbei, danach herrschte Stille. Ich begann die Stille hier zu lieben, das völlige Fehlen von Verkehrslärm.

In dem Karton fand ich eine Plastiktüte mit dem Logo von Blaxland Wool und sah neugierig hinein. Darin lag mein Diadem aus *Schwanensee,* das Dad eigentlich wegwerfen sollte. Ich glaube, er war im Laufe der Jahre gegen Anweisungen immun geworden, weil Mum ihn ständig herumkommandierte. Monica kam zurück, und wir setzten uns auf den Boden und tranken Kaffee.

»Was sagt es über mich aus, dass mein ganzes Leben in vier Kartons passt, während meine Großmutter ein ganzes Haus gebraucht hat?«

»Das besagt gar nichts. Du hast eben ein anderes Leben geführt.«

Im nächsten Karton fand ich ein Foto von Josh und mir in einem gesprungenen Rahmen. Darauf war ich nicht vorbereitet. Ich holte es langsam ans Licht.

»Wer ist das?«

Ich brauchte einen Augenblick, bevor ich sprechen konnte. »Das ist Josh. Mein Ex-Freund.«

»Ex-Freund?«

»Ja. Er hat mich unmittelbar vor meinem Unfall verlassen.«

»Liebst du ihn noch?«, fragte sie argwöhnisch, und ich bemerkte, dass sie mich sehr genau musterte.

»Nun, ja. Vielleicht. Ich denke immer an ihn.« Dennoch begann ich ihn zu vergessen. Ich vergaß, wie sich sein Gesicht verzog, wenn er lächelte, wie seine Haut roch, wenn er aus der Dusche kam, wie genau sein Lachen geklungen hatte …

Monica wurde still, und ich fragte mich, ob es an der Sache mit Josh lag. Wir tranken schweigend unseren Kaffee, und ich holte einige Tanztrophäen hervor. Mum hatte keine Auswahl getroffen, sondern wirklich alles geschickt.

»Hast du eine Ahnung, wo ich die alle hinstellen soll?«

Sie zuckte mit den Schultern. »Eigentlich nicht.«

»Normalerweise hast du so gute Ideen.«

Sie stand auf. »Ich mache die Küche sauber«, sagte sie knapp.

Ich schaute von dem Foto zu Monica. Sie benahm sich, als wäre sie eifersüchtig. Dann fiel der Groschen. Sie war *tatsächlich* eifersüchtig, und zwar stellvertretend für Patrick. Dazu fiel mir nichts ein, also schwieg ich. Einerseits hätte ich sie gern beruhigt, wollte aber nicht lügen. Natürlich liebte ich ihn noch. Das glaubte ich jedenfalls. Aber ich wollte das Thema nicht ansprechen und tat, als hätte ich ihren Zorn nicht bemerkt.

Doch innerlich verfluchte ich mich, weil ich nicht auf meinen Instinkt gehört und mich mit Leuten angefreundet hatte. Die Menschen waren so kompliziert und unberechenbar.

Ich selbst eingeschlossen.

Wenn ich bis acht Uhr am Samstagabend wartete, bestand die Chance, Onkel Mike in angesäuseltem Zustand zu erwischen. Er trank gerne Bier, aber nur am Wochenende.

Onkel Mike lebte allein. Meine Tante Donna hatte ihn verlassen, als ich noch sehr klein war, und er hatte seither eine Reihe von Freundinnen gehabt, sich aber auf nichts Festes eingelassen.

»Onkel Mike?«, fragte ich, als er sich meldete. »Hier ist Emma.«

»Meine Lieblingsnichte!«, dröhnte er. »Hab gerade ein paar Bier getrunken. Warum kommst du nicht vorbei?«

»Ich bin in Tasmanien.«

»Immer noch? Das hat mir Louise gar nicht erzählt.«

»Es ist viel mehr Arbeit, das Haus aufzuräumen, als ich dachte.«

»Du solltest jemanden dafür bezahlen, es verkaufen und dir von dem Geld eine schöne, kleine Wohnung in Sydney leisten. Ich kenne da eine Dame, die in Immobilien macht. Sie kann dir sicher etwas besorgen.«

Ich ließ ihn reden, damit er sich aufwärmen konnte. Ich liebte meinen Onkel Mike, aber er war ein furchtbarer Besserwisser. Endlich holte er lange genug Luft, und ich nutzte die Gelegenheit. »Hey, Onkel Mike, was weißt du eigentlich über Grandmas Leben hier unten?«

»Schafe.«

»Außerdem, meine ich. Ihr Privatleben. Hat sie allein gelebt?«

Ich hörte ein leises Kratzen und vermutete, dass sich Onkel Mike das Stoppelkinn rieb: ein gutes Zeichen. Das tat er meistens, bevor er etwas enthüllte, das eigentlich nicht bekannt werden sollte. »Nun, ich weiß nicht so genau. Warum fragst du?«

»Weil ich hier ständig Sachen in ihren Kisten finde, aus denen ich nicht schlau werde. Und ich frage mich, ob sie einen besonderen ... Freund hatte.«

»Überraschen würde es mich nicht. Ich weiß nichts Genaues, aber als ich etwa sechzehn war, habe ich einen Streit zwischen deinen Großeltern belauscht.«

»Und?«

»Ich weiß noch, wie er leise zu ihr sagte: ›Du verschweigst mir etwas, Beattie‹, und sie hat nicht geantwortet. Dann sagte er: ›Wenn mir etwas, das du in der Vergangenheit getan hast, um die Ohren fliegen kann, muss ich es wissen.‹ Aber sie hat ihm auch dann nicht geantwortet.«

Gewiss hatte er das mit den Ohren nicht gesagt, Onkel Mike schmückte die Geschichte etwas aus. Doch mein Interesse war geweckt. »Ehrlich?«

»An den genauen Wortlaut kann ich mich nicht erinnern, aber sie hatte ihm etwas über ihre Vergangenheit verschwiegen, und er machte sich deswegen Sorgen. Er wirkte angespannt. Das war kurz vor der Wahl 1966, und es sah sehr knapp für ihn aus. In diesem Jahr hat er es nur so gerade eben geschafft, den Sitz zu halten.«

»Was kann er denn wohl gemeint haben?«

»Ich weiß es wirklich nicht, Em. Anfang des Jahres war Mum eine Weile verreist, allein nach Tasmanien. Dad hat uns nicht erzählt, was los war, aber Louise und ich haben es so verstanden, dass es eine Trennung auf Probe sein sollte. Doch sie kam zurück, und danach schien alles gut zu laufen. Ich habe gar nicht mehr daran gedacht.«

Ich ließ mir die Sache durch den Kopf gehen. Grandpa hatte Grandma also vorgeworfen, Geheimnisse aus ihrer Vergangenheit zu haben. Ein Foto mit einem kleinen Mädchen im Arm und eine Sammlung von Schnittmustern für Kinderkleider. Ein Geliebter. Eine Farm, die sie von einem englischen Adligen geschenkt bekommen hatte. Zum ersten Mal wurde mir klar, dass es keine müßigen Spekulationen mehr waren. Dieses Haus barg ein Geheimnis, ich hatte nur noch nicht alle Puzzleteile zusammen.

# Sechsundzwanzig

Das Wetter wurde schön. Klarer Himmel, Sonnenschein, warmer Wind und überall Wildblumen. Wetter wie von Gott gemacht, falls man an so etwas glaubt. Es wäre ein Verbrechen gewesen, sich im Haus aufzuhalten. Patrick war vorbeigekommen, um weitere Sachen auf die Müllkippe zu bringen, und er half mir, die verbleibenden Kisten in das vordere Zimmer zu schaffen. Er wirkte angespannt und sagte, die Schule, in der die Hollyhocks probten, könne ihnen die Aula in den nächsten zwei Wochen nicht zur Verfügung stellen. So würden die Probezeiten für den Auftritt sehr viel kürzer. Ich fragte mich allerdings, ob Monica etwas erwähnt hatte und er mir nicht mehr in die Augen schauen konnte, weil er wusste, dass ich einen anderen liebte.

Das Haus war fast komplett gereinigt und in einem durchaus verkäuflichen Zustand. Es wirkte richtig bewohnt. Monica war jetzt dabei, das Schererhäuschen auf Vordermann zu bringen. Es standen noch einige Kisten darin, um die ich mich abends kümmern wollte. Der Tag war der Gartenarbeit vorbehalten.

Mein erstes Projekt waren die Beete neben der Haustür. Meine gärtnerischen Fähigkeiten tendierten gegen null, aber ich hatte zugesehen, wie Josh seine Töpfe auf der Terrasse pflegte. Also schnitt und jätete ich, während mir die Sonne aufs Haar schien, und dachte an nichts Besonderes. Hinter mir türmte sich ein Haufen Gartenabfälle, und ich wünschte mir, eine Katze oder einen Hund zu haben, die in der Sonne liegen und mir Gesellschaft leisten würden. Irgendwo im Haus klingelte das Telefon, aber mit meinem Knie konnte ich nicht hinrennen, also ließ ich es klingeln.

Ich überlegte gerade, ob ich das welke Laub unter dem Eukalyptus zusammenrechen sollte, als ein Wagen in die Einfahrt bog. Ich stand auf und streckte mein Bein. Es war das Auto von Penelope Sykes. Noch ein unangekündigter Besuch. Oder sie hatte vorhin angerufen. Sofort schämte ich mich. Warum musste ich von allen Leuten immer nur das Schlimmste denken? Warum konnte ich nicht einfach freundlich sein? Dann übertrieb ich es mit der Begrüßung.

»Hallo!«, rief ich und winkte, als sie ausstieg.

Sie lächelte vorsichtig und kam näher. »Ich habe versucht, Sie anzurufen.«

»Ich wollte gerade Tee trinken. Möchten Sie auch einen?«

»Ich bleibe nicht lange.«

Ich war fest entschlossen, sie zum Bleiben zu bewegen und einen guten Eindruck zu hinterlassen. »Ich bestehe darauf.« Dann ergriff ich ihren Arm.

Penelope ließ sich ins Haus führen und setzte sich an den Tisch, während ich Tee kochte.

»Ich habe etwas für Sie.« Sie schob ein Buch über den Tisch. »Ich habe die Unterlagen, die Sie mir gegeben haben, in meinen Ordner für die Vorkriegszeit geheftet. Dabei habe ich das gefunden. Ich hatte ganz vergessen, dass ich es besitze.«

Das Buch war auf dickes, glänzendes Papier gedruckt, der Einband etwas verbogen. Im Selbstverlag erschienen. Der Titel lautete: *Das Leben einer gottesfürchtigen Frau.* Ich zuckte zusammen.

»Es ist genauso langweilig, wie es aussieht«, sagte

Penelope und goss behutsam Milch in ihre Teetasse. »Aber Sie sollten die Stelle zwischen den beiden Post-its lesen, die ich hineingeklebt habe.«

»Worum geht es denn?«

»Es wurde von einer Frau namens Pamela Lacey verfasst. Ihre Tante Margaret Day lebte von 1929 bis 1945 in Lewinford. Sie schrieb Tagebuch und vererbte es an ihre Nichte. Die Nichte machte eine Biographie daraus. Ein bisschen ausgeschmückt, nehme ich an, die Namen wurden geändert, um Unschuldige zu schützen ...« Sie hob dramatisch die Augenbrauen. »Ich habe einen raschen Blick hineingeworfen, weil ich die Sache mit Ihrer Großmutter im Hinterkopf hatte und ... Es gibt eine Person darin, bei der es sich um Beattie handeln könnte. Junges Mädchen aus Schottland kommt verzweifelt und arm aus Hobart und besitzt am Ende eine große Schaffarm.«

Es traf mich wie ein elektrischer Schlag. »Ja! Das muss Beattie sein.«

»Ich weiß natürlich nicht, wie sehr die Geschichte ausgeschmückt wurde, Emma, und Pamela Lacey können wir nicht länger fragen. Sollte es sich um Beattie handeln, ist sie eine bloße Nebenfigur, die nur auf wenigen Seiten erwähnt wird.« Penelope lehnte sich zurück und trank von ihrem Tee. »Und es ist kein schmeichelhaftes Porträt, das sage ich Ihnen gleich.«

Inzwischen bereute ich, sie eingeladen zu haben. Am liebsten hätte ich mich hingesetzt und das Buch sofort gelesen, statt mich in Smalltalk zu versuchen. Das konnte ich ohnehin nicht sonderlich gut. Dennoch unterhielten wir uns über das Haus, meine Pläne, das Wetter, und dann machte sie sich wieder auf den Weg. Ich brachte Penelope zum Auto, das Buch unter dem Arm. Dann suchte ich mir ein weiches Fleckchen Gras zwischen den Pappeln. Ein frischer Wind war aufgekommen, der die

Wolken über den Himmel trieb. Die ganze Welt schien in Bewegung, aber ich saß still da und las.

Das »schottische Mädchen« war eines Abends völlig durchnässt und mit einem kleinen rothaarigen Kind im Schlepptau in der Stadt aufgetaucht und hatte um Hilfe gebeten. Das Buch verriet nicht, ob es tatsächlich Beatties Kind war, doch zwei Seiten später wollte der Vater sie abholen, also war es vermutlich nicht ihre Tochter. Oder doch. Ich konnte mich nicht entscheiden. Das schottische Mädchen gab sich mit Alkohol, Drogen, illegalem Glücksspiel und pozentiellen Orgien ab – das Wort wurde nie benutzt, aber man bezog sich auf »das schlimmste nur denkbare Zusammensein zwischen lüsternen Erwachsenen« –, bevor sie den Besitzer einer örtlichen Farm dazu verführte, sie ihr billig zu verkaufen.

Nun, darin irrte die Autorin jedenfalls. Beattie hatte ihre Farm nicht billig, sondern umsonst bekommen.

Ich wusste nicht, was ich dazu sagen sollte. Der Stil war so schwülstig und scheinheilig, dass die Ereignisse unglaubwürdig schienen. Ich fragte mich, ob der Mann, der Beattie die Farm geschenkt hatte, der Liebhaber aus ihrem Brief war, doch die Daten passten nicht zueinander. Raphael Blanchard war 1934 nach England zurückgekehrt, während der erotische Brief vermutlich aus dem Jahre 1939 stammte. Hatte Grandma mehr als einen Liebhaber gehabt? War das kleine Mädchen auf dem Foto ihre Tochter? Wer war der Mann, der das kleine rothaarige Mädchen abholen wollte? Genau wie Mum hätte ich gern geglaubt, dass Großvater ihre erste Liebe gewesen war. Ihre einzige Liebe.

Doch man sollte nie vergessen, dass alte Menschen auch einmal jung gewesen sind.

Ich las dieselben sieben Seiten wieder und wieder und suchte zwischen den Zeilen und Buchstaben nach Informationen, die es einfach nicht gab. Allmählich wurde mir klar, dass ich Grandmas Geheimnis vielleicht nie lüften würde. Das ärgerte mich. Ich hätte öfter herkommen sollen, als sie noch lebte. Ich hätte sie nicht als selbstverständlich betrachten dürfen. Aber ich war ja in London und kümmerte mich um meine wahnsinnig wichtige Karriere, und selbst als sie gesagt hatte, sie wolle mir etwas Wichtiges mitteilen, hatte ich nicht zugehört.

Von nun an würde ich es besser machen.

Am Mittwoch kam Patrick nach der Schule, um Monica abzuholen. Normalerweise ging sie zu Fuß, doch hinterm Horizont braute sich ein Gewitter zusammen. Ich freute mich, ihn zu sehen, zeigte es aber nicht.

»Wow, der Garten sieht ja toll aus.«

»Das ist Therapie.« Ich zeigte ihm den Berg von Ästen und Unkraut.

»Dafür brauchen Sie einen Anhänger. Soll ich mich umhören?«

»Schon gut. Ich muss lernen, mich selbst darum zu kümmern. Helfer suchen, Probleme lösen.« Ich bemerkte, dass er seine Sonnenbrille nicht abgenommen hatte. »Gut, dass Sie gekommen sind. Ich wollte nämlich mit Ihnen über Mina sprechen.«

»Was ist denn?«

»Zwei Wochen ohne Probe. Sie könnte alles vergessen, die Zeit läuft uns davon. Meinen Sie, ihr Vater würde sie am Wochenende herbringen? Sie könnte auch das ganze Wochenende über hierbleiben, wenn sie möchte …« Dann wurde mir klar, dass ich keine Ahnung hatte, wie man sich um jemanden wie Mina kümmerte. »Falls die Idee nicht zu verrückt ist.«

Patrick lächelte und schob die Sonnenbrille auf den Kopf, so dass sein Haar lustig in die Höhe stand. »Das ist eine wunderbare Idee. Aber ihr Dad wird nicht so weit fahren. Ich könnte ihn vielleicht überreden, dass ich sie abholen und wieder nach Hause bringen kann.«

»Das ist aber viel Aufwand für Sie.«

»Das macht nichts. Ich bin daran gewöhnt, die Strecke zu fahren.« Er setzte die Sonnenbrille wieder auf. »Kann ich Sie deswegen anrufen? Ich sehe, was sich machen lässt.«

»Ja, melden Sie sich auf jeden Fall.«

Ich fand großen Gefallen an der Gartenarbeit, was mich selbst überraschte, weil ich mich nie gern draußen aufgehalten hatte. Das lange Beet, das von der Einfahrt bis zur Waschküche verlief, war mein neuestes Projekt. Ich hatte das Gras geschnitten und Unkraut gejätet, wobei ich die Dornen der wuchernden Rosensträucher mied. Es war schwere Arbeit, doch sie machte mir überhaupt nichts aus. Ich verlor mich darin und genoss es, an gar nichts zu denken. Ich dachte nicht an mein Knie oder Josh oder meine Mutter; es gab nur mich und die sonnenwarme Erde.

Gegen drei kam Monica zu mir. »Wie läuft es?«

Ich schaute von dem Unkrauthaufen hinter mir zum Beet. »Es nimmt irgendwie kein Ende.«

»Möchtest du dir das Häuschen ansehen? Ich bin fertig.«

Ich stand auf und zog mir die Gartenhandschuhe aus. »Ehrlich? Ganz fertig?«

»Komm mal mit.«

Ich war nicht mehr in dem Häuschen gewesen, seit wir die Kisten herausgeholt hatten. Ich erinnerte mich an Dunkelheit und Spinnweben, doch das Innere war nicht wiederzuerkennen. Es war sauber vom Boden bis zur Decke und enthüllte goldene Holzböden und Wände.

»Das sieht phantastisch aus.«

»Komm rein, ich muss dir etwas Interessantes zeigen.« Sie zupfte mich am Ärmel. Zum ersten Mal, seit ich ihr von Josh erzählt hatte, war sie wieder so freundlich wie sonst.

Ich folgte ihr in das größte Zimmer, wo sie sich unter das winzige Fenster kniete, um mir etwas zu zeigen.

»Sieh mal. Alle Scherer, die hergekommen sind, haben ihre Initialen ins Holz geschnitzt.«

Ich beugte mich vor. Sie hatte recht. Die Reihe von Initialen brachte mich zum Lächeln. »Gibt es die in jedem Zimmer?«

»Nur in diesem und dem gegenüber. Und auch Herzen mit den Initialen der Liebsten.«

Das erregte mein Interesse, und ich ging in das andere Zimmer. Kein BB für Beattie Blaxland. Dennoch kam ich ins Grübeln. War Grandmas heimlicher Liebhaber ein Scherer gewesen? Das würde erklären, weshalb man in der Stadt über sie geklatscht hatte.

»Weißt du, was du machen solltest?« Monica wischte einen Schmutzfleck vom Fenster, den sie übersehen hatte. »Du solltest ein bisschen Geld für die Inneneinrichtung ausgeben und das Häuschen an Urlauber vermieten. Ferien auf dem Bauernhof sind groß in Mode.«

Ich schüttelte den Kopf. »Im März werde ich das ganze Anwesen verkaufen. Dann kann sich jemand anders darum kümmern.«

»Du willst definitiv verkaufen?«

Ich sah sie an und lachte. »Definitiv. Wahrscheinlich. Ich weiß es nicht. Ich kann nicht hierbleiben, ich muss mein Leben wieder in die Hand nehmen.«

»In Sydney? Oder in London?«

Mir fiel keine Antwort ein.

»Mit Josh?«, fragte sie leise.

Ich beschloss, Nägel mit Köpfen zu machen. »Warum stört es dich, dass ich einen Ex-Freund in London habe?«

»Den du noch liebst?« Ich schaute auf meine Hände und sagte nichts.

Monica seufzte. »Bin ich so leicht zu durchschauen?«

»Ja.«

»Es war einfach dumm von mir. Ich dachte, du magst Patrick. So *richtig,* meine ich. Und der Gedanke ließ mich nicht los, also …«

»Warst du an seiner Stelle eifersüchtig.«

»Sieht so aus.« Sie lächelte. »Tut mir leid.«

»Schon gut.«

»Es ist nur …« Sie verstummte. »Ich sollte das nicht sagen …«

Ich wartete ab. Im Laufe der Jahre hatte ich entdeckt, dass Schweigen viele Leute zum Reden brachte. »Es ist nur so, dass Patrick dich mag.«

»Mag er mich? Oder mag er mich *richtig?*« Ich kam mir vor wie ein Teenager.

Sie schüttelte den Kopf. »Er wird mich umbringen.«

»Ich verrate nichts.« Allmählich wurde es brenzlig. Ich spürte, wie mich ein kleiner Schauer überlief. Patrick mit den exotischen Augen und dem geraden Rücken. Ich hatte recht gehabt, er fand mich attraktiv und hatte es sogar seiner Schwester erzählt. Der Gedanke schlug Funken in meinem Körper. Ich kicherte wie ein Schulmädchen.

»Vergiss, was ich gesagt habe. Tut mir leid, wenn ich dich in Verlegenheit gebracht habe. Brauchst du Hilfe bei dem Beet?«

»Nur zu gern.«

Und so verbrachten wir den Rest des goldenen Nachmittags schweigend bei der Gartenarbeit.

Minas Vater bestand darauf, mich kennenzulernen, und ich fuhr mit Patrick nach Hobart, um sie abzuholen. Wir hielten vor einem riesigen, verglasten Haus in Battery Point.

Patrick runzelte die Stirn, schaute noch mal auf den Zettel mit der Adresse und schaltete den Motor aus. »Ganz schön großes Haus.«

»Wohnen die beiden allein?«

»Soweit ich weiß, schon.« Er stieg aus, und ich folgte ihm zur Tür, wo wir klingelten. Ich warf ihm im hellen Mittagslicht verstohlene Blicke zu, doch er schien sie nicht zu bemerken.

Schließlich öffnete Minas Vater die Tür. Er war ein hochgewachsener Mann mit wettergegerbtem Gesicht und schütterem schwarzem Haar. Er lächelte nicht. »Guten Tag.« Er gab uns die Hand. »Ich bin Reynold Carter.«

»Emma Blaxland-Hunter«, sagte ich. »Und das ist Patrick Taylor.«

»Sie sind die Ballerina«, sagte er mit ausdrucksloser Miene. »Kommen Sie herein.«

Patrick und ich wechselten einen Blick, als wir ihm ins Haus folgten. Er führte uns durch eine mit glänzendem Parkett ausgelegte Diele in ein großes, geheiztes Wohnzimmer. Dort saß Mina brav auf dem Sofa, vor sich einen kleinen Koffer.

»Patrick! Emma!«, sagte sie aufgeregt. Sie blieb unter dem strengen Blick ihres Vaters still sitzen, wenngleich ihre Füße fröhlich zuckten.

»Ein wunderbares Haus«, sagte Patrick und schaute zum Fenster, durch das man auf den River Derwent blickte.

Ich bemerkte einen Schreibtisch neben der Tür, auf dem ein Laptop stand. Bei einem Mann wie Reynold Carter hätte ich eher ein schickes Büro vermutet.

»Nun, Mina kommt ganz gut allein zurecht. Nehmen Sie ihr nicht zu viel ab. Ihre Unabhängigkeit ist mir wichtig. Und ihr selbst natürlich auch.«

»Ich freue mich einfach darauf, ein bisschen Zeit mit ihr zu verbringen.« Ich strich ihr übers Haar. Sie lächelte mich liebevoll an.

»Ja. Gut.« Er räusperte sich. »Sie hat noch nie woanders übernachtet, also rufen Sie mich an, falls es Probleme gibt.« Er wandte sich schon ab, seine Augen wanderten zum Bildschirm. »Entschuldigen Sie mich kurz.«

Patrick griff nach Minas Koffer, während ihr Vater einige Tasten betätigte. Als er zurückkam, sah er uns nicht in die Augen. »Es tut mir leid. Ich handle online mit Aktien. Die US-Märkte sind noch offen. Samstagmorgens ist immer viel zu tun.«

»Machen Sie das hauptberuflich?«, fragte ich neugierig.

»Bevor Minas Mutter starb, war ich Börsenmakler«, erklärte er nüchtern. »Eine Zeitlang hatte ich ein Kindermädchen für sie, aber es war doch besser, bei ihr zu Hause zu bleiben.«

»Daddy arbeitet den ganzen Tag und die ganze Nacht.«

»Aber ich bin hier, oder?« Es klang, als müsste er sich verteidigen.

Sie legte die Arme um seine Taille und drückte ihn. »Ich hab dich lieb, Daddy.«

»Sei brav.« Er küsste sie auf den Kopf und löste sich von ihr. »Rufen Sie an, wenn Sie mich brauchen.«

Wir halfen Mina, sich auf den Rücksitz zu setzen, wo sie aufgeregt drauflosplapperte. Ihr Vater kam nicht zur Tür, um zum Abschied zu winken, und ich wurde zunehmend wütend auf ihn. Sicher, er bot ihr ein großes Haus, aber was Mina brauchte, war Liebe. Sie war so ein anhängliches, fröhliches Mädchen.

Dann fiel mir ein, was Patrick gesagt hatte. *Wir wissen nicht, was in anderen Familien vorgeht. Wir sollten nicht einfach urteilen.*

Als wir durch das große Tor in die Einfahrt von Wildflower Hill bogen, wirkte Mina nicht nur aufgeregt, sondern beinahe ängstlich. Ich beschloss, Patrick zu bitten, den Nachmittag bei uns zu bleiben, weil Mina ihn besser kannte. Sie sollte sich erst ein bisschen eingewöhnen. Er wartete unten und spielte auf dem verstimmten Klavier, während ich Mina ihr Zimmer zeigte. Es befand sich neben meinem, Monica hatte es am Tag zuvor hergerichtet. Frische Bettwäsche, Wildblumen in einer Vase auf der Kommode. Mina legte ihren Koffer aufs Bett und setzte sich nachdenklich daneben.

»Alles in Ordnung?«

»Das Haus ist dunkel und alt.«

»Das stimmt. Es ist über hundertfünfzig Jahre alt. Hast du Angst?«

»Nein. Wo ist dein Schlafzimmer?«

Ich klopfte an die Wand. »Gleich nebenan.«

Sie lächelte. »Okay.«

Unten stimmte Patrick gerade den Blumenwalzer an.

»Das ist dein Lied, Mina. Lass uns tanzen gehen.«

Unten im Wohnzimmer war sie glücklicher und weniger besorgt. Sie staunte über meine Tanztrophäen, die ich auf dem Klavier aufgereiht hatte. Ich schob die Couch an die Wand und den Couchtisch unters Fenster, damit wir Platz zum Tanzen hatten.

Sie hatte einige Bewegungen vergessen, hielt sich aber sehr schön, den Rücken gerade, die Füße nach außen. Als wir das Stück dreimal durchhatten, holten wir den CD-Spieler, und Patrick und ich setzten uns als Zuschauer aufs Sofa, während Mina für uns tanzte.

Sie war atemberaubend. Als ich sie und die anderen

Kinder zum ersten Mal gesehen hatte, waren mir nur die Ähnlichkeiten aufgefallen. Jetzt aber sah ich die junge Frau, die sich in ihrem Körper verbarg: die glänzenden Augen, die reine Haut, das schöne dunkle Haar, die Grübchen in den Ellbogen und die weichen weißen Hände. Wenn Mina tanzte, war sie schön.

Patrick beugte sich vor und sagte mir leise ins Ohr: »Sie haben tolle Arbeit mit ihr geleistet. Und mit dem Tanz. Die Bewegungen sind wie für sie gemacht.«

»Sie macht die ganze Arbeit. Sie besitzt eine natürliche Anmut.« Mir fiel wieder ein, was Monica gesagt hatte: dass Patrick mich *richtig* mochte. Ich spürte die Wärme seines Arms an meinem und gestattete mir, sie zu genießen.

»Hört auf zu reden, seht zu!«, befahl Mina mitten in einem *relevé.*

Wir lachten und wandten ihr wieder unsere Aufmerksamkeit zu. Ihre Augen strahlten vor Glück, und ich hatte eine Lektion gelernt. Mina würde niemals richtig Ballett tanzen können, aber sie tanzte. Und es machte sie glücklich.

Als sie fertig war, applaudierten wir lautstark, und sie verbeugte sich und warf uns Kusshände zu.

»Jetzt bin ich müde.«

»Gut. Das bedeutet, du hast hart gearbeitet. Echte Ballerinas arbeiten sehr hart.«

Sie holte das Leiterspiel aus ihrem Koffer, und wir setzten uns auf den Fußboden und spielten gemeinsam. Mein Knie tat weh, aber das war mir ziemlich egal. Als es dämmerte, verabschiedete sich Patrick.

Mina wurde wieder unsicher wie vorhin bei ihrer Ankunft.

»Es ist gut, Mina, ich bin ja bei dir.«

»Ist das ein ganz sicheres Haus? Sind Schlösser an den Türen?«

»Natürlich.«

Ich brachte Patrick zur Tür. Ich merkte, wie er zögerte. Vielleicht zögerte ich auch, ihn gehen zu lassen. Als er wegfuhr, spürte ich ein schmerzliches Bedauern. Der kühle Abend legte sich über die Felder, der Wind säuselte in den Eukalyptusbäumen. Ich ging hinein, um das Abendessen vorzubereiten.

Mina half mir. Sie setzte sich an den Tisch und pulte Erbsen, während ich das Hähnchen für den Nudelauflauf zerlegte.

»Was macht mein Daddy jetzt?«

»Das weiß ich nicht. Was macht er denn normalerweise am Samstagnachmittag?«

»Er arbeitet am Computer.«

»Nun, dann tut er das jetzt sicher auch.« Ich setzte mich neben sie. »Vermisst du ihn?«

Sie lächelte. »Ein bisschen.«

»Du siehst ihn ja morgen wieder. Wir müssen vorher noch ein bisschen proben.« Ich drückte ihre Hand. »Möchtest du lieber nach Hause fahren? Dann kann Patrick dich abholen.«

»Nein. Es geht schon. Balletttänzerinnen müssen richtig hart arbeiten.«

»Das stimmt.«

»Dann bleibe ich hier und arbeite.«

Gegen Mitternacht frischte der Wind auf, und in der Ferne grollte der Donner. Ich stand auf, um das Schlafzimmerfenster zu schließen. Als ich mich wieder hinlegen wollte, hörte ich ein Klopfen.

Ich setzte mich. Das Klopfen kam von der Wand nebenan.

Ich ging nach drüben.

»Mina?« Ich öffnete die Tür.

Sie blickte mich an. Sie hatte an die Wand geklopft, so wie ich gestern. Als ich das Licht einschaltete, sah ich ihre Tränen.

»Mina, was ist denn?« Ich eilte zu ihr.

Sie sagte etwas, doch die Zunge war ihr beim Sprechen im Weg. Ich ergriff ihre Hand. Sie war kalt und feucht. Mina hatte Angst. »Soll ich deinen Vater anrufen, damit er dich abholt?«

Sie nickte schluchzend.

Ich nahm sie mit in mein Schlafzimmer und legte sie ins Bett. »Warte hier, es ist warm und gemütlich. Ich rufe deinen Daddy an.«

Sie nickte wieder.

Ich ging nach unten und schaltete alle Lampen ein. Dann wählte ich die Nummer, die Patrick mir aufgeschrieben hatte. Es klingelte und klingelte. Sechsmal. Siebenmal. Achtmal. Neun…

Dann endlich meldete er sich. »Hallo?«

»Mr. Carter, hier spricht Emma Blaxland-Hunter.«

»Was ist denn?« Es klang überhaupt nicht freundlich.

»Mina ist wegen des Gewitters durcheinander und möchte nach Hause.«

Stille. Ich wartete.

»Mr. Carter?«

»Ich fahre nicht bei Gewitter.«

Zuerst war ich zu schockiert, um zu sprechen. Dann sagte ich: »Aber sie weint vor Angst.«

»Wir alle müssen Dinge ertragen, die uns nicht gefallen. Sie muss jetzt bei Ihnen bleiben. Rufen Sie mich morgen früh an, wenn sie sich bis dahin nicht beruhigt hat.«

»Aber …«

»Das wird schon.« Dann hängte er ein.

Ich starrte das Telefon an, bevor ich den Hörer auflegte.

Ich konnte nicht recht glauben, was soeben passiert war, und brannte innerlich vor Zorn.

Jetzt musste ich nach oben gehen und diesem wunderschönen, zerbrechlichen Mädchen erklären, dass sein Daddy es nicht abholen würde. Ich spielte mit dem Gedanken, Patrick anzurufen, wollte ihn aber nicht im Regen aus dem Haus jagen. Wie immer stieg ich vorsichtig die Treppe hinauf und atmete tief ein, um meinen Ärger unter Kontrolle zu halten. Mina saß bei Lampenlicht im Bett und schaute zum Fenster.

»Mina?«

Sie drehte sich um.

»Er kann nicht kommen. Es ist zu stürmisch.«

Sie nickte.

»Hey, ich weiß, womit ich dich aufmuntern kann.«

Ich öffnete die oberste Schublade der Kommode. Darin lag mein Diadem aus *Schwanensee.* Ich holte es heraus und gab es ihr behutsam.

»Was ist das?« Mina klang schon fröhlicher.

»Etwas Besonderes, du musst ganz vorsichtig damit sein.«

Sie nahm es ehrfürchtig entgegen und betrachtete es.

»Es ist ein besonderes Diadem. Ich habe es getragen, als ich die Odette getanzt habe.«

*»Schwanensee«,* hauchte sie.

Ich setzte ihr das Diadem auf und ermutigte sie, sich im Spiegel zu betrachten. Ihre Angst war vergessen, als sie vor der Kommode umherwirbelte, das Diadem im Lichtschein funkelnd.

»Komm zu mir ins Bett. Hier ist genug Platz für uns beide. Wir brauchen keine Angst vor dem Gewitter zu haben.«

»Haben wir nicht«, sagte sie, kam ins Bett und kuschelte sich an mich, das Diadem noch immer auf dem Kopf.

Ich schaltete das Licht aus, und ihre weiche Hand schmiegte sich in meine. »Gute Nacht, Emma.«

»Gute Nacht.«

Ich blieb wach, bis sie eingeschlafen war. Ihre Hand löste sich aus meiner. Das Gewitter zog über uns dahin, doch Mina rührte sich nicht mehr.

# Siebenundzwanzig

Ich erwachte früh. Ich lag verschwitzt und verkrampft im Bett, während Mina friedlich weiterschlief. Das Diadem lag neben ihr auf dem Kopfkissen. Ich hob es behutsam auf und plazierte es auf dem Nachttisch. Das weiche Morgenlicht schimmerte durch die Vorhänge. Ich dachte an meinen Garten und beschloss, aufzustehen und weiterzuarbeiten. Ich zog mir Jeans und ein langärmeliges T-Shirt an und ging nach unten.

Der Himmel war klar, saubergewaschen vom Gewitter. Das Gras und die Steine waren noch feucht. Ich griff nach meinem Eimer mit Werkzeug und stellte ihn neben das alte Rosenbeet. Dann arbeitete ich mich langsam vor, stutzte, jätete und grub. Ich hatte keine Ahnung, ob die Rosen nach einem so heftigen Beschnitt wieder austreiben würden. Ein bisschen traurig war ich schon, als mir klarwurde, dass ich sie niemals blühen sehen würde. Dann würde das Haus jemand anderem gehören.

Ich legte die Pflanzschaufel einen Augenblick beiseite. Jemand anders würde in der Einfahrt parken, jemand anders würde seine Sachen ins Schlafzimmer räumen, jemand anders würde in der großen, widerhallenden Küche kochen.

Ich sagte mir, ich sei nur sentimental, und arbeitete weiter.

Die Sonne stand jetzt höher am Himmel, und ich ging hinein, um nach Mina zu sehen. Sie war angezogen und betrachtete im Wohnzimmer meine Trophäen. Ich machte ihr Frühstück und fragte, ob sie noch etwas tanzen wolle.

»Nein. Ich will im Garten helfen.«

Also gab ich ihr ein Paar robuste Arbeitshandschuhe, und wir traten wieder hinaus ins klare Morgenlicht. Ich wollte sie nicht im Rosenbeet arbeiten lassen, weil ich mir Sorgen wegen der Dornen machte. Also wies ich sie an, die trockenen Zweige des kranken Eukalyptusbaums einzusammeln und neben meinem Unkraut aufzuschichten.

Mina wirkte jetzt viel entspannter als gestern Abend und plauderte fröhlich über die Gartenarbeit, dass sie und ihr Dad ein kleines Gemüsebeet angelegt hätten und ihre eigenen Tomaten zögen. Ich war noch immer wütend, weil ihr Vater sie in der Nacht nicht abgeholt hatte und sich nicht für ihr Tanzen interessierte. Eine einzige Gartengeschichte konnte mich nicht überzeugen.

»Was fängst du denn so mit deiner Zeit an, Mina? Wenn dein Dad am Computer arbeitet, meine ich.«

»Ich arbeite drei Nachmittage in der Woche in einem Supermarkt. Regale einräumen.«

Ich war verblüfft. »Ehrlich?«

»Damit verdiene ich Geld, um Dad ein bisschen zu helfen. Und ich habe eine Freundin, die dreimal morgens kommt und mit mir Sachen lernt. Sie heißt Mrs. Pappas.«

»Für die Schule?«

Sie schüttelte den Kopf. »Nein, die Schule ist seit letztem Jahr zu Ende. Mrs. Pappas bringt mir bei, wie ich sicher in den Bus steige und solche Sachen.«

»Du kannst allein Bus fahren?«

»Einmal habe ich das gemacht. Das war lustig. Aber ich hätte beinahe meine Haltestelle vergessen.« Sie warf kichernd einige Zweige auf den Haufen. »Dann ist mir das Schokoladengeschäft eingefallen, und die Haltestelle war genau davor.«

»Ja, Schokolade kann man nur schwer vergessen.«

Sie antwortete nicht. Ich drehte mich um und sah, dass sie zwischen den beiden stacheligen Lomandra-Pflanzen unter dem Eukalyptus hindurchspähte.

»Was ist los?«

»Ich weiß nicht.«

Langsam stand ich auf und ging zu ihr hinüber. Ich rechnete mit irgendeinem Tier, einem toten Tier vielleicht. Doch das war es nicht. Ich runzelte die Stirn.

»Das ist ein Kreuz.«

»Wie in der Kirche.«

»Ja. Hier muss etwas begraben liegen.« Oder jemand, dachte ich, sprach es aber nicht aus, um ihr keine Angst zu machen. »Mal sehen, ob wir uns einen Weg bahnen können.«

Mina und ich räumten Zweige und welkes Laub aus dem Weg, dann hackte ich energisch auf die stacheligen Blätter ein. Endlich hatten wir es geschafft. Ich kniete mich behutsam hin. Das Kreuz war etwa dreißig Zentimeter hoch. Mit der Pflanzschaufel kratzte ich den Schmutz von Jahrzehnten ab, entdeckte Buchstaben. Da ich das Kreuz nicht aus der Erde ziehen wollte, rückte ich ganz nah heran und legte die übrigen Buchstaben frei.

Ein Name stand senkrecht darauf: Charlie.

»Heißt das was?«

»Charlie«, antwortete ich. Es war ein Schock. Sollte hier wirklich jemand begraben liegen? Sicher nicht. Menschen wurden auf Friedhöfen begraben.

Dann ertönte ein Motorgeräusch. Ich blickte auf und sah Patrick, der gerade in die Einfahrt bog. Das Sonnenlicht brach sich in der Windschutzscheibe. War es schon so spät?

»Patrick!« Mina lief zu ihm, um ihn zu begrüßen.

»Wir haben gar nicht geübt.« Ich ließ das Werkzeug

fallen. Dabei fiel mir auf, dass ich schmutzig und verschwitzt und mein Haar nicht gewaschen war.

»Wir haben im Garten gearbeitet und ein Kreuz gefunden«, erzählte Mina ihm.

»Kann ich es sehen?« Sie führte ihn hin.

»Charlie. Wer mag das wohl gewesen sein?«

»Hoffentlich ein Haustier«, sagte ich.

Patrick richtete sich auf und sah mich mit einer hochgezogenen Augenbraue an. »Ein Haustier? Meinen Sie wirklich? Auf Farmen sterben dauernd Tiere, deswegen wird niemand sentimental. Ich kann mir nicht vorstellen, dass jemand auf dem Grab eines Tieres einen Baum pflanzt und ein Kreuz aufstellt. Das ist offensichtlich eine Art Denkmal. Für einen Menschen.«

Er hatte recht, und ich wusste es. Man hatte das Kreuz absichtlich dort in die Erde gesteckt. Nur war mir die Vorstellung, dass auf der Koppel am Haus ein Mensch begraben lag, etwas unheimlich.

»Pack deine Sachen, Mina.«

»Okay.« Sie lief ins Haus, und Patrick lächelte mir zu.

»Sie sind schmutzig im Gesicht.«

»Wo?« Meine Hand zuckte verlegen zu meiner linken Wange.

»Hier.« Er ergriff sanft meine Finger und führte sie an die andere Wange. Dann ließ er sie los.

Ein warmes Kribbeln. Ich wischte den Schmutz ab. »Sie glauben also, hier sei ein Mensch begraben?«

»Schon möglich. Graben Sie ihn doch aus«, scherzte er. Dann schaute er zu den Ästen hoch, die sich über uns ausbreiteten. »Ich würde hier nicht länger stehen bleiben. Einige Äste sehen aus, als würden sie absterben.«

»Es hat wohl mit den Opossums zu tun. Ich muss etwas dagegen unternehmen. Dieser Baum ist wichtiger, als ich dachte.«

Nachdem ich ausgiebig geduscht und den Schmutz und Schweiß des Tages weggespült hatte, fühlte ich mich entspannt und sauber und konnte in Ruhe über das Kreuz nachdenken. Im Grunde hatte ich den ganzen Tag daran gedacht. Ich ging nicht mehr nach draußen, um es mir noch einmal anzusehen, weil alles nass vom Tau war. Stattdessen öffnete ich das Fenster im großen Schlafzimmer. Der Mond war fast voll, und sein weißes Licht fiel auf die nassen Felder. Dort stand der Eukalyptus. Es war das einzige Zimmer im Haus, von dem man auf den Baum blickte.

Die Szenerie weckte eine Erinnerung in mir. Ich konzentrierte mich darauf, versuchte, sie zu erhaschen. Dann begriff ich: Dies hier war das Gemälde aus Grandmas Haus, das sie immer ruhig und glücklich gemacht hatte. Von hier oben aus konnte ich es erkennen. Der Schwung des Hügels, dahinter der Felsen, es sah genauso aus. Dieser Baum war etwas Besonderes für sie gewesen. Sie hatte ihn so gepflanzt, dass sie ihn jeden Tag sehen konnte, und als sie das Haus verließ, hatte sie ihn malen lassen, damit er sie immer begleitete.

Patrick hatte recht, der Baum war eine Art Denkmal. Ich hatte schon gedacht, er stünde zu nahe am Haus, aber das war vielleicht ihre Absicht gewesen. Sie wollte jemanden nahe bei sich behalten. Jemanden namens Charlie. Tränen brannten in meinen Augen, obwohl ich mich fragte, ob meine Phantasie überreagierte.

Ich blieb lange dort stehen, atmete die Nachtluft ein und schaute zu, wie das silberne Mondlicht wechselhafte Schatten auf die Felder warf. Meine Großmutter hatte jemanden namens Charlie geliebt. Gewiss war er der Mann, an den der Brief gerichtet war. Doch er war gestorben. Ich spürte, wie die Welt einen Moment lang zurückwich. Wäre er nicht gestorben, hätte Grandma vielleicht ihn geheiratet. Dann wäre sie Grandpa nie begegnet. Mum oder Onkel Mike wären nie geboren worden. Mich hätte es nie gegeben. Und doch wünschte ich mir um Grandmas willen, dass ihr Leben anders verlaufen wäre. Es ist schrecklich, den Mann zu verlieren, den man liebt.

Am folgenden Samstag war Mina wieder brillant. Sie erinnerte sich an den gesamten Tanz, und Marlon gestaltete nun den Rest des Auftritts. Sechs weitere Kinder tanzten mit ganz einfachen, langsamen Bewegungen um sie herum, und es sah wunderschön aus. Marlon kannte Minas Choreografie schon auswendig, veränderte einige Bewegungen, die ihr schwerfielen, und ich kam mir ein bisschen nutzlos vor. Ich saß da, schaute zu und merkte, dass mein Knie nach der langen Fahrt gar nicht so schmerzte wie sonst.

Der Frühling ging in den Sommer über. Der Auftritt nahte. Der Garten wurde ordentlicher. Die letzte Kiste war ausgeräumt und verstaut. Für Monica blieb nichts mehr zu tun, und so ließ ich sie mit großem Bedauern ziehen. Sie versprach, mich einmal in der Woche zu besuchen, was sie auch tat, aber es war nicht mehr dasselbe. Ich vermisste sie. Patrick war sehr beschäftigt. Ich fühlte mich einsam.

Ich ging viel spazieren. Manchmal lief ich sogar. Ich versuchte zu tanzen, aber es war nur ein schwaches Abbild dessen, was ich einmal gekonnt hatte. Die Erkenntnis, dass mein Körper sich nie wieder so bewegen würde, traf mich mit voller Wucht. Die Biegsamkeit war verschwunden, und wenn ich nicht aufpasste, tat sofort etwas weh. Ich musste noch immer deswegen weinen.

Es waren noch drei Wochen bis zum Auftritt, und Marlon hatte vier abendliche Kostümproben angesetzt.

»Sie müsssen nicht mitkommen«, sagte Patrick. »Die Fahrt ist doch so weit.«

»Meinem Knie geht es ganz gut. Und ich möchte Mina so gern in ihrem Kostüm sehen.«

Die Sommerabende waren göttlich. Das Licht blieb lange über dem Land, die Luft duftete süß. Ganz anders als der verräucherte Londoner Sommer. Als wir vor der Schule aus dem Auto stiegen, roch es wunderbar: frisch gemähtes Gras, Blumen, leckeres Essen. Ich atmete tief und dankbar ein.

Auf der anderen Seite des Parkplatzes wurde Mina gerade von ihrem Vater abgesetzt. Ich reckte den Hals, um ihn zu sehen.

»Ich nehme an, er wird auch dieses Jahr nicht beim Auftritt dabei sein.«

»Mischen Sie sich lieber nicht ein, Emma.«

Mina winkte. Sie war aufgeregt, weil es Abend war und das Licht in der Aula brannte und alles so anders war als sonst.

Ich ging hin und nahm ihre Hand, beugte mich in den Wagen und sagte zu ihrem Vater: »Sie sollten hereinkommen, Mr. Carter.«

»Keine Zeit«, knurrte er.

»Schaffen Sie es denn dieses Jahr zum Auftritt?«

Er funkelte mich an. »Das geht Sie nichts an.«

»Emma«, sagte Patrick warnend.

»Sie ist eine wunderschöne Tänzerin. Es wäre schade, wenn Sie es versäumten.«

»Machen Sie bitte die Tür zu. Ich habe es eilig.«

Ich gehorchte, und Mina schaute mich verwirrt an. »Er hat viel zu tun.«

»Ich weiß.« Ich streichelte ihr Haar. »Es wäre nur so schön, wenn er dich tanzen sähe.«

Wir gingen in die Aula, und als Mina zu ihren Freunden lief, sagte Patrick in strengem Ton: »Sie hätten nichts sagen sollen.«

»Er ist ein egoistischer Mistkerl.«

»Das wissen Sie nicht.«

»Er wollte sie nicht mal während des Gewitters bei mir abholen, obwohl sie vor Angst geschluchzt hat.«

Patrick zuckte mit den Schultern. Ich wurde allmählich wütend.

»Tut mir leid, aber Marlon hat es mir vom ersten Tag an eingeschärft. Wir können nicht wissen, was in diesen Familien vorgeht, sie haben alle mit ihren eigenen Problemen zu kämpfen. Er tut sein Bestes, um gutes Geld zu verdienen, und ist trotzdem zu Hause. Das ist bewundernswert.«

»Aber er ist zu beschäftigt, um Zeit mit ihr zu verbringen. Für Liebe darf man nicht zu beschäftigt sein.« Noch während ich es aussprach, überkam mich das furchtbare Gefühl, dass ich genau das gewesen war. Dass ich bis zu meinem erzwungenen Rückzug mein ganzes Leben lang zu beschäftigt für die Liebe gewesen war. Ich hatte Grandma vor ihrem Tod nicht mehr besucht, ich wollte meine Mutter nicht besuchen, selbst Josh war es leid geworden, dass ich nie für ihn da war, und mit seiner Assistentin davongelaufen.

Und jetzt? Hatte ich mich gebessert? Vielleicht nur, weil ich so oft stillsitzen musste. Ich erinnerte mich, wie unfreundlich ich anfangs zu Monica, Patrick, Penelope Sykes gewesen war … eigentlich zu allen.

Patrick wurde gerufen, weil es irgendeine Krise gab, und ich setzte mich in die erste Reihe.

Das Licht wurde gedämpft, die Bühnenbeleuchtung ging an. Patrick hatte mir erklärt, dass die Kostümproben abends stattfanden, damit sich die Kinder rechtzeitig an die Beleuchtung gewöhnen konnten. Jetzt erkannte ich den Grund. Einige von ihnen waren wie gelähmt, vergaßen ihre Bewegungen und liefen ziellos umher. Marlon blieb bewundernswert geduldig, obwohl sich auf der Bühne eine mittlere Katastrophe anbahnte. Ich musste ein Lachen unterdrücken.

Dann erklang Minas Musik, und sie kam im Kostüm auf die Bühne: einem blauen Trikot mit einem weichen, seidigen Rock darüber. Sie war barfuß, wie ich es ihr geraten hatte. Sie stellte sich mitten auf die Bühne, das Licht wurde weich, ein weißer Scheinwerfer wurde auf sie gerichtet. Ich spannte mich an, weil ich fürchtete, sie könne sich wie die anderen ablenken lassen.

Dann hob sie die Arme in einer perfekten Arabesque und begann zu tanzen.

Ich möchte mich nicht selbst loben, doch Minas Vorstellung war eine der schönsten, die ich je gesehen hatte. Nicht nur weil jede Bewegung stimmte, nicht nur weil sie aussah wie ein hellblauer Engel, der von sechs weißen Engeln umringt war, die langsam einen Kreis um sie beschrieben. Nein, sie war ein Mädchen, das sich so vielen Herausforderungen gegenübersah und diese mit Anmut und Mut gemeistert hatte. Ich weinte die ganze Zeit und fragte mich, wie ihr Vater sich so etwas entgehen lassen konnte.

***

Patrick setzte mich um kurz nach zehn zu Hause ab. Ich stellte den Wasserkessel auf den Herd, zog die Schuhe aus und wollte mir gerade den Schlafanzug holen, als es klopfte.

Ich ging neugierig öffnen.

Patrick stand vor der Tür. »Tut mir leid, ich hatte vergessen, Ihnen das zu geben.« Er reichte mir ein in Plastik verpacktes Ladegerät. »Von Monica. Sie hat es für Sie bestellt. Ist heute angekommen.«

»Danke.« Ich nahm das Päckchen entgegen. Der Wasserkessel begann zu pfeifen. »Möchten Sie einen Kaffee?«

Er wandte verlegen den Blick ab. Dann fand er seine Stimme wieder. »Gern.«

In der Küche schloss ich mein Handy an das Ladegerät an und machte Kaffee. Wir setzten uns an den Tisch und unterhielten uns über die Probe, Mina und das Wetter. Wir redeten wie Leute, die eigentlich über etwas anderes reden wollen, sich aber nicht trauen. Ich bewunderte ihn. Ich bewunderte seinen schlanken Körper, seine grünen Augen, seine langen Finger, die sich um die Kaffeetasse schlossen. Aber ich bewunderte auch seinen sanften Humor, seine Freundlichkeit und seinen Mut. Dennoch traute ich mich nicht, über diese Bewunderung hinauszugehen. Aus unerfindlichen Gründen hatte ich Angst, mich ihm zu nähern.

»Ich muss los.« Er trank seinen Kaffee aus. »Morgen ist Schule.«

Ich lachte. »Wir sehen uns am Samstagmorgen. Auch wenn ich nicht mehr gebraucht werde.«

»Natürlich werden Sie noch gebraucht.« Seine Stimme klang sanft und ernst.

Ich glaubte ihm nicht, würde aber dennoch hingehen. Ich hatte Mina liebgewonnen. Und auch Patrick wurde mir immer wichtiger.

Wir verabschiedeten uns an der Tür. Er ging zu seinem Wagen, drehte sich um und kam noch einmal zurück. Ich wartete auf der Schwelle. Das Mondlicht stand ihm gut. Er blieb vor mir stehen und sagte nichts. Ich schwieg ebenfalls.

Dann beugte er sich vor und küsste mich. Warme Lippen, warmer Körper. Ich drückte mich an ihn, fuhr mit neugierigen Händen über seinen Rücken, ertastete ihn unter den Kleidern.

Er trat zurück, sagte »Gute Nacht« und ging zum Wagen.

Selbst als sein Auto längst verschwunden war, konnte ich nicht aufhören zu lächeln.

Am nächsten Morgen frühstückte ich spät. Während ich vor dem Toaster wartete, schaltete ich das aufgeladene Handy ein. Es piepste. Vier neue Nachrichten.

Mein Herz schlug schneller.

Ich wählte die Mailbox an, meine Hände zitterten.

»Emma? Ist das noch deine Nummer? Ruf mich an.« *Josh.*

Während ich die vier Nachrichten abhörte, erfuhr ich die ganze Geschichte. *Ruf mich an. Muss mit dir reden. Sarah und ich haben uns getrennt; es hat nicht funktioniert. Sie ist eben nicht du. Ruf an, Baby. Du fehlst mir. Ruf an. Ruf an.*

*Ruf an.*

Die Träume wurden Wirklichkeit. Alles, was geschehen war – mein Unfall, die Erbschaft, das Leben auf Wildflower Hill –, wurde blass und leicht wie Seidenpapier. Ich kämpfte nicht mit meinem Gewissen, ich fragte mich nicht, ob ich einen Fehler beging. Ich hörte nur seine Stimme, wie ich es mir tausendmal ausgemalt hatte, und sie rief mich nach Hause.

Ich rief ihn an. Ich rief London an. Ich rief mein altes Leben an.

# Achtundzwanzig

***Beattie: London 1965***

Beattie ließ ihren kleinen Toilettenkoffer auf das frisch gemachte Bett fallen, während Ray sich mit den beiden großen Koffern durch die Tür des Hotelzimmers mühte. Er zerrte sie über den dicken braunen Teppich.

»Soll ich dir helfen?«

»Was für ein Ehemann wäre ich wohl, wenn ich nicht den Koffer meiner Frau tragen könnte?«, erwiderte er lachend.

Beattie setzte sich auf die Bettkante und schaute zu, wie er die Koffer hereinbrachte. Sein helles Haar wurde dünner, wies aber noch keine einzige graue Strähne auf, als hätten ihm die Jahre, in denen er im Rampenlicht gestanden und politische Verantwortung getragen hatte, gar nichts ausgemacht.

Er setzte sich neben sie. »Müde?«

»Mir geht es gut.«

»Dreißig Stunden im Flugzeug, und dir geht es gut.« Er strich ihr übers Haar. »Meine Beattie.«

»Wann musst du los?«

Ray sah auf die Uhr. Er war zu einer Konferenz nach London gekommen. Normalerweise begleitete Beattie ihn nicht, weil sie mit ihrer Firma in Sydney beschäftigt war. Allmählich aber gab sie die Zügel von Blaxland Wool in andere Hände, weil die Firma zu groß geworden war, um sie allein zu führen. Außerdem waren die Kinder im

Teenageralter und genossen es, zehn Tage bei einer nachsichtigen Tante zu verbringen.

»Die Begrüßungsdrinks gibt es um sechs. Aber ich muss nicht hin. Die werden mich nicht vermissen.«

Beattie gähnte. Vielleicht ging es ihr doch nicht so gut. »Nein, geh ruhig. Ich lasse den Zimmerservice kommen und lese ein bisschen.«

»Geh nicht zu früh schlafen. Sonst bringst du deinen Rhythmus für die nächsten Tage durcheinander.«

»Ich bleibe auf, bis du wiederkommst.«

Sie räumte die Kleidung weg, während er duschte, sich rasierte, seine Unterlagen zusammensuchte und den Krawattenknoten festzog. Jetzt war er nicht mehr ihr Ray mit dem treuherzigen Grinsen und der Vorliebe für dumme, aber liebenswerte Streiche. Jetzt war er der Ehrenwerte Raymond Hunter MP, Abgeordneter für den Wahlbezirk Mortondale und Gesundheitsminister im Schattenkabinett.

»Ich komme nicht so spät.« Er küsste sie auf die Wange.

»Danke, Liebling.« Sie wollte lächeln, doch ihre Mundwinkel waren wie eingefroren.

Er musterte sie eingehend. »Irgendetwas stimmt nicht, oder?«

»Ich vermisse die Kinder«, sagte sie rasch. *Und noch mehr, aber das kann ich dir nicht sagen.* Sie schaute ihm ruhig in die blauen Augen. »Ich rufe deine Schwester an und frage, wie es ihnen geht. Danach fühle ich mich sicher besser.«

»Bestell ihnen schöne Grüße von mir.«

Nachdem er gegangen war, öffnete Beattie das Fenster und ließ Verkehrslärm und herbstliche Kühle herein. Sie setzte sich auf das hohe Bett und nahm ein Buch, konnte sich aber nicht konzentrieren. Sie war zuletzt mit Henry in London gewesen, bevor sie gemeinsam nach Tasmanien durchgebrannt waren. Doch davon wusste Ray nichts. Sie hatte nicht gewollt, dass ihre Vergangenheit zu einem dunklen, beschämenden Geheimnis wurde, doch irgendwie war es dazu gekommen. Ray wusste nicht, dass sie einen besonderen Grund hatte, mit ihm nach Großbritannien zu reisen. Beattie hoffte, zum ersten Mal seit fünfundzwanzig Jahren ihre Tochter zu sehen.

Charlies Tod hatte einen schmerzhaften Bruch in ihrem Leben verursacht. Doch die Schafschur stand bevor, daran ließ sich nichts ändern. Leo Sampson half ihr, so gut er konnte, und Peter und Matt leiteten die Arbeiten. Sie blieb oben in ihrem Zimmer, weinte stundenlang und saß vor dem Fenster, damit sie den Eukalyptusschössling sehen konnte, den sie auf Charlies Grab gepflanzt hatte. Nachts träumte sie, sie jage ihn durch einen dämmrigen Flur oder warte, dass er mit Birch von einem Ritt über die Farm zurückkehrte. Sie wartete und wartete, während die Sonne unterging und der Himmel kalt und schwarz wurde. Dann erwachte sie und spürte seinen Verlust wie am ersten Tag. Ihre Arme und Beine schmerzten so sehr, dass sie mit einer Krankheit rechnete; doch sie wurde niemals körperlich krank. Ihre Gesundheit war fast grausam. Das Herz gebrochen, der Körper kräftig wie immer.

Irgendwo auf dieser Welt tobte ein Krieg. Irgendwo auf dieser Welt wurde ihre Tochter von einer anderen Mutter großgezogen. Doch Beattie war nicht in der Lage, sich um diese Sorgen zu kümmern. Sie verbrachte Monate in einem furchtbaren Schwebezustand, während die Wolke der Trauer über ihr lag und sich nicht heben wollte, genau wie der Winternebel, der im Tal jenseits des Hügelkamms hing. Sie sah kein Sonnenlicht mehr.

Weihnachten kam, und Beattie fand ein bisschen Trost,

als sie einen Wintermantel für Lucy nähte und nach Schottland schickte. Sie legte einen langen Brief dazu und erklärte Lucy, dass Charlie gestorben sei und sie deshalb nicht geschrieben habe. Was folgte, war ein langes Schweigen, nicht ganz unerwartet.

Dann kam Ostern. Inzwischen hatte Beattie schon sechs oder sieben Briefe geschrieben und auf Antwort gewartet. Es kam keine.

Nachts konnte sie vor Zorn nicht schlafen. Sie wusste, dass Molly und Henry Telefon hatten, doch sie hatten ihr die Nummer nicht gegeben. Wie konnten sie es wagen? Sie wollte doch nur die Stimme ihrer Tochter hören. Sie wäre ihr ein großer Trost gewesen. Beattie konnte es gar nicht erwarten, dass dieser alberne Krieg zu Ende ging. Sie würde sofort nach Schottland reisen und nach ihr suchen. Bis dahin schrieb sie weiter Briefe, legte ihre ganze Liebe für ihre Tochter hinein. Und schickte sie in das große Schweigen.

Beattie wusste, dass ihr Geschäft in Gefahr war. Peter und Matt waren jung und der Aufgabe, die Farm zu leiten, eigentlich nicht gewachsen. Ihr letzter Wollertrag war der beste überhaupt gewesen, so dass sie sich um Geld keine Sorgen machen musste, doch sie ließ die Buchhaltung schleifen und organisierte Dinge zu spät oder gar nicht. Sie hatte die Lust an der Arbeit verloren. Früher hatte sie den Rhythmus in der Landwirtschaft geliebt, das Leben, die Erneuerung, das Wachstum. Nun aber schaute sie sich um und sah überall nur den Tod. Ein graues Leichentuch hatte sich über alles gebreitet, und sie wusste, sie musste weg von hier.

Sie gab eine Anzeige auf, um einen Pächter für die Farm zu suchen, und packte ihre Sachen.

Eines Morgens, als sie wie üblich zum Briefkasten pilgerte, um nach einem Brief von Lucy zu sehen, der wie immer nicht gekommen war, entdeckte sie ein Schreiben mit dem Siegel der australischen Regierung. Sie runzelte die Stirn. Hoffentlich nicht das Finanzamt oder schlechte Nachrichten aus dem Ausland. Doch der Brief hatte nichts mit Steuern zu tun. Das Kriegskabinett plante, bei der Luftwaffe fünfhundert Stellen für Telegrafistinnen zu schaffen. Dafür brauchten sie Uniformen – Wollrock und Blazer – und baten um ein Angebot.

Beattie las den Brief zweimal, während sie noch am Briefkasten stand, und dann noch zweimal im Wohnzimmer. Sie spürte ein warmes Kribbeln im Herzen, als würden die ersten Schösslinge nach einem eisigen Winter durch die Erde brechen. Es war lächerlich. Natürlich konnte sie einen Blazer mit Rock entwerfen, aber nicht im Alleingang fünfhundert Uniformen nähen.

Doch die Anfrage war verlockend, die konnte sie sich nicht entgehen lassen. Sie würde einfach ein Dutzend Näherinnen einplanen müssen und ein Dutzend Nähmaschinen kaufen. Sie selbst müsste sich nur um die Entwürfe und die Überwachung der Produktion kümmern.

Den ganzen Morgen über arbeitete Beattie am Schreibtisch, zeichnete, kritzelte, zerriss die Entwürfe und begann von neuem. Es war lange her, dass sie Glück verspürt hatte, und es überkam sie wie ein Rausch. Das hier war Freude, echte Freude. Nachdem sie sechs oder sieben grobe Entwürfe fertig hatte, kümmerte sie sich um das Angebot, schätzte die Preise und hoffte, dass sie nicht zu hoch oder zu niedrig lag. Ihr Magen knurrte, sie hatte nichts gegessen. Die Schatten draußen waren lang geworden. Sie hatte tatsächlich den ganzen Tag über ihrer Idee zugebracht.

Sie konnte sich nicht erinnern, wann die Zeit zuletzt so schnell vergangen war. Jeder Augenblick seit Charlies

Tod war unerträglich lang gewesen. Nun erkannte Beattie, was sie retten würde: die Arbeit. Aber nicht hier auf der Farm, wo es zu viele Erinnerungen gab.

Beattie musste sechs Wochen warten, bis man ihr den Zuschlag erteilte. Als er kam, hatte sie schon gepackt und war bereit zum Aufbruch. Ein Makler hatte ihr ein kleines Haus am Haymarket in Sydney besorgt, wo sie über ihrer Werkstatt wohnen würde.

Am Morgen, an dem sie Wildflower Hill verließ, regnete es. Die neuen Pächter waren eingetroffen und schleppten ihre Möbel durch Schlamm und Pfützen. Drei kleine Jungen rannten ins Haus, sie quiekten vor Aufregung. Beattie tat es gut zu wissen, dass in diesem Haus wieder Gelächter und Liebe wohnen würden. Sie stieg ins Auto und schaute nicht mehr zurück zu Charlies Grab. Denn dann hätte sie geweint.

Vier Jahre später lernte sie in Sydney Ray kennen. Beattie war zu einem Wohltätigkeitsball des Vereins der Kriegswitwen eingeladen worden. Normalerweise blieb sie sehr für sich – nicht aus Menschenscheu, sondern aus Vorsicht. Natürlich war das Leben hier ganz anders als in Lewinford. Niemand wusste, dass sie eine ledige Mutter mit zweifelhafter Moral war. Niemand wusste, dass sie endlose Briefe nach Schottland schickte, wo ihre uneheliche Tochter bei ihrem Ex-Liebhaber und dessen Frau lebte. Niemand außer Leo Sampson wusste, welche Anstrengungen sie unternommen hatte, um Lucy mit Hilfe des trägen und teuren Justizsystems zu suchen, oder dass der endlose Krieg ihre Bemühungen doppelt schwierig gestaltet hatte. Gewiss wusste auch niemand, wie viele Tränen sie nachts vergoss, weil sie begriffen hatte, dass sich ihr Kind seit ihrer letzten Begegnung vollkommen verändert haben würde. Sie wusste kaum noch, wie Lucy aussah, und dass die lange Abwesenheit ihr Bedürfnis, das Mädchen wiederzusehen, abgeschwächt hatte. In vieler Hinsicht war die Lucy, die sie gekannt hatte, für immer verschwunden. Aus ihr war ein großer, fremder Teenager geworden. Jemand, der ihr wahrscheinlich feindselig begegnen würde, nachdem Henry und Molly ihr jahrelang Gift ins Ohr geträufelt hatten.

Der Ballsaal des *Wentworth Hotel* erstrahlte im Licht der Kronleuchter. Dutzende Tische waren mit edlem Porzellan und Silber für das Fünf-Gänge-Menü gedeckt, doch Beattie war viel zu nervös, um an Essen zu denken. Sie sollte nämlich eine Rede halten. Sie war in Sydney eine kleine Berühmtheit geworden, seit eine große amerikanische Kaufhauskette ihre Entwürfe ausgewählt hatte. Inzwischen machte sie etwa sechzig Prozent ihrer Umsätze im Export. Sie entwarf nicht länger Uniformen und Arbeitskleidung, sondern arbeitete für Kaufhäuser und Modesalons. Ihre praktischen, aber schönen Entwürfe waren gefragt, weil die Frauen neue Fähigkeiten und Macht an sich entdeckt hatten. Beattie war jung, alleinstehend und reich und somit zu einem Symbol ebendieser Eigenschaften geworden. *The Australian Women's Weekly* hatte kurz nach Weihnachten einen Artikel über sie gebracht, und sie wurde sogar von Zeit zu Zeit auf der Straße erkannt.

Die wohlhabenden Gäste strömten herein. Frauen in langen, bestickten Roben, mit Stolen aus Fuchspelz und Wildledertaschen; Männer in zweiteiligen Flanellanzügen, mit Seidenkrawatten, goldenen Krawattennadeln und -ketten. Beattie hatte einen eigenen Entwurf ausgewählt, einen kurzen Rock mit Kellerfalten, eine seidene Bluse mit V-Ausschnitt und hochhackige, mit Schleifen dekorierte Schuhe. Der Raum füllte sich mit Zigarrenrauch, so dass sie kaum noch atmen konnte. Sie bat einen Kellner um ein Glas Brandy und kippte es zu seiner Überraschung in einem Zug hinunter.

»Vielen Dank. Schon besser.« Sie gab ihm das Glas zurück.

Endlich war es an der Zeit für ihre Rede. Das Licht wurde gedämpft, und sie betrat das Podium, wo sie sich ans Pult klammerte und tief Luft holte.

Man hatte sie gebeten, über ihre Erfolgsgeschichte zu sprechen. Leider musste sie dabei vieles verschweigen. Sicher, sie war eine arme Immigrantin aus Schottland gewesen, die ums Überleben gekämpft hatte, indem sie für Margaret Day gearbeitet und abgerissene Knöpfe an Jacken genäht hatte. Doch sie erwähnte nicht das Kind, das sie unterstützen musste, und den betrunkenen, spielsüchtigen Ehemann, vor dem sie geflohen war, und den lüsternen Arbeitgeber, den sie überlistet hatte. Sicher, sie hatte in langen Wintern die Schafe zusammengetrieben, bis ihre Hände rot und wund waren, und war nach Hause zurückgekehrt, wo sie ein karges Abendessen aus einem Brocken Wildkaninchenfleisch und Pastinaken erwartete. Doch sie erwähnte nicht den Mann, der ihr das Reiten beigebracht hatte, der sie geliebt und in schweren Zeiten unterstützt hatte. Ihr Leben auf diese Weise zu schildern bedeutete, dass sie alle Kontraste ausblenden und es sehr viel langweiliger machen musste. Doch sie konnte kaum vor die feine Gesellschaft von Sydney treten, von einem unehelichen Kind erzählen, dass sie die Farm bei einer geschmacklosen Wette gewonnen und eine leidenschaftliche Affäre mit einem Schwarzen gehabt hatte. Sie fragte sich, ob diese unerfreulichen Wahrheiten irgendwann ans Licht gelangen würden oder ob die Leute von Lewinford sich damit zufriedengäben, sie niemals wieder zu erwähnen. Vermutlich waren sie so beschränkt, dass sie von ihrem Erfolg gar nichts wussten.

Sie beendete ihre Rede und kam sich wie eine Betrügerin vor, doch das Publikum brach in begeisterten Applaus aus. Beattie war verblüfft, sie hatte geglaubt, alle zu langweilen.

»Vielen Dank«, murmelte sie, »vielen Dank.«

Die Kapelle stimmte Musik an, als sie die Bühne verließ, und das Publikum strömte auf die Tanzfläche. Beattie kehrte an ihren Tisch zurück, wo ein Teller mit geschmolzenem Eis stand. Plötzlich war sie furchtbar hungrig und verschlang das Eis, worauf ihr leicht übel wurde. Die anderen Gäste beugten sich zu ihr – sie rochen nach teurem Parfüm und Pomade – und erzählten ihr, wie wunderbar ihre Rede gewesen sei. Dann gingen auch sie auf die Tanzfläche. Beattie saß ganz allein da und überlegte, wann sie sich davonstehlen könnte, ohne unhöflich zu wirken.

»Miss Blaxland?«

Neben ihr stand ein hochgewachsener Mann mit blondem Haar und freundlichen Augen. Er trug einen wunderbar geschnittenen, gestreiften Tuchanzug.

»Hallo.«

»Dürfte ich um diesen Tanz bitten?«

Beattie schaute zur Tanzfläche und zurück zu ihm. Sie konnte nicht tanzen. Ihr ganzes Leben lang war sie nie in einem Ballsaal gewesen. Die anderen Frauen waren elegant und wussten genau, was sie taten.

»Es tut mir leid. Mir ist gerade nicht nach Tanzen zumute.«

Er zögerte und fragte sich vermutlich, ob die Ablehnung auch seiner Person galt.

»Dürfte ich Ihnen denn ein Glas Champagner besorgen?«

Sie bedauerte, dass sie seine Aufforderung abgelehnt hatte, denn er schien wirklich nett zu sein. »Natürlich, sehr gern.«

Sie wartete, bis er zurückkam. Wäre sie doch nur gegangen, als noch Gelegenheit dazu war.

Er setzte sich zu ihr und bot ihr einen Champagnerkelch an. Sie trank langsam, weil ihr der Alkohol auf leeren Magen sofort zu Kopf steigen würde.

»Dürfte ich mich richtig vorstellen?« Er schaute sie unverwandt an. »Raymond Hunter, Abgeordneter für Mortondale.«

»Es ist mir ein Vergnügen.«

»Ihre Rede hat mir sehr gefallen.«

»Ich dachte, ich hätte alle gelangweilt.«

»Ganz und gar nicht. Wir waren bezaubert. Ich jedenfalls.«

*Nicht so schnell trinken, Beattie.* Sie stellte das Glas ab und holte tief Luft. »Und wie lange sind Sie schon im Parlament?«

»Dreieinhalb Jahre.« Er lächelte. »Obwohl es mir manchmal wie hundert vorkommt.«

Sie lachte leise. Er fasste Mut und erzählte ein paar Geschichten über das Leben in Canberra. Sein selbstironischer Humor entwaffnete sie, und bald lachte sie ebenso laut wie die rotgesichtige Herzoginwitwe am Nebentisch, die zu viel getrunken hatte. Ihr Fluchtinstinkt legte sich, und als er fragte, ob er sie am nächsten Tag anrufen und zum Abendessen einladen dürfe, sagte Beattie nicht nein.

Sie sagte aber auch nicht ja.

»Fragen Sie mich morgen, wenn ich nichts getrunken habe.« Zum Beweis hielt sie ihm den leeren Champagnerkelch hin. »Ich gebe Ihnen meine Nummer in der Firma.«

Er schrieb die Nummer respektvoll mit einem schwarzen Füllfederhalter nieder und brachte sie zum Taxi. Sie lächelte auf dem ganzen Nachhauseweg und amüsierte sich immer noch über seine Witze.

Beattie hatte gelernt, Privatleben und Arbeit voneinander zu trennen. In den ersten beiden Jahren in Sydney hatte sie unmittelbar über der Werkstatt gewohnt und vom Aufwachen bis zum Schlafengehen gearbeitet. Inzwischen fuhr sie jeden Morgen mit der Straßenbahn in die Castlereagh Street, wo sich die kleine Werkstatt mit Schreibtisch und Telefon befand. Den ganzen Tag arbeitete sie beim Geräusch der elektrischen Nähmaschinen. Ray rief kurz nach dem Mittagessen an, nachdem sie schon geglaubt hatte, er werde sich nicht melden, was sie seltsam enttäuscht hatte.

»Und?«

»Ja«, antwortete sie.

Und so kam sie fast gegen ihren Willen zu einem neuen Verehrer.

# Neunundzwanzig

Eigentlich hatte Beattie ihre Tochter gar nicht vor Ray geheim halten wollen. Sie hatte nur nicht den richtigen Zeitpunkt gefunden, um es ihm zu sagen. Sie hatten sich zweimal verabredet, bevor er nach Canberra zurückkehren musste. Er hatte noch nicht einmal ihre Hand gehalten, geschweige denn sie geküsst. Es war einfach noch zu früh, um ihre dunkle Vergangenheit zu offenbaren. Er blieb zwei Monate weg und schrieb ihr Briefe voller humorvoller Betrachtungen. Er versprach, wieder mit ihr auszugehen, wenn er zurückkam. Ihr Leben ging weiter, und sie dachte kaum noch an ihn.

Kurz vor Ostern war er wieder da und überraschte sie mit seinem Verhalten. Er benahm sich, als wären sie bereits ein Paar. Er lud sie in ein Restaurant in der Pitt Street ein und sagte, wie sehr er sie vermisst habe. Sie fühlte sich geschmeichelt. Das war alles.

Oder doch nicht? In seiner Gesellschaft konnte sie sich wunderbar entspannen. Sie mochte ihn, sehr sogar, weil er freundliche Augen und einen jungenhaften Humor hatte.

An jenem Abend küsste er sie vor der Tür sanft auf die Lippen. Ihre Reaktion überraschte sie. Sie drückte sich an ihn und erwiderte seinen Kuss mit Leidenschaft. Es war so lange her, dass jemand sie so gehalten hatte. Doch dann löste er sich sanft von ihr und lachte.

»Am Wochenende habe ich eine Überraschung für dich.«

»Was denn?«

»Wenn ich es dir sage, ist es keine Überraschung mehr.«

Also wartete sie die ganze Woche und dachte in ihren Mußestunden an ihn. Doch sie nahm ihn immer noch nicht richtig ernst.

Am Freitag schickte Ray eine Karte, dass sie Sachen für eine Übernachtung packen und am Samstagmorgen abreisebereit sein solle. Damit war ihre Neugier geweckt. Eine Übernachtung – wollte er mit ihr schlafen? Vielleicht hatte ihre leidenschaftliche Umarmung ihn darauf hoffen lassen. Würde sie es tun?

Um kurz vor neun fuhr er in seinem großen Dodge vor. Er sah gut aus mit seinem blonden Haar und dem schlanken, durchtrainierten Körper. Doch trotz seines jungenhaften Äußeren besaß er Autorität und trug schon politische Verantwortung. Sie fragte sich, ob er sich in Canberra wohl anders verhielt. Er packte ihren Koffer ins Auto, und sie fuhren los.

»Wohin geht es denn?«

»In die Berge«, erwiderte er lächelnd.

Die Herbstluft war klar und kühl. In den Tälern lag ein blasser, bläulicher Nebel. Die Bergstraße wand sich in die Höhe. Die Sonne schien hell auf die Motorhaube und die gelben Blätter der Bäume, die die Straße säumten. Sie genoss es, schweigend dazusitzen und die Landschaft vorbeiziehen zu sehen. Mit ihm zusammen zu sein war so einfach. Sie schaute ihn an, während er die Augen fest auf die Straße geheftet hielt.

»Ich merke, dass du mich ansiehst, Beattie.«

Sie lachte.

»Was machen wir in den Bergen?«

»Meine Eltern wohnen in Katoomba. Ich wollte dich ihnen vorstellen.«

Ihr Herz kühlte ab. »Wirklich?« Er fuhr mit ihr zu seinen Eltern? War die Sache denn so ernst? Sie hatte ihm noch gar nichts über ihre Vergangenheit erzählt. Sollte sie es jetzt tun?

»Keine Sorge, sie sind sehr nett.«

»Ich … ich hätte nicht gedacht, dass du mich schon deiner Familie vorstellen willst.«

Er warf ihr einen scharfen Blick zu und richtete die Augen wieder auf die Straße. »Sind wir denn nicht seit Januar zusammen?«

»Ja, schon. Aber du warst zwischendurch zwei Monate in Canberra.«

»Ich komme mir ein bisschen dumm vor, Beattie. Gibt es einen anderen?«

»Nein«, sagte sie rasch. »Natürlich nicht.«

»Dann kann es auch nicht schaden, wenn du meine Eltern kennenlernst. Sie haben ein Gästehaus neben ihrem, dort können wir übernachten. Einfach mal raus aus der Stadt. Die Bergluft ist sehr belebend.« Er hatte sich rasch wieder in der Gewalt und begann fröhlich zu jodeln.

Beattie musste lachen, was ihn weiter anstachelte. Sie lachte, bis ihr der Bauch weh tat und die Tränen übers Gesicht liefen.

Seine Eltern waren tatsächlich sehr freundlich. Der Tag verging bei einem langen Mittagessen und einem noch längeren Spaziergang, bis Ray und Beattie sich in der Abendkühle ins Gästehaus zurückzogen.

»Du wirst sehen, es gibt zwei Schlafzimmer«, sagte Ray, als er die Tür aufschloss. »Aber nur ein Badezimmer. Zum Frühstücken gehen wir zu meinen Eltern. Nach dir.«

Sie trat vor ihm in ein winziges Häuschen mit niedriger Decke. Es roch leicht nach alter Asche und alten Büchern, und Ray machte sich sofort daran, ein Kaminfeuer anzuzünden. Ein Bücherregal nahm eine ganze Wand ein, und vor dem Kamin stand ein großes Sofa.

»Im Schrank da drüben ist eine Flasche Portwein.« Er deutete mit der Schulter darauf. »Trinkst du ein Glas mit?«

»Natürlich.« Sie holte die Flasche, goss zwei Gläser ein, und sie setzten sich vors Feuer.

Ray hatte den Arm auf die Rückenlehne des Sofas gelegt, und ihre Haut kribbelte leise vor Begehren.

»Darf ich dich etwas fragen, Beattie?« Er schaute sie an. Seine Haut schimmerte golden im Feuerschein.

»Was denn?«

»Heute Morgen im Auto habe ich gespürt, dass du eigentlich nicht mit mir zusammen sein wolltest.«

»Nein, das stimmt nicht. Ich fühle mich sehr wohl in deiner Gesellschaft.«

»Ich meine, zusammen im Sinne von Beziehung. Im Sinne von einander kennenlernen und … mehr.«

Beattie sah ihn an. Es war an der Zeit, es ihm zu sagen. *Na los, erzähl ihm alles.* Von Lucy. Von Charlie. Wie du in den Besitz von Wildflower Hill gelangt bist. Doch sie wusste nur zu gut, dass Ray sie erst nach mehreren Monaten geküsst und sich elegant aus ihren leidenschaftlichen Umarmungen gelöst hatte. Wie sollte sie ihm eingestehen, dass sie nicht nur einen, sondern zwei Liebhaber gehabt hatte?

Sie konnte es einfach nicht. Lucy würde vor Kriegsende nicht in ihr Leben zurückkehren. Vielleicht wäre es gar nicht so schlimm, wenn sie ihre Tochter jetzt nicht erwähnte, in diesem feuerhellen Zimmer, in dem sich Rays Augen auf sie hefteten.

»Du bist ein wunderbarer Mann.«

»Aber …?«

»Kein Aber.«

»Also habe ich doch keinen Narren aus mir gemacht, als ich dich meinen Eltern vorgestellt habe?«

»Ganz und gar nicht.« Sie ergriff seine Hand sehr fest.

»Du hast etwas Besseres als mich verdient«, sagte er. »Einen Mann, der nicht das halbe Jahr von zu Hause weg ist.«

»Das macht mir nichts aus. Ich bin das Alleinsein gewohnt.«

»Und du wirst dich in niemand anderen verlieben, während ich weg bin?«

Sie schüttelte den Kopf. »Das verspreche ich dir, Ray. Du bist der Richtige für mich.«

Beattie wusste, dass irgendwann alles herauskommen würde, spätestens, wenn sie Lucy wiedersah. Doch wenn Ray unterwegs war, schien es nicht so wichtig zu sein, und wenn er bei ihr war, war sie zu beschäftigt, um daran zu denken. Schließlich ging der Krieg zu Ende, und in derselben Woche traf eine Sendung aus Schottland ein.

Es war einer ihrer eigenen Briefe mit der Aufschrift: »Unbekannt verzogen«.

Beattie war niedergeschmettert, zornig und verwirrt. Wann waren Molly und Henry umgezogen, ohne es ihr zu sagen?

Ray bemerkte beim Abendessen, sie wirke distanziert und geistesabwesend, doch Beattie erwiderte, es habe mit der Arbeit zu tun, er solle sich keine Sorgen machen. Sie war wütend auf sich, weil sie ihm nicht einfach die Wahrheit gesagt hatte. Er war ein freundlicher Mensch, er würde es verstehen. Er würde sagen, es sei gut, es mache ihm nichts aus.

Doch sie fürchtete sich nicht nur vor seiner Meinung. Er war ein gewählter Abgeordneter; seine Karriere hing von seinem guten Ruf ab, von seiner Ehrlichkeit und Vertrauenswürdigkeit. Eine furchtbare Traurigkeit überkam sie. Sie war nicht gut für Ray. Am besten würde sie aus seinem Leben verschwinden, damit er eine Frau ohne Vergangenheit heiraten konnte, eine Frau, die ihn niemals öffentlich blamieren würde.

Er wählte genau diesen Augenblick, um die Serviette beiseitezulegen, aufzustehen und auf ein Knie zu sinken.

Die anderen Gäste im Restaurant tuschelten aufgeregt miteinander.

»Nein, Ray, nein«, flüsterte sie, doch er hörte nicht auf sie.

»Beattie ...«

»Nicht hier«, sagte sie.

Doch es war zu spät. Sie hatten ein Publikum. Tränen brannten in ihren Augen. Er griff nach ihrer Hand, doch sie zog sie weg. Sprang vom Stuhl und rannte zur Tür.

Hinaus in die Abendluft, den Verkehrslärm und den Zigarettenrauch der Passanten.

Er fand sie schluchzend vor ihrer eigenen Haustür. Bei ihrer wilden Flucht hatte sie den Schlüssel verloren, das brachte das Fass zum Überlaufen.

»Eigentlich sollte *ich* weinen«, sagte er vom Tor aus.

Sie blickte auf. »Ich habe den Schlüssel verloren.«

Er hielt ihn hoch. »Er lag im Restaurant auf dem Boden. Zum Glück kniete ich gerade und habe ihn gesehen.«

»Es tut mir so leid, Ray.«

»Können wir uns drinnen unterhalten? Hier draußen ist es ziemlich kühl.«

Sie winkte ihn zu sich, und er schloss ihnen die Tür auf. Sie schaltete die Lampen neben dem Sofa ein und zog die Vorhänge zu. Ihr Herz klopfte dumpf.

»Ich gehe davon aus, dass du mich nicht heiraten

willst«, sagte er und setzte sich in den Sessel vor dem leeren Kamin.

»So einfach ist es nicht.«

»Du willst mich also heiraten?«

Heiraten. Als sie das letzte Mal daran gedacht hatte, war sie mit Charlie zusammen gewesen. Nachdem er gestorben war, hatte sie angenommen, sie würde nie heiraten.

»Warum jetzt?«

»Der Krieg ist vorbei. Das Leben geht weiter.«

Aus irgendeinem Grund machte der Gedanke sie furchtbar traurig. Das Leben ging in der Tat weiter. Und es sah aus, als würde es das ohne ihre Tochter tun. Lucy war jetzt sechzehn, ihre Kindheit vorbei. Beattie hingegen sehnte sich nach der kleinen Lucy mit dem zarten Körper und den vertrauensseligen Augen. Sie sehnte sich nach etwas, das es nicht mehr gab.

»Ich bin nicht die, für die du mich hältst.«

»Und ob«, konterte er.

»Ich … Meine Vergangenheit ist nicht so …«

»Hattest du Liebhaber? Das habe ich schon gemerkt, als ich dich zum ersten Mal geküsst habe. Ich hatte auch Geliebte. Aber jetzt bin ich bei dir.«

Seine Antwort überraschte sie. »Aber dein Ruf …«

»Beattie, wir sind beide über dreißig. Niemand in der Regierung erwartet, dass ich eine Jungfrau heirate.«

Sie konnte ihm nicht in die Augen sehen.

»Wir können lange verlobt bleiben. Solange du möchtest. Es besteht kein Grund zur Eile. Aber ich möchte mit dir alt werden, Liebling. Bitte lass mich glauben, dass dieser Traum in Erfüllung gehen kann.«

Sie brach in Tränen aus.

»Komm schon. Du wirst doch nicht wieder nein sagen, oder?«

»Ja. Ich meine, nein. Ich werde nicht nein sagen. Ich sage ja.«

Er ging zu ihr, nahm sie in die Arme und drückte sie an sich. »Ich werde gut für dich sorgen, Liebling. Ich lasse dich nie im Stich.«

Beattie wollte es ihm so oft sagen. Vor ihrer Verlobungsparty, nach ihrer Verlobungsparty. Bevor sie das erste Mal miteinander schliefen, nachdem sie das erste Mal miteinander geschlafen hatten. Aber sie schob es immer weiter hinaus. In der Zwischenzeit schrieb sie an alle Leute, die sie in Glasgow kannte, und erkundigte sich nach den MacConnells. Am Ende hatte sie sechzehn verschiedene Adressen von Henry MacConnells, die im Umkreis von Glasgow wohnten. Sie schrieb an alle und erhielt keine einzige Antwort.

Sie hatte auf jeden Fall vor, es Ray vor der Hochzeit zu erzählen, die im folgenden Juli stattfinden sollte. Doch dann kam eine Wahl dazwischen, und er war plötzlich nicht mehr der fröhliche, unbekümmerte Ray. Er hatte ständig zu tun, war nur in der Öffentlichkeit charmant und privat angespannt; außerdem war er dauernd erschöpft. Beattie fragte, ob er die Hochzeit lieber verschieben wolle, doch er sagte, er wolle vor der Wahl heiraten, und so erklärte sie sich mit einer bescheidenen Trauung im Standesamt einverstanden. Die ganze Zeit jedoch hatte sie Angst davor. Furchtbare Angst.

*Du musst es ihm sagen.*

Doch sie hatte nicht mit den Briefen gerechnet. Zwei von ihnen trafen am selben Tag ein. Mit der gleichen Briefmarke. Beide ohne Absender. Unterschiedliche Handschrift. Eine davon war Mollys.

Beattie war zu Hause, da sie sich einen seltenen Urlaubstag gönnte. Sie war barfuß und genoss die Sonne, die morgens ins Zimmer fiel. Mit den Briefen in der Hand ging sie zum Sofa, doch die Sonne wirkte plötzlich nicht mehr so warm.

Zuerst öffnete sie den von Molly. Entfaltete ihn langsam.

*Liebe Beattie,*
*wir sind uns bewusst, dass du versucht hast, uns zu finden, und bitten dich mit allem Respekt darum, keinen Kontakt mehr zu uns aufzunehmen. Wir sind glücklich und zufrieden und haben nicht den Wunsch, an die schweren Zeiten in Australien erinnert zu werden. Lucy wächst zu einer hübschen jungen Frau heran, und es ist wichtig, dass ihre Freunde und möglichen Verehrer weiterhin glauben, ich sei ihre leibliche Mutter. Ich weiß, dass sie dir genug am Herzen liegt, um sie loszulassen.*
*Alles Gute, Molly*

Beattie wollte den Brief schon wütend zerknüllen, als sie bemerkte, dass noch etwas im Umschlag steckte. Zwei kleine Fotos fielen ihr in den Schoß.

Sie hielt die Luft an. Es war Lucy. Eine junge Frau, die ernst in die Kamera schaute. Mit Henrys üblichem Gesichtsausdruck. Das andere war ein Familienfoto. Molly war stark gealtert, das musste an ihren Schuldgefühlen liegen. Verdammt, sollte sie sich doch bis ans Ende ihres Lebens schuldig fühlen … *bitten dich mit allem Respekt darum, keinen Kontakt zu uns aufzunehmen* … Wie konnte sie es wagen? Und was für eine Mutter wäre sie, wenn sie ihre Tochter so einfach aufgäbe?

Dann wandte sie ihre Aufmerksamkeit dem anderen Umschlag zu. Vielleicht kam er von einer der Familien, die sie angeschrieben hatte.

Aber nein, er stammte von Lucy selbst.

*Liebe Beattie …*

Sie presste die Finger auf den Nasenrücken. Nicht *Liebe Mummy.* In diesem Augenblick wusste sie, was kommen würde.

*Würdest du mich bitte in Frieden mein Leben weiterführen lassen? Ich habe alle deine Briefe erhalten, aber nicht gelesen. Ich weiß es zu schätzen, was du in meiner Kindheit für mich getan hast. Daddy hat gesagt, ich solle dich bewundern, weil du mit mir von ihm weggegangen bist, als er in Sünde lebte. Als er mich hergebracht hat, tat er das Gleiche wie du damals, und dafür bin ich ihm dankbar. Und auch Molly, die ich jetzt als meine Mutter betrachte. Mir gefällt es in Schottland, und ich habe nicht den Wunsch, zu dir oder auf die Farm zurückzukehren. Lass mich einfach.*
*Lucy MacConnell*

So unreif diese Zurückweisung auch klingen mochte, traf sie Beattie dennoch wie ein Schlag in den Magen. Sie legte den Brief beiseite und griff noch einmal zu dem Foto. Diese Fremde hatte den Brief geschrieben. Ihr rothaariger Engel Lucy war für immer verschwunden.

Das Schicksal hatte sich als grausam erwiesen. Lucy wollte Beattie nicht kennen, und Beattie wollte nicht, dass Ray von Lucy erfuhr.

Gegen diesen Impuls kam sie nicht an. Sie erzählte es ihm nicht. Und so wurde das, was nie ein Geheimnis hatte sein sollen, genau dazu.

Beattie spürte eine kühle Berührung an der Wange. Mit einem Keuchen öffnete sie die Augen.

»Ich bin's nur,«, sagte Ray. »Du hast das Fenster offen gelassen. Hier drinnen ist es eiskalt.«

Beattie musste sich erst zurechtfinden. Richtig, sie waren in London, im Hotel. Ray war bei diesem Begrüßungsempfang gewesen. Sie hatte sich zum Lesen hingesetzt, danach wusste sie nichts mehr.

»Ich habe geschlafen wie eine Tote.«

»Das liegt an der Zeitverschiebung. Du brauchst ein oder zwei Tage, um dich daran zu gewöhnen.«

»Wie war der Empfang?«

Er schloss das Fenster. »Nicht der Gipfel der Langeweile, aber kurz davor.«

Sie setzte sich auf und strich sich das Haar aus den Augen. »Ray, du hast doch auch in den nächsten Tagen viel zu tun, oder?«

»Sicher.«

»Hättest du etwas dagegen, wenn ich morgen nach Glasgow fahre und über Nacht bleibe?«

»Nach Glasgow? Ich dachte, du hättest dort keine Verwandten mehr.«

»Habe ich auch nicht«, sagte sie rasch. »Ich ... mich würde interessieren, wie sich die Stadt seit damals verändert hat. Es ist lange her.« Sehr lange. Hier war sie nun, fast fünfundfünfzig Jahre alt, mit grauen Strähnen im Haar und dünner werdender Haut. Lucy war fünfunddreißig. Der Privatdetektiv hatte herausgefunden, dass sie zwei Kinder hatte. Beattie war also Großmutter, ein Gedanke, der sie eher mit Neugier als mit Freude erfüllte.

»Es ist ein weiter Weg.« Er zog die Krawatte aus.

»Ich fahre mit dem Zug.«

»Nein, nein. Nimm dir einen Wagen, der dich hinbringt.«

»Aber dann habe ich das Gefühl, ich müsste Konversation machen. Ich will einfach in Ruhe mein Buch lesen und eine Tasse Tee dabei trinken.«

Er tätschelte ihre Hand. »Wie du möchtest. Solange du glücklich bist.«

Sie wandte sich ab, damit er ihr Gesicht nicht sehen konnte.

Ein trüber Londoner Morgen dämmerte. Graue Straßen, schwarze Taxis, schwarze Regenschirme, nasses Laub im Rinnstein. Ray verließ das Hotel, während Beattie noch einige Sachen packte. Sie konnte sich nicht konzentrieren und vergaß ständig, was sie zu tun hatte.

Schließlich machte sie sich auf den Weg nach King's Cross, wobei ihr das Wasser in die Schuhe schwappte, und kaufte eine Fahrkarte für den Zehn-Uhr-Zug nach Glasgow.

»Es gibt eine Verzögerung auf der Strecke«, erklärte der Mann am Schalter. »Wir haben zwanzig Minuten Verspätung.«

Sie nahm ihre Fahrkarte und setzte sich auf eine Bank, während das hektische Leben im Bahnhof an ihr vorüberzog. Leute in Mänteln und mit tropfenden Regenschirmen hasteten vorbei. Sie schloss die Augen und dachte an zu Hause. Sie sah Wildflower Hill an einem klaren Tag vor sich, Lucy mit Mikhail im Garten, die Sonne auf ihrem Haar. Sie hatte Tasmanien schon lange nicht mehr vermisst; Sydney war ihr Zuhause geworden. Doch als sie nun an Lucy dachte, sehnte sie sich nach der durchdringenden Stille, dem Geruch von Eukalyptus und den kühlen, sonnendurchfluteten Tagen.

Als die ersten Pächter 1951 die Farm verließen, hatte Ray sie gedrängt, den Besitz zu verkaufen.

»Du hast zu viel zu tun, um dich darum zu kümmern. Wir können auch nicht dort wohnen, solange ich Abgeordneter bin. Ich muss hier in meinem Wahlkreis bleiben.«

»Ich weiß, ich weiß«, hatte sie geantwortet. Inzwischen hatten sie zwei Kleinkinder, die ihr zu den unpassendsten Zeiten an den Beinen hingen. Sie konnten sich vier Tage in der Woche ein Kindermädchen leisten, dennoch blieb für andere Dinge keine Zeit. Aber sie konnte die Vorstellung, Wildflower Hill zu verkaufen, nicht ertragen. Unter anderem deshalb, weil Charlie dort begraben lag.

Das konnte sie Ray natürlich schlecht sagen. Keinem Mann gefällt die Vorstellung, dass er nicht die größte Liebe seiner Frau ist.

Dennoch, was sollte sie mit Tausenden von Schafen anfangen? Also nahm sie Kontakt zu Leo Sampson auf, der ihr vorschlug, das Anwesen zu teilen. Die Wollpreise schossen in ungeahnte Höhen; es würde nicht schwer sein, einen Käufer zu finden. Das Haus und die Koppel, auf der es stand, könnte sie behalten, zusammen mit dem Schererhäuschen und den neuen Ställen. Die neuen Besitzer könnten sich am südlichen Ende des Anwesens ihr eigenes Haus bauen.

Binnen einer Woche hatte er zurückgerufen. »Vielleicht gefällt Ihnen die Idee nicht. Daher wüsste ich gerne, ob Sie sitzen.«

Sitzen? Sie hatte zwei Kinder unter zwei Jahren. Sie konnte kaum einen Stuhl unter den Bergen ungefalteter Wäsche finden, geschweige denn Zeit, um sich hinzusetzen. Sie schaute sich in dem großen, sonnigen Zimmer um und bemerkte, dass Mikey wieder mal verschwunden war.

»Reden Sie.«

»Die Harrows würden gerne die Farm kaufen.«

»Die Harrows? Tilly und Frank?«

»Ja. Ich weiß, dass Sie sie nicht mögen, genauso wenig wie ich, aber …«

»Nennen Sie ihnen einen Preis an der oberen Grenze. Wolle boomt. Sie werden zahlen«, sagte sie. »Warum sollte ich nicht ihr Geld nehmen?«

Leo zögerte.

»Ich muss jetzt wirklich auflegen«, sagte Beattie. »Ich habe eins meiner Kinder verloren.«

»Ich erkundige mich, was sie sagen. Passen Sie gut auf sich auf, Beattie.«

»Sie auch.«

Die Kinder hatten ihr Leben verändert. Es blieb nicht mehr viel Zeit für geruhsame Diskussionen. Eigentlich waren sie beide zu alt und zu eingefahren für Kinder, hatten aber dem Druck ihrer Umgebung nachgegeben. Sie waren ein glückliches Paar, das im Licht der Öffentlichkeit stand, und brauchten Kinder, um dieses Bild zu perfektionieren. Einen Jungen für ihn und ein Mädchen für sie.

Mikeys Geburt verlief so ganz anders als die von Lucy zwanzig Jahre zuvor. Diesmal mischten sich die Ärzte ein, Krankenschwestern holten ihr Baby weg und brachten es nur alle vier Stunden zu ihr. Dann war Mikey zu unruhig, um richtig zu trinken, und musste unter Zwang mit einer Flasche ernährt werden. Beattie sagte Ray, sie wolle das Krankenhaus sofort verlassen.

»Solltest du nicht lieber auf sie hören? Sie haben so viel Erfahrung mit Babys. Wir gar keine.«

Sie hatte sich durchgesetzt und war mit Mikey nach Hause gegangen. Er gedieh mit ihrer Muttermilch und schlief, genau wie Lucy, in einer Wiege neben ihrem Bett, bis er sechs Monate alt war.

Beide Babys waren glücklich und wohlgenährt. Beattie wollte keine Kinder mehr, doch Ray hatte sich schon ohne ihr Wissen sterilisieren lassen. Sie wusste nicht, was sie daran so störte; immerhin sagte sie ihm auch nicht alles. Dies war jedoch nur eine von vielen unglückseligen Tatsachen, die ihre Beziehung abkühlen ließen. Außerdem war er sehr viel unterwegs und ließ sie mit den Kindern und ihrer Firma allein. Ray wusste ihre Arbeit nie so sehr zu schätzen wie seine eigene.

Natürlich liebte er sie noch. Sie liebte ihn auch. Doch die Aussicht, miteinander alt zu werden, schien nicht mehr romantisch, sondern eher wie eine schwere Prüfung.

Leo Sampson rief sie kurz vor der Schur an. Sie hatte Helfer eingestellt und hoffte auf das Beste. Bisher lief alles glatt. Daher fürchtete sie jetzt schlechte Nachrichten.

»Die Harrows haben Ihr Angebot angenommen.«

»Wirklich? Und ich kann die Koppel behalten?«

»Sie bauen an der südlichen Grenze in der Nähe des Staudamms. Ist es in Ordnung, wenn ich Ihnen die Verträge schicke?«

»Ich bin begeistert!«

Ihr Bungalow in Edgecliff wurde allmählich zu klein, und sie nutzten den warmen Regen, um ein Haus zu kaufen, an das sie sich bislang nicht herangetraut hatten: ein heruntergekommenes, aber sonnendurchflutetes Gebäude in Point Piper.

Sie wohnten seit fast einem Jahr dort, als Tilly Harrow anrief. Das Kindermädchen, eine jugoslawische Einwanderin namens Ivona, tobte gerade als Reitpferd mit den Kindern durchs Wohnzimmer. Beattie war in ihrem Büro, von dem aus sie auf den Hafen blickte, und versuchte, ihre überfällige Korrespondenz zu erledigen. Das Telefon klingelte. Sie überlegte, ob sie einfach nicht drangehen sollte, doch es könnte Ray von unterwegs sein.

»Hallo?«

»Beattie Blaxland?«

»Ja«, sagte sie argwöhnisch.

»Ich heiße Tilly Harrow. Ich weiß nicht, ob Sie sich an mich erinnern.«

Und ob sich Beattie an sie erinnerte. Sie erinnerte sich an alle Leute aus Lewinford, wie sie sie behandelt und welche Geschichten sie über sie verbreitet hatten. Sie hatten dazu beigetragen, dass sie Lucy verloren hatte, dessen war sie sich ganz sicher. Doch sie erwähnte es nicht. »Natürlich erinnere ich mich, Tilly.«

Es folgte ein langes Schweigen. Sie fragte sich schon, ob die Leitung tot war. Dann holte die Frau tief und schluchzend Luft.

»Was ist los?«

»Können Sie mir helfen? Wir haben die Farm erst ein Jahr, und es läuft nicht gut. Wir haben die Tiere zusammengetrieben und festgestellt, dass wir irgendwie tausend Schafe verloren haben. Wie kann das sein?«

»Sind sie tot?«

»Ich weiß es nicht.«

»Tilly, ich bin gerade sehr beschäftigt.« Sie tippte mit dem Stift auf den Schreibtisch und überlegte, wie sie die Frau loswerden könnte. »Als ich die Farm noch selbst betrieben habe, hatte ich immer verlässliche Hilfe. Fachkundige Beratung. Wer ist denn der Verwalter?«

»Frank macht es selbst.«

»Hat er denn Fachleute, die er um Rat fragen kann? Einen Mann, der sich mit dem Land auskennt?«

Tillys Stimme senkte sich zu einem Flüstern. »Er nimmt einfach keinen Rat an. Es hat lange nicht geregnet, der Fluss trocknet aus. Die Schafe lammen nicht. Ich weiß nicht, was ich tun soll. Wir sind mit den Zahlungen an die Bank im Verzug.«

Beattie verspürte ein leises Schuldgefühl. Sie hatte einen furchtbar hohen Preis verlangt und wohnte in einem Haus, das sie teilweise davon bezahlt hatte. »Tilly, es tut mir leid, dass Sie in Schwierigkeiten sind. Sie müssen Frank davon überzeugen, dass er sich Hilfe besorgt. Das ist der einzige Rat, den ich Ihnen geben kann.«

Tilly holte schluchzend Luft. »Ich werde es versuchen.«

Drei Jahre Dürre mussten die Harrows ertragen. Leo Sampson erzählte, dass praktisch jede Regenwolke an der Farm vorbeizog und auf den Feldern ihrer Nachbarn und über der Stadt abregnete. Anfang 1955 erfuhr Beattie, dass Frank Harrow sich erhängt hatte und Tilly als gebrochene Frau nach Südafrika zurückgekehrt war. Sie empfand kein Mitleid mit den beiden.

Vielleicht hatte das Land seine eigene Gerechtigkeit ausgeübt.

Der Zug war immer noch nicht da. Beattie spürte eine leise Erregung im Herzen. Wenn das nun ein Zeichen war, dass sie nicht fahren sollte?

Sie stand auf und ging noch einmal zum Fahrkartenschalter. Der Regen hatte nachgelassen, und schwaches Sonnenlicht brach durch die Wolken und brachte die öligen Pfützen zum Glänzen. »Gibt es etwas Neues über den Zug nach Glasgow?«

»Noch mindestens zwanzig Minuten. Trinken Sie doch eine Tasse Tee.«

Sie trat auf die Straße und blieb zögernd vor einem Café stehen. Betrachtete ihr Spiegelbild. Sie war gut gekleidet und immer noch schlank, doch alle Spuren der alten Beattie, die stets im Morgengrauen aufstand, waren verschwunden. Sie war eine respektable Frau aus der Mittelschicht, die Besitzerin eines Modeimperiums und

Ehefrau eines Parlamentsabgeordneten. Was würde sie in Glasgow finden? Herzweh: ganz sicher. Die Liebe ihrer Tochter: vermutlich nicht. Es war zu lange her. Außerdem bestand die Gefahr, dass die Sache bekannt wurde. Sollte Ray herausfinden, dass sie ihm zwanzig Jahre lang ein Kind verschwiegen hatte, würde ihre Ehe zerbrechen.

Beattie kehrte dem Bahnhof und ihrem törichten Plan den Rücken.

»Du bist hier?«

Beattie blickte auf. Sie saß in einem Sessel vor dem Hotelfenster.

Ray kam ins Zimmer und küsste sie. »Was für eine nette Überraschung. Sollen wir essen gehen?«

»Ich glaube, ich muss für eine Weile nach Hause.«

Er sah sie verwundert an. »Wir fliegen doch Ende nächster Woche nach Hause.«

»Tut mir leid, ich meinte Tasmanien. Ich ... ich möchte zurück nach Wildflower Hill.«

»Du weißt, wir können nicht umziehen. Ich vertrete den Wahlbezirk Mortondale, das kann ich kaum vom tasmanischen Hinterland aus erledigen.«

Sie blickte ihn an und sah einen Moment lang einen Wildfremden. War sie wirklich seit über zwanzig Jahren mit ihm verheiratet? Hatte sie so lange ein Bett mit ihm geteilt? Hatte sie Kinder mit ihm? Wie hatte sie soviel mit ihm teilen und ihm dennoch niemals von den beiden größten Verlusten erzählen können, die sie erlitten hatte: zuerst ihre Tochter, danach ihr Seelengefährte? Dann wurde er ihr wieder vertraut, war wieder ihr Ray, der immer gut zu ihr gewesen war.

»Ich glaube, ich muss alleine dorthin«, sagte Beattie leise.

»Ohne uns?«

»Du bist doch auch immer unterwegs.«

»Zum Arbeiten.«

»Ich werde auch arbeiten. Die Kinder sind groß genug und pflegeleicht.« Sie hasste sich, als sie den Schmerz in seinem Gesicht sah. »Es tut mir leid, Ray, aber es wird uns guttun. Das weiß ich.«

»Willst du mich verlassen?«

»Nein«, sagte sie rasch. »Aber ich brauche ein bisschen Zeit und Raum zum Nachdenken, zum Alleinsein.« Um endlich mit einigen Erinnerungen abzuschließen.

»Natürlich, wenn du es brauchst. Natürlich.« Er berührte zärtlich ihre Haare. »Ich liebe dich, Beattie. Ich liebe dich so sehr. Ich bin froh, dass du hier bist und nicht in Glasgow.«

Beattie sagte nichts, weil sie fürchtete, sonst in Tränen auszubrechen.

# Dreißig

Wildflower Hill war vertraut und doch anders als in ihrer Erinnerung. Es wirkte größer. Die Bäume waren viel höher als früher, das Schererhäuschen schien weiter vom Haupthaus entfernt. Doch das Licht über den Feldern, das Rascheln der Blätter an den Eukalyptusbäumen und der Lärm, den Stare und Spatzen in der Abenddämmerung veranstalteten, waren genau wie früher.

Das arme Haus wirkte dunkel und vernachlässigt. Der alte Kühlschrank hatte vor langer Zeit den Geist aufgegeben. In der Waschküche standen immer noch der Kupferkessel und die Mangel, während Beattie an ihre Waschmaschine mit getrennter Schleuder von Rolls Razor gewöhnt war. In den ersten beiden Tagen mühte sie sich mit den Unzulänglichkeiten des Hauses ab, sagte sich dann aber, sie sei doch eine reiche Frau. Worauf sie zweimal in Hobart anrief und einige Geräte bestellte. Danach machte sie sich daran, das Haus zu putzen, neue Vorhänge zu nähen und sich um kleinere Reparaturen zu kümmern.

Beattie wollte Wildflower Hill in Ordnung bringen, weil es ihr einmal viel bedeutet hatte und daher verdiente, dass man es pflegte. Oder ließ sie sich zu häuslich nieder? Nachdem sie jahrelang hart gearbeitet hatte – eine Firma geleitet, Kinder großgezogen hatte und die perfekte Frau eines Politikers gewesen war –, genoss sie es, eine Pause einzulegen und nur sie selbst zu sein. Sie merkte, dass sie sich schon nach wenigen Wochen jünger fühlte. Spielte sie etwa mit dem Gedanken, Ray zu verlassen?

Möglicherweise.

Sie telefonierte jeden Abend mit ihm, und ihre Stimme klang ruhig und gelassen, während in ihrem Inneren die Gefühle tobten. Die Kinder wollten mit ihr sprechen. Mikey war wie immer ein fröhlicher Sonnenschein. Louise wirkte vorsichtiger, und ihre Worte waren von einer dunklen Ironie gefärbt. Sie wusste Bescheid. Sie wusste, dass sie weggefahren war, um ihre Zukunft zu überdenken. Und war nicht glücklich damit.

Wenn sie nachts wach lag und an ihre Kinder dachte, waren die Schuldgefühle am schlimmsten. Sie dachte nicht nur an Michael und Louise, sondern auch an Lucy. Manchmal träumte sie von einem Wiedersehen, schalt sich dann aber wegen ihrer Dummheit. Sie war nicht die erste Frau mit einem geheimen unehelichen Kind und würde kaum die letzte sein. Dennoch dachte sie immer öfter an ihre eigene Sterblichkeit und das Vermögen, das sie hinterlassen würde. Wäre es denn nicht ungerecht, es nur an Michael und Louise zu vererben? Würde Lucy sich überhaupt an sie erinnern? Abends schlief sie meist mit diesen Fragen ein, Fragen, die sie noch immer nicht beantworten konnte.

Draußen, unmittelbar vor ihrem Schlafzimmerfenster, war Charlie. Er war das Erste, was sie jeden Morgen sah, wenn sie die Vorhänge öffnete, und das Letzte, wenn sie sie abends wieder schloss. Eigentlich war es nur ein Baum. Aber er war dennoch da. Sie konnte ihn *spüren,* ihn sehen, als stünde er vor ihr. Natürlich hatte er sich nicht verändert. Sein Haar war noch dicht und schwarz, sein Körper schlank und kräftig. Wenn sie in solchen Momenten die Augen schloss, konnte sie ihn sogar riechen und verspürte eine so durchdringende Sehnsucht – wieder jung zu sein, in der Zeit zu leben, bevor alles zerbrochen war, verliebt zu sein und ihr kleines Mädchen bei sich zu haben –, dass ihr ganzer Körper schmerzte. Es war ungerecht, dass sie alt werden musste! Sie interessierte sich nicht für ihre Firma, ihren Reichtum oder das elegante Haus am Hafen. Sie hätte alles dafür gegeben, wenn es auf ewig 1939 sein könnte.

An einem schönen Morgen beschloss Beattie, sich in die Stadt zu wagen. Sie hatte die Lebensmittel aufgebraucht, die sie aus Hobart mitgebracht hatte. Obwohl seit ihrem letzten Besuch fünfundzwanzig Jahre vergangen waren, schlug ihr Herz schneller, als sie sich Lewinford näherte.

Der Ort war jetzt größer, die Straße gepflastert. Viele alte Gebäude sahen aber noch so aus wie früher. Das Postamt, der Kolonialwarenladen, das Pub. Leo Sampsons Büro war heute ein Laden mit Nippes und anderem Kleinkram, der Anwalt war 1959 gestorben. Beattie holte tief Luft und betrat den Kolonialwarenladen.

Es war wie eine Zeitreise. Die hölzernen Regale, die lange Glastheke, die aufgestapelten Mehlsäcke. Doch hinter der Theke stand nicht Tilly Harrow mit verächtlich geschürzten Lippen, sondern ein Mann mittleren Alters mit rotem Gesicht. Er lächelte breit.

»Hallo, Fremde«, sagte er.

Sie lächelte nicht, blieb ein bisschen argwöhnisch. Wenn er nun herausfände, wer sie war …? Doch sie schüttelte den Kopf. Es war viel Zeit vergangen. »Hallo, ich komme von Wildflower Hill.«

Sie wartete, machte sich auf Ablehnung gefasst.

»Wildflower Hill? Sind Sie die neue Pächterin?«

»Eher die Eigentümerin.«

Er machte große Augen. »Tatsächlich? Sie sind Beattie Blaxland? Sie … Augenblick mal. Ich muss meine Frau holen.« Er eilte zur Treppe und rief laut: »Komm mal runter, Annie! Du wirst nicht glauben, wer in der Stadt ist!«

Beattie wurde rot vor Freude. Kurz darauf kam eine große blonde Frau die Treppe herunter.

»Was ist denn los?«

»Sieh mal, das ist Beattie Blaxland.«

Annie lächelte und gab ihr die Hand. »Sie sind es wirklich!«

»Ich nehme an, Sie kennen meine Kleider«, sagte Beattie stolz.

»Ihre Kleider? Natürlich, die gefallen mir gut, aber wir kannten Sie schon, als Sie noch nicht berühmt waren.«

»Wirklich?«

»Kommen Sie mit nach oben, wir trinken Tee.«

Am liebsten hätte Beattie gelacht. Mit diesem Empfang hatte sie nun wirklich nicht gerechnet. Sie folgte Annie hinter die Theke und die Treppe hinauf in ein gemütliches Wohnzimmer mit vielen Blumenmustern.

Annie stellte den Wasserkessel auf den Herd und setzte sich zu ihr. »Mein Vater ... Verzeihung, mein Stiefvater, hat für Sie gearbeitet. Mikhail Kirilliv.«

»Mikhail! Er war Ihr Stiefvater? Dann sind Sie die Tochter von Catherine?«

»Ja, das bin ich. Nicht zu fassen, dass Sie sich an Mums Namen erinnern.« Sie strahlte übers ganze Gesicht. »Die beiden waren viele Jahre sehr glücklich miteinander.«

»Ist er ...?« Beattie brachte es nicht über sich, das Wort auszusprechen.

»Tot? Oh, ja. Mum ist 1958 gestorben, und er sagte, er wolle hierher zurück. Er hat die Gegend sehr vermisst. Aber er war schon sehr alt und nicht gesund, also sind wir mit ihm gefahren. Wir haben uns in die Landschaft verliebt, und dann wurde dieses Geschäft hier zur Pacht angeboten. Dad ist 1961 gestorben, hier in seinem Schlafzimmer.« Sie deutete mit der Hand in die Richtung. »Ganz friedlich. Möchten Sie ein paar Familienfotos sehen?«

»Sehr gern.«

Annie trat an ein überfülltes Bücherregal und holte zwei Alben heraus. »Hier, die können Sie sich anschauen. Ich kümmere mich um den Tee.«

Beattie fing mit den neueren Fotos an und blätterte die Seiten behutsam um. Mikhail – gebeugt und mit weißen Haaren, aber immer noch unverkennbar – lächelte ihr entgegen. Auf vielen Fotos waren Annie und ihr Mann zu sehen und Kinder, die mit den Seiten größer wurden. Da nahm sie das andere Album. Es fiel schon auseinander, und die Fotos waren in die Spalte zwischen den Seiten gerutscht, weil die weißen Klebeecken nicht mehr richtig hafteten.

Sie versuchte, sie zu sortieren. War überrascht, als sie auf einem Foto das Wohnzimmer von Wildflower Hill mitsamt Weihnachtsbaum wiedererkannte.

Es musste unmittelbar vor Mikhails Auszug aufgenommen worden sein. Jetzt erinnerte sie sich, dass Catherine einen Fotoapparat dabeigehabt hatte. Mikhail hatte sie gebeten, einige Bilder von der Farm zu machen, damit er ein Andenken hatte. Konzentriert besah sie sich ein Foto nach dem anderen.

Da war er. Da war Charlie. Eine Gestalt auf einem Pferd, der Hut verdeckte größtenteils sein Gesicht. Dennoch setzte ihr Herz eine Sekunde lang aus.

»Haben Sie etwas gefunden, was Ihnen gefällt?« Annie war mit dem Teetablett hereingekommen.

Sie hielt ihr das Foto hin. »Das ist Charlie Harris.«

»Dad hat viel über ihn gesprochen. Sie waren enge Freunde. Wenn Sie möchten, können Sie es haben. Ich brauche es nicht mehr.«

»Wirklich?« Ihr Gesicht wurde ganz warm.

»Natürlich. Nehmen Sie sich ruhig die alten Fotos von Wildflower Hill.«

»Nein, nein. Sie sollen doch die Erinnerungen an Ihren Stiefvater behalten. Aber dieses hier hätte ich gern. Er war … etwas Besonderes für mich.« Ihr Herz schlug viel zu heftig.

Annie goss ihnen Tee ein, und Beattie erkundigte sich nach den anderen Einwohnern, deren Namen sie noch wusste. Annie kannte keinen von ihnen. Irgendwann beschloss Beattie, dass es an der Zeit war, einzukaufen und nach Hause zu fahren.

Dann kam ihr eine Idee. »Annie, eine Zeitlang wird niemand auf Wildflower Hill wohnen, aber ich werde einige Kisten herschicken, die ich unterstellen möchte. Wenn ich Ihnen den Schlüssel gebe, würden Sie dann ab und zu nach dem Rechten sehen? Ich bezahle auch dafür.«

»Wenn es ein bezahlter Job ist, würde ich ihn gern meinem Sohn überlassen. Er ist siebzehn und möchte sich etwas verdienen. Er könnte Staub wischen und den Garten für Sie in Ordnung halten.«

»Das wäre wunderbar«, sagte Beattie. Vielleicht würde das Haus bei ihrem nächsten Besuch nicht so vernachlässigt wirken. *Falls* es einen nächsten Besuch gab. »Wie heißt er denn? Dann schreibe ich ihm einige Anweisungen auf.«

»Andrew«, sagte sie. »Andrew Taylor. Sie können sich auf ihn verlassen.«

Als sie nach Hause kam, heftete Beattie das Foto von Charlie an die Wand neben ihrem Bett. Aus irgendeinem Grund vertrieb es die Visionen. Das machte sie traurig, aber sie nahm es dennoch nicht herunter. Ihr Kummer war weniger furchteinflößend, wenn er in dem weißen Rahmen des Fotos gefangen war.

Beattie erkannte, dass sie zum Trauern nach Wildflower Hill gekommen war. Nicht nur um Charlie und Lucy, um die sie schon sehr lange getrauert hatte. Sie betrauerte den Verlust ihrer Jugend, das Schwinden der Möglichkeiten, weil das Leben in festen Bahnen verlief und so war, wie es war, und nicht so, wie es hätte sein können. Sie hörte nichts als die Stille des Landes, und mit der Zeit wurde ihr Kummer kleiner, und sie konnte endlich erkennen, welches Glück sie gehabt hatte. Einen Ehemann, zwei lebhafte Kinder, die Gelegenheit, ihre kreativen Träume zu verwirklichen. Charlie erschien nicht mehr unter ihrem Fenster, und zu ihrer Überraschung wurde sie ruhelos, weil sie zurückwollte nach Sydney, zurück zu Ray, Mike und Louise. Sie war ungeheuer erleichtert.

Eines Nachts, zwei Tage vor ihrer Heimkehr, hatte sie einen Traum.

Lucy kam darin vor. Sie war etwa acht Jahre alt: glänzende Augen, blasse Sommersprossen im Gesicht, süßer, warmer Atem. Sie stand unmittelbar vor Beattie, die sich hingekniet hatte, um ihren Gürtel zu schließen.

»Mein Liebling«, sagte Beattie.

»Wer bist du?«, fragte das Kind.

»Ich bin deine Mutter.« Die Unwissenheit schmerzte unerträglich.

»Und bist du das für immer? Bis die Sterne erlöschen und die Stille kommt?«

»Ja! Ja, ich …«

Beattie erwachte, bevor sie die Worte aussprechen konnte. Weinend stand sie auf. Es war noch dunkel und früh am Morgen. Sie zog ihren Morgenmantel über und ging ins Arbeitszimmer.

Dort schrieb sie einen Brief. Sie legte all ihre Gefühle hinein, alles, was sie dem kleinen Mädchen aus ihrem Traum sagen wollte und der erwachsenen Frau, zu der

Lucy geworden war, nie hatte sagen können; der Frau, die sie gebeten hatte, sie in Frieden zu lassen. Sie schrieb und schluchzte dabei, bis ihre Rippen schmerzten. Dann steckte sie den Brief in einen Umschlag. Sie adressierte ihn sogar – die Anschrift hatte sich in ihr Gedächtnis eingebrannt –, obwohl sie ihn natürlich nicht absenden würde. Ihn zu schreiben hatte gereicht. Sie überlegte, was sie damit anfangen sollte. Es wäre nicht recht, ihn zu verbrennen oder wegzuwerfen, also legte sie ihn zu einigen anderen Andenken, die Ray nicht sehen sollte, und schickte sich an, in ihr Leben in Sydney zurückzukehren.

Am Morgen ihrer Abreise schloss sie das Haus ab und ging zum Eukalyptusbaum. Er war wunderschön gewachsen – groß und kräftig wie Charlie –, und der Gedanke, dass er noch lange nach ihrem Tod hier stehen und über Wildflower Hill wachen würde, machte sie glücklich.

Ein Taxi bog in die Einfahrt und hupte.

»Leb wohl«, sagte Beattie. »Leb wohl, mein Liebster.«

Dann verließ sie Wildflower Hill für immer.

# Einunddreißig

**Emma**

Der Flug war die Hölle. Der Mann auf der anderen Seite des Gangs schnarchte wie eine Kettensäge. Ich döste ein, und die Realität um mich herum verschwamm. Ich hing im wahrsten Sinne des Wortes in der Luft, gefangen zwischen zwei Welten: meinem neuen Leben in Tasmanien und meinem alten in London. Keins von beiden fühlte sich wirklich real an.

Auf dem Flughafen Heathrow begannen meine Nerven zu kribbeln. Wenn nun alles nur eine gewaltige Halluzination gewesen war und Josh mich gar nicht abholen würde? Doch da stand er, direkt vor der Zollkontrolle. Er kam auf mich zugelaufen, und ich fiel ihm in die Arme. Der echte Josh. Aus Fleisch und Blut. Nicht der Josh, der in den vergangenen Monaten durch meine Phantasien gegeistert war.

»Em, Em«, er drückte den Mund in mein Haar. »Mein Gott, ich habe dich so vermisst.«

Ich traute meiner Stimme nicht und atmete nur seinen warmen Geruch ein. Dann endlich ließ er mich los, und ich trat zurück, um ihn anzuschauen.

Ihn richtig anzuschauen.

Es war seltsam: In meiner Erinnerung war er attraktiver gewesen und hatte freundlichere Augen gehabt. Er sah auf die Uhr. »Ich habe mir heute Morgen freigenommen. Komm, wir bringen dich nach Hause.«

Das Wort verwirrte mich. »Nach Hause? Ach so, du meinst in deine Wohnung.«

»Was dachtest du denn?«, fragte er und lachte gutmütig. Oder vielleicht doch nicht so gutmütig. »Der Jetlag ist dir wohl zu Kopf gestiegen.«

Ich folgte ihm zum Taxistand, und wir fuhren in die Stadt.

»Guten Flug gehabt?«

»Furchtbar. Ich …«

Sein Handy klingelte. »Entschuldige.« Er meldete sich, während ich trübsinnig in den grauen Londoner Morgen starrte. Er steckte das Handy ein und fragte: »Wo waren wir?«

»Furchtbarer Flug.«

»Das tut mir leid. Es ist auch ein langer Weg von Timbuktu.«

»Tasmanien.«

Er lachte. »Weiß ich doch. War nur ein Witz.«

Ich seufzte. »Ich bin einfach nur müde, Josh. Tut mir leid. Wenn ich ausgeschlafen habe, geht es mir sicher besser.«

Er war in eine Wohnung mit Dienstbotenservice gezogen, die sich in einem georgianischen Reihenhaus in Limehouse befand. Sie war makellos, modern und geschmackvoll eingerichtet. Genau, wie ich es liebte. Oder einmal geliebt hatte. Sein Schlüsselbund fiel klappernd auf die Küchenbank aus Granit, während ich meinen Koffer hereinrollte.

»Home sweet home«, sagte er.

Aus irgendeinem Grund fühlte ich mich unbehaglich. Wir hatten monatelang zusammengelebt, unsere intimsten Geheimnisse geteilt. Ich hatte dauernd an ihn gedacht, während ich weg war … Na ja, vielleicht nicht dauernd, aber oft, jedenfalls am Anfang.

»Ich muss gründlich duschen.« Ich hoffte, dass mich

ein längerer Aufenthalt im Badezimmer auf Vordermann bringen würde. Damit ich mich an die Tatsache gewöhnen konnte, dass es stimmte, dass ich wirklich zurückgekehrt war.

»Nur zu. Ich erledige einige Anrufe.«

Ich holte Bademantel und saubere Unterwäsche aus dem Koffer und schloss die Badezimmertür. Es gab kein Fenster, nur eine helle Lampe. Ich zog mich aus und trat unter die heiße Dusche.

Ich redete mir ein, dass mir der Jetlag eben nicht bekam: Andere Leute wurden nur müde, aber ich war verwirrt und ängstlich. Noch ein paar Tage und erholsamer Schlaf, dann würde ich meine Schüchternheit gegenüber Josh ablegen, und alles wäre wie früher. Ich setzte mich auf den Boden der Dusche und ließ das heiße Wasser über mich fließen. Schloss die Augen.

Es klopfte, Joshs Stimme ertönte.

»Alles in Ordnung?«

»Ja, alles bestens.«

Er öffnete die Tür und stand vollständig angezogen vor mir. Er lächelte mich an. »Du siehst immer noch gut aus, Em.«

»Wie unfair, du bist im Vorteil.«

Er zog die Krawatte aus. »Das lässt sich ändern.«

Ich drehte die Dusche ab und griff nach einem Handtuch, um mich zu bedecken. Er hatte sein Hemd ausgezogen – diese Brust, diese Arme … einfach sensationell – und wollte mir das Handtuch wegnehmen. Er drückte mich fest an sich und küsste mich. Ein tiefer, leidenschaftlicher Kuss. Ich schmolz in seinen Armen dahin, das Handtuch fiel zu Boden. Doch eine innere Stimme warnte mich, es langsam angehen zu lassen.

»Warte«, sagte ich, als Josh an seinem Hosenschlitz nestelte.

»Was ist los?«

»Noch nicht. Ich … noch nicht.«

Er trat zurück, ich hob das Handtuch auf. »Stimmt was nicht?«

*Ja.* »Nein. Ich glaube nicht.«

»Hat es mit Sarah und mir zu tun? Du kannst dich darauf verlassen, dass es vorbei ist.«

»Aber wann hat es angefangen? Nein, sag es mir lieber nicht.«

Er konnte mir nicht in die Augen sehen. »Es tut mir leid, Emma, aber ich hoffe, dass wir die Vergangenheit hinter uns lassen können. Ich habe dich so vermisst. Du bist einfach die Richtige für mich.«

»Dann gib mir ein paar Tage Zeit, um mich zurechtzufinden.«

»Möchtest du heute Nacht im Gästezimmer schlafen?«

»Das wäre am besten.«

Nachts um zwei war ich hellwach und schaute Kabelfernsehen, bis Josh aufstand.

»Ich hätte dir doch Gesellschaft geleistet«, sagte er und küsste mich knapp unter dem rechten Ohr. Er roch göttlich.

»Es hat doch keinen Sinn, wenn wir beide müde sind.«

Er schaltete gähnend die Kaffeemaschine ein. »Was hast du heute vor?«

»Ich dachte, ich versuche mal, ein paar alte Freundinnen anzurufen.«

»Vom Ballett?«

»Mal sehen. Falls es mich nicht zu sehr deprimiert.«

Er setzte sich zu mir und schob langsam das Bein meiner Pyjamahose hoch, bis er mein vernarbtes Knie sehen konnte. »Es tut mir so leid.« Er fuhr mit dem Daumen über die Operationsnarben.

»Es war schwer. Sehr schwer.«

»Du wirst nicht mehr tanzen?«

Ich schüttelte den Kopf. Ein Zeichentrickfilm für Kinder hatte angefangen, und ich schaltete den Fernseher aus.

Er zog das Hosenbein sanft herunter. »Ich versuche, früh Feierabend zu machen. Lass dein Handy eingeschaltet. Wir können uns irgendwo zum Abendessen treffen, genau wie früher.«

Wir verabschiedeten uns, und er ging hinaus in den nebligen Morgen. Ich kehrte auf die Couch zurück und fragte mich, was Patrick wohl gerade machte. Hör auf, sagte ich mir. Ich würde nicht in London herumsitzen und an Wildflower Hill denken, so wie ich auf Wildflower Hill gesessen und an London gedacht hatte. Meine Entscheidung war gefallen.

Ich hatte ihn natürlich angerufen. Sofort nachdem ich den Flug gebucht hatte, hatte ich Patrick Bescheid gesagt, dass ich auf unbestimmte Zeit nach London zurückkehren würde, und ihm viel Glück beim Auftritt gewünscht.

»Mina wird enttäuscht sein«, hatte er gesagt. Ich war wütend gewesen, weil es das Einzige war, mit dem er mir ein schlechtes Gewissen machen konnte. Doch er hatte mich nicht gebeten zu bleiben oder mir spontan sein Liebe gestanden. Was hätte ich in diesem Fall wohl gemacht?

Der Nebel hatte sich vom Fluss gehoben und enthüllte einen klaren Herbstmorgen. Ich wühlte in meinem Koffer nach meinem alten Adressbuch, weil ich meine Freundinnen anrufen wollte. Freundinnen war vielleicht zu viel gesagt, alte Bekannte, Leute, denen ich Kusshände zugeworfen und versprochen hatte, irgendwann anzurufen.

Erster Versuch: Anrufbeantworter.

Zweiter Versuch: Endloses Klingeln.

Dritter Versuch: Kein Anschluss unter dieser Nummer.

Ich gab nicht auf, fest entschlossen, jemanden zu erreichen.

Vierter Versuch: ein menschliches Wesen.

»Hallo, ist Miranda da?« Ich merkte, wie verzweifelt ich klang.

»Am Apparat.«

»Hi, hier ist Emma Blaxland-Hunter.«

Kurze Pause. »Emma?«

»Ich weiß, ich weiß. Es ist lange her.«

»Ich dachte, du wärst nach Australien gezogen.«

»Ich war eine Weile da, aber jetzt bin ich zurück. Ich würde dich gern mal treffen.«

»Sicher, aber heute Nachmittag geht mein Flug in die Schweiz, eine Saison *Feuervogel.* Ich komme erst Heiligabend zurück.«

Einen Moment lang war ich sprachlos. So hatte auch mein Leben einmal ausgesehen. Ich war herumgereist, in immer neuen Theatern in immer neuen Städten aufgetreten, kostümiert und geschminkt, auf der Bühne im grellen Scheinwerferlicht, meinen Körper ganz der Musik hingegeben.

»Vielleicht rufe ich dich dann an«, stieß ich hervor.

Ich arbeitete mich durch das Adressbuch, fand eine weitere Miranda und fragte mich, mit welcher ich vorhin gesprochen hatte. Seufzend steckte ich das Buch weg. Ich wusste, Adelaide würde im Probenstudio sein, um den fliegenden Faschisten zu betreuen. Wenigstens sie würde sich freuen, mich zu sehen. Es war an der Zeit, den Pyjama auszuziehen und das Leben zu genießen, das ich mir so sehr zurückgewünscht hatte.

Am Abend des Unfalls war ich zuletzt im Studio gewesen. Der Geruch nach Haarspray, Glasreiniger und Schweiß war schier überwältigend. Ich sprach kurz mit der Empfangsdame und ging dann über die bewusste Treppe nach oben, um Adelaide zu suchen.

Stattdessen traf ich auf Brian, den künstlerischen Leiter.

»Du lieber Himmel!«, waren seine ersten Worte. »Du hast aber zugelegt!«

Ich war so verblüfft, dass mir die Worte fehlten. Dann sagte ich entschuldigend: »Mit dem verdammten Knie konnte ich nichts machen.« Außerdem war ich vorher viel zu dünn gewesen. Knochig. Genau wie wir alle.

»Lass mich mal sehen.« Ich musste den Rock heben, um ihm die Operationsnarben zu zeigen, die er eifrig begutachtete.

»Im Grunde war es perfektes Timing«, sagte er und ließ meinen Rock fallen. »Wenn du schon einen Unfall haben musstest, dann kam er genau richtig. Am Ende deiner Karriere.«

»Ich bin erst einunddreißig.«

Er zuckte mit den Schultern. »Ich habe dich tanzen sehen. Mit etwas Glück hattest du noch zwei Jahre.«

»Emma!«, erklang eine aufgeregte Stimme vom Ende des Gangs.

»Adelaide!« Ich ließ Brian stehen, der etwas in sein Klemmbrett murmelte, und umarmte sie.

»Seit wann bist du zurück?«

»Gestern Morgen. Können wir zusammen Mittagessen? Ich habe dir so viel zu erzählen.« Ich senkte die Stimme. »Josh hat mich gebeten, zurückzukommen.«

Adelaide machte große Augen. »Ehrlich? Und du bist gekommen?«

»Ich habe fünf Monate lang davon geträumt.« Doch

die Worte hinterließen einen schalen Nachgeschmack im Mund.

Sie schaute auf die Uhr. »Alberto probt bis halb eins. Würde es dir jetzt passen?«

»Meine innere Uhr ist so durcheinander, das ist völlig egal. Lass uns gehen.«

Draußen auf der kalten Straße mischte sich der Duft gerösteter Kastanien mit den Abgasen. London kam mir auf einmal sehr laut vor, voller Gerüche und Bewegung. Ich fand es beunruhigend und verwirrend, schob aber alles auf den Jetlag. Ich würde mich sicher daran gewöhnen.

Wir landeten in dem kleinen Café, in dem wir immer unsere Besprechungen am Montagmorgen abgehalten hatten. Es war fast leer – zu spät fürs Frühstück, zu früh fürs Mittagessen. Die einzigen anderen Gäste waren ein Mann im Jogginganzug, der ein Feigentörtchen aß, und eine dünne Frau, die die *Daily Mail* studierte. Wir bestellten und setzten uns in eine warme Ecke, so weit entfernt wie möglich von den Lautsprechern, aus denen Jazzmusik dröhnte.

»So«, sagte Adelaide und schob sich eine schwarze Locke aus dem Gesicht. »Josh.«

»Ja. Josh.«

»Wie ist das passiert?«

»Er hat sich von Sarah getrennt. Dann hat er mich angerufen, und ich bin zurückgekommen.«

»Und das ist … in Ordnung für dich?«

»Natürlich.« Doch ich fühlte mich in seiner Gegenwart nicht richtig wohl. Und konnte mich noch nicht dazu überwinden, mit ihm zu schlafen. Aber das sagte ich nicht. »Obwohl ich gestehen muss, dass es sehr plötzlich kam. Reden wir doch mal über dich. Ich kann deinen prüfenden Blick nicht ertragen.«

Adelaide hatte nichts gegen den Themenwechsel und erzählte mir viele Geschichten über den fliegenden Faschisten, den sie tatsächlich ganz liebgewonnen hatte. Als unsere Bestellung kam, forderte sie mich auf, von meinem Leben in Tasmanien zu erzählen – was Josh übrigens nicht getan hatte –, und dabei überkam mich eine leise Melancholie, die verdächtig an Heimweh erinnerte.

In Adelaides Gesellschaft konnte ich mich endlich entspannen, fühlte mich nicht mehr so sonderbar und surreal. Der Weißwein trug sicher dazu bei. Bald musste sie wieder zur Arbeit, und wir gingen nach draußen, um ein Taxi zu rufen.

»Hast du vor zu bleiben?«

»Ich glaube schon.«

»Hm.«

»Was soll das heißen?«

»Ich meine ja nur … Du hast Josh eben nur zweimal erwähnt.«

»Und?«

»Jemanden namens Patrick hast du hingegen elfmal erwähnt.«

Ich tat es mit einem Lachen ab und wollte schon sagen, sie müsse sich verhört haben, als ein Taxi um die Ecke schoss. Wir traten vor und streckten den Arm aus.

»Mach's gut, Emma.« Sie küsste mich auf die Wange. »Bis bald. Vielleicht bei der Hochzeit.« Sie zwinkerte mir zu, doch schon das Wort löste eine eisige Angst in mir aus.

Ich war nur müde. Das sagte ich mir, während ich nach Hause fuhr. Ich konnte nicht klar denken, und deshalb fühlte sich meine Rückkehr nach London nicht so toll und aufregend an, wie ich erwartet hatte. Der Jetlag und zwei Gläser Wein zum Essen waren auch nicht gerade hilfreich. Ich setzte mich bei Josh auf die Couch und versuchte, mich auf den Fernseher zu konzentrieren, schlief aber mit der Sonne auf der Wange ein.

Später, wie viel später, konnte ich nicht sagen, erwachte ich von einem Kitzeln an meinem Bein. Warme Finger glitten unter meinen Rock und zwischen meine Beine. Mein Kopf fühlte sich heiß an, ich war benebelt und orientierungslos. Ich öffnete ein Auge und sah Josh neben mir auf der Couch liegen. Seine Hand glitt unter den Gummibund meines Slips.

Ich stieß ihn weg. »Nein, Josh.«

»Nein?« Er machte ein trauriges Welpengesicht.

Ich musste lachen. »Nein. Ich habe den schlimmsten Jetlag meines Lebens. Du musst mir ein paar Tage Zeit geben.«

»Du bist also zu müde? Willst du deswegen nicht?«

Ich setzte mich hin. »Ich weiß nicht. Vermutlich schon.«

»Und es ist wirklich nicht wegen mir und Sarah?«

Ich dachte ernsthaft darüber nach und begriff, dass es mir ziemlich egal war, was zwischen ihm und Sarah gewesen war. Am Anfang hat es mir schon etwas ausgemacht, sehr viel sogar. Musste ich mir jetzt Sorgen machen? Ich wusste nicht, wie ich diese Frage beantworten sollte. »Nein, darüber bin ich wohl hinweg.«

»Wo liegt denn das Problem? Du bist hier, wir sind wieder zusammen. Wir machen weiter, wo wir aufgehört haben.« Dann murmelte er mir ins Ohr: »Ich habe deinen wunderschönen Körper vermisst.«

Was zum Teufel war nur los mit mir? Ich hatte davon geträumt, dass er genau diese Dinge zu mir sagte und mit mir tun wollte. Doch hier, in seiner Gegenwart, fühlte ich mich einfach nur unwohl. Verlegen.

»Tut mir leid, tut mir leid. Ich fühle mich so komisch. Ich bin nicht ich selbst. Am Wochenende wird es sicher besser. Wenn wir mehr Zeit miteinander verbringen können, geht das komische Gefühl bestimmt weg.«

»Da fällt mir was ein.« Er setzte sich hin und strich seine Krawatte glatt. »Am Samstagabend sind wir zu einer Dinnerparty bei Hugh eingeladen. Ich hoffe, es ist in Ordnung. Er feiert seinen Vierzigsten, hat es seit Monaten geplant.«

Hugh war Joshs langweiliger bester Freund aus dem Büro. »Erwarten sie mich oder Sarah?«

Er fand die Frage gar nicht lustig. »Dich natürlich. Ich habe allen erzählt, dass du wieder da bist, dass wir wieder zusammen sind. Da brauchst du gar nicht so bissig zu sein.«

Ich widersprach nicht. Er war an den Barschrank gegangen und holte eine Flasche Bourbon. Dann folgte der gleiche Ablauf wie in den letzten Tagen unserer Beziehung. Wir tranken etwas und kochten zusammen, ich erzählte von meinem Tag und er von seinem. Diesmal aber hörte ich ihm zu, gab mir richtig Mühe. Ich wusste, dass ich vor der Trennung nie richtig zugehört hatte und nur mit mir beschäftigt gewesen war. Diesmal war ich fest entschlossen, es besser zu machen.

Doch zu meiner großen Enttäuschung stellte ich fest, dass Josh eigentlich nichts Interessantes zu erzählen hatte.

Zwei Tage vergingen, und keine einzige alte Freundin rief zurück. Da begriff ich, dass ich eigentlich gar keine alten Freundinnen hatte. Ich machte ihnen keine Vorwürfe, so lief es eben in der Ballettszene. Wir alle versuchten nur, voranzukommen, und taten, als hätten wir einander gern, obwohl wir in Wahrheit über Leichen gegangen wären, um Erfolg zu haben. Wir waren nie wirklich befreundet gewesen.

Was also sollte ein Mädchen ohne Freundinnen tun? Es fuhr mit der U-Bahn nach St. Pancras, um in der British Library nach Informationen zu suchen, die in Australien nicht verfügbar waren. Ich dachte mir, dass Raphael Blanchard womöglich in irgendeinem obskuren Buch erwähnt wurde.

Ich zeigte Tasche und Mantel vor und beantragte einen Leserausweis. Nachdem ich meine Bücher zusammenhatte, setzte ich mich in den Lesesaal und blätterte sie durch. Er war einer von drei Raphael Blanchards, doch es gelang mir, den richtigen in einem Buch aus den Fünfzigerjahren über den Landadel aus Warwickshire aufzuspüren. Ich gebe zu, dass ich insgeheim hoffte, sein Spitzname sei Charlie gewesen, dass Grandma eine Affäre mit ihm gehabt hatte und so an die Farm gekommen war.

Auf Seite 181 fand ich die Antwort, die mich allerdings sehr überraschte.

> Die Familie Blanchard unternahm den erfolglosen Versuch, sich landwirtschaftlich in den Kolonien zu etablieren. Raphael Blanchard wurde von seinem Vater nach Tasmanien (ganz im Süden Australiens, eine ehemalige Strafkolonie) geschickt, um eine große Schaffarm zu erwerben. Das Geschäft gedieh jedoch nicht, und er kehrte 1935 nach Warwickshire zurück. Es gab Gerüchte, er habe die Farm beim Pokern verloren, doch die Familie bestand darauf, er sei aus gesundheitlichen Gründen nach England zurückgekehrt.

Am liebsten hätte ich laut gelacht, doch das ging in einer Bibliothek ja nicht. Also saß ich mit einem dämlichen Grinsen da. Hatte Grandma Wildflower Hill tatsächlich beim Pokern gewonnen? Soweit ich wusste, hatte sie von Glücksspiel nie etwas gehalten. Konnte es wahr sein? Immerhin hatte sie die Farm geschenkt bekommen.

Am liebsten hätte ich meine Mutter angerufen und es ihr erzählt, doch dann hätte ich verraten, dass ich in London war, was ihr gar nicht gefallen würde.

Stattdessen erkundigte ich mich, ob ich die Seite kopieren durfte, und nahm sie mit in die Wohnung, wo ich auf Josh wartete.

Meine innere Uhr war völlig aus dem Rhythmus. Tagsüber konnte ich die Augen nicht offen halten und war vor der Morgendämmerung schon hellwach. Josh küsste mich jeden Morgen, bevor er zur Arbeit ging, doch im Laufe der Woche verlor er allmählich die Geduld mit mir. Ich schmolz nicht dahin, wenn er mich umarmte, wollte keinen Sex mit ihm und schob ihn weg, wenn er mir zu nahe kam. Er fragte mich ständig, was denn los sei, doch ich konnte es ihm nicht sagen, weil ich es selbst nicht wusste.

Am Freitagmorgen wurde ich wieder früh wach. Es dauerte einen Augenblick, bis ich wusste, wo ich war. Ich erwartete Vogelgezwitscher. Doch dann öffnete ich die Augen und war nicht auf Wildflower Hill. Ich befand mich in einer Wohnung mit Dienstbotenservice in London, und nur die Heizung summte leise. Ich war niedergeschlagen, ich wollte Vögel.

Ich war so weit von zu Hause weg.

Ich stand auf, zog meinen Bademantel an und ging leise hinüber zu Josh. Wärme und Trost wollte ich haben und zögerte dennoch. Meine Augen gewöhnten sich an die Dunkelheit, während ich dort stand, und ich sah die Umrisse seiner muskulösen Schulter. Er war genauso hinreißend wie in meiner Erinnerung, doch kam es mir vor, als beobachtete ich ihn in einem Film. Er gehörte nicht richtig in mein Leben. Tränen brannten in meinen Augen. Ich hatte alles vermasselt. Menschen im

Stich gelassen. Und nun beschlich mich der Verdacht, dass ich einer leeren Phantasie um die halbe Welt nachgejagt war.

Ich überlegte, wie spät es jetzt in Australien war. Halb vier nachmittags. Bald würde Patrick nach Hause kommen. Ich fragte mich, wie die Vorbereitungen für den Auftritt liefen. Vielleicht konnte ich ihnen Geld spenden und für Mina Blumen über das Internet bestellen. Ich verspürte den verzweifelten Drang, Kontakt zu ihm aufzunehmen.

Also ließ ich Josh schlafen und ging in die Küche. Ich schaltete blinzelnd das Licht ein und griff zum Telefon. Nebel waberte vor den Fenstern. Es würde erst in mehreren Stunden hell, wenn überhaupt. Doch dort, wo das Telefon klingelte, wäre es strahlender Nachmittag.

Monica meldete sich beim zweiten Klingeln. »Hallo?«

»Hi, Monica, hier ist Emma.«

Eisige Stille.

»Ist Patrick zu Hause?«

»Noch nicht.«

»Schon gut, ich wollte ohnehin mit dir sprechen. Ich muss mich bei dir entschuldigen.«

»Nein, musst du nicht.«

Ich zögerte.

»Du schuldest Patrick eine Entschuldigung. Und Mina. Und Marlon. Und den übrigen Hollyhocks. Aber mir schuldest du gar nichts, und ich würde es ohnehin nicht annehmen.«

Mir war fast übel vor Scham. »Ich verstehe, dass du wütend bist. Aber ich habe Patrick gesagt, dass ich weggehe, und er hat es verstanden.«

»Ach ja? Ich nämlich nicht. Du hast versprochen, beim Auftritt zu helfen, und dich drei Wochen vor dem großen Tag nach England verpisst.«

»Die Sache ist etwas komplizierter. Ich habe London unter schwierigen Umständen verlassen. Ich wollte immer hierher zurück.«

»Das war nicht zu übersehen«, warf sie ein. »Unsere kleine Stadt war eben nicht gut genug für dich.«

»Das stimmt nicht«, widersprach ich, doch natürlich stimmte es. Zumindest hatte ich es geglaubt. »Ich erwarte nicht, dass du es verstehst, aber ich wollte niemandem weh tun.«

»Mich interessiert nicht, was du wolltest, Emma. Jedenfalls hast du vielen Leuten weh getan. Ich lege jetzt lieber auf, bevor Patrick kommt, er soll nicht erfahren, dass du angerufen hast. Und ich wäre dir dankbar, wenn du ihn selbst auch nicht anrufen würdest.«

»Wieso nicht?«

»Weil er Zeit braucht, um über dich hinwegzukommen. Was immer du tun musst, um dein schlechtes Gewissen zu beschwichtigen, bleib weg von meinem Bruder.« Ihre Stimme klang dunkel und leidenschaftlich. »Er hat nur das Allerbeste verdient, und dazu gehörst du nicht.«

Sie hängte ein, und ich schaute auf das Telefon, die Kehle wie zugeschnürt. Sie hatte recht. Patrick verdiente nur das Beste. Einen wunderbaren Menschen. Dennoch konnte ich die Vorstellung nicht ertragen, dass dieser wunderbare Mensch jemand anders wäre als ich.

»Em?« Josh stand schläfrig auf der Schwelle seines Schlafzimmers. »Alles klar?« Die Deckenstrahler warfen unfreundliche Schatten auf sein Gesicht.

Ich stellte das Telefon wieder aufs Ladegerät. »Ich glaube schon. Wollte nur etwas unten in Tassie klären.«

Er nahm mich in die Arme, und ich spürte seinen heißen Mund an meiner Kehle. Am liebsten hätte ich geweint. Ich stieß ihn sanft von mir. »Morgen Abend, versprochen. Nach der Party bin ich sicher in besserer Stimmung. Jeden Tag sitze ich hier in der Wohnung und warte auf dich. Das ist nicht gerade romantisch.«

»Herrgott noch mal, du bist in London. Geh raus. Einkaufen. Mach was.«

»Ich weiß. Ich bin eben nicht ich selbst.«

»Ich hoffe, du selbst bist bald wieder da. Denn das ist diejenige, die ich zurückhaben wollte.«

Ich lachte, als wäre es ein Witz, obwohl wir es beide besser wussten.

Die Vorbereitungen für die Dinnerparty lenkten mich ab. Josh und ich kauften ein paar gute Flaschen Wein – ich bestand natürlich auf australischem –, und dann hatte ich Gelegenheit, mich schön anzuziehen, zu schminken und mein Haar zu glätten. Wir fuhren im Taxi durch das nächtliche London, und zum ersten Mal spürte ich wieder die Aufregung, in einer großen Metropole zu sein, an einem Ort, an dem wichtige Dinge passierten. Ich kuschelte mich auf dem Rücksitz an Josh und wies seine heißen Küsse auf meine Kehle und mein Ohr diesmal nicht zurück. Vielleicht war der Jetlag überstanden. Vielleicht hatte ich doch nicht die falsche Entscheidung getroffen.

Hugh und seine Frau hatten kürzlich eine Gartenwohnung in Kensington gekauft und renoviert. Er war ein paar Jahre älter als Josh und in vieler Hinsicht wie ein großer Bruder für ihn, ein Vorbild. Er und Olivia hatten ein kleines Kind, das man schon vor dem Eintreffen der Gäste ins Bett verfrachtet hatte. Wir waren insgesamt zu acht, vier Paare. Die Namen der anderen Leute vergaß ich sofort, aber sie bildeten ihr eigenes Grüppchen im Garten, wo sie unter den Lichterketten rauchten. Josh und ich blieben mit Hugh und Olivia in der Küche.

»Die Wohnung ist toll«, sagte Josh mit gerötetem Gesicht, nachdem er den Blick durch die Erkerfenster auf die geschäftige Straße bewundert hatte.

»Erdgeschoss.« Olivia verzog das Gesicht. »Nicht gerade ideal.«

»Aber ihr habt einen Garten.«

»Wir hätten auch den Dachgarten haben können, wenn Hugh letztes Jahr ein bisschen mehr verdient hätte.« Sie hielt die Finger einige Millimeter auseinander und lachte dabei, doch ich spürte die Wahrheit hinter ihren Worten. Das machte sie mir nicht sympathischer.

»Ich habe mehr verdient als du«, erwiderte er in leichtem Ton.

Olivia schaute zu mir und Josh und ließ den Champagner in ihrem Glas kreisen. »Ich sage euch was: Wenn ihr einen Dachgarten wollt, vergesst die Kinder.«

Die Doppeltür öffnete sich, und die beiden anderen Paare kamen herein. Sie brachten den Geruch frisch ausgedrückter Zigaretten mit sich. Die Wohnung war hell und warm, es lief Coldplay. Ich trank zu schnell zwei Gläser Champagner, so dass mir die Röte in die Wangen stieg.

Josh hatte seinen warmen Arm um meine Schulter gelegt, alles würde gut. Das merkte ich jetzt. Wir würden heiraten und ein Kind bekommen, weil wir uns kein weiteres leisten konnten. Ich würde eine eigene Ballettschule eröffnen und zu viel arbeiten, während Josh an der Börse blieb und ebenfalls zu viel arbeitete. Dann würden wir uns eine Wohnung mit Garten kaufen und an seinem vierzigsten Geburtstag genau so eine Dinnerparty geben. Es wäre ganz einfach.

Warum fühlte ich mich bei dem Gedanken dann so lustlos?

Wir gingen mit unseren Gläsern an den langen Esstisch, wo Olivia den ersten Gang auftrug. Sie war leicht angetrunken und offenbar verärgert, weil Hugh ihr nicht bei den Vorbereitungen geholfen hatte. Josh und ich hoben die Augenbrauen und mussten ein Lachen unterdrücken. Eine der Frauen, eine elegante Inderin, die ihr langes schwarzes Haar hochgesteckt trug, stand auf, um Olivia zu helfen, und reichte den Wein herum. Als sie zu mir kam, fragte sie: »Für dich auch, Sarah?«

Pause. Die Musik spielte weiter, doch die Stimmen waren verstummt. Niemand konnte mir in die Augen sehen.

»Tut mir leid«, sagte sie mit geschmeidiger Stimme, »ich meinte natürlich Emma.«

»Schon gut.« Ich hielt ihr mein Glas hin.

Josh beugte sich zu mir und flüsterte hektisch: »Wir sind ein paarmal zusammen ausgegangen, als ich mit … ihr zusammen war. Tut mir leid.«

»Schon gut«, wiederholte ich, doch es war nicht gut. *Ganz und gar nicht.* Er hatte mich betrogen. Mich sitzenlassen. War das der Mann, den ich heiraten und mit dem ich ein Mittelklasse-Einzelkind zeugen und eine Gartenwohnung wie diese kaufen wollte?

Olivia klopfte an ihr Glas, um Aufmerksamkeit zu erregen. »Ein Trinkspruch. Auf Hughs Vierzigsten.«

»Auf Hugh«, wiederholten wir. Ich kippte den Wein hinunter. War auf dem besten Weg, betrunken zu werden.

Der Abend schleppte sich dahin. Ich nahm nur halb am Geschehen teil. Dann und wann warf ich eine Bemerkung ein, hörte aber lieber den anderen zu. Ein großer Mann mit derbem Gesicht, der am Ende des Tisches saß, prahlte eine geschlagene halbe Stunde mit seinem Immobilienbesitz. Josh hörte hingerissen zu. Mir war, als betrachtete ich das alles von außen.

»Wie bekommst du solch niedrige Preise? Nichts auf dem Markt ist so billig.«

»Ich warte nicht auf den Markt. Ich weiß, wo man Schnäppchen machen kann. Ich sage nur Konkursgericht. Die Leute sind verzweifelt, wollen unbedingt verkaufen. Habe mal ein Ferienhaus in Brighton von einer Frau draußen vor dem Gericht gekauft. Sie war ganz wild darauf, es loszuwerden.«

Josh lachte. Er *lachte.*

»Das ist ein mieses Geschäft«, sagte ich zu dem Mann.

Er reckte die Schultern, als hätte ich ihn zum Kampf herausgefordert. »Das ist Business, Schätzchen. Wenn es dir nicht gefällt, musst du ja nicht mitspielen. Aber fang nicht an zu heulen wie die anderen, für die nichts abgefallen ist. Wir Übrigen sind smart genug, um zu wissen, was nötig ist.«

Ich wandte mich an Josh. »Glaubst du diesen Mist?«

Er zuckte verlegen mit den Schultern. »Es ist ein legitimes Geschäft, Em. Du weißt nicht viel darüber. Aber es hat schon etwas für sich. Wir alle tun, was nötig ist, um Erfolg zu haben. Als du noch getanzt hast, warst du genauso. Gott weiß, dass du meine Gefühle vollkommen missachtet hast, wenn du dich auf einen Auftritt vorbereiten musstest.«

Das Gespräch floss weiter. Ich saß dazwischen und wusste plötzlich mit absoluter Gewissheit, dass dies nicht meine Welt war. Dies waren nicht meine Freunde. Dies war nicht meine Zukunft, und ich hatte einen furchtbaren Fehler begangen. Ich war aus diesem Leben ausgestiegen und wieder eingestiegen, als könnte es wie früher sein. Das war es auch, nur *ich* hatte mich verändert.

»Josh«, sagte ich leise.

Er hörte mich nicht, weil er noch immer mit dem Immobilienmogul redete.

»Josh«, sagte ich lauter.

Er drehte sich zu mir. Ich sah es in seinen Augen. Auch er wusste Bescheid. Er war nicht dumm. Ich hatte mich verändert, es hatte keinen Sinn.

»Ich muss nach Hause.«

»Okay.« Er griff sich schnell sein Glas. »Ich trinke nur den Wein aus, dann fahren wir los.«

»Nein, ich meine nicht deine Wohnung. Ich meine Zuhause. Ich gehöre nicht hierher.«

Zum zweiten Mal an diesem Abend verstummte das Gespräch. Josh lachte nervös. »Hat das nicht Zeit?«

Ich schüttelte den Kopf. »Bring mich zum Flughafen. Ich gehöre nach Wildflower Hill.«

# Zweiunddreißig

Um sieben Uhr morgens australischer Zeit stieg ich am Flughafen von Hobart in ein Taxi. Mein Körper hatte keine Ahnung, wie spät es war. Inzwischen war ich völlig durcheinander, doch an einem zweifelte ich nicht: dass ich die richtige Entscheidung getroffen hatte.

»Wohin?«, wollte der Fahrer wissen.

»Haben Sie etwas dagegen, mich bis nach Lewinford zu fahren? Sie bekommen auch ein gutes Trinkgeld.«

Er schaltete den Taxameter ein. »Zu Ihren Diensten.«

»Vorher noch nach Battery Point.«

Da ich Minas Adresse nicht mehr wusste, lotste ich den Fahrer dorthin. Monica hatte recht gehabt: Ich musste mich bei dem Mädchen entschuldigen. Ich hatte sie nicht angerufen, weil ich nicht wusste, ob sie die Entfernung nach London wirklich einschätzen konnte und überhaupt verstand, dass ich einfach dorthin geflogen war, statt bei den letzten Proben zu helfen.

Ich wies den Fahrer an, vor dem Haus zu warten, ging zur Tür und klopfte. Die Sonne schien mir warm auf den Rücken.

Minas Vater kam an die Tür.

»Hallo, Mr. Carter. Ist Mina zu Hause?«

Er runzelte die Stirn und warf einen Blick auf das wartende Taxi. »Wollen Sie sie mitnehmen?«

»Nein, nein. Ich wollte nur kurz mit ihr sprechen.«

Er ließ mich nicht aus den Augen. »Mina! Besuch für dich.« Er nickte. »Möchten Sie reinkommen?«

»Ich muss mich beeilen. Der Taxameter läuft.«

Mina kam an die Tür. Als sie mich sah, grinste sie übers ganze Gesicht und umarmte mich. Ich drückte sie fest an mich.

»Du bist zurückgekommen!«

»Ja, das bin ich.«

»Marlon und Patrick haben gesagt, du wärst für immer fortgegangen.«

»Ich habe es mir anders überlegt. Ich wollte deinen Auftritt nicht verpassen.« Ich trat ein Stück zurück. »Tut mir leid, dass ich einfach weggelaufen bin.«

Sie sah mich ausdruckslos an, und ich begriff, dass sie gar nicht verstand, was ich getan hatte, und mir keine Vorwürfe machte. Ich strich ihr über die Wange. »Du bist ein liebes Mädchen. Ich kann gar nicht abwarten, dich tanzen zu sehen.«

Ihr Vater berührte sie an der Schulter. »Geh jetzt rein, Mina. Ich muss kurz allein mit Emma sprechen.«

Sie strahlte mich an und gehorchte. Ich schaute ihn neugierig an.

»Ich bringe Sie zum Taxi.«

»Natürlich.«

Wir gingen den Weg entlang, und da er irgendwie verlegen wirkte, fragte ich: »Worüber wollten Sie mit mir sprechen?«

»Es tut mir leid. Ich dachte, Sie hätten … mir war nicht klar, wer Sie sind. Als Mina erzählte, Sie seien eine berühmte Ballerina … nun ja, davon verstehe ich nichts. Manchmal begreift Mina Dinge nicht richtig. Aber sie hatte recht, und es tut mir leid, dass ich Sie nur für …« Er merkte wohl, dass er nicht weitersprechen konnte, ohne Patrick und Marlon zu beleidigen. »Tut mir leid, wenn ich unhöflich war.«

Wir waren neben dem Taxi stehen geblieben. So müde

und verwirrt ich durch den Jetlag auch war, konnte ich mir die Gelegenheit nicht entgehen lassen. »Mr. Carter, mir ist egal, was Sie von mir halten. Aber ich möchte Sie wirklich dringend darum bitten, sich Minas Auftritt anzuschauen.«

Er konnte mir nicht in die Augen sehen. »Sie sind sehr hartnäckig.«

»Dann beantworten Sie mir eine Frage: Warum wollen Sie nicht kommen?«

Es entstand ein langes Schweigen. Der Taxifahrer spähte neugierig durchs Fenster. Die Sonne glitzerte auf dem Wasser, und ein warmer Wind bewegte die Wipfel der Platanen. Schließlich sagte er: »Weil es mir peinlich ist.«

Das hatte ich nun wirklich nicht erwartet, und ich brauchte einen Augenblick, um ihn zu verstehen. Dann wurde ich so tieftraurig, dass ich ihn nicht einmal für seine Worte hassen konnte.

»Ich verspreche, es wird Ihnen nicht peinlich sein. Sie werden furchtbar stolz auf Mina sein.«

Er schüttelte den Kopf. »Ich bin nicht wie Sie. Sie können das nicht verstehen. Ich liebe meine Tochter, aber sie ist kein normaler Teenager. Ich kann nicht tun, als wäre sie es. Ich kenne sie, ich sehe sie jeden Tag. Ich weiß, dass sie nicht richtig tanzen kann, und sie dabei zu sehen ist mir unangenehm. Ihr selbst macht es nichts aus. Sie hat großen Spaß am Proben und an den Auftritten. Für sie ist es schöner, wenn ich mich nicht vor Verlegenheit auf meinem Sitz winde.« Er versuchte ein Lächeln. »Ohne mich ist sie glücklicher.«

Der Taxifahrer öffnete das Fenster. »Fahren wir noch nach Lewinford?«

»Die ganze Strecke mit dem Taxi?«, fragte Minas Vater.

»Ich kann mit dem Knie noch nicht so gut fahren.«

»Ich hätte Sie hinbringen können.«

»Es geht schon.« Ein Wind, der vom Wasser herüberwehte, blies mir die Haare ins Gesicht. »Ich versichere Ihnen, das Mädchen hat Talent.«

Er zuckte mit den Schultern. Da mein Fahrpreis unerbittlich in die Höhe kletterte, verabschiedete ich mich und stieg ins Auto. Als wir davonfuhren, stand Minas Vater noch immer nachdenklich im Sonnenschein.

Ich hatte vergessen, welche Lebensmittel ich im Kühlschrank hatte. Meine Abreise schien eine Ewigkeit her zu sein, nicht nur eine hektische Woche. Also wies ich den Taxifahrer an, im Ort anzuhalten, und eilte rasch ins Lebensmittelgeschäft, um Brot, Milch und eine fertige Lasagne zu kaufen. Als ich wieder auf die sonnige Straße trat, stieß ich mit Penelope Sykes zusammen.

»Penelope!« Ich trat einen Schritt zurück.

»Emma? Wir dachten, Sie seien nach England zurückgekehrt.«

»Ich war auch dort. Aber jetzt bin ich wieder hier.« Ich lächelte schwach. »Habe mich anders entschieden.«

Sie hob die nachgezogenen Augenbrauen. »Sie bleiben also auf Wildflower Hill?«

»Ich habe noch keine festen Pläne, möchte aber beim Auftritt der Hollyhocks hier sein. Ich habe Patrick Taylor ein bisschen geholfen.« Ich senkte die Stimme. »Falls er mir verzeiht.«

»Das wird er sicher. Was Monica angeht, habe ich allerdings so meine Zweifel.«

»Ja, sie hat einen starken Beschützerinstinkt.«

»Das wissen wir nur zu gut.« Penelope stützte den leeren Einkaufskorb auf die andere Hüfte. »Wussten Sie, dass Patrick vor einigen Jahren verlobt war?«

Die unberechtigte Eifersucht traf mich wie aus heiterem Himmel. »Wirklich?«

»Es ist schlimm geendet. Die junge Frau hatte gleichzeitig noch einen anderen Freund. Monica hat es herausgefunden und musste es ihm sagen.«

Ich dachte eigentlich, ich hätte den Gipfel des schlechten Gewissens erreicht, doch das war ein Irrtum gewesen. Kein Wunder, dass Monica mich hasste.

Ich warf einen Blick zum Taxi. Das Fahrgeld war jetzt schon astronomisch hoch, da machte es auch nichts, wenn ich mich noch fünf Minuten mit Penelope unterhielt. »Ich muss Ihnen etwas erzählen. Ich habe auf der Farm ein Denkmal gefunden – ein Kreuz mit einem Namen darauf. Unter dem großen Eukalyptus beim Haus. Darauf steht ›Charlie‹.«

Sie neigte den Kopf. »Tatsächlich?«

»Wissen Sie etwas darüber?«

Sie nickte langsam. »Möglicherweise. Wie Sie wissen, betreibe ich ein bisschen Heimatkunde. Es gab einen Viehtreiber – eigentlich war er sehr viel mehr als das –, der einige Jahre in Bligh gearbeitet hat. Er hieß Charlie Harris. Er war für sein großes Geschick bekannt und hatte immer gut zu tun. 1935 ging er von dort weg, und ich habe mich oft gefragt, was aus ihm geworden ist. Vielleicht hat er danach auf Wildflower Hill gearbeitet.«

Jetzt wurde ich aufgeregt. »Ja! So muss es gewesen sein. Grandma konnte ihn auf der Farm gebrauchen, das kann ich mir vorstellen. Penelope, ich glaube, sie hat diesen Brief an ihn geschrieben. Sie wissen schon … den erotischen Brief.«

Doch sie schüttelte den Kopf. »Das glaube ich nicht, meine Liebe. Immerhin waren das die Dreißigerjahre. Eine Beziehung zwischen den Rassen hätte sicher Unmut erregt.«

»Zwischen den Rassen?«

»Charlie Harris war Aborigine.«

»Oh.«

»Daher bezweifle ich, dass er ihr Geliebter war.«

Doch da war das Denkmal vor ihrem Fenster. Ich war mir sicher, dass Penelope Sykes sich irrte.

Es tat überraschend, beinahe erschreckend gut, die Tür von Wildflower Hill zu öffnen und meine Taschen abzustellen. Es roch vertraut nach Seifenpulver, Holz und Vergangenheit. Ich räumte die Lebensmittel in den Kühlschrank und setzte den Wasserkessel auf den Herd. Der Anrufbeantworter blinkte.

Es war Mum. »Emma, wo um Himmels willen steckst du?«

Sie klang besorgt. Nein, das war nicht das richtige Wort. Sie klang verängstigt und verletzlich. Mir wurde zunehmend bewusst, wie dumm diese Reise nach London gewesen war, wie viele Menschen ich damit gekränkt hatte. Meine arme Mutter. Ich rief sie sofort an.

Und dann erzählte ich ihr alles: von Josh, London, der Erkenntnis, dass ich mich verändert hatte. Vor allem aber sagte ich ihr, dass ich sie liebte, denn das hatte ich in meinem Leben bei weitem nicht oft genug gesagt. Ich weinte, was mir peinlich war. Mum aber verhielt sich wunderbar und fand genau die richtigen Worte. Ich wusste nicht, weshalb ich sie so aus meinem Leben verdrängt hatte. Wir telefonierten noch, nachdem der Kessel längst gepfiffen hatte und wieder verstummt war, und schließlich erzählte ich ihr von Grandmas Geheimnissen: den Fotos, dem Pokerspiel, Charlie. Dann fragte ich, was sie davon hielt.

Sie seufzte. »Ich weiß nicht, Emma, es klingt so gar nicht nach Mum, aber … sie war manchmal ziemlich unberechenbar.«

»Beispielsweise als sie ihr ganzes Geld wohltätigen Organisationen vermachte?«

»Genau.«

»Doch warum sollte sie das alles geheim halten? Das verstehe ich nicht.«

»Denk mal daran, was du mir gerade erzählt hast. Es war in den Fünfzigerjahren, und sie war mit einem bekannten Politiker verheiratet, hatte zwei kleine Kinder …« Sie verstummte traurig.

»Es tut mir leid, Mum, eigentlich wollte ich es dir gar nicht erzählen. Ich wollte dich nicht mit Geschichten über heimliche Kinder durcheinanderbringen.«

»Ich glaube, Beattie hat sich einmal verplappert. Ich habe oft daran gedacht.«

»Und wie?«

»Als ich mit dir schwanger wurde und sie nach ihrer ersten Schwangerschaft und Geburt fragte. Ich machte mir wohl Sorgen, suchte ein bisschen Zuspruch. Und sie erzählte mir, sie habe ihr erstes Kind zu Hause entbunden, schnell und natürlich. Ein paar Jahre später hörte ich, wie sie zu Michael sagte, seine Geburt sei schrecklich gewesen, zu viele Ärzte, auf einem Tisch festgeschnallt. Es war eine vollkommen andere Geschichte.«

»Also hat sie entweder gelogen, um dich zu beruhigen …«

»Oder Michael war nicht ihr erstes Kind.« Sie konnte nicht weitersprechen.

»Geht es dir gut, Mum?«

»Sicher, Emma. Ich bin nur traurig, wenn ich daran denke … dass sie es mir nicht sagen konnte.« Sie zog die Nase hoch. »Ich vermisse sie so sehr. Ich wünschte, ich könnte sie noch danach fragen.«

»Ich auch.«

Um die Mittagszeit war ich todmüde und ging nach oben, um ein Nickerchen zu halten. Ich stellte mir den Wecker auf ein Uhr, musste ihn aber wohl im Schlaf ausgeschaltet haben, denn ich schlief sehr viel länger als eine Stunde. Ich träumte von Grandma. Ich konnte sie nicht richtig sehen, weil sie weit entfernt auf einem Pferd saß, aber ich wusste, dass sie es war. Neben ihr ritt ein Mann mit dunkler Haut. Sie waren auf dem Hügelrücken, den ich vom Badezimmer aus sehen konnte, und sie lachten …

Ich erwachte, als jemand unten an die Tür klopfte. Ziemlich laut, als versuchte er schon länger, mich zu wecken. Ich setzte mich verwirrt auf. Vier Uhr nachmittags.

»Ich komme!«

Ich stieg die Treppe hinunter und hoffte, derjenige möge etwas Geduld haben.

Als ich die Haustür öffnete, setzte Patrick gerade rückwärts aus der Einfahrt.

Ich lief ihm nach und winkte wie verrückt, mit verschlafenem Gesicht und verschwitztem Haar. Er blieb stehen, schaltete den Motor aus und stieg aus.

»Hallo.«

»Hallo.«

»Ich habe gehört, du bist zurück.«

»In dieser Stadt gibt es einfach keine Geheimnisse.«

»Wohl wahr.«

Wir schauten einander eine Minute lang an. Dann fragte ich: »Möchtest du einen Kaffee?«

»Na schön.«

Wir gingen hinein, und er setzte sich an den Küchentisch, während ich den Wasserkessel auf den Herd stellte.

»Eigentlich wollte ich mit dir über den Auftritt sprechen. Dich fragen, ob du trotzdem dabei bist. Er ist am Samstagabend.«

»Ich weiß, deshalb bin ich ja zurückgekommen. Unter anderem deshalb.«

Er sah mich aus traurigen Augen an. »Ich weiß nicht, warum du überhaupt weggegangen bist.«

»Weil ich ein Idiot bin.«

Er schwieg. Ich machte zwei Tassen Kaffee und setzte mich zu ihm. Dann holte ich tief Luft. »Ich hatte dort noch einiges zu erledigen.«

»Mit Josh?«

»Woher kennst du seinen Namen?«

»Von Monica.«

Ich legte den Kopf auf den Tisch. »Monica. Sie wird nie wieder mit mir reden.«

Er lachte sanft. »Nun ja, sie hat schon eine unerbittliche Seite, vor allem, wenn es um mich geht.«

Ich blickte auf. »Es tut mir so leid, Patrick, ich wollte keine verwirrenden Signale in deine Richtung senden. Aber ich wusste selbst nicht, was ich wollte. Ich musste erst nach London zurück.«

»Weißt du es jetzt? Weißt du jetzt, was du willst?«

»Jedenfalls will ich nicht Josh.«

Das Schweigen zwischen uns dehnte sich aus. Keiner rührte seinen Kaffee an. Vermutlich überlegte er, ob er mir vertrauen konnte.

»Ich sollte jetzt gehen, damit du dich wieder einleben kannst.«

»Ich habe nicht mit ihm geschlafen«, platzte ich heraus.

»Das geht mich wirklich nichts an«, erwiderte er kühl, und es war mir sofort peinlich.

Ich brachte ihn zur Tür und bat ihn, mich am Mittwochabend zur Generalprobe abzuholen.

»Das geht nicht. Ich muss noch die Scheinwerfer mitnehmen, da bleibt kein Platz im Auto. Aber du kannst mit Monica und mir am Samstag zur Aufführung fahren.«

Beim Gedanken, eine Stunde mit Monica im Auto zu verbringen, überlief mich ein Schauer. »Toll, danke.«

»Ich hole dich um fünf ab.«

»Ich freue mich schon.«

Ich sah ihm nach und hoffte, dass ich die Sache nicht vermasselt hatte.

Den größten Teil der Woche verbrachte ich mit Nachdenken. Natürlich erledigte ich auch die Wäsche, ging einkaufen und brachte meine innere Uhr in Ordnung, doch das meiste lief in meinem Inneren ab. Ich wusste jetzt sicher, dass mein Leben in London, von dem ich immer geträumt hatte, vorbei war. Ich wollte Josh nicht zurück, wusste nicht, ob ich ihn je gewollt hatte, und London machte ohne meine schillernde, lukrative Karriere bei weitem nicht mehr so viel Spaß. Dennoch war ich noch nicht bereit, das Tanzen aufzugeben. Mein Knie würde nie wieder solche Bewegungen zulassen, aber das bedeutete nicht, dass ich nicht unterrichten oder Ballettaufführungen besuchen konnte. Meine Zukunft sah plötzlich nicht mehr ganz so düster aus. Ich fragte mich sogar, weshalb sie jemals düster ausgesehen hatte, wo ich doch jung und lebendig und gesund war.

Meine einzige Sorge war Patrick. Wieder und wieder erinnerte ich mich an seinen Kuss. Ich wollte mich nicht erneut in einer Phantasie verlieren, doch ich hatte noch nie einen besseren Mann als ihn getroffen. Und das würde ich auch nicht mehr.

# Dreiunddreißig

Am Samstagnachmittag war ich eine halbe Stunde zu früh fertig und lief im Wohnzimmer auf und ab. Ich war aus mehreren Gründen nervös: Ich musste Monica gegenübertreten, wollte unbedingt einen guten Eindruck bei Patrick hinterlassen und fragte mich, wie es für Mina laufen würde. Ich hätte sie gern bei der letzten Generalprobe gesehen, um ihr zu sagen, wie gut ich sie fand und wie stolz ich auf sie war …

*Mina.* Plötzlich kam mir eine Idee. Warum hatte ich nicht schon früher daran gedacht? Ich ging nach oben in mein Schlafzimmer und öffnete den Kleiderschrank. Darin lag das Diadem aus *Schwanensee,* sie würde wunderbar damit aussehen. Traurig wurde mir klar, dass ich es ihr schon längst hätte schenken können, nur war es mir zu kostbar gewesen, ein Symbol meines alten Lebens. Ich war zu egoistisch gewesen, um mich davon zu trennen.

Ich steckte das Diadem in meine Handtasche und ging wieder nach unten. Die Sommernachmittage schienen ewig zu dauern, sie waren mild und von Wohlgerüchen erfüllt. Lange Schatten und ein sanfter Wind. Pünktlich um fünf fuhr Patrick in die Einfahrt. Monica saß neben ihm.

»Hallo.« Ich stieg ein.

»Hi, Emma«, sagte er, legte den Rückwärtsgang ein und rollte in Richtung Straße. Er warf Monica einen scharfen Blick zu, worauf sie mich widerwillig begrüßte.

Ich lehnte mich zurück und schaute aus dem Fenster. Sie begegnete mir die ganze Fahrt über kalt, wenn nicht gar feindselig, was mir unangenehm und Patrick peinlich war. Ich war erleichtert, als wir vor der Aula auf den Parkplatz fuhren; endlich konnte ich aussteigen und auf Distanz gehen.

Patrick gab uns die Eintrittskarten. »Ich muss noch mal die Lautsprecheranlage überprüfen. Entschuldigt bitte.«

»Ich möchte gern zu Mina. Ist es in Ordnung, wenn ich hinter die Bühne gehe?«

»Natürlich.«

Ich tastete mich durch die Kulissen, wo Marlon fröhlich singend umherstolzierte, umgeben von nervösen Kindern und ihren ebenso nervösen Eltern.

»Ich suche nach Mina«, sagte ich zu einer Mutter.

»Drüben in den Kulissen auf der anderen Seite.«

Ich ging hintenherum. Bühnen rochen überall auf der Welt gleich: nach Haarspray, Farbe, heißen Kabeln und Klebeband. In den Kulissen war es dunkel, nur einer der technischen Assistenten leuchtete mir mit einer Taschenlampe den Weg. Mina saß auf einem Hocker und starrte vor sich hin.

»Hi.«

Sie lächelte. »Hi.«

»Bist du aufgeregt?«

Sie nickte. »Ich habe ein bisschen Angst.«

»Das ist normal. Das ist sogar gut. Die besten Ballerinas haben immer ein bisschen Angst.«

»Ehrlich?«

»Und wie. Es bedeutet, dass es ihnen wichtig ist. Schau mal, ich habe etwas für dich.«

»Was denn?«

Ich holte das Diadem aus der Tasche. »Kennst du das noch?«

Sie griff danach und setzte es auf. Ich rückte es zurecht und steckte es fest, während ich mit ihr sprach. »Ich kann nicht mehr tanzen, Mina. Nicht so wie früher. Also brauche ich auch das Diadem nicht mehr. Möchtest du es gerne haben?«

Sie machte große Augen. »Ja, ja, ja!«

»Du musst vorsichtig damit sein. Es ist zerbrechlich. Es wurde …« Doch es würde ihr nichts bedeuten, dass es für mich in der Tschechischen Republik von Hand gefertigt worden war. »Es war mal etwas ganz Besonderes für mich.«

»Das ist es jetzt nicht mehr?«

»Besonders bedeutet jetzt etwas anderes für mich«, erklärte ich lachend. »Du kannst es haben. Es sieht wunderschön bei dir aus.«

Sie nickte. »Weißt du was? Mein Dad kommt.«

Es traf mich wie ein Schlag; vielleicht war ich letztlich doch zu ihm durchgedrungen. »Das ist ja toll. Er wird sehr stolz auf dich sein.«

»Nachher gehen wir Pizza essen. Ich mag Pizza total gern.«

Ich umarmte sie. »Ich suche jetzt besser meinen Platz. Viel Glück.« Ich ließ sie in der Dunkelheit sitzen, wie gebannt von der hektischen Aktivität, die sie umgab.

Der Zuschauerraum füllte sich allmählich. Ich fand meinen Platz und stellte fest, dass ich genau neben Monica saß. Natürlich. Patrick hatte die Karten zusammen gekauft. Ich wappnete mich für die Begegnung und setzte mich.

Sie blickte auf, sagte aber nichts.

»Tut mir leid, soll ich mich woanders hinsetzen?«

Sie zuckte mit den Schultern. »Egal. Ich treffe mich gleich mit einer Freundin.« Sie klopfte auf den leeren Sitz zwischen uns. »Wir müssen keinen peinlichen Smalltalk machen. Ich tue einfach, als würde ich dich nicht kennen.«

Ich musste lachen. »Wow, Monica, ich wusste gar nicht, dass du so böse sein kannst.«

Ihre Mundwinkel zuckten, doch sie gestattete sich kein Lächeln.

»Dürfte ich dir etwas erklären?«

»Du kannst es ja versuchen.«

»Bis vor kurzem wusste ich nicht, was wirklich zählt. Ich musste erst Abstand gewinnen, bevor ich bemerkt habe, wie sehr mir das alles fehlt.«

Sie schaute mich an. »Meinst du Patrick?«

»Unter anderem.«

Sie betrachtete mich schweigend, während es um uns lauter wurde. »Emma, er ist völlig hin und weg von dir. Wenn du ihm das Herz brichst, bringe ich dich um.« Jetzt lächelte sie.

Federleichte Luftblasen blubberten in meinem Inneren. »Ehrlich? Hin und weg?«

»Ich will dich nicht umbringen müssen.«

»Das brauchst du auch nicht. Ich werde lieb sein.«

Bald darauf kam ihre Freundin, und ich lehnte mich zurück. Dann waren fast alle Plätze besetzt. Stimmengewirr, es lag gespannte Erwartung in der Luft. Ich schloss eine Sekunde die Augen und erinnerte mich an meine vielen Auftritte in ganz Europa. Dann öffnete ich sie wieder. Die Traurigkeit ging schnell vorbei.

Da sah ich Minas Vater. Er war eingetroffen, kurz bevor die Türen geschlossen wurden, und stolperte unbeholfen zu seinem Platz, wobei er anderen Leuten auf die Füße trat. Endlich hatte er ihn gefunden, vier Reihen hinter mir. Er setzte sich steif hin, die Hände auf den Knien. Ich schaute zu ihm hinauf, doch er bemerkte mich nicht. Dann wurde es dunkel, die Scheinwerfer gingen an, das Publikum tobte, und die Vorstellung begann.

Das erste Stück war eine Katastrophe. Die jüngsten Kinder waren vollkommen verschreckt und fingen erst beim achten Takt an zu tanzen, so dass sie für den Rest des Stücks nicht mehr synchron waren. Doch sie waren glücklich und mit Begeisterung dabei, das Publikum jubelte ihnen zu, als hätten sie jeden Takt getroffen. Beim zweiten Stück lief es schon glatter. Es war eine alte Musicalmelodie, und die Kinder waren so fest entschlossen, es richtig zu machen, dass der Boden unter ihren stampfenden Füßen bebte.

Ich saß entspannt da, genoss die Vorstellung und das warme Gefühl von Gemeinschaft. Das hier war ein großes Geschenk.

Mina kam zuletzt. Die Musik setzte ein, und sechs Kinder in Weiß betraten die Bühne und bildeten einen Halbkreis. Dann schritt Mina wie eine Königin mit ihrem Diadem in die Mitte und strahlte. Sie war wunderschön, wie aus Sternenlicht gemacht. Sie hob die Arme … und es ging los. Jeder Takt stimmte, jede Bewegung der Arme war voller Sorgfalt und Energie. Ihre Vorstellung begeisterte mich so sehr, dass ich beinahe vergaß, ihren Vater anzusehen. Bei den letzten Takten des Stückes schaute ich zu ihm hin. Er wischte sich die Tränen aus dem Gesicht.

Als die Vorstellung zu Ende war, verschwand Monica mit ihrer Freundin; sie würde das Wochenende bei ihr in Hobart verbringen. Ich wartete auf Patrick, der sich zusammen mit Marlon von den aufgeregten Familien verabschiedete und den Abbau der Licht- und Tonanlage überwachte.

»Es tut mir leid«, sagte Patrick, als das letzte Stück Ausrüstung auf den Laster geladen worden war. »Du kommst spät nach Hause.«

»Das macht mir nichts aus. Dort wartet keiner auf mich.«

Er lächelte mich an. »Du hast Minas Dad überredet, heute Abend zu kommen.«

»Ich weiß.«

»Ich hätte die Sache einfach auf sich beruhen lassen, aber du konntest das nicht. Und hattest recht damit.«

»Wenigstens einmal.«

»Komm, lass uns nach Hause fahren.«

Es war eine milde, kühle Nacht, der Fluss glitzerte im Sternenlicht. Im Wagen war es dunkel bis auf die Lichter des Armaturenbretts, die sich auf Patricks Haut spiegelten. Das Radio war zu leise, um es zu hören. Wir sprachen über den Auftritt und verfielen dann wieder in langes Schweigen. Es gab nur die weiten Felder, die markanten Silhouetten der abgestorbenen Bäume, den klaren, sternenübersäten Himmel, die magische Dunkelheit und uns.

Patrick bog in die Einfahrt, ließ aber den Motor laufen. Ich würde ihn schon fragen müssen.

»Willst du mit reinkommen?«

»Möchtest du das wirklich?«

Zum Glück war es dunkel, so dass er mein Erröten nicht bemerkte. »O ja.«

Er stellte den Motor ab. Wir stiegen aus und gingen ins Haus. Ich lag in seinen Armen, bevor ich Luft geholt hatte. Er drückte seine Lippen fest und warm auf meine. Ich schlang die Arme um seinen Hals, und wir küssten uns wie Teenager. Seine Hand kroch zu meiner Brust hoch, meine Haut schien zu zerfließen.

»Oben«, sagte ich.

»Oben«, wiederholte er.

Ich wachte auf, und die Vögel waren da. Sie riefen und sangen und zwitscherten so wild wie immer. Ich öffnete die Augen und sah Patrick neben mir schlafen. Seine blasse, nackte Schulter über der Decke. Patrick, nackt in meinem Bett. Beinahe wäre mir schwindlig geworden.

Ich betrachtete ihn eine Weile, bis seine Augenlider zuckten. Dann kuschelte ich mich an ihn und küsste seine Schulter.

»Guten Morgen«, sagte er und vergrub die Finger in meinem Haar.

»Damit hätte ich nicht gerechnet.«

Wir blieben eine Weile eng umschlungen liegen und horchten auf die Vögel.

»Was wirst du jetzt machen?«

»Wie meinst du das?«

Er löste sich von mir, setzte sich und schaute auf mich hinunter. »Jetzt, wo der Auftritt vorbei ist. Verkaufst du das Haus? Gehst du zurück nach Sydney?«

»Natürlich verkaufe ich das Haus nicht.«

»Dann bleibst du also hier?«

»Sieht ganz so aus.«

Er lächelte.

»Falls du es willst.«

»Und ob ich das will.«

Beim Frühstück zählte ich all die Dinge auf, die ich aufgeschoben hatte, weil ich mich nicht häuslich niederlassen wollte. »Einen neuen Kühlschrank kaufen. Mit einem Gefrierfach, das funktioniert.«

»Das Klavier stimmen lassen. Bitte«, sagte er.

»Ja. Ich kaufe einen Fernseher. Und eine vernünftige Waschmaschine.«

»Es wird ein richtiges Zuhause.«

»Es *ist* mein Zuhause«, sagte ich und schnippte mit den Fingern. »Das große Schlafzimmer. Ich werde endlich dort einziehen, wie Monica es schon die ganze Zeit wollte. Und zwar heute noch.«

Wir frühstückten zu Ende und gingen nach oben. Wir liebten uns im großen Schlafzimmer, es war süß und heftig zugleich. Danach öffnete ich die Vorhänge, betrachtete den Eukalyptus und dachte an Grandma und Charlie.

»Könntest du auch eine neue Matratze kaufen?«, fragte Patrick, als ich mich anzog. »Die Sprungfedern sind hinüber.«

Er lag noch mit nacktem Oberkörper auf dem Bett.

»Vermutlich. Aber fürs Erste können wir sie umdrehen.«

»Soll ich dir helfen?«

»Bitte.«

Wir zogen die Bettwäsche ab, wobei wir niesen mussten, und hoben die Matratze an.

»Emma.«

»Ich habe es gesehen.« Eine Aktenmappe, platt gedrückt von den Jahren zwischen Matratze und Bettgestell. Ich zog sie heraus. Patrick ließ die Matratze mit einem dumpfen Knall fallen, und wir setzten uns auf das Bett und öffneten die Mappe.

Fotos. Dutzende von Fotos. Das kleine Mädchen, wer immer es auch gewesen sein mochte, in einem Dutzend verschiedener Kleider und Posen. Auf einem Pferd, beim Spielen mit Hunden, im Garten, neben einem Weihnachtsbaum.

»Mein Gott«, sagte ich beim Blättern. Hier war Grandma als junge Frau mit dem kleinen Mädchen zu sehen, sie winkte jemandem hinter der Kamera zu. Und hier war ein dunkelhäutiger, hochgewachsener Mann, das Gesicht vom Hut verdeckt, der lässig auf einem Pferd saß. Ich drehte es um: *Charlie* hatte Grandma auf die Rückseite geschrieben. Ich zeigte es Patrick.

»Geheimnis gelüftet.«

»Es gibt mehr als ein Geheimnis«, erwiderte ich und betrachtete auch die anderen Rückseiten. Ein Name tauchte wieder und wieder auf. »Lucy, ihr Name war Lucy«, sagte ich. Ich wusste nicht, weshalb es mich so rührte, aber ich war den Tränen nahe.

»Ich frage mich, was aus ihr geworden ist.«

Ganz unten in der Mappe fand ich einen Brief und las die Adresse. »Sie ist nach Schottland gezogen.«

Patrick warf einen Blick über meine Schulter. »Warum hat Beattie ihn nicht abgeschickt?«

»Aus demselben Grund, aus dem sie uns nie von Lucy erzählt hat. Ein uneheliches Kind war damals noch etwas ganz anderes.« Der Umschlag war zugeklebt.

»Willst du ihn öffnen?«

»Es kommt mir irgendwie nicht richtig vor.«

»Mach ihn auf.«

»Ich kann es nicht. Mach du es.«

Er öffnete ihn und holte einen Brief heraus. »Soll ich ihn vorlesen?«

Ich nickte, weil ich fürchtete, in Tränen auszubrechen.

*Meine liebste Lucy,*
*es ist schon viele Jahre her, dass ich dich zuletzt gesehen und im Arm gehalten habe. Du warst damals noch ein kleines Mädchen und leicht wie ein Vogel, als ich dich zum Abschied hochhob. Ich weiß, dass dein Vater und Molly getan haben, was sie für richtig hielten, doch wenn ich gewusst hätte, dass ich dich nie wiedersehe, hätte ich dich noch viel fester an mich gedrückt. Ich hätte dich niemals gehen lassen.*
*Du bist jetzt eine erwachsene Frau mit eigenen Kindern und weißt, wie eng die Bindung zwischen Mutter und Kind ist. Vielleicht machst du mir Vorwürfe, weil ich dich habe gehen lassen. Wie du weißt, habe ich versucht, in deinem Leben zu*

*bleiben. Als du mir schriebst, ich solle dich in Ruhe lassen, habe ich gehorcht. Das hätte ich natürlich nicht tun sollen. Ich hätte darauf bestehen sollen, dass du kaum erwachsen warst und nicht wusstest, was du wolltest. Aber ich schämte mich – nicht für dich, niemals, aber für mich selbst und meine Vergangenheit. Ich habe einen Mann geheiratet, der im Licht der Öffentlichkeit steht, und die Vernunft befahl mir, dich gehen zu lassen, vor allem, da du unbedingt frei von mir sein wolltest.*

*Doch wir beide werden niemals frei voneinander sein. Du bist in mir gewachsen und aus meinem Körper hervorgegangen, dein Herzschlag hing von meinem Herzschlag ab. Und als du geboren wurdest, brauchte ich dich ebenso sehr wie du mich. Was immer geschieht, diese Bindung kann nicht gelöst werden. Molly hat diese ursprüngliche Liebe niemals gekannt, obwohl sie geglaubt hat, sie könnte dir die Mutter ersetzen. Wir gehören zusammen, Lucy, obwohl wir seit vielen Jahren so weit voneinander entfernt leben.*

*Ich glaube nicht, dass dir dieser Brief jemals willkommen sein wird, und werde ihn daher auch nicht absenden. Dennoch fühle ich mich besser, weil ich noch einmal meine Liebe zu dir bekräftigt habe und dir sagen kann, wie entsetzlich es gewesen ist, dich zu verlieren. Ein Teil von mir wird immer fehlen. Meine Lucy, mein geliebtes Kind mit der weichen Haut. Zweifle nie daran, dass ich dich geliebt habe, dass ich dich weiterhin liebe und lieben werde, bis die Sterne erlöschen und die Stille kommt.*

*Deine dich liebende Mutter Beattie*

Mein Herz schnürte sich zusammen. Meine geliebte Großmutter hatte diesen Schmerz all die Jahre vor uns verborgen. Patrick rieb mir sanft den Rücken. Ich hatte gar nicht gemerkt, dass ich weinte. Schließlich wischte ich mir die Tränen ab und betrachtete die Fotos noch einmal. Beattie und Lucy. Grandma sah so schön und glücklich aus.

»Sie sieht aus wie du«, meinte Patrick.

»Das sagen alle. Mum kommt eher nach Grandpa. Groß und attraktiv. Ich sehe aus wie Grandma.«

»Nein, ich meine das kleine Mädchen. Lucy.«

Ich nahm eines der Fotos und sah es mir ganz genau an. Lucy lächelte. Sie sah tatsächlich aus wie ich. Das Lächeln, Grandmas Lächeln, mein Lächeln.

»Was wirst du jetzt tun?«, fragte Patrick.

Ich wandte mich zu ihm. Sein Gesicht war sanft, seine Augen blickten warm. »Das Richtige.«

# Epilog

Laut Kalender war es Frühling in Glasgow, doch der Schnee wollte nicht weichen. Natürlich war ich die extreme Kälte nicht mehr gewohnt, und Patrick lachte, als ich mehrere Schichten Kleidung übereinanderzog, bevor wir das Hotel verließen.

»Ich frage mich, wie du einen tasmanischen Winter überstehen willst.«

»Da draußen liegt richtiger Schnee. Sehr, sehr kalter Schnee.«

Wir gingen durch das geheizte Foyer und traten auf die Straße. Patrick hatte einen Stadtplan dabei, und wir folgten ihm minutiös. Es war erstaunlich einfach gewesen, die Adresse von Lucy MacConnell – oder Lucy Sutherland, wie sie heute hieß – herauszufinden. Aber es war schwer, mich für eine Vorgehensweise zu entscheiden. Wenn ich den Brief mit der Post schickte, könnte sie die Annahme verweigern. Wenn ich sie anrief, ohne dass sie den Brief kannte, könnte sie einfach auflegen. Die einzige Möglichkeit bestand darin, sie persönlich aufzusuchen, mit dem Brief in der Hand. Alles andere läge dann bei ihr.

Ich hatte Mum gebeten, mit mir zu kommen, doch sie hatte im letzten Augenblick den Flug storniert. Nicht aus Eifersucht oder weil sie Lucy ablehnte; sie fürchtete nur, es könnte alles zu viel für die arme Frau werden. Wenn Lucy dazu bereit wäre, könnten Mum und Onkel Mike immer noch eine dramatische Familienvereinigung feiern. Ich selbst hatte nur die Aufgabe, den Brief zu überbringen.

»Hier ist es«, sagte Patrick und blieb vor einem heruntergekommenen Haus mit einem wunderschönen, gepflegten Garten stehen.

Ich schaute zur Haustür, mein Atem bildete eine Wolke vor meinem Gesicht. »Ich bin so nervös.«

»Soll ich mitkommen?«

Ich nickte.

»Na schön, auf geht's.«

Wir gingen zur Tür, und ich ließ Patrick klopfen, weil es bei ihm bestimmt viel selbstsicherer klingen würde.

»Aber reden musst du.«

»Einverstanden.« Ich tastete noch einmal, ob der Brief auch in meiner Tasche steckte.

Von drinnen erklangen Schritte. *Bitte mach, dass sie es ist.*

Die Tür ging auf. Vor uns stand eine ältere Frau. Ihr Haar war fast grau, aber man konnte noch einen rötlichen Schimmer erkennen.

»Kann ich Ihnen helfen?«, fragte sie freundlich.

Als sie lächelte, verließ mich fast der Mut: Es war ein Echo meiner Großmutter. Die Welt hielt einen Augenblick lang den Atem an.

Dann holte ich entschlossen den Brief hervor und reichte ihn ihr. »Der ist für Sie. Er war sehr lange unterwegs.«

# Danksagung

Ich möchte vielen Menschen danken, die mir bei der Recherche und der Entwicklung dieser Geschichte geholfen haben.

Tim und Jane Parsons von der Curringa Farm waren wunderbar und haben mir großzügig ihre Zeit und ihr Wissen geschenkt. Außerdem nahmen sie meine Familie herzlich in ihrem Ferienhaus auf. Die Familie von der Fonthill Farm lieferte mir Bilder und Filme ihres wunderschönen Hauses. Charlotte Nash-Stewart und Kevin Stewart übernahmen die Rolle meiner linken Gehirnhälfte und kümmerten sich um mathematische Fragen. Sue Williams gestattete mir großzügig, einen frühen Entwurf ihres Buches über die Merry Makers zu lesen.

Informationen und Ermutigung erhielt ich außerdem von Julie Hinchcliffe, Ian Wilkins, Meg Vann, Robyn Haig, Keely Double, Mary-Rose MacColl, Ron Serduik, Tiffany Apatu und meinen Fans auf Facebook. Kate Morton hat mich wie immer darin bestärkt, auf mich zu vertrauen. Meine Familie ertrug gutmütig und geduldig das ganze Theater. Selwa Anthony überschüttete mich geradezu mit Liebe und Unterstützung für mich und meine Karriere.

Vor allem aber möchte ich meiner Cousine Janine Haig danken. Nicht nur weil sie mir half, Pferde zu verstehen (und furchtbar lachen musste, als ich fragte, wie man sie lenkt), sondern auch für ihre unerschütterliche Unterstützung, ihren Stolz und ihre Liebe. Mein Dank geht an dich, Cousinchen.

Annette Dutton

# *Die verbotene Geschichte*

Roman

Sie hat keine Ahnung, wer jene »Miti« war oder wie die traditionelle Beerdigungszeremonie aussehen mag, zu der man sie nach Papua-Neuguinea eingeladen hat. Doch die deutsche Ärztin Katja ist froh, eine Ausrede gefunden zu haben, um nicht zur Geburtstagsfeier ihres Großvaters zu müssen. Seit vor drei Jahren ihr Mann auf der Fahrt dorthin tödlich verunglückte, meidet Katja das Fest und vergräbt sich ganz in ihre Arbeit. Sie kann nicht ahnen, dass ihre Reise in die Tropen nicht nur Licht in die dunkelsten Geheimnisse ihrer Familie bringen, sondern ihr eigenes Leben für immer verändern wird …

KNAUR